HEYNE BÜCHER

Die Romane

Höllenfeuer: Hundert Jahre lang stand die alte Mühle mit ihrem schrecklichen Geheimnis leer. Doch die Einwohner von Westover in Massachusetts erinnern sich noch immer schaudernd jenes Tages, als hinter ihren verschlossenen Türen unschuldige Kinder in dem Flammeninferno ums Leben kamen. Ungeachtet des alten Aberglaubens, daß ein Fluch über der Mühle laste, entschließen sich die jetzigen Besitzer das baufällige Gemäuer zu renovieren. Und wieder kommen Menschen darin auf unerklärliche Weise ums Leben.

Blitze des Bösen: Fünf Jahre lang hat ein sadistischer Serienkiller Seattle in Angst und Schrecken versetzt. Seine Opfer mußten einen grauenvollen Tod sterben, um seine perversen Leidenschaften zu befriedigen. Jetzt wartet er auf seine Hinrichtung. der letzte Tag in der Todeszelle ist angebrochen. Fünf Jahre lang hat die Journalistin Anne Jeffers dafür gekämpft, daß Richard Kraven auf den elektrischen Stuhl kommt. Für sie geht ein Alptraum zu Ende. Aber das Morden hört nicht auf ...

Der Autor

John Saul wurde 1942 in Pasadena, Kalifornien, geboren, er studierte Theaterwissenschaften und Anthropologie. 1977 erschien sein erster Horrorroman *Wehe, wenn sie wiederkehren* (01/6740), der sofort ein großer Erfolg wurde. John Saul lebt in Bellevue, Washington.

Von John Saul liegen im Wilhelm Heyne Verlag außerdem vor: *Bestien* (01/8035), *Teuflische Schwestern* (01/8203), *Prophet des Unheils* (01/8336), *Schule des Schreckens* (01/8762), *Die Wächter* (01/9092), *Tochter des Bösen* (01/9549), *Hauch der Verdammnis* (01/10601), *Kind der Hölle* (01/13096).

John Saul

Höllenfeuer
Blitze des Bösen

Zwei spannende Psychothriller

WILHELM HEYNE VERLAG
MÜNCHEN

HEYNE TIPP DES MONATS
Nr. 23/175

Umwelthinweis:
Dieses Buch wurde auf
chlor- und säurefreiem Papier gedruckt.

2. Auflage

Taschenbuchausgabe 12/2000

Printed in Germany 2000
Quellennachweis: s. Anhang
http://www.heyne.de
Umschlagillustration: IFA-Bilderteam/Selma
Umschlaggestaltung: Nele Schütz Design, München
Druck und Bindung: Elsnerdruck, Berlin

ISBN: 3-453-18109-3

Höllenfeuer

PROLOG

Der Junge bog vom Pfad ab, der sich von dem großen Haus auf dem Hügel – seinem Haus – hinabwand, und wanderte am Flußufer entlang. Etwa hundert Meter voraus konnte er die Holzbrücke sehen, die den Schienenstrang über den reißenden Fluß trug. Er hatte den Fluß immer als eine Art Grenze betrachtet, eine sichtbare Linie, die ihn von allen anderen in der kleinen Stadt trennte.

Wenn der Fluß nicht da wäre, dachte er manchmal, würdest du zur Stadt gehören.

Der Fluß war natürlich nicht der einzige Grund für die Trennung; es gab weit mehr Gründe dafür.

Der Junge gelangte zur Holzbrücke und blieb stehen. Er lauschte auf die Geräusche eines Zugs, denn er wußte, daß es gefährlich war, über die Brücke zu gehen, wenn das ferne Rattern einer Lok zu hören war.

Man mußte warten, bis der Zug vorbeigefahren oder bis das Geräusch wieder verklungen war.

Manchmal reizte es ihn jedoch, trotzdem auf die Brükke zu gehen, auch wenn er einen Zug herankommen hörte, einfach um zu sehen, ob er es rechtzeitig schaffen könnte.

Natürlich hatte er es nie getan. Es war ein zu großes Risiko.

Nicht, daß er etwas gegen Risiken hatte. Er mochte sie. Er liebte nichts mehr, als allein loszuziehen, die Wälder am Hügelhang zu erkunden, am Flußufer entlangzubummeln und von Stein zu Stein zu springen, obwohl er irgendwann einmal abrutschen und ins reißende Wasser stürzen konnte.

Das reißende Wasser würde ihn nicht töten.

Ein Zug, der ihn mitten auf der Brücke erfaßte, würde ihn töten.

Einen Augenblick lang stellte er sich vor, wie er unter dem Stromlinienzug zermalmt werden würde, der zweimal täglich an der Stadt vorbeidonnerte, und er sah seine verstümmelte Leiche in den Fluß hinunterfallen...

Der Junge verdrängte den Gedanken und malte sich statt dessen wieder einmal aus, er sei bereits tot.

Er lag in einem Sarg, der mit Blumen bekränzt war. Seine Eltern saßen mit Tränen in den Augen in der ersten Bankreihe der kleinen Episkopalkirche im Zentrum der Stadt. Hinter den Eltern konnte er all die anderen Leute der Stadt sehen. Sie starrten auf seinen Sarg und wünschten, ihn netter behandelt zu haben, wünschten, sein Freund gewesen zu sein.

Nicht, daß ihm das etwas ausmachte, versicherte er sich. Es war ohnehin lustiger, wenn man für sich blieb. Außerdem hatte er die meiste Zeit Freunde, und wenn er im Sommer von der Schule heimkam, war es schön, allein spielen zu können, ohne daß ihm jemand mit irgend etwas anderem in die Quere kam.

Er gab das Phantasieren auf und lauschte aufmerksam. Als er keine Geräusche von einem nahenden Zug hörte, überquerte er die Holzbrücke, trat vorsichtig von Schwelle zu Schwelle und folgte dann weiter den Schienen, die in einer langen und sanften Kurve um den Ort herumführten.

Plötzlich spürte er, daß er beobachtet wurde, und er blickte nach links. Etwas weiter weg standen zwei Jungen unten auf der Straße und starrten ihn an.

Er lächelte, aber als er ihnen winken wollte, wandten sie sich ab. Er konnte sie kichern hören, als sie miteinander tuschelten.

Sein Gesicht glühte plötzlich vor Zorn, und er eilte über den Schienenstrang, bis er sicher war, daß man ihn von der Straße aus nicht mehr sehen konnte. Zwischen ihm und den anderen Jungen erhoben sich jetzt die Backsteinwände eines Gebäudes, das ihn seit jeher fasziniert hatte.

Der Junge zögerte, denn er erinnerte sich an die Geschichten, die er von seinem Vater gehört hatte, an die Legenden über die Ereignisse, die vor so vielen Jahren in diesem Gebäude geschehen waren. Schreckliche Dinge, über die nur im Flüsterton gesprochen wurde.

Keiner wußte, ob die Gerüchte der Wahrheit entsprachen.

Als er auf das Gebäude starrte, hatte er das Gefühl, daß ihn die anderen Jungen – die Jungen aus der Stadt – immer noch beobachteten, ihn verhöhnten und auslachten, weil sie wußten, daß er nicht den Mut aufbrachte, in das Gebäude zu gehen.

Jedesmal wenn er hier stand und die alten Mauern betrachtete, verließ ihn schließlich der Mut, und er wandte sich ab.

Heute würde es jedoch anders sein.

Er ignorierte die Furcht, die in ihm aufstieg, verließ den Schienenstrang und kletterte den Bahndamm hinab zur Straße.

Der Junge ging über einen Pfad, der von Unkraut überwuchert war und parallel zur Seite des Gebäudes verlief. In Höhe der Mauermitte gelangte er an einen schmalen Einlaß, der mit verwitterten Brettern verschlagen war. Durch die Lücken zwischen dem faulenden Holz sah er die Tür, die nur mit einem Vorhängeschloß an einem verrosteten Haken verschlossen gehalten wurde.

Vorsichtig überprüfte er eines der Bretter. Die rostigen Nägel gaben nach. Bald darauf hatte der Junge zwei weitere Bretter entfernt und auf dem Boden abgelegt.

Der Junge streckte die Hand durch den Spalt und packte das Vorhängeschloß. Er zögerte, denn er wußte, daß es kein Zurück mehr für ihn geben konnte, wenn das Schloß nachgab. Er atmete tief durch, packte das Vorhängeschloß fester und drehte es.

Der rostige Riegel hielt noch einen Augenblick lang und brach dann auseinander. Das Schloß, das die Tür so lange gesichert hatte, lag jetzt in der Hand des Jungen. Er starrte lange darauf und wünschte fast, er hätte es an Ort und Stelle gelassen.

Dann kämpfte er gegen die in ihm wachsende Furcht an, stieß die Tür auf und zwängte sich durch den Spalt, den er mit dem Entfernen der drei Bretter geschaffen hatte.

Einen Augenblick lang konnte er nichts erkennen, doch dann gewöhnten sich seine Augen an das Halbdunkel, und er schaute sich um.

Innen wirkte das Gebäude noch größer als von draußen – und unbewohnter.

Der Junge hatte jedoch keineswegs das Gefühl, daß es unbewohnt war.

Er war überzeugt davon, daß irgendwo jemand – oder *etwas* – hier drinnen herumschlich und auf ihn lauerte.

Fast gegen seinen Willen schweifte sein Blick durch das alte Gebäude. Leere erstreckte sich in allen Richtungen, und weit oberhalb von ihm, gerade noch sichtbar im schwachen Lichtschein, der kaum durch den gewaltigen Raum drang, schienen die eisernen Streben, die das Dach stützten, zu ihm hinabzugreifen, als wollten sie ihn mit ihren skelettartigen Armen umklammern.

In der Stille konnte der Junge das heftige Pochen seines Herzens hören.

Plötzlich wurde das gewaltige Gebäude von einer Folge schriller Geräusche erfüllt, und der Junge hätte fast aufgeschrien. Er konnte den Schrei gerade noch unterdrücken, dann zwang er sich, hinaufzublicken.

Ein Schwarm Tauben war beim Eindringen des Jungen aufgeschreckt worden, und sie flogen jetzt im Kreis unter dem Dach herum. Während sie der Junge beobachtete, ließen sie sich nach und nach wieder auf ihren Nestern nieder.

Sekunden später senkte sich von neuem unheimliche Stille über die weite Leere.

Der Junge spähte durch die Düsternis und entdeckte weit hinten im Gebäude den oberen Absatz einer Treppe.

Unter ihm war also ein Kellergeschoß.

Die Treppe schien ihm zu winken, ihn aufzufordern, zu kommen und zu erkunden, was dort unten war.

Das Herz des Jungen klopfte schneller, und kalter Schweiß brach ihm aus.

Plötzlich konnte er die Stille nicht länger ertragen.

»Nein! Ich tue es nicht!«

Sein Aufschrei war weitaus lauter als beabsichtigt und hallte von den Wänden wider. Von neuem schreckten die Tauben auf und flatterten in wildem Durcheinander unter den Dachsparren. Der Junge wich zurück gegen die Backsteinwand, die ihm ein Gefühl der Sicherheit gab.

Als jedoch wieder Stille herrschte, zog ihn die unwiderstehliche Faszination dieser abwärtsführenden Treppe von neuem an. Er kämpfte gegen seine Furcht an. Langsam ging er auf die Treppe zu.

Der Junge hatte erst ein paar Schritte zurückgelegt, als er ein Kribbeln auf der Haut spürte.

Etwas beobachtete ihn, dessen war er sicher.

Er versuchte, nicht mehr auf das eigenartige Gefühl zu achten und hielt den Blick auf die ferne Wand gerichtet, doch das Gefühl blieb.

Seine Nackenhaare richteten sich auf, und er bekam eine Gänsehaut. Er konnte es nicht mehr ertragen und wirbelte herum, was auch immer hinter ihm sein mochte.

Nichts.

Er spähte durch das Halbdunkel und suchte nach etwas – nach *irgend etwas!*

Das weite Gebäude wirkte leer.

Und dann prickelte seine Haut von neuem, und eine eisige Hand schien über seine Wirbelsäule zu streichen.

Abermals fuhr er herum. Wieder war da nichts.

Doch irgend etwas schien die Leere zu füllen, ihn zu umgeben, ihn zu verhöhnen.

Er hätte niemals in das Gebäude gehen sollen. Das wußte er jetzt mit einer Gewißheit, die ihn erschauern ließ.

Aber jetzt war es zu spät. Jetzt gab es kein Zurück mehr.

Weit fort und scheinbar zurückweichend war das kleine helle Rechteck der Tür zu erkennen, durch die er erst vor ein paar Minuten gekommen war.

Die Tür war jetzt weit entfernt.

Ihm schien, als wäre er schon immer in dem geheimnisvollen Dunkel gewesen, und er erkannte bereits vage, daß er es nie wieder verlassen würde.

Hier war irgend etwas – etwas, das ihn haben wollte.

Erfüllt von der unerbittlichen Kraft seiner Phantasie, schritt er von neuem auf den Strudel zu, der die Treppe war.

Er verharrte auf dem oberen Treppenabsatz und spähte furchtsam in die Schwärze hinab. Er wollte zurück, wollte fortlaufen und zum fernen Lichtflecken und dem Tageslicht jenseits davon flüchten.

Es war jedoch zu spät. Die Düsterkeit des Gebäudes hielt ihn in ihrem Bann, und obwohl dort unten nichts außer Dunkelheit war, wußte er, daß ihm keine andere Wahl blieb, als die Treppe hinunterzugehen.

Er stieg die ersten Stufen hinab und starrte angespannt in die Schwärze, die nie zu enden schien.

Die Luft hier unten war moderig, und da war noch etwas anderes – irgendein schwacher Geruch, den er nicht identifizieren konnte, der ihm jedoch seltsam vertraut vorkam.

Der Junge gelangte an den Fuß der Treppe und blieb entsetzt stehen.

Von neuem wollte er umkehren, vor dem Teuflischen flüchten, das er in der Dunkelheit spürte, aber er wußte, daß er es nicht tun würde.

Er wußte, daß er es nicht konnte.

Dann hörte er ein kaum wahrnehmbares Geräusch.

Er lauschte angestrengt.

War das Geräusch real oder hatte er es sich nur eingebildet?

Er hörte es von neuem.

Irgendein Tier. So mußte es sein. Eine Ratte vielleicht oder nur eine Maus.

Oder war es etwas anderes, irgend etwas Unwirkliches?

Eine Stimme, so leise, daß er sie kaum verstehen konnte, rief ihn im Flüsterton, lockte ihn in die Finsternis und das Unbekannte...

Der seltsame Geruch wurde stärker.

Der Junge trat von der letzten Treppenstufe und tastete sich durch die Dunkelheit.

Er hatte das Gefühl, von unsichtbaren Händen geführt und von einer merkwürdigen Kraft angezogen zu werden.

Und dann spürte er, daß da irgend etwas war, obwohl er immer noch nichts in der Finsternis sehen konnte.

Es war nahe bei ihm – zu nahe.

»Wer...?« begann er, doch die Frage wurde abgeschnitten, als ihn etwas von hinten traf. Taumelnd stürzte er vornüber und verlor das Gleichgewicht. Er versuchte, den Sturz abzufangen, indem er die Arme haltsuchend ausstreckte.

Aber es war zu spät, und noch während er fiel, wußte er es.

Er öffnete den Mund zum Schrei, doch seine Kehle war wie zugeschnürt, als hielten ihn würgende Hände in tödlichem Griff. Kein Laut kam aus seiner Kehle.

In einem Augenblick, der sich zu einer Ewigkeit zu dehnen schien, spürte er, daß Kälte durch seine Kleidung und die Haut drang, ein eisiger Schmerz, der zwischen den Rippen tief in seine Brust stach.

Das Objekt – das Ding; das unbekannte Teuflische – drang in sein Herz, und er spürte den nahen Tod.

Und während er starb, erkannte er allmählich den vertrauten Geruch, der ihm in die Nase gestiegen war.

Rauch.

Aus irgendeinem Grund roch er in diesem lange verlassenen Keller Rauch …

Als dann der letzte Hauch von Leben aus seinem Körper wich, sah er unterhalb der Treppe Flammen auflodern, und mit dem letzten, schwachen Rest seines Bewußtseins hörte er Gelächter.

Gelächter, in das sich Schreie des Entsetzens mischten.

Das Lachen und die Schreie hüllten ihn ein, wurden lauter und lauter, verschmolzen mit dem eisigen Schmerz, bis nichts mehr außer Schwärze da war. Und für den Jungen war das Grauen vorüber …

1

Regen bei einer Beerdigung ist ein Klischee, dachte Carolyn Sturgess, als sie geistesabwesend aus dem Fenster der Limousine schaute, die langsam durch die Straßen von Westover fuhr. Es war Juni, doch der Tag war kalt, und die Feuchtigkeit schien bis in die Knochen zu dringen. Durch die Trennscheibe und die nasse Windschutzscheibe sah Carolyn Sturgess vor sich den Wagen, mit dem ihr Mann, ihre Schwiegermutter und ihre Stieftochter fuhren, und davor – kaum sichtbar – den Leichenwagen, in dem die Leiche ihres Schwiegervaters war. Carolyn erschauerte.

Kaum sichtbar.

Die Formulierung, erkannte Carolyn, beschrieb Conrad Sturgess perfekt, wenigstens in seinen letzten Jahren. Über ein Jahrzehnt lang hatte er die Villa auf dem Hügel oberhalb der Stadt nur selten verlassen und war so gut wie nie in den kleinen Ort gekommen, den seine Familie über ein Jahrhundert lang beherrscht hatte. Trotz seines abgeschiedenen Lebens war der alte Mann in Westover stets präsent geblieben und Carolyn fragte sich, wie sich der Ort jetzt nach Conrad Sturgess' Tod verändern würde.

Als der große, schwarze Wagen nach links in die Church Street einbog, warf Carolyn einen Blick zurück zu der kleinen Menschenmenge, die immer noch vor der Episkopalkirche stand, deren nüchterne New-England-Fassade mit leichter Mißbilligung zum kleinen Geschäftsviertel zu blicken schien, das sich auf der anderen Seite eines abgetretenen Rasens jenseits der Bronzestatue eines längst vergessenen Revolutionshelden erstreckte.

»Wird irgend jemand von denen zur anderen Beerdigung nach Hilltop raufkommen?«

Die Stimme ihrer Tochter Beth riß Carolyn aus ihren

Gedanken. Carolyn drückte liebevoll Beths Hand. »Zur Beisetzung«, korrigierte sie automatisch.

»Zur Beisetzung«, wiederholte Beth Rogers und furchte die Stirn, während sie sich das Wort einprägte. Sie konnte sich den verächtlichen Blick von Tracy Sturgess, ihrer Stiefschwester, vorstellen, wenn sie das Wort später falsch aussprach. Nicht, daß es ihr etwas ausmachte, was Tracy Sturgess dachte, aber sie verabscheute es immer noch, wenn Tracy und ihre Freunde über sie lachten. Nur die Tatsache, daß Tracy fast dreizehn war und eine Privatschule besuchte, machte sie nicht besser als Beth. Schließlich war sie, Beth, selbst fast zwölf. »Warum nennt man es so? Eine... Beisetzung?«

»Weil es eine ist«, erklärte Carolyn. »Jedenfalls bezeichnet Abigail es so, und deshalb müssen wir es ebenfalls so nennen. Schließlich gehören wir jetzt zu den Sturgess', nicht wahr?«

»Ich bin keine Sturgess«, sagte Beth, und ihre braunen Augen verdunkelten sich genauso, wie es bei ihrem Vater der Fall gewesen war, wenn er ärgerlich geworden war. »Ich bin immer noch Beth Rogers, und das werde ich immer bleiben. Ich will keine Sturgess sein!«

O Gott! dachte Carolyn. Da geht es wieder los. Wann würde sie die Versuche aufgeben, ihre Tochter dazu zu bringen, Phillip Sturgess als ihren Vater zu akzeptieren? Und warum *sollte* Beth ihre Zuneigung auf ihren Stiefvater übertragen, wenn ihr richtiger Vater noch hier in Westover lebte und sie ihn jeden Tag sah? Obwohl sie es niemals sagen würde, wünschte Carolyn, daß Alan Rogers, ihr Ex-Mann, einfach von der Erde verschwinden würde. Oder wenigstens aus Westover, Massachusetts. »Natürlich bist du eine Sturgess«, sagte Carolyn laut. »Wie dem auch sei, es macht in Wirklichkeit nichts aus, wie du es bezeichnest, denn eine Beisetzung und eine Beerdigung sind das gleiche. Okay?«

»Und *kommen* die anderen Leute von der Kirche?«

Carolyn schüttelte den Kopf. »Die Beisetzung in Hilltop findet nur mit Familienmitgliedern und unseren engsten Freunden statt.«

»Aber wir kennen jeden, der dort war«, erwiderte Beth verwirrt. »Warum können sie nicht alle kommen?«

»Weil...« Carolyn verhaspelte sich, denn sie wußte, daß Beth sofort ihre Worte durchschauen und der Wahrheit auf den Grund gehen würde. »Weil sie nicht alle Freunde der Sturgess' sind«, wagte sie zu äußern.

»Du meinst, sie sind nicht alle reich«, erwiderte Beth.

Volltreffer! dachte Carolyn. Es hatte keinen Sinn, es zu leugnen, wenigstens bei Beth.

Die Wagen bogen von neuem ab, und Carolyn blickte aus dem Fenster und sah die alte Schuhfabrik, die an der Prospect Street aufragte und deren rußgeschwärzte Ziegel ihr ein scheußlicheres Aussehen gaben, als es die kahle Architektur des 19. Jahrhunderts beabsichtigt hatte.

Carolyn erschauerte wie immer beim Anblick der Fabrik und schaute schnell fort. Dann fuhr der Wagen an der Fabrik vorbei, und der Ort blieb zurück, als der Leichenzug über die River Road fuhr und den langen gewundenen Zufahrtsweg hinauffuhr, der nach Hilltop führte.

»Mom?« fragte Beth plötzlich. »Was wird geschehen, jetzt da...« Sie zögerte und benutzte dann die Formulierung, um die ihre Mutter gebeten hatte; bis jetzt hatte sie sich geweigert, sie auszusprechen – »jetzt da Onkel Conrad tot ist?«

»Ich weiß es nicht«, erwiderte Carolyn. »Ich nehme an, alles wird weitergehen wie bisher.«

Natürlich wußte sie, daß es nicht stimmte. Es war ihr klar, daß sich alles in Westover ändern würde, wenn Conrad Sturgess nicht mehr aus seiner Abgeschiedenheit heraus die Geschäfte kontrollieren und die Interessen seiner Familie ohne viel Aufhebens wahren würde.

Und sie wußte, daß zumindest ihr diese Veränderungen mißfallen würden. Als die Limousine durch das Tor von

Hilltop fuhr, erinnerte sich Carolyn an das alte Sprichwort von den schlafenden Hunden, die man nicht wecken soll.

Ihr Mann, das war ihr klar, hatte nicht die Absicht, sie schlafen zu lassen.

Die sechs Sargträger trugen den Sarg mit Conrad Sturgess' Leiche den schmalen Pfad durch den Wald hinauf. Hinter dem Sarg ging Abigail Sturgess allein. Sie hielt den Kopf hoch erhoben und achtete nicht auf den starken Regen. Obwohl sie sich schwer auf einen Stock stützte, hielt sie sich steif aufgerichtet wie immer. Hinter ihr ging ihr Sohn Phillip mit Carolyn am Arm. Dem Paar folgten deren beiden Kinder, Beth Rogers und Tracy Sturgess. Dann bildeten die Trauergäste den Schluß der kleinen Prozession: Die Kilpatricks und die Baileys, die Babcocks und die Adams – die alten Familien, die mit der Familie Sturgess seit Generationen in Freundschaft verbunden waren.

Der Leichenzug umrundete eine Biegung des Pfads und hielt plötzlich an, als Abigail Sturgess einen Augenblick lang stehenblieb, um den schmiedeeisernen Torbogen zu betrachten, der sich über dem Pfad wölbte.

Drei Wörter waren in den Torbogen eingearbeitet:

Die Toten leben

Abigail Sturgess schien einen Augenblick lang über die Worte nachzudenken, dann ging sie weiter. Ein paar Minuten später traf Conrad Sturgess, gefolgt von seiner Familie und Freunden, an der Stätte ein, die seine letzte Ruhestätte werden würde, wie er es immer gewußt hatte.

Sorgsam in die Erde eingelassen und mit Moos bedeckt, führte eine kurze Steintreppe hinauf. Oberhalb der Treppe ragte wie eine Art Tempel das Mausoleum der Familie Sturgess aus dem Wald auf.

Das Gebäude war kreisförmig und völlig aus blaßrosa Marmor errichtet. Es gab sieben Säulen, jede fast sechs Meter hoch und mit einem marmornem Kreis überdacht, der fast 15 Meter im Durchmesser maß. Ringsum stand dicht der Wald um das merkwürdige Bauwerk, und nur selten drangen ein paar Sonnenstrahlen durch das Blattwerk auf den polierten Marmor. Heute schien die tiefe Wolkendecke nur ein paar Meter über dem seltsamen Monument zu schweben, und der vom Regen nasse Marmor wirkte, als wäre die Farbe abgewaschen worden.

Sechs Säulen waren in perfektem Zustand.

Die siebte Säule war zerstört. Es gab nur noch den Sockel, und von oben hing ein etwa einen halben Meter langes Stück des Kapitells vom Marmordach herunter.

In der Mitte des Säulenkreises stand auf marmornem Boden ein großer, runder Tisch aus Marmor, der von sieben Marmorstühlen umgeben war.

Sechs der Stühle waren dort.

Der siebte Platz am Tisch, der Platz, hinter dem sich die zerbrochene Säule befand, war leer.

Beth hielt den Blick auf den Rücken ihrer Mutter gerichtet und stieg unsicher die Treppe hinauf. Sie war schon öfter hier gewesen, und das Mausoleum hatte nur wie eine Ruine aus der Vergangenheit auf sie gewirkt. Heute war es jedoch anders, und sie erschauerte, als sie zwischen zwei Säulen hindurch in den steinernen Kreis trat.

Sie schaute sich nervös um, aber alle anderen wußten anscheinend genau, was sie zu tun hatten. Die Trauergäste – allesamt schwarz gekleidet, die Gesichter der Frauen von Schleiern verhüllt – hatten sich in einem Halbkreis um die Stühle verteilt. Die Sargträger stellten den Sarg behutsam auf eine Totenbahre, die bei dem leeren siebten Platz stand. Abigail Sturgess stand mit ausdruckslosem Gesicht hinter dem Sarg und blickte starr auf den massiven Steinstuhl gegenüber vom Sarg.

Beths Blick schweifte zum Rücken des Marmorstuhls, auf den die alte Frau sah.

Auf dem Stuhlrücken war in den Marmor eine Inschrift eingemeißelt:

Samuel Pruett Sturgess
3. Mai 1822–12. August 1890

Beth griff nach der Hand ihrer Mutter. Sie zog leicht daran, und als sich Carolyn hinabneigte, flüsterte ihr das kleine Mädchen ins Ohr. »Was tut sie?« fragte Beth.

»Sie überbringt Conrad seinem Großvater«, wisperte Carolyn zurück.

»Warum?«

»Das ist eine Tradition, Schatz«, erwiderte Carolyn und schaute sich nervös um. Aber es war alles in Ordnung – niemand nahm von ihnen überhaupt Notiz.

Beth runzelte leicht die Stirn. Warum ›überbringen‹ sie Onkel Conrad dem alten Mr. Sturgess? dachte sie. Es ergab für sie keinen Sinn. Sie zog von neuem an der Hand ihrer Mutter, doch diesmal blickte die Mutter nur zu ihr, hielt mahnend einen Finger auf die Lippen und schüttelte den Kopf. Stumm schaute Beth der restlichen Zeremonie zu, und sie wünschte woanders zu sein – irgendwo anders. Der Geistliche redete eintönig und wiederholte alles, was er erst vor einer halben Stunde in der Kirche über Conrad Sturgess gesagt hatte, und Beth fragte sich, ob der Pfarrer diesmal Samuel Pruett Sturgess von Onkel Conrad erzählte. Dann schaute sie in die Runde zu all den unbekannten Gesichtern der Leute ringsum.

Keiner zählte zu den Leuten, die sie gekannt oder kennengelernt hatte, als ihre Mutter und ihr Vater geheiratet hatten. Es waren allesamt Fremde, und sie wußte, daß sie sich irgendwie von ihr unterschieden.

Sie waren nicht anders, weil sie reich waren, wie Beth wußte, und alle in großen, wenn auch nicht ganz so imposanten Häusern wie Hilltop wohnten.

Daß sie anders waren, lag an ihrem Verhalten.

Wie heute morgen vor der Bestattung, als Beth allein im Frühstückszimmer gesessen hatte und einer von ihnen – sie glaubte, es war Mrs. Kilpatrick – hereingekommen war und sie angelächelt hatte. Es war ein freundliches Lächeln gewesen, und einen Augenblick lang hatte Beth gehofft, sie und die Frau könnten Freundinnen werden.

»Guten Morgen, junge Dame«, hatte die Frau gesagt. »Ich glaube, wir haben uns noch nicht kennengelernt, oder?« Beth hatte scheu den Kopf geschüttelt und der Frau die Hand hingehalten. »Ich bin Beth Rogers.«

»Rogers?« hatte die Frau wiederholt. »Ich glaube nicht, daß ich irgendwelche Rogers kenne. Woher stammst du? Kenne ich deine Mutter?«

Beth hatte genickt. »Ich wohne hier. Meine Mutter ist...«

Und dann war das Lächeln der Frau verschwunden, und ihr zuvor so warmherziger Blick war plötzlich kalt geworden. »Oh«, hatte sie gesagt, »du bist Carolyns kleines Mädchen, nicht wahr? Wie nett.« Bevor Beth irgend etwas hatte erwidern können, hatte sich die Frau abgewandt und wortlos das Zimmer verlassen.

Jetzt wurde Beth bewußt, daß sie die Frau angestarrt haben mußte, denn die Frau – sie war sich fast sicher, daß es Mrs. Kilpatrick war – blickte sie ärgerlich an. Beth bemerkte, daß ihre Mutter sie am Arm zupfte, und sie erkannte, daß die Zeremonie vorüber war.

Die Sargträger trugen den Sarg eine andere kurze Treppe hinunter, und als Beth an der Seite der Mutter Tracy und Phillip Sturgess folgte, die jetzt neben der alten Abigail gingen, sah Beth, daß es einen kleinen Friedhof im Wald hinter dem Mausoleum gab. Ein offenes Grab wartete, und Conrad Sturgess' Sarg wurde langsam hineingesenkt. Abigail Sturgess trat vor, bückte sich steif, hob einen nassen Erdklumpen auf und ließ ihn in das Grab fallen. Dann wandte sie sich ab und ging zurück durch das Mausoleum und den Pfad hinab, der zum Haus führte.

Beth fiel auf, daß Abigail Sturgess kein einziges Mal zurückblickte, nachdem sie sich vom Grab ihres Mannes abgewandt hatte. Ihr Verhalten ähnelte sehr dem von

Mrs. Kilpatrick am Morgen. Beth wußte nicht, warum, aber aus irgendeinem Grund beunruhigte sie das.

Carolyn Sturgess stand unbehaglich in der walnußgetäfelten Bibliothek und tat ihr Bestes, um mit Elaine Kilpatrick zu plaudern. Es fiel ihr schwer. Die Frau war zwar äußerst höflich, aber es schien eine unüberbrückbare Kluft zwischen ihnen zu sein. Nicht, daß Carolyn kein Interesse an dem gehabt hätte, über das Elaine sprach; eines der Dinge, die Carolyn für Phillip Sturgess eingenommen hatten, als sie ihn vor einem Jahr kennengelernt hatte, war genau dieses sein Interesse an all dem gewesen, über das Elaine Kilpatrick anscheinend alles wußte.

Und das war natürlich das Problem. Elaine schien alles und jedes zu wissen, und Carolyn fühlte sich wieder einmal wie eine ungebildete, provinzlerische Närrin.

Carolyn Rogers Sturgess war kein Dummkopf. Sie hatte die Universität von Boston besucht und in Kunst promoviert, und wenn sie auch nicht mit *summa cum laude* bestanden hatte, war sie doch stolz darauf.

Und sie und Alan waren auch viel gereist. Natürlich waren sie nicht in Paris und London gewesen, und sie hatte auch nicht die Museen in Florenz gesehen, aber sie hatte gewiß genügend Galerien in New York besucht.

»Natürlich wissen wir Kunst in diesem Land nicht richtig zu schätzen, nicht wahr?« hörte Carolyn Elaine ernst fragen, und sie tadelte sich insgeheim, weil sie überlegte, ob da etwas Gönnerhaftes am Tonfall der Frau war. Wenn das der Fall war, dann spiegelte es sich nicht in Elaines glänzenden Augen wider, die sich mit ungeteilter Aufmerksamkeit auf sie zu konzentrieren schienen.

Dennoch hatte Carolyn wie stets bei Phillips Freunden das Gefühl, daß sie von oben herab behandelt wurde.

»Ja«, sagte sie stockend, »ich nehme an, wir schätzen Kunst nicht.« Dann schenkte sie Elaine ein Lächeln und hoffte, daß es strahlend war. »Entschuldigen Sie mich bitte«, sagte sie. »Ich sehe dort drüben Francis Babcock, und ich muß etwas mit ihr besprechen.«

»Natürlich«, sagte Elaine glatt und wandte sich sofort Chip Bailey zu, um sich mit ihr zu unterhalten.

Als Carolyn zu Francis Babcock ging, die sie insgeheim verabscheute, fragte sie sich, wie Elaine es schaffte. Schlimmer noch, sie fragte sich, ob sie jemals die Tricks lernen konnte oder ob diesen Frauen die feine Lebensart über Generationen hinweg angeboren war. Aber was immer diese Frauen hatten, sie wußte, daß es ihr daran mangelte. Es fehlte ihr und ebenso ihrer Tochter.

Jetzt wurde Carolyn bewußt, daß sie Beth seit über einer Stunde nicht mehr gesehen hatte, seit sich die Familie getrennt und zu den Gästen in der Bibliothek gesellt hatte. Beth war jedoch nicht in die Bibliothek gegangen. Carolyn schwenkte von Francis Babcock ab und stahl sich aus der Bibliothek. Sie blickte den breiten Flur entlang, der diesen Flügel des Hauses teilte. Der Gang war leer.

Als Carolyn das Wohnzimmer verließ, nachdem sie dort nach Beth Ausschau gehalten hatte, sah sie ihre Stieftochter. »Tracy?«

Das Mädchen, dessen blondes Haar zu einem Knoten aufgesteckt war, was sie nach Carolyns Meinung zu alt machte, stand am Fuß der Treppe, die von der Eingangshalle ins Obergeschoß hinaufführte. Tracy blickte sich verstohlen um; als sie feststellte, daß sie allein waren, schaute sie Carolyn herausfordernd an. »Was willst du?«

In Carolyn stieg Ärger auf. Wenn Phillip dagewesen wäre, hätte sich Tracy höflicher gezeigt. Wenn sie jedoch allein waren, sprach Tracy stets in frechem Tonfall, als versuche sie, Carolyn aus der Fassung zu bringen.

»Ich suche nach Beth«, erwiderte Carolyn gespielt gleichmütig, um ihren Ärger vor Tracy zu verbergen. »Ich dachte, sie geht mit uns in die Bibliothek.«

»Nun, wenn sie nicht dort ist, dann hat sie das offenbar nicht getan, oder?« entgegnete Tracy.

»Hast du sie gesehen?«

»Nein.«

»Wenn du sie siehst, sagst du ihr, daß ich sie suche?«

Tracy kniff die Augen zu Schlitzen zusammen, und ihre Lippen verzogen sich zu einem falschen, boshaften Lächeln. »Vielleicht werde ich das, vielleicht auch nicht«, sagte sie. Dann ging sie die Treppe hinauf und verschwand aus Carolyns Blickfeld.

Nimm einfach keine Notiz davon, sagte sich Carolyn. Sie hat sich noch nicht an dich gewöhnt, ebensowenig an Beth, und du mußt ihr Zeit lassen. Dann ertappte sie sich mit einem Schuldgefühl bei dem Wunsch, es wäre nicht Juni und Tracy wäre den Sommer über nicht zu Hause. Es war schlimm genug an Weihnachten gewesen, als sie und Phillip geheiratet hatten und Tracy sich geweigert hatte, überhaupt mit ihr zu reden, und noch schlimmer war es in den Osterferien gewesen, als Tracy wütend verlangt hatte, daß Carolyn und Beth verschwinden sollten, weil es keinen Platz in diesem Haus für sie gebe. Tracy hatte darauf geachtet, diese Forderung zu stellen, als ihr Vater nicht in der Nähe gewesen war, und Carolyn hatte sich schließlich entschlossen, Phillip überhaupt nichts von dem Zwischenfall zu erzählen. Aber jetzt war das Mädchen den Sommer über daheim, und wenn es auch noch keine großen Szenen gegeben hatte, so spürte Carolyn, daß sich ein neuer Zwischenfall anbahnte. Es war nur eine Frage der Zeit, bis Tracys Zorn über die zweite Heirat ihres Vaters von neuem überschäumen würde. Carolyn hoffte, daß Tracy dann ihre Wut an ihr auslassen würde, und nicht an Beth. Beth hatte es bereits schwer genug.

Carolyn seufzte und ging die Treppe hinauf. Vielleicht hatte sich Beth auf ihr Zimmer zurückgezogen, wie sie es oftmals tat. Als Carolyn im Obergeschoß war, wurde sie von der gebieterischen Stimme ihrer Schwiegermutter aufgehalten. »Carolyn? Wo willst du hin?«

Carolyn wandte sich um und fragte sich flüchtig, wie

Abigail Sturgess es geschafft hatte, so plötzlich aufzutauchen. Doch da stand sie wie aus dem Nichts. Sie stützte sich auf den Elfenbeinstock und musterte Carolyn mit ihren blauen Augen – die gleichen Augen, die ihr Sohn und ihre Enkelin hatten.

Phillips Augen hatten das warme Blau einer tropischen See. Abigails und Tracys Augen hatten das kalte Blau von Eisstücken. Und jetzt waren die Augen wie so oft mißbilligend auf Carolyn gerichtet.

»Ich suche Beth«, erwiderte Carolyn.

Abigail lächelte frostig. »Ich bin sicher, daß Beth in der Lage ist, allein zurechtzukommen. Und eine gute Gastgeberin verläßt ihre Gäste nicht, oder? Komm. Ich möchte, daß du mit einigen Leuten sprichst.«

Carolyn zögerte. Mit einem schnellen Blick die Treppe hinauf folgte sie dann Abigail zurück zur Bibliothek.

Niemand außer Abigail hatte anscheinend bemerkt, daß sie fortgewesen war. Niemand außer Phillip, der sie von seinem Platz neben dem Kamin aus entdeckte und ihr ein Lächeln schenkte. Plötzlich fühlte sich Carolyn besser. Vielleicht gehörte sie trotz allem hierhin. Wenigstens Phillip schien das zu denken.

Alan Rogers lehnte sich auf seinem Schreibtischsessel zurück und fuhr sich unbewußt mit der Hand durch die schwarze Haarfülle, die anscheinend niemals zu bändigen war, so sehr er es auch versuchte. Er blickte aus dem Fenster. Der Regen hatte endlich aufgehört, wenigstens für eine Weile. Alan mußte lächeln, als er sich die Szene vorstellte, die sich vor einer Stunde bei den Sturgess abgespielt hatte.

Alle hatten schwarzgekleidet im Regen gestanden und ihn hoheitsvoll ignoriert, während sie endlich den alten Bastard zur letzten Ruhe unter die Erde gebracht hatten.

Wenn Conrad Sturgess jemals in Frieden ruhen würde. Alan Rogers hoffte fest das Gegenteil.

Vielleicht hättest du zu der Beerdigung gehen sollen, dachte er. Schließlich hätte dich niemand fortgeschickt. Das war nicht ihre Art. Sie hätten ihn einfach hochnäsig angeschaut und ihn wissen lassen – natürlich auf die feine Art –, daß er unerwünscht war.

Wenn es nicht um Beth gegangen wäre, hätte er an der Beerdigung teilgenommen und sich den Teufel um Carolyn geschert.

Sie wäre natürlich wütend auf ihn gewesen, aber das hätte ihm wirklich nichts ausgemacht. Nach all diesen Jahren war er an Carolyns Zorn gewöhnt. Manchmal fragte er sich allen Ernstes, ob es jemals eine Zeit gegeben hatte, in der sie nicht wütend auf ihn gewesen war.

Es mußte jedoch solch eine Zeit gegeben haben, als sie sich geliebt hatten. Vielleicht in den ersten Jahren ihrer Ehe, bevor Carolyns ehrgeizige Pläne für ihren Mann ihr Leben bestimmt hatten. Alan war Zimmermann gewesen, und zwar ein guter, der stolz auf sein Handwerk gewesen war, doch das hatte Carolyn nicht gereicht. Sie hatte sich entschlossen, ihn zu einem Unternehmer, einem Geschäftsmann, zu machen. Er hatte sich stets geweigert und ihr gesagt, daß er einfach nicht die Verantwortung tragen wollte.

Sie hatten sich immer erbitterter gestritten, und schließlich war die Ehe in die Brüche gegangen.

Die Ironie des Ganzen war, daß er zwei Jahre nach der Scheidung ohnehin Unternehmer geworden war. Es war schließlich zu einer wirtschaftlichen Notwendigkeit geworden. Wenn er für seinen, Carolyns und Beths Lebensunterhalt sorgen wollte, dann brauchte er einfach mehr Geld. Und so hatte er getan, was Carolyn von Anfang an verlangt hatte.

Und was war passiert?

Sie hatte Phillip Sturgess geheiratet, und er war bis auf die Unterhaltszahlungen für das Kind mit allem aus dem Schneider. Was das anbetraf, so würde es Carolyn jetzt nicht mehr das geringste ausmachen, ob er den monatlichen Scheck schickte oder nicht. Phillip würde die Differenz ausgleichen und zwar mit Freuden.

Es war jedoch eine Sache des Prinzips. Beth war Alans Tochter, und er wollte für sie sorgen, ob sie seine Unterstützung brauchte oder nicht.

Er nahm an, daß das Geld vermutlich in einen Treuhandfond für Beth eingezahlt wurde. Das würde sehr zu Phillip passen – Kinder sollten Treuhandgelder von ihren Vätern bekommen, und Phillip würde dafür sorgen, daß Beth finanziell gesichert sein würde, ob er, Alan, etwas davon wußte oder nicht.

Alan grinste vor sich hin und fragte sich, ob Carolyn wußte, wie gut er und Phillip in Wirklichkeit miteinander auskamen. Wenn Carolyn Phillip nicht geheiratet hätte, wären Phillip und er vermutlich gute Freunde geworden, trotz ihres unterschiedlichen Milieus.

Denn Phillip hatte es als einziger unter den Sturgess irgendwie geschafft, seinen Dünkel zu überwinden, der ihm von dem Tag seiner Geburt an angezüchtet worden war.

Phillip hatte die richtigen Schulen besucht, mit den richtigen Kindern gespielt, die richtigen Frauen kennengelernt – sogar eine davon geheiratet, jedenfalls beim erstenmal – aber so sehr sich seine Eltern auch bemüht hatten, Phillip hatte nie die arroganten Allüren der Familie Sturgess angenommen. Nachdem Phillip jetzt Carolyn geheiratet hatte, hätten die beiden Männer eine argwöhnische Distanz halten sollen, doch in Wirklichkeit konnte Alan nicht dagegen an, daß er Phillip Sturgess mochte. Carolyn hatte jetzt alles, was sie sich wünschte – einen Rang in der Gesellschaft, Geld und all den Luxus, den er ihr nicht hatte bieten können, und er hoffte, daß die Ehe gedeihen würde. Eines war sicher: Phillip liebte Carolyn – so sehr wie Alan sie einst selbst geliebt hatte.

Alan wollte, daß seine Ex-Frau glücklich war, wenn

auch nur um seiner Tochter willen, denn er wußte, daß Beth darunter zu leiden haben würde, wenn Phillip und Carolyn nicht miteinander auskamen.

Was auch immer geschehen mochte, Alan würde niemals zulassen, daß seine Tochter darin verwickelt werden würde. Es war nicht Beths Schuld, daß es mit ihm und Carolyn nicht geklappt hatte. Wenn er es sich richtig überlegte, waren vermutlich nur die Sturgess' schuld am Scheitern der Ehe.

Denn so lange er Carolyn gekannt hatte – und sie waren zusammen aufgewachsen – war sie von der Familie Sturgess fasziniert gewesen.

Fasziniert und zugleich von ihnen abgewiesen.

Und trotzdem hatte sie Phillip geheiratet.

So war die Ablehnung der Sturgess', von der sie immer gesprochen hatte, nicht ganz so groß gewesen, wie Carolyn behauptet hatte.

Vielleicht war es von Carolyn Neid gewesen, der Wunsch, als eine von ihnen geboren worden zu sein.

Als Phillip Sturgess nach fast zehn Jahren Leben im Ausland plötzlich wieder in Westover aufgetaucht war, hatte Carolyn jedenfalls keine Zeit verloren, um ihn zu umgarnen und einzufangen. Nein, das war eigentlich keine faire Behauptung. Die beiden hatten sich kennengelernt und ineinander verliebt, und Carolyn hatte ihren Job in einem örtlichen Anwaltsbüro nach der Hochzeit aufgegeben und das damit begründet, daß sie nicht weiter Anwaltsgehilfin sein konnte, wenn sie den wichtigsten Mandanten heiratete; das würde zu Interessenkonflikten führen.

Vielleicht stimmte das, vielleicht auch nicht. Nichts von allem spielte noch eine Rolle. Tatsache war, daß Carolyn Phillip geheiratet hatte, und Alan hoffte, daß sie glücklich sein würde.

Wenn Abigail Conrad ins Grab folgte, würde Carolyn vielleicht eine Chance haben. Bis dahin würde ein mühseliger Kampf vor seiner Ex-Frau liegen, davon war Alan überzeugt.

Die Tür wurde geöffnet, und die Sekretärin kam herein. Sie legte einen Stapel Post auf den Schreibtisch und musterte Alan kritisch. »In Gedanken versunken«, stellte sie fest. »Ds ist immer ein schlechtes Zeichen.«

»Ich denke gerade an die Sturgess' und hoffe, daß sie nicht alle in Conrads Grab ertrunken sind.«

Judy Parkins kicherte. »Das wäre was, nicht wahr? Und vor allem, nachdem Carolyn so hart daran gearbeitet hat, Phillip zu bekommen.«

Das Lächeln verschwand von Alans Gesicht, und Judy bereute sofort ihre Worte. »Verzeihung, ich meinte das nicht so.«

Alan verzog ironisch das Gesicht. »Nun, hoffen wir einfach, daß sie glücklich sind, und wünschen wir ihnen das Beste, in Ordnung?«

Judy betrachtete ihren Chef mit erhobenen Brauen. »Wie schaffen Sie es immer, so verdammt *gut* zu sein? Und wenn Sie so ein gutes Herz haben, wie kommt es dann, daß Carolyn Sie überhaupt gegen Phillip Sturgess eingetauscht hat?«

»Erstens bin ich nicht so verdammt gut, und zweitens hat sie mich nicht eingetauscht. Sie hat mit mir Schluß gemacht. Und es ist aus und vorbei. In Ordnung?«

»In Ordnung.« Judy wandte sich um und wollte das Büro verlassen. In diesem Augenblick stürzte Beth herein. Ihr Gesicht war gerötet, und Tränen liefen über ihre Wangen. Beth warf sich schluchzend ihrem Vater in die Arme. Judy Parkins sah Alan noch mitfühlend an, huschte aus dem Büro und schloß leise die Tür hinter sich.

»Liebling«, sagte Alan sanft und versuchte seine Tochter zu beruhigen. »Was ist passiert?«

»Sie – sie hassen mich«, schluchzte Beth. »Ich gehöre nicht dorthin, und sie alle hassen mich!«

Alan schloß das unglückliche Kind fester in die Arme.

»Oh, Schatz, das stimmt nicht. Deine Mutter liebt dich sehr, und ebenfalls liebt dich Onkel Phillip...«

»Er ist nicht mein Onkel«, widersprach Beth heftig. »Er ist Tracys Vater, und er haßt mich.«

»Wer hat dir denn das gesagt?«

»Tracy«, schluchzte Beth. Sie schaute zu ihrem Vater auf und blickte ihn flehend an. »Sie... sie sagte, ihr Vater haßt mich, und am Ende der Sommerferien müßte ich verschwinden und woanders wohnen. Sie... sie sagte, er wird mich fortjagen!«

»Ich verstehe«, murmelte Alan. Das war wieder so ein Zwischenfall wie im Frühjahr, als Tracy auch in den Ferien zu Hause gewesen war. »Wann hat sie dir das gesagt?«

»Vorhin. Alle waren in... in der Bibliothek, und ich war allein im Wohnzimmer, und da kam sie herein und sagte mir das. Sie sagte, jetzt nach dem Tod ihres Großvaters besitze ihr Vater das Haus und... und er werde mich davonjagen!«

»War sonst noch jemand dabei?«

Beth zögerte mit der Antwort und schüttelte dann den Kopf. »N-nein...«

»Nun, ich wette, wenn Onkel Phillip das von Tracy gehört hätte, dann hätte er sie übers Knie gelegt und ihr den Hintern versohlt. Vielleicht sollte ich ihn anrufen und ihm davon erzählen.«

Beth wich entsetzt zurück. »Nein! Wenn du ihn anrufst, erfährt Tracy, daß ich es dir gesagt habe, und dann wird alles nur noch schlimmer!«

Alan nickte ernst. »Was soll ich dann deiner Meinung nach tun?«

»Kann ich nicht bei dir bleiben, Daddy? Bitte!«

Alan seufzte leise. Dies war ebenfalls etwas, das sie schon durchgemacht hatten, und er hatte immer wieder versucht, Beth zu erklären, warum es das Beste für sie war, bei ihrer Mutter zu leben. Aber all seine Bemühungen hatten nichts an Beths Antwort geändert.

»Ich gehöre nicht dorthin«, sagte sie stets. »Sie sind anders als ich, und ich passe einfach nicht zu ihnen. Wenn du mich dorthin zurückschickst, werde ich sterben.«

Und manchmal wenn er in ihre großen, braunen Augen geschaut und ihr das weiche, schwarze Haar zurückgestrichen hatte – das Haar, das ein Erbe von Carolyn war –, hatte er fast geglaubt, daß Beth recht hatte.

Er stand auf und nahm seine Tochter an die Hand. »Komm, Kleines«, sagte er. »Ich fahre dich nach Hause, und wir reden unterwegs über alles.«

»Nach Hause?« fragte Beth, und in ihren Augen schimmerte plötzlich Hoffnung. »Zu uns nach Hause?«

»Nein«, erwiderte Alan. »Ich bringe dich nach Hilltop zurück. Dort lebst du jetzt, nicht wahr?«

Obwohl Beth nichts sagte, verschwand das hoffnungsvolle Leuchten aus ihren Augen.

2

Alan Rogers bog von der River Road ab, schaltete herunter und fuhr den Zufahrtsweg nach Hilltop hinauf.

»Gleich sind wir da.« Als Beth keine Antwort gab, blickte er aus den Augenwinkeln heraus zu ihr. Sie saß zusammengekauert da und blickte unglücklich drein.

»Tu so als ob«, sagte Alan. Beth wandte sich ihm zu.

»Tu so als ob? Was heißt das?«

»Das heißt, wenn du tust, als ob alles in Ordnung wäre, dann wird es das vielleicht auch werden. Denke nicht an das, was falsch ist, sondern denk an das Richtige. Das hilft.«

»Wie kann es helfen? Heuchelei ändert nichts.«

»Aber es kann ändern, wie du über die Dinge denkst. Erinnerst du dich an das Apartment, in dem ich eine Zeitlang wohnte? Das über dem Drugstore?«

Die Andeutung eines Lächelns spielte um Beths Lippen. »Du hast es gehaßt.«

»Das stimmt. Und warum hätte ich es nicht hassen sollen? Du warst nicht mehr bei mir und fehltest mir schrecklich. Und das Apartment war klein und dunkel und leer. Es war furchtbar. Und dann kam eines Tages Judy herüber.«

»Judy Parkins?«

»Genau. Jedenfalls meckerte ich über das miese Apartment, und sie fragte mich, was ich damit tun würde, wenn es mir gefallen würde.«

»Aber es hat dir nicht gefallen«, widersprach Beth. »Du hast es gehaßt!«

»Genau das habe ich ihr gesagt. Und Judy sagte: ›Dann bilden Sie sich einfach ein, es zu mögen. Was würden Sie dann damit tun?‹ Ich dachte darüber nach und sagte ihr schließlich, daß ich als erstes die Stabjalousien entfernen und durch Fensterläden ersetzen würde. Und daß ich dann das Apartment neu streichen und den Boden mit Binsenmatten auslegen würde. Und am nächsten Wochenende kam Judy rüber, und wir machten all das. Danach fand ich das Apartment überhaupt nicht mehr so schlecht.«

Alan lenkte den Fiat durch das Tor des Hilltop-Anwesens und fuhr langsam über den breiten, kreisförmigen Zufahrtsweg an einem großen Rasen vorbei bis vor die Sturgess-Villa. Er parkte zwischen einem Cadillac und einem Mercedes und blieb einen Augenblick lang sitzen, um das gewaltige Haus zu betrachten. Wie stets war er weniger von der Größe als von dem merkwürdigen Baustil beeindruckt. Dem Architekten war offensichtlich nicht daran gelegen gewesen, etwas Schönes zu schaffen, als vielmehr eine Demonstration der Macht zu errichten.

»Schon gut, schon gut«, sagte Alan und wandte sich mit todernstem Gesicht seiner Tochter zu, als hätte sie etwas gesagt. »Ich gebe zu, daß Fensterläden, Binsenmatten und Farben hier nicht viel helfen würden.«

Das Haus war überwiegend aus Backsteinen errichtet. Zwei Flügel mit Flachdach erstreckten sich vom Mittelteil aus, dessen Hauptattraktion ein gewaltiges Fenster mit bemaltem Glas über dem massiven, doppelflügeligen Portal war. Alan fand, daß das Fenster eher zu einer Kirche paßte als zu einem Heim. Die Fassade war fast schmucklos, und die einzige Auflockerung der Dachlinie bestand aus ein paar Schornsteinen, die wahllos verstreut waren, wo immer der Grundriß es erfordert hatte.

Es war etwas Abstoßendes und Bedrohliches an dem Gebäude, als versuche sich das Haus gegen eine feindliche Welt zu verteidigen.

»Es ist überhaupt kein Haus«, sagte Beth. »Es ist wie ein Museum. Ich habe immer das Gefühl, irgend etwas kaputtzumachen.«

»Du wohnst erst seit ein paar Monaten hier, Schatz. Gib dir eine Chance, dich daran zu gewöhnen.« Noch während er das sagte, fragte sich Alan, ob es überhaupt möglich war, daß sich seine Tochter in einem solchen Haus heimisch fühlen konnte. Er wußte, daß er sich darin niemals wohlfühlen würde. »Komm«, sagte er mit einem Seufzen. »Ich bringe dich rein.«

Beth stieg widerwillig aus dem Wagen aus, als Alan ihr die Tür aufhielt. Dann ergriff Beth die Hand ihres Vaters. »Kann ich nicht wenigstens heute nacht bei dir bleiben?« flehte sie. »Bitte!«

Alan zog seine Tochter an sich und legte den Arm um ihre Schulter. »Gib mir nicht das Gefühl, als würde ich dich den Löwen zum Fraß vorwerfen«, erwiderte er, aber sein Versuch, zu scherzen, klang selbst für ihn mißlungen. Er drückte auf die Türglocke. Einen Augenblick später wurde die Tür von einer älteren Frau geöffnet. Sie war schon so lange die Haushälterin der Familie Sturgess, wie sich jeder zurückerinnern konnte.

»Beth! Wo bist du gewesen? Deine Mutter hat dich überall gesucht!«

»Sie hat mich kurz besucht, Hannah«, sagte Alan. »Ich nehme an, sie hat keinem gesagt, wohin sie geht.«
Hannah sah Beth mit gespielter Strenge an. – »Nun, das hättest du mir sagen sollen, nicht wahr, junge Lady?«
»Es... es tut mir leid, Hannah. Aber ich habe einfach... ich...«
»Ich weiß«, unterbrach Hannah. Sie warf nervös einen Blick über die Schulter und senkte dann die Stimme. »All die feinen Pinkel stehen herum und tun, als trauerten sie um den alten Mr. Conrad, und alle anderen ebenfalls, was das anbetrifft. Ich verstehe nicht, wie die sich selbst ertragen können.« Sie zog Beth sanft von ihrem Vater fort und ins Haus. »Komm in die Küche und trink eine Tasse Kakao. Sie auch, Alan...«
»Danke, Hannah. Aber ich sollte besser...«
»Hannah?« rief Carolyn aus dem Haus. »Hannah, wer ist da?« Einen Augenblick später tauchte Carolyn mit verzerrtem Gesicht an der Tür auf. Als Carolyn ihren Ex-Mann sah, schwieg sie sekundenlang, und dann verstand sie plötzlich. »Sie war wieder bei dir?«
Alan nickte bestätigend, und Carolyn zögerte einen Moment, bevor sie ihre Tochter in die Arme zog. »Liebling, was ist passiert? Warum hast du mir nicht gesagt, wohin du gehst?«
»Du – du warst beschäftigt.«
»Für dich habe ich immer Zeit. Das weißt du doch.«
»Es war einfach zuviel für sie«, warf Alan ein. »Sie kannte keinen und...«
Carolyn warf einen Blick zu ihr und wandte sich dann an Hannah. »Bring sie bitte auf ihr Zimmer, ja, Hannah?«
»Ich wollte ihr einen Kakao geben, Ma'am.«
»Fein. Ich komme gleich in die Küche.« Carolyn wartete, bis Hannah und Beth fort waren. Dann wandte sie sich an ihren Ex-Mann. »Alan, ist etwas passiert? Etwas, von dem mir Beth nichts erzählen will?«
Alan schüttelte hilflos den Kopf. »Carolyn, was kann

ich dazu sagen? Wenn es etwas gibt, das Beth dir erzählen will, dann wird sie es dir sagen.«

»Du willst es mir also nicht erzählen«, sagte Carolyn mit kalter Stimme.

»Stimmt, von mir erfährst du nichts. Wir haben damals abgemacht...«

»Wir haben abgemacht, daß wir Beth nicht gegeneinander ausspielen werden. Aber wenn etwas passiert, das ich wissen sollte, mußt du mir das sagen.«

Alan dachte über die Worte seiner Frau nach und schüttelte dann den Kopf. »Wenn du wissen willst, was Beth widerfahren ist, dann rede mit ihr. Schließlich lebt sie bei dir, nicht bei mir.«

Carolyn blieb an der Tür stehen, bis Alan fort war und sie den Wagen nicht mehr hören konnte. Dann schloß sie die gewaltige Eichentür und wollte zur Küche gehen. Als sie die Eingangshalle durchquerte, wurde Carolyn von der Stimme ihrer Schwiegermutter aufgehalten.

»Carolyn, wir haben immer noch Gäste.«

Carolyn zögerte und fühlte sich hin und her gerissen. Dann wandte sie sich um wie eine Marionette, die an den Fäden gezogen wird, und folgte Abigail Sturgess in die Bibliothek.

Es war fast Mitternacht, als Carolyn ein letztes Mal durch das Haus ging und überprüfte, ob alle Fenster und Türen verschlossen waren. Es war unnötig, das wußte sie. Hannah machte ebenfalls einen Kontrollgang durchs Haus, wie sie es in den letzten vier Jahrzehnten jeden Abend getan hatte, aber Carolyn tat es trotzdem. Als Phillip sie einmal am späten Abend nach dem Grund gefragt hatte, war Carolyn nicht in der Lage gewesen, es ihm richtig zu erklären. Sie hatte gesagt, daß sie durch das Überprüfen das Gefühl gewann, daß es wirklich ihr Heim war, und daß es eine alte Angewohnheit aus den Jahren vor der Ehe mit Phillip sei. Aber es war mehr als das.

Zum Teil war es einfach das Bedürfnis, sich zu beruhigen, denn jede Nacht vor dem Schlafen lauschte sie in der Dunkelheit auf die Geräusche in dem alten Haus und gab dann ihren Ängsten nach, die unbegründet waren, wie sie wußte. Sie stand auf und schaute in alle Zimmer, um sich zu vergewissern, daß alles in Ordnung war. Nach dem zweiten Monat – dem vergangenen Februar – hatte sie sich gesagt, daß es einfacher war, ihre Runde vor dem Schlafengehen zu machen.

Aber es war mehr als das. Da war etwas an dem Haus während der Nacht – nachdem Abigail zu Bett gegangen war –, das sie mit einer Faszination anzog, die sie selten bei Tageslicht empfand. Tagsüber hatte sie auf Hilltop stets das Gefühl, daß man versuchte, sie auszuschließen. Des Nachts änderte sich das jedoch alles, und die kalten Mauern schienen ein anderes Gesicht anzunehmen, wirkten weniger bedrohlich und kühl. Das Haus schien sie liebevoll aufzunehmen und ihr das Gefühl zu geben, daß es immer dort sein würde, ganz gleich was sonst passieren mochte.

Carolyn ging langsam durch die Räume, verharrte im Eßzimmer, um wie so oft die Porträts aller Sturgess' zu betrachten, die einst in diesem Haus gelebt hatten und jetzt im Mausoleum oder auf dem kleinen Friedhof dahinter waren. Die Sturgess' blickten auf sie hinab, und sie bildete sich manchmal ein, daß sie von ihnen mißbilligt wurde – wie von Abigail. Natürlich war das lächerlich. Ihr leicht geringschätziger und herablassender Gesichtsausdruck hatte nichts mit ihr zu tun.

Jedenfalls nichts persönlich mit ihr.

Heute abend ließ sie sich auf einen Lehnstuhl am Fuß des großen Eßtischs sinken und schaute zu dem Porträt von Samuel Pruett Sturgess auf. Der sanfte Lichtschein des kristallenen Kronleuchters fiel auf das alte Gemälde. Carolyn betrachtete es genau. Aus irgendeinem Grund hatte sie fast erwartet, daß die Züge des alten Mannes heute nacht weicher sein würden, als hätte es ihm gefallen, heute nachmittag seinen Enkel wiederzusehen.

Wenn es so war, gab das Porträt kein Anzeichen darauf. Samuel Pruett Sturgess blickte finster von der Wand wie immer, und Carolyn fragte sich wieder einmal, ob der Gründer der Familie Sturgess so grausam gewesen war, wie ihn der Künstler anscheinend gesehen hatte, ein bösartig wirkender, ernster Patriarch.

Hatte der Maler die Gerüchte über Samuel Pruett ebenfalls gehört, oder waren die Gerüchte erst nach dessen Tod entstanden? Es wurden so viele Geschichten im Flüsterton über den alten Mann erzählt, über seine Zornausbrüche, seine Unbarmherzigkeit, daß einige von ihnen stimmen mußten. Und in Carolyns eigener Familie...

Sie erschauerte unwillkürlich und war von neuem froh, daß ihre Eltern lange vor ihrer Ehe mit Phillip Sturgess gestorben waren. In ihrer Familie war der Haß auf die Sturgess' tief gewesen, und all die Gerüchte waren als Tatsachen akzeptiert worden. Sowohl für ihren Vater als auch für ihre Mutter wäre es die größte Schande gewesen, daß das letzte Kind der Deavers einen Sturgess geheiratet hatte.

Die Deavers hatten so lange wie die Sturgess' in Westover gelebt, vielleicht sogar länger. Und in Carolyns Familie hatte es immer die Legende gegeben, daß Charles Cobb Deaver – Carolyns Urgroßvater – eine Partnerschaft mit Samuel Pruett Sturgess gehabt hatte. Charles Deaver war ein Schuhmacher gewesen, und die Legende besagte, daß Samuel Pruett Sturgess ihn benutzt hatte, um seine Schuhfabrik aufzubauen, und daß er ihn dann aus dem Geschäft gedrängt hatte. Während die Fabrik gewachsen war und Sturgess sein Vermögen vermehrt hatte, war es mit Deaver steil abwärts gegangen. Charles Deaver war schließlich nur noch Vorarbeiter einer Schicht gewesen und hatte die Arbeit seiner eigenen Kinder beaufsichtigen müssen. Am Ende hatte er Selbstmord begangen, aber für

Carolyns Eltern hatte festgestanden, daß er von Samuel Pruett Sturgess ermordet worden war. Das hatten sie so fest geglaubt, als hätte Sturgess die Tatwaffe selbst gehalten.

Während Carolyn das Porträt von Samuel Pruett Sturgess betrachtete, fand sie es schwer, die Legende anzuzweifeln. Gewiß war nichts in den Gesichtszügen des Mannes, das auf die geringste Güte und Freundlichkeit schließen ließ. Es war ein verkniffenes Gesicht mit den Zügen eines Habgierigen, und oftmals wünschte Carolyn, das Porträt würde nicht im Eßzimmer hängen, wo sie es jeden Tag sehen mußte. Doch gleichzeitig übte das Porträt eine sonderbare Faszination auf sie aus, als wäre irgendwo darin die Wahrheit hinter all den Legenden verborgen.

Carolyn erhob sich, schaltete das Licht aus und ging zurück durch das große Wohnzimmer zur Eingangshalle. Sie überprüfte noch einmal die Vordertür und ging dann die Treppe hinauf. Oben auf dem Treppenabsatz blickte sie über den Gang des Nordflügels und sah einen Lichtstreifen unter der Tür von Abigails Suite. Einen Augenblick lang war Carolyn versucht, an die Tür zu klopfen und der alten Frau gute Nacht zu sagen. Doch dann wandte sich Carolyn ab. Sie wußte, daß es keinen Sinn hatte. Sie würde nur von neuem abgewiesen werden.

Carolyn ging in die andere Richtung und eilte über den breiten Gang zu der Suite, die sie und Phillip auf der anderen Seite des Hauses bewohnten.

»Sind wir eine weitere Nacht sicher?« fragte Phillip, als Carolyn das Schlafzimmer betrat. Er saß im Pyjama auf dem großen Bett und blätterte in einem Magazin. »Schleichen keine Diebe oder Lustmörder über die Gänge?«

Carolyn streckte ihm die Zunge heraus, setzte sich auf die Bettkante und wandte ihrem Mann den Rücken zu. »Der einzige Lustmörder hier bist du, und zufällig gefällt mir das. Machst du mir den Reißverschluß auf?«

Sie spürte die Wärme von Phillips Hand auf ihrer Haut

und erbebte vor Wonne, doch als er sie in die Arme ziehen wollte, entwand sie sich ihm und stand auf. Sie zog ihr schwarzes Kleid aus und wollte zu ihrem Umkleidezimmer gehen.

»Hier sollten öfter Leute sterben«, hörte sie Phillip sagen. Bestürzt blieb Carolyn stehen und drehte sich zu ihm um. Er grinste sie an. »Du gefällst mir in Schwarz.«

»In Schwarz sehe ich schrecklich aus«, widersprach Carolyn. »Außerdem ist es entsetzlich, so etwas zu sagen.«

»Ich sage gern entsetzliche Dinge. Und du siehst nicht schrecklich in Schwarz aus. Jedenfalls nicht in schwarzer Unterwäsche.«

»Es ist immer noch entsetzlich, so etwas am Tag der Beerdigung deines Vaters zu sagen.«

»Der schon den Anschein zu erwecken begann, daß er überhaupt niemals den Löffel abgeben würde«, bemerkte Phillip trocken.

»Phillip!«

»Nun, das stimmt doch, oder etwa nicht? Und komm mir nicht mit frommen Sprüchen. Was meinen guten, alten Dad anbetrifft, so werde ich nicht heucheln, daß mir sein Ableben leid tut. Wenigstens nicht vor dir.«

»Dein Vater war...« begann Carolyn, doch ihr Mann schnitt ihr das Wort ab.

»Mein Vater war ein halb seniler alter Mann, der seine Zeit überlebt hatte. Mein Gott, Carolyn, du solltest das als erste zugeben. Er hat sich nie damit abgefunden, daß das 19. Jahrhundert vorbei war, obwohl er nie darin gelebt hat.«

»Also gut, er war schwierig«, räumte Carolyn ein. »Aber er war immer noch dein Vater, und du schuldest ihm etwas Respekt.«

Der spitzbübische Schimmer verschwand aus Phillips Augen, und seine Miene wurde ernst. »Ich brauche ihn überhaupt nicht zu respektieren«, sagte er. »Wir beide wissen, wie er war und wie er uns behandelt hat. Er benahm sich, als wärst du eine seiner Bediensteten.«

»Und ich habe es überlebt, oder nicht?« entgegnete Carolyn. »Schließlich hätten wir ausziehen können, wenn wir das wirklich gewollt hätten.«

»Stimmt.« Phillip seufzte. »Und wir taten es nicht, was vermutlich für keinen von uns spricht. Jedenfalls ist das jetzt vorbei.«

»Ist es das?« fragte Carolyn. »Was ist mit deiner Mutter? Und mit Tracy? Die haben uns auch nicht auf Rosen gebettet.« Als Carolyn den schmerzlichen Ausdruck in Phillips Augen sah, bereute sie ihre Worte. »Verzeih mir. Ich hätte das nicht sagen sollen.«

»Du hättest es nicht zu sagen brauchen«, erwiderte Phillip ruhig, »denn ich weiß es.« Er schaute Carolyn in die Augen. »Carolyn, willst du wegziehen? Wir können die Mädchen nehmen und irgendwo anders leben, wo du willst. Weg von Westover. Ohne Mutters Einfluß wird Tracy zur Vernunft kommen.«

Das war etwas, worüber Carolyn oft nachgedacht und was sie letzten Endes stets abgelehnt hatte. Sie wußte, daß es keine Lösung war, Westover zu verlassen. »Das können wir nicht, Phillip. Du weißt, daß es nicht geht. Wir können Abigail nicht allein hier zurücklassen – das würde sie umbringen. Es wird hart genug für sie ohne deinen Vater. Ohne dich und Tracy hätte sie nichts mehr. Außerdem ist dies dein Heim«, fügte sie hinzu.

»Und deines ebenfalls.«

Carolyn schüttelte wehmütig den Kopf. »Noch nicht. Vielleicht eines Tages, aber jetzt noch nicht. Dies ist dein Heim – und das deiner Mutter. Ich befürchte, ich fühle mich hier noch wie ... ein Gast.« Fast hätte sie gesagt: Wie ein unwillkommener Gast.

»Das brauchst du nicht, das weißt du doch.«

»Ich weiß«, erwiderte Carolyn. »Gott weiß, wie oft du mir gesagt hast, daß ich ausgeben darf, was ich will, um das Haus nach meinen Wünschen zu gestalten, aber ich kann es nicht. Ich habe Angst, uns finanziell zu ruinieren, und außerdem wüßte ich nicht, wo ich anfangen sollte. Und ich habe nicht vor, Abigail einen weiteren Grund zum Streit zu liefern.«

»Sie ist nur in ihren Gewohnheiten festgefahren. Wenn du einfach anfängst...«

»Sie ist nicht nur in ihren Gewohnheiten festgefahren, und das weißt du. Sie ist Abigail Sturgess, und sie ist hart wie Stahl.« Plötzlich brach Carolyns Stimme. »Und sie glaubt, ich bin ein Spielzeug, das du auf der falschen Seite der Bahnlinie gefunden und nach Hause mitgebracht hast, um eine Weile damit zu spielen!«

Sofort war Phillip auf den Beinen und nahm Carolyn in die Arme. »Liebling, denk das nicht. Denk das keinen Augenblick.«

Carolyn kämpfte gegen die Tränen an, die in ihren Augen brannten, und schüttelte den Kopf. »Ich denke es nicht. Du weißt es. Ich hatte nur einen schwachen Moment. Ich ziehe mich zu Ende aus, und dann laß uns über etwas anderes reden, ja?«

Widerstrebend gab Phillip sie frei und ging zurück ins Bett. Carolyn ging durch das Ankleidezimmer ins Badezimmer und ließ schnell kaltes Wasser ins Waschbecken ein. Dann wusch sie sich das Gesicht und bürstete ihr Haar.

Vielleicht war es ein Fehler gewesen, Phillip zu heiraten – vielleicht war es eine unmögliche Situation, ganz gleich wie sehr sie wünschte, daß die Ehe gutging.

Aber sie mußte es schaffen, daß sie gutging.

Nach Alan...

Sie versuchte den Gedanken zu verbannen, aber sie konnte es nicht. Das Problem war, daß Phillip und Alan sich zu sehr im Wesen ähnelten.

Gute, freundliche, anständige Männer.

Und sie hatte Alan verloren, nur weil sie nicht in der

Lage gewesen war, ihn so zu akzeptieren, wie er war. Sie hatte immer mehr gewollt.

Sie durfte nicht den gleichen Fehler bei Phillip begehen. Westover war seine Heimat, und dieses Haus war sein Heim. Hier gehörte er hin. Was auch immer geschehen mochte, sie würde ihn nicht bitten, von hier wegzuziehen. Sie würde eine Möglichkeit finden, mit seiner Mutter zurechtzukommen, und sie würde seine Tochter für sich gewinnen. Ja, sie würde Phillip niemals bitten, hier alles aufzugeben.

Sie hatte ihn als den Mann geheiratet, der er war. Ein großer Teil seiner Persönlichkeit wurde durch die Tatsache bestimmt, daß Phillip ein Sturgess war. Und ein Sturgess lebte auf Hilltop.

Plötzlich kamen ihr Bruchstücke der alten Geschichten in den Sinn – Geschichten, mit denen sie aufgewachsen war und die von den Sturgess' handelten. Doch so schnell sie ihr in den Sinn kamen, so rasch verdrängte sie die Gedanken daran. Sie waren nur gehässiges Geflüster von Leuten, die weniger als die Sturgess' besaßen und sie deshalb beneideten. Gerede. Und es hatte nichts mit Phillip zu tun.

Carolyn legte die Haarbürste weg und ging ins Schlafzimmer zurück. Sie schlüpfte neben ihrem Mann ins Bett. Nachdem sie die Lampe auf ihrem Nachttisch ausgeschaltet hatte, kuschelte sie sich an ihren Mann und spürte, wie die Spannung aus ihrem Körper wich. Und dann kam ihr ein Gedanke.

»Phillip...«

»Hm?«

»Phillip, diesen Plan, an dem du gearbeitet hast – die Renovierung der Fabrik.«

»Hm – hm. Was ist damit?«

»Du... du denkst doch nicht daran, den Plan in die Tat umzusetzen, oder?«

Phillip zog sich ein wenig zurück und schaute auf

Carolyn hinab. »Erzähl mir nicht, daß du mit Mutter darüber geredet hast.«

»Mit Abigail? Wie kommst du darauf?«

»Weil wir heute über die Fabrik gsprochen haben. Nach dem Gottesdienst in der Kirche, auf dem Weg hier herauf. Mutter fragte mich, ob der Plan fertig ist.«

Carolyns Herz schlug schneller. »Was hast du ihr gesagt?«

»Daß alles erledigt ist. Alles steht auf dem Papier.«

»Und was sagte Abigail?« Carolyn hielt unwillkürlich den Atem an.

Phillip lachte leise. »Diesmal war Mutter mit mir einer Meinung. Sie sagte, daß es nach Vaters Tod an der Zeit ist, mit diesem Projekt anzufangen.«

Carolyn lag einen Augenblick lang still da, bevor sie das Schweigen brach. »Phillip, vielleicht solltest du nicht damit anfangen. Vielleicht... vielleicht hatte dein Vater recht.«

Jetzt setzte sich Phillip auf und schaltete das Licht an. Als Carolyn zu ihm blickte, sah sie Zorn in seinen Augen.

»Recht? Vater sagte stets, daß die Fabrik teuflisch ist und nie angerührt werden sollte. Weder renoviert, noch umgebaut für eine andere Nutzung und nicht einmal abgerissen sollte sie werden. Sie sollte seiner Meinung nach einfach verfallen! Wie kann er damit recht gehabt haben?«

Carolyn schüttelte unglücklich den Kopf. »Ich weiß es nicht. Aber es hat so viele Geschichten gegeben. Und du weißt nicht, wie jeder in der Stadt über die Fabrik denkt.«

»Die Leute denken darüber wie ich«, behauptete Phillip. »Daß die Fabrik ein scheußlicher, alter Schandfleck ist und daß etwas damit geschehen muß.«

»Aber das ist sie nicht«, entgegnete Carolyn. »Sie ist mehr. Eine Erinnerung daran, wie die Dinge einst hier waren...« Sie unterbrach sich, denn sie wollte ihren

Mann nicht kränken, aber es war bereits zu spät. Sie sah den Schmerz in Phillips Augen.

»Du meinst, eine Erinnerung an die schlechten alten Zeiten, als meine Familie in der Schuhfabrik Kinder arbeiten ließ, bis sie sich zu Tode schufteten?«

Carolyn nickte stumm.

Phillip starrte sie einen Moment lang an, ließ sich dann auf das Kissen zurücksinken und wandte den Blick ab.

»Ich finde, das ist ein weiterer Grund, um die Fabrik zu renovieren«, sagte er müde. »Vielleicht der beste. Vielleicht werden all diese alten Geschichten endlich vergessen, wenn ich etwas aus der Fabrik mache und einige Leute in Westover mit ehrlicher Arbeit dort Geld verdienen.«

»Aber... vielleicht sollten die Geschichten nicht vergessen werden, Phillip. Vielleicht müssen wir stets in Erinnerung behalten, was dort geschah.«

»Mein Gott«, stöhnte Phillip. »Das klingt wie bei Vater. Abgesehen davon, daß er nie genau gesagt hat, worüber er sprach. Es waren immer vage Hinweise und dunkle Andeutungen. Aber nie etwas Greifbares.« Er stemmte sich auf einen Ellenbogen auf, und sein Tonfall wurde sanfter. »Und weißt du, warum ich niemals etwas Greifbares daran finden konnte?« fragte er.

Carolyn schüttelte den Kopf.

»Weil es nichts Greifbares gibt! Nur wilde Geschichten und Legenden über schreckliche Mißstände in der Schuhfabrik. Aber so etwas gab es in ganz Neuengland. Himmel, Kinderarbeit war unsere Antwort auf die Sklaverei. Das ist jetzt alles vorüber, Carolyn. Warum sollten wir uns weiterhin damit quälen?«

»Ich weiß es nicht«, gab Carolyn zu. »Ich kann einfach nichts für das Gefühl, daß dein Vater in bezug auf die Fabrik irgendwie recht hatte.«

Phillip schaltete das Licht aus und zog Carolyn an sich. »Er hatte nicht recht«, sagte er. »Er irrte sich in punkto

Fabrik genauso wie in allem anderen. Er war mein Vater, Liebling, aber ich muß zugeben, daß ich ihn nicht sehr mochte.«

Carolyn erwiderte nichts und lag still in den Armen ihres Mannes. Hier, im Bett mit Phillip, fühlte sie sich sicher und geborgen, und sie wollte nichts tun, um dieses Gefühl zu gefährden. Als Phillip jedoch einschlief und sie noch wachlag, blieb das Gefühl, daß Phillip unrecht in bezug auf die Fabrik hatte und daß der alte Conrad Sturgess, der an diesem Tag beerdigt worden war, mit seiner Meinung recht gehabt hatte.

Die Fabrik sollte nicht angetastet werden. Sie sollte dem Verfall preisgegeben werden, bis nur noch Staub davon übrig sein würde.

3

Tracy Sturgess lag in ihrem Bett und lauschte auf das schwache, ferne Läuten der alten Standuhr, die sich in der Eingangshalle befand, so lange Tracy zurückdenken konnte.

Sie zählte die Glockenschläge und verglich die Zahl mit der Zeit, die ihr kleiner Wecker auf dem Nachttisch anzeigte.

Elf.

Tracy warf die Bettdecke zurück, zog ihren Morgenrock an und ging ins Badezimmer, das an ihr Schlafzimmer grenzte. Sie schaltete das Licht an und musterte sich im Spiegel.

Sie sah nicht ganz richtig aus.

Sorgfältig brachte sie ihr Haar durcheinander, bis es zu ihrer Zufriedenheit aussah, als hätte sie es in der letzten Stunde in ihrem Bett zerzaust. Dann knipste sie das Licht im Badezimmer aus und eilte durch die Dunkelheit zur

Tür ihres Schlafzimmers. Sie öffnete die Tür einen Spalt und spähte auf den Flur hinaus, der nur schwach von einem kleinen Nachtlicht auf der Kommode beleuchtet war, die zwischen der Treppe und der Suite ihrer Großmutter stand.

Die Halle war verlassen, und Stille herrschte im Haus. Doch am anderen Ende der Halle schimmerte wie erwartet Licht unter der Tür zu den Zimmern ihrer Großmutter.

Lächelnd eilte Tracy in die Halle hinunter.

Sie blieb kurz vor der Tür zur Suite ihrer Großmutter stehen und lauschte. Drinnen konnte sie schwache Geräusche hören. Ihre Großmutter ging unruhig im Wohnzimmer auf und ab. Dann folgte Stille. Tracy lächelte. Sie setzte eine besorgte, unglückliche Miene auf und klopfte leise an die Tür. Einen Augenblick lang gab es keine Antwort von drinnen. Dann hörte Tracy die Stimme ihrer Großmutter.

»Herein.«

Tracy drehte den Türgriff und schob die Tür langsam gerade weit genug auf, um hindurchzuschlüpfen. »G-großmutter?« sagte sie und ließ ihre Stimme ein wenig beben. »Ich konnte nicht schlafen. Ich vermisse Großvater so sehr...« Sie hob die Hand und wischte sich über die Augen.

Ihre Großmutter reagierte wie immer sofort.

»Tracy, Schatz, komm herein. Bitte.« Abigail breitete auf ihrem Sessel die Arme aus, und nach nur kurzem Zögern lief Tracy durch das Zimmer, sank vor ihrer Großmutter auf die Knie und schmiegte das Gesicht in den Schoß der alten Frau. Abigail, deren Augen sich mit Tränen füllten, streichelte sanft über Tracys Haar.

»Was ist, Kind? Was hast du?«

Tracy schniefte leicht und blickte dann auf. »Ich... ich weiß einfach nicht, was aus uns werden wird, jetzt nach Großvaters Tod...« Sie verstummte mit einem leisen

Schluchzen und hielt still, während ihr Abigail eine Träne aus dem Augenwinkel wischte.

»Es wird alles gutgehen, mein Liebling«, versicherte Abigail. »Wir müssen es lernen, uns mit diesen Dingen abzufinden. Wir alle sterben früher oder später, und für deinen Großvater war die Zeit gekommen.«

»Aber ich *wollte* nicht, daß er stirbt!« schluchzte Tracy. »Ich liebte ihn so sehr!«

»Natürlich, mein Liebling. Wir alle haben ihn geliebt. Aber wir müssen uns mit seinem Tod abfinden und uns sagen, daß für uns das Leben weitergeht.«

»Aber ohne ihn wird alles anders werden!«

»Anders?« fragte Abigail. »Was wird anders werden?«

Tracy zögerte lange und wartete darauf, daß ihre Großmutter sie zu einer Antwort drängte.

»Sprich weiter, Tracy. Was immer es ist, du weißt, daß du es mir erzählen kannst.«

Tracy atmete tief durch. »Es... es ist Carolyn. Was wird jetzt aus mir ohne Großvaters Hilfe? Sie haßt mich.«

Abigail schloß ihre Enkelin in die Arme und zog sie an sich. »Wie kann sie dich hassen? Du bist ein süßes Kind.«

Tracy setzte eine Schmollmiene auf. »Aber sie haßt mich. Sie sagte Daddy immer, daß ich verdorben bin und daß du mich falsch erzogen hast.« Tracy spürte, wie sich ihre Großmutter versteifte.

»Ich habe dich genau so erzogen, wie es deine Mutter getan hätte«, erwiderte Abigail. »Und dein Vater weiß das.«

»Aber er hat *sie* geheiratet! Und jetzt versucht sie, alles zu verändern!«

»Alles? Wie?«

Tracys Augen wurden eine Spur dunkler, und sie zog sich ein wenig von ihrer Großmutter zurück. »Ich... ich glaube, ich sollte heute nicht darüber reden«, sagte sie. Sie erhob sich wie um fortzugehen, doch Abigail hielt sie zurück.

»Unsinn. Was immer dich aufregt, wir sollten darüber sprechen. Also, was ist es?«

Tracy wandte sich wieder ihrer Großmutter zu. »Meine... meine Geburtstagsparty«, stammelte sie. »Findet sie immer noch nächste Woche statt, wie wir es geplant haben?«

Abigail blinzelte, und dann erinnerte sie sich. An Tracys Party, die schon vor Wochen geplant worden war, hatte sie nicht mehr gedacht, als Conrad gestorben war. »Nun, ich weiß nicht recht.« Dann sah sie die Enttäuschung in Tracys Augen und traf sofort eine Entscheidung. »Ich sehe keinen Grund, weshalb wir die Party ausfallen lassen sollten. Ich bin sicher, daß dein Großvater wünschen würde, daß sie stattfindet.«

Plötzlich strahlte Tracy. »Und ich kann einladen, wen ich will?«

»Natürlich«, versicherte ihr Abigail. »Schließlich ist es *deine* Party, nicht wahr?«

»Aber was ist mit...« Tracy verstummte, als schrecke sie von neuem davor zurück, ihrer Großmutter zu erzählen, was sie bedrückte.

»Was ist womit?« drängte Abigail.

»Beth«, flüsterte Tracy. Sie zögerte, als ihre Großmutter die Lippen aufeinanderpreßte, und fragte sich, ob sie einen Fehler begangen hatte. Als Abigail einen Augenblick später sprach, wußte Tracy jedoch, daß alles in Ordnung gehen würde.

»Ich glaube nicht, daß sich das kleine Rogers-Mädchen auf deiner Party amüsieren würde.«

»Aber was sollen wir tun?« fragte Tracy. »Carolyn wird von mir verlangen, daß ich Beth einlade.«

»Vielleicht«, sagte die alte Frau sanft, doch ihre Augen glitzerten jetzt kalt. »Vielleicht wird sie das. Vielleicht auch nicht. Wie auch immer, wir werden das morgen klären. In Ordnung?«

Tracy ging zu ihrer Großmutter zurück und neigte sich

hinab, um sie zu umarmen. »Ich liebe dich, Großmutter«, flüsterte sie.

»Und ich liebe dich auch«, erwiderte Abigail. »Du brauchst dir keine Sorgen zu machen. Nur weil dein Großvater gestorben ist, heißt das nicht, daß du ganz allein bist. Du hast immer noch mich.«

Ein paar Minuten später verließ Tracy das Zimmer ihrer Großmutter und ging zurück über den langen Flur. Doch der Geruch des Zimmers – eine Mischung von Modrigkeit, zu süßlichem Kölnischwasser und noch etwas anderem – umgab sie immer noch. Sie atmete ein paarmal tief durch und versuchte diesen widerlichen Geruch loszuwerden, den sie immer gehaßt hatte; es war der Geruch von alten Leuten.

Sie fragte sich, wie ihre Großmutter ihn ertragen konnte. Und auch, wie sie es in der Suite aushielt. Obwohl Tracy immer darauf bedacht war, ihrer Großmutter zu sagen, wie sehr sie das altmodische Wohnzimmer mit den viktorianischen Möbeln und den abgetretenen, orientalischen Teppichen liebte, haßte sie den Anblick der Suite genauso sehr wie deren Geruch. Wenn ihre Großmutter endlich sterben und Tracy ihren Vater überreden würde, sie in die große Suite einziehen zu lassen, dann würde sie alles ändern.

Alles.

Doch bis dahin mußte sie weiterhin ihre Großmutter täuschen. Schließlich war es schon vorgekommen, daß Großeltern ihr Testament änderten. Obwohl Tracy noch nicht ganz 13 war, wollte sie nicht, daß ihr so etwas passierte.

Plötzlich blieb sie stehen und lauschte. Hinter einer geschlossenen Tür konnte sie so gerade die Musik einer ihrer liebsten Rockbands hören. Sie runzelte die Stirn und lauschte angestrengter.

Die Musik kam aus Beths Zimmer.

Tracy hörte einen Augenblick lang zu und wiegte sich unbewußt zu dem vertrauten Rhythmus. Dann kniff sie die Augen zu Schlitzen zusammen, ging zu Beths Zimmer und stieß die Tür auf, ohne anzuklopfen.

Erschreckt von Tracys plötzlichem Eindringen, setzte sich Beth im Bett auf und starrte ihre Stiefschwester an.

»Was treibst du hier?« zischte Tracy.

»Tracy? Was... was ist denn los?«

»Diese Musik, du Dummkopf! Weißt du nicht, daß wir um meinen Großvater trauern?«

Beth sah Tracy an und versuchte zu verstehen, was sie Falsches getan hatte. »Aber – ich habe die Musik ganz leise gestellt.«

»Du sollst sie überhaupt nicht spielen«, sagte Tracy. »Wie kann jemand schlafen, wenn dein Radio plärrt?«

»Aber man kann es ja kaum hören...« wandte Beth ein.

»Ich konnte es hören«, beharrte Tracy. »Und meine Großmutter konnte es ebenfalls hören! Mach das Radio aus!«

Beth schaute sie mit großen Augen an und griff zum Radio hinüber. »Ich werde es leiser stellen...«

»Mach es aus!« Tracy ging zum Nachttisch und drückte auf die Ausschalttaste. Die Musik verstummte. Beth starrte ihre Stiefschwester eingeschüchtert an.

»Ich verstehe nicht, weshalb ich nicht Radio hören kann, wenn es so leise ist, daß niemand sonst es hört...«

»Du kannst das nicht, weil *ich* es dir sage. Es ist mein Haus, nicht deins, und wenn es dir hier nicht gefällt, dann kannst du verschwinden und sonstwo wohnen!«

»Aber Mama sagte...«

»Wen interessiert, was deine Mutter sagt? Nur weil deine blöde Mutter meinen Vater geheiratet hat, hast du nicht das Recht...«

Plötzlich überwand Beth ihre Verwirrung, und Zorn stieg in ihr hoch. »Nimm das zurück, Tracy Sturgess!«

Tracy erschrak bei dem unerwarteten Ausbruch und wich zurück. »Rede nicht so mit mir!«

»Nenn meine Mutter nicht blöde!«

Tracys Blick wurde härter, und ihr Mund verzog sich trotzig. »Ich nenne deine Mutter wie ich will, und du kannst mich nicht daran hindern!«

Beth starrte Tracy an und kämpfte gegen den Zorn an. »Geh«, brachte sie schließlich hervor. »Geh und laß mich in Frieden.«

Die beiden Mädchen starrten sich noch einen Augenblick lang an. In Tracys Augen glitzerte Wut, während Beth gegen Tränen ankämpfte. Schließlich wandte sich Tracy ab und rauschte aus dem Zimmer.

Als Tracy fort war, lief Beth zur Tür und schloß sie ab. Dann kehrte sie zu ihrem Bett zurück. Schluchzend legte sie sich hin und schmiegte den Kopf ins Kissen.

Es wurde kein bißchen besser, ganz gleich, was ihr Vater gesagt hatte. Es wurde nur schlimmer, was auch immer sie tun würde und wie sehr sie sich auch bemühen würde, so zu tun als ob.

Tracy würde sie immer hassen.

Beths Schluchzen ließ nach, und sie lag im Bett und fragte sich, was der nächste Tag bringen würde.

Sie wußte es bereits.

Es würde beim Frühstück anfangen.

Sie würde unglücklich am Tisch im Eßzimmer sitzen und herauszufinden versuchen, welches Besteck wozu benutzt wurde.

Die alte Mrs. Sturgess würde sie wie Luft behandeln, wie sie es immer tat.

Aber Tracy würde sie beobachten und darauf lauern, daß sie einen Fehler machte, damit sie Beth auslachen konnte.

Und sie, Beth, würde etwas Falsches sagen oder tun. Wie immer.

Ein neuer Gedanke kam ihr. Wie wäre es, wenn sie gar

nicht zum Frühstück hinuntergehen würde? Wenn sie früh aufstehen und sich hinunterstehlen würde, um mit Hannah zu frühstücken? Anschließend konnte sie zum Stall gehen und die Pferde sehen, und danach...

Was danach?

Tracy würde kommen und ihr sagen, daß sie nichts von Pferden verstehe und daß sie die Tiere in Ruhe lassen sollte.

Und das Dumme war, daß Tracy in diesem Punkt recht hatte.

Beth verstand nichts von Pferden. Sie verstand nichts von irgend etwas in diesem Haus, und sie würde es nie lernen.

Sie kuschelte sich tiefer unter die Decken und schloß die Augen. Wenn sie es sich fest genug einbildete, dann konnte sie vielleicht das Gefühl wiedergewinnen, im Haus an der Cherry Street zu sein, in dem sie zuvor gewohnt hatte. Und sie konnte sich einreden, daß ihre Eltern noch verheiratet waren und...

Nein, sie konnte es nicht.

Ihre Eltern waren *nicht* mehr verheiratet. Ihre Mutter war mit Onkel Phillip verheiratet, und sie, Beth, mußte sich daran gewöhnen.

Sie mußte es, und sie würde es. Ihre Mutter wollte es so, und ihr Vater ebenfalls.

Beth drehte sich auf die Seite und sagte sich, daß es in Wirklichkeit gar nicht so schlimm war. Es war ein schönes Haus, wenn es auch zu groß war, und Onkel Phillip war immer freundlich zu ihr.

Wenn sie doch nur eine Möglichkeit finden könnte, daß Tracy sie mochte.

Mit diesen Gedanken schlief sie ein.

Und in der Nacht träumte sie von Tracy.

Tracy versuchte, sie zu töten.

Trotz der Wärme des Junis im Eßzimmer spürte Carolyn die Kälte, die von ihrer Schwiegermutter ausging, und den kalten Haß von ihrer Stieftochter. Phillip, der in den Wirtschaftsteil des *Wall Street Journal* vertieft war, schien die Spannung nicht zu bemerken, obwohl Carolyn davon überzeugt war, daß ihm kein Wort entging, das gesagt wurde. Und als er sich schließlich genötigt sah, den Streit zu beenden, der seit über zwanzig Minuten andauerte, wußte sie, daß Phillip fest auf ihrer Seite war.

Es hatte angefangen, als Carolyn an diesem Morgen ins Eßzimmer gekommen war und gesehen hatte, daß ihre Tochter nicht am Tisch saß.

»Ist Beth noch nicht herunter gekommen?« hatte Carolyn gefragt.

Abigail hatte sie über ihre Lesebrille hinweg angeschaut.

»Ich glaube, sie hat heute morgen mit Hannah gefrühstückt«, hatte sie gesagt und es geschafft, zu übermitteln, daß sie zwar mißbilligte, wenn Mitglieder ihrer Familie mit den Bediensteten aßen, daß sie in Beths Fall jedoch bereit war, darüber hinwegzusehen.

Beth war schließlich keine Sturgess, und man konnte von ihr nicht die Manieren der Familie Sturgess erwarten.

Dann hatte Abigail Carolyn strahlend angelächelt und vorgeschlagen, da Beth nicht anwesend war, über Tracys Geburtstagsparty zu reden.

Carolyn war sofort auf der Hut gewesen, besonders als sie das leichte Lächeln um Tracys Lippen gesehen hatte.

Jetzt, fast eine halbe Stunde später, starrte Tracy sie an, und in ihren blauen Augen glitzerte kaum gezügelter Zorn.

»Aber Beth hätte überhaupt keinen Spaß bei meiner Party«, sagte Tracy und versuchte es mit einer neuen Taktik. »Sie weiß nicht, wie sie sich dafür kleiden oder was sie reden soll. Sie kennt keine meiner Freundinnen und Freunde, und die kennen sie ebensowenig!«

»Dann wäre es vielleicht gut für sie, Beth kennenzulernen«, sagte Carolyn gelassen, ohne sich ihren eigenen Zorn anmerken zu lassen. »Und vielleicht sollten wir ebenfalls einige von Beths Freunden einladen. Es wäre gewiß gut für dich, sie kennenzulernen. Schließlich wirst du im nächsten Jahr zusammen mit ihnen auf die Schule gehen.«

»Das ist noch nicht entschieden«, warf Abigail ein und legte ihre Serviette mit einer Geste ab, die Carolyn seit langem als ein Anzeichen auf Gefahr kennengelernt hatte. »Erst wenn Phillip und ich über die Qualität der Schulen von Westover diskutiert haben, werden wir die endgültige Entscheidung treffen.«

»Wir haben bereits darüber gesprochen, Mutter.« Phillip legte die Zeitung beiseite. »Die Entscheidung wurde getroffen. Im nächsten Jahr geht Tracy aufs städtische Gymnasium.«

»Ich habe dir gesagt, daß ich bereit bin, für sie das Schulgeld für eine Privatschule von meinem eigenen Geld...« begann Abigail, doch Phillip schnitt ihr das Wort ab.

»Darum geht es nicht. Es geht darum, daß weder ich noch Carolyn mit Tracys Schule zufrieden sind.«

»Was weiß Carolyn denn über Tracys Schule?« fragte Abigail in scharfem Tonfall. Sie lächelte arrogant zu ihrer Schwiegertochter hin. »Ich glaube nicht, daß Carolyn in der Lage ist, die Qualität von Privatschulen zu beurteilen.«

»Das ist nicht der Punkt, über den wir jetzt reden«, erwiderte Carolyn und ignorierte Abigails eisigen Blick. Carolyn bemerkte, daß ein Grinsen um Phillips Mund begann, und sie versetzte ihrem Mann unter dem Tisch einen leichten Tritt. Das Grinsen schien sich noch zu verstärken, doch dann schaffte Phillip, es zu unterdrükken. Carolyn sprach weiter. »Wir reden über Tracys Party, und ich habe den Eindruck, daß wir aus einer Mücke einen Elefanten machen. Abgesehen von der Tatsache, daß meine Tochter ein perfekt nettes Mädchen ist, auf dessen Gefühlen ich von euch nicht herumtrampeln lasse, bin ich der Meinung, daß du, Abigail, dir in Erinnerung rufen solltest, daß ihr Vater zufällig Stadtrat ist. Und wenn ihn das auch nicht zu einem Sturgess – oder einem Babcock, einem Kilpatrick oder einem Bailey – macht, so gibt ihm das eine gewisse Macht.« Sie blickte Abigail durchbohrend an. »Als du in Tracys Alter warst, bestand der Stadtrat aus deinem Vater, Phillips Großvater, Jeremiah Bailey und Fred Kilpatrick. Und sie waren nicht nur die Stadträte, sondern auch sehr reich.«

»Sie wurden von den Leuten gewählt«, stieß Abigail hervor.

»Natürlich. Und die Leute arbeiteten für sie, was vielleicht etwas mit ihrer Wahl zu tun hatte. Aber das ist vorüber, und es ist an der Zeit, daß du das begreifst. Es gibt keine Baileys, Kilpatricks, Babcocks oder Sturgess' mehr im Rat. Doch der Stadtrat entscheidet immer noch über Westover und erteilt immer noch die Genehmigung, die Phillip für zukünftige Projekte brauchen wird.« Carolyn legte eine Pause ein und bemerkte, daß Abigail leicht zusammenzuckte und verstohlen zu ihrem Sohn blickte.

Carolyn war sich fast sicher, daß Phillip von neuem ein Grinsen unterdrückte.

»In Anbetracht dessen, was du mit der Fabrik machen willst, Abigail, solltest du dir klarmachen, wie wertvoll ein gutes Verhältnis mit dem Stadtrat ist. Es gibt viele Leute – und ich zähle dazu –, die der Meinung sind, die Fabrik sollte entweder so bleiben, wie sie ist, oder abgerissen werden. Ich werde natürlich nicht gegen Phillip ankämpfen. Aber andere werden das tun. Und es wird deiner Sache nicht helfen, wenn Beth bei Tracys Geburtstagsparty ausgeschlossen wird. Es wird mich kränken, und ich will gar nicht daran denken, was es bei Beth anrichten wird. Und es wird Alan erzürnen.«

»Ich kann mir nicht vorstellen, daß der Stadtrat Rogers überhaupt etwas von Tracys Party weiß«, bemerkte Abigail spöttisch.

»Darauf würde ich mich nicht verlassen«, entgegnete Carolyn. »Beth spricht über fast alles mit ihrem Vater. Und bei all dem Gerede über Tracys Party war nie die Sprache davon, daß Beth nicht eingeladen wird.«

»*Ich* habe sie nicht eingeladen«, sagte Tracy mürrisch. »Und es ist *meine* Party. Wenn ich Beth nicht an diesem Tag hierhaben will, dann soll sie auch nicht hiersein! Nicht wahr, Großmutter?«

»Natürlich, mein Schatz«, sagte Abigail. Sie richtete den Blick wieder auf Carolyn. »Ich bin sicher, du verstehst, daß unsere Familie nie mit Kindern wie Beth verkehrt hat, und ich sehe keinen Grund, weshalb Tracy gezwungen werden sollte, etwas zu tun, das für sie unnatürlich ist. Was Beth anbetrifft, so bin ich überzeugt, daß sie sich kein bißchen brüskiert fühlen wird. Solche Leute sind das selten – besonders die Kinder.«

Carolyn schaffte es, mit ruhiger Stimme zu antworten. »Da ich mir nicht vorstellen kann, daß du jemals brüskiert worden bist, Abigail, bin ich sicher, daß du nicht weißt, wie es ist, wenn man verächtlich behandelt wird. Ich dagegen kenne dieses Gefühl sehr gut, da ich ziemlich regelmäßig verächtlich behandelt werde. Ich kann es ertragen. Aber es gibt keinen Grund, weshalb Beth es erleiden sollte.«

Sie legte eine Pause ein und sagte sich dann, daß es an der Zeit war, sowohl Abigail als auch Tracy zu zeigen, wie zornig sie wirklich war.

»Mein Gott«, fuhr sie fort. »Beth lebt hier! Dies soll ihr Heim sein, und ihr beide tut euer Bestes, um ihr das Gefühl zu geben, daß sie nicht hierher gehört. Und vielleicht stimmt das auch. Vielleicht gehören wir beide nicht hierher. Aber wir sind nun mal hier, und wir bleiben hier. Beth wird an Tracys Party teilnehmen, und ihr beide werdet höflich zu dem Mädchen sein. Ist das klar?« Carolyn atmete tief durch und hoffte, daß Abigail nicht das Zittern ihrer Hände bemerkte. »Und jetzt sollten wir die Diskussion beenden und über etwas anderes reden«, fügte sie hinzu und schaffte es irgendwie, sich zu einem Lächeln zu zwingen. »Noch Toast, Abigail?«

Abigail ignorierte sie. »Phillip, ich will nicht so behandelt werden. Ich verstehe nicht, wie du zulassen kannst...«

»Sie hat recht, Mutter«, unterbrach Phillip, und Carolyn atmete lautlos vor Erleichterung auf. »Abgesehen von der moralischen Seite, in der wir Sturgess' nie allzu stark waren, solltest du es dir dreimal überlegen, bevor du Alan Rogers beleidigst. Nicht, daß ich glaube, Alan würde so kleinlich sein, wegen einer Geburtstagsparty irgendwelche Baugenehmigungen zu verweigern.« Er lächelte ironisch. »Irgendwie habe ich bei solchen Sachen das Gefühl, daß dies eher unser Stil ist als seiner. Aber es stehen viele Projekte an, und wir werden die Zusammenarbeit mit der Stadt brauchen. Nicht nur Tracy sollte allmählich mit allen in Westover bekannt werden, sondern wir alle sollten Kontakte mit den Leuten knüpfen.« Er wandte sich schließlich an seine Tochter. »Es tut mir leid, Liebling, aber deine Stiefmutter hat recht. Beth wird an deiner Party teilnehmen, oder es wird keine Party geben.«

Tracy, deren Gesicht sich zu einer Grimasse der Enttäuschung und des Zorns verzog, brach in Tränen aus, sprang vom Tisch auf und stürzte davon. Sofort erhob sich Abigail, um ihr zu folgen, doch Phillip ergriff von neuem das Wort. »Laß sie in Ruhe, Mutter.«

»Das werde ich *nicht*«, erwiderte Abigail. »Seit du Carolyn geheiratet hast, bist du gefühllos gegenüber deiner eigenen Familie. Aber du machst einen Fehler, Phillip, und du wirst ihn bereuen.« Sie verließ das Eßzimmer und wandte sich noch einmal um. »Und was die Fabrik anbetrifft, Carolyn, so geht es dich nichts an, was damit geschieht. Sie ist Besitz der Familie Sturgess und war das immer. Wir werden damit tun, was uns beliebt, und uns beliebt, sie als Monument für den Weitblick von Phillips Urgroßvater zu restaurieren. Wenn das den Leuten von Westover nicht gefällt, dann sollen sie verdammt sein.« Hoch aufgerichtet rauschte sie davon.

Es folgte ein langes Schweigen, das Carolyn schließlich mit einem Seufzen brach. »Es tut mir leid«, sagte sie. »Ich weiß, wie unerfreulich das für dich war. Und vielleicht hat sie recht. Vielleicht sollte Tracy nicht gezwungen werden, Beth in ihre Party einzuschließen.«

Phillip schüttelte den Kopf. »Kommt nicht in Frage. Es ist für uns alle an der Zeit, uns in die moderne Welt ziehen zu lassen. Du hast das bei mir bewirkt, und vielleicht kann Beth es für Tracy tun. Wir werden einfach weiter daran arbeiten, und vielleicht wird es klappen.« Phillip warf einen Blick auf seine Armbanduhr und trank dann die Kaffeetasse leer. »Und jetzt muß ich einen üblen Mann bei der Fabrik treffen, und wenn ich mich nicht beeile, werde ich zu spät kommen.«

»Einen üblen Mann?« fragte Carolyn.

»Den übelsten«, erwiderte Phillip und senkte die Stimme zu einem verschwörerischen Flüsterton. »Deinen Ex-Mann!« Bevor Carolyn etwas erwidern konnte, hatte Phillip das Eßzimmer verlassen.

Carolyn saß ein paar Minuten lang allein da und schaute aus dem Fenster auf den Ort hinab. Als sie früher dort unten gewohnt und zu Hilltop hinaufgespäht hatte, war ihr das Haus stets wie der friedlichste Platz auf der Erde vorgekommen.

Jetzt war sie hier, und es gab keinen Frieden.

4

Beth öffnete die Küchentür und trat hinaus auf den kleinen mit Fliesen ausgelegten Innenhof, der zu den Gärten führte.

Die Tür fiel hinter ihr mit einem Knall zu, und Beth zuckte leicht zusammen und rief schnell eine Entschuldigung über die Schulter.

»Schon gut«, erwiderte Hannah gutmütig aus der Küche. »Es ist ja nichts passiert.«

Beth blieb auf dem kleinen Hof stehen, spürte den Sonnenschein des frühen Morgens und schaute sich um. Hier, fern von der ungeheuren Größe des Hauses, fühlte sie sich fast heimisch. Der Innenhof war fast wie der, den ihr Vater hinter dem Haus an der Cherry Street angelegt hatte.

Auf Hilltop gab es jedoch eine andere Terrasse, eine breite Veranda, die sich fast über die gesamte Länge des Hauses erstreckte und auf der Tische und Sessel und Chaiselongues standen. Von der Terrasse aus hatte man einen Blick über den Tennisplatz und den Rosengarten, doch Beth gefiel die Terrasse nicht. Wie alles hier war sie zu groß und zu protzig.

Beth folgte einem Pfad, der unter einer Laube entlangführte, und ging um die Ecke des Rosengartens herum. Jenseits davon, verborgen von einer hohen Hecke, befand sich der Stall.

Der Stall war von ganz Hilltop Beths Lieblingsplatz. Im Winter war es darin warm und jetzt im Sommer kühl, und alles roch nach Pferden und Heu. Beth fühlte sich stets besser, wenn sie im Stall war. Sie hatte sich sogar mit einem der Pferde angefreundet, ein geschecktes Tier namens Patches, das stets wieherte, wenn sie den Stall betrat, und die Nüstern an ihr rieb, wenn es in ihren Taschen nach Karotten suchte.

Beth bog um eine Ecke und stolperte fast über den

Gärtner, der am Boden kniete, Tulpenzwiebeln ausgrub und statt dessen kleine Ringelblumen einpflanzte.

»Guten Morgen, Mr. Smithers.«

Der alte Gärtner blickte auf, hockte sich auf die Hacken und ließ den Pflanzenheber in der Hand baumeln. »Morgen, Miß Beth. So früh auf und munter?«

»Ich habe heute morgen mit Hannah gefrühstückt.«

Smithers hob leicht die Augenbrauen, sagte jedoch nichts.

»Was ist daran falsch?« fragte Beth. »Wenn ich mit Hannah frühstücken möchte, warum sollte ich das nicht?«

»Nichts – überhaupt nichts«, versicherte der alte Mann. Dann verzog sich sein faltiges Gesicht zu einem leichten Grinsen. »Aber ich wette, Mrs. Sturgess sieht das nicht gern.«

Beth blickte ihn unsicher an. »Warum sollte sie das nicht gern sehen?«

Smithers setzte eine gespielt tadelnde Miene auf. »Ein Mitglied der Familie ißt mit den Bediensteten? Ts-ts, Kind. Das gehört sich einfach nicht!«

»Aber ich bin kein Mitglied der Familie! Ich bin einfach das, was ich immer war.« Dann senkte Beth die Stimme. »Und ich wünschte, Sie würden mich nicht Miß Beth nennen. Das hätten Sie sich gar nicht erst anzugewöhnen brauchen.«

»Und deine Mutter hätte sich nicht anzugewöhnen brauchen, mit Mr. Phillip verheiratet zu sein«, erwiderte Smithers in sanftem Tonfall. »Die Dinge sind jetzt anders, und du mußt lernen, was man von dir erwartet. Und ein Teil davon ist, daß ich dich mit Miß Beth anrede und du mich mit Ben ansprichst. Ich bin hier der Gärtner, und du solltest mich nicht mit Mister anreden.«

»Aber als wir Tür an Tür wohnten, sagte ich immer Mister Smithers zu Ihnen.«

»Das war früher«, erklärte der Gärtner. »Und da sprach ich deine Mutter ebenfalls mit dem Vornamen an. Aber jetzt hat sich alles verändert.« Ben Smithers zuckte die Achseln. »So ist es nun mal auf der Welt, Miß Beth. Alles verändert sich, und man kann nicht viel dagegen tun.« Dann hellte sich seine Miene auf. »Außer bei meinem Garten«, fügte er hinzu. »Jedes Jahr versuche ich, ihn so herzurichten, wie er immer aussah. Natürlich klappt selbst das nicht, wenn man es genau nimmt. Er ist immer ein wenig anders, und jedes Jahr wird die Erde ein bißchen verbrauchter.« Er lächelte wehmütig. »Wie ich, nehme ich an. Jedes Jahr ein bißchen verbrauchter. Und jetzt troll dich und laß mich meine Arbeit fertigmachen, ja?«

»Ich könnte Ihnen helfen«, bot Beth an, doch bevor sie ausgesprochen hatte, wußte sie, was der alte Mann antworten würde.

»Es geht nicht an, daß du mir hilfst«, sagte er. »Du und die anderen Sturgess', ihr pflückt die Blumen. Ich pflanze sie an. Was genausogut ist, denn ich pflanze gern.«

Ben Smithers grub eine Tulpenzwiebel aus und wischte sorgfältig die Erde ab, bevor er die Zwiebel in einen beschrifteten Beutel steckte. Einen Augenblick später nahm eine junge Ringelblume den Platz der Tulpenzwiebel ein.

Beth schaute noch ein paar Minuten lang zu, und dann setzte sie stumm den Weg zum Stall fort.

Beth betrat den Stall und hörte Patches leise wiehern. Sie kramte in ihrer Tasche, fand eine Möhre und streichelte das Pferd liebevoll zwischen den Ohren, während es die Karotte kaute. Hinten im Stall war eine Bewegung, und Beth zog sich schnell von dem Pferd zurück, weil sie befürchtete, Tracy würde auftauchen. Als sie aufblickte, sah sie jedoch nur Peter Russell, den Stallburschen, der sie angrinste.

»Hey, Kleine. Hilfst du mir, den Stall auszumisten?«

»Darf ich das?« fragte Beth begierig.

Peter blickte sie verwundert an. »Warum nicht?«

»Ich dachte...« Beth zögerte und faßte sich dann ein Herz. »Peter, habe ich mich irgendwie verändert, seit ich hier wohne?«

»Jesus, woher soll ich das wissen?« sagte Peter. »Warum fragst du nicht Peggy? Sie ist deine beste Freundin, oder?« Er reichte Beth eine Schaufel und wies auf einen großen Haufen in einer der leeren Boxen. Beth schnitt eine Grimasse, ging in die Box und schob vorsichtig die Schaufel unter den Misthaufen.

»Aber Peggy kommt nie hier rauf«, sagte Beth. Peggy Russell war Peters jüngere Schwester, und Beth und Peggy waren seit dem zweiten Schuljahr die besten Freundinnen. Beth balancierte die Schaufel mit dem Mist vorsichtig, ging nach draußen und schüttete den Mist auf den Haufen, der hinter dem Stall stetig größer wurde, bis jede Woche Montag nachmittag ein Lastwagen kam und den Mist abtransportierte. Als Beth in den Stall zurückkehrte, starrte Peter sie mit der Geringschätzung an, die er für gewöhnlich seiner kleinen Schwester vorbehielt.

»Weißt du, du kannst manchmal fast so doof wie Peggy sein. Sie kommt nicht hier rauf, weil ich hier arbeite. Mom sagt, wenn Peggy herkäme, würde es aussehen, als würde sie mich von meinem Job abhalten, und dann könnte mich Mr. Sturgess feuern.«

Beth starrte Peter an. »Das würde er nicht tun!«

»Sag das meiner Mom.«

»Das werde ich! Peggy ist meine Freundin. Onkel Phillip würde dich nicht feuern, nur weil mich deine Schwester besucht!«

»Onkel Phillip?« wiederholte Peter, und seine Stimme klang plötzlich spöttisch. »Seit wann ist er dein Onkel?«

Beth spürte, daß sie rot wurde, und sie wandte sich ab. »So soll ich ihn nennen«, murmelte sie.

»Und warum nennst du ihn nicht einfach Dad?« fragte Peter.

Beth wandte sich ihm ruckartig wieder zu, und bei

seinen stichelnden Worten füllten sich ihre Augen mit Tränen. »Er ist nicht mein Vater! Und warum bist du so gemein? Ich dachte, du wärst mein Freund!«

Peter starrte die Freundin seiner Schwester an und fragte sich, weshalb sie so wütend war. Hatte sie jetzt nicht alles, was das Herz begehrt? Sie lebte in einer herrschaftlichen Villa und hatte Diener, einen Tennisplatz und Pferde. Sie hatte ein Leben, von dem alle anderen Kinder in Westover nur träumten.

»Wir sind keine Freunde«, sagte er schließlich. »Du bist das Kind, das jetzt in der Villa wohnt, vergiß das nicht. Seit wann waren solche wie du jemals Freunde von uns? Wenn du jetzt helfen willst, dann tu das. Wenn nicht, hau ab. Okay? Ich muß arbeiten.«

Beth ließ die Schaufel fallen und rannte davon, überzeugt davon, daß sie die Tränen nicht zurückhalten konnte. Bevor sie beim Stalltor war, wieherte das große, schwarzweiße Pferd in der ersten Box von neuem und reckte den Hals aus der Box, um Beth zu beschnuppern.

Bet blieb stehen und streichelte automatisch das Pferd. Plötzlich wußte sie, was sie tun sollte. Wenn Peter sie behandelte, als wäre sie Tracy Sturgess, dann würde sie sich auch wie Tracy benehmen.

»Peter«, rief sie, und als sie keine Antwort erhielt, rief sie lauter. »Peter!« Der Stallbursche streckte den Kopf aus einer der Boxen hinten im Stall. »Was willst du?«

»Sattel Patches«, verlangte Beth. »Ich will ausreiten.«

Peter starrte sie an. »Bist du verrückt? Du kannst doch gar nicht reiten.«

»Tu es!« forderte Beth, und sie hoffte, daß nichts die Angst verriet, die plötzlich in ihr aufstieg. »Führe Patches hinaus auf den Sattelplatz und sattle ihn!«

Peter grinste Beth nur an und schüttelte den Kopf.

»Dann werde ich es selbst tun!« sagte Beth. Sie öffnete das Stalltor und ging in die Box. Das Pferd wich zurück, scheute und schnaubte.

Beth huschte durch die Box, öffnete die Tür auf der anderen Seite, und das Pferd lief sofort auf den Sattelplatz jenseits der Box. Beth folgte dem Tier.

Draußen nahm sie langsam das Zaumzeug vom Haken. Dann ging sie mit dem Halfter auf das Pferd zu und versuchte sich zu erinnern, was Tracy tat, wenn sie ein Pferd zäumte und sattelte.

Patches beobachtete Beths Nahen, stampfte auf und wieherte leise. Als sie nur noch ein paar Schritte entfernt war, stieg das Pferd auf die Hinterhand, keilte mit der Vorderhand aus, setzte wieder auf und galoppierte zum anderen Ende des Sattelplatzes.

Peter lachte im Stall. Beth wirbelte zu ihm herum und schaute ihn ärgerlich an.

»Steh nicht da herum! Hilf mir!«

»*Du* hast Patches herausgelassen – das ist dein Problem!«

Beth blickte von Peter zurück zu dem Pferd und spürte, wie plötzlich Panik in ihr aufstieg. Das Pferd, das im Stall so gutmütig wirkte, sah auf einmal viel größer und irgendwie bedrohlich aus. Aber sie mußte mit dem Pferd zurechtkommen. Das mußte sie einfach schaffen!

Beth näherte sich dem Pferd von neuem, langsam und behutsam, und das Herz klopfte ihr bis zum Hals. Patches hatte offensichtlich das Interesse an ihr verloren. Das Pferd knabberte an einem Grasbüschel. Als Beth näherkam, scheute es jedoch, schnaubte und trottete wieder fort.

Plötzlich wurde Beth das Halfter aus der Hand gerissen, und sie hörte Tracys Stimme.

»Was treibst du da, du dumme Gans? Gib mir das!« Dann ging Tracy zu dem Pferd hinüber, und legte ihm das Halfter an, als das Tier gerade zurückweichen wollte. Sie riß hart an dem Halfter, und Patches schnaubte leise und blieb stehen.

»Du Idiotin!« schrie Tracy Beth an, während sie das

Pferd in den Stall zurückführte. »Was hast du dir dabei gedacht?«

»Ich... ich wollte nur mit ihm reiten. Peter wollte ihn nicht satteln, und so habe ich es selbst versucht.«

»Dazu bist du zu blöde«, fuhr Tracy sie an. »Du verstehst überhaupt nichts von Pferden.«

»Doch, ich...«

»Du hast soeben von Patches und *ihm* gesprochen, nicht wahr? Nun, zufällig ist Patches eine Stute. Wenn du nicht mal soviel weißt, dann solltest du aus dem Stall wegbleiben. Und außerdem ist Patches *mein* Pferd!«

»Na, mal sachte, Tracy«, begann Peter Russell, doch Tracy fuhr zu ihm herum und starrte ihn wütend an.

»Du hältst dich da heraus, oder ich lasse dich von Vater feuern. Und laß sie nur ja nicht noch einmal in den Stall!«

Peter preßte die Lippen aufeinander, sagte jedoch nichts. Als Tracy das Pferd in die Box geführt und die Tür geschlossen hatte, lief Beth zu dem Jungen.

»Peter, es tut mir leid. Ich wollte nicht, daß du in Schwierigkeiten...«

»Hast du nicht gehört, was sie gesagt hat?« Peter ließ seine Wut auf Tracy jetzt an Beth aus. »Bleib hier weg, verstanden?« Dann wandte er sich ab und verschwand ebenfalls im Stall.

Beth konnte die Tränen, gegen die sie angekämpft hatte, nicht mehr zurückhalten. Sie kletterte über den Zaun des Sattelplatzes und lief über den Pfad zurück in Richtung Rosengarten. Dann bog sie nach rechts ab, ging um die Ecke des Hauses herum und überquerte den vorderen Rasen. Jenseits davon flankierten zwei gewaltige steinerne Löwen den Fuß des Pfads, der zum Mausoleum hinaufführte. Mit den Tränen in den Augen nahm Beth gar nichts wahr, als sie zwischen den steinernen Löwen den Pfad hinauflief.

Phillip Sturgess und Alan Rogers standen auf der Prospect Street und ließen den Blick über die finstere Fassade der lange verlassenen Fabrik schweifen. Die Fenster, die ihrer Scheiben beraubt waren, hatte man mit Brettern vernagelt, und die einst roten Ziegel waren mit einer dicken Schmutz- und Rußschicht bedeckt und fast schwarz. Oben waren einige der Zinnen eingestürzt, die einst das einzige architektonisch Interessante an dem Gebäude gewesen waren. Die verlassene Fabrik wirkte wie eine Ruine.

Die beiden Männer standen lange Zeit schweigend da. Schließlch seufzte Alan und schüttelte den Kopf.

»Ich weiß es nicht. Auf dem Papier sieht alles großartig aus, aber wenn man sich die Wirklichkeit ansieht – nun, ich weiß nicht. Vielleicht ist es besser, alles abzureißen und neu zu bauen.«

Phillip nickte. »Das wäre auch billiger. Aber wir würden etwas verlieren. In diesem Bau steckt Geschichte, Alan. Fast die gesamte Geschichte von Westover ist mit dieser Fabrik verbunden.«

»Meinst du nicht eher die Geschichte der Sturgess'?« fragte Alan.

»Ich bin mir nicht sicher, ob es da einen Unterschied gibt.« Dann sah Phillip Alans Grinsen und lachte. »Also gut, das hört sich nach meinen Eltern an. Aber bei einer Renovierung wird die Fabrik die Geschichte bewahren, und so haben wir im Grunde keine Wahl, oder? Das Fundament ist stabil, ob du es glaubst oder nicht. Ich ließ das vor ein paar Monaten von einem Sanierungsexperten überprüfen.«

Alan betrachtete Phillip skeptisch. »Wußte dein Vater davon?«

»Du weißt, wie mein Vater über die Fabrik dachte.«

»Und nach dem, was mit deinem Bruder passierte, hatte dein Vater das Recht, so zu denken.«

Es folgte Stille. Dann brach Phillip das Schweigen, und

seine Stimme klang sanfter. »Was Conrad junior passierte, war ein Unfall, ganz gleich was Vater glaubte.« Als Alan nichts darauf erwiderte, schaute Phillip ihm in die Augen. »Alan, du glaubst doch nicht all diese Geschichten, oder?«

»Die Geistergeschichten? Natürlich nicht. Aber offenbar glaubte dein Vater daran.«

Phillips Miene nahm einen härteren Zug an. »Er ist jetzt tot.«

»Ja.« Alan legte eine Pause ein und wählte dann seine Worte sorgfältig. »Was ist mit Carolyn? Wie denkt sie über all dies?«

Phillip musterte Alan scharf. »Aus der Tatsache, daß du die Frage stellst, schließe ich, daß du die Antwort weißt.«

»Ich habe nur laut gedacht«, erwiderte Alan und zuckte mit den Schultern. »Sie haßte stets diese Fabrik, das ist alles.« Dann hielt er Phillips Blick stand und sprach weiter. »Viele Leute in Westover hassen diese Fabrik, Phillip. Sie betrachten sie als ein Symbol, und die Erinnerungen, die dieses Symbol wachruft, sind keine angenehmen. Viele Kinder von Westover starben in diesem Bau...«

»Das war vor langer Zeit, Alan«, unterbrach Phillip. »Und wenn ich auch nicht behaupte, daß es rechtens war, so gab es Kinderarbeit damals in ganz Neuengland. Nicht nur hier, und nicht nur bei den Sturgess'.«

»Das habe ich auch nicht gesagt«, stimmte Alan zu. »Ich sage nur, daß sich viele Leute hier beim Anblick der Fabrik erinnern, was darin los war.«

»Keiner der Leute erinnert sich wirklich«, wandte Phillip ein. »Vergessen wir nicht, daß die Fabrik vor einem Jahrhundert geschlossen wurde und daß Geschichten übertrieben werden. Wenn Vater schlau gewesen wäre, dann hätte er schon vor Jahren etwas mit dem Besitz unternommen.« Plötzlich neigte Phillip den Kopf und musterte Alan mißtrauisch. »Alan, gibt es etwas, daß du mir verschweigst? Ist es möglich, daß der Stadtrat wegen der Geschichte des Gebäudes keine Baugenehmigung erteilt?«

Alan schüttelte den Kopf. »Nein. Die Genehmigungen werden ohne Schwierigkeiten erteilt werden. Geschichte ist für den Stadtrat Geschichte. Wenn diese alte Ruine in eine Ladenstraße mit hübschen, kleinen Läden umgewandelt wird, werden die Leute in Westover Geld verdienen, und der ganze Stadtrat ist dafür.«

»Aber du bezweifelst, daß das Projekt ein Erfolg wird«, stellte Phillip fest.

»So ist es«, stimmte Alan zu und lächelte dann reuevoll. »Allerdings bin ich nicht besonders phantasiebegabt, wie dir deine Frau bestätigen wird, und ich bin immer ein wenig pessimistisch. Wir sollten mal in den Bau reingehen und uns umsehen, und dann kann ich dir sagen, warum die Bruchbude einstürzen wird, wenn wir mit der Arbeit daran beginnen.«

Phillip lachte. »Ich erwarte, daß du mir einen ausgibst, wenn überhaupt nichts einstürzt.«

Sie überquerten die Prospect Street und gingen nach links über den von Unkraut überwucherten Pfad, der parallel zur langen Nordwand des Gebäudes verlief. In Höhe der Wandmitte gelangten sie an eine Eisentür, deren Farbe stark abgeblättert war. Als Phillip einen Schlüssel in das Vorhängeschloß schob, ließ sich die Tür jedoch leicht öffnen.

»Vater ließ das Schloß jeden Monat überprüfen, seit Conrad junior starb. Manchmal überprüfte er es sogar persönlich. Als ich ein Junge war, flehte ich ihn an, mich einmal mitzunehmen und mir das Innere der Fabrik zu zeigen, doch das tat er niemals. Ich nehme an – nun, er kam wohl nie über den Tod meines Bruders hinweg.«

»Er ließ dich tatsächlich niemals in die Fabrik schauen?« fragte Alan.

»Stimmt. Es machte mich verrückt. Manchmal lag ich nachts wach und schaute aus meinem Fenster zur Fabrik hinab und schmiedete Pläne, wie ich mich heimlich hineinschleichen könnte. Aber dann dachte ich daran, was Vater mit mir machen würde, wenn er mich dabei erwischte, und ich versuchte es nie.« Phillip grinste beschämt. »Weißt du, selbst als ich mit dem Ingenieur hier war, schaffte ich es fast nicht, in das Gebäude zu gehen. Ich stellte mir vor, daß Vater mich von Hilltop aus beobachtete und mich übers Knie legen würde, wenn ich heimkäme. 43 Jahre alt, und immer noch Angst vor meinem Vater. Ein schöner Tycoon bin ich, was?«

Alan lachte und klopfte seinem Freund auf den Rücken. »Ich befürchte, daß du die Rolle des Tycoon überhaupt nicht sehr gut spielst, Phillip, und das ist die Wahrheit. Bist du sicher, daß du ein echter Sturgess bist?«

»Ich betrachte diese kleine abfällige Bemerkung als ein Kompliment und bedanke mich sehr«, erwiderte Phillip. Dann zog er die Tür auf und trat zurück. »Nach dir, Alan.«

Alan trat ein und schaute sich neugierig um. Es war fast stockdunkel im Innern, denn durch die mit Brettern vernagelten Fenster fiel nur wenig Licht. Hoch oben stützte ein Gitterwerk von Eisenstreben die Decke.

»Zu seiner Zeit wurde dieses Dach als eine technische Leistung betrachtet«, sagte Phillip. »Es gab nicht viele Gebäude dieser Größe ohne Stützpfeiler für das Dach. Es hat fast die Größe eines Footballfelds.«

Alan stampfte auf dem Boden auf und stellte überrascht fest, daß er nicht nachgab.

»Der Boden ist aus Eiche. Solide Eiche, drei Zoll dick. Darunter sind überall Balken und Pfeiler. Der Sanierungsexperte sagte, daß er so etwas noch nie in dieser Form gesehen hat.«

Sie schlenderten durch das Gebäude, aber Alan erkannte schnell, daß es wenig zu sehen gab. Es war einfach eine gewaltige Hülle mit nur wenigen Überbleibseln von noch vorhandenen Trennwänden hinten im Gebäude, wo einst die Büros gewesen waren. Obwohl das Gelände stark verfallen war, wirkte das Fundament tatsächlich stabil. Nachdem sie das Erdgeschoß besichtigt hatten, gingen sie zu einer Treppe, die ins Kellergeschoß führte.

Phillip knipste eine Taschenlampe an, und sie stiegen die Stufen hinab. Am Fuß der Treppe blieb Phillip plötzlich stehen.

»Hier fand man Conrad junior«, sagte er leise. »Anscheinend stolperte er und stürzte auf irgendein Werkzeug.«

Alan runzelte die Stirn, nahm die Taschenlampe von Phillip entgegen und ließ den Lichtstrahl durch das weite Kellergeschoß schweifen. Überall waren Schatten der dicht stehenden Pfeiler, und schließlich schien sich der Lichtschein in der Ferne zu verlieren. Aber abgesehen vom Wald der Stützpfeiler schien das Kellergeschoß wie das Erdgeschoß leer zu sein.

»Was machte denn ein Werkzeug hier unten? Es sieht doch so aus, als wäre hier vor hundert Jahren alles ausgeräumt worden.«

»Keine Ahnung«, erwiderte Phillip. »Als es passierte, war ich noch nicht mal geboren.« Seine Stimme nahm einen melancholischen Klang an, den Alan nie zuvor bei ihm gehört hatte. »Ich glaube, ich war das Ersatzkind. Mutter wollte vermutlich nur ein Kind haben, aber als Conrad junior starb, entschlossen sie sich, mich in die Welt zu setzen.«

»Das haben sie gar nicht so schlecht hingekriegt«, sagte Alan und gab sich absichtlich heiter. »Ich weiß nicht, wie dein Bruder war, aber...«

»Aber er war der Sohn, den mein Vater liebte«, fiel Phillip ihm ins Wort, und seine Stimme verriet plötzlich Bitterkeit. »Vater versäumte nie, mich wissen zu lassen, daß ich kein vollwertiger Ersatz für meinen Bruder war«, fügte er hinzu. Nach diesem Bekenntnis war Phillip verlegen. Er räusperte sich und ergriff Alan am Arm. »Komm, laß uns von hier verschwinden.«

Obwohl Alan sich gern die massiven Holzbalken genauer angesehen hätte, die das Erdgeschoß stützten, und gern das Fundament näher untersucht hätte, folgte er Phillip die Treppe hinauf und durch das leere Gebäude. Ihre Schritte hallten laut in der Stille, und keiner der Männer sprach, bis sie wieder im strahlenden Sonnenschein des Sommermorgens standen.

»Nun, was denkst du?« fragte Phillip.

Alan betrachtete das Gebäude von neuem nachdenklich, bevor er antwortete. Schließlich nickte er.

»Es wäre zu machen. Und es würde auch nicht allzuviel Zeit kosten. Wenn wir gleich loslegten, könnten wir die Fabrik an Labor Day wiedereröffnen.«

Die beiden Männer starrten sich an, und jeder erkannte gleichzeitig die Ironie.

»Am Tag der Arbeit«, wiederholte Phillip leise. »Wenn man die Geschichte dieses Gebäudes bedenkt, ist das irgendwie passend, nicht wahr?«

»Vermutlich«, stimmte Alan zu. »Und auch ein bißchen makaber, wenn man darüber nachdenkt.«

Phillip schloß die Eisentür ab, und sie gingen über den Pfad zurück zur Prospect Street. Als sie von neuem vor der Frontseite der alten Fabrik standen, brach Phillip das Schweigen.

»Alan, als wir unten im Kellergeschoß waren, hast du da irgend etwas gerochen?«

Alan furchte nachdenklich die Stirn. Dann schüttelte er den Kopf.

»Es war vermutlich nur Einbildung«, fuhr Phillip fort. »Aber einen Augenblick lang, während wir uns unterhielten, glaubte ich, Rauch zu riechen.«

5

»Hannah?«

Die alte Haushälterin blickte von der Schüssel voller Erbsenschoten in ihrem Schoß auf. Dann stemmte sie sich von dem verschrammten Lehnsessel hoch, den sie vor langer Zeit aus ihrem Zimmer in die riesige Küche gebracht hatte.

»Bleiben Sie nur sitzen«, sagte Carolyn. »Ich will nur fragen, ob Sie Beth gesehen haben.«

»Sie war bis nach dem Frühstück hier«, erwiderte Hannah und ließ sich dankbar auf den Lehnsessel zurücksinken. »Sie half mir beim Abwasch.« Hannah blickte über die Ränder ihrer Brille hinweg zu Carolyn auf. »Ihre Tochter ist ein mächtig nettes Mädchen.«

Carolyn nickte geistesabwesend, und Hannah musterte sie forschend. »Ist etwas nicht in Ordnung, Miß Carolyn? Habe ich etwas getan, das Ihnen mißfällt?«

»Natürlich nicht«, erwiderte Carolyn. »Sie sind wundervoll, Hannah, und ich wüßte nicht, was ich ohne Sie tun würde.« Carolyn zögerte.

Sie wußte, daß sie Hannah in ihrer Domäne allein lassen sollte. Dann ließ sie sich jedoch auf einen der harten Holzstühle am Küchentisch nieder. Sie drehte nervös einen Knopf an ihrer Bluse.

»Ich... ich bin mir nicht ganz sicher«, fuhr Carolyn fort. »Es ist nur...« Sie verstummte, weil sie befürchtete, daß alles, was sie sagen würde, irgendwie unloyal gegenüber ihrem Mann klingen könnte.

Aber Hannah, deren Miene gleichgültig blieb, nickte verständnisvoll und beendete den Satz für sie. »Es ist nur, daß die Dinge hier oben nicht so sind, wie Sie gedacht haben, und daß es nicht so leicht ist, wie es den Anschein hatte?«

Woher weiß sie das? fragte sich Carolyn verwundert. Ist das alles so offensichtlich? Unbewußt und ohne überhaupt darüber nachzudenken, nahm sie eine Handvoll Erbsenschoten und begann sie zu enthülsen.

»Das brauchen Sie nicht zu tun, Miß Carolyn«, sagte Hannah hastig, aber etwas an ihrem Tonfall ließ Carolyn aufblicken. Wie sie vermutet hatte, war Hannahs Blick auf sie gerichtet, wie um sie aufzufordern, ihre Gedanken offen auszusprechen. Sie würde mich jedoch nie etwas fragen, erkannte Carolyn plötzlich. Wenn ich das Bedürfnis habe, mich auszusprechen, kann ich das, aber Hannah würde nie die Unterhaltung beginnen.

»Doch, das brauche ich«, erwiderte Carolyn und traf ihre Entscheidung. »Ich muß etwas zu tun haben. Ich bin es einfach nicht gewöhnt, den ganzen Tag ohne Arbeit herumzusitzen. Und ich befürchte, ich bin auch nicht gut bei Einladungen zum Lunch«, fügte sie hinzu und erinnerte sich an die wenigen Male, als sie bei den Frauen von Freunden Phillips eingeladen gewesen war. Es waren quälende Stunden gewesen, in denen sie zugehört hatte, wenn die Frauen über Leute getratscht hatten, die sie nicht gekannt hatte, und über Orte geplaudert hatten, an denen sie nie gewesen war.

»Ich bin gut zum Zubereiten von Essen«, sagte Hannah sanft. »Aber ich halte wohl das gleiche wie Sie von diesen albernen Lunch-Partys. Ich kann dieses dumme Gequassel einfach nicht ertragen.«

»Beth konnte es heute morgen nicht ertragen, mit der Familie zu frühstücken, nicht wahr?« fragte Carolyn.

Hannah runzelte die Stirn, und Carolyn befürchtete, die alte Haushälterin aufgefordert zu haben, eine unsichtbare Grenzlinie zu übertreten.

»Sie wird sich an die Dinge hier gewöhnen«, sagte Hannah schließlich. »Ihr gefällt es, daß sie sich hier so frei bewegen kann.« Hannah blickte wieder auf, und in ihren Augen war ein leichtes, verschmitztes Funkeln. »Sie erzählte mir, als sie noch in der Cherry Street wohnte, hätte die Familie praktisch in der Küche gelebt.«

»In welcher Familie ist das anders?« erwiderte Carolyn. Dann erkannte sie, wie lächerlich die Frage war. »Vergessen Sie's. Es war dumm, das zu sagen.«

»Nein, so dumm ist es nicht. Mr. Phillip verbrachte hier viel Zeit, als er ein Junge war. Manchmal habe ich sogar das Gefühl, daß *ich* ihn aufgezogen habe. Jedenfalls entwickelte er sich so, wie ich es von einem Sohn gewünscht hätte, wenn ich einen gehabt hätte. Und ich muß sagen, es ist schön, wieder ein Kind in meiner Küche zu haben. Besonders eines, das bereits weiß, wie man den Abwasch erledigt und den Abfall in die Mülltonne hinausbringt.«

Sie schwieg, und Carolyn fragte sich, was genau ihr die alte Frau damit sagen wollte.

»Was ist mit Tracy?« fragte Carolyn. »Kommt sie niemals her?«

»Tracy braucht mich nur, wenn sie etwas will«, erwiderte Hannah, und obwohl nichts Verurteilendes in ihrem Tonfall war, bemerkte Carolyn, daß die alte Frau den Blick auf die Schüssel mit Erbsen gerichtet hielt, während sie sprach. »Tracy ist vom Typ her ein anderes Kind. Sie kommt auf ihre Großmutter, wenn Sie verstehen, was ich meine.«

»Ich verstehe leider nur zu gut«, murmelte Carolyn. »Tracy ist anscheinend entschlossen, Beth das Gefühl zu geben, daß sie nicht hierher gehört.«

Hannah setzte zu einer Erwiderung an, besann sich dann jedoch anders. Ihr Blick wurde verschlossen, und Carolyn wußte, daß sie jetzt zu weit gegangen war.

»Davon weiß ich nichts«, sagte Hannah schließlich. »Aber was Ihr kleines Mädchen anbetrifft, so habe ich eine Ahnung, wo es stecken könnte.« Ihr Blick schweifte zum Fenster.

Carolyn folgte Hannahs Blick aus dem Fenster. Kaum sichtbar zwischen den Baumwipfeln konnte sie den marmornen Ring sehen, der das Mausoleum krönte.

»Das Mausoleum? Warum sollte sie dort hinaufgegangen sein?«

Hannah zuckte die Achseln. »Vielleicht ist sie auch nicht dort. Doch vor einer Weile gab es einen kleinen Krach unten beim Stall, und ich habe schon öfter beobachtet, daß Leute, die auf Hilltop allein sein wollen, zum Mausoleum hinaufgehen.« Ihr Blick begegnete wieder dem Carolyns. »Wenn Beth Ihnen erzählen will, was los ist, dann wird sie das tun. Aber bedrängen Sie das Mädchen nicht, Miß Carolyn. Beth tut ihr Bestes, um sich anzupassen. Lassen Sie Beth einfach gewähren, damit sie es auf ihre Weise schaffen kann.«

Als Carolyn aus der Küche eilte, wandte sich Hannah wieder den Erbsen zu. Während sie arbeitete, fragte sie sich, ob man auf Hilltop jemals zulassen würde, daß Beth und Carolyn sich hier heimisch fühlten. Hannah wußte, daß es niemals der Fall sein würde, wenn es nach Tracys Willen ging.

Eher würde Tracy sterben.

Beth saß allein in der Kühle, die das Mausoleum trotz der zunehmenden Wärme des Morgens erfüllte. Ihre Tränen waren längst getrocknet, und sie hatte ein paar Minuten damit verbracht, die Inschriften auf den Rückseiten der steinernen Stühle zu lesen, die den Marmortisch umgaben. Jetzt hockte sie auf der Kante von Samuel Pruett Sturgess' Marmorstuhl und schaute zu dem Ort hinab, in dem sie aufgewachsen war.

Von hier aus wirkte Westover wie ein Miniatur-Dorf – wie eine Spielzeugstadt der Anlage einer Modelleisenbahn, die ihr der Vater im vergangenen Jahr in Boston gezeigt hatte. Sie sah die Schienen, die um den Hügelhang herumführten, sich über den Fluß spannten, hinter der Fabrik verschwanden, wieder sichtbar wurden, in einer weiteren Kurve um den Ort herumführten und schließlich in den fernen Hügeln verschwanden.

Es war jedoch die Fabrik, die Beth am meisten interessierte. Von ihrem Platz aus wurde das alte Gebäude genau von zweien der Marmorpfeiler eingerahmt. Die kleine Stadt selbst befand sich überwiegend links der Fabrik, doch von diesem Aussichtspunkt war die Fabrik genau in der Mitte unterhalb von ihr.

Wenn der siebte Pfeiler – der Marmorpfeiler, der einst gegenüber von Samuel Pruett Sturgess' Stuhl gestanden hatte – nicht zerstört gewesen wäre, hätte man von dieser Stelle aus von der Fabrik überhaupt nichts sehen können.

Eine Zeitlang saß Beth da und überlegte, ob das Mausoleum absichtlich so errichtet worden war, oder ob erst lange nach der Fertigstellung jemand bemerkt hatte, daß einer der Marmorpfeiler herausgebrochen war und somit der alte Mr. Sturgess von seinem Platz aus stets auf seine Fabrik hinabschauen konnte.

Denn so kam es Beth vor.

Es war fast, als diene der Tisch als Versammlungsort für alle toten Sturgess', als lebten sie noch und hätten über Geschäfte zu diskutieren, und der älteste von ihnen – Samuel Pruett Sturgess – säße dort, wo er die ganze Stadt und besonders seine Fabrik überblicken konnte.

Beth stellte sich vor, der alte Mr. Sturgess zu sein, und da sah sie es.

Es war ein Blitzen, wie eine Art Explosion. Plötzlich hatte es den Anschein, als stünde die Fabrik in Flammen.

Zuerst dachte Beth, es wäre der Sonnenschein, der von den Fenstern des alten Gebäudes reflektiert wurde.

Doch dann erinnerte sie sich daran, daß alle Fenster mit Brettern vernagelt waren und keine Scheiben mehr hatten.

Beth starrte auf das alte Gebäude und wartete darauf, ob es wieder passierte.

»Beth?«

Sie zuckte erschrocken zusammen und fuhr herum.

Ihre Mutter kam die Treppe vom Pfad herauf. Schnell huschte Beth von dem Marmorstuhl fort.

»Liebes? Ist alles in Ordnung?«

Beth war plötzlich verlegen. Wußte ihre Mutter, was unten beim Stall passiert war? Hatte sie es von Tracy erfahren? Aber sie, Beth, hatte eigentlich nichts angestellt. Sie hatte nur Patches auf den Sattelplatz hinausgelassen.

»Ja... ja... alles in Ordnung«, sagte Beth.

Carolyn musterte das kleine Mädchen aufmerksam. Sie sah an den leicht geröteten Augen, daß Beth geweint hatte, aber anscheinend war das Mädchen jetzt darüber hinweg. Ein wenig atemlos ließ sich Carolyn auf den marmornen Stuhl neben den sinken, auf dem Beth zuvor gesessen hatte, und seufzte, als die Kühle einer leichten Brise über ihre Stirn strich.

»Setz dich nur wieder«, sagte Carolyn. Dann senkte sie die Stimme und schaute sich um, wie um sich zu vergewissern, daß sie nicht beobachtet wurden. »Ehrlich gesagt, ich habe mir brennend gewünscht, auf diesen Plätzen zu sitzen, seit Phillip mir sagte, daß niemand sich darauf setzen darf.

Beth sah ihre Mutter mit großen Augen an. »Was? Ich wußte nicht, daß es verboten ist! Ich wollte nicht...«

»Natürlich wolltest du nichts Falsches tun. Und das hast du auch nicht, also mach dir keine Sorgen. Ich dagegen weiß genau, daß ich nicht auf diesem Stuhl sitzen sollte, aber ich genieße es sehr, gegen das Verbot zu verstoßen. Wessen Stuhl ist das übrigens?«

Beth zögerte mit der Antwort und kicherte dann leise. »Der seiner Frau«, erklärte sie feierlich.

Carolyn hob die Brauen. »Was?«

»Soll das heißen, du hast es nicht gelesen?« Beth lachte jetzt laut auf. »Schau es dir mal an. Es wird dir nicht gefallen.« Als Carolyn aufstand, um hinter den Marmorstuhl zu gehen, hielt Beth sie zurück. »Du mußt zuerst die Inschrift auf seinem Stuhl lesen.«

Verwirrt musterte Carolyn die Rückseite des Marmorstuhls, der die Asche von Samuel Pruett Sturgess enthielt. Außer den Daten von Geburt und Tod waren auch die Stationen seines Lebens eingemeißelt, die für ihn offenbar von Bedeutung waren. Die Inschrift verkündete, daß er ein Mitglied von Sigma Alpha Gamma, ein Freimaurer, Mitglied einer Episkopalkirche, Republikaner und Vater von vier Kindern gewesen war.

Nachdem Carolyn alles gelesen hatte, richtete sie den Blick auf den Stuhl, auf dem sie zuvor gesessen hatte.

Die Inschrift auf der Rückseite des Marmorstuhls war kurz:

Seine Frau

»Stell dir vor«, Beth kicherte. »Nicht einmal ihr Name steht da!«

Obwohl sich Carolyn bemühte, konnte sie ein Lachen nicht unterdrücken. »Soviel zur Gleichberechtigung der Frau, was? Ich frage mich, wie das Leben der Armen gewesen sein muß.«

»Ich wette, er ließ sie stets drei Schritte hinter sich gehen«, sagte Beth. »Kannst du dir vorstellen, daß Daddy so etwas auf deinen Grabstein schreiben würde?« Dann erinnerte sie sich an die Scheidung und wurde rot.

»Schon gut«, sagte Carolyn besänftigend. »Und du hast recht. Dein Vater würde es nicht wagen, so etwas auf meinen Grabstein meißeln zu lassen. Und ebensowenig würde Phillip das tun.«

Der heitere Glanz verschwand aus Beths Augen, und Carolyn wünschte, sie hätte nicht Phillips Namen erwähnt. Doch nun war es zu spät.

»Phillip liebt dich sehr, weißt du«, sagte sie.

Beth nickte. »Ich weiß. Es ist nur...« Sie verstummte plötzlich. »Ach, egal. Es macht mir nichts aus. Können wir nicht über etwas anderes reden?«

Carolyn wußte, daß es Beth doch etwas ausmachte, was auch immer geschehen sein mochte. Beths Augen waren feucht, und es war ihr anzusehen, daß sie wieder einmal unglücklich war und dagegen ankämpfte. Aber dann erinnerte sich Carolyn an Hannahs Worte, und sie nickte widerstrebend. »In Ordnung. Worüber wollen wir uns unterhalten?«

Beth dachte eine Weile nach und grinste dann schief. »Laß uns überhaupt nichts reden. Laß uns wandern!«

»Wandern?« wiederholte Carolyn. »Wohin?«

»Den Hügel runter. Da ist ein kleiner Weg dort drüben. Siehst du ihn?« Beth wies auf einen Punkt jenseits der zerbrochenen Säule.

Carolyn blickte in die Richtung, in die ihre Tochter zeigte. Da war ein Pfad, der offensichtlich einst den Hügel hinabgeführt hatte, jetzt jedoch von Unkraut überwuchert und mit Büschen fast zugewachsen war.

»Allmächtiger!« stöhnte sie. »Kommen wir da überhaupt durch? Wohin geht es da?«

»Ich wette, der Pfad führt zum Fluß hinunter! Laß uns dort runtergehen, Mom! Bitte! Dann wird es wieder wie früher für uns sein.«

Carolyn musterte den Pfad sorgfältig. Er wirkte steil und kaum passierbar. Dann wandte sie sich wieder zu Beth um und sah das sehnsüchtige Leuchten in den Augen des kleinen Mädchens. Das gab den Ausschlag für Carolyns Entscheidung.

»Dann mal los, Tarzan. Ich folge dir auf dem Fuße.«

Als Beth, bekleidet mit Jeans und einem weißen Hemd, das einst Alan gehört hatte, durch das Gebüsch stürmte, stieg eine flüchtige Erinnerung in Carolyn auf. Es hatte schon solche Tage gegeben – Tage, an denen sie und Alan und Beth gemeinsam durch die Hügel gewandert und einfach den Pfaden gefolgt waren. Selbst dann war die Spannung zwischen ihr und Alan nicht gewichen und hatte dicht unter der Oberfläche geschwelt. Jetzt wanderte sie wieder, und von neuem brodelte etwas dicht unter der Oberfläche.

Doch diesmal war es Beth, die davon befallen worden war.

Carolyn nahm sich fest vor, von jetzt an mehr Zeit mit ihrer Tochter zu verbringen. Beth brauchte sie jetzt sehr.

Abigail klopfte kurz an Tracys geschlossene Schlafzimmertür, öffnete sie dann und trat ein. Tracy saß im Bett und hatte die Arme vor der Brust verschränkt. Von der Blasiertheit, die sie manchmal älter wirken ließ, war im Augenblick nichts zu sehen. Jetzt sah sie genau wie die zornige Dreizehnjährige aus, die sie war.

»Ich hasse sie«, stieß sie hervor. »Ich hasse sie, hasse sie, hasse sie! Ich hasse Beth, und ich hasse auch Carolyn!«

Abigail setzte sich auf die Bettkante und ergriff Tracys Hand. »Haß ist ein sehr unschönes Gefühl, das wir aus unseren Herzen verbannen sollten.«

»Interessiert mich nicht«, sagte Tracy trotzig. »Sie hassen mich ebenfalls!«

»Nein, das glaube ich nicht«, sagte Abigail weiterhin in besänftigendem Tonfall. »Jedenfalls Carolyn haßt dich nicht. Sie versteht dich einfach nicht, das ist alles. Du darfst nicht vergessen, wo sie herkommt, Tracy. Sie kennt nichts von unserer Welt, und wir sollten sie bedauern und nicht hassen. Natürlich bedeutet Mitleid auch nicht, ihr nachzugeben.«

Tracy blickte auf, und ein Hoffnungsschimmer war in ihren Augen. »Aber Daddy sagte...«

»Ich weiß, was dein Vater sagte. Wenn ich auch 83 Jahre alt bin, so bin ich weder taub noch blind. Ich habe gehört, was dein Vater gesagt hat, und ich sehe es tagtäglich mit an, wie diese Frau ihn behandelt.«

»Ich wünschte, sie würde verschwinden.«

»Das wird sie eines Tages«, versprach Abigail. »Merk

dir meine Worte, eines Tages wird dein Vater den Fehler erkennen, den er gemacht hat, und begreifen, daß er eine Frau aus seinem eigenen Milieu braucht. Doch bis dahin können wir nur versuchen, sie zu ignorieren und ebenso das Kind.«

»Sie hat Patches gejagt«, stieß Tracy wütend hervor. »Sie hat sie brutal aus dem Stall getrieben und erschreckt.«

Abigail, die den Zwischenfall beim Stall vom Wohnzimmerfenster aus beobachtet hatte, sagte nichts.

»Und was ist mit meiner Party?« fuhr Tracy fort. »Wenn Beth dabei ist, zerstört sie alles! Meine Freunde werden denken, ich *mag* sie.«

»Nicht, wenn sie fort ist«, sagte Abigail. »Mir scheint, du brauchst nur einen anderen Tag für die Party zu wählen. Beth verbringt die Samstage stets mit ihrem Vater, und so brauchen wir deine Party nur von Sonntag auf Samstag zu verlegen. Du sagst das Hannah, und ich werde es Carolyn mitteilen.« Ihre Lippen verzogen sich zu einem Lächeln. »Ich bin eine alte Frau, und es kann natürlich sein, daß ich es einfach vergesse, mit ihr zu sprechen.«

Tracy umarmte ihre Großmutter. »Wirst du das tun? Wirst du das wirklich für mich tun?«

»Natürlich. Wozu sind Großmütter denn da?« Abigail löste sich aus Tracys Umarmung und erhob sich. »Jetzt will ich, daß du hinuntergehst und mit Hannah redest. Und laß dir deine Freude nicht anmerken. Ich zweifle zwar nicht an Hannahs Loyalität, aber manchmal denke ich, daß sie dazu neigt, zuviel mit der Frau deines Vaters zu reden.«

Kichernd stand Tracy vom Bett auf und verließ das Schlafzimmer. Abigail folgte ihr langsam und schaute dem Mädchen nach, als es die Treppe hinabeilte. Von hinten ähnelte sie selbst in ihrem Alter so sehr ihrer Mutter, daß sich bei dem Anblick Abigails Augen mit Tränen füllten. Lorraine Kilpatrick Sturgess war genau die richtige Frau für Phillip gewesen, und Abigail hatte sich nie ganz mit Lorraines Tod abgefunden. Tracy wirkte manchmal fast wie eine Wiederverkörperung der Frau, die bei Tracys Geburt gestorben war. Tracys Augenfarbe war die ihres Vaters, der seinerseits das klare Blau von Abigail geerbt hatte. Doch der Rest von Tracy war völlig Lorraine.

Und die gute Lorraine hatte nie irgend etwas mit einer Frau wie Carolyn zu tun haben wollen. Ebensowenig hätte sie zugelassen, daß sich Tracy mit einem Kind wie Beth abgab. Abigail war entschlossen, dafür zu sorgen, daß Tracy niemals anders empfinden würde als ihre verstorbene Mutter.

Als Tracy die Treppe hinunter verschwunden war, zog sich Abigail in ihre Suite zurück. Hier, in diesen Zimmern, in denen sich nichts verändert hatte, seit sie als Braut hergekommen war, fand sie das Leben, wie es hätte sein sollen. Hier änderte sich niemals etwas. Was draußen in der Welt geschah, hatte hier keine Bedeutung mehr, denn in diesen Zimmern lebte sie mit den Porträts ihrer Familie und von Conrad und den Erinnerungen an vergangene Zeiten, als die Sturgess' über Westover geherrscht hatten.

Wenn die Fabrik wiedereröffnet war, würden die Sturgess' von neuem den Platz einnehmen, der ihnen gebührte. Vielleicht würden die Leute nicht direkt für ihre Familie arbeiten, aber sie würden wenigstens Miete zahlen.

Abigail schaute fast gegen ihren Willen auf zum Porträt ihres Mannes, und von neuem glaubte sie die Worte zu hören, die er so oft in den Jahren vor seinem Tod gesagt hatte.

»Es ist eine Stätte des Teufels, aber sie darf nie abgerissen werden. Sie muß stehenbleiben, wie sie ist, eine ständige Mahnung für uns alle. Es ist eine Stätte des Teufels, Abigail, aber sie ist unser Gewissen. Wir dürfen sie nie verlieren und nie verändern.«

Abigail hatte ihm zugehört und ihn bemitleidet, doch

schließlich hatte sie erkannt, daß ihr Mann einfach den Verstand verloren hatte.

Und sie wußte genau, wann es angefangen hatte.

Es hatte an dem Tag begonnen, an dem Conrad junior gestorben war und sein Vater sich geweigert hatte, das Unglück als Unfall zu akzeptieren, der es gewesen war.

Statt dessen hatte er die Fabrik verantwortlich gemacht und darauf beharrt, daß sie irgendwie das Leben seines Sohnes gefordert hatte.

Dann, in den letzten paar Jahren seines Lebens, als sein Verstand so schnell verfallen war wie sein Körper, war er besessen gewesen von einer Kassette mit alten Aufzeichnungen über die letzten Tage der Geschäftsabläufe in der Fabrik.

Er hatte die Aufzeichnungen in einer eisernen Kassette im Schrank aufbewahrt, und je näher sein Todestag herangerückt war, desto mehr Zeit hatte er über den Aufzeichnungen gebrütet und vom Teufel in der Fabrik phantasiert.

Abigail nahm jetzt die Kassette aus dem Fach des Schranks und setzte sich in ihren Lieblingssessel beim Fenster. Sie öffnete das Metallkästchen und nahm behutsam die alten Journale heraus, mit denen es gefüllt war. Die Seiten waren vergilbt und drohten ihr fast zwischen den Fingern zu zerbröckeln. Langsam begann sie zu lesen.

Seltsame Aufzeichnungen von merkwürdigen Dingen, die in der Fabrik passiert waren.

Schreckliche Dinge, die an einem hellen, sonnigen Morgen wie heute viel zu entsetzlich waren, um sie zu glauben.

Und Abigail glaubte sie nicht, trotz der aufgewühlten Reden ihres Mannes. Sie blätterte eine Seite nach der anderen um und schüttelte traurig den Kopf bei dem Gedanken daran, wie Conrad sein Leben wegen ein paar Zeilen in einem alten Journal vergeudet hatte.

Selbst an seinem Todestag hatte Conrad verlangt, daß sie ihm die Kassette brachte. Dann hatte er sich auf dem Bett aufgesetzt und ein letztes Mal über den Journalen gebrütet, mit zitternden Händen die Seiten umgeblättert und vor sich hingemurmelt, während er noch einmal die Worte entziffert hatte. Abigail hatte ihn beobachtet und gewußt, daß er nicht mehr bei Sinnen war, daß er sich in eine andere Zeit versetzt hatte. Schließlich hatte sich am späten Nachmittag sein Atem verändert, und die dumpfen, rasselnden Atemzüge hatten den Tod angekündigt, während sein erschöpftes Herz nur noch ein paar letzte krampfhafte Schläge geschafft hatte.

Abigail hatte ihm die Journale aus den Händen gewunden, doch selbst als sie die Aufzeichnungen in das Kästchen zurückgelegt hatte und damit zum Schrank gegangen war, hatte Conrad die zitternde Hand nach der Kassette ausgestreckt, als könne er den Tod abwenden, indem er ein letztes Mal die Vergangenheit ergriff.

Als Abigail die Kassette in den Schrank gestellt hatte und zum Bett zurückgekehrt war, hatte Conrad mit letzter Kraft gesprochen, und seine Worte waren kaum hörbar gewesen.

»Sie... ist dort«, hatte er zum Schluß gekeucht, während sich an seinem Mund Blasen von der Flüssigkeit gebildet hatten, die sich in seiner Lunge angesammelt hatte. »Sie ist noch dort, und sie haßt uns alle... Halte sie dort fest, Abigail... Halte sie dort fest... für mich...«

Und dann hatte sich seine Hand um die ihre verkrampft, und er war gestorben.

Seither hatte Abigail immer wieder über seine letzten Worte gegrübelt, aber selbst jetzt, als sie in den alten Dokumenten blätterte, sagte sie sich, daß diese Worte wohl nichts anderes waren als das bruchstückhafte wirre Reden eines sterbenden Menschen.

Jetzt legte Abigail die Aufzeichnungen zurück in die Kassette, verschloß sie und stellte sie wieder in den

Schrank. Dann ging sie zum Fenster und blickte den Hügel hinab nach Westover, wie sie es schon so oft getan hatte. Auf der anderen Seite der Stadt ragte häßlich und irgendwie unheilvoll die alte Ruine der lange aufgegebenen Fabrik auf.

Wenn sie und Phillip mit dem Projekt fertig sein würden, dann würde die Fabrik jedoch wieder das stolzeste Gebäude von Westover sein.

Nichts und niemand würde sie aufhalten

Weder Conrads wahnsinniger Aberglaube noch Carolyns albernes Geschwätz würden sie jemals überzeugen können, daß die Fabrik etwas anderes als ein gewöhnliches Gebäude war.

Und die Fabrik war dazu da – wozu sie immer dagewesen war –, um den Sturgess' Geld einzubringen.

Daran war gewiß nichts Schändliches oder Teuflisches.

Hannah musterte Tracy mißtrauisch.

»Ist es nicht ein bißchen spät, um die Party zu verlegen?«

Tracy seufzte theatralisch und tat ihr Bestes, um den Eindruck zu erwecken, als rege sie die ganze Sache so auf, wie es anscheinend bei Hannah der Fall war.

»Natürlich ist es das«, sagte Tracy. »Aber ich *kann* die Party einfach nicht ohne Alison Babcock geben, und sie könnte am Sonntag nicht kommen! So müssen wir schon am Samstag feiern.«

»Und was ist mit den anderen Kindern? Was ist, wenn sie am Samstag nicht kommen können?«

»Sie können«, log Tracy glatt. »Ich habe bereits mit ihnen gesprochen, und alle können am Samstag kommen. Ich verstehe nicht, weshalb du eine so große Schau machst.«

Hannah zog zweifelnd die Augenbrauen hoch. »Und wann hast du mit Miß Alison gesprochen? Das Telefon hat den ganzen Morgen nicht geklingelt.«

In Tracys Augen glitzerte Zorn. Für wen hielt sich Hannah? Wußte sie nicht, daß sie nur eine Bedienstete war? »Ich habe sie angerufen. Wir sprachen über etwas anderes, und da fiel ihr ein, daß sie am Sonntag nicht kommen kann. So habe ich anschließend alle anderen angerufen. Okay?«

Hannahs Blick schweifte zum Telefon-Nebenanschluß mit den beiden Knöpfen, von denen einer leuchtete, wenn über eine der beiden Leitungen gesprochen wurde. Dann sah sie Tracy an, daß das Mädchen trotzig darauf lauerte, ob sie es wagte, ihre Worte anzuzweifeln.

»Ich werde mit Miß Carolyn darüber reden«, sagte Hannah und verzichtete darauf, Tracy der Lüge zu bezichtigen. Das Mädchen wußte bereits, daß es ertappt worden war, und es machte ihm nichts aus.

»Das wird nicht nötig sein«, sagte Tracy verdrießlich, obwohl ihre Augen bei dem scheinbaren Sieg triumphierend funkelten. »Großmutter wird mit Carolyn reden. Und wenn Großmutter sagt, daß es in Ordnung ist, die Party auf Samstag zu verlegen, dann hat es sich. Also richte dich gefälligst danach.«

»Nun hör mal...« begann Hannah, aber sie verstummte unvermittelt, als plötzlich ein Schrei von draußen hereinklang.

Hannah wandte sich von Tracy ab und spähte durch das Fenster in den Sonnenschein des Morgens.

Beth rannte über den Rasen. Ihr Gesicht war bleich, und ihr Haar flatterte im Wind.

»Hannah!« rief das kleine Mädchen. »Hannah! Mr. Smithers! Kommen Sie schnell. Es geht um Mom! Etwas ist mit meiner Mutter passiert!«

6

Carolyn öffnete die Augen, und einen Augenblick lang dachte sie, sie wäre in ihrem Zimmer in dem kleinen Haus an der Cherry Street. Aber das war unmöglich. Sie war auf einem Pfad unterhalb von Hilltop gewesen. Sie war mit Beth gewandert, und dann...

Was dann?

Sie kramte in der Erinnerung nach Einzelheiten, und während sie überlegte, heftete sie den Blick auf die Decke des kleinen Zimmers.

Ein Krankenzimmer, das im gleichen blaßgrünen Farbton angestrichen war, wie es ihr Zimmer in der Wohnung an der Cherry Street gewesen war.

Krankenhausgrün, hatte Beth stets den Farbton bezeichnet, und jetzt mußte Carolyn zugeben, daß das Mädchen recht gehabt hatte.

Irgend etwas in ihrer Erinnerung nahm Gestalt an.

Sie war ohnmächtig geworden.

Sie waren auf dem Pfad gewesen, der vom Mausoleum aus hinabführte, und dann waren sie nach links abgebogen und über einen steilen Seitenpfad gewandert.

Schließlich waren sie auf eine kleine Lichtung gelangt, und während Beth herauszufinden versuchte, wo es weiterging, hatte Carolyn sich hingesetzt, um auszuruhen.

Sie hatte über die kleine Stadt hinweggeblickt und die Aussicht genossen, und dann hatte sie allmählich etwas auf der fernen Seite der Stadt wahrgenommen. Es war ihr vorgekommen, als wäre es langsam in ihr Bewußtsein gedrungen, und dann, als sie es richtig wahrgenommen hatte, war ihr klargeworden, daß sie auf die Fabrik starrte.

Die Fabrik brannte.

Rauchwolken quollen daraus hervor, und Flammen züngelten aus den Fenstern.

Und obwohl die gesamte Stadt zwischen ihr und der Fabrik lag, konnte Carolyn Schreie hören, als ob Leute in der brennenden Fabrik eingeschlossen waren...

Die Erinnerung verblaßte, und Carolyn kämpfte, um das Bild wieder schärfer sehen zu können.

Kämpfen.

Das war es.

Sie hatte sich mühsam hochgekämpft und nach Beth gerufen, und dann war der ganze Himmel schwarz geworden, als wäre er von Rauch verhüllt gewesen.

Und sie hatte sich benommen gefühlt.

Danach erinnerte sie sich nur noch an Bruchstücke.

Beth, die sie rief und sie anflehte, aufzuwachen.

Dann Hannahs Gesicht, eine Maske der Besorgnis, über ihr.

Wie war Hannah dorthin gekommen?

Anschließend Hände, die sie anhoben und forttrugen.

Und jetzt war sie im Krankenhaus.

Zum erstenmal nach dem Erwachen versuchte Carolyn, sich zu bewegen, und sofort spürte sie einen warmen Druck auf ihrer Hand.

»Nicht, Liebling.«

Als die Stimme überraschend ertönte, verschwanden die Erinnerungen.

Phillips Stimme. Warm hatte sie nicht bemerkt, daß er hier war? Hatte er die ganze Zeit ihre Hand gehalten? Carolyn wandte langsam den Kopf und sah ihren Mann an. Phillip saß neben ihrem Bett, und seine blauen Augen spiegelten tiefe Besorgnis wider.

»Phillip? Wie... wie bin ich hierher gekommen? Was ist passiert?«

»Du bist ohnmächtig geworden. Hannah und Ben brachten dich ins Haus zurück, und dann ließen sie dich mit dem Wagen ins Krankenhaus bringen.«

»Hannah und Ben?« wiederholte Carolyn. »Wie haben sie...«

»Du hast sie unterstützt. Du warst halb bewußtlos, und du sprachst immer wieder von einem Feuer. Sie sagten, du hast anscheinend gedacht, da wäre ein Waldbrand oder so etwas.«

Carolyn überlegte. »Nein... nein, es war etwas anderes.« Sie umklammerte plötzlich Phillips Hand. »Es war die Fabrik. Ich sah, daß die Fabrik brannte!«

»Die Fabrik? Himmel, wovon sprichst du?«

Carolyn zögerte mit der Antwort. Wenn sie jetzt darüber nachdachte, kam ihr das Ganze mehr als die Erinnerung aus einem Traum vor als etwas, das tatsächlich passiert war. »Ich... ich weiß nicht. Es war alles so sonderbar...« Sie verstummte und blickte sich im Zimmer um. »Wo ist Beth?«

»Sie wartet schon draußen«, erwiderte Phillip. »Ich hole sie.«

Einen Augenblick später tauchte Carolyns Tochter neben dem Bett auf und blickte sie mit großen Augen besorgt an. »Mom? Alles in Ordnung? Ich... ich hatte Angst, du würdest...«

»Sterben?« Carolyn lachte und schaffte es, ihrer Stimme eine Kraft zu geben, die sie nicht empfand. »Noch nicht, mein Schatz. Deine alte Mutter hat noch ein paar Jährchen.« Sie lächelte und richtete sich etwas mehr auf dem Krankenbett auf. »Aber eines will ich dir sagen, wenn das deine Vorstellung von einer lustigen kleinen Wanderung ist, dann kannst du dir beim nächsten Mal jemand anders als Begleitung aussuchen.«

Phillip hob die Brauen, und dann zwinkerte er Beth zu. »Sie fühlt sich offensichtlich besser. Auf einmal ist alles deine Schuld.«

Carolyn verzog das Gesicht zu einer Grimasse gespielter Empörung. »Nun, du erwartest doch nicht, daß *ich* die Schuld auf mich nehme, oder? Ich bin diejenige, die im Krankenhaus gelandet ist. Ihr beiden könnt mich wenigstens bemitleiden und mir sagen, daß es nicht meine

Schuld war. Richtig?« fügte sie hinzu und blickte ihre Tochter an.

»Völlig richtig«, erwiderte Beth und nickte ernst. »Du standest da und schriest mich an und zeigtest auf etwas, und da dachte ich mir, wäre es nicht lustig, Mutter ohnmächtig zu sehen? Und schon fielst du um.«

»Siehst du?« sagte Carolyn zu Phillip. »Das ist die Art Kind, von der jede Mutter träumt.« Dann wurde sie ernst. »Beth, hast du irgend etwas gesehen? Hast du gesehen, daß irgend etwas in der Stadt passierte, bevor ich ohnmächtig wurde?«

Beth überlegte unsicher. »Was zum Beispiel?«

»Nun, es war merkwürdig«, sagte Carolyn. »Ich hätte schwören können, daß ich die Fabrik brennen sah. Irgendso etwas hast du nicht gesehen?«

Beth schüttelte den Kopf, und dann erinnerte sie sich plötzlich an das, was oben beim Mausoleum geschehen war, bevor ihre Mutter eingetroffen war. Sie hatte einen Augenblick lang so etwas gesehen, während sie auf dem Marmorstuhl gesessen hatte. Bevor sie jedoch etwas davon erzählen konnte, wurde die Tür geöffnet, und ein Doktor betrat das Krankenzimmer.

Phillip stand sofort auf, doch der Arzt forderte ihn mit einer Geste auf, sitzenzubleiben. Dann wandte er sich Carolyn zu, und ein leichtes Lächeln spielte um seine Mundwinkel. »Mrs. Sturgess«, fragte er. »Sie und Ihre Tochter haben heute morgen nicht zufällig den Klapperstorch gesucht, oder?«

Carolyn blinzelte. Den Klapperstorch gesucht? Wovon redete er?

»Denn wenn Sie ihn gesucht haben, war Ihre Suche erfolgreich. Oder, wenn noch nicht, dann garantiere ich Ihnen, daß er bald erfolgreich sein wird.«

Carolyn starrte den Arzt an, und langsam dämmerte ihr, was seine Worte bedeuteten. »Sie meinen – ich bin – schwanger?«

»Meinen herzlichen Glückwunsch. Und Ihnen auch, Mr. Sturgess.«

Phillip starrte den Arzt an und schaute dann langsam zu seiner Frau. »Ein Baby?« fragte er. »Wir bekommen ein Baby?«

Carolyn nickte und fühlte sich plötzlich unglaublich glücklich. »Eigentlich bekomme *ich* es«, sagte sie und lächelte. Phillip wirkte immer noch fassungslos, und Carolyns Glückseligkeit wurde von plötzlicher Furcht verdrängt. Was war, wenn Phillip sich kein Baby wünschte?

Doch da nahm er sie in die Arme und drückte sie liebevoll an sich. »Wer hätte das gedacht – ich meine, ich dachte einfach nicht daran – wir haben nicht mal darüber gesprochen!« Plötzlich zog er sich zurück und musterte sie besorgt. »Liebling, bist du damit einverstanden?«

Carolyn drückte ihn fest an sich. »Natürlich bin ich damit einverstanden. Ich kann mir nicht vorstellen, was ich mir mehr wünsche.«

Während sich Carolyn und Phillip glücklich anschauten, bemerkte keiner von beiden, daß sich Beth leise aus dem Zimmer stahl.

Ein Baby.

Der Gedanke, daß ihre Mutter und Onkel Phillip ein Baby haben könnten, war ihr zuvor nie gekommen, und als Beth das kleine Krankenhaus von Westover verließ und langsam über die Prospect Street ging, war sie sich nicht sicher, was sie von der Sache halten sollte.

Es war schon schlimm genug, auf Hilltop zu leben. Was würde passieren, wenn dort auch noch ein Baby war?

Ihre Mutter würde alle Zeit mit dem Baby verbringen und keine Zeit mehr für sie haben.

Das war nicht fair.

Als Beth jetzt darüber nachdachte, wurde ihr klar, daß sie sich eigentlich immer einen kleinen Bruder gewünscht hatte. Oder ein Schwesterchen – es hätte keine Rolle gespielt. Doch nach der Scheidung ihrer Eltern hatte sie den Gedanken aufgegeben.

Als Carolyn dann Phillip Sturgess geheiratet hatte, war Beth einfach niemals mehr in den Sinn gekommen, daß ihre Mutter noch einmal ein Baby bekommen könnte.

Es war dumm, nicht daran zu denken, sagte sich Beth. Schließlich haben viele Kinder in Westover Halbbrüder und Halbschwestern. Warum sollte es bei mir anders sein?

Je mehr sie darüber nachdachte, desto besser gefiel ihr die ganze Sache.

Plötzlich fühlte sie sich besser, und sie blickte vom Bürgersteig auf und sah, daß sie fast vier Straßen weit in Gedanken versunken spaziert war. An der nächsten Kreuzung stand die Fabrik, und sie wirkte sogar in der Mittagssonne dunkel und irgendwie bedrohlich.

Beth schaute eine Weile darauf und fragte sich, was an diesem großen, alten Gebäude dran war, daß ihre Freunde, besonders die Jungs, ständig darüber redeten, was da drinnen vorgehen mochte und was in Wirklichkeit mit dem Jungen passiert war – mit Onkel Phillips Bruder –, der dort gestorben war, lange bevor sie und die anderen überhaupt geboren waren.

Für Beth war es einfach ein häßliches Gebäude gewesen.

Sie ging weiter und näherte sich der Fabrik. Dabei versuchte Beth sich vorzustellen, was den Sonnenschein reflektiert haben mochte. Da gab es jedoch nichts. Die Fenster waren mit Brettern vernagelt, und auch die massiven Türen in der Fassade des Gebäudes oberhalb einer kurzen Treppe konnten nichts widerspiegeln.

Sie *hatte* jedoch etwas an diesem Morgen gesehen, genauso wie ihre Mutter.

Ihre Mutter hatte gesagt, es hätte ausgesehen, als stünde die Fabrik in Flammen.

Beth trat zurück und blickte zum Dach empor. Während sie zurückwich, um hochspähen zu können, geriet sie an die Bordsteinkante und prallte gegen einen parkenden Wagen.

Der Wagen ihres Vaters.

Aber das Büro ihres Vaters war mehrere Straßen weit entfernt. Warum stand sein Auto hier? Beth suchte die Straße ab, sah jedoch nichts von ihrem Vater.

Verwirrt setzte sie den Weg fort.

War es möglich, daß ihr Vater in der alten Fabrik war?

Beth stieg die Treppe hinauf und untersuchte sorgfältig die Bretter, mit denen die Vordertür vernagelt war. Alle Bretter waren festgenagelt, und es gab anscheinend keine Möglichkeit, in das Gebäude zu gelangen.

Trotzdem spürte sie, daß jemand in der Fabrik war.

Ihr Vater *mußte* darin sein.

Beth ging die Treppe hinunter und wandte sich zur River Road. Auf dieser Seite des Gebäudes gab es eine weitere Tür, wie Beth wußte – eine große Eisentür mit einem Vorhängeschloß. Seit sie sechs Jahre alt gewesen war, hatte mindestens jede Woche einmal eines der Kinder, die sie gekannt hatte, das Vorhängeschloß untersucht und gehofft, daß vielleicht diesmal jemand das Schloß unverschlossen gelassen hatte.

Beth gelangte an die Ecke des Gebäudes und blickte an der langen Wand entlang.

Auf halbem Weg zu den Bahngleisen stand die Tür offen.

Beth lief los, und einen Augenblick später stand sie auf der Türschwelle und spähte in die düstere, verlassene Fabrik hinein.

Die Totenstille im Gebäude hüllte sie ein, und langsam stieg Furcht in Beth auf.

Und dann spürte sie noch etwas anderes.

Von neuem spürte sie mit sonderbarer Gewißheit, daß die Fabrik nicht leer und verlassen war.

»Daddy?« rief Beth leise und trat über die Türschwelle in die finstere Fabrik. »Bist du hier?«

Sie hatte das Gefühl, eine kalte Hand tastete über ihre Wirbelsäule und plötzlich begannen ihre Knie zu zittern.

Sie lauschte angespannt in die Stille, und dann hörte sie etwas.

Ein Rascheln von oben.

Beth erstarrte, und das Herz klopfte ihr bis zum Hals.

Und dann nahm sie von neuem etwas wahr.

Sie blickte auf.

Plötzlich flatterte eine Taube von einer der Dachstreben auf, flog im Kreis und schoß dann durch eine Lücke zwischen den Brettern an einem der Fenster.

Beth stand starr da und wartete darauf, daß ihr Herz wieder langsamer schlug. Schließlich schaute sie in die Runde, und ihr Blick fiel auf den oberen Absatz einer Treppe an der fernen Rückwand des Gebäudes.

Ihr Vater war dort unten. Deshalb hatte er sie nicht gehört. Er war unten im Kellergeschoß.

Entschlossen durchquerte Beth das große, leere Gebäude. Auf halbem Weg zur Treppe fühlte sich Beth plötzlich ungeschützt und ausgeliefert, und alles drängte sie, zu rennen.

Doch da war nichts, vor dem sie Angst haben mußte. Da gab es nur die Fabrik und ein paar Tauben.

Und unten war ihr Vater.

Nach einer scheinbaren Ewigkeit gelangte sie an die Treppe und spähte unsicher hinab in die Dunkelheit.

Ihr Schatten fiel vor ihr die steile Treppe hinab, und nur schwaches Licht erreichte die Treppe und den näheren Teil des weiten Kellergeschosses.

»Daddy?« wisperte Beth so leise, daß selbst sie es kaum hören konnte.

Und dann war da etwas, das gleich nach ihrem leisen Ruf folgte.

Ein anderes Geräusch, noch schwacher als ihr Ruf, das von unten kam.

Etwas bewegte sich in der Dunkelheit.

Von neuem begann Beths Puls zu rasen, doch sie blieb, wo sie war, und kämpfte die Panik nieder, die sie zu übermannen drohte.

Schließlich hörte sie nichts mehr. Sie stieg langsam die Treppe hinunter bis zu deren Fuß.

Beth lauschte, und nach einer Weile nahm sie wieder das Geräusch in der Finsternis wahr.

Panik stieg in ihr auf. Eine innere Stimme mahnte sie, davonzurennen, die Treppe hinauf und ins Tageslicht zu flüchten. Sie wollte die Flucht ergreifen, doch die Beine versagten ihr den Dienst, und sie blieb wie gelähmt, wo sie war.

Von neuem ertönte das Geräusch. Obwohl es fast unhörbar war, glaubte Beth diesmal ein Wort zu erkennen.

»Beeetthh...«

Ihr Name.

Es war, als hätte jemand ihren Namen gerufen.

»D-daddy?« flüsterte sie erneut. »Daddy, bist du das?«

Abermals Stille, und Beth spähte wieder angestrengt in die Dunkelheit.

Sie glaubte in der Ferne das kaum sichtbare Flimmern von Licht zu sehen.

Und dann erstarrte sie und stieß einen erstickten Aufschrei aus, als das Geräusch wieder zu hören war wie ein Winterwind, der in den Bäumen seufzte.

»Aaaammmyyy...«

Beth starrte ein paar Sekunden lang voller Furcht in die Finsternis. Als sich das Geräusch nicht wiederholte, ließ Beths Panik nach. Schließlich fand sie die Sprache wieder, wenn auch ihre Stimme noch zitterte. »Ist – da jemand?«

In der Ferne flackerte wieder ein Lichtschein auf, und Beth nahm etwas anderes wahr.

Schritte, die sich aus der Dunkelheit näherten.

Die Sekunden schienen sich zu einer Ewigkeit zu dehnen, und der Lichtschimmer bewegte sich auf und ab und näherte sich.

Und von neuem hörte Beth die flüsternde, kaum wahrnehmbare Stimme.

»Aaammmyyy...«

»Da-daddy?« rief Beth wiederum, und ihre Furcht steigerte sich erneut zur Panik. »Daddy – bist du da?«

Das auf und ab tanzende Licht bewegte sich plötzlich nicht mehr, und einen Augenblick lang war Beth von Grauen erfüllt. Und wenn es nicht ihr Vater war? Wenn es jemand anders war?

Und dann, endlich, hörte sie es.

»Beth? Kleines? Was tust du hier?«

Beth rannte auf das Licht zu und warf sich ihrem Vater in die Arme.

»Daddy! Ich... ich dachte einen Augenblick, daß du es nicht bist!«

»Schätzchen! Was treibst du hier?« fragte Alan. Er löste sich aus der Umklammerung seiner Tochter und führte sie zur Treppe zurück.

»Ich wollte vom Krankenhaus aus nach Hause und sah deinen Wagen«, erklärte Beth, und ihre Stimme bebte immer noch. »Ich...«

Alan unterbrach sie. »Vom Krankenhaus aus? Was hast du denn im Krankenhaus gemacht?«

Beth überlegte schnell, was sie sagen sollte, doch bevor sie sich entschließen konnte, platzte sie mit der Wahrheit heraus.

»Mom ist im Krankenhaus. Wir machten eine Wanderung, und plötzlich wurde Mom ohnmächtig. Sie... sie bekommt ein Baby!«

Es folgte Stille, und dann sagte Alan mit ruhiger Stimme. »Na, das ist ein Ding. Dann ist dein Wunsch ja endlich in Erfüllung gegangen.«

Sie waren jetzt am Fuß der Treppe angelangt, und Alan schaltete die Taschenlampe aus. Im schwachen Licht, das die Treppe hinunterfiel, schaute Alan seiner Tochter ins Gesicht. Statt der erwarteten glücklichen Miene sah er jedoch etwas anderes. »Hey! Du hast dir immer ein Brüderchen oder Schwesterchen gewünscht. Bist du nicht glücklich darüber, daß deine Mama ein Kind bekommt?«

Beth zögerte mit der Antwort und wirkte in Gedanken versunken. Als sie antwortete, schaute sie ihren Vater nicht an, sondern blickte starr auf eine Stelle irgendwo in der Dunkelheit unterhalb der Treppe. »Ich... ich glaube, ich freue mich«, sagte sie, aber Alan war davon überzeugt, daß sie an etwas ganz anderes dachte.

»Beth?« fragte er. »Schatz, was ist los? Stimmt etwas nicht?«

Beth schüttelte unsicher den Kopf. »Ich weiß es nicht. Ich... ich glaube, etwas gehört zu haben...«

»Hier unten?« Alan stieg die Treppe hinauf, und Beth folgte ihm fast widerstrebend.

»Ja. Es war wie... wie eine Stimme. Nur nicht wirklich, weißt du?«

»Nein.« Alan lachte. »Ich weiß nicht. Es war vermutlich nur eine Maus oder sonstwas.«

Beth blieb stehen und schüttelte den Kopf. Dann wandte sie sich um und spähte von neuem in die Dunkelheit des Kellers.

Und dann konnte sie das kaum wahrnehmbare Geräusch wieder hören.

Sie erschauerte und lauschte gebannt. »Hörst du es nicht, Daddy?« fragte sie. »Hörst du denn überhaupt nichts?«

Alan verharrte und wandte sich um.

In der letzten Stunde hatte er allerlei Geräusche im Kellergeschoß der Fabrik gehört.

Ratten waren vor ihm davongehuscht, als er sich das Fundament des Gebäudes angesehen hatte, und einmal war eine Schlange über seine Hand geglitten. Anschließend hatte er deutlich seinen erstickten Angstschrei gehört.

Jetzt lauschte er wieder angespannt, aber da war nichts. »Tut mir leid, Schatz. Ich höre nichts.«

Beth spähte immer noch wie hypnotisiert in die Finsternis und lauschte angespannt.

Es war dagewesen. Sie wußte es.

Es war eine Stimme gewesen, und sie hatte nach ihr gerufen.

Warum konnte ihr Vater die Stimme nicht hören?

Und dann, ganz langsam, erkannte sie die Antwort darauf.

Ihr Vater konnte die Stimme nicht hören, weil der Ruf nicht ihm galt.

Die Stimme rief nur sie.

Beth erschauerte. Etwas Eisiges schien über ihre Haut zu kriechen.

Beth wußte, daß dieses Gefühl nicht trog.

In der Finsternis des Kellergeschosses hatte etwas nach ihr gegriffen und sie berührt.

Etwas im Dunkel wollte sie haben.

Sie hatte keine Ahnung, was in dem Kellergeschoß war, und zum Teil hoffte sie, es niemals herauszufinden. Doch ein anderer Teil von ihr war von Neugier erfüllt und wünschte sich, in die Finsternis zurückzukehren und zu entdecken, was dort war.

Sie rang mit sich, kämpfte gegen diese innere Stimme an, die sich wünschte, ins Dunkel zurückzugehen. Dann war der Augenblick vorbei. Ihr Vater hatte sich bereits abgewandt und stieg weiter die Treppe hinauf.

Beth folgte ihm langsam, und die Erinnerung an das, was geschehen war, beschäftigte ihre Gedanken.

Dort unten war etwas, irgend etwas, und es wollte sie haben. Etwas, das sie bis in die Tiefen ihrer Seele erschauern ließ.

Beth eilte hinter ihrem Vater her und holte ihn mitten im Erdgeschoß des großen, leeren Gebäudes ein.

»Sieh dir alles noch einmal gut an«, sagte Beths Vater, bevor sie in den Sonnenschein hinaustraten. »Es wird nicht mehr sehr lange so aussehen.«

Beth blickte zu ihrem Vater auf. »Nicht? Wieso?«

Alan grinste vergnügt. »Heißt das, deine Mutter hat dir nichts davon erzählt?«

Beth runzelte die Stirn. »Was erzählt?«

»Wir werden die Fabrik wiedereröffnen. Morgen fangen die Arbeiten an. Ich werde Trennwände einziehen lassen, Oberlichter werden eingebaut, und im Herbst wird der Bau wiedereröffnet und den Betrieb aufnehmen. Wir machen aus der ehemaligen Fabrik eine schöne Ladenstraße.«

Beth wandte sich um und starrte zurück in die finsteren Tiefen des Gebäudes.

Sie versuchte, sich die dunkle, leere Fabrikhalle vorzustellen, wie sie nach der Beschreibung ihres Vaters bald aussehen sollte, aber es gelang ihr nicht.

Statt dessen dachte sie an die Stimme, die sie im Kellergeschoß gehört hatte, und tief in ihrem Innern war ein schreckliches Wissen, das sie sich nicht erklären konnte und das an die Oberfläche drängen wollte. In diesem Augenblick wußte Beth, daß es nicht richtig war, was ihr Vater gesagt hatte.

Die Fabrik durfte nicht verändert werden. Niemals.

Aus irgendeinem Grund, den sie noch nicht verstand, mußte die Fabrik bleiben, wie sie war.

Verlassen und leer.

Aber sie war nicht leer, nicht wirklich.

Im Kellergeschoß, irgendwo unterhalb der Treppe, lebte etwas.

7

»Mir geht es prima«, beharrte Carolyn Sturgess und blickte ihren Mann liebevoll, jedoch auch mit einer Spur Unmut an. »Dies ist alles ein bißchen lächerlich.«

Phillip beugte sich über sie, um eines der Kissen zu richten, und küßte zärtlich Carolyns Stirn. »Es ist nicht lächerlich. Du hast gehört, was Dr. Blanchard gesagt hat.«

»Natürlich habe ich das«, murmelte Carolyn. »Er sagte, ich soll mich schonen, was ich auch beherzigen werde. Und ich bin bereit, zuzugeben, daß ich in meinem Zustand nicht querfeldein durch die Büsche streifen sollte. Aber zu diesem Zeitpunkt hatte ich ja keine Ahnung, daß ich schwanger bin, nicht wahr?«

»Nein«, stimmte Phillip zu. »Aber jetzt weißt du es, und ich werde dafür sorgen, daß du dich strikt an die Anweisungen des Doktors hältst.«

Carolyn schaute sich in dem großen Schlafzimmer um und fragte sich flüchtig, ob Phillip wirklich die Absicht hatte, sie die nächsten sieben Monate hier liegenzulassen und Hannah dazu zu zwingen, ihr dreimal am Tag die Mahlzeiten hinaufzubringen. Nein, sagte sie sich, das wird er natürlich nicht.

Er wird mir die Mahlzeiten selbst bringen.

Phillip hatte darauf bestanden, daß sie vom Hospital aus mit einem Krankenwagen nach Hause gebracht worden war. Das war ebenfalls typisch Phillip.

Sie hätte leicht aus dem Krankenhaus spazieren, in den Wagen steigen und selbst heimfahren können, aber Phillip hatte auf Rollstuhl und Krankenwagen beharrt, und es war einfacher gewesen, nachzugeben, als mit Phillip zu streiten, denn er hätte sich ohnehin nicht umstimmen lassen.

Als sie auf Hilltop eingetroffen waren, hatte sich Carolyn jedoch gewünscht, sie *hätte* sich widersetzt, denn da war Alan gewesen, der gerade aus dem Haus gekommen war, nachdem er Beth heimgefahren hatte. Seine besorgte Miene bei ihrem Anblick war schnell zu einer amüsierten geworden, und sie hatte erwartet, daß er irgendeine spöttische Anspielung machen würde. Als er sich darauf beschränkt hatte, die Augenbrauen zu heben, war sie sich nicht weniger lächerlich vorgekommen.

Jetzt schaute sie zu Phillip auf und schüttelte den Kopf. »Ich bleibe nicht hier im Bett«, sagte sie entschieden. »Du kannst mich nicht während der gesamten Schwangerschaft bewachen, und sobald du nicht da bist, werde ich aufstehen und meinen Beschäftigungen nachgehen. Ich bin nur ohnmächtig geworden. Das war alles. Selbst Dr. Blanchard sagte, es bestand keinerlei Gefahr, daß ich das Baby verliere.«

»Wir werden keinerlei Risiko eingehen und...« begann Phillip, doch Carolyn ließ ihn nicht aussprechen.

»Ich habe nicht vor, irgendwelche Risiken einzugehen. Wenn ich gewußt hätte, daß ich schwanger bin, wäre ich nicht mit Beth gewandert.« Dann musterte sie Phillip mißtrauisch. »Oder willst du mir indirekt sagen, daß ich zu alt bin, um ein Baby zu bekommen?«

Phillips Wangen wurden eine Spur dunkler. »Ich wollte wirklich nicht...«

»Natürlich nicht«, fiel ihm Carolyn ins Wort und konnte ein Lachen nicht mehr unterdrücken. »Es ist einfach alles zu albern, Liebling. Ich fühle mich allmählich wie in einem Film oder so. Ich erwarte schon fast, daß du Phrasen benutzt wie ›sie ist guter Hoffnung‹ oder ›gesegneten Leibes‹ anstatt einfach zu sagen, ›sie kriegt ein Kind‹.«

»Wir hätten damit rechnen sollen, daß du so darüber denkst«, ertönte eine andere Stimme, und Carolyn blickte auf und sah Abigail auf der Türschwelle. »Aber nach dem, was mit unserer lieben Lorraine geschah, kannst du Phillip nicht verdenken, daß er besorgt ist, oder?«

Carolyn preßte die Lippen zusammen, und Zorn stieg in ihr auf, als sie Phillips schmerzliche Miene sah. Impulsiv ergriff sie Phillips Hand. »Ich weiß, daß du dir Sorgen um mich machst, Abigail«, sagte Carolyn sanft. »Aber ich habe nicht vor, das Baby zu verlieren oder bei der Geburt zu sterben.«

»Natürlich nicht«, stimmte Abigail zu, und ihre dünnen Lippen verzogen sich zu einem kalten Lächeln. »Und du brauchst dir über nichts Sorgen zu machen. Ich werde dafür sorgen, daß im Haus alles so läuft, wie es sollte.«

Einen Moment lang schauten sich die beiden Frauen in die Augen, und dann seufzte Carolyn und ließ sich auf die Kissen zurücksinken. »Dessen bin ich mir sicher, Abigail«, sagte sie mit ruhiger Stimme. »Gewiß wirst du dafür sorgen, daß alles genau so ist, wie Lorraine es gewünscht hätte.« Unter halb gesenkten Lidern hervor sah sie, daß die alte Frau sie musterte, und sie fühlte sich einen Augenblick lang wie eine Maus, die von einer zusammengerollten Kobra fixiert wird. Abigail hatte jedoch im Augenblick keinen Appetit. Sie wandte sich um und verließ steif das Zimmer. Erst als Carolyn sicher war, daß Abigail außer Hörweite war, sprach sie wieder.

»Es tut mir leid, Phillip. Ich hätte Lorraine nicht erwähnen sollen.«

Phillip sah sie mit einem liebevollen Lächeln an. »Mutter war es, die Lorraine zur Sprache brachte, nicht du. Und nun ruh dich etwas aus und mach dir keine Sorgen. Versprochen?«

»Versprochen. Und du mußt mir versprechen, mich nicht zu bemuttern. Hannah tut das schon zur Genüge.«

Wie als Beweis stieß die alte Haushälterin mit dem Ellbogen die Tür auf und betrat das Zimmer mit einer Kanne Tee auf einem Tablett. »Siehst du?« fragte Carolyn und setzte sich auf, während Hannah das Tablett auf ihren Beinen abstellte. »Danke, Hannah. Aber bitte behandele mich nicht, als wäre ich krank.«

»Wer sagt etwas von krank?« entgegnete Hannah. »Schwanger und krank sind zwei verschiedene Dinge – ganz gleich was einige Leute denken. Doch ein guter Tee hat noch keinem geschadet.« Sie schenkte Tee in zwei Tassen ein und reichte eine Tasse Phillip. »Und was Miß Tracys Party anbetrifft, so brauchen Sie sich keine Sorgen zu machen. Ich kann mich um alles kümmern. Obwohl ich sagen muß«, fügte sie hinzu und bemühte sich nicht, ihren Groll zu verbergen, »daß mir die Änderung des Termins von Sonntag auf Samstag das Leben nicht gerade leichter macht.«

»Änderung des Termins?« fragte Carolyn. »Hannah, was soll das heißen?«

Hannah musterte Carolyn kurz. Dann kniff sie leicht die Augen zusammen. »Hat Mrs. Sturgess nicht mit Ihnen darüber gesprochen?«

»Sie hat mit mir über gar nichts gesprochen.«

»Aber Miß Tracy sagte...« Hannah verstummte unvermittelt und preßte die Lippen aufeinander.

»Was sagte sie, Hannah?« drängte Phillip. »Es ist schon in Ordnung. Was sagte Tracy?«

»Ich möchte nicht petzen«, murmelte Hannah. Sie glättete die bereits perfekt glattgestrichene Bettdecke.

Phillip wollte etwas sagen, doch Carolyn hielt ihn mit einer Geste davon ab. »Hannah, wenn Sie uns eine Änderung von Tracys Plänen für die Geburtstagsparty mitteilen, so ist das gewiß kein Petzen. Nun, was hat es mit der Änderung des Termins von Sonntag auf Samstag auf sich?«

Hannah zögerte und wiederholte dann, was ihr Tracy an diesem Morgen in der Küche gesagt hatte. »Miß Tracy erklärte mir gegenüber, Mrs. Sturgess würde mit Ihnen reden«, endete Hannah. »Es muß bei all der Aufregung vergessen worden sein. Wenn Sie mich jetzt nicht mehr brauchen, sollte ich in meine Küche zurückgehen.«

Hannah verließ eilig das Schlafzimmer. Weder Carolyn noch Phillip sagten ein Wort. Schließlich brach Phillip das Schweigen.

»Hat Mutter mit dir über eine Verlegung der Party gesprochen?«

»Nein«, antwortete Carolyn. »Das hat sie nicht.«

»Nun, ich bin sicher, daß es einen Grund für die Terminänderung gab...« begann Phillip, doch er verstummte, als Carolyn das Tablett zum Fuß des Betts schob und die Bettdecke zurückwarf.

»Es gab einen Grund«, stimmte Carolyn zu, schwang die Beine aus dem Bett und stand ein wenig schwankend auf. »Und ich werde auf der Stelle damit Schluß machen.«

Phillip stellte seine Teetasse auf dem Nachttisch ab und erhob sich, um seine Frau zu stützen. »Hey, reg dich nicht auf. Was immer es ist, es kann warten. Laß mich die Sache erledigen.«

»Es kann nicht warten«, beharrte Carolyn. »Und ich muß es selbst erledigen.« Sie zog ihren Morgenmantel an und sah dann ihrem Mann in die Augen. »Verstehst du denn nicht? Es gibt einen sehr simplen Grund, warum sie die Party vorverlegt haben und warum Abigail mir nichts davon gesagt hat. Oh, ich bin sicher, daß sie mich informiert hätte – am Samstagmorgen, wenn Beth weggewesen wäre, um den Tag mit Alan zu verbringen!« In ihren Augen funkelte Zorn, und ihr Mund verzog sich in einer Parodie von Abigails hochmütigem Lächeln. »Ich kann sie förmlich hören: ›Oh, Carolyn, meine Liebe, habe ich dir das nicht gesagt? Tracys Party findet heute statt. Wie schade, daß Beth sie versäumen wird.‹ Nur werde ich ihr einen Strich durch die Rechnung machen!«

»Du denkst doch nicht...«

»Natürlich denke ich das, Phillip. Und wenn du zwei und zwei zusammenzählst, dann wirst du wissen, daß ich recht habe. Tracy will nicht, daß Beth an der Party teilnimmt, und Abigail hat sich eine Möglichkeit ausgedacht, Tracy ihren Willen zu lassen.«

Jetzt spiegelten Phillips Augen Zorn wider. »Ich werde das mit Mutter erledigen. Genauer gesagt, mit beiden. Jetzt reicht es mir!« Er wandte sich um und wollte das Schlafzimmer verlassen, doch Carolyn hielt ihn zurück.

»Nein, Phillip. Ich muß das selbst klären. Was in diesem Haus passiert, betrifft Abigail und mich, und ich kann mich nicht hinter dir verstecken. Abigail würde das nur als Schwäche auslegen und mich noch mehr hassen, als es schon der Fall ist.«

»Und was ist mit Tracy? Spielt sie nicht auch eine Rolle dabei?«

»Tracy folgt dem Beispiel deiner Mutter. Ich werde bei Tracy kein Wort über die Sache verlieren. Das werde ich Abigail überlassen.«

Phillip lächelte. »Es wird das erste Mal seit Jahren sein, daß Mutter ein Versprechen zurücknehmen muß, das sie Tracy gegeben hat. Vielleicht wird das gut für beide sein. Aber soll ich mich nicht doch besser darum kümmern?« fügte er besorgt hinzu. »Du solltest im Bett bleiben.«

»Mir geht es gut, keine Sorge«, sagte Carolyn. Sie band den Gürtel ihres Morgenmantels fest und ließ Phillip allein im Schlafzimmer zurück.

Carolyn fand Abigail in der Bibliothek. Abigail saß entspannt in einem Sessel beim Fenster, und ein Buch lag aufgeschlagen auf ihrem Schoß. Die alte Frau blickte auf, klappte überrascht das Buch zu und legte es beiseite.

»Aber Carolyn«, sagte sie. »Solltest du nicht im Bett sein?«

»Vielleicht sollte ich das«, erwiderte Carolyn. »Aber im Augenblick befürchte ich, daß wir beide miteinander reden müssen, Abigail.« Zum erstenmal, so weit sie sich erinnern konnte, sah sie Unsicherheit in den Augen der alten Frau flackern.

»Was auch immer es sein mag, ich bin sicher, daß es warten kann«, sagte Abigail.

»Nein, das kann es nicht«, sagte Carolyn sanft. Sie schloß die Tür hinter sich, durchquerte die Bibliothek und setzte sich in den Sessel, der gegenüber von ihrer Schwiegermutter stand. »Wir werden *jetzt* miteinander reden.«

»Nun gut«, sagte Abigail. Ihre Stimme klang kühl, doch ihr Blick schweifte nervös zu der geschlossenen Tür. »Und worüber möchtest du plaudern? Über das Wetter? Es scheint ein schöner Nachmittag zu werden...«

»Schön genug für eine Geburtstagsparty«, unterbrach Carolyn und imitierte das Lächeln der alten Frau. »Ich hoffe, das Wetter bleibt so bis Sonntag. Hoffst du das nicht auch?«

Abigail zuckte kaum merklich zusammen, doch dann hatte sie sich wieder unter Kontrolle. »Ich wollte mit dir darüber reden«, sagte sie. »Aber nach allem, was passierte, wollte ich dich natürlich nicht mit etwas so Belanglosem belasten.«

»›Belanglos‹ scheint mir nicht das richtige Wort zu sein«, sagte Carolyn und ließ ihren Blick durch die Bibliothek schweifen. Carolyn wußte, daß Abigail diesmal in der Defensive war.

»Ich weiß nicht, wovon du redest«, entgegnete Abigail, doch ihre Nervosität strafte sie Lügen.

»Natürlich weißt du das.« Carolyn heftete jetzt den Blick auf die alte Frau. Abigail saß steif aufgerichtet auf dem Lehnsessel. »Abigail, all dies muß aufhören. Ich weiß, was du von mir hältst, und ich weiß, was du über Beth denkst. Aber ich bin mit Phillip verheiratet, und das wird sich nicht ändern. Ich bin außerdem Tracys Stiefmutter, und ich möchte, daß wir ein gutes Verhältnis zueinander bekommen. Ich wüßte es zu schätzen, wenn du aufhören würdest, dich einzumischen und die Beziehung zu stören.«

Abigail täuschte gekommt Verwirrung vor. »Carolyn, ich weiß nicht, was das alles zu bedeuten hat, und ich wünschte, du würdest es mir erklären. Was auch immer geschehen sein mag, ich bin sicher, daß wir es in Ordnung bringen können. Warum fängst du nicht einfach von vorne an und erklärst mir...«

»Nein, Abigail. Ich habe die Sache bereits erledigt. Ich war soeben in der Küche und habe Hannah gesagt, daß Tracys Party am Sonntagnachmittag stattfinden wird wie geplant. Ich hoffe, es macht Tracy keine Unannehmlichkeiten, daß sie all ihre Freunde von neuem anrufen muß.« Jetzt sah Carolyn den kalten Zorn in den Augen der alten Frau, den Abigail nicht mehr zu verbergen versuchte.

»Tracy wird sie nicht von neuem anrufen«, stieß Abigail hervor. »Daß ich dir gegenüber die Terminänderung zu erwähnen vergaß, ist meine Schuld. Es gibt keinen Grund, weshalb Tracy darunter leiden sollte. Alle Pläne sind gemacht, und Hannah hat alles im Griff. Ich sehe da wirklich kein Problem.«

»Das Problem ist, daß Beth am Samstagnachmittag wie immer bei ihrem Vater sein wird. Eine Tatsache, die du und Tracy nur zu gut wißt.«

»So?« erwiderte Abigail, und ihre Stimme nahm einen gehässigen Klang an. »Ich finde, du hältst die Aktivitäten deiner Tochter für wichtiger, als sie es sind, meine Liebe.«

Carolyn lächelte milde und verriet nichts von ihrem Zorn. »Das gleiche könnte ich von deinem Verhalten gegenüber Tracy sagen, Abigail. Wie dem auch sei, das ist nicht das Problem. Der Kern der Sache ist einfach folgender: Tracys Party wird am Sonntagnachmittag stattfinden oder überhaupt nicht.«

In Abigails Augen funkelte jetzt purer Haß. »Wenn du und Phillip das entschieden habt, kann ich gewiß nichts daran ändern«, sagte sie. »Vielleicht solltest du Tracy über die Änderung der Pläne informieren. Ich glaube, sie ist auf dem Tennisplatz.«

»Ich werde es ihr sagen«, erwiderte Carolyn. »Ich werde darauf achten, es ihr genauso zu sagen, wie du es mir gesagt hast.«

»Ich hatte vor, dich zu informieren!« Abigail kochte vor Zorn.

»Also gut.« Carolyn seufzte. »Versuch deinen Willen durchzusetzen, wenn es so wichtig für dich ist. Aber du verschwendest nur deine Zeit und machst uns allen das Leben schwerer.«

»So?« Abigails Stimme klang eisig. Sie erhob sich, nahm ihren Stock und wandte sich zur Tür. »Vielleicht tue ich das. Vielleicht aber auch nicht. Ich weiß nicht, warum Phillip dich geheiratet hat, Carolyn, aber ich weiß, daß er immer noch mein Sohn und ein Sturgess ist. Mit der Zeit wird er zur Vernunft kommen. Was die Party anbetrifft, so werde ich Tracy die Dinge selbst erklären, und wir werden mit der Situation fertig werden. Und danach werde ich mein Bestes tun, um Tracy zu schützen und sie in einer Art aufzuziehen, die Lorraine gutheißen würde.« Damit rauschte Abigail königlich aus der Bibliothek.

Aber Lorraine ist tot! wollte Carolyn schreien. *Begreifst du denn nicht, daß Lorraine tot ist?* Aber es ging natürlich überhaupt nicht um Lorraine. Es lag an Abigail selbst, die sich verzweifelt an eine Lebensweise klammerte, die es nicht mehr gab. Carolyn seufzte von neuem und fühlte sich plötzlich erschöpft. Sie ließ sich tiefer in den Sessel sinken.

Wie so viele Möbel in dem alten Haus, mußte der Lehnsessel neu bezogen werden. Hier war seit Jahren nichts repariert oder neu möbliert worden, denn Abigail weigerte sich, zur Kenntnis zu nehmen, wie abgenutzt alles geworden war. Die alte Frau sah nur den Glanz ihrer Jugend, als auf Hilltop ein Butler, fünf Mädchen, ein Koch und ein paar Gärtner angestellt gewesen waren.

Jetzt waren nur noch Hannah und Ben Smithers vom Personal übriggeblieben, und die beiden taten ihr Bestes, um all die Arbeit zu bewältigen, die erledigt werden mußte. Nur gelegentlich hatten sie Unterstützung von wenigen Aushilfskräften, die für ein paar Stunden kamen, wenn sich die Arbeiten nicht länger aufschieben ließen.

Aber Abigail wollte das alles nicht sehen. Manchmal dachte Carolyn, wenn sie sich von dem ständigen Kampf entmutigt fühlte wie jetzt, daß sich nichts auf Hilltop ändern würde, bis Abigail endlich sterben würde.

Und manchmal war Carolyn überzeugt, daß Abigail ewig leben würde.

Abigail öffnete die Terrassentür, trat auf die Terrasse hinaus und blickte auf den Tennisplatz, auf dem Tracy in makellos weißem Tennisdreß mit Alison Babcock Tennis spielte. Abigail schaute ein paar Minuten lang zu und dachte an die alten Zeiten, als die jungen Ladies und Gentlemen ihrer Generation hier artig auf einem Rasenplatz Tennis gespielt hatten – Zeiten, die Abigail immer noch bitterlich vermißte. Wieviel zivilisierter war damals das Leben gewesen. Das Leben geht weiter, aber einige Dinge ändern sich niemals, dachte sie. Das war etwas, das Carolyn nie verstehen würde. Sie würde nie begreifen, daß eine Sturgess etwas Besonderes war, mit Rechten und Privilegien, die geschützt werden mußten. Für Carolyn waren die Sturgess' einfach Leute wie alle anderen.

Abigail wußte es besser und hatte es immer gewußt.

Und Tracy wußte es ebenfalls.

Das Spiel war zu Ende, und Tracy lief mit einem fröhlichen Lächeln zu ihr.

»Drei Sätze, Großmutter«, jubelte sie. »Ich habe glatt in drei Sätzen gewonnen!«

»Schön für dich«, erwiderte Abigail. »Wie wäre es, wenn wir uns von Hannah Limonade bringen ließen und uns eine Weile zusammensetzten?«

Tracys Lächeln verschwand sofort. »Aber Alison und ich wollten zum Club fahren. Ihre Mutter holt uns ab.«

»Nun, ein paar Minuten werden bestimmt nichts ausmachen, und ich muß mit dir über etwas reden.«

»Über was?« fragte Tracy. »Warum können wir nicht später darüber reden?«

»Weil ich es für besser halte, es jetzt zu klären«, erwiderte Abigail in einem Tonfall, der Tracy warnte, es nicht zu weit zu treiben. Widerwillig begleitete das Mädchen die Großmutter zu einem kleinen schmiedeeisernen Tisch auf der Terrasse, der von vier Stühlen umgeben war, und setzte sich hin.

»Ich befürchte, unser kleiner Plan klappt nicht ganz so, wie wir uns das dachten«, begann Abigail. »Carolyn hat deine Party wieder auf den Sonntag verschoben.«

In Tracys Augen glomm es gefährlich auf. »Aber das kann sie nicht tun! Ich habe bereits alle für Samstag eingeladen!«

»Ich weiß, und es tut mir leid«, sagte Abigail. »Aber wir können es nicht ändern. Beth wird hier sein. Und –«, fügte sie mit einem angespannten Lächeln hinzu, »– ich erwarte, daß du und deine Freundinnen und Freunde sie genauso behandeln, wie ich selbst es tun würde.«

Tracys Augen wurden eine Spur dunkler vor Zorn, doch dann verstand sie, und ein Lächeln breitete sich auf ihrem Gesicht aus. »Das werden wir tun, Großmutter«, erwiderte sie. Eine Hupe ertönte auf dem Zufahrtsweg vor dem Haus, und Tracy sprang auf. »Kann ich jetzt gehen, Großmutter?«

»Natürlich«, sagte Abigail. Tracy neigte sich zu ihr, und die alte Frau gab ihr einen leichten Kuß auf die Wange. »Viel Spaß, und mach dir keine Sorgen wegen der Party. Ich bin sicher, daß du genau weißt, was du zu tun hast.«

Als Tracy fort war, hatte Abigail plötzlich das Gefühl, beobachtet zu werden. Sie wandte sich um.

An der Terrassentür stand Carolyn mit nachdenklicher Miene.

Es macht nichts, sagte sich Abigail. Selbst wenn sie es gehört hat, wird sie nicht wissen, was ich dem Kind gesagt habe. Die Frau spricht einfach nicht unsere Sprache.

Beth zog sich an diesem Abend nach dem Abendessen auf ihr Zimmer zurück. Die Zeit beim Abendessen war schrecklich gewesen. Ihre Mutter hatte sich überhaupt nicht blicken lassen, und Beth hatte am Tisch sitzen und Tracys boshafte Blicke über sich ergehen lassen müssen, während die alte Mrs. Sturgess sie wieder völlig ignoriert hatte. Onkel Phillip war freundlich zu ihr gewesen, doch jedesmal wenn er mit ihr hatte reden wollen, war er von Tracy unterbrochen worden. Schließlich hatte Beth vorgetäuscht, daß sie sich nicht gut fühle, und gebeten, sie zu entschuldigen.

Jetzt lag sie auf ihrem Bett und versuchte sich auf die Lektüre eines Buchs zu konzentrieren, während das Radio leise im Hintergrund spielte. Plötzlich klopfte es an der Tür, und Beth rollte sich schuldbewußt auf die Seite und schaltete das Radio aus. Einen Augenblick später wurde die Tür geöffnet. Mit Erleichterung sah Beth, daß diesmal nicht Tracy eintrat.

Phillip steckte den Kopf ins Zimmer. »Darf ich reinkommen?«

Beth nickte. »Es tut mir leid, wenn das Radio zu laut war. Ich dachte, keiner könnte es hören.«

Phillip runzelte die Stirn. »Es ist ja nicht mal an.«

»Ich habe es ausgeschaltet. Ich hatte Angst, daß Tracy...« Sie verstummte plötzlich verlegen.

»Tracy ist unten und hört Stereomusik im Musikzimmer«, sagte Phillip. »Wenn du Radio hören willst, schalte es nur an.«

»Ich möchte keinen stören.«

Phillip zögerte. Dann durchquerte er das Zimmer und setzte sich auf die Bettkante. »Wie kommt es, daß du keinen stören willst, es aber anscheinend für richtig hältst, daß jeder dich stören darf?«

Beth musterte ihren Stiefvater mit scheuem Blick. »Aber es ist Tracys Haus.«

»Es ist auch dein Haus, Beth«, sagte Phillip. »Und ich finde, du solltest dich ein bißchen mehr durchsetzen. Deine Mutter kann nicht immer für dich kämpfen.«

Beth blickte fort. Im nächsten Augenblick spürte sie Phillips Hand auf ihrer Schulter. Sie wollte sich losreißen, konnte es jedoch nicht. Schließlich wandte sie ihm wieder das Gesicht zu. »Ich... ich weiß einfach nicht, was ich machen soll«, sagte sie. »Ich will das Richtige tun, aber immer vermassele ich alles. Wie heute morgen unten beim Stall.«

»Dieser kleine Zwischenfall geschah nur aus Unkenntnis und ohne Absicht. Was immer Tracy auch gesagt haben mag, es ist doch gar nichts passiert. Ich wette, daß Patches froh war, mal aus der Box herauszukommen, und wenn es auch nur für ein paar Minuten war. Meistens steht sie doch nur in der Box herum.« Phillip lächelte beruhigend. »Möchtest du gern auf ihr das Reiten lernen?«

Beth blickte ihn mit großen Augen an. »Darf ich das?«

»Warum nicht? Wenn du willst, dann können wir morgen früh mit dem Lernen anfangen. Wir können beide früh aufstehen, mit Hannah frühstücken und zurückkehren, bevor überhaupt jemand bemerkt, daß wir weg waren. Was hältst du davon?«

»Das wäre prima!«

»Dann ist das abgemacht«, sagte Phillip. Er stand auf und ging zur Tür. »Und schalte um Himmels willen das Radio wieder an. Dieses Haus ist zu groß und zu still.« Dann verließ er das Zimmer, und Beth war wieder allein.

Sie schaltete das Radio ein, wälzte sich auf den Rücken und starrte zur Decke. Plötzlich fühlte sie sich zum erstenmal seit Tracys Heimkehr nach Hilltop ein bißchen besser. Vielleicht, wenn Onkel Phillip ihr tatsächlich das Reiten beibringen würde...

Bei der leisen Musik aus dem Radio döste sie ein.

Als Beth erwachte, erinnerte sie sich deutlich an den Traum.

Sie blieb still liegen, dachte darüber nach und erlebte ihn von neuem. Dann rollte sie sich auf die Seite, um das Radio auszuschalten, das immer noch leise auf dem Nachttisch spielte.

Sie war wieder in der Fabrik gewesen, doch es war überhaupt nicht so gewesen, wie sie es von diesem Nachmittag her in Erinnerung hatte.

Statt dessen war die Fabrik voller Leute gewesen, die an allen möglichen Maschinen gearbeitet hatten, die sie nie zuvor gesehen hatte. Doch die Leute hatten sie anscheinend nicht sehen können, und sie war lange Zeit herumgewandert und hatte sie bei der Arbeit beobachtet.

Und dann hatte jemand sie gerufen. Die Stimme war zuerst gedämpft gewesen, und sie hatte sie kaum hören können. Als sie sich jedoch dem hinteren Teil der Fabrik genähert hatte, war die Stimme lauter geworden. Beth hatte plötzlich erkannt, daß die Laute aus dem Kellergeschoß herausdrangen.

Sie war zur Treppe gegangen und hatte gelauscht. Schwach, jedoch deutlich hatte sie die Stimme gehört, die sie wieder gerufen hatte.

Als Beth sich dann in Bewegung gesetzt hatte, um die Treppe hinunterzugehen, war eine Hand auf ihre Schulter gefallen.

»Du kannst nicht dort hinuntergehen«, hatte eine Männerstimme gesagt.

Sie hatte aufgeblickt und in das Gesicht eines Mannes gesehen, das ihr sonderbar vertraut vorgekommen war. Sein Haar war eisengrau gewesen, und in seinen Augen hatte sie eine Härte gesehen, die ihr Angst eingeflößt hatte.

»Aber ich muß hinunter«, hatte sie schwach eingewandt. »Jemand ruft mich.«

»Du kannst nicht dort hinuntergehen«, hatte der Mann wiederholt.

Dann war Beth abermals von der Stimme gerufen worden, und sie hatte versucht, sich aus dem Griff des Mannes zu winden und sich loszureißen. Es hatte nichts genutzt. Der Mann hatte sie nur noch fester gepackt und von der Treppe fortgezogen.

Und dann, als noch die Stimme aus dem Kellergeschoß in ihren Ohren gehallt hatte, war Beth erwacht.

Jetzt, in der Stille des Zimmers, eingehüllt vom Dunkel der Nacht, konnte sie die Stimme fast wieder hören. Die Stimme rief Beth immer noch, obwohl sie wach war.

Sie stand vom Bett auf, ging zum Fenster und spähte in die Nacht hinaus.

Der Vollmond stand am Himmel, und der Ort mit seinen funkelnden Lichtern erstreckte sich unterhalb des Hügels. In der Ferne verschmolz der dunkle Umriß der Fabrik fast mit der Dunkelheit.

Beth wartete und rechnete fast damit, das seltsame Licht aus der Fabrik glühen zu sehen, das sie an diesem Morgen vom Mausoleum aus wahrgenommen hatte, aber heute nacht war da nichts.

Sie blieb noch ein paar Minuten lang am Fenster stehen. Schließlich wandte sie sich ab und begann sich auszuziehen. Als sie dann unter die Decken schlüpfte und die Augen schloß, kam die Erinnerung an den Traum von neuem zurück. Wieder hörte sie die sonderbare Stimme, die sie erstickt und flehend rief.

»»Beeettthhh, Beeettthhh...«

Und in den Tiefen ihrer Erinnerung hallte dieselbe Stimme wider und rief das andere Wort, das sie an diesem Nachmittag in der Fabrik zu hören geglaubt hatte.

Aaaaammmyyy...

Amy.

Amy rief sie. Amy brauchte sie.

Aber wer war Amy?

Als Beth sich in ihrem Bett wälzte und einzuschlafen versuchte, wußte sie, daß sie irgendwie wieder zur Fabrik gehen mußte. Sie mußte herausfinden, wer Amy war.

8

Tracy Sturgess erwachte schon früh am Sonntagmorgen und blickte sofort zum offenen Fenster.

Der Tag war strahlend und sonnig und der Himmel wolkenlos. Das bedeutete, daß sie an diesem Nachmittag Tennis und Krocket spielen konnten, zwei Sportarten, in denen Tracy eine Expertin war und die Beth Rogers so gut wie überhaupt nicht spielen konnte.

Tracy lächelte bei diesem Gedanken vor sich hin. Sie sah vor ihrem geistigen Auge, wie Beth ungeschickt über den Tennisplatz lief und kaum einen Aufschlag zurückschlagen konnte, während die anderen zuschauten, mitleidig lächelten und ein Kichern unterdrückten.

Vielleicht würden sie sogar Doppel spielen, und Tracy würde Alison Babcock als Beths Partnerin einteilen. Alison war fast so gut im Tennis wie Tracy, und die beiden hatten bereits alles geplant. Alison würde so tun, als ob sie den Ball annehmen wollte, und dann im letzten Augenblick zur Seite treten, um angeblich Beth mehr Platz zu schaffen.

Und Beth, die nicht wissen würde, was los war, würde sich nur noch mehr bemühen und lächerlicher machen, und es würde immer lustiger werden. Und das beste von allem – selbst wenn Carolyn zuschaute, würde sie nicht das geringste dagegen tun können, denn es würde aussehen, als täten alle ihr Bestes, um Beth zu helfen, einen schönen Nachmittag zu verbringen.

Tracy reckte sich, stieg langsam aus dem Bett und schlenderte zum Fenster, um auf die Anlagen hinauszublicken. Auf dem Rasen steckte Ben die Krocketbahn ab. Er schlug dauernd in einem Buch nach und maß die Entfernungen mit einem Meßband ab. Tracy hatte auf einer englischen Krocketbahn bestanden, mit einem einzigen Pfosten in der Mitte und sechs Toren ringsum. Sie und Alison hatten das ebenfalls geplant, und das Spiel auf der ungewohnten Bahn mit Jeff Bailey und Kip Braithwaite geübt. Tracy konnte es kaum erwarten, Beths Miene zu sehen, besonders wenn Beth fragen mußte, wie die Spielregeln waren.

»Oh«, würde Tracy sagen und Überraschung vortäuschen. »Sagtest du nicht, du kennst dich aus...« Und dann würde sie so tun, als erinnere sie sich, und ihre beste mitfühlende Miene aufsetzen. »Du meintest die *amerikanische* Variation, nicht wahr? Keiner von uns spielt die.« Während Beth dann beschämt und verlegen und die anderen höflich gelangweilt sein würden, würde sie, Tracy, die Folge der Tore erklären und Beth gönnerhaft den ersten Schlag erlauben.

Und dann würden natürlich die anderen Beths Kugel fortprellen, um schnell den Zielpfosten zu erreichen.

Als Ben das letzte Tor in den Rasen steckte, schweifte Tracys Blick hinab zum Stall, und schlagartig verschwand ihre gute Laune. Ihr Vater und Beth waren auf dem Sattelplatz und sattelten Patches. Neben Patches und bereits gesattelt stand das Lieblingspferd ihres Vaters, ein großer schwarzer Araber namens Sheik.

Tracy bebte vor Zorn. Sie wandte sich ruckartig vom Fenster ab und zog eilig Jeans und eines der alten Hemden ihres Vaters an. Sie ignorierte ihr zerzaustes Haar, stürmte aus ihrem Zimmer und eilte zur Treppe.

»Tracy?« hörte sie ihre Großmutter vom anderen Ende des Flurs rufen. »Tracy, Darling, was um Himmels willen ist los? Wohin willst du?«

Tracy fuhr herum, und in ihren Augen glitzerte Wut. »Er tut es wieder. Er ist unten auf dem Sattelplatz mit ihr und läßt sie wieder mein Pferd reiten!«

Abigail, die auf der Türschwelle stand, furchte verwirrt die Stirn. »Peter? Aber ich dachte, du hast ihm gesagt, daß er Beth nicht mehr an den Stall heranlassen soll.«

»Das habe ich. Aber es ist nicht Peter – es ist Vater! Er ist dort unten und will sie reiten lassen. Wie vorgestern!«

Abigail hob die Brauen und ging auf Tracy zu, doch das Mädchen hatte sich bereits abgewandt. Als Abigail dann auf halbem Weg zur Treppe war, hörte sie einen dumpfen Aufprall und einen Schrei. Sie eilte zum Treppenabsatz und spähte das Geländer hinab.

Nahe dem Fuß der Treppe kauerte Carolyn zusammengekrümmt und mit schmerzverzerrtem Gesicht und preßte die Hände auf den Leib, während Tracy sie wild anstarrte.

»Was hast du hier zu suchen?« hörte Abigail Tracy fragen. »Hast du keine Augen im Kopf? Warum bist du mir nicht aus dem Weg gegangen?«

»Du hättest aufpassen können«, entgegnete Carolyn. »Wenn du nicht gerannt wärst, dann wäre das nicht passiert.«

»Ich renne, wann ich will«, sagte Tracy und starrte Carolyn boshaft an. »Und du kannst mich nicht aufhalten! Paß also besser auf, wo du hingehst!«

Carolyn stemmte sich mühsam auf, und gerade als sich das Mädchen abwenden wollte, packte sie es am Handgelenk. Carolyn sprach mit ruhiger Stimme, die jedoch einen scharfen Klang hatte, der bewirkte, daß sich Tracy zu ihr umwandte.

»Das reicht nicht, junge Lady. Wenn du heute auch 13 geworden bist, kann ich dich immer noch übers Knie legen und dir den Hintern versohlen. Ich habe von dir soviel hingenommen, daß es bis an die Grenze des Erträglichen geht, und ich rate dir, lange und genau nachzudenken, bevor du noch einmal so mit mir sprichst. Mit mir oder sonst jemandem. Und was das Rauf- und Runterrennen auf der Treppe anbetrifft, so ist es mir gleichgültig, solange du keine Leute über den Haufen rennst. Du hättest mich schlimm verletzen können, weißt du. Ich hätte dadurch sogar das Baby verlieren können.«

Tracys Lippen bebten, und sie riß sich plötzlich aus Carolyns Griff los. »Ich wünschte, ich *hätte* dich verletzt«, zischte sie. »Ich wünschte, ich hätte dich und auch dein Baby getötet!« Dann wirbelte sie herum. Sie stürmte durch die Halle zur Hintertür hinaus und rannte über den Rasen, um durch die Hecke an deren Ende zum Sattelplatz zu gelangen. Als sie dort eintraf, war es jedoch zu spät.

Der Sattelplatz war leer.

Carolyn sank schockiert über Tracys haßerfüllte Worte auf die Treppe zurück und schlug die Hände vors Gesicht.

Abigail blieb, wo sie war, und beobachtete stumm ihre Schwiegertochter. Erst nach fast einer Minute sprach Abigail.

»Carolyn? Carolyn, ist alles in Ordnung?«

Carolyn versteifte sich, und dann blickte sie auf und sah Abigail, die oben auf dem Treppenabsatz stand und auf sie herabblickte. Carolyn schaffte ein schwaches Lächeln und stemmte sich von neuem auf. »Alles in Ordnung, Abigail. Nur eine kleine Schwäche, das ist alles.«

Die alte Frau verzog mißbilligend die Lippen. »Ich glaubte, einen Schrei gehört zu haben. Du bist nicht gefallen, oder?«

Carolyn zögerte und schüttelte dann den Kopf. »Nein. Nein, es ist wirklich alles in Ordnung.«

»Vielleicht mutest du dir zuviel zu«, sagte Abigail, und ihre Stimme nahm den leicht säuselnden Klang an, den Carolyn seit langem als ein Anzeichen auf Gefahr kannte. »Warum bleibst du nicht den Rest des Tages in deinem Zimmer? Schließlich würdest du dir nie verzeihen können, wenn etwas mit dem Baby passiert, nicht wahr? Und ich mag gar nicht daran denken, wie Phillip sich fühlen würde.«

Sie hat es gehört! Carolyn wußte es plötzlich. *Sie hat jedes Wort gehört, das wir gesagt haben!* Und es ist ihr gleichgültig. Sie weiß, was passiert ist und was hätte geschehen können, und sie wird weder ein Wort zu Tracy noch zu Phillip darüber verlieren. Sie denkt genau wie Tracy. Sie hofft, daß ich mein Baby verliere.

Das Herz klopfte Carolyn jetzt bis zum Hals, und als sie sprach, hatte sie Mühe, ihrer Stimme einen festen Klang zu geben. »Aber meinem Baby wird nichts geschehen, Abigail. Es wird alles perfekt in Ordnung sein.«

Die beiden Frauen starrten einander einen Augenblick lang an. Dann wandte sich Abigail ab und ging langsam über den Flur davon zu ihrer Suite.

Erst als sie verschwunden war, betastete Carolyn vorsichtig von neuem ihren Leib und hoffte, eine Bewegung zu spüren, die ihr sagen würde, daß mit dem Baby alles in Ordnung war.

Aber es war zu früh, um irgendeine Bewegung von Leben in ihr zu spüren, und schließlich ging Carolyn langsam durch die große Eingangshalle zum Telefon und rief das Krankenhaus an. Trotz Tracys Party an diesem Nachmittag meldete sie sich für 14 Uhr bei Dr. Blanchard an.

Phillip und Beth saßen ab, und Beth band Patches Zügel sorgfältig an einen tiefen Ast an, bevor sie sich in das weiche Gras der kleinen Wiese sinken ließ. Dann setzte sie sich auf, schaute sich um und erinnerte sich, wann sie das letzte Mal hier gewesen war.

»Hier ist Mama ohnmächtig geworden, Onkel Phillip. Genau dort drüben bei dem Felsen.«

Phillip blickte in die Richtung, in die Beth wies, stand auf und schlenderte zu dem Felsen, auf dem Carolyn an jenem Morgen vor ein paar Tagen gesessen hatte. Einen Augenblick später war Beth an Phillips Seite. »Erinnerst du dich, was meine Mutter an jenem Morgen sagte? Daß es aussah, als stünde die Fabrik in Flammen?« fragte Beth.

Phillip blickte auf Beth hinab und nickte. »Und sie fragte dich, ob du das gleiche gesehen hattest.«

»Das habe ich«, sagte Beth mit plötzlich zaghafter Stimme. »Wenigstens glaube ich das.« Sie versuchte, sich genau zu erinnern, und erzählte Phillip langsam, was sie vom Mausoleum aus an jenem Tag gesehen hatte. »Zuerst dachte ich, es wäre eine optische Täuschung«, sagte sie, als sie geendet hatte. »Aber Mutter sah das gleiche.«

»Vielleicht war es bei euch beiden eine Sinnestäuschung«, sagte Phillip. »Von hier oben aus kann euch die Sonne einen Streich gespielt haben. Der Sonnenschein wird vom Dach eines Gebäudes reflektiert und erhellt ein anderes. Und manchmal, wenn der Sonnenschein genau im richtigen Winkel auf die Fenster fällt, sieht es aus, als stünde die ganze Stadt in Flammen.«

»Aber es war nicht die ganze Stadt«, wandte Beth ein. »Es war nur die Fabrik. Und sie kann keinen Sonnenschein reflektiert haben, weil alle Fenster mit Brettern vernagelt sind.«

Phillip nickte nachdenklich und blickte wieder zu dem alten Gebäude am fernen Ende der Stadt. Es hatte sich bereits verändert. Die Bretter waren inzwischen von den Fenstern entfernt und Gerüste waren um die Wände errichtet worden. Die Arbeit hatte bereits begonnen, und hier und da zeigten sich Flecke von hellem Rot unter der dicken Schmutz- und Rußschicht, die sich im Laufe der Jahrzehnte gebildet hatte. Vor seinem geistigen Auge sah Phillip die Fabrik, wie sie in ein paar Monaten sein würde, mit Läden vor den jetzt kahlen Reihen der Fenster, einer Toreinfahrt von der Straße bis zum Eingang und schmiedeeisernen Verzierungen an der Dachkante.

»Weshalb wurde die Fabrik geschlossen?« hörte er plötzlich Beth fragen. Er blickte sie an und sah, daß sie ihn ernst und neugierig musterte. »Aus finanziellen Gründen«, erwiderte er. »Sie brachte einfach kein Geld mehr ein.«

»Und was ist mit all den Geschichten?« drängte Beth.

»Welche Geschichten?« fragte Phillip, obwohl er genau wußte, was sie meinte.

»Über die Kinder, die dort arbeiteten. Ich dachte, es wäre irgend etwas passiert, was deine Familie zwang, die Fabrik zu schließen.«

»Nun, diese Geschichten sind bestimmt nichts Neues. Ich habe sie mein Leben lang gehört. Und ich nehme an, daß auch etwas Wahres daran ist.«

»Du meinst, es haben tatsächlich Kinder in der Fabrik gearbeitet?«

»Ganz bestimmt. Und nicht nur in dieser Fabrik. Im ganzen Nordosten gab es Fabriken und Betriebe, in denen Kinder arbeiteten. Und das war kein Spaß für sie. Die meisten Kinder in deinem Alter mußten zwölf Stunden am Tag und sechs Tage in der Woche arbeiten.«

»Das... das hat Mama mir erzählt«, stammelte Beth. »Und sie sagte, daß viele Kinder starben.«

Phillips Miene verfinsterte sich. »Ich nehme an, das stimmt ebenfalls. Aber das ist jetzt alles vorüber, nicht wahr? All das passierte vor über hundert Jahren.«

Beth schien ihm jedoch nicht zuzuhören. Statt dessen blickte sie wieder zur Stadt. Phillip wußte ohne hinzusehen, daß ihr Blick auf die Fabrik geheftet war.

»Onkel Phillip? Hat es in der Fabrik jemals gebrannt?«

»Gebrannt? Wie kommst du darauf?«

»Ich – ich weiß es nicht«, sagte Beth stockend. »Ich dachte nur an das, was Mama und ich neulich sahen, das ist alles.«

»Ich dachte, wir hätten uns darüber geeinigt, daß es eine optische Täuschung war«, sagte Phillip sanft.

»Und wenn es keine war?« fragte Beth. Ihre Augen glänzten, und ein Lächeln breitete sich auf ihrem Gesicht aus. »Wenn es eine Art Blick in die Vergangenheit war? Wenn es wirklich ein Feuer gab und man es manchmal immer noch sehen kann?«

Phillip lachte leise. »Na, das ist eine Geschichte, die ich noch nicht gehört habe. Wie um Himmels willen kommst du auf so was?«

»Aber wenn es stimmt?« drängte Beth und überging die Frage ihres Stiefvaters. »Kann so etwas passieren?«

Phillip zuckte die Achseln. »Kommt darauf an, wen du fragst. Wenn du mich fragst, würde ich nein sagen. Es gibt jedoch viele Leute, die behaupten, daß niemals verschwindet, was jemals in einem Gebäude passiert ist. Das ist im großen und ganzen der Grundgedanke von Geistergeschichten, nicht wahr? Daß Leute sterben, aber anstatt in den Himmel zu kommen, an dem Ort ihres Todes bleiben und den Leuten Schrecken einjagen.«

Beth schwieg und dachte über Phillips Worte nach. War es das, was ihr neulich widerfahren war? War es das, was sie in der Fabrik gehört hatte? Ein Geist?

Beth glaubte nicht an Geister.

Tatsache war jedoch, daß sie etwas in der Fabrik gehört und am selben Tag etwas vom Mausoleum aus gesehen hatte. Und da war auch noch der Traum...

Beth wandte den Blick von der Stadt ab und schlenderte zurück zur Wiese. Patches wieherte leise und stampfte auf. Beth überquerte die Wiese, um zu der Statue zu gehen. Dann nahm Beth etwas aus den Augenwinkeln heraus wahr und blieb stehen.

Sie blickte sich um und runzelte die Stirn.

Ein paar Meter entfernt gab es eine kleine Vertiefung in der Lichtung, eine Mulde, die im Gegensatz zu der Wiese aus üppig wachsendem Gras fast kahl war. Im Schein der Morgensonne sah es fast so aus, als wäre das Gras an dieser Stelle weggebrannt.

Und von ihrem Platz aus sah die Stelle genau wie ein Grab aus. Plötzlich wurde Beth bewußt, daß ihr Stiefvater neben ihr stand.

»Beth? Was ist los?«

»Dort drüben«, sagte Beth und wies hin. »Was ist das?«

Phillip ließ seinen Blick über die Weise schweifen. Er konnte nichts Ungewöhnliches entdecken. Die Wiese sah genauso aus wie immer. »Was?« fragte er.

Beth setzte zu einer Antwort an, doch dann besann sie sich anders und schüttelte den Kopf. »Nichts«, erwiderte sie. Sie ging zu Patches, band das Pferd los und saß auf. »Ich dachte nur, ich hätte etwas gesehen, das ist alles.« Dann lächelte sie schief. »Es muß eine weitere optische Täuschung gewesen sein.«

»Entweder das«, meinte Phillip lachend, »oder du siehst Gespenter. Komm. Wir wollen nicht zu lange bleiben, sonst kommst du zu spät zu Tracys Party.« Er schwang sich geschmeidig auf den Rappen und ritt im kurzen Galopp von der Wiese auf den Pfad, der um den Hügelhang herum und zum Sattelplatz führte. Bevor Beth ihm folgte, schaute sie noch einmal zu der Wiese.

Die sonderbare Vertiefung war immer noch da, und je länger Beth hinschaute, desto überzeugter wurde sie, daß es tatsächlich ein Grab war.

Und eine innere Stimme schien ihr zu sagen, wessen Grab es war.

Amys Grab.

Als das Mittagessen begann, wünschte sich Beth, der Boden würde sich öffnen, und sie könnte darin versinken.

Sie hatte fast eine Stunde damit verbracht, um sich zu entscheiden, was sie zu der Party anziehen sollte. Schließlich hatte sie ein grünes Kleid gewählt, das sie vor fast einem Jahr in einem Secondhandshop entdeckt hatte. Jetzt natürlich konnte sie dort nicht mehr einkaufen, und das war schade, denn es war immer ein richtiges Abenteuer gewesen. Man wußte nie, was man dort fand, und Beth und ihre Mutter hatten oft Stunden herumgestöbert und nach Kleidungsstücken gesucht, die sie sich neu nicht hätten leisten können. Das grüne Kleid war eine ihrer besten Entdeckungen gewesen. Es war fast neu gewesen, und ihre Mutter hatte es gewaschen und gebügelt, und sie hatten es für besondere Anlässe weggehängt. Und heute, hatte sich Beth gesagt, war der besondere Anlaß.

Als sie jedoch die Treppe hinuntergegangen war, nachdem Tracys Freunde allesamt eingetroffen waren, hatte Beth ihren Fehler erkannt.

Alle anderen Kinder, einschließlich Tracy, trugen Jeans und Hemden von Lacoste.

Beth war vor Scham das Blut in die Wangen gestiegen, als Tracy das Kleid spöttisch betrachtet und gesagt hatte: »Ich hätte dir wohl sagen sollen, daß du dich zwanglos kleiden sollst, nicht wahr? Ich meine, wie hättest *du* das wissen können?« Beth war zusammengezuckt, als Tracy das Wort *du* abfällig betont hatte, aber sie hatte nichts gesagt.

Dann hatte Tracy sie miteinander bekannt gemacht, und Beth hatte sich erbärmlich gefühlt, als Tracys Freundinnen und Freunde ihr Fragen gestellt hatten, die eigentlich gar keine richtigen waren.

»Du gehst hier in Westover zur Schule? Wie kannst du das nur *ertragen?*«

»Wohin fährst du in den Sommerferien? Meine Familie ist immer in Maine, aber da oben ist es *sooo* langweilig, findest du nicht?«

»Heißt das, du warst noch *nie* in Maine? Ich dachte *jeder* fährt nach Maine.«

»Wie kommt es, daß man dich nie im Country Club sieht? Alles sonst ist hier so *ätzend!*«

Ein Junge namens Jeff Bailey hatte ihr dann den letzten Schlag versetzt. Er hatte Beth mit großen, blauen Augen und einem Lächeln angesehen. »Mir gefällt dein Kleid«, hatte er gesagt, und dann war aus seinem Lächeln ein boshaftes Grinsen geworden. »Es hat mir sogar schon gefallen, als meine Schwester es vor drei Jahren kaufte.«

Das war der Zeitpunkt gewesen, an dem Beth auf ihr Zimmer geflüchtet war und sich schnell umgezogen hatte. Sie hatte das grüne Kleid in eine Ecke des Schranks geworfen, wo sie es nie wieder zu sehen hoffte.

Schließlich hatte sie sich das Gesicht gewaschen und ihr

Haar neu gekämmt, und dann war sie wieder nach unten gegangen.

Tracy und ihre Freunde hatten Krocket gespielt, und als sie angeboten hatten, von neuem anzufangen, damit sie mitspielen konnte, hätte sie wissen sollen, was geschehen würde.

Statt dessen hatte sie gedacht, sie wären nett zu ihr.

Eine halbe Stunde später hatte sie noch immer nicht das erste Tor geschaft, und alle anderen waren fertig gewesen.

»Beim Krocket wirst du wohl niemals mithalten können«, hatte Tracy zu ihr gesagt, als alles vorüber war. Dann hatte Tracy die Stimme gesenkt und sich umgeschaut, um zu sehen, ob Carolyn in Hörweite war. »Aber woher solltest du das gelernt haben? Du kannst eben *gar nichts.*«

Als man sie gefragt hatte, ob sie beim Tennis mitspielen möchte, hatte Beth nur den Kopf geschüttelt.

Jetzt mußte sie nur noch das Essen und den anschließenden Videofilm überstehen, und dann würde die Qual vorüber sein.

Tracy zog die Vorhänge am Fenster der Bibliothek auf, wandte sich um und grinste Beth boshaft an. »Du hattest Angst, nicht wahr?«

»Nein, nein«, erwiderte Beth, was nicht ganz der Wahrheit entsprach. Obwohl sie sich immer wieder gesagt hatte, daß es nur ein Film war, *hatte* sie Angst gehabt. Horrorfilme jagten ihr immer Furcht ein, ganz gleich wie sehr sie sich sagte, daß sie nur erfunden und keine Realität waren.

»Das glaube ich dir nicht«, beharrte Tracy. »Du hattest Angst. Und wenn dich ein alberner alter Film so in Schrekken versetzt, dann verstehe ich nicht, wie du es ertragen kannst, in diesem Haus zu leben.«

Beth blickte sie verunsichert an. »Wovon redest du? Es

gibt doch nichts so Furchteinflößendes an diesem Haus.« Das entsprach in Wirklichkeit nicht ihrer Meinung, aber Beth wollte nicht zugeben, daß sie nach dem Einzug in Hilltop viele Nächte lang wachgelegen und auf die sonderbaren Geräusche gelauscht hatte, die aus allen Ecken des alten Hauses zu kommen schienen.

»Nichts Furchteinflößendes?« fragte Tracy. »Und was ist mit dem Geist?«

Beths gefurchte Stirn glättete sich, als sie erkannte, daß Tracy sie nur wieder lächerlich machen wollte. »Welcher Geist?« fragte sie und bemühte sich, ebenso spöttisch und verächtlich wie Tracy zu reden.

»Wir sind nicht ganz sicher.« Tracys Stimme nahm einen selbstgefälligen, wichtigtuerischen Tonfall an, und sie warf einen Blick zu Alison Babcock. »Aber wir denken, daß es ein freundlicher Geist ist. Es ist eine alte Lady, die in Schwarz gekleidet spät in der Nacht durchs Haus schleicht und etwas sucht.«

»Das ist deine Großmutter«, versuchte es Beth mit einem Scherz, aber niemand lachte, und Tracy schüttelte den Kopf.

»Nein«, entgegnete sie. Sie wandte sich an Jeff Bailey. »Es ist nicht Großmutter, oder?«

»So sah sie meiner Meinung nach nicht aus«, sagte Jeff und ging auf das Spiel ein. »Sie ist wirklich alt, und ihre Augen sind tief eingesunken, als wäre sie blind oder so was. Und sie trägt eine Kerze«, fügte er mit Grabesstimme hinzu.

»Wann hast du sie gesehen?« fragte Beth.

»Im vorigen Jahr«, behauptete Jeff. »Ein paar von uns waren hier das Wochenende über, und wir alle sahen sie. Stimmt's, Leute?«

Brett Kilpatrick nickte. »Ich sah sie zur gleichen Zeit wie Jeff. Sie war oben auf dem Treppenabsatz, und als wir mit ihr sprachen, verschwand sie.«

Beth blickte in die Runde der übrigen Gäste. Alle nickten zustimmend und wirkten ein bißchen verängstigt. Vielleicht war es doch wahr. Dann nahm langsam ein Gedanke für Beth Gestalt an. »Vielleicht... vielleicht suchte sie Amy«, sagte sie.

Tracy Sturgess blickte Beth verwundert an. »Amy?« wiederholte sie. »Wer ist Amy?«

»Der Geist, der in der Fabrik lebt«, erwiderte Beth, und ihr Selbstvertrauen wuchs. »Weißt du nichts über Amy?«

Tracy schüttelte langsam den Kopf und warf aus dem Augenwinkel einen Blick zu ihren Freundinnen und Freunden. »Erzähl uns von ihr.«

Beth zuckte mit den Schultern. »Sie ist ein kleines Mädchen«, improvisierte sie. »Und sie lebt praktisch schon ewig in der Fabrik.«

»Na klar«, spottete Jeff. »Hast du sie jemals gesehen?«

Beth spürte, wie sie rot wurde. »Nein«, gab sie zu. »Aber... ich habe sie gehört.«

»Wirklich?« fragte Tracy mit höhnischem Lächeln. »Was hat sie denn geagt?«

»Sie sagte...« Bevor Beth sich jedoch irgend etwas ausdenken konnte, was ein Geist vielleicht sagte, schauten sich Jeff und Brett an und brachen in schallendes Gelächter aus.

»Sie glaubt es!« krähte Brett. »Sie glaubt wirklich, daß ein Geist in der Fabrik ist!«

Als das Gelächter der Jungen die Bibliothek erfüllte, spürte Beth von neuem, daß sich ihre Wangen vor Demütigung röteten. »Nun, wenn hier ein Geist ist, warum kann dann keiner in der Fabrik sein?« fragte sie mit rotem Kopf und in verzweifeltem Tonfall, als Tracys andere Freunde und Freundinnen in das Gelächter einfielen.

»Weil es hier keinen Geist gibt!« sagte Tracy triumphierend. »Ich habe all das nur erfunden! Und du hast es geglaubt, genau wie ich mir das gedacht habe. Du bist wirklich blöde, was?«

Beth stand auf, und ihr Kinn bebte. »Nicht so blöde wie

du und deine dummen Freunde, Tracy! Es *ist* ein Geist in der Fabrik, und ich weiß, wer es ist! Und jetzt gehe ich!«

»Geh nur«, sagte Tracy höhnisch. »Hier will dich ohnehin niemand haben.«

Beth flüchtete aus der Bibliothek und wollte ihre Mutter suchen.

Und dann erinnerte sie sich.

Ihre Mutter hatte einen dringenden Termin bei Dr. Blanchard abgemacht. Weder sie noch Onkel Phillip waren zu Hause.

Ihr Vater.

Sie würde zu ihrem Vater gehen.

Tränen rannen aus ihren Augen, und sie eilte aus dem Haus und zum Zufahrtsweg.

Und dann, als sie zum Rasen gelangte, erinnerte sie sich an den Pfad, der den Hügel hinabführte.

Es war eine Abkürzung, auf der sie viel schneller zur Stadt gelangen konnte. Beth lief über den Rasen und durch das Gebüsch, bis sie an den Pfad gelangte, der vom Sattelplatz fort und den Hügel hinabführte.

Auf halbem Weg kam ihr der Gedanke.

Sie würde nicht zu ihrem Vater laufen. Statt dessen würde sie zur Fabrik gehen und eine Möglichkeit finden, hineinzugelangen.

Und in der Fabrik würde sie herausfinden, ob Amy wirklich dort war oder nicht.

Doch während sie den Weg fortsetzte, wußte sie, was sie in der Fabrik finden würde.

Amy würde dort sein – weil Beth wollte, daß sie dort war.

9

Jeff Bailey und Brett Kilpatrick bildeten einen seltsamen Kontrast, als sie über die River Road spazierten. Obwohl sie entfernte Cousins waren, hatte Jeff blondes Haar und war schlaksig, während Brett dunkles, krauses Haar hatte und stämmig war.

Sie näherten sich der Stelle, an der die River Road über die Bahngeleise führte und wo sie rechts abbiegen, über die Holzbrücke und nach Norden gehen mußten, um in der Nähe des Country Clubs nach Hause zu gelangen. Es war ein langer Weg von Hilltop aus, doch keiner der beiden Jungen hatte die Abkürzung nehmen wollen, die den Hügel hinab zum Fluß führte.

»Wie kommt es, daß sie überhaupt dort war?« fragte Jeff und kickte eine verbeulte Bierdose fort, die am Straßenrand lag. Die Dose flog hoch und fiel in den Straßengraben. »Tracy haßt sie.«

»Sie wohnt dort«, erwiderte Brett. »Tracy wollte die Party verlegen, aber ihre Stiefmutter fand es heraus. Beth ist 'ne fiese Ziege, findest du nicht?«

»Sie ist von hier – die sind alle so.« Jeff schaute zu, während Brett sorgfältig nach der Bierdose zielte, und er kicherte, als die Dose nur ein paar Schritte weit rollte. »Und du glaubst, du könntest im nächsten Jahr in der Fußballmannschaft mitspielen?« In der St. Francis Academy, in der beide neun Monate des Jahres verbrachten, war die Fußballmannschaft *das* Team, in dem man sein mußte.

Brett ignorierte den Spott. »Und das Kleid, das sie anhatte! Nicht zu fassen!« sagte er und brachte die Sprache wieder auf Beth Rogers. »Das stand ihr noch schrecklicher als deiner Schwester. Und als Tracy das Märchen von dem Geist erzählte, und Beth ihr *glaubte,* hätte ich mir fast vor Lachen in die Hose gemacht.«

Jeff schlitterte in den Straßengraben und trat die Bierdose mit einem sauberen Schuß wieder auf die Straße. Dann gelangten sie an die Bahngleise. Jeff schaute über die Straße, und sein Blick fiel auf die Wände der Fabrik, die mit Gerüsten bedeckt waren.

»Was hältst du von dem Geist, der dort leben soll, wie sie behauptet hat?« fragte Jeff.

»Oh, Mann!« stöhnte Brett auf. »Sie wollte sich einfach wichtig machen. Oder sie ist so doof, daß sie wirklich glaubt, in der Fabrik ist was.«

Jeff musterte seinen Freund, und ein Grinsen spielte um seine Mundwinkel. »Willst du reingehen und dich nach dem Geist umsehen?« fragte er herausfordernd.

Brett zögerte. Stets hatte er Geschichten über die Fabrik gehört, und er wußte wie jeder in Westover, daß Mr. Sturgess' älterer Bruder vor Jahren in dem Gebäude ums Leben gekommen war.

Laut Bretts Vater hatte niemand je genau herausgefunden, was Conrad Sturgess widerfahren war. Man nahm an, daß es ein Unfall mit Todesfolge war, aber jeder wußte, daß der alte Sturgess immer behauptet hatte, daß es kein Unfall gewesen war.

Dann sah Brett, daß Jeff ihn mit höhnischem Grinsen musterte, und trotz seiner leichten Furcht nickte er zustimmend. »Warum nicht?« Er trat zum letztenmal nach der verbeulten Bierdose und verfehlte sie völlig. Dann folgte er Jeff über das Bahngleis zur Rückseite der Fabrik. »Wie kommen wir da rein?«

Jeff ließ den Blick über das Gebäude schweifen und zuckte die Achseln. »Das dürfte leicht sein. Ich wette, sie haben den Bau nicht mal mehr abgeschlossen.«

Brett folgte Jeffs Blick, doch er fühlte sich nicht annähernd so zuversichtlich, wie Jeffs Worte klangen. »Und wenn uns jemand schnappt?«

»Na und? Wir schauen uns nur ein bißchen um. Was ist schon dabei? Außerdem arbeiten sie daran, richtig?«

Brett nickte.

»Jeder schnüffelt in Bauten herum, die renoviert werden. Wenn uns jemand erwischt, sagen wir einfach, wir wollten uns ansehen, wie die Arbeiten vorangehen. Komm, Brett.«

Sie folgten einem Pfad, der vom Hauptweg abbog und zu der lange verlassenen Laderampe an der Rückseite der Fabrik führte. Sie gingen um einen Abfallhaufen herum, der sich an der Laderampe angesammelt hatte, und kletterten auf die Rampe, um ihr Glück am Tor zu versuchen. Es war fest verschlossen wie die Tür des ehemaligen Versandbüros. Nachdem sie es bei zwei weiteren Türen versucht hatten, sprangen sie von der Laderampe herunter, gingen um die Ecke des Gebäudes und folgten dem Pfad, der an der Seite der Fabrik entlangführte. Auf halbem Weg zur Prospect Street gelangten sie an die Eisentür, die bisher stets mit einem Vorhängeschloß gesichert gewesen war.

Heute war das Vorhängeschloß nicht abgeschlossen und hing offen herunter.

»Siehst du?« sagte Jeff. »Was habe ich gesagt? Es ist noch nicht mal abgeschlossen. Wir können einfach hineinspazieren.« Er drehte den Türgriff.

Die Tür ließ sich leicht öffnen.

»Wie... wie kommt es, daß nicht abgeschlossen ist?« fragte Brett unsicher und senkte die Stimme zum Flüsterton. »Glaubst du, daß jemand drinnen ist?«

Jeff blickte ihn abfällig an. »Es ist nicht abgeschlossen, weil die Arbeiter zu blöde waren, abzuschließen«, sagte er, stieß die Tür auf und trat über die Schwelle. Brett blieb noch zurück. »Kommst du oder nicht?«

»Vielleicht sollten wir nicht reingehen«, murmelte Brett. Er warf einen Blick nach Westen, wo die Sonne tief am Horizont stand. »Ist es da nicht ziemlich dunkel?«

»Man kann prima sehen«, sagte Jeff. »Entweder kommst du rein oder bleibst draußen, aber ich werde mich umsehen.«

Brett kämpfte gegen seine Angst an, trat ebenfalls ein

und schloß die Tür hinter sich. Einen Augenblick lang konnte er nichts erkennen, doch dann gewöhnten sich seine Augen an das Halbdunkel, und er schaute sich um.

Irgendwie hatte er erwartet, daß die Fabrik leer war.

Das war jedoch nicht der Fall.

Das Erdgeschoß war bereits von einem skelettartigen, neu eingebauten Gerüst für die Trennwände abgeteilt, und verschiedene Öffnungen für Oberlichter waren ins Dach geschnitten worden. Jetzt, am späten Nachmittag, fiel nur wenig Licht durch die Öffnungen, und Brett kam es vor, als ob die Fabrikhalle dadurch nur noch gespenstischer wirkte.

Das Gerippe der noch nicht fertiggestellten Trennwände war fast wie ein Labyrinth. Fast überall konnte jemand versteckt sein.

In der Totenstille glaubte Brett das heftige Pochen seines Herzens zu hören.

»Hey!«

Bei dem plötzlichen Ruf zuckte Brett zusammen. Dann erkannte er, daß Jeff den Ruf ausgestoßen hatte. »Verdammt«, flüsterte er. »Mußt du mich so erschrecken?«

Jeff schaute seinen Freund angewidert an. »Überleg doch mal! Wenn jemand geantwortet hätte, dann hätten wir einfach sagen können, wir suchen jemand, und abhauen können. Keiner denkt, daß man irgendwo rumschnüffelt, wenn man Lärm macht.« Er rief noch einmal mit lauter Stimme »Ist hier jemand?« Ein paar Tauben flatterten erschreckt von ihren Nestern auf und schlugen mit den Schwingen.

Als wieder Stille herrschte, wies Jeff zur rückwärtigen Wand. »Wenn hier irgend etwas sein soll, dann wette ich, daß es dort hinten ist«, sagte er.

Brett spähte durch die zunehmende Dunkelheit im hinteren Teil des Gebäudes und sah, daß dort eine Treppe ins Kellergeschoß hinunterführte. Sein Vater hatte ihm erzählt, daß man Conrad Sturgess' Leiche im Kellergeschoß gefunden hatte. Bretts Herz schlug schneller, und er spürte, daß ihm der Schweiß ausbrach. »Ich wette, da gibt es überhaupt nichts«, sagte er. Seine Stimme zitterte leicht, obwohl er sich bemühte, ihr einen festen Klang zu geben. Jeff bemerkte es und grinste.

»Angst?«

»Hölle, nein«, log Brett. »Wovor sollte ich Angst haben?«

»Vor Geeeiiistern«, rief Jeff und kicherte dann. »Komm schon.«

Er ging auf die Treppe zu, und Brett folgte ihm widerstrebend. Schon nach ein paar Schritten spürte Brett, daß er eine Gänsehaut bekam.

Er hatte das Gefühl, von unsichtbaren Augen beobachtet zu werden.

Er versuchte, das Gefühl zu ignorieren und hielt den Blick auf Jeffs Rücken gerichtet, doch das Gefühl blieb.

Es wurde noch schlimmer.

Da war noch irgend etwas in der Fabrik – dessen war er sicher. Aber er wußte nicht, was und wo es war. Es schien überall rings um ihn zu sein und ihm zu folgen. Plötzlich konnte er es nicht länger ertragen, und er schaute zurück, was auch immer um ihn herumschleichen mochte.

Nichts.

Sein Blick schweifte über das Gewirr der Stützpfeiler und Balken, suchte nach einer Bewegung, doch nichts rührte sich dort. Jedenfalls nichts, das er sehen konnte.

Und dann richteten sich von neuem seine Nackenhaare auf, und er erschauerte.

Er spürte plötzlich eine Bewegung hinter sich. Etwas berührte seine Schulter!

Mit einem Aufschrei riß er sich los und fuhr erneut herum.

Jeff starrte ihn an und lachte. »Hab ich dich erwischt!«

»Oh, Mann! Du hast mir einen höllischen Schrecken eingejagt!«

Jeff musterte ihn mit wissendem Blick. »Du hattest bereits Angst, nicht wahr?«

»Ich... ich glaubte, etwas gehört zu haben«, log Brett.

»Nun, das hast du nicht, weil hier nichts ist«, sagte Jeff. »Sehen wir uns mal an, was dort unten ist.«

Ohne auf eine Antwort zu warten, setzte Jeff den Weg zur Treppe fort. Brett wollte nicht bleiben, wo er war, und auch nicht seine Angst eingestehen, indem er die Fabrik verließ, und so folgte er Jeff dichtauf. Als Jeff sich anschickte, die Treppe hinabzugehen, blieb Brett jedoch stehen und spähte furchtsam in das Dunkel hinab. »Ich werde nicht dort runtergehen.«

»Feigling«, höhnte Jeff.

Diesmal ignorierte Brett den Hohn. »Es ist dunkel dort unten, und man kann überhaupt nichts sehen.«

»Ich sehe alles bis zum Fuß der Treppe, und ich gehe runter, ob du nun mitkommst oder nicht.«

Brett erwiderte nichts und zuckte nur die Achseln. Er blieb, wo er war.

Jeff ging die Stufen hinab, doch mit jedem Schritt verlor er etwas mehr von seinem Selbstvertrauen.

Er begann sich zu fragen, was wirklich dort unten in der Finsternis wartete.

Laut Beth Rogers sollte hier ein Geist sein.

Aber das war lächerlich. Er glaubte nicht an Geister. Er rief sich in Erinnerung, wie lustig die Gespenstergeschichte vor ein paar Stunden gewesen war, als sie alle in Tracys Bibliothek gehockt hatten.

Jetzt kam ihm das in der Dunkelheit des alten Gebäudes nicht mehr so lustig vor.

Wenn er jetzt darüber nachdachte, war schon die Finsternis allein fast wie etwas Lebendes, das nach ihm zu greifen schien.

Jeff verharrte auf den letzten Treppenstufen und versuchte, das Geühl abzuschütteln.

Er hatte keine Angst vor der Dunkelheit. Er hatte sich

nie im Dunkeln gefürchtet, wenigstens nicht mehr, seit er ein Baby gewesen war.

Aber jetzt fand er, daß die modrige Schwärze unterhalb von ihm sehr wohl etwas zum Fürchten war.

Hier wußte er nicht, was die Dunkelheit verbarg. Es war überhaupt nicht wie die Dunkelheit zu Hause, wo man alles kannte, was einen im Zimmer umgab, und jedes Geräusch identifizieren konnte, das man hörte.

Hier schien die Finsternis ewig zu sein, und die Geräusche – die leisen, raschelnden Laute, die er jetzt wahrnahm – konnten von allem möglichen stammen.

Mäuse. Es konnten Mäuse sein oder sogar Ratten.

Oder sonst etwas.

Etwas, das man nicht berühren, das einen selbst jedoch packen konnte.

Jeff wollte zurückgehen, aber es war zu spät. Brett wartete oben, und er hatte Brett ausgelacht. Wenn er jetzt umkehrte und damit zugab, daß er sich nicht weiterwagte, würde Brett ihm das immer wieder vorhalten.

Jeff hielt den Atem an und ging eine weitere Stufe hinab.

Er lauschte auf die Geräusche und begann sich einzubilden, daß es Stimmen waren.

Stimmen, die so leise flüsterten, daß er sie kaum hören konnte.

Er stieg die letzte Stufe hinab zum Boden des Kellergeschosses, nahm all seinen Mut zusammen und trat weiter in die schreckliche Schwärze hinein, die ihn einhüllte.

Und dann spürte er, daß aus dem tiefen Dunkel etwas auf ihn zukam.

Er öffnete den Mund zum Schrei, doch seine Kehle war vor Furcht wie zugeschnürt, und er brachte keinen Laut hervor. Er spürte, daß er von hinten geschoben wurde. Er taumelte in die Finsternis und streckte haltsuchend die Arme aus, um sich an irgend etwas festzuklammern.

Da war nichts.

Jetzt erkannte er, was ihm widerfuhr, und ein Schrei brach aus seiner Kehle – und verstummte einen Augenblick später wie abgeschnitten, als er vorwärtsstürzte und fiel.

Blitzartig erinnerte er sich an die Geschichte, wie Tracys Onkel ums Leben gekommen war, lange bevor er, Jeff, überhaupt geboren worden war. Es passiert wieder, durchfuhr es ihn. Genau wie schon einmal.

In einem Augenblick, der ewig zu währen schien, preßte sich etwas Hartes und Scharfes gegen seine Brust und schien eisig sein Hemd und dann die Haut zu durchdringen.

Während er fiel, stieß er mit seinem Gewicht das Objekt in sein Herz, und er hörte sein letztes Keuchen, spürte den letzten rasenden Schmerz und nahm wahr, wie sein Blut in die Lunge drang.

Im Sterben spürte er einen kalten Luftzug um sich herum, und dann nahm er einen vertrauten Geruch wahr.

Rauch.

Für Jeff Bailey roch der Tod wie Rauch...

Brett hörte einen leisen, dumpfen Aufprall, und dann hüllte ihn wieder Stille ein. »Jeff?«

Keine Antwort. Er rief von neuem, lauter, und er war überzeugt, daß sein Feund ihm wieder einen Schrecken einjagen wollte. »Komm schon, Jeff! Hör mit dem Blödsinn auf!«

Immer noch keine Antwort, und Brett ging zögernd eine Stufe der Treppe hinab.

Und dann erschauerte er, und plötzlich war er sich sicher, daß Jeff sich keinen Spaß mit ihm machte. Brett warf sich herum, hetzte von der Treppe fort durch das dunkle Gebäude zur Tür, riß sie auf und stürzte in die Dämmerung hinaus.

»Hilfe!« schrie er. »Hilfe!« In Panik rannte er auf die Straße zu.

»Nun mal ruhig, Sohn«, sagte Sergeant Peter Cosgrove fünf Minuten später. »Reg dich ab und sag mir, wo dein Freund ist.«

»Da ... da unten«, stammelte Brett. Er wies zur Treppe, die jetzt hell von Lampen beleuchtet war, die von den Arbeitern im gesamten Gebäude aufgehängt worden waren. »Es ist ihm was passiert. Ich ... ich weiß nicht, was.«

Cosgroves Kollege, Barney Jeffers, stieg mit einer Taschenlampe in der Hand die Treppe hinab. Das Licht der Taschenlampe schweifte durch das Kellergeschoß, und dann fluchte Jeffers. In diesem Augenblick kreischten draußen Bremsen. Sekunden später eilten Sanitäter mit einer Bahre durch die Tür. »Hierher«, rief Cosgrove. Er wandte sich wieder an Brett. »Du bleibst hier stehen. Ich suche den Lichtschalter für das Kellergeschoß. Okay?«

Brett nickte stumm, und sein Blick war auf die Treppe gerichtet. Eine scheinbare Ewigkeit später ging im Kellergeschoß das Licht an, und Brett sah Jeff auf dem Boden liegen. Blut, vermischt mit Staub und Dreck, tränkte Jeffs Hemd, und die Stille des Todes hüllte ihn ein. Brett wurde es übel, und er wandte sich ab.

»Was denkst du?« fragte Cosgrove seinen Kollegen Jeffers eine halbe Stunde später. Der Krankenwagen war fort gefahren, und die beiden Polizisten standen oben auf dem Treppenabsatz, während unten eine Mannschaft arbeitete. Es wurde fotografiert und nach Spuren gesucht. Cosgrove war zu 99 Prozent davon überzeugt, daß die Männer nichts finden würden.

»Das gleiche wie du«, erwiderte Jeffers. »Ich nehme an, daß der Kilpatrick-Junge die Wahrheit gesagt hat. Es sieht aus, als wäre der Junge hinuntergegangen, um sich umzuschauen. Er konnte in der Dunkelheit nichts erkennen und stolperte. Woanders hätte er sich vielleicht nur das Knie aufgeschlagen. Hier ist er anscheinend auf dieser Spitzhacke gelandet.«

»Warum zur Hölle lag die Hacke dort?« murmelte Cosgrove.

»Willst du jemand fahrlässige Tötung anhängen?« fragte Jeffers.

»Das würde ich liebend gerne«, gab Cosgrove mit angespannter Stimme zurück. »Aber wen soll ich anklagen? Ich könnte genausogut den Bailey-Jungen beschuldigen. Wenn er die Fabrik nicht unbefugt betreten hätte...«

»Es war ein Unfall«, fiel ihm Jeffers ins Wort. »Manchmal passieren solche Dinge, Pete. Wir können nichts daran ändern.«

Cosgrove seufzte, und seine Anspannung ließ nach. »Ich weiß«, stimmte er zu. »Aber es ist doch unheimlich, findest du nicht?«

»Unheimlich?«

Cosgroves Blick schweifte durch die Fabrik. »Ja«, sagte er. »Unheimlich. Mein Leben lang habe ich Geschichten über diese Fabrik gehört, und wie gefährlich sie ist. Blöde Geschichten. Jetzt wird die Fabrik renoviert, und was passiert? Die Arbeiten sind noch nicht mal beendet, und wir haben bereits einen Toten. Das nenne ich unheimlich.«

Jeffers blickte seinen Kollegen neugierig an. »Du willst damit doch nicht sagen, was ich annehme, oder?«

Cosgrove zuckte mit den Schultern. »Ich weiß es nicht«, sagte er leise. »Du bist nicht hier aufgewachsen wie ich. So etwas ist hier schon mal geschehen. Das muß vor über 40 Jahren gewesen sein. Damals war es Phillip Sturgess' Bruder. Conrad junior.«

Barney Jeffers runzelte die Stirn. »Du meinst, er kam ums Leben? Hier in der Fabrik?«

»Nicht nur in der Fabrik, Barney«, sagte Cosgrove düster. »Genau hier. Am Fuß der Treppe.«

Jeffers stieß einen leisen Pfiff aus. »Jesus! Was geschah damals?«

»Das ist ja der springende Punkt«, sagte Cosgrove.

»Keiner hat es je herausgefunden. Niemand weiß, ob es ein Unfall oder Mord oder sonstwas war. Aber es war genauso wie diesmal.« Er schwieg einen Augenblick lang und schüttelte dann den Kopf. »Unheimlich«, murmelte er. »Es ist einfach unheimlich.«

Dann ging er mit grimmiger Miene zum Streifenwagen und machte sich auf das gefaßt, was vor ihm lag. Er mußte Jeff Baileys Eltern anrufen und ihnen sagen, daß ihr Sohn mit einer Spitzhacke im Herzen in der alten Fabrik gestorben war.

10

Hannah servierte gerade das Dessert, als das Telefon klingelte. Carolyn schob ihren Stuhl zurück und wollte aufstehen, doch Abigail hielt sie leise, aber bestimmt davon ab. »Hannah wird zum Telefon gehen.«

Hannah stellte das Tablett ab und verließ das Zimmer. Bald darauf kehrte sie zurück.

»Der Anruf ist für Mr. Phillip. Es ist die Polizei, und der Beamte sagte, es wäre dringend. Ich erklärte ihm, daß wir beim Abendessen sind, aber er bestand darauf...«

»Schon gut, Hannah«, sagte Phillip. »Es ist bestimmt etwas Wichtiges.« Er wandte sich an seine Mutter. »Entschuldigst du mich bitte?«

Abigail sah ihren Sohn ärgerlich an. »Phillip, es ist wirklich unhöflich, dich anzurufen. Ich verstehe einfach nicht...«

»Warten wir es ab, bis ich mit dem Beamten gesprochen habe«, unterbrach Phillip. »Macht nur weiter mit dem Dessert.«

Als Phillip fort war, wandte sich Abigail an Carolyn. »Du mußt einfach einige grundsätzliche Dinge lernen,

Carolyn. Zunächst einmal ist es sehr unhöflich, Leute während der Zeit des Abendessens anzurufen. Wir können jedoch wenig tun, um *diese* Unart zu unterbinden. Anscheinend hat *keiner* mehr Manieren. Aber wenn das Telefon klingelt, während wir beim Dinner sitzen, wird Hannah den Anruf entgegennehmen.«

Carolyn sah aus dem Augenwinkel, daß Tracy hämisch lächelte, doch sie ignorierte es. Beth starrte auf ihren Teller, als hätte sie dort plötzlich etwas Faszinierendes entdeckt. Carolyn lächelte gezwungen und tätschelte Abigails Hand. »Ich werde versuchen, daran zu denken, Abigail«, versprach sie, während die alte Frau ihre Hand zurückriß, als hätte sie sich verbrannt. »Aber mal angenommen, Hannah ist nicht hier, wenn das Telefon klingelt. Angenommen, sie hat ihren freien Tag?«

»Dann wird eines der anderen Dienstmädchen...« begann Abigail und verstummte unvermittelt, als ihr einfiel, daß es keine anderen Bediensteten mehr gab. »In diesem Fall«, gab sie schließlich steif zu, »muß leider jemand von uns zum Telefon gehen.«

Ein Punkt für uns, dachte Carolyn, als Tracys hämisches Lächeln verschwand und die Andeutung eines Lächelns um Beths Mund spielte. Schweigend aßen die vier den Obstsalat, den es zum Dessert gab. Nach vier oder fünf Minuten, die Carolyn wie eine Ewigkeit vorkamen, kehrte Phillip mit ernster Miene zurück.

»Ich muß in die Stadt runter«, erklärte er.

»Jetzt?« fragte Abigail. »Was immer es ist, es kann gewiß warten, bis wir das Dinner beendet haben.«

»Was ist passiert?« fragte Carolyn. Phillips Miene verriet ihr, daß etwas Schlimmes geschehen sein mußte.

»Ein Unfall«, antwortete er. »Zwei Jungen gingen heute nachmittag nach der Party in die Fabrik.«

Beth hielt im Essen inne, und ihre Augen weiteten sich. Dann begann die Hand mit dem Löffel zu zittern, und sie legte ihn behutsam auf den Teller zurück.

»Und was ist passiert?« fragte Abigail Sturgess. Ihre Stimme, die für gewöhnlich fest und gebieterisch war, klang plötzlich dumpf. Als Carolyn zu der alten Frau blickte, sah sie, daß Abigail bleich geworden war und daß eine Besorgnis in ihren Augen war, die Carolyn nie zuvor bei ihr gesehen hatte. »Sag es mir, Phillip«, drängte Abigail. »Was ist passiert?«

Phillip zögerte kurz. »Jeff Bailey«, sagte er schließlich. »Er ist – nun, ich befürchte, er ist tot.«

Plötzlich herrschte schockiertes Schweigen. Jeff Bailey war kein Fremder – nicht mal jemand, den sie nur flüchtig gekannt hatten. Es war ein Junge, den sie alle gut gekannt hatten und der noch an diesem Nachmittag bei ihnen zu Gast gewesen war.

»Jeff?« wiederholte Tracy. »Jeff ist tot?«

»Aber – wie?« fragte Carolyn. »Was ist geschehen?«

Phillip zuckte die Achseln. »Ich weiß noch nichts Genaues. Ich muß sofort zur Polizei.«

Abigail erhob sich. Jetzt war sie leichenblaß und schwankte, als würde sie jeden Augenblick ohnmächtig werden. »Mein Gott«, wisperte sie. »Es ist wie bei deinem Bruder. Er war im gleichen Alter wie Jeff, als er – als er...« Sie konnte nicht mehr weitersprechen.

Phillip starrte seine Mutter an. »Wie Conrad? Mutter, was um Himmels willen redest du da? Wir wissen noch nicht einmal genau, was passiert ist...«

Abigail schüttelte den Kopf, und ihre Augen hatten einen seltsam leeren Ausdruck, als sehe sie etwas in weiter Ferne. »Dein Vater«, flüsterte sie. »Er hat stets gesagt, daß so etwas passieren würde. Er hatte immer Angst...«

»Mutter, bitte!« sagte Phillip, nahm sie am Arm und führt sie zu ihrem Stuhl zurück. »Wir wissen noch gar nicht, was passiert ist«, wiederholte er.

»Was haben sie gesagt?« fragte Abigail. »Phillip, was haben sie über Jeffrey gesagt?«

Phillip schluckte und warf einen Blick zu Tracy und Beth. Es widerstrebte ihm, vor den Mädchen zu erzählen, was er am Telefon erfahren hatte. Aber beide Mädchen starrten ihn an, Tracy mit sonderbar glitzernden Augen und Beth mit großen Augen und furchtsamem Blick. »Offenbar ist er gestolpert«, sagte Phillip leise. »Da lag eine Hacke auf dem Boden. Er fiel darauf.«

»O Gott!« stöhnte Carolyn.

Abigail sank schlaff auf ihren Stuhl. »Wie bei Conrad«, flüsterte sie. »Genauso war es bei Conrad.« Ihr Blick schien wieder klarer zu werden, und sie richtete ihn auf ihren Sohn. »Phillip, vielleicht hatte dein Vater recht mit der Fabrik. Möglicherweise haben wir einen Fehler gemacht. Vielleicht sollten wir sie einfach wieder mit Brettern vernageln.«

Phillip schüttelte den Kopf, und sein Gesicht nahm einen grimmigen Ausdruck an. »Um Himmels willen, Mutter. Es war ein Unfall. Niemand hat schuld daran. Jeff hätte nicht dorthin gehen sollen. Er war...« Und dann verstummte er, denn er sah am Ausdruck von Abigails Augen, daß sie ihm nicht zuhörte. Von neuem schien sie in eine andere Welt zu blicken. »Ich werde so schnell wie möglich zurückkommen«, sagte er zu Carolyn. Er gab ihr einen Kuß auf die Wange und eilte aus dem Eßzimmer.

»Ich muß Maggie Bailey anrufen«, sagte Abigail unvermittelt. »Ich muß versuchen, mich bei ihr für das zu entschuldigen, was wir getan haben –« Sie erhob sich und wollte zum Telefon gehen, doch bevor sie an der Tür war, blockierte ihr Carolyn den Weg.

»Nein«, sagte Carolyn. »Wenn du Maggie Bailey anrufst, dann nur, um ihr zu kondulieren. Aber du wirst ihr kein abergläubisches Zeug über die Fabrik einreden.«

Langsam wandte sich Abigail Carolyn zu. »Abergläubisches Zeug?« Dann lächelte sie bitter. »Nun, ich nehme an, das kannst du leicht sagen. Aber du weißt ja nicht, was beim letzten Mal geschah. Natürlich nicht – du warst ja damals noch gar nicht geboren. Es war ein Abend wie dieser. Das Telefon klingelte, und die Polizei sagte uns, daß Conrad junior in der Fabrik gefunden worden war. Er war gestürzt, sagten sie, gestolpert und auf ein altes Werkzeug gefallen.« Sie senkte die Stimme zum Flüsterton. »Es war die gleiche Sache, Carolyn. Mein Mann sagte stets, daß es kein Unfall war, was unserem Sohn widerfuhr, doch ich glaubte ihm nie. Aber jetzt? Was soll ich deiner Meinung nach denken? Es ist wieder geschehen, genau wie es mein lieber Mann befürchtete.«

Unwillkürlich empfand Carolyn eine Spur von Mitgefühl mit der alten Frau. »Abigail, was du sagst, ergibt einfach keinen Sinn. In der alten Fabrik gibt es Gefahren – wir alle wissen das. Und sie war korrekt abgeschlossen, um zu verhindern, daß Unfälle geschehen, wie sie deinem Sohn und Jeff Bailey passiert sind.«

»Und wenn es kein Unfall war?« fragte Tracy unvermittelt. »Wenn noch jemand dort in der Fabrik war?«

Carolyn warf einen Blick zu Tracy, und ein unbehagliches Gefühl stieg in ihr auf, als sie sah, daß Tracy den Blick auf Beth gerichtet hielt, obwohl die Frage ihr, Carolyn, gegolten hatte.

»Was willst du damit sagen, Tracy?« fragte Carolyn mit kühler Stimme.

»Nichts«, erwiderte Tracy mit übertriebener Unschuldsmiene. »Das war nur eine Frage.«

Bevor Carolyn etwas entgegnen konnte, ergriff Abigail wieder das Wort. »Conrads letzte Worte«, sagte sie so leise, daß Carolyn nicht sicher war, ob sie zu ihnen sprach oder mit sich selbst. »Er sagte: ›Sie ist noch dort. Sie ist dort, und sie haßt uns‹...«

Tracys Augen glitzerten. »Wer, Großmutter? Wer haßt uns?«

»Ich weiß es nicht«, flüsterte Abigail. »Es waren die letzten Worte, die er sagte. Ich... ich dachte nicht, daß sie etwas bedeuten. Aber jetzt...«

»Und du hattest recht«, fiel ihr Carolyn ins Wort. »Sie bedeuteten nichts. Zufällig stimme ich mit deinem Mann in punkto Fabrik überein – ich bin der Meinung, sie sollte nicht wiedereröffnet werden. Es ist eine üble Stätte, an der Leute ausgebeutet wurden, wo sie schufteten, bis sie umfielen, und ich finde, die Fabrik sollte abgerissen und vergessen werden. Aber fangen wir nicht an, Geistergeschichten zu erfinden. In Ordnung?«

Abigail überlegte kurz und schüttelte dann den Kopf. »Und wenn du dich irrst?« fragte sie. »Wenn mein Mann recht hatte? Wenn in der Fabrik doch irgend etwas *ist* und wir nur davor geschützt sind, wenn wir sie verschlossen halten?«

»Um Himmels willen, setz den Kindern keinen Blödsinn in den Kopf.«

»Aber ich *will* es hören«, wandte Tracy ein.

»Und ich will *nichts* davon hören«, sagte Carolyn fest. »Ebensowenig Beth. Die Fabrik ist nur ein alter Bau, der seit fast hundert Jahren ein Schandfleck für die Stadt ist. Ehrlich gesagt, ich kann nicht verstehen, weshalb sie nicht schon längst abgerissen wurde.« Sie richtete den Blick auf Abigail. »Abigail, ich frage mich, warum dein Mann die Fabrik nicht abreißen ließ, nachdem euer Sohn darin starb.«

Abigails Kraft schien zurückzukehren, und sie schaute Carolyn gebieterisch an. »Er ließ sie nicht abreißen, weil er stets sagte, daß sie nicht abgerissen werden *darf*. Er sagte immer, daß sie als Erinnerung für uns stehenbleiben muß.«

»Als Erinnerung?« Plötzlich reichte es Carolyn, und sie verbarg nicht mehr ihren Zorn, als sie die alte Frau anstarrte. »Eine Erinnerung daran, welch großen Profit deine Familie einst in dem Bau machte? Eine Erinnerung an all die Kinder, die ihr Leben in dem Bau verbrachten und zwölf Stunden pro Tag für ein lächerliches Trinkgeld darin schufteten, damit deine Familie diesen Protzkasten hier bauen und ihn mit dem wenigen Personal besetzen konnte, das nicht in eurer Fabrik arbeitete? War es das, Abigail? Wollte er, daß die Fabrik ewig dort steht, um uns alle an die guten alten Zeiten zu erinnern? Nun, für meine Familie waren diese alten Zeiten nicht gut, obwohl ich sicher bin, daß du dir dessen nicht bewußt bist!«

Abigail schwieg lange. Schließlich sagte sie: »Du weißt nicht, was Conrad am Ende dachte, Carolyn. Aber ich weiß, daß er entsetzliche Angst vor der Fabrik hatte. Bis heute abend schenkte ich dieser Tatsache keine Beachtung. Aber jetzt finde ich, daß wir alle die Sache überdenken sollten.« Sie ging steif aufgerichtet und mit stolz erhobenem Kopf aus dem Eßzimmer.

Einen Augenblick später folgte Tracy ihrer Großmutter und ließ Carolyn und Beth allein im Eßzimmer zurück. Es herrschte lange Stille, und schließlich brach Beth das Schweigen.

»Mom? Was ist... wenn sie recht hat? Wenn da irgend etwas in der Fabrik ist? Was würde das bedeuten?«

Carolyn seufzte und schüttelte den Kopf. »Es würde nichts bedeuten, Liebling, denn es ist nicht möglich. Ganz gleich, was der alte Mr. Sturgess glaubte oder was Abigail jetzt denkt. Es ist nichts in der Fabrik.« Doch noch während Carolyn die Worte sagte, stieg eine Erinnerung in ihr auf – eine Erinnerung an den Morgen am Tag nach der Beerdigung, als sie mit Beth gewandert war.

Kurz bevor sie ohnmächtig geworden war, hatte es einen Moment lang ausgesehen, als stünde die Fabrik in Flammen.

Aber das war lächerlich. Die Fabrik hatte nicht gebrannt, und in Wirklichkeit hatte sie, Carolyn, gar nichts gesehen. Es war einfach eine Sinnestäuschung gewesen, die durch die Ohnmacht ausgelöst worden war.

Carolyn verbannte die Erinnerung und half Beth und der schweigsamen Hannah, den Tisch abzuräumen. Gewiß gab es eine vernünftige Erklärung für das, was heute in der Fabrik geschehen war. Wenn Phillip heimkehrte, würden sie erfahren, was los gewesen war.

Phillip Sturgess saß Norm Adcock, dem Polizeichef von Westover, in dessen Büro am Schreibtisch gegenüber. Auf dem Stuhl neben ihm saß Alan Rogers, der mit finsterer Miene wartete, während Phillip das Protokoll zu Ende las, das Cosgrove und Jeffers geschrieben hatten. Sie hatten sich bereits Brett Kilpatricks Geschichte angehört.

Für Phillip war die ganze Sache wie aus einem Traum, als würde sich etwas aus der Vergangenheit wiederholen. Und das war es natürlich – die Ereignisse dieses Nachmittags waren eine unheimliche Wiederholung dessen, was er über den Tag gehört hatte, an dem sein Bruder gestorben war.

Es wurde Phillip klar, daß die Polizei viel mehr an den Einzelheiten des Geschehens als an Jeff Baileys Tod selbst interessiert war. Natürlich wußte er, weshalb das so war. Jeff Bailey war wie auch Phillip für Norm Adcock einer von ›denen‹. Einer der Reichen – einer von denjenigen, die zwar in Westover lebten, jedoch selten in der Stadt gesehen wurden. Für Norm Adcock kein wirklicher Bürger der Stadt. War es auch so gewesen, als sein Bruder ums Leben gekommen war?

Zweifellos war es so gewesen.

Phillip las das Protokoll zu Ende und legte es auf den Schreibtisch des Polizeichefs zurück. »Aber die Tür *muß* verschlossen gewesen sein«, sagte er jetzt als Antwort auf die Frage, die Adcock zuvor Alan Rogers gestellt hatte. »Ich kann nicht glauben, daß keiner sie überprüft hat, bevor die Arbeiter am Freitag Feierabend machten.«

Er blickte Alan an, der den Kopf schüttelte. »Es tut mir leid, Phillip. Ich bin mir fast sicher, daß ich persönlich das Schloß überprüft habe, aber ich kann es nicht mit letzter Gewißheit behaupten. Jedenfalls tut das jetzt auch nichts mehr zur Sache. Das Schloß war auf, und es gibt keinerlei

Anzeichen darauf, daß es gewaltsam geöffnet wurde. So fällt ein Teil der Verantwortung für das, was passiert ist, auf mich.«

Adcock zuckte die Achseln. »Oder vielleicht hatte einer der Jungen einen Schlüssel, der paßte. Das ist unwahrscheinlich, aber möglich.«

»Wird es irgendwelche Anklagen geben?« fragte Phillip.

Adcocks Miene war nichtssagend. »Das liegt nicht an mir, Mr. Sturgess. Das entscheidet der Staatsanwalt. Vielleicht wird er die Fabrik als Gefahrenquelle bezeichnen und vielleicht noch ein paar andere Punkte anführen.« Adcock lehnte sich zurück und spielte mit dem Kugelschreiber, den er vom Schreibtisch genommen hatte. »Und wahrscheinlich müssen Sie damit rechnen, von den Eltern des Jungen verklagt zu werden.«

»Eine Sache zwischen ihren Anwälten und meinen«, sagte Phillip angespannt. Dann wurde ihm bewußt, wie kalt seine Wort klangen, und er versuchte, sie abzuschwächen. »Ich könnte mich nicht schlimmer fühlen, wenn Jeff mein eigener Sohn gewesen wäre.«

Adcock nickte, obwohl der angewiderte Ausdruck in seinen Augen blieb. Er legte den Kugelschreiber auf den Schreibtisch zurück. »Dann werden Sie wohl nichts dagegen haben, die Baustelle mit einem Zaun zu sichern, oder?« fragte er und bemühte sich nicht, zu verbergen, daß seine Worte keine Frage, sondern ein Befehl waren.

»Das brauchen Sie nicht mal zu erwähnen«, erwiderte Phillip. »Alan, kannst du morgen mit der Arbeit am Zaun anfangen?«

»Natürlich.«

»Ich werde einen Wachmann in der Fabrik postieren, bis der Zaun fertig ist«, fügte Phillip hinzu.

»Ich habe für heute nacht bereits einen Mann dorthin abkommandiert«, sagte Adcock. »Ich weiß, daß es so ähnlich ist, als würde man das Stalltor schließen, nachdem das Pferd weggelaufen ist, aber solche Dinge haben es an sich, einem aus der Hand zu geraten. Wenn mich nicht alles täuscht, dann planen bereits ein paar Jungs aus der Stadt, sich heute nacht in die Fabrik einzuschleichen.«

Phillip nickte. »Stellen Sie uns in Rechnung, was die Arbeitszeit des Mannes kostet. Ich bin für die Fabrik verantwortlich, nicht Sie.«

»Ich hatte nichts anderes vor«, bemerkte Adcock kühl. Er stand auf. »Nun, ich nehme an, für heute können wir nicht viel sonst tun. Ich fahre besser heim, bevor Millie nach mir sucht.« Er schüttelte den Kopf, während er die Wagenschlüssel aus seiner Tasche zog. »Höllische Sache«, sagte er. Und noch einmal: »Höllische Sache!«

Die drei Männer gingen zusammen durch das kleine Polizeirevier, und Adcock grüßte jeden seiner Männer mit dem Vornamen.

Alle Beamten erwiderten den Gruß ihres Chefs, und alle grüßten Alan Rogers.

Für Phillip Sturgess gab es keinen Gruß und nicht einmal ein Nicken.

Dann waren sie draußen, und der Polizeichef ging davon. Alan und Phillip blieben einen Augenblick lang neben Alans Wagen stehen. Stille herrschte zwischen ihnen, bis Alan schließlich die Hand auf Phillips Schulter legte.

»Ich weiß wirklich nicht, was ich sagen soll, Phillip.«

»Da gibt es nicht viel zu sagen, oder?«

»Wenn du mich feuern willst, verstehe ich das. Offen gesagt, ich habe bereits einen Brief geschrieben, in dem ich von dem Vertrag zurücktrete.«

Phillip schwieg einen Moment und schüttelte dann den Kopf. »Nein. Darin sehe ich nicht die geringste Lösung. Das würde Jeff Bailey nicht lebendig machen, und die Arbeit müßte immer noch erledigt werden.«

Alan nickte, schloß seinen Wgen auf und stieg ein.

»Darf ich dir einen ausgeben? Ich könnte jetzt was zu trinken vertragen.«

Phillip schüttelte den Kopf. »Danke, aber nicht heute abend. Ich muß heimfahren und mich um einige Dinge kümmern.«

»Okay.« Alan drehte den Schlüssel im Zündschloß. Der Motor des alten Fiat stotterte, bevor er ansprang. »Was heute passierte, war ein Unfall, nicht mehr. Aber die Leute werden reden – es ähnelt zu sehr dem, was mit deinem Bruder geschah. Ich kann dir nur raten, nicht auf die Leute zu hören. Laß sie reden und kümmere dich nicht darum.« Bevor Phillip etwas erwidern konnte, fuhr Alan davon und ließ Phillip Sturgess auf dem Bürgersteig zurück.

Phillip parkte seinen Wagen auf der Prospect Street. Er blieb ein paar Minuten lang sitzen, starrte auf die Fabrik und fragte sich, was sein Vater in all diesen Jahren gemeint hatte, als er darauf bestanden hatte, daß es eine Stätte des Teufels sei. Phillip hatte ihn zu einer Erklärung gedrängt, doch Conrad Sturgess hatte nur seine unheilvollen Worte wiederholt, als reiche die Feststellung aus, und er hatte nur hinzugefügt, daß er, Phillip, sie eines Tages verstehen würde.

Es war alles Unsinn. Es gab nichts Teuflisches in einem Gebäude, nicht einmal in einem so häßlichen wie der Fabrik mit ihrer kahlen Fassade und den schmucklosen, rein zweckmäßigen Linien.

Phillip schaltete die Zündung aus und nahm die Taschenlampe aus dem Handschuhfach, die er stets darin aufbewahrte. Er schloß den Wagen ab, überquerte die Prospect Street und ging zur Eisentür in der Seitenwand des Gebäudes.

»Stop, Mister!« ertönte eine Stimme hinter ihm. »Wohin wollen Sie?«

Phillip wandte sich um und wurde sofort vom gleißenden Licht einer Halogenlampe geblendet. Zwei Sekunden später erlosch das Licht. »Verzeihung, Mr. Sturgess«, erklärte wieder die Stimme aus der Dunkelheit. »Ich hatte Sie nicht erkannt.« Ein Mann trat vor. Phillip sah die Polizeiuniform, konnte das Gesicht jedoch nicht erkennen.

»Schon gut. Ich war auf dem Heimweg und wollte mich nur kurz hier umschauen.«

Der Beamte zögerte und nickte dann widerstrebend. »Nun, ich nehme an, Sie dürfen da rein. Es ist ja Ihr Bau.« Wieder ein Zögern, und dann mit noch größerem Widerstreben: »Möchten Sie, daß ich Sie begleite?«

»Nein, danke«, sagte Phillip sofort. »Es wird nur ein paar Minuten dauern.« Während der Beamte ihn immer noch beobachtete, schloß Phillip die Tür auf, öffnete sie und betrat die dunkle Fabrik. Er blieb stehen, lauschte und tastete dann zum Lichtschalter. Die großen Lampen, die für die Beleuchtung während der Arbeiten aufgehängt worden waren, flammten auf.

Phillip schaute sich um und ging dann zur Treppe, die ins Kellergeschoß hinabführte.

Er verharrte auf dem oberen Treppenabsatz, spähte in die Finsternis hinab und fragte sich, ob er nicht besser umkehren sollte.

Aber das konnte er nicht.

Hier war der Junge gestorben, und es war dort unten geschehen, in der Dunkelheit des Kellergeschosses.

Aus irgendeinem Grund – er war sich nicht sicher, aus welchem – mußte er die Stelle sehen, an der Jeff Bailey gestorben war.

Er schaltete die Taschenlampe ein und ging die Treppe hinab. Am Fuß der Treppe blieb er wieder stehen und ließ den Lichtstrahl der Taschenlampe durch das Kellergeschoß schweifen.

Nichts.

Soweit der Lichtschein reichte, war nichts außer einem

abgenutzten Holzboden zu sehen, der mit Dreck und verstreuten Werkzeugen bedeckt war.

Phillip richtete den Lichtstrahl auf die Stelle unterhalb der Treppe.

Dort war der Staub von vielen Füßen aufgewühlt worden. In der Mitte der Fußabdrücke sah Phillip einen bräunlichen Fleck.

Jeff Baileys Blut.

Phillip schluckte hart und wandte sich ab. Er schaltete die Taschenlampe aus und stieg die Treppe hinauf.

Auf halbem Weg verharrte er.

Er war überzeugt, aus der Dunkelheit unterhalb der Treppe etwas gehört zu haben.

Phillip lauschte und wartete darauf, es von neuem zu hören.

Er nahm nur seinen Herzschlag wahr.

Phillip stieg weiter die Treppe hinauf.

Und er hörte es abermals.

Es war schwach, fast unhörbar, doch er war fast sicher, daß es da war.

Es war ein prasselndes Geräusch, fast als brenne irgend etwas.

Er erstarrte wiederum, lauschte angespannt, um das Geräusch abermals und deutlicher zu hören.

Es ertönte nicht mehr.

Minuten vergingen, und langsam normalisierte sich sein Puls. In der Fabrik herrschte nur Stille. Schließlich stieg Phillip die Treppe hinauf und ging langsam auf die Tür zu. Er verharrte ein letztes Mal mit der Hand auf dem Lichtschalter und schaute sich um.

Alles war, wie es sein sollte.

Er schaltete das Licht aus, und das Gebäude war wieder in Dunkelheit getaucht. Dann verschloß er sorgfältig die Tür. Ein paar Schritte entfernt sagte der Polizist: »Alles in Ordnung, Mr. Sturgess?«

Phillip nickte und machte sich auf den Weg zu seinem

Wagen. Dann blieb er stehen und wandte sich noch einmal zu dem Polizisten um. »Haben Sie irgend etwas gehört, während ich in der Fabrik war?«

Der Polizist furchte die Stirn. »Etwas gehört, Mr. Sturgess? Nein, ich glaube nicht.«

Phillip überlegte kurz und nickte dann. »In Ordnung«, sagte er. »Danke.«

Er ging schnell zu seinem Wagen, schloß auf und stieg ein. Dann legte er die Taschenlampe ins Handschuhfach, startete und schaltete in den ersten Gang.

Phillip blickte noch einmal zur Fabrik.

Er sagte sich, daß er nichts gehört hatte. Es war offenbar Einbildung gewesen, die auf den Streß des Tages zurückzuführen war.

Phillip Sturgess fuhr in die Nacht davon.

Beth wachte kurz nach Mitternacht auf und schrie.

Der Traum war noch lebhaft in ihrer Erinnerung, und ihr Pyjama war mit Schweiß getränkt. Beths Herz hämmerte, während ihr Schrei verklang.

Die Tür des Schlafzimmers flog auf, und das Licht wurde eingeschaltet.

»Beth?« fragte Carolyn. »Beth, was ist los? Alles in Ordnung?«

Beth schüttelte den Kopf, als könne sie damit die grauenhaften Bilder aus der Erinnerung verbannen. »Ich habe es gesehen«, sagte sie atemlos. »Ich habe alles gesehen!«

»Was?« fragte Carolyn, durchquerte das Schlafzimmer, setzte sich aufs Bett und zog Beth in die Arme. »Was hast du gesehen, mein Schatz?«

»Jeff«, schluchzte Beth. »Ich sah, was mit ihm passierte!«

»Das war ein Alptraum, Liebling.« Carolyn strich ihrer Tochter sanft über die Stirn. »Es war nur ein Traum.«

»Aber ich *sah* es«, beharrte Beth. »Ich ... ich war in der Fabrik, unten im Keller, und da war noch jemand. Und dann war da ein Geräusch, und ich konnte Jeffs Stimme hören.«

Sie verstummte schluchzend, und Carolyn drückte sie an sich. »Nein«, flüsterte sie. »Es war ein Traum. Nur ein Traum.«

Beth nahm die Worte anscheinend gar nicht wahr. »Und dann schob sich die Wand zur Seite, und plötzlich konnte ich Jeff sehen. Und dann – dann gab ihm jemand einen Stoß!«

»Einen Stoß?« fragte Carolyn. »Was meinst du damit, Schatz?«

»Ich... ich weiß es nicht«, stammelte Beth. »Aber jemand stieß Jeff an, und er fiel auf die Hacke. Er stolperte nicht, Mama! Sie gab ihm einen Stoß. Sie tötete ihn!«

»Nein, Liebling«, beharrte Carolyn. »Du hattest nur einen schlimmen Traum. Und was mit Jeff Bailey passierte, war ein Unfall.«

Beth blickte verstört zu ihrer Mutter auf. Carolyn strich dem Mädchen liebevoll eine Haarsträhne aus der Stirn.

»Ein Traum?« fragte Beth. »Aber... aber es war in Wirklichkeit...«

»Ich weiß«, pflichtete Carolyn ihr bei. »Deshalb sind Alpträume so unheimlich, Kleines. Sie wirken so real, daß man selbst beim Aufwachen manchmal glaubt, sie wären tatsächlich passiert. War es so bei dir?«

Beth nickte. »Ich wachte auf, und es war dunkel, und es war, als wäre ich immer noch in der Fabrik. Und ich konnte es immer noch sehen und... und...«

»Und jetzt ist alles vorüber«, sagte Carolyn. »Jetzt bist du hellwach und weißt, daß es nur ein Traum war, und du kannst das alles vergessen.« Sie legte Beth behutsam aufs Bett und deckte sie sorgfältig zu. »Möchtest du, daß ich das Licht anlasse?«

Beth nickte nach kurzem Zögern.

»Okay. Und jetzt versuche wieder zu schlafen. Ich werde später das Licht ausschalten. In Ordnung?«

»Können wir es nicht die ganze Nacht anlassen?« fragte Beth.

Carolyn zögerte mit der Antwort. Sie dachte an die Alpträume, die Beth in den Monaten nach der Scheidung gequält hatten. Schließlich hatten sie nachts das Licht angelassen und das Problem auf diese Weise gelöst. Es hatte fast ein Jahr gedauert, bis Beth wieder in der Lage gewesen war, im Dunkeln zu schlafen. Sollte das alles von vorne anfangen? »Also gut«, sagte Carolyn. »Heute nacht lassen wir das Licht an. Aber nur heute nacht, verstanden?«

Beth nickte. Carolyn neigte sich hinab und küßte sie auf die Wange. »Und jetzt schlaf wieder, Schatz, und wenn du wieder schlecht träumst, dann ruf mich.«

Beth drehte sich wortlos auf die Seite und zog die Decken fester um sich. Carolyn richtete sich auf, blickte einen Moment auf ihre Tochter hinab und wünschte, sie könnte Beth einfach zu sich und Phillip ins Bett nehmen. Das durfte jedoch nicht sein. Beth hatte sich stets geweigert, ihr eigenes Bett zu verlassen und bei ihrer Mutter im Bett Schutz und Sicherheit zu suchen. Das wäre einem Nachgeben ihrer Ängste gleichgekommen, und Beth würde das niemals tun.

Carolyn lächelte das kleine Mädchen beruhigend an, küßte es von neuem, verließ leise das Zimmer und schloß die Tür hinter sich.

Als Beth allein war, rollte sie sich auf den Rücken und starrte im sanften Schein der Nachttischlampe an die Decke.

Beth wußte jetzt, was geschehen war; was während der Zeit passiert war, an die ihr die Erinnerung gefehlt hatte.

Sie war auf dem Weg zu ihrem Vater gewesen, nachdem sie von der Party weggelaufen war – der schrecklichen Party, bei der alles so schiefgegangen war –, und sie hatte bei der Fabrik Halt gemacht.

Sie hatte sich nur einen Augenblick lang dort aufgehalten und gehofft, herauszufinden, ob Amy tatsächlich dort war oder nicht.

Und dann hatte sie den Weg fortgesetzt, aber etwas war anders gewesen. Das Licht hatte sich verändert, und die Sonne war tief über dem Horizont gewesen.

Es war plötzlich viel später gewesen, als sie gedacht hatte.

Anstatt ihren Vater zu besuchen, war Beth über den Pfad den Hügel hinauf und nach Hause gegangen. Keiner hatte sie auch nur vermißt; niemand hatte gewußt, daß sie überhaupt fort gewesen war.

Aber jetzt, nach dem Traum, wußte sie genau, was sie getan hatte.

Sie hatte Amy gefunden und ihr erzählt, was auf der Party passiert war; sie hatte Amy gesagt, wie gemein Jeff Bailey zu ihr gewesen war.

Und Amy hatte sie gerächt.

Sie war es gewesen, die Jeff getötet hatte, dessen war sich Beth sicher.

Wenn sie, Beth, ihn umgebracht hätte, dann würde sie sich daran erinnern.

Amy mußte ihn also getötet haben.

Beth schaltete die Nachttischlampe aus.

Sie fürchtete sich nicht mehr im Dunkeln, denn jetzt hatte sie eine Freundin. Eine Freundin namens Amy, die in der Dunkelheit lebte.

Von jetzt an würde Beth nicht mehr allein sein. Sie würde jemand haben, mit dem sie reden und dem sie sich anvertrauen konnte.

Jemand, der sie verstand.

11

Der Morgen war sonnig und kühl, und als Beth langsam erwachte, war in ihr ein sonderbares Gefühl des Friedens. Ihr Alptraum von ein paar Stunden zuvor war fast vergessen, und sie lag behaglich im Bett, hielt die Augen geschlossen und dachte an Pläne für den Tag. Vielleicht sollte sie mit Peggy Russell...

Und dann, wie immer wenn sie glücklich und entspannt aufwachte, verschwand das Gefühl der Zufriedenheit.

Sie erinnerte sich, wo sie war.

Sie war nicht daheim in ihrem Schlafzimmer im Haus an der Cherry Street. Sie war auf Hilltop.

Sie war immer noch auf Hilltop, und sie hatte in der Nacht einen schlimmen Traum gehabt, in dem sie gesehen hatte, wie Jeff Bailey gestorben war.

Plötzlich fiel ein Schatten auf sie, und Beth riß die Augen auf.

Ein paar Schritte entfernt, zwischen ihr und dem Fenster, stand Tracy Sturgess.

»Ich weiß, was du getan hast«, sagte Tracy so leise, daß Beth sich einen Augenblick lang nicht sicher war, ob Tracy überhaupt gesprochen hatte.

Beth setzte sich im Bett auf und zog unbewußt die Decken bis zum Hals hoch.

Tracy starrte sie ärgerlich an, doch da war etwas an dem leichten Lächeln um Tracys Lippen, das Beth noch furchteinflößender fand als die Worte, die ihre Stiefschwester gesagt hatte.

»Wa-was getan?« stammelte Beth. Mit einem Blick zur Uhr auf dem Nachttisch stellte Beth fest, daß es erst sieben war. »Was machst du hier?«

»Ich weiß, was du getan hast«, wiederholte Tracy, diesmal lauter. Jetzt verstärkte sich die Andeutung des Lächelns zu einem boshaften Grinsen. »Du hast Jeff umgebracht, nicht wahr? Du hast dich gestern in die Fabrik geschlichen, und als er die Treppe herunterkam, hast du ihn getötet.«

Beth starrte Tracy entsetzt an. »Nein... ich...«

»Ich habe dich gehört«, fiel ihr Tracy ins Wort. »Heute nacht, als du mit deiner Mutter sprachst. Ich war draußen auf dem Flur. Und ich habe jedes Wort von dir gehört!« Tracys Stimme klang höhnisch und zugleich drohend. Beth wich unwillkürlich im Bett zurück und zog die Dekken noch fester um sich.

»Aber ich habe nichts getan!« widersprach sie. »Es war nur ein Traum.«

Tracy kniff die Augen zu Schlitzen zusammen. »Es war kein Traum. Das hast du nur deiner Mutter weisgemacht. Und sie ist blöde genug, um dir zu glauben. Aber ich bin das nicht. Warte, bis ich alles meinem Vater erzähle!«

»Was – willst du ihm erzählen?«

»Daß du wahnsinnig bist und Jeff Bailey ermordet hast, nur weil er dich auf meiner Party veralbert hat.«

»Aber ich habe nichts getan«, sagte Beth und ihr klopfte plötzlich das Herz bis zum Hals. »Es... es war Amy, die ihn getötet hat.«

Tracys Lippen verzogen sich höhnisch. »Amy? Du meinst den Geist in der Fabrik, von dem du geschwafelt hast?«

Beth nickte stumm.

»Es gibt keine Geister«, sagte Tracy. »Du hast nur ein Lügenmärchen erfunden. Aber keiner wird dir glauben!«

»Aber es stimmt«, begehrte Beth auf. »Amy gibt es wirklich, und sie ist meine Freundin, und sie hat nur versucht, mir zu helfen. Und wenn du nicht aufpaßt, dann wird sie dich vielleicht ebenfalls töten!«

Das höhnische Grinsen verschwand aus Tracys Gesicht. »Sag so was nicht«, zischte sie. »Sag niemals mehr so was zu mir!«

»Ich kann sagen, was ich will«, entgegnete Beth. Ihre

Angst war jetzt in Zorn übergegangen. »Verschwinde aus meinem Zimmer!«

»Es ist nicht dein Zimmer«, erwiderte Tracy. »Dies ist mein Haus, und wenn ich es will, kann ich dich aus diesem Zimmer jagen. Du solltest ohnehin nicht auf dieser Etage wohnen – du solltest oben wohnen, wo die Diener zu hausen pflegten, denn mehr steht dir nicht zu.«

»Nimm das zurück!« rief Beth. Sie sprang aus dem Bett auf und ballte die Hände zu Fäusten.

»Ich nehme gar nichts zurück!« stieß Tracy hervor. »Ich hasse dich, und ich hasse deine Mutter, und ich wünsche euch beiden den Tod!« Plötzlich stürzte sie sich auf Beth und griff nach ihren Haaren.

Beth duckte sich und versuchte, ihr zu entkommen, doch es war zu spät. Tracy prallte gegen sie, stieß sie zu Boden und fiel auf sie. Dann packte Tracy Beths Haar und zerrte daran. Mit einem heftigen Ruck riß sich Beth los. Sie schaffte es, sich zur Seite zu rollen, und hielt schützend die Arme vors Gesicht.

»Ich bringe dich um!« schrie Tracy.

Und dann, als sich Tracy von neuem auf sie stürzte, hörte Beth eine andere Stimme.

»Beth? Beth, ist alles in Ordnung... mein Gott, was ist hier los?« Im nächsten Augenblick spürte Beth, wie Tracy von ihr weggezerrt wurde, und Beth öffnete die Augen und sah, daß ihre Mutter auf sie herabstarrte.

Und hinter ihrer Mutter sah sie ihren Stiefvater, der Tracy am Arm festhielt. Beth wischte sich mit der Hand übers Gesicht und rappelte sich auf.

»Was um Himmels willen war hier los?« hörte Beth ihre Mutter fragen.

Beth warf aus den Augenwinkeln heraus einen Blick zu Tracy und sagte: »Nichts. Sie... sie wollte nur mein Radio ausschalten, und das wollte ich nicht zulassen.«

Carolyn wandte sich an Tracy. »Nun? Ist das wahr?«

Tracy stieß trotzig das Kinn vor und blickte Carolyn

böse an. »Darauf brauche ich dir nicht zu antworten! Du bist nicht meine Mutter!« Dann zuckte Tracy zusammen, als ihr Vater den Griff um ihren Arm verstärkte.

»Du wirst Carolyn antworten«, sagte Phillip mit ruhiger, jedoch fester Stimme. »Sie ist zwar nicht deine Mutter, aber meine Frau, und das wirst du respektieren. Also, stimmt es, was Beth gesagt hat?«

Tracy schwieg ein paar Sekunden lang und blickte Beth voller Haß an. »Nein!« sagte sie schließlich. »Sie hatte ihr blödes Radio nicht mal angestellt. Sie drohte mir, mich zu töten, genau wie sie bereits Jeff Bailey umgebracht hat!«

Beths Mund klaffte auf, und sie wurde bleich. Einen Augenblick lang herrschte Totenstille. Phillip und Carolyn starrten Tracy schockiert und entsetzt an.

Phillip brach schließlich sein Schweigen. »Die einzige Drohung, die ich hörte, war deine. Und jetzt gehst du auf dein Zimmer und bleibst dort, bis Carolyn oder ich dir sagen, daß du herauskommen kannst. Und in Zukunft hältst du dich von Beths Zimmer fern, es sei denn, sie lädt dich zu sich ein.«

»Es ist nicht ihr Zimmer, und...« begehrte Tracy auf, doch ihr Vater ließ sie nicht weitersprechen.

»Es reicht, Tracy!«

In Tracys Augen funkelte Zorn, aber sie sagte nichts mehr. Sie lief aus dem Zimmer und knallte die Tür hinter sich zu. Als Tracy fort war, nahm Carolyn auf der Bettkante Platz und forderte Beth mit einem Wink auf, sich zu ihr zu setzen.

»Hast du gedroht, Tracy zu töten?« fragte Carolyn.

Beth zögerte mit der Antwort und nickte dann stumm.

»Aber warum?«

Beths Kinn bebte, doch sie brachte es fertig, zu antworten. »Weil – weil sie sagte, ich hätte Jeff Bailey getötet«, erwiderte sie leise. »Sie kam herein und sagte, sie wüßte, was ich getan habe, und würde es Onkel Phillip erzählen.«

»Aber du hast nichts getan«, warf Phillip ein. »Was glaubte Tracy denn zu wissen?«

»Sie lauschte heute nacht, als ich mit Mama sprach«, erklärte Beth. »Sie hat gehört, was ich Ma von meinem Traum erzählte, und sagte, ich hätte alles nur erfunden.«

Phillips Miene verfinsterte sich. »Ich verstehe«, sagte er. Dann wandte er sich an Carolyn. »Entschuldige mich, Carolyn. Ich finde, es ist an der Zeit, daß ich mich mal unter vier Augen mit meiner Tochter unterhalte.«

Bevor Carolyn etwas einwenden konnte, verließ er das Zimmer. Beth schaute mit tränenfeuchten Augen zu ihrer Mutter auf. »Es tut mir leid, Mama.«

»Mir auch, Liebling«, erwiderte Carolyn. »Ich wünschte, du und Tracy, ihr hättet nicht miteinander gekämpft, und es tut mir leid, daß sie so gemein zu dir war. Du wirst dich Tracy gegenüber wohl genauso verhalten müssen, wie ich es mit Abigail halte. Ganz gleich was sie sagt und wie sehr es schmerzt, du mußt darüber hinwegsehen. Wenn du nicht reagierst, wird Tracy nach einer Weile die Lust verlieren und aufhören.«

»Aber warum haßt sie mich?« fragte Beth. »Ich habe ihr nie etwas getan!«

Carolyn nahm ihre Tochter in die Arme und zog sie an sich. »Es geht nicht um dich, Schatz. Das mußt du verstehen. Im Augenblick wäre sie zu jedem so gemein, der hier wohnen würde. Sie hat Angst, daß wir ihr den Vater wegnehmen wollen, das ist alles.«

»Aber das will ich doch nicht«, sagte Beth. »Ich habe bereits einen Vater. Weiß sie das denn nicht?«

»Natürlich weiß sie das.« Carolyn erhob sich vom Bett und wandte sich zur Tür. »Aber du mußt verstehen, daß im Augenblick nicht zählt, daß Tracy es weiß. Es zählen nur ihre Gefühle. Sie ist noch sehr wütend, weil ihr Vater mich geheiratet hat. Und so läßt sie das an dir aus.«

»Aber... das ist nicht fair!« sagte Beth.

»Ich weiß«, stimmte Carolyn zu. »Aber so ist das Leben.

Es ist nicht immer fair, und es ergibt nicht immer einen Sinn. Dennoch müssen wir das Beste daraus machen.« Sie lächelte das kleine Mädchen liebevoll an. »Wie wäre es, wenn du jetzt all das vergessen, dich ankleiden und zum Frühstück hinuntergehen würdest? Okay?«

Beth nickte. Sie sagte nichts, doch als sie allein war, zog sie sich noch nicht an, sondern ging zum Fenster und schaute über die Stadt hinweg zur Fabrik.

Tief in ihrem Innern schienen Tracys Worte widerzuhallen.

Ich weiß, was du getan hast.

War es möglich? Konnte es sein, daß genau das, was sie in der Nacht im Traum erlebt hatte, als Amy Jeff einen Stoß versetzt und für seinen Sturz auf die Hacke gesorgt hatte, in Wirklichkeit nicht Amys Tat gewesen war, sondern...

Sie erschauerte und wandte sich vom Fenster ab.

Der Gedanke quälte sie weiterhin.

Was war, wenn Tracy recht hatte? Wenn es keine Amy gab?

Aber es mußte sie geben. Wenn Amy nicht existierte, wenn sie Amy nicht gehört und sie nicht in dem Traum gesehen hatte, dann bedeutete das...

Sie verdrängte den Gedanken, denn wenn es keine Amy gab, dann hatte Tracy vielleicht recht.

Vielleicht hatte sie, Beth, Jeff tatsächlich umgebracht.

Aber das würde sie nicht getan haben... das *konnte* sie nicht getan haben...

Alan Rogers warf einen Blick auf seine Armbanduhr und signalisierte dem Vorarbeiter, daß die Mittagspause begann. Als die Arbeiter aus der Hitze des Tages in die relative Kühle der Fabrik gingen, begann Alan mit der normalen Überprüfung der Arbeiten, wie er es regelmäßig zweimal am Tag tat. Er hatte schon vor langem die Erkenntnis gewonnen, daß es unmöglich war, Arbeiter zu finden, die so hohe Qualitätsansprüche stellten wie er selbst, doch er hatte ebenfalls erkannt, daß er nicht soviel von seinen Leuten verlangen konnte wie von sich selbst. Sie arbeiteten schließlich für einen Stundenlohn und teilten nicht seinen Fanatismus, daß alles optimal erledigt wurde. Für sie war ein Job ein Job, und was zählte, waren die Stunden, die sie dafür brauchten. Für Alan war die Arbeit selbst wichtiger als das Geld, das er damit verdiente. Seine Zufriedenheit über perfekt ausgeführte Arbeit übertraf für gewöhnlich sein Interesse daran, den letzten Dollar Profit herauszuholen.

Heute ging die Arbeit gut voran. Die Zaunpfosten waren bereits an Ort und Stelle, und mit einigermaßen Glück sollte der Zaun bis zum Nachmittag fertig sein. Der Zaun würde nicht schön sein – nicht mehr als Holzplatten, die eilig an Pfosten und Querstangen genagelt wurden –, aber er würde seinen Zweck erfüllen. Morgen konnten sie dann die eigentliche Arbeit fortsetzen – den Wiederaufbau.

Alan war an dem letzten Pfosten angelangt und wollte sich zu der Mannschaft in den Schatten und die Kühle der Fabrik gesellen, als er hörte, daß Beth nach ihm rief. Er blickte auf und sah, daß seine Tochter in schneller Fahrt über die River Road nahte und in die Prospect Street einbog, wobei sich das Mädchen mit mehr Mut in die Kurve legte als Alan selbst gehabt hätte. Dann fuhr Beth über die Bordsteinkante auf das Fabrikgelände. Während Alan sie beobachtete, begann das Hinterrad des Fahrrads zu schlingern, doch Beth nahm nur kurz einen Fuß vom Pedal, drehte sich mit dem Fahrrad und stoppte grinsend vor ihrem Vater.

»Gut, was?«

Alan nickte anerkennend. »Beinahe zirkusreif. Aber wenn du dir die Knochen brichst, komm nicht jammernd zu mir. Du bist verrückt.«

»Hast du niemals so eine Schau mit dem Fahrrad gemacht, als du noch eine Junge warst?«

»Natürlich habe ich das«, gab Alan zu. »Und da war ich ebenfalls verrückt. Was führt dich her?«

»Ich bin runtergefahren, um mit dir zu Mittag zu essen«, sagte Beth und hielt eine braune Tüte hoch, die sie aus der Satteltasche unter dem Rennradsattel gefischt hatte. »Hannah hat mir ein paar Brote geschmiert. Mit Erdnußbutter und Marmelade. Willst du eine Schnitte?«

»Ich könnte dir Thunfisch zum Tausch anbieten.«

Beth schnitt eine Grimasse. »Ich hasse Thunfisch. Ist das alles, was du hast?«

Alan lachte. »Werde nicht pingelig. Es mögen Thunfischbrötchen sein, aber ich habe sie selbst zurechtgemacht.«

»Tolles Angebot«, sagte Beth und verdrehte die Augen. »Du hast vermutlich jede Menge Mayonnaise draufgeklatscht, was?«

Alan betrachtete seine Tochter mit gespielter Empörung. »Wenn du nur hergekommen bist, um auf mir herumzuhacken, dann kannst du gleich heimfahren. Ich kann auf die Meckerei von elfjährigen Schlauköpfen verzichten, vielen Dank!«

Beth streckte die Zunge heraus, doch als Alan zum Fabrikgebäude ging, folgte Beth ihm.

Alan nahm einen Schutzhelm aus dem Bauschuppen, setzte seiner Tochter den Helm auf und trat zur Seite, um sie durch die Tür in das große Gebäude vorausgehen zu lassen. Als Beth die Fabrik betrat, schweifte ihr Blick sofort zu der Treppe am anderen Ende.

»Nein«, sagte Alan, als hätte er ihre Gedanken gelesen. »Du darfst nicht dort runter.«

Beth furchte die Stirn. »Warum nicht? Ich will mich nur mal umschauen.«

»Weil es ein trauriger Ort ist«, sagte Alan. Er öffnete die Kühltasche mit dem Mittagessen, nahm ein Thunfischbrötchen heraus und bot Beth eine Hälfte an. Beth schüttelte den Kopf.

»Ich will doch nur sehen, wo es passierte«, drängte sie. »Was hast du daran auszusetzen?«

Alan seufzte. Er wußte, daß er es ihr nicht erklären konnte. In ihrem Alter wäre er genauso begierig darauf gewesen, die Unfallstelle zu sehen. Heute morgen war – genau wie er es erwartet hatte – ein ständiger Strom von Kindern zum Fabrikgebäude gekommen, und alle hatten die alte Fabrik angestarrt, als wäre die Stätte, an der am Vortag jemand ums Leben gekommen war, die größte Sehenswürdigkeit der Welt. »Es gibt ohnehin nichts mehr dort unten zu sehen.«

»Nicht mal Blut?« fragte Beth mit unschuldiger Neugier.

Alan schluckte und konzentrierte sich auf das Brötchen, obwohl er plötzlich keinen Appetit mehr hatte. »Warum reden wir nicht über was anderes? Wie geht es oben bei dir zu Hause?« Beths Miene verfinsterte sich, und Alan spürte sofort, daß irgend etwas an diesem Morgen passiert sein mußte. »Willst du darüber reden?«

Seine Tochter blickte angespannt zu ihm auf und zuckte dann die Achseln. »Es war keine große Sache«, sagte sie. »Ich hatte nur einen Kampf mit Tracy, das ist alles.«

»Bist du deshalb hier runter gekommen? Weil es dort oben zu schlimm wurde?«

»Ich weiß es nicht. Jedenfalls ist keiner im Haus. Sie fuhren rüber zu den Baileys.«

»Alle?«

»Mama und Onkel Phillip. Tracy hat ein paar Freundinnen zu sich bestellt. Und sie reden alle über das, was mit Jeff passiert ist.«

So wechselt man geschickt das Thema, dachte Alan. Und dann glaubte er plötzlich zu verstehen. »Es wäre prima für dich, wenn du zurückfahren und ihnen erzählen könntest, wie der Unfallort aussieht, wie?«

Beth blickte ihn mit großen Augen an. »Darf ich? Kann ich für eine Minute dort runter?«

Hilflos gab Alan nach. »Also gut. Nach dem Essen bringe ich dich runter. Aber nur für eine Minute. Abgemacht?«

Beth nickte feierlich. »Abgemacht.«

Erhellt von dem Licht der Lampen wirkte das Kellergeschoß völlig anders als in der Dunkelheit. Es war einfach ein großer leerer Raum, ähnlich dem im Erdgeschoß, abgesehen davon, daß es hier unten die vielen Stützpfeiler gab. Als sich Beth im Kellergeschoß umsah, konnte sie sich kaum erinnern, wie furchteinflößend es in der Dunkelheit gewesen war. Jetzt war überhaupt nichts Furchterregendes daran.

Abgesehen von dem Fleck am Boden.

Es war ein rötlichbrauner Fleck, ein paar Schritte vom Fuß der Treppe entfernt. Es sah aus, als ob jemand versucht hätte, das Blut wegzuwaschen, aber es war ein großer verschmierter Fleck auf dem Holzboden übriggeblieben.

Wenn ihr Vater ihr nicht gesagt hätte, daß der Fleck von Blut stammte, dann hätte sie es vielleicht nicht gewußt. Irgendwie hatte sie erwartet, daß es ein leuchtend roter und glänzender Blutfleck war.

Sie schaute lange auf die Stelle und suchte nach einer Erinnerung.

Sie konnte sich jedoch nur an den Traum erinnern.

Wenn *sie* Jeff getötet hätte, dann wäre ihr beim Anblick des Tatorts alles wieder eingefallen.

Beth wollte sich abwenden, doch dann streifte ihr Blick über die hintere Wand. Beth kniff die Augen zusammen, spähte angestrengt hin und zupfte ihren Vater am Ärmel. »Was ist das?« fragte sie.

Alan blickte in die Richtung, in die seine Tochter wies. Einen Augenblick lang sah er nichts außer einer kahlen Wand. Als er wieder hinblickte, erkannte er jedoch, daß die Wand jenseits der Treppe nicht aus Zement bestand.

Sie sah aus, als wäre sie aus Eisen.

Alan trat in den Schatten unterhalb der Treppe und schaute genauer hin.

»Da will ich doch verdammt sein«, murmelte er vor sich hin.

»Was ist das, Daddy?« fragte Beth. Plötzlich schlug ihr Herz schneller vor Aufregung.

»Das sieht wie eine Art Feuertür aus«, antwortete Alan. Er griff hinauf und tastete in der Dunkelheit. Er entdeckte eine Schiene, die mit Schraubenbolzen hinter dem Eisen befestigt war, tastete weiter und stieß auf eine metallene Rolle.

Alan klopfte gegen das Eisen und hörte ein dumpfes Geräusch, das im Kellergeschoß widerhallte.

»Ist es dahinter hohl?« fragte Beth.

Alan nickte. »Das scheint mir eine Art Brandschutztür zu sein. Hilf mir, und wir sehen mal, ob wir sie öffnen können.«

Vorsichtig tastete Alan nach der Türkante und schloß die Hand um die Kante. Dann zog er mit aller Kraft daran.

Die Tür bewegte sich nicht.

Alan trat mit gerunzelter Stirn zurück, musterte die Tür und tastete zur anderen Kante.

Nahe der Decke fand er, was er suchte. Ein Metallstift ragte aus dem Zement. Als Alan versuchte, den Stift zu bewegen, hatte er ebenfalls keinen Erfolg.

»Was ist, Daddy?« fragte Beth.

»Keine Ahnung«, murmelte Alan. »Da braucht man wohl einen Schraubenschlüssel, um es herauszufinden.«

»Ist dahinter ein anderer Raum?«

»Das ist ja das Sonderbare«, erwiderte ihr Vater. »Nach den Plänen, die ich habe, ist dahinter nur die Laderampe, und die muß aus Zement sein.«

»Warum braucht man dann eine Feuertür?«

»Gute Frage. Vielleicht ist es keine. Es könnte etwas völlig anderes sein. Ich bin gleich wieder zurück.«

Während ihr Vater die Treppe hinaufstieg, starrte Beth fasziniert auf die seltsame, kaum sichtbare Tür.

Es gab einen Raum hinter der Tür – davon war sie überzeugt.

Und sie wußte, was der Raum war.

Amys Zimmer.

Das Zimmer, in dem Amy lebte, und deshalb hatte die Stimme, die sie gehört hatte, so sonderbar schwach geklungen.

Die Stimme war von der Tür gedämpft worden.

Beth ging näher an die Tür heran und ließ ihrer Phantasie freien Lauf.

Es konnte alles mögliche hinter der Tür sein. Sie stellte sich eine alte, vergessene Kammer vor, die noch mit Möbelstücken gefüllt war, wie man sie in Antiquitätengeschäften verkaufte. Es war vielleicht eine Art Büro mit Schreibtischen und einem großen, schwarzen Ledersessel. Vielleicht lag sogar einer dieser altmodischen, mit Borten besetzten Teppiche auf dem Boden.

Vor ihrem geistigen Auge sah Beth, daß alles mit Staub bedeckt war, aber immer noch Papiere auf den Schreibtischen lagen und die Papierkörbe gefüllt waren, denn Beth war überzeugt davon, daß der Raum einst einfach geschlossen und vergessen worden war. Und als dann die Fabrik geschlossen worden war, hatte sich keiner mehr daran erinnert, daß es diesen Raum gab.

Plötzlich hörte Beth Schritte auf der Treppe, und ihr Vater tauchte mit einem großen Schraubenschlüssel auf.

»Damit sollte es zu schaffen sein«, sagte er und zwinkerte Beth verschwörerisch zu. »Alles bereit?«

Beth nickte und trat zurück. Alan setzte den verstellbaren Schraubenschlüssel an dem Metallstift an und ruckte daran. Der Eisenstift hielt einen Augenblick lang, dann drehte er sich langsam und quietschend. Alan bemühte sich weiter, und dann fiel der Stift herunter. Von neuem packte Alan die Kante der Eisentür und zog.

Diesmal ächzte die Tür und bewegte sich leicht. Alan zog weiter daran, und dann knirschten die rostigen Rollen, und langsam glitt die Tür zur Seite.

Sofort drang eiskalte Luft aus dem Spalt.

Beth erstarrte. Die Kälte schien sie zu durchdringen, und Beth spürte, wie sie eine Gänsehaut bekam. Es war, als wäre etwas Körperliches hinter der Tür aufgetaucht. Im ersten Impuls wollte Beth die Flucht ergreifen.

Und dann hörte der eisige Windhauch auf, als hätte es ihn nie gegeben. Beth schaute zu ihrem Vater auf.

»Was war das?« fragte sie, und ihre Stimme zitterte leicht.

»Was?«

»Die Kälte«, erklärte Beth. »Hast du nicht die Kälte gespürt, die aus dem Spalt kam?«

Alan furchte die Stirn und schüttelte den Kopf. »Ich habe überhaupt nichts gespürt.« Er zog wieder an der Tür und öffnete sie weit genug, daß sie beide durch den Spalt spähen konnten.

Alan richtete den Strahl seiner Taschenlampe in die Finsternis jenseits der Eisentür.

Da war ein Raum, vielleicht sechs Meter lang und vier Meter breit.

Die Wände waren geschwärzt, und der Boden war mit einer dicken Staubschicht bedeckt.

Der Raum war völlig leer.

Als Beth ihren Blick durch den lange vergessenen Raum schweifen ließ, bemerkte sie einen vertrauten Geruch in der abgestandenen Luft.

In dem Raum roch es stark nach Rauch.

12

Die Stille im Mercedes hatte nichts Angenehmes, als Phillip den langen Zufahrtsweg hinauf nach Hilltop fuhr und vor der Villa anhielt. Es war, als warteten alle in stummen Einverständnis, bis sie im Haus waren, bevor sie sich dem Streit stellten, der unausweichlich war, wie sie alle wußten.

Für Carolyn war es besonders schwer, denn sie war in der einzigartigen Situation, ihrer Schwiegermutter zuzustimmen, wenn auch aus Gründen, die Abigail niemals verstehen würde. Dennoch blieb die Tatsache, daß Carolyn zum erstenmal im Begriff war, Partei für die Frau zu ergreifen, von der sie gehaßt wurde, und sich gegen ihren Mann zu stellen, der sie liebte.

Sie wartete, bis Phillip ihr die Wagentür öffnete, und schenkte ihm unsicher ein Lächeln, das halb dankbar und halb entschuldigend war. Carolyn stieg aus dem Wagen aus und ging die Treppe zur Haustür hinauf. Hannah öffnete die Tür, und Carolyn nickte der alten Haushälterin grüßend zu, bevor sie die Halle durchquerte und nach rechts über den breiten Flur ging, der zur Bibliothek führte. Jenseits der Verandatür und der Terrasse sah Carolyn Tracy und drei ihrer Freundinnen Tennis spielen.

Beth war nirgendwo zu sehen.

In der Bibliothek legte Carolyn ihre Handtasche auf den Tisch und warf einen Blick zum Kamin, in dem – wie immer – Brennholz aufgeschichtet war und nur noch angezündet zu werden brauchte. Einen Augenblick lang war Carolyn versucht, das Brennholz anzuzünden, obwohl es ein warmer Tag war. Doch selbst wenn sie die Bibliothek noch mehr erwärmte, würde nichts die Kälte vertreiben, die von Abigail ausging.

»Es würde nichts helfen«, sagte Abigail, als sie eintrat und offenbar Carolyns Gedanken erriet. Abigail zog die

Handschuhe aus, schlug den Schleier von ihrem Hut zurück und wandte sich zu ihrem Sohn um. »Es bedarf keiner Frage mehr, daß wir dein Projekt abbrechen. Wir werden Mr. Rogers beauftragen, morgen die Fabrik zu schließen.«

Phillip hob leicht die Brauen und verschränkte die Arme vor der Brust. Er lehnte sich gegen den Schreibtisch, der seinem Vater gehört hatte. »Wirklich?« fragte er. »Und wann wurde es zu *meinem* Projekt, Mutter? Bis gestern war es *unser* Projekt, wenn ich nicht plötzlich senil geworden bin.«

Abigails scharfer Blick schweifte über ihren Sohn, und ihre Lippen verzogen sich zu einem zynischen Lächeln. »Wenn du mit dieser Bemerkung andeuten willst, daß es mit mir bergab geht, so habe ich kein Verständnis dafür. Ich habe ganz einfach meine Meinung geändert, und angesichts dessen, was mit Jeff Bailey passierte...«

»Jeff Bailey kam bei einem Unfall ums Leben, Mutter. Wir haben die Berichte gesehen, und es gibt nicht die geringsten Anzeichen darauf, daß mehr daran ist, als die einfachen Fakten. Er stolperte, stürzte und fiel auf eine Spitzhacke. Damit hat sich's.«

»Er stolperte und stürzte an genau der Stelle auf ein Werkzeug, an der dein Bruder stolperte und auf ein Werkzeug stürzte. Findest du nicht, daß das ein bißchen mehr als ein Zufall ist?«

»Nein, Mutter, das finde ich nicht«, erwiderte Phillip, und seine Stimme und sein Verhalten verrieten deutlich, daß seine Entscheidung zu diesem Thema gefällt war.

Abigail gab jedoch nicht so leicht nach. »Ich bedaure, daß du nicht einsiehst, was völlig klar ist«, fuhr sie fort. »Aber das ist im Grunde auch gleichgültig, nicht wahr? Ich werde selbst mit Mr. Rogers sprechen.«

»So, wirst du?« fragte Phillip. Es war eine Härte in seinem Tonfall, die weder Carolyn noch Abigail von ihm je zuvor gehört hatten. Carolyn blickte ihren Mann verwundert an, während Abigail plötzlich unsicher wirkte. »Du kannst natürlich mit Alan sprechen, wenn du das wünschst«, fuhr Phillip fort, »aber ich hoffe, dir ist klar, daß er nicht auf deine Anweisungen hin handeln wird. Er arbeitet für mich, nicht für dich.«

Der Ausdruck von Unsicherheit verschwand aus Abigails Augen. Sie betrachtete ihren Sohn mit unverhohlenem Zorn. »Für dich?« fragte sie und bemühte sich nicht, ihre Verachtung zu verbergen. »Wie kannst du es wagen, dich zu widersetzen, daß meine Wünsche erfüllt werden? Besonders wenn ich alles tue, um dafür zu sorgen, daß die Wünsche deines Vaters respektiert werden.«

»Genug, Mutter«, sagte Phillip, und seine Stimme klang plötzlich müde. »Du magst jeden sonst auf diese Weise einschüchtern, aber bei mir klappt das nicht. Ich habe Vaters Testament gelesen. Er übertrug mir die Verantwortung für alle geschäftlichen Unternehmungen der Familie Sturgess, und es ist meine Entscheidung, das Projekt Fabrik weiterzuführen. Wenn du dich Vaters Aberglauben anschließen willst, dann bitte. Aber erwarte nicht, daß ich da mitspiele.«

»Die Erinnerung an deinen Bruder sollte dir etwas bedeuten«, stieß Abigail zornig hervor.

Phillip schüttelte den Kopf. »Die Erinnerung an meinen Bruder? Mutter, ich wurde erst ein Jahr nach Conrads Tod geboren. Und ich wäre überhaupt nicht auf der Welt, wenn er nicht gestorben wäre.«

Abigail wirkte, als hätte er sie geschlagen. Sie sank auf einen der Lehnstühle. »Phillip – das stimmt nicht!«

»Nicht? Ich bin kein Dummkopf, Mutter. Denkst du denn, ich weiß nicht, daß ich nur ein Ersatz für Conrad war? Gott weiß, daß ihr mich das nie vergessen ließt. Ich wuchs auf und wurde mit einem Bruder verglichen, den ich nicht mal gekannt hatte! Und jetzt willst du die Restaurierung der Fabrik beenden, weil im Zeitraum von 40 Jahren darin zwei Unfälle passierten? Nun, das kannst du vergessen, Mutter. Was du tust, ist deine Sache, aber ich fühle mich durch Vaters Aberglauben nicht gebunden.«

Carolyn fand, daß Abigail wie eine Schlange wirkte, wie zum Zustoßen bereit ist.

»Ich werde dich aufhalten«, zischte Abigail. »Ich werde meine ganze Macht einsetzen, um zu verhindern, daß du dieses Projekt fertigstellst.«

»Fein!« sagte Phillip in ruhigem Tonfall. »Ruf deine Anwälte an und mobilisier alles Mögliche. Aber das bringt dich nicht weiter. Die Macht ist auf meiner Seite. Oder hast du diese besondere Tradition der Familie Sturgess vergessen?«

Carolyn, die sich während des Streitgesprächs zurückgehalten und geschwiegen hatte, ergriff jetzt das Wort: »Tradition?« fragte sie. »Phillip, wovon redest du?«

Phillip wandte sich ihr zu, und Triumph leuchtete in seinen Augen auf. »Von etwas, das Mutter dir gegenüber gewiß nie erwähnt hat. In meiner Familie waren die Frauen stets willensstark – wir Sturgess' scheinen willensstarke Frauen anzuziehen –, aber es gab immer eine sorgfältig gezogene Trennlinie. Und bei dieser Linie hören persönliche Dinge auf und geschäftliche Dinge fangen an, wie Mutter nur zu gut weiß. Es hat nie eine weibliche Sturgess gegeben, die irgend etwas in geschäftlichen Dingen zu sagen hatte. Das ist stets den Männern vorbehalten gewesen. Als Vater starb, ging folglich die Kontrolle über das Vermögen der Familie an mich über.« Er lächelte grimmig. »Mutter kann mir also das Leben so schwermachen, wie sie will, und nach ihren Anwälten schreien, wie sie Lust hat. Aber letzten Endes kann sie nichts ausrichten. Wenn es um die Fabrik oder sonst etwas von unserem Besitz geht, ist sie völlig machtlos.« Seine Stimme nahm den gleichen eisigen Klang an, den Carolyn so oft von der alten Frau gehört hatte. »Um es hart zu sagen, Mutter, wenn ich es will, kann ich dich aus diesem Haus werfen.«

Abigail sprang wieder auf, und in ihren Augen loderte

Zorn. »Wie kannst du es wagen?« fuhr sie ihren Sohn an. »Wie kannst du es wagen, so mit mir zu sprechen. Und auch noch in *ihrer* Anwesenheit.« Sie ruckte zu Carolyn herum und starrte sie wütend an. »Es ist alles deine Schuld. Bevor Phillip dich kennenlernte, hätte er nie so mit mir gesprochen. Er hätte mich um meinen Rat gebeten und ihn befolgt. Doch das ist jetzt vorbei. Du hast ihn hypnotisiert! Du hast dich in unser Leben gedrängt – du und deine ordinäre kleine Tochter – und dein Bestes getan, um uns Phillip wegzunehmen. Aber das wird dir nicht gelingen! Verstehst du? Irgendwie werde ich eine Möglichkeit finden, dich aufzuhalten!« Sie ging zur Tür und schwankte leicht in ihrem Zorn, obwohl sie sich schwer auf den Stock stützte. Carolyn trat einen Schritt auf sie zu und wollte sie stützen, doch Phillip schüttelte den Kopf und wies Carolyn mit einer Geste an, zu bleiben, wo sie war.

Einen Augenblick später waren sie allein.

»Es tut mir leid«, sagte Phillip. »Sie hätte dich und Beth nicht angreifen sollen. Aber sie weiß, daß sie die Fertigstellung des Projekts nicht verhindern kann, und so mußte sie etwas anderes finden, um ihre Wut loszuwerden. Und da warst du gerade passend.« Phillip ging auf sie zu und breitete die Arme aus, doch anstatt ihm entgegenzugehen, wandte sich Carolyn ab und ließ sich auf den Stuhl sinken, den Abigail erst kurz zuvor verlassen hatte.

»Vielleicht hat sie recht«, sagte Carolyn. Widerstreitende Gefühle stürmten auf sie ein. All die Selbstbeherrschung, die sie in den Monaten seit dem Einzug in Hilltop so sorgfältig entwickelt hatte, schien sie gerade in dem Augenblick zu verlassen, in dem sie sie am meisten brauchte. »Vielleicht war unsere Heirat tatsächlich ein Fehler, Phillip. Vielleicht hättest du mich nie kennenlernen sollen. Vielleicht hättest du für den Rest deines Lebens von Westover fernbleiben sollen.«

»Das glaubst du doch nicht wirklich«, sagte Phillip. Er

war blaß geworden, und sein Blick war flehend. »Liebling, das kannst du doch nicht im Ernst meinen!«

»Nicht? Ich weiß nicht, was ich meine. Aber ich kann nicht länger mit einer Frau zusammenleben, die mich haßt. Und es geht nicht nur um mich. Es geht auch um Beth. Phillip, Beth weiß, welche Gefühle Abigail und Tracy ihr gegenüber hegen. Obwohl sie versucht, so zu tun, als ob nichts wäre, spürt sie jede Kränkung, die ihr von den beiden zugefügt wird! Ich hatte gehofft, wir könnten eine Familie sein – wir alle. Aber so ist es nicht! Seit wir verheiratet sind, war es wie ein Kampf mit Beth und mir auf der einen Seite und Abigail und Tracy auf der anderen. Und du warst stets in der Mitte.«

»Nun, dann sind die Fronten immerhin ausgeglichen«, sagte Phillip trocken in dem erfolglosen Bemühen, die Situation zu entschärfen. »Wenigstens habt ihr euch nicht gegen mich zusammengerottet!«

Plötzlich lachte Carolyn, doch es war eine schrille, spröde Parodie ihres normalen Lachens, und Phillip erkannte, wie nahe sie an der Hysterie war. »Haben wir das nicht?« fragte sie. »Abigail hat soeben einen Fehler gemacht, aber das weiß sie nicht. Bei dem Thema Fabrik hätte ich auf ihrer Seite gestanden. Ist das nicht komisch? Ist das nicht das Lustigste, was du je gehört hast?« Und dann sank Carolyn auf dem Lehnstuhl zusammen und schluchzte.

Phillip ging zu ihr, kniete sich neben den Stuhl und nahm Carolyn in die Arme. Carolyn zog sich nicht zurück, näherte sich aber auch nicht, und während er sie in den Armen hielt, spürte er, wie einsam sie sich fühlte.

»Es ist alles in Ordnung, mein Schatz«, flüsterte er und streichelte sanft über ihr Haar. »Wir werden das überstehen. Irgendwie werden wir all dies hinter uns lassen. Doch du darfst nicht einmal daran denken, mich zu verlassen – ohne dich hätte ich nichts.«

»Nichts?« wiederholte Carolyn. »Du hättest deine Mutter und deine Tochter und Hilltop und den Rest von allem Besitz, den die Sturgess' immer gehabt haben. Du würdest mich kaum vermissen.«

Phillip stöhnte leise auf und umarmte Carolyn fester. »Das stimmt nicht, Liebling. Das einzige, was für mich zählt, bist du. Du und unser Baby.«

Carolyn versteifte sich in seinen Armen. Während sie vom Kummer überwältigt worden war, hatte sie das Baby vergessen. Sie zog sich ein wenig zurück und schaute zu Phillip auf. In seinem Blick sah sie die Liebe zu ihr, und sie spürte einen Hoffnungsschimmer.

»Liebst du mich?« fragte sie, weil sie von neuem das Bedürfnis hatte, es bestätigt zu bekommen.

»Mehr als alles«, erwiderte Phillip.

»Und das Baby? Wünschst du es wirklich? Oder hast du das nur mir zuliebe gesagt?«

Phillip lächelte sie liebevoll an. »Wie könnte ich mir das Baby nicht wünschen?« fragte er. »Es wird unser Baby. *Unseres!* Und niemand wird es benutzen können, um zu versuchen, uns auseinanderzubringen. Eigentlich könnte es sogar helfen. Es wird Mutters Enkel, und sie wird sich sofort nach seiner Geburt in ihn verlieben.«

Tief in Carolyn war ein mahnendes Gefühl. »Enkel?« fragte sie. »Wie kannst du so sicher sein, daß es ein Sohn wird?«

»Was denn sonst kann es sein?« Phillip grinste jetzt breit; die Krise lag hinter ihm. »Ich habe bereits eine Tochter bekommen, und du ebenfalls. Und ich brauche einen Sohn. Wenn es kein Junge wird, wie soll dann das Geschlecht der Sturgess' fortbestehen?«

Das Geschlecht der Sturgess'.

Die Worte hallten in Carolyn nach. Sie versuchte, sich einzureden, daß Phillip sie nur im Scherz gesagt und sich nichts besonderes dabei gedacht hatte. Doch tief in ihrem Innern wurde die warnende Stimme lauter.

Er wünscht sich einen Erben. Er will einen Sohn, dem er

seinen Namen geben und den er nach seinem Ebenbild aufziehen will. Abigail hat recht. Er ist ein Sturgess, und ich darf das nie vergessen.

»Und wenn es ein Mädchen wird?« fragte Carolyn und bemühte sich um einen ebenso leicht scherzhaften Tonfall.

»Dann werde ich es verwöhnen«, sagte Phillip. »Ich werde einer Tochter jeden Wunsch erfüllen und sie wie die Prinzessin behandeln, die sie sein wird, und sie wird das glücklichste kleine Mädchen sein, das je gelebt hat.«

Aber sie wird ein Mädchen sein, dachte Carolyn. Und für die Sturgess' waren und sind Mädchen nicht ganz so gut wie Jungen. Nett als Gesellschaft, aber nicht ganz so gut. Nicht gleichrangig.

Sie küßte Phillip auf die Wange und erhob sich. »Nun«, sagte sie so heiter wie möglich, »ich werde gewiß mein Bestes tun, um einen Sohn für dich zu bekommen. Aber wenn es mir nicht gelingt«, fügte sie hinzu, »dann wird es deine eigene Schuld sein. Wenn ich das richtig verstanden habe, dann stammen die Gene, die das Geschlecht des Kindes bestimmen, vom Vater. Wenn die Sturgess' Jungen wünschen, dann sollten ihre Chromosomen dementsprechend dafür sorgen.«

Phillip nickte vergnüglich, und seine Augen nahmen wieder den sanften und zärtlichen Ausdruck an, den Carolyn so liebte. Es war keine Spur mehr von dem kalten Zorn darin, mit dem Phillip seiner Mutter erklärt hatte, daß sie wenig mehr als ein Gast in ihrem eigenen Haus war. »Und was ist mit der Fabrik?« fragte er. »Planst du wirklich eine Art Verschwörung mit meiner Mutter?«

Carolyn zögerte mit der Antwort. Dann schüttelte sie den Kopf. »Ich glaube nicht. Erstens sind meine Gründe für die Schließung der Fabrik genauso abergläubischer Natur wie ihre. Und zweitens habe ich das Gefühl, daß sie ohnehin ihre Meinung ändern würde, bevor sie von mir Unterstützung annehmen würde. So halte ich mich einfach heraus, hüte meine Zunge und hoffe das Beste.«

Als sie dann langsam die Treppe zum Schlafzimmer hinaufging, fragte sich Carolyn jedoch von neuem, was das Beste sein würde. Vielleicht hatte sie tatsächlich in ihrem hysterischen Ausbruch recht gehabt, und ihre Ehe – ganz gleich wie sehr sie und Phillip einander liebten – war bereits zum Scheitern verdammt.

Oder vielleicht (und das hielt sie für viel wahrscheinlicher) litt sie einfach unter der Schwangerschaft, die sie zu beunruhigen begann, obwohl sie sich immer wieder sagte, daß alles in Ordnung war und sie sich gut fühlte. Sie würde es Phillip gegenüber nicht zugeben, aber insgeheim war sie froh darüber, daß Dr. Blanchard sie ermahnt hatte, wenigstens zwei Stunden am Tag zu ruhen.

Das ermöglichte ihr immerhin eine Flucht vor den Spannungen im Haus.

Sie betrat das Schlafzimmer und schloß die Tür hinter sich. Dann legte sie sich auf das Bett, streckte sich behaglich aus und blickte aus dem Fenster zu dem gewaltigen Ahorn, der ein paar Meter entfernt war und durch dessen dichtes Blattwerk kein Sonnenschein drang.

Sie konzentrierte sich auf den kühlen friedlichen Anblick der grünen Blätter und schlief schließlich ein.

Am anderen Ende des Hauses, in ihrer Suite, die ein genaues Abbild der Zimmer war, die von ihrer Schwiegertochter bewohnt wurden, war Abigail Sturgess wach und angespannt. Sie schaute aus dem Fenster, und ihr Blick war ärgerlich auf das bedrohlich wirkende Gebäude gerichtet, das soviel Tragik für ihre Familie symbolisierte.

In Abigail wuchs immer mehr die Überzeugung, daß ihr Mann recht gehabt hatte.

Da war etwas Teuflisches an der Fabrik. Abigail war sich noch nicht sicher, was es war, aber sie war entschlossen, es herauszufinden.

Beth fuhr mit dem Fahrrad von der Fabrik fort, aber anstatt den Weg über die River Road zu wählen und den langen Aufstieg bis nach Hilltop in Angriff zu nehmen, bog sie auf den anderen Weg ab, fuhr langsam durch die Prospect Street und dann die Church Street hinauf zu dem kleinen Platz in der Mitte der Stadt. Dort fuhr sie langsamer und hielt Ausschau nach irgendwelchen Freundinnen, die vielleicht auf dem abgetretenen Rasen Softball spielten. Der Platz war jedoch leer, und Beth fuhr weiter.

Ohne darüber nachzudenken, bog sie nach rechts in die Main Street ab und später nach links in die Cherry Street. Schließlich hielt sie vor dem kleinen Haus, in dem sie gewohnt hatte, bevor sie nach Hilltop gezogen war.

Das Haus, das ihr immer groß vorgekommen war, wirkte jetzt klein, und die Farbe blätterte von den Wänden ab. Im Vorgarten wucherte Unkraut im Rasen, und die Büsche, die ihre Mutter vor dem Haus angepflanzt hatte, waren nicht so gepflegt geschnitten wie die Zierbüsche in den Gärten von Hilltop.

Für Beth war es jedoch immer noch das alte Zuhause, und sie hatte plötzlich das tiefe Verlangen, an der Haustür zu klingeln und die jetzigen Bewohner zu bitten, sie für ein paar Minuten in ihr ehemaliges Zimmer zu lassen.

Das konnte sie natürlich nicht – es war nicht mehr ihr Zimmer, und außerdem sah es gewiß nicht mehr so aus wie damals. Die neuen Bewohner hatten es bestimmt verändert, und sie würde sich nicht mehr darin wohlfühlen.

Beth stieg wieder aufs Fahrrad und fuhr an dem Block mit all den vertrauten Häusern entlang. An der Ecke bog sie nach rechts ab und fuhr dann nach links durch die Elm Street.

Vor dem Haus der Russells spielte Peggy mit Rachel Masin Himmel und Hölle, und Beth bremste und hielt an.

»Hallo«, sagte sie. »Wie geht es euch?«

Peggy konzentrierte sich soeben darauf, auf dem Feld

Nummer fünf das Gleichgewicht zu bewahren, während sie sich hinabneigte, um den Schlüsselanhänger aufzuheben, den sie im letzten Sommer von Beth gewonnen hatte. Schließlich schnappte sie den Schlüsselanhänger, holte tief Luft und hüpfte schnell über die letzten drei aufgemalten Quadrate und aus dem Spielfeld.

»Wir spielen Himmel und Hölle«, erklärte Peggy, »und ich gewinne. Rachel kommt nicht mal über Nummer drei hinaus.«

»Aber ich spiele mit einem Stein, wie du es vorgeschlagen hast«, protestierte Rachel. »Jeder kann gut mit einem Schlüsselanhänger ins Feld werfen. Die bleiben immer genau dort liegen, wo du sie hinwirfst.«

»Darf ich mitspielen?« fragte Beth. Sie lehnte das Fahrrad an einen Baum und kramte in ihrer Tasche nach etwas, das sie als Spielmarke einsetzen konnte. Sie fand nur den Schlüsselring mit Anhänger – identisch mit dem, den sie an Peggy verloren hatte –, an dem ihr Hausschlüssel hing. »Ich fange bei eins an.«

Peggy blickte sie mit offener Feindseligkeit an. »Wieso reitest du heute nicht mit deinem Pferd? Peter sagt, daß du jetzt jeden Tag ausreitest.«

Beth wurde das Herz schwer. Warum hatte Peter nicht den Mund halten können? Jetzt dachte Peggy, sie wäre wie Tracy. »Ich habe kein Pferd«, sagte sie. »Es ist Onkel Phillips Pferd, und er bringt mir nur das Reiten darauf bei. Und wir reiten nicht jeden Tag aus. Wir sind erst ein paarmal ausgeritten.«

»Mein Bruder hat etwas anderes erzählt«, sagte Peggy herausfordernd.

»Nun, es interessiert mich nicht, was Peter sagt«, begann Beth und verstummte, als sie erkannte, daß die Worte wie von Tracy Sturgess klangen. »Ich... ich meine, wir reiten wirklich nicht jeden Tag«, fügte sie hinzu, als sie sich wieder etwas gefangen hatte. »Nur manchmal.« Dann kam ihr eine Idee. »Du könntest mal mitkommen, wenn du willst.« Peggy sagte nichts, doch ihr Gesicht rötete sich, und Beth erinnerte sich verspätet an das, was ihr Peter erzählt hatte. »Onkel Phillip würde Peter nicht feuern«, platzte sie heraus. »Das würde er bestimmt nicht tun.«

Peggys Gesicht rötete sich noch mehr, und ihre Augen füllten sich mit Tränen. »Warum verschwindest du nicht?« fragte sie. »Wir hatten Spaß, bevor du hier aufgetaucht bist!«

»Aber wir sind doch Freundinnen«, wandte Beth ein. »Du warst immer meine beste Freundin!«

»Das war, als du noch in der Cherry Street wohntest. Da warst du wie wir. Aber jetzt lebst du auf dem Hügel. Warum bist du nicht mit Tracy Sturgess befreundet?«

»Ich hasse Tracy«, entgegnete Beth und war jetzt selbst den Tränen nahe. »Ich hasse sie, und sie haßt mich! Und ich bin nicht anders, als ich immer war! Es ist nicht fair, das zu sagen, Peggy! Es ist einfach nicht fair!«

Rachel Masin schaute von Peggy zu Beth und wieder zu Peggy. Dann bückte sie sich plötzlich und hob ihren Spielstein auf. »Ich muß heim, Peggy«, sagte sie hastig. »Ich...« Sie suchte nach einer Ausrede und wählte die erste, die ihr in den Sinn kam. »Ich muß auf meinen kleinen Bruder aufpassen, hat meine Ma gesagt.« Ohne auf eine Antwort der beiden Mädchen zu warten, lief sie die Straße hinab und um die Ecke.

»Da siehst du, was du angerichtet hast«, sagte Peggy und schaute Beth ärgerlich an. »Wir hatten viel Spaß, bis du kamst.«

»Aber ich habe doch gar nichts getan. Warum kannst du mich nicht mehr leiden?«

Peggy zögerte einen Augenblick lang, dann stemmte sie die Hände in die Hüften und starrte Beth an.

Beth starrte zurück.

Die beiden Mädchen standen völlig still, blickten sich in die Augen, und jede war entschlossen, nicht als erste zu blinzeln. Nach dreißig Sekunden, die ihnen wie zehn Minuten vorkamen, begannen Beths Augen zu brennen.

»Du wirst blinzeln«, sagte Peggy.

»Nein, werde ich nicht!«

»Doch. Und dann schuldest du mir eine Cola. So sind die Regeln.«

Beth konzentrierte sich von neuem, doch je mehr sie sich bemühte, nicht zu blinzeln, desto unmöglicher wurde es. Schließlich gab sie auf, schloß die Augen und rieb darüber.

»Ich habe eine Cola gewonnen«, jubelte Peggy. »Komm, du kannst mich zum Drugstore fahren.«

Der Streit war vergessen. Peggy kletterte auf den Gepäckträger des Fahrrads, und gefährlich schwankend fuhr Beth los. Zehn Minuten später saßen sie in ihrer Lieblingsecke hinten im Drugstore und nippten an einer Cola.

»Wie ist es wirklich dort oben?« fragte Peggy. »Ich meine, wie ist es, in diesem Haus zu wohnen? Ist das nicht gruselig?«

Beth anwortete nach kurzem Zögern. »Gruselig ist es eigentlich nicht. Aber man muß sich daran gewöhnen. Das Schlimmste ist Tracy Sturgess.«

Peggy nickte verständnisvoll. »Ich weiß. Peter sagt, sie ist die gemeinste Person, die er je kennengelernt hat.«

»Das ist sie«, stimmte Beth zu. »Und sie haßt mich wirklich.«

»Warum?«

Beth zuckte die Achseln. »Ich weiß es nicht. Vermutlich hält sie Mama und mich für Proleten. Sie benimmt sich immer, als wäre sie etwas Besseres.« Dann lächelte sie. »Aber warte bis nächstes Jahr – dann wird sie hier zur Schule gehen!«

Peggy blickte Beth erstaunt an. »Du meinst, sie geht nicht auf die Privatschule zurück?«

»So habe ich es gehört.«

»Das ist ein Ding!« stieß Peggy hervor. »Warte, bis das

die anderen erfahren!« Sie kicherte boshaft. »Und warte bis zum ersten Schultag hier. Ich wette, jeder behandelt sie wie Luft.«

»Ich hoffe es«, sagte Beth voller Bitterkeit. »Ich hoffe, alle sind so gemein zu ihr, wie sie es zu mir ist.«

Peggy nickte und seufzte dann bedrückt. »Aber vielleicht läuft es auch anders. Es könnte sein, daß man ihr die Füße küßt, nur weil sie eine Sturgess ist.« Sie trank den Rest der Cola und setzte dann das Glas an, um das Eisstück in ihren Mund rutschen zu lassen. Einen Augenblick lang ließ sie den Eiswürfel im Mund zergehen, und dann blickte sie Beth wieder an. »Weißt du, was in Wirklichkeit mit Jeff Bailey passierte?«

In Beth stieg ein leichter Schauder auf. »Ich – er stolperte und stürzte, nicht wahr?«

»Was weiß ich«, erwiderte Peggy. »Aber ich hörte gestern abend, wie meine Eltern darüber sprachen, und sie redeten von dem anderen Jungen, der in der Fabrik starb...«

»Onkel Phillips Bruder«, warf Beth ein.

Peggy nickte. »Jedenfalls sagte meine Mutter, daß sie überhaupt nicht an einen Zufall glaubt. Sie sagte, es gab immer unheimliche Geschichten über die Fabrik, und sie meint, daß es dort vielleicht nicht mit rechten Dingen zugeht.«

»Das stimmt«, sagte Beth nach kurzem Zögern.

Peggy starrte sie an. »Woher weißt du das?«

Beth überlegte, ob sie sich Peggy anvertrauen sollte, und entschied sich dafür. »Komm morgen nach Hilltop, und ich zeige dir etwas. Und ich sage dir, was in der Fabrik ist. Aber du mußt mir versprechen, es keinem zu erzählen. Es ist ein Geheimnis.«

Peggy nickte begierig. »Ich verspreche es.«

»Ehrenwort?«

»Großes Ehrenwort«, erwiderte Peggy feierlich.

13

Eileen Russell schaute ihre Tochter skeptisch an und schüttelte den Kopf, während sie zwei Spiegeleier aus der Pfanne auf den Teller des Mädchens schob. »Ich weiß nicht. Mir gefällt einfach nicht der Gedanke, daß Peter dadurch in Schwierigkeiten kommen könnte.«

»Aber Peter wird dadurch nicht in Schwierigkeiten kommen«, beharrte Peggy. »Beth hat es versprochen. Sie sagte sogar, ich könnte mal mit ihnen ausreiten, wenn ich will. Mit ihr und Mr. Sturgess!«

Eileens Blick schweifte zu ihrem Sohn. »Was hältst du davon? Klingt das für dich nach Mr. Sturgess?«

Peter zuckte unverbindlich mit den Schultern, doch als er den bittenden Blick seiner Schwester sah, nickte er. »Er ist ziemlich nett, und er reitet manchmal mit Beth aus. Ich glaube, er hätte nichts dagegen, wenn Peg mitkommt.« Dann grinste er. »Aber Tracy würde vor Wut toben. Sie ist schon sauer genug, wenn ihr Daddy mit Beth ausreitet. Wenn Peg auch noch dabei ist, scheißt sie sich glatt in die Hose.«

»Hüte deine Zunge, junger Mann«, sagte Eileen, mehr aus Gewohnheit als aus Prüderie. Eileen ließ sich die Sache noch einmal durch den Kopf gehen. Sie wußte, wie sehr Beth ihrer Tochter in den letzten Monaten gefehlt hatte, doch ihre größte Sorge war immer noch, daß Peter seinen Job verlieren könnte.

Besonders im Sommer fand man nicht so schnell Arbeit, und sie brauchten das Geld. Mit dem Geld, das sie als Kellnerin im ›Red Hen‹ verdiente, konnten sie kaum den Lebensunterhalt bestreiten, und wenn Peter seinen Job verlor...

Schließlich entschied sie sich für einen Kompromiß, für einen Anruf bei Carolyn Sturgess. Selbst etwas so Einfaches erwies sich jedoch plötzlich als ein Problem. Es war albern, das war Eileen klar. Schließlich waren sie und

Carolyn zusammen aufgewachsen, Carolyn Deaver war eine ihrer besten Freundinnen gewesen und als Dan Russell sie sitzengelassen hatte, etwa zur gleichen Zeit, als Carolyn sich von Alan Rogers hatte scheiden lassen, war die Beziehung sogar noch enger geworden.

Dann hatte Carolyn Phillip Sturgess geheiratet und war in die herrschaftliche Villa auf dem Hügel eingezogen, und alles hatte sich geändert.

Eileen mußte zugeben, daß ein Teil des Problems ihre eigene Schuld war. Sie war ein paarmal auf Hilltop zu Besuch gewesen, doch allein die Größe des Hauses hatte ihr Unbehagen bereitet, und die alte Mrs. Sturgess war unverhohlen unfreundlich zu ihr gewesen. Schließlich hatte sie die Besuche eingestellt und sich seither gesagt, daß sie Carolyn irgendwann zu sich nach Hause einladen würde.

Das hatte sie jedoch nie in die Tat umgesetzt. Sie hatte versucht, sich einzureden, daß sie es einfach immer wieder verschoben hatte, weil sie zuviel Arbeit hatte, aber sie wußte, daß der wahre Grund ein anderer war. Im Vergleich zu Hilltop war ihr Haus kaum mehr als ein Schuppen. Und nachdem Carolyn sich an den Prunk der Villa gewöhnt hatte, würde ihr bestimmt die Armut von Eileens Haus besonders auffallen. So hatte sie Carolyn nicht eingeladen, und im Laufe der Monate hatte sie immer seltener daran gedacht.

Es gab jedoch keinen Grund, weshalb Peggys und Beths Freundschaft enden sollte, nur weil sich ihre Mütter entfremdet hatten. Eileen ging zum Telefon, nahm den Hörer ab und wählte die Nummer, die immer noch mit Bleistift an die Wand neben dem Telefon geschrieben stand. Zu Eileens Erleichterung meldete sich Carolyn persönlich nach dem zweiten Klingeln. Carolyns Stimme klang schläfrig, und mit sinkendem Mut wurde sich Eileen darüber klar, daß Carolyn es bestimmt nicht mehr nötig hatte, um sieben Uhr morgens aufzustehen.

»Ich bin's – Eileen«, sagte sie. »Eileen Russell. Habe ich dich geweckt?«

Sofort verschwand die Schläfrigkeit aus Carolyns Stimme. »Eileen! Wir haben uns ja Monate nicht mehr gesehen!«

»Ich weiß«, erwiderte Eileen. »Und es tut mir leid! Aber – nun, du weißt ja, wie das ist.«

Es folgte eine kurze Pause, bevor Carolyn antwortete, und ihre Stimme klang nicht mehr so begeistert wie zuvor. »Ja«, sagte Carolyn. »Natürlich. Ich... ich verstehe, Eileen.«

»Ich rufe aus folgendem Grund an«, fuhr Eileen hastig fort. »Beth begegnete gestern Peggy und lud sie für heute morgen nach Hilltop ein. Ich wollte mich nur vergewissern, ob es da irgendein Problem gibt.«

»Ein Problem? Eileen, es wäre wundervoll. Beth vermißt Peggy so sehr, und mir hat sie ebenfalls gefehlt. Du weißt, daß sie hier jederzeit willkommen ist.«

Plötzlich fühlte sich Eileen beschämt. Carolyn hatte sich nicht verändert – kein bißchen. Warum war sie so überzeugt gewesen, daß Carolyn anders geworden war? Oder war sie selbst unterschwellig ein Snob und unterstellte deshalb Carolyn Allüren, die sie selbst angenommen hätte, wenn sie an ihrer Stelle gewesen wäre? Sie mußte zugeben, daß die Möglichkeit bestand.

»Okay«, sagte sie. »Peggy wird dann heute vormittag kommen.« Sie zögerte und fuhr dann fort: »Und vielleicht kann ich heute nachmittag auch kurz raufkommen. Wir haben uns lange nicht mehr unterhalten.«

»Kannst du kommen?« fragte Carolyn. »Oh, Eileen, das wäre wunderbar. Zu welcher Zeit?«

Eileen dachte schnell nach. »Wie wäre es gegen drei? Ich muß im Red Hen das Mittagessen servieren, aber dann wechselt die Schicht. Ich brauche erst um 19 Uhr wieder zum Dienst dort zu sein.«

»Prima!« sagte Carolyn erfreut.

Als Eileen den Hörer auflegte, lächelte sie ihre Tochter glücklich an. »Sieht aus, als wäre die trübe Zeit vorbei«, sagte sie. »Du bist jederzeit dort oben willkommen.«

Peggy war nach der Fahrradfahrt den Hügel hinauf außer Atem. Sie hielt an, als sie durch das Tor gelangte und schaute schwer atmend zu der Villa. Immer noch fand sie es unmöglich, daß jemand tatsächlich darin wohnen konnte. Aber Beth? Das war wirklich seltsam. Beth sollte noch in der Cherry Street wohnen, wo sie sich vier- oder fünfmal am Tag gegenseitig besuchen konnten. Hier oben war schon der Zufahrtsweg länger, als die ganze Entfernung zwischen ihren Häusern gewesen war.

Peggy hielt auf die Vordertür zu und besann sich dann anders. Sie schob das Fahrrad um das Haus herum zur anderen Seite. Es mußte dort eine Hintertür geben, und Peggy war es gewohnt, ihre Freundinnen durch den Nebeneingang zu besuchen. Nur bei besonderen Anlässen klingelte man in ihren Kreisen an der Vordertür. Schließlich entdeckte sie die kleine Terrasse hinter der Küche und klopfte laut an die Terrassentür. Einen Augenblick später tauchte Beth hinter der Glastür auf. »Ich wußte, daß du hier reinkommen würdest«, sagte sie, öffnete die Tür und hielt sie für Peggy auf. »Möchtest du Plätzchen oder sonst was?«

Peggy nickte stumm, und Beth ging in die Küche voran, nahm Gebäck von einem Teller, der auf dem Küchentisch stand, und gab es Peggy. »Komm«, sagte Beth. »Laß uns von hier abhauen. Ich will dir etwas zeigen.« Sie schob die Terrassentür auf, verließ mit Peggy das Haus und ließ die Tür hinter sich zuknallen. Schnell rief Beth eine Entschuldigung, bevor Hannah zu einem Tadel ansetzen konnte. Dann führte Beth Peggy um die Hausecke herum und über den Rasen zum Pfad, der zum Mausoleum führte.

Patches schnaubte, stampfte gegen die Boxentür und streckte dann den Hals über die Boxentür und wieherte.

»Noch nicht«, sagte Tracy Sturgess zu der großen Stute. »Erst wenn ich mit dem Striegeln fertig bin.« Sie ruckte am Halfter des Pferdes, aber anstatt gehorsam von der Tür zurückzuweichen, schnaubte das Pferd von neuem, warf den Kopf und riß das Halfter aus Tracys Hand.

»Hör auf!« sagte Tracy ärgerlich, schnappte nach dem Halfter und verfehlte es. »Peter! Komm her und halte Patches still.«

»Ich komme gleich!« rief Peter vom anderen Ende des Stalls.

»Sofort!« verlangte Tracy. Sie schob sich vorsichtig um Patches herum, packte das Halfter und versuchte die Stute in die Box zurückzuziehen. Von neuem schnaubte das Pferd, scheute und versuchte sich loszureißen.

»Was ist los mit dir?« fragte Tracy. Sie schaute auf den Sattelplatz hinaus, um zu sehen, was die Stute erschreckt haben könnte. Der Sattelplatz war jedoch leer.

Tracy hob den Blick, und dann sah sie jenseits des Rosengartens die Bewegung, von der das Pferd beunruhigt worden war.

Beth und ein Mädchen, das Tracy nicht wiedererkannte, gingen über den Rasen. Tracy furchte die Stirn und riß die Stute wieder zurück. Patches wieherte laut und wollte sich erneut losreißen, doch dann kam Peter in die Box, hielt Patches fest und zog das Tier sanft von der Tür weg. Tracy blieb, wo sie war, und starrte hinaus zu den beiden Mädchen, die den Rasen überquerten.

»Wer ist das?« fragte sie, ohne sich zu Peter umzuwenden.

»Wer?«

»Das Mädchen bei Beth.«

Peter zuckte mit den Schultern. »Meine Schwester. Sie heißt Peggy.«

Jetzt fuhr Tracy herum und schaute den Stallburschen

ärgerlich an. »Wen interessiert es, wie sie heißt? Was treibt sie hier?«

Peter wurde rot. Er hatte es vorausgesehen. Jetzt war er in Schwierigkeiten. »Beth hat sie eingeladen.«

»Wer hat ihr das erlaubt?« fragte Tracy. »Dies ist nicht ihr Haus. Sie hat kein Recht, hier herauf Leute einzuladen!«

»Ihre Mutter sagte, daß es in Ordnung geht. Sie meinte, Peggy könnte jederzeit herkommen, wenn sie das möchte.«

»Das kann sie nicht!« stieß Tracy hervor. »Und ich werde ihr das sagen!« Sie stürzte aus dem Stall, lief durch den Rosengarten und um die Hausecke und sah gerade noch, daß Beth und Peggy den Pfad zum Mausoleum hinaufgingen.

Sie wollte rufen und Peggy Russell sagen, daß sie nach Hause gehen sollte, doch dann besann sie sich anders. Vielleicht würde es mehr Spaß machen, den beiden zu folgen und herauszufinden, was sie machten.

Peggy schaute ehrfürchtig auf die marmorne Struktur, die das Grabmal der Familie Sturgess war. »Hui, was ist das?«

Beth erklärte, was sie über das Mausoleum wußte. Dann zog sie Peggy fort. »Aber das wollte ich dir nicht zeigen. Das Wichtigste ist dort unten. Komm mit.«

Sie gingen über den von Unkraut überwucherten Pfad auf der anderen Seite des Mausoleums, und unter ihren Füßen raschelte Laub und knackten Äste, die den alten Weg bedeckten. Hier und da schien der Pfad völlig zu verschwinden, und mehrmals mußten sie über gefällte Baumstämme klettern. Als Peggy schließlich glaubte, der Pfad sei zu Ende, zweigte er plötzlich nach links ab. Peggy schaute sich um. An der Stelle, an der sich der Pfad gabelte, entdeckte sie ein altes, verrostetes Schild, das schief an einem Baum hing.

Privatbesitz
Betreten verboten

»Vielleicht sollten wir umkehren«, sagte Peggy im Flüsterton, während sie schuldbewußt in die Runde blickte.

»Das Schild gilt nicht uns«, erwiderte Beth. »Es markiert nur, wo Onkel Phillips Besitz anfängt. Das Schild gilt für Leute, die den Hügel heraufkommen, nicht für jemand, der hinuntergeht. Komm weiter.«

Peggy folgte Beth über den Pfad, der zu der kleinen Wiese führte.

»Wohin gehen wir?« fragte Peggy.

»Du wirst es gleich sehen«, antwortete Beth. »Mach dir keine Sorgen.«

»Aber wenn wir uns verirren?« wandte Peggy ein. »Woher weißt du, welchen Weg wir nehmen müssen?« Sie wünschte inzwischen, sie wäre nicht hergekommen. Es hatte für sie den Anschein, der Wald schließe sich immer mehr um sie. Sie wünschte, sie wäre wieder oben auf dem Hügel, wo man wenigstens alles überblicken konnte.

»Ich war schon hier unten«, sagte Beth. »Meine Mama und ich gingen mal hier runter, und Onkel Phillip und ich kamen mit den Pferden vorbei. Sei kein Angsthase.«

Peggy überlegte, was sie tun sollte. Vielleicht sollte sie umkehren und versuchen, den Weg zurück zu finden. Aber dann würde sie allein gehen müssen.

Sie entschloß sich, Beth zu folgen. Sie hatten nur etwa 100 Meter zurückgelegt, als Beth stehenblieb.

»Da«, sagte Beth leise. »Hier ist es.«

Peggy schaute sich auf der kleinen Wiese um. Hier und dort standen Schößlinge auf der Lichtung, und das Unterholz am Rand der Lichtung reichte Peggy fast bis zur Hüfte. Peggy fand, daß es keinen Unterschied zwischen dieser Lichtung und den anderen in den Wäldern rings um Westover gab.

»Was ist so besonderes daran?« beschwerte sie sich. »Das ist doch nur eine Lichtung, oder?«

Beth schüttelte den Kopf und führte Peggy über die Wiese zu der Stelle, an der sie beim letzten Mal die kleine Vertiefung entdeckt hatte. Sie wies schweigend darauf, und Peggy runzelte verwirrt die Stirn. »Was ist das?«

»Ein Grab«, sagte Beth.

Peggys Augen weiteten sich. Sie blickte sich nervös um und wünschte, woanders zu sein. »Woher weißt du das?«

»Ich weiß es eben«, erwiderte Beth. »Ich habe es neulich entdeckt.«

»Wessen Grab ist es?« fragte Peggy im Flüsterton und blickte mit großen Augen auf die sonderbare Vertiefung in der Wiese. »Wer ist dort begraben? Einer von der Familie Sturgess?«

»Nein«, sagte Beth. »Sie sind alle im Mausoleum in Urnen. Ich glaube...« Sie zögerte und atmete tief durch. »Ich glaube, hier ist Amy begraben.«

»Amy?« wiederholte Peggy verständnislos. »Wer ist Amy? Wie heißt sie mit Nachnamen?«

»Ich... ich weiß es nicht«, gab Beth zu.

Die beiden Mädchen standen einen Augenblick lang schweigend da und blickten auf die sonderbar eingesunkene Stelle.

»Vielleicht ist es überhaupt kein Grab«, sagte Peggy schließlich. »Wenn es ein Grab wäre, würde es einen Grabstein oder ein Kreuz geben, meinst du nicht?«

Beths Blick schweifte zum Hügel hinauf zu der Stelle, an der das Mausoleum verborgen im Wald war. »Es gibt keinen Grabstein, weil niemand etwas von dem Grab wissen sollte«, sagte sie im Flüsterton. »Keiner sollte wissen, wer sie war oder daß sie überhaupt hier war.«

»Aber wer ist sie?« drängte Peggy.

Beth wandte sich Peggy zu und sah sie an, und da war ein Ausdruck in Beths Augen, der Peggy plötzlich nervös machte.

»Sie ist meine Freundin«, sagte Beth.

»Deine – Freundin?« wiederholte Peggy. »Aber... aber ich dachte, sie wäre tot.«

»Das ist sie«, stimmte Beth zu. »Aber sie lebt trotzdem noch. Sie lebt in der Fabrik.«

»In der Fabrik?« Plötzlich stieg Furcht in Peggy auf.

Beth nickte, und ihre Gedanken jagten sich jetzt. »Ich glaube, sie hat hier gearbeitet«, sagte sie leise. »Es muß etwas Schreckliches mit ihr passiert sein, und man begrub sie hier. Aber sie ist nicht hier oben. Nicht wirklich. Sie ist noch in der Fabrik.«

Peggy musterte Beth zweifelnd. Etwas mußte jetzt über sie gekommen sein. Obwohl Beth sie ansah, war sich Peggy nicht sicher, ob ihre Freundin sie überhaupt wahrnahm. Und was Beth sagte, ergab überhaupt keinen Sinn. Es klang verrückt.

»Aber... was tut sie in der Fabrik?« stammelte Peggy schließlich. »Was will sie dort?«

Beths Miene verfinsterte sich. »Sie will sie töten«, sagte sie schließlich. »So wie sie Jeff Bailey getötet hat.«

Peggy erschauerte. Die Furcht in ihr wuchs.

»Warum?« flüsterte sie. »Warum hätte sie Jeff töten sollen?«

Beth hörte die Worte, und während sie den Blick auf das gerichtet hielt, was nach ihrer jetzt festen Überzeugung Amys Grab war, begann sie zu verstehen. Sie erinnerte sich an die Party und an die Art und Weise wie sie, Beth, von Tracy und deren Freunden behandelt worden war.

Sie erinnerte sich an die Demütigungen und den Schmerz.

»Weil er gemein zu mir war«, sagte sie leise. »Er war gemein zu mir, und da hat sie ihn umgebracht.« Noch während sie die Worte sprach, wurden sie für Beth zur Gewißheit. Für sie war Amy jetzt real. »Sie ist meine Freundin, Peggy. Verstehst du nicht? Sie ist meine beste Freundin.«

Peggys Herz schlug schneller. »Aber sie ist tot, Beth«, wandte sie ein. »Sie lebt nicht, und du weißt nicht mal, wer sie ist. Wie kann sie deine Freundin sein?«

Aber Beth hörte ihr nicht zu. Peggy war sich nicht einmal sicher, ob Beth sie überhaupt noch hören konnte. Langsam, Schritt für Schritt, wich Peggy von ihr fort. Wenn Beth es bemerkte, so war kein Anzeichen darauf bei ihr zu sehen, denn sie blickte starr auf die Vertiefung im Boden, die sie für ein Grab hielt.

Aber da ist nichts! sagte sich Peggy. Da ist nur eine kleine Mulde im Boden, wo das Gras anscheinend vertrocknet und nicht so grün wie das der restlichen Wiese ist, und sonst ist da nichts. Überhaupt nichts.

Peggy wich drei weitere Schritte zurück, dann wandte sie sich um, flüchtete von der Lichtung zurück in den Wald und lief über den Pfad und auf das Schild ›Betreten verboten‹ zu. Als sie dort war, wandte sie sich jedoch nicht nach rechts in Richtung Mausoleum.

Statt dessen bog sie links ab und bahnte sich einen Weg den Hügelhang hinab zum Fluß.

Beth stand wie angewurzelt da und starrte auf das Grab. Sie bemerkte nicht, daß Peggy fort war, und sie erzählte ihr von dem Traum, den sie gehabt hatte – von dem Traum, der wie eine Erinnerung war.

»Ich sah es«, sagte sie. »Ich war in der Fabrik unter der Treppe. Ich hörte etwas und wartete. Und dann kam Jeff die Treppe herunter, und er... er starb. Aber ich war es nicht, die ihn tötete. Es war Amy. Da gibt es eine Kammer unter der Treppe, und dort lebt Amy. Sie kam aus der Kammer, und sie tötete Jeff. Und ich hatte keine Angst«, schloß sie. »Ich schaute zu, wie Amy Jeff tötete, und ich hatte überhaupt keine Angst.«

Und dann, als sie den Blick vom Grab nahm und sich nach Peggy umsah, hallte Gelächter durch die Stille des Waldes.

Tracy Sturgess trat auf die kleine Lichtung und blickte Beth spöttisch an.

Beth errötete vor Scham. War Tracy gerade erst aufgetaucht, oder war sie ihnen die ganze Zeit über gefolgt und hatte sie belauscht und beobachtet? »Wie lange bist du schon hier?« fragte Beth, und ihre Stimme zitterte.

Tracy lachte grausam. »Lange genug, um herauszufinden, daß du verrückt bist!«

»Ich bin nicht verrückt«, entgegnete Beth zornig. »Hier ist ein Grab, und Peggy sah es ebenfalls. Nicht wahr, Peggy?« Sie blickte in die Runde und stellte fest, daß Peggy nicht mehr da war.

Tracy kicherte. »Die ist abgehauen. Und du verschwindest besser ebenfalls. Wenn du hierbleibst, könnte dich der Geist schnappen!«

Beth schaute sich verzweifelt um und suchte nach Peggy, doch sie war fort. »Wo ist sie?« fragte Beth. »Wo ist meine Freundin?«

»Sie ist nicht deine Freundin«, erwiderte Tracy höhnisch. »Als sie erkannte, wie verrückt du bist, rannte sie wie ein Angsthase davon.« Tracys höhnisches Gelächter hallte sonderbar im hellen Sonnenschein des Morgens, und dann verschwand sie wieder im Wald.

Beths Augen füllten sich mit Tränen des Zorns und der Scham. Sie sank ins Gras und zog die Knie an ihre Brust.

Sie glaubten ihr nicht. Peggy glaubte ihr nicht, und Tracy hielt sie für verrückt.

Aber es stimmte.

Sie *wußte*, daß es stimmte!

Ihr Schluchzen ließ langsam nach, und schließlich setzte sie sich auf. Sie richtete den Blick auf die kleine Vertiefung in der Erde und überlegte, wie sie beweisen konnte, daß sie recht hatte.

Es gab keine Möglichkeit, das zu beweisen. Selbst wenn sie das Grab ausgrub und Amys Gebeine fand, würde man ihr immer noch nicht glauben.

Fast unbewußt tastete sie wie suchend über den weichen Boden. Und dann berührte ihre Hand etwas Hartes und Ebenes, das dicht unter der Oberfläche begraben war.

Sie scharrte die Erde fort und legte einen verwitterten Stein bloß. Der Stein war tief zerfressen, und die Spalten und Risse waren mit braunem Erdreich bedeckt. Beth hatte zunächst keine Ahnung, was der Stein sein konnte. Als sie jedoch mehr Erde wegscharrte, begann der Stein Gestalt anzunehmen.

Eine Kante war rauh und gezackt, aber von da an war der Stein zu einem glatten, sauberen Halbkreis gehauen, dessen Kanten abgeschrägt waren. Nach ein paar Minuten hatte Beth das letzte Erdreich von der Oberfläche des Steins weggekratzt, und sie konnte die Hand unter die Kante des Steins schieben. Sie versuchte, den Stein anzuheben, doch es gelang ihr nicht. Sie brach sich nur einen Fingernagel ab und schrammte sich die Knöchel auf. Beth wischte sich die schmerzende Hand ab, so gut es ging, und hielt die Knöchel an den Mund. Als der Schmerz nachließ, suchte sie auf der Lichtung nach einem Stock, und schließlich fand sie einen Ast, der dick genug aussah und nur ein paar Schritte vom Pfad entfernt auf der Lichtung lag.

Sie hob den Ast auf und kehrte zu dem Stein zurück. Dort stieß sie ein Ende des Stocks unter die Kante des Steins und drückte mit aller Kraft das andere Ende hinunter. Einen Augenblick lang geschah nichts. Dann wirkte der Ast als Hebel, und der Stein lockerte sich. Beth ließ den Stock fallen, kauerte sich neben den Stein und drehte ihn herum.

Die andere Seite war glatt und geschliffen, und Beth wußte sofort, daß ihr Gefühl richtig gewesen war – es war der Kopf eines einstigen Grabsteins.

Mit zunehmender Aufregung rieb sie die Erde von der Inschrift, die unterhalb der oberen Wölbung in den Stein eingemeißelt war. Die Buchstaben waren verschwommen, fast ausgelöscht von den Spuren der Zeit. Dennoch konnte Beth sie entziffern.

AMELIA

Nichts sonst, und sie fand auch nicht den Rest des zerbrochenen Grabsteins.

Es war jedoch genug.

Amy war eine Realität.

Beth dachte an Tracy und ihr höhnisches Gelächter.

Und an Peggy, die ihr nicht geglaubt hatte und weggerannt war.

Aber sie, Beth, hatte den Beweis gefunden. Jetzt würden sie ihr Amy nicht mehr wegnehmen können, ganz gleich, was sie sagen mochten.

Wenn sie versuchten, ihr Amy wegzunehmen, dann würde ihnen das gleiche passieren, was mit Jeff Bailey geschehen war.

Amy würde sie töten.

Denn Beth und Amy waren jetzt Freundinnen – die besten Freundinnen –, und nichts würde sie jemals wieder auseinanderbringen.

14

Tracy durchquerte die Halle und ging die Treppe hinauf. Auf dem Weg von der Lichtung zum Haus hatte Tracy überlegt, wie sie am besten nutzen konnte, was sie von Beth gehört hatte, aber sie war noch zu keinem Entschluß gelangt.

Natürlich würde sie alles ihren Freundinnen und Freunden erzählen, und mit Alison Babcock würde sie anfangen.

Aber wem sonst? Sollte sie es ihrem Vater erzählen?

Wenn er ihr glaubte, würde er Beth vielleicht irgendwohin fortschicken.

Und wenn er ihr nicht glaubte? Wenn er dachte, sie hätte sich alles nur ausgedacht? Dann würde er böse auf sie sein.

Ihre Großmutter.

Ja, ihr würde sie es erzählen. Großmutter glaubte ihr immer, ganz gleich was sie sagte. Und wenn es sein mußte, würde sie ihre Großmutter zu der Lichtung führen und ihr zeigen, wo Beth bei einer blöden Vertiefung gestanden und über einen Geist gefaselt hatte, als wäre es ein Mensch.

Tracy eilte die Treppe hinauf und ging über den Flur. Sie war gerade an der verschlossenen Tür zur Suite ihrer Großmutter, als Tracy hörte, daß Carolyn ihren Namen rief.

Anstatt sich umzuwenden oder auch nur zu antworten, ignorierte Tracy ihre Stiefmutter, drehte den Türgriff und betrat die Suite.

Abigail saß auf einem Sessel beim Fenster. Ihre Augen waren geschlossen, und eine Hand lag auf ihrem Schoß. Die andere Hand hing schlaff an ihrer Seite hinab, und ein paar Zentimeter darunter lag ein Buch mit den aufgeschlagenen Seiten nach unten auf dem Boden.

Tracy starrte ihre Großmutter an. War es möglich, daß sie dort auf dem Sessel gestorben war?

Tracy stockte der Atem.

Langsam durchquerte sie das Zimmer. Wie stellt man fest, ob jemand tot ist? überlegte sie.

Indem man nach dem Puls fühlt.

Das wollte Tracy nicht. Es war schrecklich genug gewesen, als sie ihren toten Großvater gesehen hatte. Aber eine Leiche zu berühren ... Sie erschauerte bei dem Gedanken.

Sie blieb stehen. Vielleicht sollte sie ihren Vater oder sogar Carolyn holen.

Doch dann, als Tracy das Zimmer verlassen wollte,

bewegten sich die Lider ihrer Großmutter, und der herunterhängende Arm zuckte.

»Großmutter?« fragte Tracy.

Abigail öffnete die Augen, und Tracy atmete erleichtert auf.

Erleichtert und mit einer Spur Enttäuschung. Es wäre noch toller gewesen, wenn sie Alison Babcock hätte erzählen können, daß sie die Leiche ihrer Großmutter gefunden hatte, als wenn sie Alison nur berichtete, wie verrückt Beth Rogers war.

»Tracy?« sagte Abigail erwachend und setzte sich gerade auf. »Komm, gib mir einen Kuß, Liebling. Ich muß einen Moment eingedöst sein.«

Tracy ging gehorsam zu ihr und küßte ihre Großmutter widerstrebend auf die Wange.

»Was tust du hier, Kind?« fragte Abigail. »Warum bist du nicht draußen? Es ist ein wunderschöner Morgen.«

»Ich war draußen«, sagte Tracy. Sie überlegte, wie sie ihrer Großmutter erzählen konnte, was sie gehört hatte, ohne zuzugeben, daß sie Beth heimlich gefolgt war. »Ich... ich machte einen Spaziergang im Wald«, fuhr sie fort und ließ ihre Stimme absichtlich ein wenig beben. Wie sie gehofft hatte, musterte ihre Großmutter sie forschend.

»Ist etwas passiert?« fragte Abigail. »Du siehst aus, als hätte dir etwas Angst gemacht.«

Tracy tat ihr Bestes, um widerstrebend zu wirken, und abermals klappte die List.

»Sag mir, was passiert ist, Kind«, drängte Abigail.

»Es... es war Beth«, begann Tracy und verstummte, als wollte sie nicht über ihre Stiefschwester reden.

Abigails Miene verfinsterte sich. »Ich verstehe. Und was hat Beth dir getan?«

»N-nichts, eigentlich nichts«, sagte Tracy.

Abigail musterte ihre Enkelin mit scharfem Blick. »Nun, sie muß irgend etwas getan haben«, drängte Abigail. »Wenn nicht, warum siehst du dann so beunruhigt aus?«

Tracy spielte immer noch die Zögernde, und dann sagte sie sich, daß es besser wäre, sich von ihrer Großmutter die ganze Geschichte entlocken zu lassen. »Großmutter«, sagte sie, »hältst du es für möglich, daß Beth wahnsinnig sein könnte?«

»Wahnsinnig?« wiederholte Abigail und hob die Augenbrauen. »Tracy, was um Himmels willen ist geschehen? Wie kommst du dazu, so etwas zu sagen?«

»Nun, ich war draußen im Wald und spazierte ein bißchen, und auf einmal hörte ich etwas,« erklärte Tracy. »Es klang nach Beth, als ob sie mit jemand redete, und so machte ich mich auf die Suche nach ihr. Aber als ich dort war...« Tracy legte eine Pause ein und überlegte, ob sie überhaupt etwas von Peggy Russell erwähnen sollte. Sie entschied sich dagegen. »Nun, sie führte ein Selbstgespräch. Sie war dort draußen im Wald und redete mit sich selbst!«

Abigail runzelte die Stirn. »Und was sagte sie?«

Langsam, als versuchte sie, sich jede Einzelheit ins Gedächtnis zu rufen, wiederholte Tracy, was Beth gesagt hatte. »Es war unheimlich, Großmutter«, endete sie. »Ich meine, sie sprach, als wäre da wirklich ein Geist. Sie hatte einen Namen dafür und tat, als wäre der Geist tatsächlich bei ihr. Sie nannte den Geist Amy und sagte, der Geist hätte Jeff getötet! Sie sagte, der Geist hätte Jeff umgebracht, und sie hätte dabei zugeschaut! Klingt das nicht, als ob sie verrückt ist?«

Abigail saß lange schweigend da, und das Herz klopfte ihr bis zum Hals.

Amy.

Eine Kurzform von ›Amelia‹.

Und Amelia war ein Name, den sie schon gehört hatte.

Ihr Mann hatte ihn manchmal benutzt, wenn er über die Fabrik und Conrad junior vor sich hingemurmelt hatte.

»Wo war das?« fragte Abigail schließlich und heftete den Blick ihrer blauen Augen scharf auf Tracy. »Wo ist all das passiert, Kind?«

»Auf einer kleinen Lichtung«, antwortete Tracy. »Vom Mausoleum aus den Hügel runter. Da führt ein Pfad hin.« Sie zögerte und fuhr dann fort: »Willst du dorthin gehen, Großmutter? Ich kann dir den Weg zeigen. Ich kann dir sogar das zeigen, was Beth für ein Grab hält. Es ist aber kein Grab, sondern einfach eine kleine, eingesunkene Stelle.« Tracy schwieg einen Augenblick lang, doch als ihre Großmutter nichts sagte, sprach sie weiter. »Nun? Was denkst du? Ist sie wahnsinnig?«

Abigail blickte zu Tracy auf, und das Mädchen erkannte plötzlich, daß ihre Großmutter ihr gar nicht mehr zuhörte.

»Was?« fragte Abigail in Gedanken versunken.

Tracy verzog ärgerlich das Gesicht. »Nichts«, sagte sie. »Überhaupt nichts.« Dann fuhr sie herum, lief aus dem Zimmer und knallte die Tür hinter sich zu.

Abigail ignorierte das Knallen der Tür. Genauer gesagt, sie nahm es gar nicht wahr.

Ihre Gedanken waren mit anderen Dingen beschäftigt.

Eileen Russell parkte ihren fünf Jahre alten Chevy vor der großen Villa und wünschte von neuem, sie wäre nicht nach Hilltop gefahren. Sie hatte mit dem Gedanken gespielt, Carolyn anzurufen und sie zu bitten, statt dessen in die Stadt herunterzukommen. Sie hatte sich mit zuviel Arbeit herausreden und vorschlagen wollen, daß sie nur schnell etwas zusammen in einer Gaststätte trinken sollten. Diesen Gedanken hatte sie jedoch schnell verworfen; was sie mit Carolyn zu besprechen hatte, konnte nicht in der Öffentlichkeit diskutiert werden.

Vielleicht konnte es überhaupt nicht diskutiert werden, wenn man bedachte, daß sie sich seit mehreren Monaten nicht mehr gesehen hatten und sich in der Zwischenzeit Carolyns Leben so grundlegend verändert hatte.

Dennoch mußte sie es um der alten Zeiten willen versuchen.

Eileen stieg aus dem Chevy, warf die Wagentür zu und stieg die breite Treppe zur Haustür hinauf. Sie drückte auf den Klingelknopf, und als sie nichts hörte, klingelte sie von neuem. Dann sagte sie sich, daß die Klingel wohl nicht funktionierte, und sie betätigte den großen Türklopfer aus Messing.

Nach einer scheinbaren Ewigkeit wurde die Tür geöffnet. Hannah spähte heraus. Sie blinzelte gegen den Sonnenschein an und nickte dann grüßend. »Peter ist im Stall«, sagte sie. »Sie können gleich ums Haus herum dorthin gehen, wenn Sie wollen.«

»Ich bin nicht wegen Peter hier, Hannah«, entgegnete Eileen. »Ich möchte Carolyn besuchen.«

Hannah wirkte einen Moment erstaunt, doch dann hatte sie sich wieder unter Kontrolle. »Verzeihen Sie, Sie hat mir nicht gesagt, daß sie jemand erwartet. Kommen Sie herein, und ich werde ihr Bescheid sagen.« Sie hielt die Tür weit auf, und Eileen betrat die große Eingangshalle. »Nehmen Sie doch inzwischen Platz«, fügte Hannah hinzu, schloß die Tür, durchquerte die Halle und ging die Treppe hinauf.

Es kam Eileen wieder wie eine Ewigkeit vor, bis Carolyn oben auf dem Treppenabsatz auftauchte. »Eileen! Komm rauf. Wenn ich daran gedacht hätte, dann hätte Hannah dich gleich raufgeschickt, aber ich vergaß, es ihr zu sagen.« Als Eileen die Treppe hinaufstieg, lächelte Carolyn entschuldigend. »Ich kann mich einfach nicht daran gewöhnen, daß jemand für mich zur Tür geht. Das kommt mir so dekadent vor. Ich hätte dir selbst geöffnet, aber ich hörte kein Klingeln. Ich ruhte mich im Bett aus und muß eingeschlafen sein.«

Eileen musterte ihre Freundin besorgt. »Wenn du dich nicht gut fühlst, kann ich ein andermal...«

»Mir geht es prima«, fiel Carolyn ihr ins Wort. »Aber

unglücklicherweise kann ich weder Phillip noch Dr. Blanchard davon überzeugen, daß es kein Problem ist, in meinem Alter noch ein Baby zu bekommen.«

Sie waren jetzt auf halbem Weg zur Zimmertür. Eileen blieb abrupt stehen und starrte Carolyn an. »Ein Baby?«

Carolyn nickte glücklich.

»Allmächtiger!« Dann kam Eileen ein Gedanke, und sie platzte damit heraus, ohne nachzudenken. »Weiß Alan davon?«

Carolyn starrte sie verdutzt an. Dann brach sie in Gelächter aus. »Natürlich weiß er es! Beth hat es ihm prompt erzählt.« Ihr Lächeln wurde ein wenig schwächer. »Ich befürchte, Beth war zuerst ein bißchen bestürzt darüber, aber jetzt hat sie sich an den Gedanken gewöhnt. Ich glaube, sie freut sich sogar, einen kleinen Bruder zu bekommen. Jedenfalls hoffe ich das.«

Sie öffnete die Tür zum Schlafzimmer und trat zurück, um Eileen eintreten zu lassen. Eileens Blick schweifte schnell durch das große Schlafzimmer mit den teuren antiken Möbeln, und dann stieß sie anerkennend einen leisen Pfiff aus. »Wenn das mein Schlafzimmer wäre, dann würde ich es nie verlassen. Mein Gott, Carolyn, es ist größer als mein Wohnzimmer!«

»Ich weiß.« Carolyn seufzte. »Und wenn du die Wahrheit hören willst, manchmal hasse ich es.« Sie sah Eileens ungläubigen Blick und zuckte hilflos mit den Schultern. »Vielleicht muß man zu so etwas geboren sein. Manchmal fühle ich mich so fehl am Platz und wünsche mir, wieder in der Cherry Street zu wohnen.«

Eileen sagte nichts. Sie ging zum Fenster und blickte hinaus. Sie hatte einen Ausblick auf einen Teil von Hilltop, auf die Stadt und die Landschaft jenseits davon. Wenn sie genauer hinschaute, konnte sie sogar das Dach ihres Hauses entdecken, das von hier aus nur wie ein Pünktchen aussah. »Was ist mit Beth?« fragte Eileen, ohne sich umzuwenden. »Wie findet sie das Leben hier oben?«

Carolyn wollte eine beiläufige Antwort geben, doch da war etwas im Klang von Eileens Stimme, das sie davon abhielt. »Wie meinst du das?« fragte sie statt dessen. »Eileen, ist heute morgen etwas passiert? Mit Peggy?«

Jetzt wandte sich Eileen mit ernster Miene zu Carolyn um. »Ich wäre fast nicht hergekommen«, bekannte sie. »Peggy kam gegen elf ins Red Hen. Zuerst behauptete sie, alles wäre in Ordnung, aber ich glaubte ihr nicht. Du kennst Peggy – sie kann ihre Gefühle nicht verbergen. Und sie war ziemlich durcheinander.«

Carolyn setzte sich in einen der beiden Sessel beim Fenster. »Was war los?«

»Hat Beth nichts gesagt?«

Carolyn schüttelte den Kopf. »Aber ich habe sie noch nicht gesehen. Ich dachte, Peggy wäre noch bei ihr, und sie wären irgendwo draußen.«

»Sie machten einen Spaziergang«, erklärte Eileen. »Offenbar erzählte Beth gestern Peggy, daß sie ihr etwas zeigen wolle, und heute zeigte sie es ihr.«

»Was?« fragte Carolyn.

»Das ist ja der springende Punkt.« Eileen nahm auf dem Sessel gegenüber von Carolyn Platz. »Nach dem, was Peggy sagte, klingt es nach nichts. Es soll nur so eine Art Vertiefung auf einer kleinen Lichtung irgendwo unten am Hügel sein. Aber Peggy sagt, Beth bestand darauf, daß es ein Grab ist, das Grab irgendeines Mädchens, das einst in der Fabrik arbeitete.«

Carolyn musterte Eileen lange und versuchte zu ergründen, ob ihre Freundin sie auf den Arm nehmen wollte. Eileens Miene war jedoch ernst, und ihr Blick war besorgt.

»Ich... ich bin mir nicht sicher, ob ich verstehe«, sagte Carolyn schließlich.

»Ich ebenfalls nicht«, erwiderte Eileen. »Zuerst klang es, als hätte Beth sich einen Scherz mit Peggy machen wollen, indem sie ihr eine Geistergeschichte erzählte. Du kennst Peggy. Sie glaubt fast alles, was man ihr sagt. Als sie mir jedoch berichtete, was dort oben los war, sagte sie, es war, als hätte Beth gar nicht zu ihr gesprochen. Sie sagte, es klang verrückt, als glaube Beth wirklich, daß irgendein Geist in der Fabrik lebt.«

»Aber das ist doch lächerlich«, sagte Carolyn. »Beth weiß, daß es keine Geister gibt...«

»Wir alle wissen das«, pflichtete Eileen ihr bei. »Und normalerweise hätte ich mir bei der ganzen Sache nichts gedacht. Aber Peggy war so verängstigt von der ganzen Sache, daß ich es für das richtige hielt, herzufahren und dir davon zu erzählen. Und ich nehme an, ich wollte herausfinden, was wirklich los war.«

»Ich weiß es nicht«, erwiderte Carolyn. »Aber ich bin sicher, daß es eine vernünftige Erklärung für alles gibt, was immer da los gewesen sein mag.« Als Eileen nichts sagte, hatte Carolyn plötzlich das Gefühl, daß die Freundin ihr etwas verschwieg. »Eileen? Was ist? Was verheimlichst du mir?«

Eileen wich ihrem Blick aus, und als sie sprach, schaute sie aus dem Fenster. »Peggy sagte, daß Beths Worte klangen, als wäre Beth in der Fabrik gewesen, als Jeff Bailey starb. Peggy gewann das Gefühl, daß Beth ihn vielleicht selbst umgebracht hat.«

»O Gott«, stöhnte Carolyn, die plötzlich begriff. Schnell erzählte sie Eileen von dem Traum, den Beth in jener Nacht gehabt hatte, und wie real er dem Mädchen vorgekommen war. »Das ist alles, was sie getan hat«, endete sie. »Sie hat Peggy nur den Traum erzählt.«

Eileen erhob sich. »Nun, ich hoffe, du hast recht«, sagte sie. »Ich hoffe, daß das alles war. Aber ich bin mir nicht sicher, ob Peggy das überzeugen wird. Ich befürchte...« Sie zögerte und gab sich dann einen Ruck. »Nun, ich befürchte, daß Peggy Beth nicht wiedersehen will.«

»Nicht wiedersehen! Aber Eileen, das ist verrückt. Sie waren stets die besten Freundinnen!«

Eileen schwieg einen Augenblick lang. Dann schüttelte sie den Kopf. »Sie waren die besten Freundinnen«, sagte sie leise. »Aber sie sind es nicht mehr. Alles hat sich jetzt geändert, Carolyn. Die Dinge sind nicht mehr, wie sie es waren. Es tut mir leid.« Als sie sich zur Tür wandte, wollte Carolyn aufstehen, doch Eileen gab ihr mit einer Geste zu verstehen, daß sie sitzenbleiben sollte. »Ich finde allein hinaus.«

Dann ging sie, und Carolyn wußte, daß Eileen nie wieder zu Besuch kommen würde.

Aber es hatte nichts mit Beth zu tun. Dessen war sich Carolyn völlig sicher.

Es hatte mit der Tatsache zu tun, daß sie Philip Sturgess geheiratet hatte und Eileen wie all die anderen alten Freunde und Bekannten bezweifelte, daß sie sich nicht verändert hatte. Sie wollten einfach nicht glauben, daß sie die Carolyn geblieben war, die sie viele Jahre lang gekannt hatten. Sie waren davon überzeugt, daß sie seit der Heirat mit einem Sturgess die Allüren einer Sturgess angenommen hatte, und ihre Tochter ebenfalls.

Was Peggy erzählt hatte, war nur eine Geschichte.

Peggy Russell wollte nicht mehr mit Beth spielen, weil sie neidisch auf Beth jetziges Leben war. Das mußte der wahre Grund sein.

Und es gab nichts, was Carolyn dagegen tun konnte. Es war einfach eine Frage der Zeit. Im Laufe der Zeit würde sich Beth auf das neue Leben einstellen und neue Freundinnen finden.

Und bald würde ein Baby im Haus sein. Das würde helfen. Das Baby würde ein Halbbruder sowohl für Beth als auch für Tracy sein, und vielleicht konnten die beiden dann endlich Freundinnen sein.

Die Geschichte von dem Geist, an den Beth laut Peggy so fest glauben sollte, verbannte Carolyn aus ihren Gedanken.

Sie war überzeugt davon, daß ihre Tochter viel zu

vernünftig war, um an so etwas wie einen Geist zu glauben.

Abigail Sturgess stand im Mausoleum und schaute durch den verblassenden Sonnenschein des späten Nachmittags zu der Silhouette der alten Fabrik. Als sie vor einer Weile beim Mausoleum eingetroffen war, hatten die Backsteine im Sonnenschein rot geschimmert, und einen Augenblick lang hatte es für Abigail ausgesehen, als stünde das Gebäude in Flammen. Aber das war nur eine Sinnestäuschung, wie sie wußte.

Abigail Sturgess glaubte nicht an übersinnliche Dinge.

Dennoch war irgendwo in der Fabrik etwas, an das ihr Mann geglaubt hatte und an das sie nun ebenfalls zu glauben begann.

Abigail traf widerstrebend eine Entscheidung. Sie machte sich auf den beschwerlichen Weg die Treppe hinab zum Pfad durch den Wald. Als Abigail schließlich zum Rasen vor dem Haus gelangte, ging sie nicht weiter zum Haus, sondern zur Garage und betrat sie durch eine Seitentür. Sie schaltete das Licht an, kramte in ihrer Handtasche und fand die Schlüssel des alten Rolls Royce. Ihr Mann hatte sich stets geweigert, den Wagen zu verkaufen, obwohl er ihn seit Jahren nicht mehr gefahren hatte. Statt dessen hatte er ihn in der Garage behalten und darauf beharrt, daß er einmal im Monat ein paar Kilometer gefahren, von einem Kfz-Mechaniker untersucht und dann wieder in der Garage abgestellt wurde, wo er für den Tag verfügbar war, an dem er sich entschließen sollte, selbst wieder damit zu fahren. Dieser Tag war nie gekommen. Als Conrad Sturgess gestorben war, hatte er seit fast einem Jahrzehnt nicht mehr am Lenkrad des Wagens gesessen. Der Rolls Royce war in perfekter Verfassung und jetzt für Abigail bereit.

Sie setzte sich steif hinter das Lenkrad, steckte den Schlüssel ins Zündschloß und startete.

Sofort sprang die Maschine an und schnurrte leise. Abigail drückte auf den Knopf, der an der Sonnenblende befestigt war, und das Garagentor öffnete sich hinter ihr. Sie legte den Rückwärtsgang ein und fuhr vorsichtig auf den Zufahrtsweg hinaus. Einen Augenblick später rollte der Wagen langsam um den Rasen herum und durch das Tor von Hilltop hinaus.

Abigail verließ das Anwesen und fuhr den Hügel hinab nach Westover.

Fast auf den Tag genau vor 45 Jahren, als sie Conrad junior beerdigt hatte, war Abigail mit ihrem Mann zu der Fabrik gefahren. Dort hatte sie zugeschaut, als er das Vorhängeschloß an der Eisentür angebracht hatte. Dann hatte sich Conrad zu ihr umgewandt, und sie hatte schwören müssen, nie wieder einen Fuß in die Fabrik zu setzen. Um ihm seinen Willen zu lassen, hatte sie es geschworen. Und obwohl sie Phillip bei den Plänen zum Wiederaufbau geholfen hatte, war sie nicht mit ihm in der Fabrik gewesen. Als sich Abigail jetzt für ihre Aufgabe wappnete, erinnerte sie sich an den Schwur, und sie erschauerte.

Aber das war lächerlich. Sie ging diesmal nicht in die Fabrik, um gegen Conrads Wünsche zu verstoßen, sondern um sie zu erfüllen.

Sie verließ den Wagen, überquerte die Prospect Street und bemerkte nicht, daß die Männer, die ihre Tagesarbeit auf dem Gerüst an der Fassade der Fabrik beendeten, sie verwundert anstarrten.

Sie ging über den Pfad an der Nordseite der Fabrik und ignorierte die Arbeiter, die ihr entgegenkamen und vom Pfad traten, um ihr Platz zu machen. Schließlich gelangte sie durch die offenstehende Tür in der Nordwand in die Fabrik.

Abigail verharrte hinter der Türschwelle. Die Arbeitslampen leuchteten mit überraschender Helligkeit; Abigail hatte Düsterkeit erwartet. Sofort hörte sie eine Stimme hinter sich. Sie wandte sich um und sah Alan Rogers aus dem Bauschuppen auftauchen. »Mrs. Sturgess«, sagte Alan. »Kann ich etwas für sie tun?«

Abigail preßte die Lippen zusammen und betrachtete ihn mit offener Verachtung. »Ich habe entschieden, daß wir die Arbeiten einstellen«, sagte sie ohne Einleitung. »Sie können Ihre Arbeiter nach Hause schicken. Ich habe es mir anders überlegt.«

Alan blieb abrupt stehen und starrte die alte Frau an. Wovon zur Hölle redete sie? »Verzeihung, Mrs. Sturgess, sagten Sie, Sie haben es sich anders überlegt?«

»So ist es«, erwiderte Abigail.

»In welcher Hinsicht?« fragte Alan, um etwas Zeit zu gewinnen, während er sich überlegte, wie er mit ihr zurechtkommen konnte.

»Stellen Sie sich nicht dümmer, als Sie sind, Mr. Rogers«, sagte Abigail kühl. »Ich habe mich entschlossen, die Arbeiten an der Fabrik einzustellen. Ich will, daß die Fabrik wieder geschlossen und versiegelt wird.«

Alan leckte sich unsicher über die Lippen. Das letzte, was er jetzt wollte, war eine Auseinandersetzung mit Abigail Sturgess. »Nun, ich befürchte, das ist nicht so ganz einfach, Mrs. Sturgess«, begann er, doch Abigail schnitt ihm das Wort ab.

»Natürlich ist das einfach«, fuhr sie ihn an. »Es ist meine Fabrik. Sie werden natürlich bezahlt werden. Aber die Arbeiten werden sofort eingestellt.«

Alan schüttelte den Kopf.

In Abigails Augen blitzte es gefährlich auf. »Haben Sie mich gehört, Mr. Rogers?«

Alan nickte seufzend. »Das habe ich, Mrs. Sturgess. Aber leider kann ich die Arbeiten nicht auf Ihre Anweisung hin stoppen. Phillip hat den Vertrag unterzeichnet. Wenn er sich anders entschieden hat, muß er mir das persönlich sagen. Er war heute morgen hier«, fügte er beiläufig hinzu, »und hat kein Wort davon erwähnt, daß er das Projekt stoppen will. Eher genau das Gegenteil. Wir überlegten, wie wir die Arbeiten beschleunigen können.«

Abigail schwieg einen Augenblick lang und nickte dann knapp. »Ich verstehe.« Sie wandte sich ab und wollte weiter in das Gebäude hineingehen. Sie hatte jedoch noch keine zwei Schritte zurückgelegt, als sie Alans Hand auf ihrem Arm spürte.

»Es tut mir leid, aber Sie können nicht dort hineingehen.«

Sie wischte seine Hand fort, als wäre sie ein lästiges Insekt. »Natürlich kann ich dort hineingehen«, fuhr sie ihn an. »Wenn ich meinen Besitz zu besichtigen wünsche, dann habe ich das Recht, das zu tun.« Sie blickte Alan herausfordernd an. »Die Arbeiter sind fort, Mr. Rogers. Ich werde also kaum im Weg sein.«

Alan nickte widerstrebend. »Also gut. Aber ich werde Sie begleiten.«

»Das ist nicht nötig«, entgegnete Abigail.

»Leider doch«, sagte Alan. »Die Fabrik mag Ihnen gehören, Mrs. Sturgess, doch im Augenblick bin ich hier verantwortlich. Ich verlasse den Bau abends erst, wenn ich weiß, daß er leer und abgeschlossen ist. Und ich bin nicht bereit, Sie allein hier herumwandern zu lassen.«

Abigails zustimmendes Nicken war fast nicht wahrnehmbar. »Nun gut.«

Zehn Minuten später standen sie auf dem oberen Absatz der Treppe, die ins Kellergeschoß führte. Abigail sprach, ohne Alan anzusehen. »Geben Sie mir Ihre Taschenlampe, Mr. Rogers. Ich möchte dort hinuntergehen.«

»Mrs. Sturgess...« begann Alan, doch Abigail ließ ihn nicht aussprechen.

»Mr. Rogers, einer meiner Söhne starb dort unten vor vielen Jahren, und vor zwei Tagen kam an der gleichen Stelle der Enkel meines besten Freunds ums Leben. Ich wünsche die Stätte dieser Tragödie zu besuchen, und zwar allein. Sie werden mir Ihre Taschenlampe geben, und dann werden Sie auf mich an der Tür warten.«

Alan zögerte. »Lassen Sie mich wenigstens das Licht unten einschalten.« Er wollte zum Schaltkasten gehen, doch Abigail hielt ihn zurück.

»Nein«, sagte sie. »Ich will es so sehen, wie mein Sohn und Jeff Bailey es sahen.« Als Alan immer noch zögerte, fügte sie in fast flehendem Tonfall hinzu: »Ich habe meine Gründe, Mr. Rogers. Bitte.«

Widerstrebend reichte Alan der alten Frau die Taschenlampe. Als Abigail Sturgess dann langsam die Treppe hinabstieg, ging Alan zu der Baubude zurück. Er würde Mrs. Sturgess zwanzig Minuten Zeit geben, mehr nicht.

Erst als sie im Kellergeschoß war und von Dunkelheit eingehüllt wurde, schaltete Abigail die Taschenlampe an und ließ ihren Strahl durch die staubige Weite des Kellers schweifen.

Da war anscheinend nichts.

Nur Stapel von Kisten und aufgestapelte Gipskartonplatten.

Abigail ging tiefer in das Kellergeschoß und wandte sich nach rechts. Nach fünf weiteren Schritten bog sie wieder nach rechts ab, so daß sie der Treppe gegenüberstand.

Sie richtete den Lichtstrahl der Taschenlampe in die Finsternis am Fuß der Treppe.

Abigail erinnerte sich an die sonderbaren Phantasien ihres Mannes über diese Stätte, und ihre Augen begannen ihr Streiche zu spielen.

Ein Gesicht tauchte aus der Dunkelheit auf. Blasse Haut spannte sich über scharfen Wangenknochen, und der Mund war zu einer Grimasse des Entsetzens verzogen.

Augen starrten sie an und funkelten haßerfüllt.

Ein anderes Gesicht, verzerrt im Todeskampf.

Ein Mund, der in der Schwärze hing und zu einem lautlosen Schrei geöffnet war.

Abigail klopfte das Herz bis zum Hals, als sie von Gesichtern umgeben war, die alle in der Finsternis hingen, sie anstarrten, sie anklagten, sie verurteilten.

Gelächter schallte in Abigails Ohren. Dann wurden aus dem Gelächter Schreie der Qual und des Entsetzens.

Ein stechender Schmerz schoß durch Abigails linken Arm, die Schulter hinauf und durch die Brust.

Die Taschenlampe fiel zu Boden, das Glas und die Birne zerbrachen auf dem harten Zement.

Ihre Knie gaben nach, und sie sank auf den Boden.

Und immer noch waren die Gesichter – die Gesichter von Kindern – in der Dunkelheit und näherten sich ihr immer mehr. Ihre Schreie hallten durch das alte Gebäude, schallten in Abigails Ohren, lauter und lauter, bis die Schreie in ihrem Kopf zu gellen schienen. Dann, als sie spürte, daß sie das Bewußtsein verlor, glaubte sie Lichtschein zu sehen, ein Glühen, als züngelten Flammen zwischen den Ritzen der Feuertür hervor.

Es stimmt, dachte sie, als die Flammen erloschen und sie wieder von Finsternis umgeben war. *Conrad hatte recht. Es ist alles wahr . . .*

15

Abigail saß im Bett, hatte drei Kissen hinter dem Rücken, und um ihre schmalen Schultern lag eine Decke aus Kaschmirwolle. Die Decke hatte sie als erstes verlangt, nachdem sie im Krankenhaus erwacht war.

Ihre Haut wirkte fast durchsichtig, doch ihre Augen glänzten wie immer, als sie ihre Familie mit einem Ausdruck betrachtete, der für Carolyn sehr nahe an Verachtung grenzte.

»Es ist nicht mehr als eine unbedeutende Unpäßlichkeit«, beharrte die alte Frau. »Wenn jemand Blumen schickt, lasse ich sie wegwerfen – Blumen sind für Beerdigungen, und ein leichter Herzanfall bringt mich nicht ins Grab.«

»Es war nichts Leichtes daran, Mutter«, widersprach Phillip. »Du wirst vermutlich eine Weile hierbleiben müssen.«

»Ich wäre lieber tot, und das werde ich dem ersten Arzt sagen, der behauptet, daß ich mich nicht genausogut zu Hause erholen kann wie hier.« Trotz ihrer Worte wußte Abigail, daß sie im Krankenhaus bleiben würde, bis sie wieder bei Kräften sein würde, ganz gleich wie lange es dauern mochte. Und im Augenblick fühlte sie sich viel schlechter, als sie zugeben wollte.

»Aber was ist passiert, Großmutter?« fragte Tracy. »Was hast du dort unten gemacht?«

Abigail lächelte ihre Enkelin an. »Ach, ich habe nicht viel getan, Kind. Ich ging einfach dort runter, um zu sehen, was dein Vater aus dem alten Bau macht, das war alles.«

Tracy musterte sie mißtrauisch. »Nachdem alle anderen heimgegangen waren?«

»Mr. Rogers war noch da.« Abigail schniefte. »Und selbst wenn ich es gewünscht hätte, allein in die Fabrik zu gehen, wer hätte mich daran hindern sollen?«

»Das Gesetz und das Kleingedruckte im Vertrag hätten dich daran gehindert, wenn du es gelesen hättest«, bemerkte Phillip trocken. »Aber Tracy hat recht – was ist bloß in dich gefahren, heute dort hinunterzugehen? Und warum hast du mich nicht gefragt, ob ich dich begleite? Ich hätte dir nur zu gern alles gezeigt.«

»Und mich mit einer Menge technischem Blabla gelangweilt, aus dem ich mir nichts mache«, sagte Abigail gereizter, als sie in Wirklichkeit war. »Ich war oben im Mausoleum, und plötzlich hatte ich den Wunsch, zur Fabrik runterzufahren und mich dort umzuschauen.« Sie warf einen Blick zu Tracy, die sie mit mehr Klugheit musterte, als sie von einem 13jährigen Mädchen erwartet hätte. »Wie auch immer, es ändert eigentlich nichts, oder? Ich war nun mal unten in dem Keller und hatte einen Herzanfall. Ich gebe zu, daß es zu einem ungünstigen Zeitpunkt passierte und für uns alle leichter gewesen wäre, wenn ich den Anfall zu Hause bekommen hätte, aber das war eben nicht der Fall, und damit ist die Sache erledigt.«

Phillip blickte seine Mutter nachdenklich an. »Du warst im Mausoleum«, wiederholte er. »Warum bist du dorthin gegangen?«

Abigails Züge nahmen einen härteren Ausdruck an. »Dein Vater ist dort beigesetzt, Phillip. Brauchst du noch eine weitere Erklärung, weshalb ich dorthin gehe?«

»Unter den gegebenen Umständen, ja, Mutter«, erwiderte Phillip. »Du bist nie allein dort hinaufgegangen, und du hast seit Jahren keinen Wagen mehr gefahren. Doch heute bist du nicht nur zum Mausoleum hinaufgewandert, sondern bist anschließend mit dem Wagen zur Fabrik gefahren, wo du einen Herzanfall hattest.«

»Vielleicht waren der Spaziergang und die Fahrt einfach zuviel für mich«, sagte Abigail.

»Und vielleicht«, gab Phillip zurück, »steckt noch etwas anderes dahinter. Etwas, das du uns verschweigst.«

Abigail starrte ihren Sohn an. »Ich habe nicht vor, mich von dir verhören zu lassen, Phillip.« Dann gab sie scheinbar nach und ließ sich bequemer auf die Kissen sinken. »Ich dachte an Conrad, das war alles. So ging ich zum Mausoleum hinauf, um näher bei ihm zu sein. Ich fand es friedlich dort oben.« Sie lächelte bitter. »Eines Tages werde ich dort oben wohl meinen Frieden auf Dauer finden, nicht wahr?«

Keiner sagte etwas.

»Was die Fabrik anbetrifft, so entschloß ich mich heute ganz einfach, dorthin zu fahren und mich umzusehen, um vielleicht herauszufinden, was deinen Vater dort so sehr aufgeregt hat.«

Die Tür wurde geöffnet, und eine lächelnde Krankenschwester trat ein. »Leider ist die Besuchszeit vorbei«, erklärte sie mit übertriebener Heiterkeit. »Wir haben dem Doktor versprochen, heute abend nur kurz Besuch zu empfangen, und jetzt brauchen wir unser Nickerchen.«

Carolyn erhob sich von ihrem Stuhl und nahm ihre Handtasche, während sich Tracy über ihre Großmutter neigte und ihr einen Kuß gab. Abigail nahm den Kuß hin, hielt den Blick jedoch auf die Krankenschwester gerichtet. »Ich habe nichts desgleichen versprochen«, sagte sie. »Darüber hinaus habe ich nicht die Absicht, ein Nickerchen zu machen. Ich will noch ein paar Minuten mit meinem Sohn sprechen.«

»Mrs. Sturgess...«, begann die Schwester.

»Das klappt nicht, Schwester«, sagte Phillip, seufzte und setzte sich auf den Stuhl, den seine Frau soeben verlassen hatte. »Es ist besser, ihr ein paar weitere Minuten zu geben als mit ihr herumzustreiten und am Ende doch nachzugeben.«

»Aber der Doktor sagte...«

»Der Doktor war früher ein dummer Bengel, und ich kann mir nicht vorstellen, daß er zu einem viel schlaueren Erwachsenen geworden ist«, bemerkte Abigail. »Und jetzt lassen Sie mich bitte mit meinem Sohn allein.«

Die Krankenschwester zögerte und gab dann auf. Außerdem stimmte sie Abigail Sturgess' Meinung über den Doktor insgeheim zu, und nach dem, was sie von Mrs. Sturgess in den beiden Stunden seit ihrer Ankunft im Krankenhaus gesehen hatte, nahm sie an, daß die alte Frau wesentlich kräftiger war, als der Doktor dachte. »Also gut«, sagte sie. »Aber bitte nicht zu lange, Mrs. Sturgess, okay?«

Abigail nickte leicht und hielt Carolyn die Hand hin, als es den Anschein hatte, daß die jüngere Frau ihr einen Kuß auf die Wange geben wollte. »Ich rechne damit, daß ich in ein paar Tagen wieder zu Hause bin«, sagte Abigail. »Bis dahin muß ich dich mit der Beaufsichtigung von Hannah betrauen. Bitte, sag ihr...«

»Ich bin sicher, daß Hannah genau weiß, was zu tun ist, Abigail«, warf Carolyn ein. »Versuch dich einfach zu entspannen und werde gesund, ja?«

Abigail preßte die Lippen zusammen und schwieg, bis Carolyn und Tracy der Krankenschwester aus dem Zimmer gefolgt waren und die Tür geschlossen war. »Als wenn sie wirklich wünscht, daß ich gesund werde«, begann sie, doch diesmal schnitt ihr Phillip das Wort ab.

»Natürlich wünscht sie das, Mutter«, sagte er scharf. »Aber manchmal frage ich mich, warum sie das wünscht, wenn man bedenkt, wie du sie behandelst. War es das, was du mir erzählen und nicht im Beisein von Carolyn sagen wolltest.«

»Und nicht vor Tracy«, sagte Abigail.

»So? Irgendwie dachte ich, daß du hauptsächlich Carolyn loswerden wolltest.«

Abigail schüttelte den Kopf. »Diesmal nicht. Was ich zu sagen habe, ist nur für dich bestimmt.« Sie blickte ihren Sohn so durchdringend an, wie Phillip es selten bei ihr gesehen hatte. »Phillip, du mußt die Fabrik schließen.«

Phillip stöhnte auf. »Um Himmels willen, Mutter. Das ist völlig lächerlich. Ich dachte, nach Vaters Tod hätten wir all diesen Blödsinn hinter uns. Bitte fang jetzt nicht wieder davon an. Außerdem ist es viel zu spät, um jetzt noch aufzuhören. Die Investition ist zu groß, und die Verträge sind unterschrieben. Ich kann sie nicht rückgängig machen, selbst wenn ich das wollte, was nicht der Fall ist. Es gibt keine Möglichkeit...«

»Wenn du die Fabrik nicht schließt, werden noch mehr Leute darin sterben«, unterbrach Abigail. »Es wird nicht aufhören, Phillip – verstehst du denn nicht? Es passierte mit Conrad junior und jetzt mit Jeff Bailey...«

»Jeff Baileys Tod war ein Unfall – nicht mehr. In dem

Fall wurde ermittelt, und es ist klar erwiesen, daß Jeff stolperte, stürzte und auf eine Hacke fiel.«

»Was fast genau das gleiche ist, was deinem Bruder widerfuhr«, entgegnete Abigail.

»Und das war vor über 40 Jahren, Mutter.«

Abigail umklammerte Phillips Hand. »Und was ist mit mir?«

Phillip musterte sie ungeduldig. »Mit dir? Mutter, du hast selbst gesagt, daß du den Herzanfall genauso zu Hause oder sonstwo hättest haben können.«

»Ich habe gelogen«, sagte Abigail leise.

Phillip neigte sich vor. *»Gelogen?«*

»Ich wollte Tracy keine Angst einjagen und vor deiner Frau nicht darüber reden, aber heute passierte etwas.« Sie sah Phillip wieder an, und er glaubte in ihren Augen etwas zu sehen, das er noch nie so stark bei ihr wahrgenommen hatte.

Furcht.

»Ich habe dort unten etwas gesehen, Phillip. Ich kann dir nicht genau sagen, was es war, weil ich mich nicht richtig daran erinnere. Aber ich weiß, daß ich heute nachmittag, als ich im Keller der Fabrik war, vom Tod umgeben war. Ich konnte ihn sehen, ihn hören und spüren. Er ist dort. Phillip. Der Tod haust in der Fabrik, und wenn du sie nicht schließt, wird sie uns alle töten.«

Phillip saß still da und fragte sich, was er seiner Mutter sagen sollte. War es möglich, daß sie senil geworden war und unter Wahnvorstellungen litt? Aber ihre Stimme klang fest, und sie wirkte so überzeugt von ihren Worten. »Mutter, ganz bestimmt hast du heute irgend etwas gespürt, und es gibt keinen Grund, der dagegen spricht. Mein Gott! Du hattest einen Herzanfall! Es muß entsetzlich gewesen sein.« Phillip lächelte mitfühlend. »In gewisser Weise *war* der Tod in deiner Nähe, wie du es formuliert hast...«

»Rede nicht so gönnerhaft mit mir, Phillip«, sagte Abigail scharf. »Ich weiß, was ich spürte, und ich weiß, wann ich es spürte. Es hatte nichts mit dem Herzanfall zu tun, abgesehen davon, daß es ihn auslöste. O ja, es war entsetzlich. Was glaubst du, was den Herzanfall auslöste? Es war Angst, Phillip. Reine Angst. Ich war nie ein Feigling, aber ich sah etwas in diesem Keller, das mir mehr Furcht einjagte als alles, was mich je in meinem Leben fürchten machte. Was immer es ist, es hat Jeff Bailey umgebracht, und es versuchte, mich umzubringen. Und es gibt keine Möglichkeit, um es los zu werden. Dein Vater hatte recht. Man kann nur eines tun – die Fabrik schließen.«

Phillip stand auf. Er wußte, daß es sinnlos war, mit seiner Mutter zu streiten. »Ich werde darüber nachdenken, Mutter«, sagte er sanft, während er sich über sie neigte, um ihr einen Kuß zu geben. »Ich kann dir nichts versprechen, aber ich werde darüber nachdenken.«

Abigail drehte den Kopf zur Seite, als Phillip sie auf die Wange küssen wollte, und sank müde in die Kissen zurück. »Das reicht nicht«, flüsterte sie so leise, daß Phillip die Worte kaum verstehen konnte. »Das reicht einfach nicht.« Abigail schloß die Augen, und einen Moment lang dachte Phillip, sie wäre eingeschlafen. Doch dann öffnete sie blinzelnd die Augen, und ihr Körper versteifte sich. »Beth«, sagte sie.

Phillip starrte sie an. »Beth?«

Abigail kniff die Augen zu Schlitzen zusammen und nickte. »Wo ist sie?«

Die Frage verwirrte Phillip. Was um Himmels willen dachte Mutter jetzt? »Sie ist bei ihrem Vater«, antwortete er.»Alan war noch dort, als wir eintrafen, und wir baten ihn, Beth heute abend bei sich zu behalten.«

»Ich will sie sehen«, sagte Abigail. »Hol sie und bring sie her.«

Phillip blickte seine Mutter verwundert an. »Jetzt? Heute abend?«

»Natürlich heute abend!« erwiderte die alte Frau heftig.

»Wenn ich so krank bin, wie du es offenbar annimmst, könnte ich morgen tot sein!«

Phillip fühlte sich unbehaglich. »Mutter, was hat das alles zu bedeuten? Ich weiß, wie du zu Beth stehst...«

»Du weißt gar nichts«, zischte Abigail so giftig, wie Phillip es noch nie von ihr gehört hatte. »Anscheinend bist du so blöde, wie es dein Vater stets gesagt hat.«

In Phillip stieg Zorn auf, und er spürte, daß die Ader an seiner Stirn schwoll. »Ich glaube kaum, daß du mich auf diese Art dazu bringen kannst, deinen Wunsch zu erfüllen«, erwiderte er scharf. »Und wenn du denkst, ich liefere Beth deiner derzeitigen Stimmung aus, dann irrst du dich.«

Abigail starrte ihn einen Moment lang an und zitterte am ganzen Körper. Dann ließ sie sich langsam auf die Kissen zurücksinken, und als sie sprach, klang ihre Stimme ruhig.

»Es tut mir leid«, sagte sie, obwohl in ihrer Stimme keine Spur von Bedauern war. »Ich hätte wohl nicht so mit dir reden sollen. Aber ich wünsche, Beth zu sehen, und zwar heute abend.« Als Phillip nichts sagte, fuhr Abigail fort: »Wenn Beth mich nicht sehen will, werde ich das verstehen, Phillip. Und du kannst ihr sagen, daß sie jederzeit dieses Zimmer verlassen kann, wenn sie das will.«

»Aber warum, Mutter?« drängte Phillip. »Warum willst du Beth sehen?«

Abigail zögerte mit der Antwort. »Ich kann es dir nicht erzählen«, sagte sie schließlich leise. »Es würde für dich keinen Sinn ergeben.« Sie drehte den Kopf zur Seite und schloß von neuem die Augen. Phillip schaute sie einen Moment lang an, und dann verließ er das Krankenzimmer und ging zu Carolyn und Tracy.

»Was hat sie gesagt?« fragte Tracy sofort, während Carolyn die gleiche Frage mit ihrem Blick stellte.

»Nicht viel«, erwiderte Phillip nachdenklich. »Sie sagte

mir, daß sie die Fabrik schließen will und...« Er verstummte, und es folgte langes Schweigen.

»Was, Phillip?« fragte Carolyn schließlich. »Was sagte sie sonst noch?«

Phillip schaute kurz zu seiner Tochter und heftete dann den Blick auf seine Frau. »Sie will Beth sehen. Heute abend.«

Carolyn blickte ihn überrascht an. »Aber – Phillip, sie tut doch stets als würde Beth für sie gar nicht existieren!«

»Ich weiß«, stimmte Phillip zu. »Frag mich nicht, warum sie Beth sehen will – sie wollte es mir nicht sagen. Sie sagte nur, daß sie mit Beth reden will, und daß Beth nicht zu kommen braucht, wenn sie keine Lust dazu hat.«

Carolyn war so verwirrt wie ihr Mann, als sie das Krankenhaus verließen.

Sie waren in Gedanken so sehr mit Abigails sonderbarem Wunsch beschäftigt, daß keiner von ihnen den Ausdruck puren Hasses bemerkte, den Tracys Augen angenommen hatten, als der Name ihrer Stiefschwester gefallen war.

16

»Was hältst du davon, wenn wir im Red Hen zu Abend essen?« fragte Alan, als er in den fast leeren Kühlschrank blickte. Er hatte nicht damit gerechnet, daß Beth an diesem Abend bei ihm sein würde, und so hatte er nichts da, was sie gern aß.

Auf dem Weg vom Krankenhaus zu seinem Apartment hatte er auch nicht ans Einkaufen gedacht. Er war zu müde, und er hatte an Beths Schweigen gespürt, daß irgend etwas nicht stimmte. Als sie jetzt nicht auf seine Frage antwortete, entschloß er sich, die Sache offen zur Sprache zu bringen.

»Du könntest mir auch sagen, was los ist«, sagte er, schloß die Kühlschranktür und ging in das kleine Wohnzimmer. Er setzte sich neben Beth auf das Sofa und legte einen Arm um sie. »Wenn du es nicht deinem alten Vater erzählen kannst, wem dann?«

Beth schaute ihn an, und ihr Blick war tief besorgt.

»Ich... ich glaube, ich weiß, was mit Mrs. Sturgess passiert ist«, sagte sie nach langem Schweigen. »Ich glaube, Amy hat ihr etwas angetan, wie sie es bei Jeff Bailey tat.«

Alan runzelte nachdenklich die Stirn und wünschte – nicht zum erstenmal – mehr über Psychologie zu wissen. Dann rief er sich in Erinnerung, daß Eltern mit ihren Kindern jahrhundertelang zurechtgekommen waren, bevor sich die Psychologen erfunden hatten, und er sagte sich, daß er nur seine Instinkte brauchte. Und im Augenblick sagte ihm sein Gefühl, daß er besser nicht die Existenz von Beths imaginärer Freundin anzweifelte. »Warum sollte Amy Mrs. Sturgess etwas antun?« fragte er.

»Ich bin mir nicht sicher«, erwiderte Beth. »Ich glaube, sie haßt die Sturgess'. Und vielleicht auch alle Freunde der Sturgess'.«

»Aber warum?« fragte Alan. »Das ergibt keinen richtigen Sinn, oder?« Natürlich wußte er, daß es einen Sinn ergab. Amy, als Beths ›Freundin‹, würde zornig auf all die Leute sein, die Beth gekränkt hatten und die Beth nicht selbst hassen würde. Aber wie konnte er das seiner Tochter nach den heutigen Ereignissen klarmachen? Sie fühlte sich bereits einsam und ohne Freunde, und wenn er ihr Amy wegnahm – wenn er versuchte, Beth zu erklären, daß Amy nur in ihrer Phantasie existierte – würde das zuviel für das Kind sein.

Alan hatte gehört, was an diesem Morgen auf Hilltop passiert war. Jedenfalls hatte er Peggys Version gehört, als das Mädchen ins Red Hen gestürzt war, wo er gerade Kaffee getrunken hatte.

Jetzt wurde ihm klar, daß er Peggys wilde Geschichte nicht mit Abigail Sturgess' unerwartetem Besuch der Fabrik in Zusammenhang gebracht hatte. Er hätte den Zusammenhang erkennen sollen, besonders als die alte Frau darauf bestanden hatte, allein ins Kellergeschoß zu gehen.

Beth hatte offensichtlich den Zusammenhang erkannt, und jetzt mußte er, Alan, irgendeine Möglichkeit finden, wie er seine Tochter davon überzeugen konnte, daß Abigails Herzanfall ausschließlich auf ihr Alter und ihre gesundheitliche Verfassung zurückzuführen war und nichts mit der Anwesenheit irgendwelcher lebender oder imaginärer Wesen in der Fabrik zu tun hatte. Alan überlegte, wie er Beth das klarmachen konnte, als jemand an der Tür klingelte. Alan öffnete und sah zu seiner Überraschung Phillip und Carolyn mit Tracy in der Mitte auf dem Flur stehen.

Instinktiv verließ er das Apartment und schloß die Tür hinter sich, anstatt sie alle hereinzubitten. Als Phillip den Grund des Besuchs erklärte, wuchs Alans Besorgnis. Es konnte nur einen Grund geben, weshalb Abigail mit Beth reden wollte, und er wollte das Thema auf keinen Fall vor Tracy diskutieren. Warum konnten sie das Mädchen nicht zu Hause lassen? dachte er.

»Beth und ich wollten gerade zum Abendessen ausgehen«, sagte Alan schließlich, nur um etwas Zeit zum Überlegen zu gewinnen. Doch Phillip schlug sofort vor, daß sie alle gemeinsam essen gehen sollten, und Alan wurde dadurch überrumpelt und fand keine Möglichkeit, wie er höflich ablehnen konnte.

Es war ein Fehler.

Alan erkannte das, als er den Wagen auf dem Parkplatz des Restaurants parkte und zwei Minuten später herzlich von Eileen Russell begrüßt wurde. Als hinter ihm die Sturgess' auftauchten, verschwand Eileens Lächeln schlagartig, und Alan spürte eine gewisse Kälte zwischen Carolyn und Eileen, als Eileen sie zu einem großen, runden Tisch beim Kamin führte, in dem trotz des warmen Sommerabends ein künstliches Feuer aus schlecht nachgebildeten Holzscheiten brannte, in denen Glühbirnen leuchteten.

»Miese Bude«, bemerkte Tracy, als sie am Tisch Platz nahmen. »Kein Wunder, daß Großmutter nie hierher geht.«

»Wie geht es Mrs. Sturgess?« fragte Alan sofort. Aus dem Augenwinkel heraus sah er, daß Phillip zu einem Tadel wegen der Worte seiner Tochter ansetzte, und sein Gefühl sagte ihm, daß Tracy dann anschließend ihr Bestes tun würde, um es allen beim Essen so schwer wie möglich zu machen. Und für Beth würde es die reinste Tortur sein. Wie um sein Gefühl zu bestätigen, schaute Carolyn ihn dankbar an.

»Viel besser«, erwiderte Phillip und war abgelenkt. »Ehrlich gesagt, sie tut ihr Bestes, um jedem im Krankenhaus das Leben schwerzumachen, was bei Mutter ein gutes Zeichen ist.«

»Hat sie gesagt, was passiert ist?« fragte Alan vorsichtig. Er war immer noch überzeugt, daß die alte Frau deshalb mit Beth reden wollte.

Phillip schüttelte den Kopf. »Nichts genaues. Sie sagte, daß ihr etwas im Keller Angst eingejagt hat, aber sie weiß nicht mehr, was es genau war.«

Angespannte Stille folgte, und Alan brach schließlich das Schweigen mit einem Versuch von Heiterkeit. Er war noch immer nicht bereit, mit Beth über Abigails Bitte zu reden, und so versuchte er es aufzuschieben, in dem er sich gespielt heiter gab. »Wovor sollte man dort Angst haben, mal abgesehen von der Dunkelheit, dem Gestank und den Ratten?«

Es klappte nicht. Beth, die bis jetzt geschwiegen hatte, blickte ihn ernst an. »Gestank? Welche Art Gestank?«

Alan zwinkerte seiner Tochter zu. »Der Geruch von Dreck, Feuchtigkeit und Verfall. Der Bau war so lange geschlossen, und ich bin mir nicht sicher, ob ich ihn jemals ausgelüftet bekomme.«

»Natürlich schaffst du das«, widersprach Phillip. »Der Bau muß nur ordentlich beheizt werden und austrocknen.«

»Das ist vielleicht nicht so einfach«, sagte Carolyn leise. »Bei der Fabrik ist anscheinend nichts so einfach, wie es auf den ersten Blick wirkt, nicht wahr?«

Alan musterte seine Ex-Frau. »Höre ich da eine Spur von Skepsis?« fragte er. »Sag mir nicht, daß du dich auf die Seite deiner Schwiegermutter geschlagen hast und wie sie entschlossen bist, den Bau nicht wiederzueröffnen.«

Carolyn blickte ihn ärgerlich an, doch dann sagte sie sich, daß er die Frage trotz seines scherzhaften Tonfalls ernst gemeint hatte. »Es gibt vieles, was dagegen spricht«, erwiderte sie. »Abgesehen von der Geschichte der Fabrik, scheint mir Westover nicht groß genug für eine noble Ladenstraße zu sein, wie es sie in den Großstädten gibt.« In dem Versuch, ihren Worten die Schärfe zu nehmen, fügte sie scherzhaft hinzu: »In solchen Schickimicki-Geschäften kostet manchmal ein Stück Leberwurst fast soviel wie der ganze Laden – sofern man überhaupt Leberwurst führt.« Sie war erleichtert, als Phillip in Alans Lachen einfiel.

Doch dann verstummte Phillips Gelächter, und als er sprach, klang seine Stimme ernst. »Ich befürchte, daß ich trotz gegenteiliger Meinung von anderen – einschließlich meiner Frau – nach wie vor davon überzeugt bin, daß das Projekt ein Erfolg werden wird. Wenn es so läuft, wie Alan und ich das geplant haben, dann werden die Leute von überallher kommen. Und das könnte der ganzen Stadt Auftrieb geben.«

»Nun, Gott weiß, daß Westover Auftrieb gebrauchen kann«, sagte Alan und seufzte. Er nahm die Speisekarte und warf einen Blick auf die Vorspeisen. »Wie wäre es mit Schnecken?«

»Hier?« fragte Tracy. »Das kann doch nicht wahr sein!« Ihr Vater warf ihr einen mahnenden Blick zu, doch sie ignorierte ihn. »Warum sind wir nicht in ein gutes Restaurant gegangen?«

»An diesem Lokal hier ist nichts auszusetzen, Tracy«, sagte Phillip mit ruhiger Stimme.

Tracy zog einen Schmollmund. »Wenn Großmutter nicht im Krankenhaus wäre, dann hätten wir überhaupt nicht hierher gehen müssen.«

»Wir sind hier, weil wir das wollen«, erwiderte Phillip, und obwohl seine Stimme ruhig blieb, hatte sie eine gewisse Schärfe angenommen.

Carolyn gab anscheinend vor, nichts bemerkt zu haben, und Alan, der überzeugt davon war, daß jedes noch so unschuldige Wort, das er sagte, die Situation nur noch verschärfen würde, konzentrierte sich auf die Speisekarte, obwohl er allmählich den Appetit verlor. Und das müssen Carolyn und Beth Tag für Tag ertragen, dachte er, während er das Angebot der Vorspeisen las. Er empfand eine Spur Mitleid mit Carolyn, und er fragte sich, ob diese Ehe ebenso wie die ihre scheitern würde. Wenn es nach Tracy ging, dann würde die Ehe mit Sicherheit scheitern.

Es wurde Alan immer klarer, weshalb Beth es für nötig gehalten hatte, eine Freundin zu erfinden. Er warf verstohlen einen Blick auf seine Tochter. Es hatte den Anschein, als versuche sie hinter der Speisekarte zu verschwinden. Aber sie konnte nicht immer den Dingen ausweichen. Wie wurde sie mit Tracys ständigen Feindseligkeiten und ihrem snobistischen Getue fertig?

Und warum *mußte* sie überhaupt damit fertig werden? Vielleicht sollte er versuchen, eine Möglichkeit zu finden, daß sie zu ihm ziehen und bei ihm leben konnte. »Hast du schon etwas entdeckt, Schatz?« fragte Alan schließlich, als die Stille am Tisch unerträglich zu werden begann.

»Ich möchte die Shrimps«, sagte Beth, und als sie Tracy vorlesen wollte, wie sie zubereitet waren, starrte Tracy ihre Stiefschwester nur böse an und wandte sich dann ab. Beth verfiel wieder in Schweigen.

Während des Essens wurde die Unterhaltung zunehmend gezwungener. Beim Kaffee sprach Philip Sturgess plötzlich über den Grund ihres Besuchs bei Alan. Ohne ein Wort an Alan zu richten, wandte er sich an Beth.

»Beth, Tracys Großmutter möchte mit dir reden.«

Carolyn zuckte leicht zusammen, und Beth blickte überrascht. Alan, der an seinem Kaffee genippt hatte, stellte die Tasse ab, als er den vorwurfsvollen Blick seiner Tochter wahrnahm.

»Sind Sie deshalb zu uns gekommen?« fragte Beth.

»Wir sind bestimmt nicht gekommen, um dich zu sehen«, zischte Tracy und schwieg, als ihr Vater sie ärgerlich ansah.

»Leider ja, Schatz«, bekannte Alan. Er wandte sich an Phillip. »Aber ich verstehe wirklich nicht, warum sie Beth sehen will. Ich dachte...« Er unterbrach sich, weil es ihm peinlich war, auszusprechen, was er auf der Zunge hatte.

»Daß meine Mutter Beth nicht besonders mag?« vollendete Phillip. Als dann alle außer Tracy, die jetzt hämisch lächelte, so verlegen wirkten wie zuvor Alan, fuhr Phillip fort: »Ich finde, es gibt keinen Grund für irgendeinen von uns, um die Wahrheit herumzureden. Aber heute hat meine Mutter ausdrücklich darum gebeten, daß Beth zu ihr kommt. Ich weiß nicht, warum – sie wollte es mir nicht sagen. Aber sie erklärte, daß Beth nicht zu kommen braucht, wenn sie das nicht will.« Phillip wandte sich an Beth, die ihn jetzt mit einer Mischung aus Furcht und Neugier ansah. »Und sie sagte ebenfalls, daß du jederzeit wieder weggehen kannst, wenn du dich entscheiden solltest, sie zu besuchen.«

Alan furchte die Stirn. »Was um alles in der Welt meinte sie damit?«

Jetzt war es Phillip, der verlegen wirkte. »In diesem Punkt bin ich mir ebenfalls nicht sicher«, erwiderte er. »Aber ich habe Grund zu der Annahme, daß Mutter nur zu gut weiß, wie sie Beth behandelt hat, und daß dies ihre Art ist, sich zu entschuldigen.«

In Alan stieg plötzlich Zorn auf. »Mir scheint«, sagte er angespannt, »daß sich deine Mutter immer noch wie die Königin der Welt aufführt. Wenn sie gemein zu Beth war – und ich denke, wir alle wissen verdammt gut, daß sie das war –, dann sehe ich keinen Grund dafür, daß Beth sie jetzt besucht. Ehrlich gesagt, es überrascht mich, daß du auch nur fragst, Phillip.«

In Tracys Augen blitzte es zornig auf. »Reden Sie nicht so über meine Großmutter...« begann sie, aber Alan reichte es jetzt.

»Halt die dumme Klappe, Tracy«, sagte er, ohne das Mädchen eines Blickes zu würdigen. Statt dessen hielt er den Blick auf Phillip gerichtet, wie um ihn herauszufordern, das unverschämte Verhalten seiner Tochter zu verteidigen. Aus dem Augenwinkel heraus sah er die Betroffenheit, die sich auf Tracys Miene widerspiegelte. Offenbar hatte ihr Vater sie nie so hart angeschnauzt.

»Natürlich hast du recht«, sagte Phillip ruhig und ließ die Schulter sinken. »Mutter hat Beth schändlich behandelt – und Carolyn ebenfalls, was das anbetrifft. Und vielleicht hätte ich Mutter einfach sagen sollen, daß es nicht in Frage kommt.« Er wandte sich an Beth. »Es tut mir leid«, sagte er. »Ich hätte das Thema nicht mal zur Sprache bringen sollen.«

»Ich verstehe nicht, warum Großmutter überhaupt mit Beth reden will«, sagte Tracy, als ihr Vater schwieg.

Beth, die stumm dagesessen hatte, während die anderen geredet hatten, blickte ihre Stiefschwester an. »Warum nicht? Warum sollte sie nicht mit mir reden wollen?«

Tracy schaute Beth boshaft an. »Weil du nichts als Dreck bist!« sagte sie, und ihre Stimme bebte vor Zorn.

»Du solltest bei deinem blöden Vater in diesem miesen Apartment wohnen, und du hättest überhaupt nie nach Hilltop kommen sollen.«

»Tracy!« unterbrach Phillip. Er legte seine Serviette beiseite, und einen Augenblick lang dachte Alan, Phillip würde tatsächlich das Mädchen schlagen. Doch plötzlich hielt Carolyn ihren Mann mit leiser Stimme zurück.

»Laß sie, Phillip«, sagte Carolyn. »Sie soll nur sagen, was sie auf dem Herzen hat.« Sie wandte sich an Tracy. »Sprich weiter.«

Carolyns besonnene Worte schienen Tracys Wut nur noch zu steigern. »Rede nicht so mit meinem Vater«, sagte sie. Ihre Stimme schallte durch das Restaurant, und Leute an anderen Tischen wandten den Kopf und starrten herüber. »Ständig vesuchst du uns zu sagen, was wir zu tun haben. Warum nimmst du dir nicht mal Beth vor, anstatt immer auf mir herumzuhacken? Sie ist die Wahnsinnige, und jeder weiß, daß sie verrückt ist!«

Totenstille senkte sich über das gesamte Restaurant. Nach einer Weile legte Alan seine Serviette beiseite und stand auf. »Komm, Kleines«, sagte er zu seiner Tochter. »Ich finde, wir haben uns genug anhören müssen.«

Beth rührte sich jedoch nicht von ihrem Platz. Sie schaute Tracy einen Augenblick lang stumm an und schüttelte dann den Kopf. »Es ist alles in Ordnung«, sagte sie ruhig. »Ich werde Mrs. Sturgess besuchen. Und es ist mir gleichgültig, was du denkst und was du sagst. Ich bin nicht verrückt, und deine Großmutter weiß das.« Sie sagte es mit soviel gespielter Tapferkeit, wie sie aufbringen konnte, aber es reichte nicht, um den Schmerz zu vertreiben, den ihr Tracy mit ihren Worten zugefügt hatte.

Es gab nur eine Möglichkeit, um diesen Schmerz zu besiegen: Sie mußte sich auf etwas anderes konzentrieren, auf etwas, das ihr keinen Schmerz zufügen würde.

Und das war im Augenblick für sie Amy.

Von jetzt an würde sie sich auf Amy konzentrieren, und

dann würde sie sicher vor allem sein, was Tracy sagen oder tun mochte.

Beth blickte nervös über den Korridor zum Wartezimmer, in dem ihre Mutter, Phillip und Tracy warteten. Phillip nickte ihr zu, und ihre Mutter lächelte aufmunternd. Beth klopfte zaghaft an die Tür des Krankenzimmers. Abigail Sturgess forderte das Mädchen mit schwacher Stimme zum Eintreten auf. Beth öffnete die Tür und betrat das Krankenzimmer.

Das Zimmer war viel größer, als Beth gedacht hatte, und es gab überall Blumen. Es hatte den Anschein, als hätte es hier ein zweites Bett gegeben, das jetzt nicht mehr da war. Beth fragte sich, ob man es tatsächlich entfernt hatte, damit Mrs. Sturgess allein war. Nachdem sie den Anblick des Krankenzimmers in sich aufgenommen hatte, richtete Beth den Blick auf das Bett. Darin saß mit Kissen hinter dem Rücken die alte Frau, und sie wirkte viel kleiner, als Beth sie in Erinnerung hatte.

Abigail musterte das Mädchen mit mehr Interesse als je zuvor. Bis zum heutigen Tag war Beth für sie nur ein unwillkommener Eindringling in ihr Leben gewesen, den man besser wie Luft behandelte, bis Phillip endlich zur Vernunft kam und Carolyn verließ.

Als Abigail jetzt das Mädchen musterte, erkannte sie, welch ein hübsches Kind Beth war. Natürlich waren ihr Beths Züge völlig vertraut, aber heute nahm sie das Äußere des Mädchens zum erstenmal richtig und genau wahr. Da war eine Sanftheit und Weichheit in Beths Zügen, die Tracy völlig mangelten. Abigail konnte sich nicht erinnern, wie lange es her war, seit sie zum letztenmal solch einen Ausdruck von Unschuld in den Augen eines Kindes gesehen hatte. Bis jetzt hatte sie die Frühreife und Raffinesse von Tracy und ihren Freundinnen darauf zurückgeführt, daß sie in der modernen Welt aufwuchsen und dabei früh verhärteten. Doch in Beths Augen war keine

Spur von einem wissenden Schimmer. Im Gegenteil, sie wirkte völlig arglos.

»Komm her, Beth«, sagte Abigail weich und klopfte auf die Bettkante. »Ich...« Sie zögerte und brachte es fast nicht über sich, die Worte auszusprechen. »Ich möchte dir dafür danken, daß du eine kranke, alte Frau besuchst«, brachte sie schließlich heraus.

Langsam, wie ein nervöses Tier, näherte sich Beth dem Krankenbett und blieb außerhalb von Abigails Reichweite stehen. »Es tut mir leid, daß du krank bist«, sagte sie schüchtern und blieb stehen, als erwarte sie, daß ihr Mitgefühl abgewiesen wurde.

»Nun, vielleicht bin ich gar nicht so sehr krank«, erwiderte Abigail. Dann verzog sie die Lippen zu einer Grimasse, die ein herzliches Lächeln sein sollte. »Möchtest du nicht wissen, weshalb ich dich hergebeten habe?«

Beth zögerte und nickte dann stumm.

»Ich möchte mit dir über deine Freundin sprechen«, fuhr Abigail fort. Sie suchte in Beths Miene nach einer Reaktion, doch sie sah keine. »Über Amy«, fügte sie hinzu.

Einen Augenblick lang glaubte Abigail, Beth würde aus dem Zimmer flüchten. Statt dessen war in Beths Augen nur der Schmerz über Tracys Verrat zu sehen. »Tracy hätte dir das nicht erzählen sollen«, sagte Beth. »Sie sollte nicht mal etwas über Amy wissen.«

»Da stimme ich dir zu«, sagte Abigail in ruhigem Tonfall und musterte Beth genau, um ihre Reaktion zu sehen. Wie sie gehofft hatte, hellte sich Beths Miene ein wenig auf. »Aber da sie mir nun schon einmal von Amy erzählt hat, finde ich, daß wir über sie reden sollten.« Als Beth besorgt die Stirn furchte, beeilte sich Abigail, das Mädchen zu beruhigen. »Es wird unser Geheimnis bleiben. Ich verspreche dir, keinem etwas von Amy zu erzählen, es sei denn du erlaubst es.«

Beth nagte nachdenklich an der Unterlippe und blickte

die alte Frau auf dem Bett mißtrauisch an. »Was... was willst du über sie wissen?«

Abigail entspannte sich. Es würde alles gut laufen. »Nun, legen wir mal los. Wie alt ist sie?«

Beth zögerte. Sie war sich nicht ganz sicher. »In meinem Alter«, sagte sie schließlich. »Ich glaube, sie ist elf und wird bald zwölf.«

»Elf«, wiederholte Abigail. »Und weißt du, wie sie aussieht?«

Beth schüttelte den Kopf.

»Aber ich denke, sie ist deine Freundin«, drängte Abigail. »Hast du sie noch nie gesehen?«

»Doch...«

»Dann mußt du wissen, wie sie aussieht, nicht wahr?«

»Es... es war dunkel.«

»Dunkel. So dunkel wie in der Fabrik?«

Beth nickte.

»Hast du sie dort gesehen? In der alten Fabrik?«

Beth nickte erneut.

»Was tat sie dort?«

»Sie... sie lebt dort«, erwiderte Beth und wich zurück, als rechnete sie damit, für ihre Worte bestraft zu werden.

»Aber ich dachte – ich dachte, sie wäre tot«, sagte Abigail.

Beth blickte sie mit großen Augen ängstlich an, und abermals befürchtete Abigail, das Mädchen würde aus dem Zimmer fortlaufen. Beth blieb jedoch, wo sie war.

»Sie *ist* tot«, sagte Beth und schluckte hart. »Sie arbeitete vor langer Zeit in der Fabrik, und damals passierte etwas Schreckliches mit Amy. Und sie ist immer noch dort.«

»Ich verstehe«, flüsterte Abigail. »Weißt du, was mit ihr geschah?«

Beth überlegte, und dann erinnerte sie sich an den Geruch, den sie wahrgenommen hatte, als sie mit ihrem Vater im Kellergeschoß der alten Fabrik gewesen war. »Ich glaube, da hat es gebrannt«, sagte sie leise. »Es gab ein Feuer, und Amy konnte nicht heraus.«

Abigails Mund klaffte auf, und plötzlich setzte sie sich ruckartig im Bett auf. Ihre Hand schoß vor, und sie umklammerte Beths Arm. »Woher weißt du das? Woher weißt du, daß es dort gebrannt hat?«

Beth riß sich voller Angst aus Abigails Umklammerung los und rannte zur Tür. Dort wandte sie sich noch einmal zu der alten Frau um.

»Ich weiß es!« sagte sie, und ihre Stimme spiegelte ihre plötzliche Verzweiflung wider. Sie wünschte, sie wäre nicht hergekommen, um diese alte Frau zu besuchen, die sie aus Gründen haßte, die sie nicht verstehen konnte. »Ich weiß es einfach, das ist alles!«

Beth wollte die Tür öffnen und aus dem Zimmer laufen, als Abigail wieder sprach. »Ich kann dir alles über Amy erzählen«, sagte die alte Frau. »Ich kann dir alles über sie sagen, was du wissen willst.«

Beth verharrte sekundenlang wie erstarrt, und dann wandte sie sich langsam an der Tür um. Abigails Blick schien sie zu hypnotisieren und zum Bett zurückzuziehen...

Tracy saß im Wartezimmer, und ihr Zorn wuchs.

Ihr Großmutter hätte *sie* zu sich bitten sollen und nicht die blöde Beth. Worüber mochten sie sprechen? Großmutter konnte Beth nicht mal leiden – sie haßte sie fast so sehr, wie Tracy sie haßte.

Dann erinnerte sich Tracy an die Unterhaltung, die sie an diesem Nachmittag gehabt hatte, als sie der Großmutter erzählt hatte, wie verrückt Beth war. Und Großmutter hatte überhaupt nichts dazu gesagt.

Später war sie jedoch zur Fabrik gefahren.

Glaubte Großmutter nicht, daß Beth verrückt war? War es möglich, daß sie in Wirklichkeit glaubte, was Beth gesagt hatte?

Es war nicht fair.

Nichts daran war fair!

Alle schenkten Beth Aufmerksamkeit, und keiner kümmerte sich um sie!

Ihr eigener Vater hatte nicht mal etwas unternommen, als dieser widerliche Alan Rogers sie beim Essen angeschnauzt hatte. Statt sie, Tracy, zu verteidigen, hatte er sich bei Beth entschuldigt, als wäre er deren Vater.

Und jetzt tat Großmutter, als wäre Beth ihre Enkelin, anstatt Tracy.

Plötzlich wußte Tracy, was los war. Beth nahm ihr die Familie weg. Sie nahm ihr den Vater, und sie nahm ihr die Großmutter.

Tracy umklammerte die Zeitschrift, in der sie zu lesen vorgab, und sie sah, daß ihre Knöchel weiß wurden, als sie in ihrer Wut die Hände zu Fäusten ballte.

Nun, sie würde sich nicht damit abfinden, und wenn jemand von ihnen das annahm, dann irrte er sich!

Sie würde es ihnen heimzahlen. Ihnen allen!

17

Beth saß schweigend im Fond des Mercedes und schaute aus dem Fenster in die Dunkelheit, während der Wagen über die Prospect Street und zur River Road fuhr. Als der Wagen auf gleicher Höhe mit der Fabrik war, neigte sich Beth vor und spähte zu dem alten Gebäude, als könne sie es mit ihrem Blick durchdringen und in seine Tiefen sehen.

Das war jedoch unmöglich. Sie sah nur die kahle Fassade aus Backsteinen. Als Phillip nach links in die River Road einbog, blieb Beths Blick auf das große dunkle Gebäude gerichtet, und dann heftete sie ihn auf die Laderampe, die hinter der Fabrik vorragte.

Dort.

Dort in dem dunklen, kalten Raum unter der Laderampe war Amy gestorben.

Wenn Mrs. Sturgess nicht gelogen hatte.

Seit dem Verlassen des Krankenzimmers hatte sich Beth gefragt, ob die alte Frau ihr die Wahrheit erzählt hatte oder nicht, und sie war immer noch zu keinem Schluß gelangt. Aber vielleicht würde sie es erfahren.

Amy würde eine Möglichkeit finden, es ihr zu sagen.

Das alte Fabrikgebäude blieb in der Dunkelheit zurück, und Beth ließ sich auf den Sitz zurücksinken. Sie spürte Blicke auf sich gerichtet und schaute zu Tracy hinüber. Tracy starrte sie zornig an.

»Ich will wissen, was meine Großmutter gesagt hat«, flüsterte Tracy so leise, daß Beth davon überzeugt war, niemand außer ihr im Wagen könne es hören. Phillip Sturgess hatte es jedoch vom Fahrersitz aus mitbekommen.

»Das reicht, Tracy. Wenn Beth es uns erzählen will, dann wird sie das tun. Aber sie muß es uns nicht sagen.«

»Warum nicht?« fragte Tracy. »Und warum wollte meine Großmutter mit ihr sprechen, statt mit mir?« Tracy, die den Blick nicht von Beth genommen hatte, wurde noch wütender. »Ich werde es herausfinden«, sagte sie. »Ich werde Großmutter dazu bringen, es mir zu sagen.«

Beth sagte nichts, sondern wandte den Kopf wieder zum Fenster. Diesmal waren ihre Augen jedoch geschlossen. Sie öffnete sie erst, als der Wagen auf dem Zufahrtsweg vor dem Haus bremste und hielt. Wortlos stieg Beth aus, eilte die Treppe hinauf und betrat als erste das Haus, nachdem Hannah geöffnet hatte.

Hannah sprach Beth an, doch Beth eilte an der alten Haushälterin vorbei, als hätte sie sie nicht gesehen, und lief die Treppe hinauf. Einen Augenblick später richtete Hannah den Blick verwundert auf Carolyn, als die restlichen Familienmitglieder das Haus betraten.

»Ist alles in Ordnung mit Miß Beth?« fragte Hannah besorgt.

»Der fehlt nichts«, erwiderte Tracy, bevor ihr Vater oder ihre Stiefmutter antworten konnten. »Warum fragst du nicht, wie es meiner Großmutter geht?«

Hannah errötete leicht. »Das wollte ich gerade fragen, Miß Tracy. Wie geht es ihr? Besser?«

»Es geht ihr gut«, sagte Phillip, bevor Tracy zu Wort kam. »Sie wird vermutlich in ein, zwei Wochen nach Hause kommen.«

Hannah hob die Augenbrauen. »Soll ich eines der Zimmer hier unten bereit machen?«

»Mach dir keine Mühe, Hannah. Mutter wird bis zum Tag ihres Todes nicht aus ihrem Zimmer weichen, und der ist anscheinend noch ziemlich fern.« Dann wurden ihm Hannahs Worte erst richtig klar, und er tätschelte ihre Schulter. »Mach dir keine Sorgen, Hannah – wenn Mutter zusätzliche Hilfe braucht, werden wir eine Pflegerin einstellen. Ich werde nicht von dir verlangen, daß du den ganzen Tag die Treppe rauf und runterläufst.«

»Danke, Mr. Phillip. Ich bin nicht mehr die Jüngste. Möchten Sie Tee?«

Phillip und Carolyn tauschten einen Blick und schüttelten dann gleichzeitig den Kopf.

»Ich will eine Cola, Hannah«, sagte Tracy. »Du kannst sie mir auf mein Zimmer bringen.« Sie wandte sich zur Treppe, doch Carolyn hielt das Mädchen zurück.

»Wenn du eine Cola willst, Tracy, dann kannst du sie dir selbst holen.«

Tracy wandte sich um, und ihr Kinn bebte. »Das habe ich nicht nötig. Das ist Hannahs Job.«

»Das ist nicht Hannahs Job«, sagte Phillip ruhig, jedoch mit einer Entschiedenheit, die Tracy zum Schweigen brachte. »Die Dinge werden hier schwierig genug sein, wenn deine Großmutter heimkommt, und es wäre schön, wenn du deinen Beitrag leistest, ohne uns das Leben noch schwerer zu machen. Uns allen«, fügte er hinzu und nickte ostentativ zu Carolyn hin.

Tracy schwieg einen Augenblick lang, und Carolyn spürte förmlich, wie sich das Mädchen die Auswirkungen verschiedener Antworten überlegte. Schließlich setzte Tracy eine entschuldigende Miene auf und blickte dann scheu zu Boden. »Verzeihung, Vater«, sagte sie. Dann eilte sie die Treppe hinauf und nahm zwei Stufen auf einmal. Die Cola war anscheinend vergessen. Einen Augenblick später knallte die Tür von Tracys Zimmer zu.

Carolyn seufzte. »Es tut mir leid. Vermutlich hätte ich darüber hinwegsehen sollen?«

»Warum?« fragte Phillip. Er führte Carolyn in die Bibliothek und schenkte dort jedem einen Brandy ein. »Wenn du mich fragst, so wollte sie nur testen, wie weit sie gehen kann. Und ich muß gestehen, daß ich das genauso satt habe wie du.« Er reichte Carolyn das Glas mit dem Brandy und lächelte wehmütig. »Ich fürchte, als ihr Vater hätte ich mich mehr um sie kümmern müssen, was keine Ausrede ist – nur eine Entschuldigung.«

»Es gibt nichts, für das du dich entschuldigen müßtest«, erwiderte Carolyn. Sie hob ihr Glas zu einem stummen Toast, doch als Phillip trank, stellte sie das Glas auf der Bar ab, ohne zu trinken. »Schwangere sollten keinen Alkohol trinken.« Sie ließ sich müde auf einen Lehnsessel sinken. »Willst du mir sagen, was los ist?« fragte sie.

Phillip blickte sie fragend an, sagte jedoch nichts.

»Komm schon«, drängte Carolyn. »Deine Mutter sagte dir etwas, das du Tracy nicht hören lassen wolltest. Was war es?«

Phillip schwieg immer noch. Er ging zum Kamin, lehnte sich gegen den Sims und starrte in sein Glas. Statt Carolyns Fragen zu beantworten, stellte er selbst eine: »Du findest auch, daß ich das Projekt abbrechen sollte, nicht wahr? Denkst du dabei nur an die Vergangenheit der Fabrik, oder hat deine Ablehnung andere Gründe?«

Carolyn fragte sich, worauf er genau hinauswollte. Und dann fügten sich die Bruchstücke langsam zusammen wie die Teile eines Puzzles. Aber was dabei herauskam, ergab keinen Sinn. Es war, als wäre Conrad Sturgess plötzlich wieder auferstanden und von seinem Platz im Mausoleum mit all seinem Aberglauben und seinem Gerede vom Teufel in der Fabrik ins Haus zurückgekehrt. »Es ist wegen der Vergangenheit«, sagte Carolyn schließlich. »Mein Ururgroßvater wurde wegen der Fabrik in den Selbstmord getrieben. Daß meine Familie dem alten Samuel Pruett daran die Schuld gab, weißt du. Es war seit Generationen ein wunder Punkt in meiner Familie.«

»Und trotzdem hast du mich geheiratet«, bemerkte Phillip.

»Ich liebe dich.«

Phillip nickte flüchtig, und Carolyn hatte das bestimmte Gefühl, daß er gar nicht richtig hingehört hatte und in Gedanken mit etwas anderem beschäftigt war. »Hatte deine Familie Angst vor der Fabrik?« fragte er schließlich.

Carolyn zögerte mit der Antwort. Weitere Bruchstücke fügten sich zusammen. »Es gab da gewisse Geschichten«, sagte sie fast widerstrebend.

»Welche Geschichten?«

»Es hieß, daß einige Kinder aus der Fabrik verschwanden und daß deine Familie kurz danach die Fabrik schloß.«

»Daß Kinder aus der Fabrik verschwanden?« Phillips völlig verwirrte Miene verriet Carolyn, daß er die Geschichte nie gehört hatte.

»So erzählte man mir. Eines Tages gingen einige der Kinder zur Arbeit und kehrten nicht mehr nach Hause zurück. Offiziell wurde verbreitet, sie wären ausgerissen. Und ich finde, das war plausibel, wenn man die Arbeitsbedingungen dort bedenkt. Aber viele Leute in Westover glauben nicht an diese Version. Mein Ururgroßvater glaubte ganz bestimmt nicht daran.«

Phillip schenkte sich mit tief gefurchter Stirn Brandy nach. »Was geschah nach Meinung dieser Leute?«

»Man vermutete, daß die Kinder in der Fabrik ums Leben kamen und daß die Familie Sturgess das vertuschte.« Carolyn zögerte kurz, bevor sie weitersprach. »Eines der verschollenen Kinder war aus meiner Familie.«

Phillip schwieg einen Augenblick lang. »Warum hast du mir nie davon erzählt?«

»Es gab keinen Grund dafür«, erwiderte Carolyn. »Alles ist so lange her, und ich war mir nie ganz sicher, ob ich es glauben sollte oder nicht.« Sie lächelte reuevoll. »Nun, um ehrlich zu sein, ich war mehr als bereit, es zu glauben, bis ich dich kennenlernte. Dann sagte ich mir, daß ein so netter Mann wie du aus keiner Familie stammen kann, die etwas so Schreckliches tun würde. Ich dachte, daß die Geschichten, die mir meine Großmutter erzählt hatte, übertrieben sein mußten. Was sie vermutlich waren«, fügte sie mit einer Unbeschwertheit hinzu, die sie nicht ganz empfand. »Du weißt, wie das mit alten Familiengeschichten ist.«

»Und ob«, stimmte Phillip zu und lächelte matt. »Und jetzt glaubst du nicht mehr an die Geschichte?«

Carolyn zuckte die Achseln. »Ich weiß nicht, ob ich jemals wirklich daran geglaubt habe. Das ungute Gefühl war und ist einfach da, das ist alles. Und ob ich die Geschichten glaube oder nicht, bei dieser Fabrik werde ich nie ein gutes Gefühl haben. Der Gedanke daran macht mich verrückt, und ganz gleich, was du aus der alten Fabrik machst, ich werde nie ein besseres Gefühl dabei haben.«

Phillip seufzte schwer. »Nun, wenn es stimmt, was Mutter sagte, dann machte es sie heute nachmittag mehr als verrückt.« Während Carolyn schweigend zuhörte, wiederholte er, was Abigail ihm im Krankenhaus erzählt hatte. Als er zu Ende berichtet hatte, nahm Carolyn ihr Glas von der Bar, trank einen Schluck und stellte es wieder ab. »Sagte sie wirklich, daß ihre Angst den Herzanfall auslöste? Nicht umgekehrt?«

Phillip nickte. »Sie war sich ihrer Sache absolut sicher, und du weißt, wie fest in ihrer Meinung Mutter sein kann«, fügte er in scherzhaftem Tonfall hinzu. »Jedenfalls bat sie mich gleich danach, Beth zu ihr zu holen.«

Carolyn wurde es schwer ums Herz, als sie sich an die Unterhaltung erinnerte, die sie an diesem Nachmittag mit Eileen Russell gehabt hatte. Hatte Eileen den Rest des Tages damit verbracht, Peggys Geschichte in der ganzen Stadt zu verbreiten? So mußte es sein, denn offenbar hatte Abigail bereits davon gehört. Eine andere Erklärung gab es für Carolyn nicht.

»Deshalb fuhr deine Mutter heute also zur Fabrik«, sagte Carolyn, und dann erzählte sie Phillip von ihrem Gespräch mit Eileen. »Deine Mutter muß davon gehört haben«, endete sie schließlich ärgerlich. »Und so vermischte sie alles mit dem Blödsinn deines Vaters und Jeff Baileys Unfall und ging dort hinunter, um irgend etwas zu suchen. Aber da ist nichts – nur das, was in Beths Phantasie existiert und was sich dein Vater in seiner Verrücktheit eingebildet hat!«

»Und deine Familiengeschichten«, fügte Phillip hinzu. »Wenn du all das vermischst, wird es ziemlich stark, nicht wahr?«

»Aber es sind doch nur Märchen«, beharrte Carolyn und blickte ihren Mann fast beschwörend an. »Und außerdem hat Beth sie nie gehört. Alle von meiner Familie starben, bevor Beth überhaupt geboren wurde, und ich habe ihr diese Geschichten nie erzählt.«

»Beth ist aber in Westover aufgewachsen«, bemerkte Phillip. »Fast jeder in der Stadt muß diese Geschichten kennen, und sie hat sie vielleicht von klein an in der einen oder anderen Version gehört.« Er ging vom Kamin zum Sofa und nahm Platz. »Vielleicht hat Mutter recht«, sagte er. »Vielleicht habt ihr beide recht. Wenn alle in Westover diese unheimlichen Geschichten gehört haben, wird vielleicht niemand zu der ehemaligen Fabrik kommen. Na, wie wäre das?« fügte er ironisch hinzu. »All das Geld verpulvert, und am Ende werde ich den Bau wieder mit Brettern vernageln müssen.«

»Nein!« sagte Carolyn heftig. »Phillip, wir sind albern. Wir müssen mit dem Blödsinn aufhören. Ich glaube nicht an Geister, und du ebenfalls nicht. Es ist nichts in der alten Fabrik. Und wenn der Bau wiedereröffnet ist, werden all die alten Geschichten vergessen werden.«

Bevor Phillip etwas erwidern konnte, hörten sie die Schreie aus dem Obergeschoß.

Fünf Minuten zuvor war Tracy ohne anzuklopfen in Beths Zimmer gegangen. Beth hatte auf dem Bett gelegen, zur Decke gestarrt und sich nicht geregt, und im ersten Augenblick hatte Tracy sie für schlafend gehalten. Doch dann hatte sie gesehen, daß Beths Augen geöffnet waren.

»Sieh mich an«, verlangte Tracy.

Beth schreckte zusammen und sprang auf. Dann sah sie Tracy und setzte sich aufs Bett zurück. »Was willst du?«

»Ich will wissen, was meine Großmutter gesagt hat.« Tracy näherte sich und blieb dann nur drei Schritte von Beth entfernt stehen.

Beth überlegte, was sie tun sollte. Sie sah den Zorn in Tracys Augen und bezweifelte, daß Tracy ihr glauben würde, wenn sie einfach irgend etwas erfinden würde.

Vielleicht sollte sie ihre Mutter rufen. Doch was würde das nützen? Tracy würde einfach warten, bis sie wieder allein sein würden, und sie von neuem bedrängen.

»Sie... sie wollte mit mir über Amy reden«, brach es plötzlich aus ihr heraus.

Tracy blickte sie höhnisch an. »Du bist verrückt. Es gibt keine Amy.«

»O doch«, entgegnete Beth. »Sie ist meine Freundin, und deine Großmutter weiß alles über sie.«

»Sie weiß nur, was *ich* ihr erzählt habe.« Tracy lachte verächtlich. »Und ich habe ihr alles erzählt, was du zu dieser blöden Peggy Russell gesagt hast.«

»Peggy ist nicht blöde!«

»Vielleicht nicht«, räumte Tracy ein. »Wenigstens ist sie nicht blöde genug, um all diesen Quatsch zu glauben, den du gefaselt hast. Und ebensowenig kannst du mir und Großmutter solch einen Schwachsinn einreden.«

»Du weißt überhaupt nichts«, gab Beth zurück und kämpfte gegen Tränen an. »Du hältst dich für so schlau, aber du weißt gar nichts, Tracy Sturgess!«

»Halt das Maul!«

»Du kannst mir nicht den Mund verbieten!« stieß Beth hervor. »Ich wohne hier auch, und ich kann sagen, was ich will! Und es interessiert mich nicht, ob du mir glaubst oder nicht! Es ist mir gleich, ob mir jemand glaubt. Und jetzt verschwinde und laß mich in Frieden!«

In Tracys Augen funkelte Zorn. »Werde nicht frech! Werde nur ja nicht frech, du blödes, verrücktes Miststück!«

»Nimm das zurück!«

»Das brauche ich nicht, denn es stimmt! Du bist blöde, und du bist ein verrücktes Miststück, und wenn ich mit meinem Vater rede, wird er dich fortjagen. Und dann freue ich mich!«

Beth konnte die Tränen nicht mehr zurückhalten, doch es waren Tränen des Zorns, nicht des Schmerzes. »Wer will denn überhaupt in deinem blöden Haus wohnen? Ich wollte niemals hierher!«

»Und niemand wollte je, daß du herkommst!« schrie Tracy. »Weißt du nicht, daß wir alle dich hassen? Ich hasse dich, und meine Großmutter haßt dich und mein Vater haßt dich! Ich wette, daß dich sogar deine Mutter haßt!«

Das Blut wich aus Beths Gesicht, und sie sprang vom Bett und stürzte auf Tracy zu. Tracy sah sie kommen, wirbelte herum, riß die Tür auf und lief über den Flur davon. Beth holte ihre Stiefschwester ein, als sie gerade die Tür ihres Zimmers aufriß. Beth packte Tracy am Haar und versuchte, sie auf den Flur zurückzuzerren.

»Laß mich los!« schrie Tracy. Sie drosch mit den Armen um sich, taumelte in ihr Zimmer und stürzte. Im nächsten Augenblick war Beth auf ihr.

»Daddy! Daddy! Hilf mir! Sie will mich umbringen!«

Tracy lag auf dem Bauch, und Beth hockte auf ihr und trommelte auf ihre Schultern ein. Mit einem heftigen Ruck wälzte sich Tracy herum, drehte sich auf den Rücken, und immer noch schreiend stieß sie mit den Händen nach Beths Gesicht.

Und dann, gerade als sie glaubte, Beth von sich schleudern und ihr die Prügel geben zu können, die sie verdiente, tauchte ihr Vater auf, schob die Hände unter Beths Achseln und hob das Mädchen hoch.

»Schaff sie von mir weg!« schrie Tracy klagend und zog sofort von Beth die Hände fort, um sie schützend vors Gesicht zu halten. »Halte sie mir vom Leib! Sie tut mir weh!«

Phillip zog Beth schnell auf die Füße und ließ sie los. Schluchzend lief Beth zu ihrer Mutter, die auf der Türschwelle stand. Carolyn kniete sich nieder und nahm ihre Tochter in die Arme.

»Beth, Schatz, was ist passiert?«

Bevor Beth antworten konnte, schrie Tracy: »Sie ist wahnsinnig! Ich lag friedlich auf meinem Bett, und plötzlich kommt sie rein und geht auf mich los! Ich habe nichts getan, Daddy!«

Carolyn blickte verwirrt von Tracy zu Beth. »Beth? Stimmt das?«

Beth, aus deren Augen Tränen rannen, schüttelte den Kopf. »Sie kam in mein Zimmer«, erwiderte sie. »Sie kam herein, bezeichnete mich als verrückt und sagte, daß alle mich hassen. Und ... und ...« Sie verstummte schluchzend.

»Das ist gelogen!« rief Tracy hitzig. »Ich war nicht mal in der Nähe ihres Zimmers!«

»Jetzt reicht es!« sagte Phillip. »Es ist mir gleichgültig, wer angefangen hat. Ihr seid beide groß genug, um vernünftiger zu sein. Ich will jetzt, daß ihr euch beeinander entschuldigt.«

»Ich entschuldige mich nicht!« rief Tracy. »Ich habe nichts getan. Ich brauche mich bei keinem zu entschuldigen! Beth soll sich gefälligst bei mir entschuldigen. Sie hat angefangen!«

Phillip atmete tief durch und zählte lautlos bis zehn. Als er spach, klang seine Stimme ruhig, doch es war ein scharfer Unterton darin, den seine Tochter selbst in ihrem Zorn bemerkte. »Es interessiert mich nicht, wer angefangen hat, Tracy. Ich will nur, daß es beendet wird. Und jetzt entschuldigst du dich bei Beth.«

Tracy kniff die Augen zu Schlitzen zusammen. »Entschuldigung«, sagte sie dann kaum hörbar.

Phillip wandte sich an das andere Mädchen. »Beth?«

Beth zögerte und schniefte. »Entschuldigung«, murmelte sie schließlich. »Ich hätte nicht auf dich springen sollen.«

»Habt ihr es gehört?« schrie Tracy triumphierend. »Sie hat es zugegeben!«

»Sie hat sich entschuldigt, Tracy«, entgegnete ihr Vater. »Das war alles. Geht jetzt zu Bett, und ich komme bald, um euch gute Nacht zu sagen.«

Tracy warf einen Blick zur Uhr und entschloß sich dann, ihr Glück nicht herauszufordern, indem sie aufbegehrte, weil es noch nicht mal zehn Uhr war. Statt dessen blickte sie bittend zu ihrem Vater auf. »Darf ich noch etwas fernsehen?«

»Noch eine Stunde«, stimmte Phillip zu. »Sag Carolyn und Beth gute Nacht.«

Tracy zögerte und tat es dann, während sie auf den Boden starrte.

»Gute Nacht, Tracy«, sagte Carolyn mit ruhiger Stimme. Dann führte sie Beth aus dem Zimmer und brachte sie in Beths eigenes. Weder Mutter noch Tochter sagten etwas, während Beth sich entkleidete, den Pyjama anzog und unter die Decken schlüpfte. Schließlich neigte sich Carolyn über Beth und gab ihr einen Kuß auf die Stirn.

»Es tut mir leid, mein Kleines.«

Beth schaute zu ihrer Mutter auf. »Glaubst du mir, Ma?« sagte sie so leise, daß Carolyn es kaum verstehen konnte.

»Natürlich glaube ich dir«, versicherte Carolyn. »Warum sollte ich auf den Gedanken kommen, daß du einen Kampf mit Tracy anfängst?« Sie zwang sich zu einem heiteren Lächeln. »Schließlich ist sie größer als du.«

»Aber warum haßt sie mich?« fragte Beth.

»Ich weiß es nicht.« Carolyns Lächeln verschwand. »Und ich weiß ebensowenig, was wir dagegen tun können. Aber wir werden uns irgend etwas einfallen lassen, das verspreche ich dir.« Sie küßte Beth noch einmal und ging dann zur Tür. Als sie das Zimmer verließ, hörte sie Beth noch etwas sagen, fast wie im Selbstgespräch.

»Manchmal wünsche ich, Amy würde sie einfach töten.«

Carolyn erschauerte. Wortlos zog sie die Tür hinter sich zu.

Phillip blickte auf, als Carolyn ins Schlafzimmer kam. »Du bist weiß wie ein Laken«, sagte er. Er ergriff ihre Hand und wollte Carolyn zum Bett führen, doch sie entzog sich ihm und setzte sich an ihren Frisiertisch.

Im Spiegel des Frisiertischs sah sie, daß Phillip recht hatte. Sie war totenbleich, und unter ihren Augen waren dunkle Ringe.

»Ich weiß einfach nicht, wieviel mehr davon ich noch ertragen kann«, sagte sie mit bebender Stimme und kämpfte gegen Tränen an. »Es wird nicht besser, Phillip. Und ich bezweifle, daß es jemals besser werden wird!«

Phillip ging zu ihr und legte ihr sanft die starken Hände auf die Schultern. »Aber was können wir tun? Sie sind unsere Kinder.« Dann lächelte er angespannt. »Vielleicht habe ich falsch gehandelt«, sagte er nachdenklich. »Vielleicht hätte ich nicht eingreifen und sie kämpfen lassen sollen. Am Ende müssen sie es vermutlich ja doch auskämpfen.«

»Das ist bei Jungen so.« Carolyn nahm ein Papiertaschentuch, schneuzte sich und warf dann das Tuch in den Papierkorb aus Weidengeflecht. »Mädchen tun so etwas nicht.«

»Unsere schon«, sagte Phillip mit ruhiger Stimme.

Carolyn blickte mutlos drein. »Und was wird sein, wenn das Baby da ist? Phillip, ich glaube, ich bin mit alldem überfordert.«

»Du wirst schon damit fertig werden«, sagte Phillip, doch Carolyn schüttelte den Kopf.

Die Worte, die Beth gesagt hatte, bevor Carolyn das Zimmer verlassen hatte, schienen in ihr nachzuhallen. Sollte sie Phillip davon erzählen? Nein, das konnte sie nicht. Es wäre fast wie ein Verrat an Beth. Außerdem hatten die Worte nichts bedeutet – sie waren der Ausdruck kindlichen Zorns gewesen.

»Ich... ich habe darüber nachgedacht, ob wir Beth nicht für eine Weile zu Alan geben sollten«, sagte sie schließlich. »Wenigstens bis das Baby da ist.« Im Spiegel des Frisiertischs sah sie, daß ihr Mann besorgt die Stirn runzelte. »Und sie würde gern bei ihm sein, das weiß ich.«

»Und wie steht es mit Alan?« fragte Phillip. »Solltest du ihn nicht vorher fragen?«

»Das ist nicht nötig.« Carolyn seufzte. »Du weißt so gut wie ich, daß er Beth sofort zu sich nehmen würde. Er würde ihretwegen sogar sein ganzes Leben umstellen.«

Ihre Stimme klang melancholisch, und Phillip fragte sich, ob Carolyn wieder über ihre vergangene Ehe nachdachte. »Und ich würde das nicht tun?« fragte er ruhig und hoffte, daß die Frage nicht zu sehr nach Verteidigung klang.

Carolyn drückte sanft seine Hand. »Du würdest alles für jeden tun, was du kannst. Genau wie Alan. In diesem Punkt ähnelt ihr euch sehr. Und ich weiß, wieviel du für Beth getan hast, wie sehr du dich bemüht hast. Aber du mußt auch an Tracy und Abigail denken.«

»Und an dich«, fügte Phillip hinzu.

»Und an mich, und in ein paar Monaten noch dazu an ein Baby. Mir geht einfach nicht der Gedanke aus dem Kopf, daß ich vielleicht unfair Beth gegenüber bin. Sie war hier so unglücklich, und was du oder ich tun, ändert anscheinend nichts daran. Manchmal habe ich das Gefühl, wir beide sind irgendwo inmitten von alldem gefangen.«

»Ich weiß.« Phillip drückte noch einmal leicht Carolyns Schultern, schlenderte zum Fenster und schaute in die Dunkelheit hinaus. Von hier aus konnte er gerade noch den oberen Ring des Mausoleums sehen, auf dem der Mondschein schimmerte. Dort oben wirkte wenigstens alles friedlich. Wenn sie es doch nur schaffen konnten, im Haus ebenfalls Frieden zu erreichen.

»Laß uns jetzt keine Entscheidung treffen«, sagte Phillip. »Warten wir noch ein wenig, wie sich die Dinge entwickeln. Ich hasse es, aufzugeben. Noch ein paar Tage, ja? Und dann können wir immer noch mit Alan reden.«

Carolyn nickte und schaute sich im Spiegel an.

Sie sah jetzt nicht mehr müde aus, sondern auch besiegt, wie sie fand.

Auf dem Flur schlich Tracy von der Tür zum Schlafzimmer ihres Vaters fort.

Sie hatte nicht jedes Wort belauscht – die Tür war zu dick –, aber sie hatte genug gehört.

Sie dachten daran, Beth fortzuschicken. Genau das wünschte Tracy.

Sie würden Beth jedoch nicht für immer fortschicken.

Wenn das Baby da war, würden sie Beth zurückholen, und dann würde es schlimmer denn je sein.

Sie mußte eine Möglichkeit finden, wie sie ihren Vater und die Stiefmutter davon überzeugen konnte, daß Beth verrückt war, damit sie für immer fortgeschickt wurde.

Tracy kehrte zu ihrem Zimmer zurück und legte sich ins Bett. Der Fernseher war eingeschaltet, und obwohl sie auf den Bildschirm blickte, nahm sie das Bild nicht richtig wahr. Sie war in Gedanken vertieft.

Als ihr Vater zwanzig Minuten später zu ihr kam, um gute Nacht zu sagen, hatte Tracy einen Plan ersonnen. Phillip neigte sich über sie, um ihr einen Kuß zu geben. Tracy schlang die Arme um den Nacken ihres Vaters und schmiegte sich fest an ihn. »Ich liebe dich, Vater«, sagte sie leise. »Ich liebe dich, und mir tut wirklich leid, was heute abend mit Beth geschah. Von nun an werde ich mein Bestes tun, um nett zu ihr zu sein. In Ordnung?«

Sie spürte, wie sich ihr Vater kurz versteifte und dann entspannte, während er ihre Umarmung erwiderte. »Danke, Prinzessin«, flüsterte er ihr ins Ohr. »Das würde wirklich helfen.«

»Dann werde ich's tun.« Tracy küßte ihren Vater noch einmal und ließ sich dann aufs Bett zurücksinken. »Gute Nacht, Daddy.«

Nachdem ihr Vater fort war, wälzte sich Tracy auf den Rücken und schaute zur Decke. Als später im Haus alles still war und Tracy das sichere Gefühl hatte, daß alle schliefen, stand sie auf und kleidete sich schnell an.

Ein paar Minuten später schlich sie die Treppe hinunter und aus dem Haus. Sie huschte lautlos über die Terrasse und verschwand in der Nacht.

18

In der Wärme des Morgens erwachte Beth früh, und sie streckte sich behaglich aus. Dann schlug sie die Decke zurück und stand beschwingt auf. Einen Augenblick später war sie erst richtig wach. Sie erinnerte sich an den Kampf mit Tracy, und ihr gutes Gefühl verschwand.

Es würde ein Tag wie jeder andere werden – ein Tag, an dem sie sich bemühen würde, keine Fehler zu machen, Tracy aus dem Weg zu gehen und nicht zu wissen, was sie als nächstes tun sollte.

Vielleicht sollte sie zur Stadt hinabgehen und Peggy suchen.

Oder vielleicht statt dessen zur Fabrik gehen. Wenn sie ihrem Vater versprach, allen Arbeitern aus dem Weg zu bleiben, würde er vielleicht erlauben, daß sie den Tag in der Fabrik verbrachte. Während alle beschäftigt waren, konnte sie dann ins Kellergeschoß hinuntergehen und sich in den kleinen Raum hinter der Treppe schleichen. Und Amy würde dort sein und sie erwarten.

Sie konnten in der Dunkelheit beisammensitzen und miteinander reden. Wie schön es wäre, dachte Beth, allein an einem kühlen, dunklen und stillen Platz mit einer Freundin zusammenzusein, die einen nicht auslacht oder kränkt, ganz gleich was man sagt. Beth war überzeugt davon, daß Amy so eine Freundin für sie sein würde. Jemand, mit dem sie reden konnte, wenn sie so einsam war und das Gefühl hatte, daß niemand auf der Welt sie mochte oder verstand oder sich auch nur für sie interessierte.

Sie zog sich an und schaute auf die Uhr. Es war erst halb acht. Hannah würde in der Küche sein und mit dem Frühstück anfangen, aber weder Peter noch Mr. Smithers würden schon zur Arbeit eingetroffen sein.

Beth überlegte, ob sie zum Stall gehen und Patches

besuchen sollte, bevor Peter den Dienst antrat. Bestimmt hatte Peggy erzählt, was gestern geschehen war. Peggy erzählte immer alles, und inzwischen dachte Peter vielleicht ebenfalls, daß sie, Beth, verrückt war.

Was war, wenn er ihr sagte, daß sie nicht mehr zum Stall kommen konnte? Das würde schrecklich sein. Der morgendliche Besuch bei den Pferden war das Schönste von jedem Tag. Aber noch ist es nicht passiert, sagte sich Beth, und wenn Peter mir verbietet, zum Stall zu kommen, dann stehe ich einfach jeden Tag noch früher auf.

Sie band die Schnürsenkel ihrer Tennisschuhe, machte schnell das Bett und legte die Kleidungsstücke weg, die sie am Vortag getragen hatte. Dann verließ sie ihr Zimmer, spähte auf dem Flur in beide Richtungen und lauschte. Sie hörte nichts. Die Türen von Tracys Zimmer und der Suite ihrer Mutter waren noch geschlossen. Alle außer ihr schliefen noch. Beth huschte die Treppe hinab, durchquerte leise das große Wohnzimmer und schlich langsamer durch das Eßzimmer. Sie hatte das Gefühl, von all den toten Mitgliedern der Familie Sturgess auf den Porträts mißbilligend angestarrt zu werden, obwohl sie stets vermied, zu ihnen hinzuschauen. Als sie in den Anrichteraum gelangte, atmete sie erleichtert auf. Hier, in Hannahs Reich, fühlte sich Beth stets behaglicher. Schließlich stieß sie die Küchentür auf.

»Es muß viertel vor acht sein«, sagte Hannah, ohne vom Herd aufzublicken, auf dem sie Eier briet. »Ich könnte glatt die Uhr nach dir stellen. Orangensaft ist im Kühlschrank, und die Eier sind gleich fertig.«

»Ich hätte mir selbst Eier braten können«, sagte Beth, während sie den Krug mit frisch gepreßtem Orangensaft aus dem Kühlschrank holte. Sie mochte das Fruchtfleisch in dem Saft nicht, aber sie sagte es nicht, um Hannah nicht zu kränken, und so schenkte sie ein Glas voll, holte tief Luft, schloß die Augen und versuchte, alles auf einen Zug auszutrinken. Als sie es geschafft hatte und die

Augen öffnete, sah sie, daß die Haushälterin den Kopf schüttelte.

»Ich verstehe nicht, wie du das schaffen kannst«, sagte Hannah mit ernstem Gesicht, jedoch mit übermütig blitzenden Augen. »Den Fruchtbrei in diesem Zeug muß ich immer hinunterwürgen. Ich muß mich regelrecht dazu zwingen.«

Beth blickte sie überrascht an. Dann kicherte sie und nahm am Tisch Platz, um die Spiegeleier auf Toast zu essen, die Hannah inzwischen serviert hatte. Als Beth fertig gefrühstückt hatte, spülte sie den Teller, nahm den bereitstehenden Müllsack mit den Abfällen und verließ das Haus durch die Hintertür. Sie warf den Müllsack in die Mülltonne, überquerte die Terrasse und winkte Ben Smithers zu, der im Rosengarten schon bei der Arbeit war.

Auf dem Weg zum Stall rannte Beth. Als sie den Stall betrat, wußte sie gleich, daß Peter noch nicht da war, wie sie gehofft hatte. Tiefe Stille herrschte im Stall, die nur vom leichten Schnauben der Pferde unterbrochen wurde, als sie wahrnahmen, daß jemand in den Stall gekommen war.

Beth entspannte sich. Sie schloß das Stalltor hinter sich und ging über den Mittelgang zu der Box, in der Patches stand. Die große Stute reckte den Kopf und den Hals über die Boxentür und wieherte leise.

»Guten Morgen, Patches«, sagte Beth und streichelte über die Ohren des Pferds. »Hast du schon gefrühstückt?«

Das Pferd schnüffelte, stampfte auf und drängte die Nüstern gegen Beths Jeanstasche, wie um darin nach Futter zu suchen. Der Futtertrog war leer.

»Ich verstehe nicht, warum Peter dir nicht etwas Futter für die Nacht zurückläßt«, sagte Beth zu der großen Stute und kraulte sie liebevoll zwischen den Ohren. »Was machst du, wenn du Hunger bekommst?«

Patches schnaubte leise und bewegte den Kopf auf und ab, als hätte sie jedes Wort verstanden und stimme Beth zu. Das war das beste an der Stute, wie Beth fand – sie konnte alles zu ihr sagen und brauchte sich nie Sorgen zu machen, ob das Pferd ihr glaubte oder nicht.

Ganz anders war es mit den Menschen. Wenn man den Menschen etwas sagte, das nur ein wenig sonderbar klang, dann bezeichneten sie einen als verrückt.

Entweder das, oder sie glaubten einem nicht, daß man die Wahrheit sagte.

Beth seufzte bei diesen Gedanken, streichelte über den Hals der Stute und ging dann über den Mittelgang zu den Futterkästen, um etwas zum Fressen für das Pferd zu holen. Das Heu war noch nicht vom Heuboden herunter, aber unter dem Heuboden entdeckte sie einen großen Sack mit Hafer.

Während Beth einen Eimer mit Hafer füllte, fragte sie sich, ob ihr jemals irgend jemand glauben würde, daß Amy existierte.

Bis jetzt hatte es nicht den Anschein.

Mit einer Ausnahme: Mrs. Sturgess.

Aber hatte die alte Frau ihr tatsächlich geglaubt oder aus irgendeinem Grund nur so getan? Wenn sie sich nur verstellt hatte, warum hatte sie dann gesagt, daß sie gleich nach ihrer Entlassung aus dem Krankenhaus Beth einen Beweis dafür zeigen würde, daß es tatsächlich ein Mädchen namens Amy gab? Und warum hätte sie dann gefragt, was Amy wollte?

Beth glaubte nicht, daß Amy irgend etwas wollte. Sie und Amy wollten nur Freundinnen sein, das war alles.

Beth nahm den Eimer mit Hafer und ging zu Patches' Box. Sie öffnete die Boxentür und trat ein.

»Sieh mal, was ich hier für dich habe«, sagte Beth und hielt der großen Stute den Eimer mit Hafer unter die Nüstern.

Das Pferd schnüffelte an dem Eimer, wich zurück und warf den Kopf hoch.

»Das ist nur Hafer«, sagte Beth und näherte sich langsam dem Pferd, bis es das Halfter packen konnte. »Du magst Hafer, das weiß ich doch.«

Sie hielt der Stute von neuem den Eimer mit Hafer hin, doch das Pferd schnüffelte und wollte wieder zurückweichen. Beth war darauf vorbereitet. Sie hielt das Tier am Halfter fest.

»Vielleicht will sie nichts fressen«, hörte Beth plötzlich eine Stimme hinter sich. »Vielleicht hat sie keinen Hunger.«

Beth stieg das Blut in die Wangen. Sie fuhr herum und sah Tracy, die an der Boxentür stand und auf die überhebliche und überlegene Art lächelte, die Beth stets das Gefühl gab, dumm zu sein.

»Sie mag Hafer«, sagte Beth. »Sie will nur, daß ich sie füttere, das ist alles.«

»Sie will nicht, daß du sie fütterst«, erwiderte Tracy höhnisch. »Patches kann dich nämlich nicht leiden. Sie will nur, daß du verschwindest!«

»Das stimmt nicht!« begehrte Beth auf. »Sieh mal!«

Sie hielt das Pferd mit einer Hand am Halfter fest, stellte den Eimer ab, nahm eine Handvoll Hafer heraus und hielt sie Patches hin.

Das große Pferd schnüffelte, öffnete das Maul und leckte an dem Hafer. Beth hob die Hand höher, und die Stute rupfte an dem Hafer und begann zu fressen. Während Patches langsam kaute und schluckte, nahm Beth eine weitere Handvoll Hafer aus dem Eimer.

»So ist's richtig«, sagte Beth sanft, als das Pferd die zweite Handvoll Hafer knabberte. »Das schmeckt, nicht wahr?«

»Bilde dir nur nichts ein«, sagte Tracy höhnisch. »Ein Pferd frißt alles, was du ihm ins Maul schiebst.« Hämisch kichernd wandte sie sich ab und verließ den Stall so leise, wie sie aufgetaucht war.

Beth spürte plötzlich ein Brennen in den Augen, und sie schaute Tracy zornig nach. »Aber du magst mich«, sagte Beth zu Patches, als sie wieder mit dem Pferd allein war. »Du magst mich lieber als jeder sonst, nicht wahr?«

Sie hob den Eimer an und hielt ihn, während Patches mit offensichtlicher Zufriedenheit den restlichen Hafer fraß. Dann tätschelte Beth dem Pferd den Hals, ließ das Halfter los und verließ die Box, um den Eimer mit Wasser auszuspülen und wieder an den Haken hinten im Stall zu hängen.

Beth wollte das Pferd auf den Sattelplatz hinausführen, als sie hörte, daß ihre Mutter sie vom Haus aus rief. Beth tätschelte der Stute noch einmal den Hals. »Ich komme später wieder«, versprach sie. »Und vielleicht reiten wir aus. Okay?« Das Pferd wieherte leise und schlug mit dem Schweif. Dann leckte es noch einmal an Beths Hand. »Wen interessiert es schon, was Tracy denkt? Oder was jeder sonst denkt?«

Als Beth den Stall verließ, kam Peter Russell herein, und Beth konnte ihm am Blick ansehen, daß Peggy ihm tatsächlich alles erzählt hatte. Obwohl Peter nichts sagte, spürte Beth, daß sie rot wurde.

Es war ihr doch nicht gleichgültig, was die Leute dachten.

Als Beth eine Stunde später in den Stall zurückkehrte, hörte sie als erstes Patches' schrilles Wiehern, dem das Krachen von Hufen gegen die Boxenwände folgte.

Sie rannte über den breiten Mittelgang zwischen den Boxen und gelangte gerade rechtzeitig zu der großen Stute, um zu sehen, daß sie auf die Hinterhand stieg, mit der Vorderhand auskeilte und wieder aufsetzte. Patches stampfte auf, stieg erneut, hatte das Maul geöffnet und bleckte die Zähne, als versuche sie, einen unsichtbaren Feind zu beißen.

Entsetzt wich Beth zurück. »Peter!« schrie sie. »Komm schnell!«

Peter war jedoch bereits da. Er eilte aus der Box des

großen Araberhengstes namens Thunder. Peter starrte einen Augenblick lang verwundert auf Patches, dann flitzte er über den Gang zwischen den Boxen, öffnete das Gatter zum Sattelplatz und eilte zurück zu Patches' Box. Als die Stute, deren Augen jetzt glasig wirkten, durchging und aus der Box jagte, griff Peter nach dem Halfter, verfehlte es jedoch. Bockend und schnaubend preschte Patches bis in die Mitte des Sattelplatzes, blieb einen Moment stehen und schaute sich wild um, als suche es nach einem unsichtbaren Angreifer. Dann fiel die Stute zu Boden, wälzte sich und keilte wild aus. Einen Augenblick später tauchte Beth mit bleichem Gesicht an der offenen Boxentür auf. »Peter, was ist mit Patches los?«

Peter zögerte mit der Antwort und hielt den Blick auf das Pferd gerichtet, das sich gepeinigt am Boden wälzte. »Ich weiß es nicht«, sagte er schließlich. »Hol mir die Trense und lauf dann zum Haus und sag, daß jemand den Tierarzt anrufen soll.«

Beth stürzte in die Box zurück, schnappte eine Trense, rannte wieder hinaus und gab sie Peter. Nach einem kurzen Blick auf Patches rannte Beth zum Zaun des Sattelplatzes, kletterte über den Zaun und lief so schnell sie konnte den Hang hinauf zum Haus.

Bald darauf hetzte sie durch die Hintertür und rief nach Hannah.

»Was ist, Kind?« fragte Hannah und eilte aus ihrem Zimmer.

»Patches«, stieß Beth atemlos hervor. »Hannah, wir müssen sofort den Tierarzt anrufen. Etwas stimmt nicht mit Patches! Ich... ich glaube, sie stirbt!«

Beth und ihre Mutter, zusammen mit Phillip und Tracy Sturgess sahen zu, als Paul Garvey, der Tierarzt, den Kopf schüttelte und dem Pferd die Spritze gab. Einen Augenblick später erbebte Patches, stieß einen Laut aus, der wie ein Seufzen klang, und lag still.

»So ist es das beste«, sagte der Tierarzt leise und richtete sich auf. »Es gab keine Möglichkeit, sie zu retten.«

»Aber es war eine Kolik, nicht wahr?« fragte Phillip, wandte den Blick von der toten Stute und richtete ihn auf Garvey.

»Ich habe noch keinen so starken Fall gesehen«, erwiderte Garvey. »Wenn ich wetten müßte, würde ich mein Geld auf Gift setzen.«

»Gift?« wiederholte Carolyn fassungslos. »Aber wer...«

»Ich möchte ihr Futter untersuchen«, unterbrach Garvey. Er wandte sich an Peter Russell. »Zeigen irgendwelche der anderen Pferde solche Symptome?«

Peter schüttelte den Kopf. »Sie sind noch nicht mal gefüttert worden. Jedenfalls Patches nicht. Ich hatte gerade erst Thunder versorgt, und Patches wäre als nächste drangewesen.«

Der Tierarzt runzelte die Stirn. »Das Pferd hat nichts gefressen?« fragte er zweifelnd.

Tracy antwortete. »Es war Beth«, sagte sie, und ihre Stimme bebte in scheinbarem Zorn. »Beth hat ihr heute morgen Hafer gegeben.«

Die Falte an Garveys Stirn vertiefte sich noch. »Hafer? Wieviel?«

»Einen ganzen Eimer voll«, sagte Tracy. »Der Hafer ist in dem Sack dort hinten.« Sie wies zu dem großen Futtersack, der an der Wand unter dem Heuboden lehnte, und Garvey ging schnell hin. Er griff tief in den Sack, nahm eine Handvoll Hafer heraus und roch daran. Garvey furchte die Stirn und schnüffelte von neuem an dem Hafer.

»Nun?« fragte Phillip.

»Da stimmt was nicht«, sagte Garvey. »Ich nehme etwas von dem Hafer mit und untersuche ihn im Labor. Lassen Sie unterdessen keines der anderen Pferde an dieses Zeug heran.«

Es folgte betroffenes Schweigen. Und dann klang plötzlich Tracys Stimme schrill und wütend durch die Stille im Stall. »Sie hat Patches vergiftet! Sie hat mein Pferd vergiftet!«

Beths Mund klaffte auf. Sie blickte fassungslos zu Tracy, die anklagend auf sie wies. »Ich habe nichts getan... ich...«, begann Beth, doch Tracy ließ sie nicht aussprechen.

»Du hast sie getötet!« schrie sie. »Weil du mich haßt, hast du mein Pferd getötet! Patches wollte den Hafer gar nicht. Sie hätte ihn nicht angerührt. Ich habe gesehen, wie du ihn ihr ins Maul geschoben hast! Du hast ihn ihr regelrecht aufgezwungen!« Sie wollte sich auf Beth stürzen, doch ihr Vater packte sie und hielt sie zurück.

»Tracy, niemand würde versuchen, Patches zu töten...«

»Sie hat es getan!« schrie Tracy. »Sie hat den Hafer vergiftet, und Patches gezwungen, ihn zu fressen!«

Beth starrte Tracy an, und plötzlich erinnerte sie sich daran, wie Patches geschnaubt hatte und vom Eimer mit dem Hafer zurückgewichen war. Dann hatte sie den Hafer in die Hand genommen und dem Pferd fast ins Maul geschoben. Erst dann hatte Patches gefressen...

Beth brach in Tränen aus, warf sich herum und rannte aus dem Stall.

Während Phillip seine weinende Tochter an sich drückte, tauschten er und Carolyn einen langen Blick. Schließlich, nach einer scheinbaren Ewigkeit der stummen Entscheidungssuche, brach Phillip das Schweigen.

»Ich werde Alan anrufen«, sagte er leise. »Vielleicht ist es an der Zeit, daß wir etwas unternehmen.«

Während er das sagte, glaubte er zu spüren, daß sich Tracy an seinem Körper entspannte, und ihr Schluchzen schien nachzulassen.

Tracy Sturgess tauchte im Westover Country Club aus dem Wasser des Swimmingpools auf und stieg heraus. Sie nahm ein Handtuch, ließ sich auf den Rasen sinken und schüttelte Wasser aus ihrem Haar. Seit einer Stunde war sie im Country-Club, und obwohl es ihr niemand gesagt hatte, glaubte sie fast mit Sicherheit zu wissen, weshalb ihr Vater plötzlich vorgeschlagen, ja sogar darauf bestanden hatte, daß sie heute nachmittag in den Country Club gehen sollte.

Während sie fort war, brachten sie Beth aus dem Haus.

Und genausogut war die Tatsache, daß ihr Vater ihr ein neues Pferd versprochen und sogar nachgegeben hatte, als sie um einen Araber wie Thunder gebeten hatte. Sie hatte natürlich schreien und so tun müssen, als wäre der Verlust von Patches das Schlimmste, was ihr je widerfahren war, aber das war leicht gewesen. In solchen Dingen war sie schon immer gut gewesen.

Jetzt legte sie den Kopf auf einen Arm und grinste Alison Babcock an, die in diesem Sommer ihre beste Freundin war. »Worüber habt ihr denn gesprochen?« fragte sie.

»Über deine Großmutter«, erwiderte Alison, verdrehte theatralisch die Augen und nickte zu Kip Braithwaite hin, der auf einem Badetuch ausgestreckt neben ihr lag. »Kip meint, daß jemand sie umbringen wollte.«

Tracys Mund klaffte auf, und sie wandte den Kopf zu Kip und starrte ihn an. »Warum sollte das jemand tun wollen?«

»Nun, jemand wollte Jeff Bailey umbringen und tat es, oder nicht?«

»Ah, Quatsch«, stöhnte Brett Kilpatrick auf. »Niemand hat Jeff umgebracht. Er stolperte und stürzte unglücklich auf eine Hacke.«

»Das denkst du«, entgegnete Kip.

»Nun, ich sollte es wissen«, gab Bret heftig zurück. »Ich war dabei, oder?«

»Was hast *du* denn schon gesehen?« höhnte Kip. »Du warst sogar zu feige, die Treppe runterzugehen.«

»Was ist mit Großmutter?« fragte Tracy. »Wie kommst du darauf, daß jemand versuchte, sie umzubringen?«

Kip zuckte mit den Schultern. »Sie hatte ihren Herzanfall an der gleichen Stelle, an der Jeff getötet wurde, nicht wahr?«

»Na und?« meinte Alison Babcock. »Das beweist gar nichts.«

»Und es widerlegt auch nichts«, sagte Kip.

»Wenn du so schlau bist – wer hat es dann deiner Meinung nach getan?« fragte Brett.

Kip blickte seinen Freund böse an. »Wie wäre es mit Beth Rogers?«

Brett lachte. »Die? Das soll wohl ein Witz sein. Hast du sie nicht auf Tracys Party gesehen? Beth Rogers machte sich fast naß, als sie diesen Horrorfilm sah!«

»Aber sie sprach von einem Geist in der alten Fabrik«, sagte Kip. »Vielleicht ging sie hin, um nach einem zu suchen.«

»Witzbold!« Alison kicherte. »Beth Rogers? Ich lach' mich gleich weg.«

»Nun, ich glaube, sie hat Jeff getötet«, beharrte Kip. »Und ich glaube, daß sie versucht hat, Tracys Oma umzubringen.«

»Spinner«, sagte Alison. »Das *denkst* du dir. Aber was *weißt* du?«

»Ich weiß, daß sie Tracys Pferd vergiftet hat«, entgegnete Kip. »Tracy sagt, daß Beth deshalb aus dem Haus geworfen wird. Beth ist verrückt.«

»Ach, mach mal halblang...« begann Alison, doch Tracy fiel ihr ins Wort.

»Sie ist verrückt, Alison«, behauptete sie. »Ich spazierte gestern beim Mausoleum herum, und sie war dort oben. Ich hörte, wie sie über jemand namens Amy redete. Sie glaubt, daß diese Amy Jeff getötet hat.«

Alison starrte sie an. »Amy? Wer soll denn das sein?«

Tracy verdrehte theatralisch die Augen. »Sie ist der Geist! Und ich hörte, wie Beth darüber faselte, daß Amy Jeff umgebracht hat, weil er auf meiner Party nicht nett zu ihr gewesen war.«

Die anderen drei verfielen in Schweigen und tauschten Blicke. Tracy spürte, daß sie noch nicht überzeugt waren. »Ich sage euch, sie *ist* verrückt! Und ich wette, daß Kip recht hat. Ich wette, sie ist so irre, daß sie Jeff umgebracht hat und es nicht mal weiß. Ich wette, sie glaubt wirklich, ein Geist hätte es getan.«

Alison kniff die Augen zusammen und musterte Tracy mißtrauisch. »Und was ist mit deiner Großmutter? Glaubst du, daß Beth versuchte, sie ebenfalls umzubringen?«

Tracy überlegte schnell und nickte.

»Warum?« fragte Alison. »Was hat deine Großmutter ihr denn getan?«

»Nichts«, erwiderte Tracy. »Abgesehen davon, daß sie Beth nicht ausstehen kann, was Beth weiß. Aber Irre brauchen keinen Grund – sie tun es einfach.« Dann kam ihr eine Idee. »Und Großmutter benahm sich gestern abend auch wirklich sonderbar. Zuerst sprach sie mit Daddy, und dann mußten wir Beth holen und zu ihr ins Krankenhaus bringen. Danach wollte Beth keinem von uns erzählen, worüber sie und Großmutter sprachen.«

»Meinst du, daß sie Beth gestern dort in der Fabrik gesehen hat?« fragte Kip.

»Wenn sie Beth gesehen hätte, warum sollte sie dann noch mit ihr sprechen wollen?« fragte Alison. »Ich meine, wenn jemand versuchen würde, mich umzubringen, dann würde ich bestimmt nicht anschließend den Wunsch haben, mich mit ihm zu unterhalten.«

»Vielleicht war sie sich nicht ganz sicher, ob es Beth war«, überlegte Kip laut. »Vielleicht wollte sie mit ihr reden, um sie mit Fangfragen reinzulegen, wie sie es in den Fernsehkrimis tun.«

Alison verdrehte gelangweilt die Augen. »Wen interessiert es schon, worüber sie redeten? Wir können es ohnehin nicht herausfinden.«

Einen Augenblick lang herrschte Schweigen, und dann grinste Tracy verschwörerisch. »Ich wette, daß ich es herausfinden kann.«

»Und wie willst du das schaffen?« fragte Alison.

»Ich werde Großmutter besuchen«, erklärte Tracy. »Und ich wette, daß ich aus ihr herausbekomme, worüber sie mit Beth gesprochen hat. Großmutter tut letzten Endes immer, was ich will, denn sie haßt Carolyn so sehr.«

»Ich wette, nicht so sehr, wie du sie haßt«, sagte Alison, rollte sich auf den Rücken und schloß die Augen.

»Da hast du recht.« Tracy drehte sich ebenfalls auf den Rücken und schloß die Augen. »Ehrlich gesagt, ich wünschte, es gäbe eine Möglichkeit, wie ich Daddy dazu bringen könnte, Carolyn ebenfalls aus dem Haus zu werfen. Oder vielleicht könnte ich sogar Beth dazu bringen, sie zu töten. Wäre das kein Hammer? Sie dazu zu bringen, die eigene Mutter umzubringen?« Sie kicherte boshaft, und nach einer Weile fielen die anderen in ihr Lachen ein.

Tracy verließ den Country Club um 16 Uhr und sagte sich, daß es besser war, die zweieinhalb Kilometer zur Stadt zu Fuß zu gehen als ihren Vater zu bitten, sie zum Krankenhaus zu fahren, wenn er kam, um sie abzuholen. Er würde fragen, warum sie plötzlich ihre Großmutter besuchen wollte, und sie hatte nicht vor, ihm das zu sagen.

Tracy ging die River Road entlang und fragte sich, wie sie die gewünschte Information aus ihrer Großmutter herauslocken konnte. Sie konnte sie nicht einfach fragen, das war ihr klar. Wenn die alte Frau Beth zum Schweigen verpflichtet hatte, dann würde sie selbst auch den Mund halten. Und dann, als sich Tracy den Bahngleisen näherte, wußte sie auf einmal die Antwort.

Sie mußte Großmutter dazu bringen, über die Vergangenheit zu reden. Die alte Frau sprach stets gern über die ›guten alten Tage‹ vor Tracys Geburt. Und wenn sie in Erinnerung versunken und nicht auf der Hut war, würde ihr, Tracy, schon etwas einfallen, wie sie ihre Großmutter dazu bringen konnte, über die Ereignisse des Vorabends zu sprechen.

Tracy überquerte die Schienen auf der River Road, als sie plötzlich spürte, daß sie beobachtet wurde. Sie wandte sich um und sah Beth Rogers, die nur ein paar Meter entfernt stand und sie anstarrte.

Tracy blieb wie angewurzelt stehen und fragte sich, was passieren würde. Ob Beth bereits herausgefunden hatte, was sie mit dem Hafer gemacht hatte? Würde sie den Nerv haben, etwas zu sagen? Nein, damit war nicht zu rechnen, denn Beth war bestimmt zu dumm, um herauszufinden, was Patches wirklich widerfahren war, wie Patches zu blöde gewesen war, um den vergifteten Hafer zu verweigern. Tracy hob herausfordernd das Kinn, ignorierte Beth und ging weiter zur Prospect Street. Dann bog sie nach rechts ab, ging an der Fabrik vorbei und zum Krankenhaus, das ein paar Straßen weiter entfernt war.

Tracy ignorierte das Schild, auf dem die Besuchszeiten – 18 bis 20 Uhr – angegeben waren, ging geradenwegs zu dem Krankenzimmer, in dem ihre Großmutter lag, und trat ein. Abigail Sturgess lag mit geschlossenen Augen auf dem Bett, atmete gleichmäßig und schlief friedlich.

Tracy schaute einen Augenblick lang auf die zerbrechlich wirkende alte Frau. Dann rüttelte sie ihre Großmutter an der Schulter.

»Großmutter? Wach auf!«

Abigail bewegte sich leicht und wollte sich auf die Seite drehen.

Tracy schüttelte sie von neuem. »Großmutter! Ich bin's, Tracy. Wach auf!«

Abigail zuckte leicht zusammen, hustete und öffnete die Augen. Sie blinzelte gegen das Licht an und spähte zum Gesicht ihrer Enkelin hoch. »Tracy?« fragte sie schwach. »Was machst du hier?«

Tracy setzte ein Lächeln auf. »Ich bin zu Besuch gekommen. Ich dachte mir, du bist so einsam.«

Abigail setzte sich mühsam auf. »Wie lieb von dir«, sagte sie, als Tracy ihr ein zusätzliches Kissen hinter den Rücken schob. Sie blinzelte und nahm dann mit leicht zitternder Hand ein Glas mit Wasser vom Tisch neben dem Bett. »Ist dein Vater mit dir in die Stadt gekommen?«

Tracy schüttelte den Kopf. »Ich bin zu Fuß gegangen. Ich hatte Angst, daß Carolyn mir den Besuch bei dir verbietet, wenn ich etwas davon erzähle.«

»Das hätte leicht passieren können«, stimmte Abigail zu. »Diese Frau ist hart und herzlos.« Dann lächelte Abigail. »Überhaupt nicht wie deine Mutter.«

Das war wie ein Stichwort für Tracy, und sie lächelte wieder. »Erzähl mir von ihr«, sagte sie. »Erzähl mir von meiner lieben Mutter!«

Abigail seufzte zufrieden, und ihr Blick schien in weite Ferne zu gehen, als sie sich die Vergangenheit in Erinnerung rief. »Deine Mutter war eine wundervolle Frau. Bildhübsch und genau wie du.« Sie ergriff Tracys Hand und drückte sie sanft und liebevoll. »Sie wußte, welcher Platz ihr auf der Welt gebührte. Du hättest sie niemals in der Küche arbeiten sehen. Dorthin ging sie nur einmal in der Woche, wenn sie der Köchin den Speiseplan gab. Ja, deine Mutter war eine Frau von Format. Aber ich nehme an, diese Zeiten sind für immer vorüber...« Sie schwieg in Gedanken versunken und schloß die Augen.

Tracy schaute auf ihre alte Großmutter hinab und fragte sich, ob sie wieder eingeschlafen war. »Aber wenn die Fabrik wieder Geld einbringt...« begann sie, und Abigail riß die Augen auf.

»Das wird sie nicht!« sagte sie mit plötzlich fester Stimme. »Wir brauchen das Geld nicht, und ich habe deinem

Vater gesagt, daß er die Fabrik wieder schließen soll. Ich werde alles daransetzen, daß er das tut!«

Tracy lächelte vor sich hin. »Aber warum? Warum sollte er sie schließen?«

Abigail wandte ihrer Enkelin langsam den Kopf zu und heftete den Blick auf sie, doch Tracy hatte das unheimliche Gefühl, daß ihre Großmutter sie gar nicht wahrnahm.

»Weil sie eine Stätte des Teufels ist«, flüsterte die alte Frau wie im Selbstgespräch. »Sie tötete meinen Sohn und Jeff Bailey, und sie versuchte, mich ebenfalls zu töten!«

Tracys Herz schlug schneller. Das war genau das, was sie hatte hören wollen, obwohl ihre Großmutter verwirrt war. Beth konnte Onkel Conrad nicht getötet haben – sie war zu dieser Zeit noch nicht einmal auf der Welt gewesen. Aber was machte es schon, wenn dieser Punkt nicht stimmte? Tracy bemühte sich, ihre Aufregung zu verbergen. »Sie versuchte, dich zu *töten?*« flüsterte sie. »Wer?« Als ihre Großmutter nicht antwortete, entschloß sich Tracy, ihr Glück zu versuchen. »Du hast sie gesehen, nicht wahr? Du hast sie dort unten im Keller gesehen, und sie tat dir etwas an, stimmt's?«

Abigail hatte das Gefühl, ihr Herz krampfe sich schmerzhaft zusammen, als plötzlich die Erinnerungen an die vergangene Nacht auf sie einstürmten. Abermals streckte sie die Hand nach Tracy aus, doch diesmal war die Hand wie eine Klaue, und als sie das Mädchen am Handgelenk packte, zuckte Tracy vor Schmerz zusammen.

»Die Kinder«, keuchte Abigail. »Ja... ich sah die Kinder.«

»Beth«, flüsterte Tracy aufgeregt. »Du hast Beth Rogers gesehen, nicht wahr?«

Abigail nickte, und ihre Lippen bebten, als sie weitersprach. »Ja, die Kinder«, wiederholte sie. »Ich sah die Kinder. Ich sah sie, als wären sie wirklich dort...«

Tracys Puls raste jetzt. »Ja, Großmutter, du hast sie gesehen, und sie versuchte, dich umzubringen.«

»Tot«, wisperte Abigail. »Sie ist tot, und sie will uns töten.« Sie umklammerte Tracys Handgelenk noch fester, und Schmerzen stachen durch das Handgelenk des Mädchens. »Sie will uns alle töten, Tracy. Sie haßt uns, wegen dem, was wir ihr angetan haben. Sie haßt uns, und sie wird uns töten, wenn wir sie gewähren lassen.«

Tracy versuchte, sich loszureißen, aber Abigail fand anscheinend neue Kraft, während sie weiterredete. »Bleib dort fort, Tracy. Bleib dort fort. Versprich es mir, Tracy. Versprich mir, daß du dich von der Fabrik fernhältst.«

Tracy hatte plötzlich Angst vor ihrer Großmutter. Das Mädchen riß sich mit aller Kraft aus der Umklammerung der alten Frau los. Als wäre Abigail schlagartig von der Quelle ihrer Kraft abgeschnitten worden, erschlaffte sie und sank auf die Kissen zurück.

»Versprich es mir«, sagte sie schwach, während sie Tracys Blick suchte.

Tracy wich zur Tür zurück. »Ich... ich verspreche es«, murmelte sie. Dann verließ sie eilig das Zimmer, zog die Tür hinter sich zu und wünschte, den Anblick der alten Frau aus ihrem Gedächtnis löschen zu können.

Als sie das Krankenhaus verließ, dachte sie über das Gehörte nach und sagte sich, daß sie alles in allem recht gehabt hatte.

Ihre Großmutter hatte tatsächlich etwas im Kellergeschoß der Fabrik gesehen, und wer auch immer es gewesen war, er hatte versucht, sie umzubringen.

Und für Tracy stand fest, wen die alte Frau gesehen hatte.

Beth Rogers.

Tracy folgte der River Road, bis sie in die Prospect Street gelangte. Dort blieb sie stehen und schaute neugierig das alte Gebäude an. Wenn stimmte, was ihre Großmutter erzählt hatte, war dieser alte Bau plötzlich zu neuem Leben erwacht. Tracy fragte sich, was wirklich dort vor so vielen Jahren geschehen sein mochte.

Nichts, sagte sie sich.

Ihre Großmutter war alt und krank und wußte nicht mehr, was sie sagte.

Und ein Versprechen, das man ihr gab, zählte in Wirklichkeit nichts. Tracy fand schon seit langem, daß Versprechungen nichts bedeuteten. Wenn man etwas haben wollte, dann versprach man etwas, um es zu bekommen. Anschließend pfiff man auf das Versprechen und tat, was man wollte, und keiner sagte etwas. Wenigstens ihr Vater und ihre Großmutter verloren kein Wort mehr darüber, und das war alles, was zählte.

Wenn ihr der Sinn danach stand, in die Fabrik zu gehen und sich dort umzuschauen, dann würde sie das tun und sich von keinem daran hindern lassen.

19

Die Schläfrigkeit des Sommers hatte sich über Westover gesenkt, und im August wirkte die Stadt wie in Trance. Schon in der feuchten Wärme des Juli bewegten sich die Leute langsam, doch in der drückenden Hitze des Augusts schien alles in Trägheit zu erstarren.

Für Beth war das Leben sonderbar eintönig geworden.

Jeder neue Tag war fast wie der vergangene.

Zuerst war alles schrecklich verwirrend gewesen. Die Erinnerung daran, wie Patches gestorben war, während sie zugeschaut hatte, war immer noch frisch und hatte sich ihr unauslöschlich eingeprägt.

Manchmal schreckte Beth immer noch mitten in der Nacht aus dem Schlaf.

Der Rest jenes Tages war jedoch wie aus einem Traum gewesen. Die plötzliche Ankunft ihres Vaters, seine Erklärung, daß sie – wenigstens eine Zeitlang – bei ihm leben würde, das hastige Packen ihrer Koffer, die Fahrt mit ihrem Vater von Hilltop zur Stadt – all das war so schnell geschehen, daß sie kaum gewußt hatte, wie ihr geschah, während sie zu ergründen versucht hatte, *warum* es geschah.

Ihr Vater hatte versucht, es ihr zu erklären. Er hatte gesagt, niemand gebe ihr die Schuld für das, was mit Patches passiert war, doch es sei einfach besser für alle, wenn sie eine Zeitlang bei ihm lebe. Mrs. Sturgess würde aus dem Krankenhaus heimkommen, Carolyn sei schwanger, und Tracy ...

Er hatte nicht weitergesprochen, nachdem er den Namen Tracy erwähnt hatte, aber Beth hatte gewußt, was er meinte. Hilltop war Tracys Heim, nicht ihres, und sie beide konnten dort nicht mehr zusammen leben. Deshalb mußte sie, Beth, ausziehen.

Es war nicht fair, aber so waren die Dinge nun einmal, und selbst in ihrer Jugend wußte Beth bereits, daß das Leben nicht immer fair ist.

Das Leben bei ihrem Vater hatte sich ebenfalls nicht ganz als das erwiesen, was sie sich vorgestellt hatte. Vor dem Umzug zu ihm waren sie an den Abenden, die sie mit ihm zusammen verbracht hatte, stets zum Essen ausgegangen, und er hatte immer viel Zeit für sie gehabt.

Seit sie jedoch ständig bei ihm war, hatte sich das geändert. Sie verstand, warum – er mußte jeden Tag zur Arbeit und konnte es sich nicht erlauben, jeden Abend zum Essen auszugehen. So blieben sie an den meisten Abenden zu Hause, Beth machte für sie beide das Abendessen, und das Essen war nicht so gut wie das, was Hannah auf Hilltop gekocht hatte. Außerdem war ihr Zimmer viel kleiner, und man hatte vom Fenster aus keinen Ausblick über die ganze Stadt. Statt dessen blickte man auf einen Parkplatz, und nur eine kleine Ecke der Fabrik war zwischen zwei Häusern an der Fourth Street zu sehen.

Wenigstens war Tracy nicht da, und das war gut.

Nicht gut hingegen war das, was passiert war, als sie Peggy Russell besucht hatte. Peggy hatte die Haustür nur einen kleinen Spalt geöffnet und Beth nicht hereingebeten. Statt dessen hatte sie gesagt, daß sie nicht mehr mit ihr spielen könne und daß sie besser von ihrem Haus fernbliebe.

Beth war weinend nach Hause gegangen, doch in der Leere des kleinen Apartments hatte sie die Einsamkeit sogar noch stärker empfunden als bei Peggys Abweisung. So war Beth zur Fabrik gegangen und hatte den Rest des Tages dort verbracht.

Als die Tage zu Wochen geworden waren, hatte Beth versucht, wieder Freunde unter den Kindern zu finden, die sie gekannt hatte, bevor sie nach Hilltop gezogen war, doch es war vergebens gewesen. Alle hatten gehört, was mit Patches passiert war, und jeder hatte Peggys Geschichte über das Grab auf dem Hügelhang und die Tatsache gehört, daß Beth glaubte, die Person, die dort begraben war, lebe immer noch in der alten Fabrik. Zuerst hatten die anderen Kinder sie einfach ignoriert, wenn sie versucht hatte, mit ihnen Freundschaft zu schließen, doch als sie sich weiter bemüht hatte, war sie beschimpft worden. Und dann hatten die Kinder einen Spitznamen für sie erfunden.

Crazy Bethy.

Sie riefen es hinter ihr her, wenn sie die Straße entlangging, und wenn ihre Eltern dabei waren und sie es nicht laut rufen konnten, dann flüsterten sie es und zeigten mit dem Finger auf sie.

Ihr Vater sagte ihr, sie solle sich nicht darüber ärgern – in ein paar Wochen würde etwas anderes interessant sein, und die Kinder würden das alles vergessen.

Beth war sich jedoch nicht sicher, ob das jemals der Fall sein würde.

Sie verbrachte immer mehr Zeit in dem ehemaligen Fabrikgebäude, und schließlich gewöhnten sich die Arbeiter so sehr daran, daß sie Beth schon erwarteten und sich Sorgen machten, wenn sie mal auch nur ein paar Minuten später kam. Die Arbeiter waren stets freundlich zu ihr, und sie durfte herumspazieren, wo sie wollte, ihnen bei der Arbeit zuschauen, ihnen gelegentlich Werkzeuge bringen und manchmal sogar helfen.

Es war wirklich nicht schlecht, abgesehen von den Tagen, an denen Philip Sturgess kam, um sich anzusehen, wie es mit den Arbeiten voranging, und Tracy mitbrachte.

Phillip war immer freundlich zu Beth und interessierte sich dafür, wie es ihr ging und was sie so trieb.

Tracy dagegen sprach nie mit ihr. Sie starrte sie nur mit einem leichten Lächeln um die Lippen an, das Beth zu verhöhnen schien. Beth bemühte sich, so zu tun, als mache es ihr nichts aus, doch es setzte ihr natürlich zu.

Manchmal sah sie Tracy des Nachmittags draußen stehen und zur Fabrik schauen, und Beth wußte, was Tracy wollte.

Sie wollte hereinkommen und ins Kellergeschoß hinabgehen.

Das konnte sie jedoch nicht. Den ganzen Tag über waren Leute darin, und nachts war das Gebäude sorgfältig abgeschlossen, und das Vorhängeschloß an der einzigen Tür im Bauzaun wurde zweimal überprüft.

Für Beth dagegen war es einfach, ins Kellergeschoß und zu dem kleinen Raum unter der Laderampe zu gehen. Niemand vermißte sie je, und sie verbrachte stets einen Teil des Tages damit, allein in der Dunkelheit zu sitzen und die Anwesenheit von Amy zu spüren, die jetzt ihre einzige wahre Freundin war.

Zuerst hatte sie sich dort ganz allein ein wenig gefürchtet. Lange Zeit hatte sie immer die Tür offengelassen, mit der Taschenlampe in jede Ecke geleuchtet und die Lampe dann angelassen. Doch bald hatte sie sich gesagt, daß sie nichts in der Dunkelheit des Raums zu fürchten hatte, und von da an hatte sie die Tür geschlossen, die Taschenlampe ausgeschaltet und sich vorgestellt, daß Amy – eine echte, lebende Amy – dort mit ihr beisammen war.

Nach einer Weile hatte sie nicht einmal mehr der sonderbare Geruch von Rauch gestört, und Ende Juli hatte sie eine alte Decke in die Fabrik mitgenommen. Jetzt bewahrte sie die Decke in dem kleinen Raum auf und breitete sie dort manchmal aus, um sich daraufzulegen und mit offenen Augen von Amy zu träumen.

Sie wußte jetzt viel über Amy. Beth war in die Stadtbücherei gegangen und hatte in Büchern gelesen, wie Städte wie Westover vor hundert Jahren ausgesehen hatten, als Amy gelebt hatte.

Sie hatte über Kinder wie Amy gelesen, welche die meiste Zeit ihrer Jugend in solchen Gebäuden verbracht hatten, den ganzen Tag lang gearbeitet hatten und dann in kleine Häuser heimgekehrt waren, in denen es keine Heizung und weder Elektrizität noch sanitäre Anlagen gegeben hatte.

Eines Tages war Beth durch Westover gewandert und hatte überlegt, in welchem Haus Amy gewohnt haben mochte. Schließlich hatte sie sich entschieden, daß es das Haus an der Elm Street war, gleich neben den Bahngleisen. Natürlich sagte ihr ein Teil ihres Verstandes, daß sie sich auf dieses Haus festgelegt hatte, weil ihre Mutter es ihr vor langer Zeit gezeigt und erklärt hatte, daß es einst das Haus ihrer Familie gewesen war, vor langer Zeit, noch bevor sie selbst geboren worden war.

Beth hatte das Haus betrachtet, das jetzt lange verlassen war, dessen Dach durchhing und dessen verfallene Wände von Unkraut überwuchert waren, und als sie sich vorgestellt hatte, daß dies Amys Heim gewesen war, hatte sie geglaubt, Amys Stimme zu hören. Amy hatte ihr zugeflüstert, daß sie mit ihrer Annahme recht hatte. »Ja, hier habe ich gewohnt«, hatte Amy geflüstert.

Dann hatten ihre Träume von Amy angefangen. Sie träumte nur von ihr, wenn sie in dem kleinen Raum hinter der Treppe war, und Beth war sich nicht einmal sicher, ob es wirklich Träume waren. Denn wenn die Träume zu Ende waren, konnte sie sich nicht erinnern, vor dem jeweiligen Traum eingeschlafen und anschließend erwacht zu sein. Sie gelangte zu dem Schluß, daß es überhaupt keine Träume waren.

Es waren Visionen.

Es waren Besuche von Amy, die zu ihr kam, um ihr etwas zu zeigen und zu erzählen.

Beth sagte keinem jemals etwas von Amys Besuchen. Sie hatte inzwischen gelernt, daß es besser war, bei keinem über Amy zu reden. Niemand hatte ihr geglaubt, als sie das einzige Mal über Amy gesprochen hatte. Und jetzt hielt jeder sie für verrückt.

Jeder außer Mrs. Sturgess, und Beth hatte sie nicht mehr gesehen, seit sie die alte Frau im Krankenhaus besucht hatte. Einmal war Beth wieder ins Krankenhaus gegangen, doch die Schwester hatte ihr erklärt, daß es eine Liste von Leuten gab, denen erlaubt war, Mrs. Sturgess zu besuchen, und ihr Name stand nicht auf der Liste.

So war Amy Beths Geheimnis geworden, und es war nicht mehr wichtig für Beth, ob die alte Frau beweisen konnte, ob es tatsächlich jemand namens Amy gegeben hatte oder nicht.

Für Beth war Amy so real wie jeder sonst.

Amy war ein Teil von ihr.

Und dann, eines Tages im späten August in dem kleinen Raum im Kellergeschoß der ehemaligen Fabrik, wurde Beth für eine Weile tatsächlich zu Amy und sah und empfand wie sie.

Es war ein besonders heißer Nachmittag, doch hier unten in der Dunkelheit war es kühl, fast wie an einem perfekten Frühjahrsmorgen. Beth breitete die Decke auf dem Boden aus, legte sich darauf, knipste die Taschenlampe aus und ließ sich von Amy besuchen...

Es war ein Frühjahrsmorgen, wie ihn Amy seit langem fürchtete: Die Sonne schien strahlend, und es war schon vor sechs Uhr warm. Sie wußte, daß es gegen zehn heiß sein würde. Dann reichte eine leichte Brise aus, um in ihr den sehnsüchtigen Wunsch zu wecken, auf dem Hof zu liegen, zu den Ahornbäumen emporzublicken und Tagträumen nachzuhängen. Und am Nachmittag, wenn die Hitze ihren Höhepunkt erreichte und die Luft so schwül war, daß einem das Atmen schwerfiel, würde der Fluß nur ein paar Meter entfernt mit seinem kühlen Wasser locken.

Ja, heute war die Art Tag, die sie fürchten gelernt hatte, denn aus irgendeinem Grund schien es solch einen Tag niemals sonntags zu geben, wenn sie wenigstens ein paar Minuten Zeit gehabt hätte, um ihn zu genießen. Obwohl sie an Sonntagen nicht zur Arbeit gehen mußte, gab es zuviel zu tun. Sie mußte zu Hause helfen, sich um die Schwestern und Brüder kümmern, ihrem Vater aus dem Weg bleiben und ihrer Mutter bei all den Arbeiten zur Hand gehen, für die sie im Lauf der Woche nie Zeit gehabt hatte.

Fast unbewußt ging Amy langsamer, als könne sie dadurch das Unabwendbare aufschieben. Sie wußte jedoch, daß es unmöglich war. Als sie sich von der Bahnlinie abwandte und den Weg zur Prospect Street hinaufging, wo der Schatten der Schuhfabrik den Sonnenschein auslöschte, begann sie sich gegen die Stunden zu wappnen, die vor ihr lagen. Vor langer Zeit hatte ihr die Mutter den Trick beigebracht, wie man in der Fabrik überleben konnte. Man mußte alles um sich herum ausschalten und vergessen, bis der kleine Raum, in dem man arbeitete, die ganze Welt zu sein schien und nichts außerhalb davon zu einem dringen konnte. Dann dachte man nur an die Arbeit: Man schnitt die kleinen Lederstücke aus den gegerbten Häuten, sorgte dafür, daß sie alle exakt die gleiche Größe hatten, und stapelte sie sorgfältig, jedoch schnell auf, bevor sie in den Fabrikraum nach oben befördert wurden, damit die Arbeiter die richtigen Stücke zum passenden Zeitpunkt bekamen. Und man mußte schnell arbeiten, denn es wurde pro Stück bezahlt.

Man mußte auch den Gestank ignorieren, denn sonst wurde

einem schnell schlecht und man konnte überhaupt nicht arbeiten. Manchmal fragte sich Amy, was am schlimmsten roch – der ätzende Geruch der Lauge, die zum Gerben der Häute benutzt wurde, oder der säuerliche Gestank der Farbstoffe, mit denen das Leder nach dem Gerben gefärbt wurde. Oder vielleicht, dachte sie manchmal, rührte der schlimmste Gestank von den Leuten selbst her, die alle in der Hitze schwitzten und den Blick starr auf die Arbeit gerichtet hatten, aus Furcht, ein Blick aus den schmutzigen Fenstern zum Licht und der frischen Luft draußen würde sie überwältigen und sie würden die Arbeit hinwerfen und für immer aus der Fabrik davonlaufen.

Das würden sie jedoch nicht tun – Amy am allerwenigsten. Es war das Jahr 1886, und es gab nicht viele Jobs, und ihre Mutter, die überhaupt keine Arbeitsstelle hatte, sagte ihr stets, wie glücklich sie sich preisen könne, mitten in der Wirtschaftskrise einen Job zu haben. Und wenn sich Amy auch nicht ganz sicher war, was eine Wirtschaftskrise war, so war ihr klar, daß sie nicht einfach aus der Fabrik fortlaufen konnte, weil sie dann überhaupt kein Geld und ihre Mutter und Schwestern und Brüder nichts zu essen haben würden.

Das Tor der Fabrik ragte jetzt ein paar Treppenstufen über ihr auf, und Amy blieb stehen. Nach der Uhr auf dem Kirchturm blieben ihr immer noch vier Minuten, bis die Pfeife ertönte und jeder an den Arbeitsplätzen und einsatzbereit sein mußte. Ihr Blick schweifte in die Runde, wie um Eindrücke zu sammeln und sie für eine spätere Untersuchung aufzuheben, und blieb dann auf drei Kindern haften, die in ihrem Alter waren und auf der anderen Straßenseite entlanggingen. Amy kannte ihre Namen, aber sie hatte ebensowenig mit ihnen gesprochen wie die Kinder mit ihr.

Flüchtig fragte sie sich, ob die Kinder wußten, wie sie hieß.

Vermutlich nicht, denn sie arbeiteten nicht in der Fabrik.

Sie arbeiteten überhaupt nicht.

Das waren die Glücklichen, deren Väter die Fabrik besaßen und die in schönen Häusern wohnten, im Winter zur Schule gingen und den ganzen Sommer draußen spielen konnten. Und sie hatten schöne Kleidung, die nie aussah, als wäre sie schon von anderen getragen oder zwei- oder dreimal in der Woche geflickt worden. Unwillkürlich strich Amy über ihr Kleid, als könne sie mit einer unsichtbaren Kraft die Flecken darauf verschwinden lassen oder die groben Nähte glätten, mit denen die Flicken zusammengehalten wurden.

Amy fragte sich flüchtig, wohin die Kinder heute gehen mochten. Dann sagte sie sich, daß es ihr gleichgültig sein konnte. Das einzige, was wirklich zählte, war die Tatsache, daß ihr jetzt nur noch eine Minute blieb, um zu ihrem Arbeitsplatz zu gelangen. Wenn sie zu spät kam, würde sie von dem Schichtleiter angebrüllt werden, vielleicht sogar gefeuert. Und wenn das passierte...

Sie verdrängte den Gedanken, eilte durch das Tor in das Halbdunkel der Fabrik und bemühte sich, den Rest der Welt vorübergehend zu vergessen.

Ein paar Leute sprachen sie an, als sie auf die Treppe am fernen Ende der Fabrikhalle zulief, und sie antwortete mit einem grüßenden Nicken. Die meisten der Leute waren jedoch bereits bei der Arbeit. Ihre Bewegungen waren schnell und wie automatisch, während die Arbeiter Schuhe aus den Lederteilen zusammensetzten, die rings um sie aufgestapelt waren. Die Arbeiter wirkten alle gleich eintönig: Ihr Blick war leer, und ihre Haut sah beinahe wie abgenutztes Leder aus. Ihre schäbige und schlecht passende Kleidung sah fast gleich aus und kennzeichnete sie als das, was sie waren – Fabrikarbeiter. Amy fragte sich flüchtig, ob die Arbeiter wie sie davon träumten, aus der Fabrik herauszukommen, doch dann sagte sie sich, daß sie nicht die gleiche Sehnsucht hatten. Für die meisten von ihnen war die Fabrik das Leben, und sie würden hier sein, bis sie starben.

Als die Pfeife schrillte, eilte Amy die Treppe hinab in den kleinen Raum unter der Verladerampe, in dem sie mit den anderen Kindern ihres Alters arbeitete. Ihre Aufgabe war es, aus den frisch gegerbten und gefärbten Häuten die vielen Stücke zu schneiden, die zur Herstellung der Schuhe dienten.

Hier hatte Amy vor drei Jahren als Achtjährige mit der Arbeit *angefangen. Sie hatte sich um die Bottiche gekümmert, in denen die Häute eingeweicht wurden, und dann beim Färben mitgeholfen. Schließlich war sie als Zuschneiderin angelernt worden, und nun arbeitete sie sechs Tage pro Woche in ihrer 12-Stunden-Schicht, schnitt Sohlen aus dem Rohleder und bemühte sich wie die anderen, nichts bei der Arbeit zu denken.*

Als sie ihre Schürze umband und ihren Platz am Schneidetisch einnahm, begann sie abzuschalten.

Zuerst die Augen.

Sie mußte den Blick auf ihre Arbeit gerichtet halten, obwohl ihr seit Monaten jede Bewegung in Fleisch und Blut übergegangen war und sie gar nicht mehr hinzuschauen brauchte. Wenn sie jedoch auf das Leder und die automatischen Bewegungen ihrer rechten Hand mit dem Messer schaute, dann würde ihr Blick nicht zu den anderen Kindern ringsum schweifen, und sie würde keine Dinge wahrnehmen, die sie nicht sehen wollte. Sie würde nicht ihren Cousin sehen, der nur ein paar Meter entfernt arbeitete und dessen Gesicht immer tränenverschmiert war. Amy wußte, warum ihr Cousin bei der Arbeit weinte, aber er hatte sie schwören lassen, es geheimzuhalten, denn wenn jemand herausfand, daß er allergisch gegen die Farbstoffe war, mit denen er arbeitete, würde er seinen Job verlieren. So arbeitete er weiter, und obwohl ihm die Farbstoffe so sehr zusetzten, daß er manchmal den ganzen Tag lang weinte, klagte er nie und wandte sich immer ab, wenn der Vorarbeiter in der Nähe war.

Amy bemühte sich ebenfalls, nichts mehr zu hören, denn sonst hätte sie wahrgenommen, was die anderen Kinder redeten und hätte bald ebenfalls gesprochen. Und dann hätten die Gedanken eingesetzt, und sie wollte nicht denken, weil dann wer weiß was hätte passieren können.

Sie konnte das alles nur überstehen, wenn sie sich völlig verschloß und sich von der eintönigen Routinearbeit einlullen ließ, um die Stunden hinter sich zu bringen.

Amy nahm das Messer und begann mit dem Zuschneiden. Binnen einer halben Minute hatte sie den Rhythmus der Bewegung gefunden, den sie den ganzen Tag lang durchhalten würde.

Sie hielt das Leder mit der linken Hand auf dem Schneidetisch fest, schnitt mit der Rechten einen Streifen von genau drei Zoll Breite ab, nahm den Streifen in die linke Hand, schnitt schnell und drehte das Messer leicht, um die Kurve vom Absatz zu schneiden. Dann drehte sie den Absatz und wiederholte den Schnitt. Sie legte das Absatzstück in den Kasten und begann mit dem nächsten. Langsam, wie jeden Tag, verschlossen sich ihre Sinne, bis sie nichts mehr wahrnahm außer dem kleinen Platz am Zuschneidetisch, dem Messer in ihrer Hand und dem Leder vor ihr. Bald würde die Zeit keine Bedeutung mehr für sie haben, und sie würde weiterarbeiten und weder ihre Umgebung noch die Schmerzen, die jeden Tag im Laufe der Stunden einsetzten. Sie würde sie erst spüren, wenn sie am Abend nach dem Schrillen der Pfeife auf dem Nachhauseweg war. Dann setzten alle Wahrnehmungen wieder ein, der Schmerz wurde ihr bewußt, und wenn sie daheim war, konnte sie kaum noch die Arme bewegen. Ihre Mutter hatte dann einen Zuber mit heißem Wasser bereit, das sie auf dem Herd erhitzt hatte, der mit Holz beheizt wurde. Amy sank in den Zuber und wartete, bis die Schmerzen in ein Gefühl der Taubheit übergingen, dann schließlich in ein Prickeln, und bald konnte sie die Arme wieder bewegen.

Aber während des Tages konnte sie den Schmerz nur unterdrücken, wie sie gelernt hatte, alles sonst auszuschließen. Das war die einzige Möglichkeit, wie sie den Tag in der Fabrik überstehen konnte.

Und dann, wenn sie die Empfindungen ausgeschaltet hatte und sich nicht mehr bewußt war, daß sie in der Fabrik arbeitete, lebte sie eine Zeitlang in ihrer eigenen Welt, in einer Welt, in der es keine Fabrik gab. In ihrer Welt lebte sie draußen, in der Wärme der Sonne, in der Brise, die durch ihr langes Haar blies und ihre Haut liebkoste. Die Luft war erfüllt vom Duft der Blumen, während Amy stundenlang am Fluß lag und das kühle Wasser über ihre Hand plätschern ließ. Und eines Tages würde sie wirklich in dieser Welt leben, davon war sie fest überzeugt. Eines Tages würde sie eine Möglichkeit finden, die Fabrik zu verlassen, und dann würde sie niemals mehr alle Wahrnehmungen aus-

schalten müssen. An diesem Tag würde sie ihren Cousin mitnehmen, ihn und all die anderen Kinder, die wie sie langsam in der Fabrik starben ...

Amy hatte keine Ahnung, wie spät es war, als irgend etwas in ihr Bewußtsein drang. In den ersten Minuten war sie sich nicht einmal sicher, was sie überhaupt wahrnahm. Sie wußte nur, daß etwas nicht so war, wie es sein sollte. Irgend etwas störte ihre schützende Trance.

Langsam, fast unmerklich, öffnete sie ihre Sinne für die Umgebung.

Es war der Gestank.

Der Raum, der stets unbelüftet und von den stinkenden Dämpfen der Laugen und Farben und dem säuerlichen Geruch von Schweiß erfüllt war, roch jetzt außerdem nach etwas anderem.

Amy hielt im Zuschneiden inne und schnüffelte.

Da war ein beißender Geruch, irgendwie vertraut, doch fehl am Platz.

Und ihre Augen brannten.

Ihre Wahrnehmungsfähigkeit setzte voll ein, und Amy spürte, daß ihr Tränen in die Augen stiegen und über die Wangen rannen. Sie ließ das Messer fallen und hob die schmerzende rechte Hand, um die Tränen fortzuwischen.

Der Gestank war jetzt stärker, und sie zwang sich, sich umzuwenden und sich im Raum umzuschauen.

Und dann sah sie es.

In der Ecke bei der Tür war ein Haufen Lappen, die mit öligen Farben getränkt waren, in Brand geraten.

Amy starrte einen Augenblick lang auf die Flammen und war sich nicht sicher, ob sie wirklich da waren. Dann schaute sie in die Runde.

Die anderen Kinder unterhielten sich nicht während der Arbeit, wie sie angenommen hatte. Sie standen mit ausdruckslosen Mienen und starrem Blick auf ihren Plätzen und arbeiteten wie automatisch und im gleichen Rhythmus, den sie selbst jeden Tag wählte.

Ein paar Meter entfernt stand ihr Cousin mit Tränen in den Augen an einem der Farbbottiche.

Obwohl der Cousin weinte, erkannte Amy sofort, daß er sich ebenfalls in eine eigene Welt zurückgezogen hatte, in der die Fabrik keinen Platz hatte. Er war wie sie – wie all die anderen Kinder – in eine andere Welt geflüchtet und nahm nicht die Welt wahr, in der sein Körper litt.

Das Feuer breitete sich jetzt aus. Flammen züngelten über den Boden, und Rauch wolkte von den brennenden Lappen auf und erfüllte den Raum mit erstickendem Qualm.

Und dann hörte Amy jenseits des kleinen Raums die Schreie. »Feuer! Feuer im Zuschneideraum!« Im nächsten Augenblick übertönte ein schrilles Pfeifen die Schreie, diesmal nicht, um das Ende der Morgenschicht anzukündigen, sondern um die Arbeiter vor der Gefahr zu warnen. Gleich würde ein Löschtrupp kommen und das Feuer löschen.

Amy spürte, wie die anderen Kinder ringsum aus ihrer Trance gerissen wurden. Sie husteten, und die ersten Schreckenslaute ertönten.

Raus.

Sie mußte sie rausbringen.

Amy lief zu ihrem Cousin und ergriff seine Hand. Der Junge, der ein Jahr jünger war, starrte sie an und wollte sich losreißen.

»Komm«, bat Amy. »Willie, wir müssen hier raus.« Aber Willie starrte an ihr vorbei, schüttelte den Kopf und wollte zurückweichen. Amy wandte sich um und sah, was ihr Cousin bereits wahrgenommen hatte: Die Tür, im Rauch kaum noch sichtbar, war blockiert von lodernden Flammen.

»Dort durch!« schrie Amy. »Wir müssen durch das Feuer! Komm!« Sie packte Willies Hand fester und zerrte ihn auf die Tür zu, und die Hitze des Feuers schlug ihr entgegen und versengte ihr Haar.

Es gab jedoch keinen anderen Ausweg. Sie kämpfte sich weiter auf die Tür zu, und zwei andere Kinder folgten ihr. Und dann, als sie gerade im Begriff war, durch die Flammen zu springen, hörte sie eine Stimme auf der anderen Seite.

»Verschließt diese Tür, verdammt! Wollt ihr, daß die ganze Fabrik abbrennt?«

Amy erstarrte. Sie erkannte die Stimme und wußte, daß der Befehl befolgt werden würde. Hilflos schaute sie zu, als die schwere Metalltür schnell zuglitt. Kurz bevor sich die Tür schloß, sah Amy das Gesicht des Mannes, der den Befehl gegeben hatte. Der Mann schaute sie an, doch sie sah nichts in seinem Blick. Keine Liebe, kein Mitleid, kein Bedauern über das, was er getan hatte.

Dann verschwand sein Gesicht, und Amy war in der Falle.

Ohne es richtig zu begreifen, trat sie zurück und ließ sich dann von Willie von den lodernden Flammen fortzerren.

Schließlich wandte sich Amy um und schaute in die entsetzten Augen der anderen Kinder. Alle schienen sie anzusehen und von ihr zu erwarten, daß sie etwas unternahm. Aber es gab nichts, was sie tun konnte.

Schließlich begann eines der Kinder zu schreien, rannte in die Flammen und hämmerte mit den Fäusten gegen die verschlossene Feuertür. Das Kind flehte, jemand solle öffnen, sie herauslassen, sie retten.

Amy wußte, daß die Tür auch nicht geöffnet werden würde, wenn jemand die Schreie hören würde.

Die Schreie des Kindes wurden schwächer, und Amy sah, daß es langsam auf die Knie sank. Die Kleidung des kleinen Jungen stand in Flammen, und sein Haar war verbrannt. Dann fiel der Junge vornüber, und das letzte, was Amy sah, bevor sie sich abwandte, war die Hand des kleinen Jungen, die flehend zu der Tür und der Sicherheit hingestreckt war, die es nicht mehr gab.

Willie klammerte sich jetzt an Amy, und sie taumelte mit den anderen Kindern, die sich an sie drängten, zum anderen Ende des Raums. Noch während sie vor dem Feuer zurückwich, erkannte Amy, daß es sinnlos war.

Das Fenster.

Über ihr, hoch oben, war ein kleines Fenster.

Wenn sie hinaufgelangen und es einschlagen konnte...

Sie kämpfte gegen ihre zunehmende Panik an, wie sie es

gelernt hatte, sich vor dem Leben in der Fabrik zu verschließen, und schaute sich nach etwas um, auf das sie klettern konnte.

Ein Stuhl. Dort in der Ecke stand ein Stuhl.

Amy ließ Willies Hand los, lief zu dem Stuhl und zog ihn bis unter das Fenster. Sie kletterte hinauf, streckte sich und konnte so gerade das Fenster erreichen.

Das Fenster war geschlossen.

Und dann gab ihr eines der Kinder einen Holzhammer. Amy ignorierte den Schmerz in ihren Armen und Schultern, schwang den Hammer und schlug zu.

Als die Fensterscheibe zerklirrte, erkannte Amy ihren Fehler.

Frische Luft strömte in den Raum, und der Sauerstoff gab dem Feuer neue Nahrung.

Sofort war der Raum mit stärkerem Rauch und höher lodernden Flammen erfüllt. Und mit den Schreien der Kinder, die wußten, daß sie gleich sterben würden.

Einen Augenblick lang schien die Zeit stillzustehen, und Amy beobachtete, wie das Feuer nahte, um sie zu verschlingen. Dann, als ihr Kleid Feuer fing und sie zu Boden stürzte, hörte sie Willie schreien.

»Amy!« Und dann noch einmal. »Aaaaammyyyy!«

Es war das letzte Wort, das Willie hervorbrachte, das letzte Wort, das Amy hörte. Und Willies Gesicht war das letzte, das sie jemals sah.

Ihre letzte Erinnerung jedoch, die Erinnerung, mit der sie starb, war die an eine andere Stimme, an ein anderes Gesicht.

Eine Stimme, die befahl, daß die Feuertür geschlossen wurde.

Eine Stimme, die ihren Tod besiegelte.

Eine Stimme, die verfügte, daß sie niemals die Fabrik verließ.

Und das Gesicht, das sie sah, das Gesicht, das zu der schrecklichen Stimme gehörte, die ihren Tod befohlen hatte, war das ihres Vaters.

Als Amy starb, wußte sie, daß sie niemals die Fabrik verlassen würde. Aber wie die Fabrik sie getötet hatte, so würde sie, Amy, andere töten.

Sie würde ihre Rache haben.

20

Für Alan Rogers war dieser Nachmittag Ende August der Tag, an dem er zum erstenmal die Ergebnisse der Arbeiten dieses Sommers sah. Die Außenwände der Fabrik waren fertig. Die Ruß- und Staubschicht war entfernt, und das warme Dunkelrot der alten Backsteine bildete einen schönen Kontrast zu den weißen Umrandungen der Fenster. Die Fenster selbst, zuvor nichts anderes als symmetrisch angelegte Öffnungen in der sonst kahlen Fassade des Gebäudes, waren vergrößert worden und hatten jetzt Läden.

Der Bauzaun, der keinen Zweck mehr zu erfüllen hatte, war vor einer Woche abgerissen worden.

Der Haupteingang an der Prospect Street war fertig, eine breite Treppe, die zu einer Reihe von Glastüren führte, die sich zum Hauptgang im Erdgeschoß öffnete. Auf halbem Weg verbreiterte sich der Hauptgang zu einem Atrium, über dem eine Glaskugel mit einem Schimmer von Regenbogenfarben angebracht worden war. Jenseits des Atriums führte der Mittelgang weiter zum Ende des Gebäudes, wo schließlich ein Wasserfall in ein kleines Becken herabrauschen würde. Die alten Büros waren seit langem herausgerissen, doch die Treppe zum Kellergeschoß war geblieben – eines der letzten Überbleibsel der ursprünglichen Struktur, das noch ersetzt werden mußte.

Der Bau des offenen Zwischenstocks war dem Zeitplan um zwei Wochen voraus, und die Trennwände für die Läden im Obergeschoß waren bereits an Ort und Stelle. Ihre Fassaden würden wie die im Erdgeschoß erst fertiggestellt werden, wenn die Pächter die Verträge unterzeichnet und die Pläne für die Gestaltung der Fassaden ihrer Läden vorgelegt hatten. Jede Front würde anders sein, doch es gab strikte Richtlinien, in deren Rahmen die Mieter ihre eigenen Vorstellungen verwirklichen konnten. Alan war jetzt davon überzeugt, daß am Ende das Projekt so aussehen würde, wie Phillip es sich vorstellte – eine reich verzierte Arkade aus dem 19. Jahrhundert von der Art, wie es sie in London gab, die man jedoch kaum in einer verblühenden Industriestadt 50 Meilen von Boston entfernt erwarten konnte.

Bis heute war Alan nicht sicher gewesen, ob der Termin 1. September eingehalten werden konnte. Selbst jetzt konnte er nicht mit Gewißheit sagen, ob jede Einzelheit vollendet sein würde. Aber alles würde früh genug fertig sein für die Einweihungsfeier am Tag der Arbeit und zur offiziellen Eröffnung. Einige der Läden würden belegt sein, und der Rest würde faszinierend bemalte hölzerne Fassaden haben, auf denen die Namen der zukünftigen Pächter und Hinweise auf die Art der Geschäfte stehen würden.

Die Baumannschaft war fort, und im Gebäude herrschte tiefe Stille, doch Alan glaubte förmlich das leise Stimmengewirr der vielen Kunden und das sanfte Rauschen des Wasserfalls zu hören. Er ging langsam durch das Erdgeschoß, inspizierte die Arbeiten, die an diesem Tag erledigt worden waren, und begutachtete von neuem, was in den Wochen zuvor fertiggestellt worden war.

Alan tat das jeden Tag, und er korrigierte eigenhändig so viele kleine Fehler, wie er konnte, und notierte ausführlich und mit genauen Anweisungen, was am nächsten Morgen erledigt werden mußte, damit er keine Zeit verlor, indem er mit den Männern von Arbeitsplatz zu Arbeitsplatz ging und ihnen mündliche Anweisungen gab. Die Arbeit war zum größten Teil perfekt – den Männern war seit langem klar, daß Alan Rogers nichts durchgehen ließ und sie nicht für das Ausbessern ihrer eigenen Fehler bezahlte. Den Bonus für die vorzeitige Fertigstellung des Projekts würde Alan unter den Arbeitern aufteilen, anstatt ihn in die eigene Tasche zu stecken, und das war ein zusätzlicher Anreiz für die Männer.

Alan hatte die Inspektion des Erdgeschosses beendet und stieg die Treppe zum Zwischenstock hinauf.

Dort oben war die Arbeit dem Zeitplan voraus, jedoch nicht so schnell fortgeschritten wie unten, aber damit war zu rechnen gewesen. Niemand erwartete, daß der Zwischenstock am Tag der Arbeit eröffnet wurde.

Sie kamen mit der Arbeit im Zwischenstock jedoch schneller voran, als Alan zu hoffen gewagt hatte, und die Unterteilungen waren fertig. Jetzt wurde die Zwischendecke für die Läden eingebaut. Obwohl es für den flüchtigen Beobachter aussah, als würde die Decke von den Wänden gestützt, hing sie in Wirklichkeit an den Streben, die das Dach des Gebäudes stützten. Fast drei Meter trennte die falsche Decke der Läden von dem komplizierten Eisenwerk oberhalb davon, und vom Hauptgang im Erdgeschoß aus waren all die alten Eisenstreben deutlich sichtbar und rahmten die neue Glaskuppel in der Mitte ein.

Alan blickte zur Glaskuppel hinauf und bewunderte sie wieder einmal. Obwohl die Kuppel massiv war, wirkte sie federleicht, was durch die blasse grüne, blaue, rote und orangefarbene Tönung erreicht wurde.

Als sein Blick über die kunstvolle Glasarbeit schweifte, runzelte Alan plötzlich die Stirn.

Eine der Glasscheiben unten an der Kuppel war anscheinend gesprungen.

Er wollte es notieren, doch dann zögerte er und fragte sich, ob er sich vielleicht irrte. Es war vielleicht gar kein Sprung im Glas, sondern ein kleiner Materialfehler im Glas, der durch den Schein der untergehenden Sonne verstärkt wurde.

Alan ging näher hin, konnte jedoch immer noch nicht erkennen, ob ein Sprung im Glas war oder nicht. Alan schaute sich um und sah eine Leiter, die an den Stützpfeilern lehnte, wo einer der Arbeiter sie für die Benutzung am nächsten Morgen zurückgelassen hatte.

Alan ging schnell zu der Leiter, stieg hinauf und war einen Augenblick später oben auf den Eisenstreben. Vorsichtig bewegte er sich über den Gang auf die Kuppel zu.

Er hatte nie Höhenangst gehabt, und bevor er den Weg zur Mitte der Kuppel fortsetzte, blickte er hinab. Wie stets wirkte die Entfernung zwischen Boden und Decke aus diesem Blickwinkel von oben größer, doch Alan hatte nicht das geringste Schwindelgefühl. Er blickte sich in dem leeren Gebäude um, genoß es, sein Werk aus einer anderen Perspektive zu betrachten und setzte dann selbstsicher den Weg zur Kuppel hin fort.

Als er unterhalb der Stelle war, an der er den Sprung im Glas zu sehen geglaubt hatte, blickte er auf, doch der Winkel war zu spitz. Die betreffende Glasscheibe war fast genau über ihm und kaum zu sehen.

Er neigte sich vor, und sein volles Gewicht hing in der Höhe über dem Boden und wurde nur von der Kraft seiner Hände gehalten.

Alan konnte die Glasscheibe immer noch nicht richtig sehen. Wenn er sich jedoch streckte, konnte er sie mit der hochgereckten linken Hand vielleicht betasten.

Er hielt sich mit der rechten Hand an einer der Querstreben fest und tastete mit der Linken nach oben.

Dann berührte er das kühle Glas und strich sorgfältig darüber.

Nichts.

Alan tastete weiter, neigte sich vor, und nahm den linken Fuß von dem Eisenträger, auf dem er stand.

Und dann, als er nur mit einem Fuß Halt hatte und nur mit der rechten Hand das Gleichgewicht bewahrte, geschah es.

Die Zeit schien stillzustehen, als die schmiedeeiserne Strebe, an der er sich festhielt, plötzlich brach und nachgab.

Instinktiv blickte Alan nach unten.

Die Entfernung bis zum Boden schien sich noch zu

vergrößern, und zum erstenmal in all seinen Berufsjahren hatte er Höhenangst. Sein Magen krampfte sich zusammen, es wurde Alan schwindelig, und eine Woge der Furcht erfaßte ihn. Kalter Schweiß brach ihm aus.

Was da mit ihm passierte, war nicht möglich.

Alle Eisenstreben waren genau untersucht worden, und rostige Teile waren schon vor Wochen durch neue ersetzt worden.

Dennoch mußte dieses Stück irgendwie übersehen worden sein. Genau die Strebe, auf die er sich heute verlassen hatte.

Seine Finger handelten unabhängig vom Verstand und klammerten sich an dem gebrochenen Stück fest, und dann ließ er zu spät das Bruchstück los und griff nach der soliden Strebe, die plötzlich außer Reichweite war.

Alan schwankte und fiel im Bogen von dem Eisenträger.

Er stürzte in die Tiefe, die Augen vor Entsetzen weit aufgerissen und die Arme ausgestreckt, wie um den Fall zu dämpfen.

Dann schrie er.

Es war der Schrei, der Beth in die Gegenwart zurückriß. Im ersten Augenblick war Beth davon überzeugt, daß es Amys Schrei war, dieser letzte schreckliche Schrei vor dem Sterben, doch dann erkannte Beth, daß es mehr war. Sie konnte den Schrei immer noch hören, obwohl die Vision vorüber war und sie wieder einmal allein in der Kühle und Dunkelheit des Raums hinter der Treppe war.

Und dann verstummte der Schrei wie abgeschnitten mit einem lauten, dumpfen Aufprall, dem eine gespenstische Stille folgte, wie Beth sie noch nie erlebt hatte.

Die Stille des Todes, der plötzlich und unerwartet eintritt.

Beth saß wie erstarrt da, und langsam nahm sie in der Stille das Pochen ihres Herzschlags wahr.

»Daddy?« flüsterte sie. Noch während sie das Wort aussprach, wußte sie instinktiv, daß es keine Antwort geben würde.

Beth stand langsam auf. Die angenehme Kühle des Raums war zu einer eisigen Kälte geworden, und unbewußt hob Beth die Decke auf und hüllte sich darin ein.

Das Mädchen ging langsam zur Tür. Dort zögerte Beth. Irgend etwas in ihr begehrte dagegen auf, die Sicherheit und Isolation des kleinen Raums zu verlassen. Sie wünschte sich, lieber allein in der Dunkelheit zu bleiben, als könne sie das vor dem schützen, was sie dort draußen erwarten würde.

Aber sie mußte hinausgehen und sich ansehen, was passiert war.

Sie schob die Tür einen Spalt auf, schlüpfte hindurch und zog die Tür hinter sich zu. Dann schaltete sie die Taschenlampe ein und stieg die Treppe hinauf.

Sie sah ihn, als ihr Blick über den Treppenabsatz ins Erdgeschoß reichte.

Er lag in der Mitte auf dem Boden, genau unter der bunten Glaskuppel. Der Sonnenschein fiel durch eines der hohen Seitenfenster auf seinen Körper, und Staubkörner tanzten in der Luft über ihm.

Er lag mit dem Gesicht nach unten reglos da, und seine Arme waren weit ausgestreckt, als wolle er nach etwas greifen.

Beth erstarrte.

Es konnte nicht wirklich sein.

Sie bildete sich das nur ein. Oder sie sah irgend etwas anderes, etwas aus der Vergangenheit wie die Dinge, die Amy ihr gezeigt hatte.

Dort auf dem Boden war nicht ihr Vater. Es war jemand anderes, ein Fremder, jemand, der ihr gleichgültig war.

Langsam ging sie auf die reglose Gestalt zu, und dabei sagte sie sich immer wieder:

Es ist nicht Daddy.

Es ist nicht Daddy, und es ist nicht mal Wirklichkeit.

Es ist nur ein Traum.

Es ist nur ein Traum, und ich werde aufwachen.

Doch dann war sie dort. Sie stand unter der Glaskuppel, und die Leiche ihres Vaters lag zu ihren Füßen. Unter seinem Kopf hatte sich eine Blutlache gebildet.

Beth wußte, daß es Wirklichkeit war und daß sie nicht aufwachen würde.

Sie spürte, wie ihr Körper taub und gefühllos wurde, während sich ihr Verstand weigerte, das Unfaßbare zu glauben. Aber da lag ihr Vater, bewegte sich nicht und atmete nicht mehr.

Und langsam, fast gegen ihren Willen, stieg die Erkenntnis in ihr auf.

Amy.

Amy hatte ihren Vater getötet.

Es war zur gleichen Zeit, zum gleichen Augenblick geschehen.

Sie war in diesem Raum mit Amy gewesen, als das Feuer ausgebrochen war, als Amy gestorben war.

Sie hatte gespürt, wie Amy starb, hatte das Gefühl gehabt, mit ihr zu sterben. Sie hatte die Hitze der Flammen gespürt und war wie Amy verzweifelt gewesen, als sie gewußt hatte, daß es kein Entkommen gab.

Und sie hatte wilden Zorn empfunden – Amys Zorn –, als sie in diesen letzten Sekunden von neuem die Worte ihres Vaters gehört und sein Gesicht gesehen hatte.

Nicht mein Vater. Amys Vater.

Aber der Wunsch – der verzehrende Wunsch nach Rache – war ihrer genauso gewesen wie der Amys.

Und jetzt war ihr eigener Vater tot.

Beth zog die schmutzige, rußverschmierte Decke fester um sich, als könne ihre Wärme den eisigen Schauer vertreiben, der sie erfaßte, und sank langsam auf die Knie. Mit den Fingerspitzen berührte sie das Gesicht ihres Vaters.

Es war noch warm, doch sie fühlte, daß kein Leben mehr darin war.

Er war tot.

Ein Laut brach aus ihrer Kehle, ein hohes, dünnes Wehklagen, das sich langsam steigerte bis zu dem Schrei eines wilden Tiers, das in den Fangeisen einer Falle gefangen ist.

Ein Schrei der Qual und des Entsetzens.

Der Schrei erfüllte das gewaltige Gebäude, hallte von den Wänden und der Decke wider und steigerte sich, bis es fast den Anschein hatte, die Wände müßten unter seiner Kraft nachgeben.

»NNNEEEIIIIIIN...«

Sie warf sich auf ihren Vater, umklammerte ihn, rüttelte ihn, zerrte an ihm, als könnte er jeden Augenblick darauf reagieren, sich unter ihr bewegen, sich umdrehen, die Arme um sie legen und ihr sagen, daß alles in Ordnung war, daß er lebte, daß er sie liebte und immer noch da war, um sich um sie zu kümmern.

Und immer noch gellte der Schrei...

Phillip fuhr langsam mit dem Mercedes durch die Prospect Street und bemühte sich, den schlimmsten Schlaglöchern auszuweichen. Neben ihm saß Carolyn und blickte starr geradeaus durch die Windschutzscheibe, doch er sah, daß ein leichtes Lächeln um Carolyns Lippen spielte, während Abigail im Fond lamentierte.

»Es ist nicht nötig, daß du im Schneckentempo fährst, Phillip. Ich werde nicht zerbrechen, und ich werde mich viel behaglicher in meinem Zimmer fühlen als in der Falle auf dem Rücksitz dieses Wagens.«

»Ich habe dich gebeten, mit einem Krankenwagen zu fahren, Mutter«, erinnerte Phillip, doch Abigail brachte ihn mit einem empörten Schnauben zum Schweigen.

»Krankenwagen sind für Kranke. Wenn ich nach sechs Wochen in diesem schreckliche Krankenhaus immer noch krank bin, dann sollte ich besser tot sein. Und wenn ich das sagen darf, Phillip, es ist ein Wunder, daß ich das nicht bin. Wenn man das viele Geld bedenkt, das wir dieser miserablen kleinen Klinik gezahlt haben, könnte man meinen, daß sie mir wenigstens anständiges Essen hätten geben können. Und was die Ärzte anbetrifft, so kann ich mir nicht vorstellen, wie sie überhaupt zum Medizinstudium zugelassen wurden, geschweige denn, wie sie es bestanden haben. Zu meiner Zeit...«

»Ich weiß, Mutter«, unterbrach Phillip. »Zu deiner Zeit konnte nicht jeder Dahergelaufene Doktor werden, nicht wahr?«

Abigail preßte die Lippen zusammen, als sie Tracy neben sich kichern hörte. Sie blickte ihren Sohn böse im Rückspiegel an. »Machst du dich über mich lustig, Phillip?« fragte sie mit scharfer Stimme.

Phillip antwortete nicht darauf. Er bremste, hielt vor der Fabrik und drückte auf einen Knopf, woraufhin sich die Fensterscheibe an der Fahrerseite des Wagens senkte. »Nun, da ist sie«, sagte er stolz. »Ich dachte mir, du möchtest sie sehen.«

»Das möchte ich nicht«, erklärte Abigail entschieden und wandte den Kopf ab. »Ich will nur nach Hause und...« Dann verstummte sie. Ein sonderbares Geräusch war zu hören, und es kam anscheinend aus der ehemaligen Fabrik. Das Geräusch wurde lauter, und binnen Sekunden wußten alle vier im Wagen, was es war.

Jemand schrie in der ehemaligen Fabrik.

Carolyn erstarrte auf dem Beifahrersitz, und plötzlich klopfte ihr das Herz bis zum Hals. Aus dem Fond hörte sie Abigail unsicher fragen, was der Schrei bedeuten konnte. Dann hörte Carolyn die Stimme ihres Mannes.

»Ich schaue mich mal um.«

»Ich gehe mit«, sagte Carolyn sofort. Beim Klang von Phillips Stimme war ihre Benommenheit verschwunden. Sie öffnete die Wagentür und stieg eilig aus.

Der Schrei schwoll an, und Carolyn erschauerte.

»Du bleibst besser zurück«, sagte Phillip. »Bring Tracy und Mutter nach Hause. Ich stelle fest, was passiert ist, und rufe dich so schnell wie möglich an.« Als Carolyn zögerte, packte Phillip sie fest an den Armen. »Tu, was ich sage!« Dann ließ er sie los und ging die Treppe hinauf zu den neu eingesetzten Vordertüren.

Carolyn blieb einen Augenblick lang auf dem Bürgersteig stehen. Schließlich ging sie widerstrebend zur Fahrerseite des Wagens, stieg ein und schloß die Tür.

Noch während Phillip die Treppe hinaufging, wußte er, daß es sinnlos war. Die Türen waren verschlossen, und er hatte keinen Schlüssel.

Er hätte sich gleich auf den Weg zum Seiteneingang machen sollen, doch das konnte er nicht. Er mußte jetzt gleich nachschauen.

Während der unheimliche Schrei noch in seinen Ohren hallte, erreichte Phillip die Glastüren und spähte hindurch.

Etwa 50 Meter entfernt, kaum sichtbar im schwachen Licht dort drinnen, sah er eine zusammengekauerte Gestalt am Boden. Während er beobachtete, bewegte sich die Gestalt.

Sonnenstrahlen fielen auf das Gesicht, und Phillip sah Beth, deren Züge zu einer Maske der Qual verzerrt waren. Ihr Gesicht war mit Blut verschmiert, und ihre Hände zuckten krampfhaft.

Phillip kämpfte gegen die Übelkeit an, die ihn zu überwältigen drohte.

Dann nahm er eine Bewegung neben sich wahr und hörte eine Stimme.

»Was ist?« fragte Tracy. »Was ist da drinnen los?«

Fast gegen seinen Willen blickte Phillip auf seine Tochter hinab. Tracy, deren Augen in boshafter Neugier glitzerten, schaute zu ihm auf. »Sie hat jemand umgebracht, nicht wahr?« hörte er seine Tochter sagen. Aber es war weder Furcht in Tracys Stimme noch auch nur eine Spur von Mitgefühl oder Bedauern.

Nur Neugier und ein sonderbarer Unterton von Befriedigung.

Phillip packte Tracy am Handgelenk und riß das Kind von der Tür fort.

»Hör auf!« kreischte Tracy, als Phillip sie die Treppe hinunterzerrte. »Du tust mir weh!«

Phillip zog Tracy zum Wagen, riß die hintere Tür auf, schob Tracy auf den Rücksitz und knallte die Tür hinter ihr zu. Dann sprach er durch das offene Fenster. »Sag nichts, Tracy. Wenn du auch nur ein einziges Wort sagst, dann bekommst du von mir eine Tracht Prügel, die du nie mehr vergessen wirst, das schwöre ich!«

Dann sah er den gequälten Ausdruck in Carolyns Augen. »Es sieht schlimm aus«, sagte er ruhig. »Fahr sie nach Hause. Ich komme so schnell wie möglich.«

Carolyn fuhr davon, und Phillip hetzte um die Ecke des Gebäudes und zur Seitentür.

Phillip erkannte Alans Wagen, der neben der Baubaracke parkte, und atmete erleichtert auf. Was immer auch passiert war, Alan würde sich bereits darum kümmern.

Dann war Phillip an der Tür, und bevor er voll erfaßte, was er sah, erkannte er die Leiche, die am Boden lag.

Er rannte zu dem Toten und ließ sich auf die Knie nieder, und instinktiv legte er den Arm um Beth, um sie fortzuziehen.

Sie wehrte sich einen Augenblick lang, klammerte sich an ihrem Vater fest, doch dann ließ sie los, barg ihr Gesicht an Phillips Brust, schlang die Arme um seinen Nacken, und ihre hysterischen Schreie gingen in krampfhaftes Schluchzen über. Phillip tastete an Alans Halsschlagader nach dem Puls.

Nichts.

Er hatte es nicht anders erwartet.

Benommen richtete er sich auf und taumelte einen Schritt zurück. Beth klammerte sich immer noch an ihn, und er versuchte nicht, sie abzusetzen oder auf die eigenen Füße zu stellen. Statt dessen hob er sie höher, hielt sie auf dem rechten Arm und streichelte sie sanft mit der linken Hand.

»Es ist alles in Ordnung«, flüsterte er, als er sich mit dem Mädchen auf dem Arm abwandte und zur Tür ging. »Ich bin hier, und es wird alles gut werden.«

In der Baubaracke nahm er den Telefonhörer ab und wählte schnell die Nummer des Polizeireviers.

»Ein Unfall«, sagte er, als sich ein Beamter meldete. »Hier spricht Philip Sturgess. Ich bin in der ehemaligen Fabrik. Es gab einen schrecklichen Unfall. Schicken Sie sofort einige Männer und einen Krankenwagen.« Ohne auf eine Antwort zu warten, legte er den Hörer auf, verließ die Baubaracke und setzte sich auf die Treppenstufen davor.

Beth schluchzte weiter auf seinen Armen, und einen Augenblick war das alles, was er in der Stille des Nachmittags wahrnahm.

Dann heulte in der Ferne eine Sirene, eine weitere ertönte und dann noch eine.

In weniger als einer Minute schwoll das Sirenengeheul zum Crescendo an und verstummte abrupt, als Bremsen kreischten und Staub rings um ihn aufstieg. Für Phillip hatte es den Anschein, als wären wie aus dem Nichts zwei Polizeiwagen und ein Krankenwagen aufgetaucht, und auf einmal waren überall Leute.

Zwei uniformierte Beamte, gefolgt von zwei Notärzten in weißer Kleidung, stürzten an ihm vorbei und verschwanden sofort in der ehemaligen Fabrik.

Dann war auf einmal jemand neben ihm, und Phillip blickte auf und sah Norm Adcocks zerfurchtes Gesicht.

»Es ist Alan«, sagte er leise. »Ich weiß nicht, was mit ihm passiert ist. Ich...« Er wußte nicht mehr weiter.

Beth bewegte sich auf seinen Armen. Ihr Schluchzen hatte ein wenig nachgelassen. Dann spürte er, wie sie sich wieder fester an ihn klammerte, und er hörte sie sprechen. Ihre Stimme klang verzerrt und kaum hörbar, denn sie hatte sich vor wenigen Minuten heiser geschrien. Dennoch waren die Worte deutlich zu verstehen.

»Ich habe ihn getötet«, flüsterte sie. »Ich wollte es nicht – wirklich, ich wollte es nicht.«

Phillip Sturgess und Norm Adcock tauschten einen langen Blick. Beth brach wieder in Schluchzen aus.

21

»Nun?« fragte Phillip Sturgess. »Was denken Sie?«

Es war nach 22 Uhr, aber wer das kleine Polizeirevier sah, hätte meinen können, es wäre heller Mittag. Die meisten Beamten waren da, und in der kleinen Eingangshalle drängten sich Leute und befragten jeden, dessen Aufmerksamkeit sie gewinnen konnten. Jeder Beamte war jedoch angewiesen worden, auf alle Fragen die gleiche Antwort zu geben.

Immer wieder wurde die Antwort wiederholt. »Wir wissen noch nicht genau, was geschah. Sobald wir Informationen haben, wird es eine offizielle Erklärung geben.«

Natürlich machten wilde Gerüchte die Runde.

All diese Gerüchte konzentrierten sich auf Beth Rogers und waren Variationen des gleichen Themas.

»Mr. Sturgess fand sie direkt bei der Leiche. Die Leiche war noch nicht kalt, und Beth Rogers war mit Blut besudelt.«

Dann folgten ein falsches, mitleidiges Zungenschnalzen und ein schweres Seufzen. »Sie war immer ein seltsames Kind, und in diesen letzten Wochen... nun, ich möchte nicht die Geschichten wiederholen, die ich gehört habe.«

Natürlich *wurden* die Geschichten wiederholt und ausgeschmückt und übertrieben, bis es in der Nacht nur noch wenige Leute in Westover gab, die nicht gehört hatten, daß Beth bereits Jeff Bailey ermordet hatte, jedoch durch die Macht der Familie Sturgess geschützt worden war, die keinen Skandal wollte.

Und da war natürlich das Pferd, Phillip Sturgess' preisgekrönte Stute, die Beth im Stall abgeschlachtet hatte. Würde eine geistig gesunde Person ein unschuldiges Tier töten? Natürlich nicht.

Und sie alle hatten Beth gesehen, oder nicht? Hatten sie nicht gesehen, wie sie ganz allein durch die Stadt gewandert war und Selbstgespräche geführt hatte? Natürlich hatten alle das beobachtet.

Die Kinder hatten es selbstverständlich gewußt, und ihre Eltern waren so dumm gewesen, nicht auf sie zu hören. Kinder haben stets ein Gespür dafür, wenn irgend etwas bei jemand nicht stimmt – sie haben eine Art sechsten Sinn in diesen Dingen. In gewisser Weise, erklärten die frömmlerischen Bürger, waren sie alle ein wenig mitschuldig an Alans Tod, denn sie alle hatten die Anzeichen auf Beths Krankheit gesehen, aber keiner hatte etwas dagegen unternommen.

Es war ein ständiges Kommen und Gehen auf dem Polizeirevier, und die Leute versammelten sich auf dem Hof, um die milde Wärme des Sommerabends zu genießen und Spekulationen anzustellen, was als nächstes passieren würde. Einige der Leute kehrten ins Red Hen ein, um etwas zu trinken, und hörten mit ernstem Gesicht zu, wenn Eileen Russell immer wieder erzählte, was Peggy widerfahren war, als sie Beth zum letztenmal besucht hatte. Alle stimmten zu, daß Peggy Russell Glück gehabt hatte, lebend zu entkommen.

Bobby Golding, der Pfleger im Krankenhaus war, ging

nach dem Ende seiner Schicht gleich ins Red Hen, wo er berichtete, daß Beth zur Zeit in einem geschlossenen Raum war, wo sie mit Fesseln im Bett gehalten wurde, bis sie am Morgen in die psychiatrische Klinik überführt werden würde. Und er fügte hinzu, daß sie wohl niemals für ihre Taten vom Gericht verurteilt werden würde, weil Schizophrene nicht zurechnungsfähig sind.

Und das war natürlich nicht fair, argumentierte jemand. Es war überhaupt nichts richtig Verrücktes an Beth. Sie war einfach verdammt clever. Sie wollte in Wirklichkeit nur wieder nach Hilltop, und das hatte sie nicht erreichen können, solange ihr Vater noch am Leben gewesen war. So hatte sie die Irre gemimt, ihn umgebracht und genau gewußt, daß sie nur ein paar Monate in eine Klinik kommen und dann entlassen werden würde. Und niemand würde mehr seines Lebens sicher sein, wenn sie nach Westover zurückkommen würde.

So ging es weiter, bis Beth gegen 22 Uhr angeklagt, schuldig gesprochen und verurteilt worden war.

Mit Ausnahme von Norm Adcock, der sich jetzt hinter seinem Schreibtisch zurücklehnte, sich die müden Augen rieb und dann versuchte, die Verspannung aus seinen schmerzenden Schultern zu massieren. »Ich kann mir nur vorstellen, daß es ein Unfall war«, antwortete er auf Phillips Frage. Er wies auf die Berichte, die ordentlich auf seinem Schreibtisch gestapelt waren. »Wir fanden das gebrochene Stück der Strebe einen Meter entfernt, und es waren Spuren von Farbe und Rost an Alans Händen und Schuhen, die zu den Proben passen, die wir von den Trägern genommen haben. Ich nehme an, der Rost kann von überallher stammen, aber die Farbe wurde nur für die Streben und Pfeiler benutzt, die das Dach stützen. Die Farbe kann von nirgendwoher sonst stammen. Außerdem haben wir seine Fingerabdrücke auf dem Glas über der Stelle gefunden, an der die Strebe brach. Alan muß dort oben gewesen sein und die Kuppel aus irgendeinem

Grund überprüft haben, und durch sein Gewicht brach die Strebe.«

Phillip nickte. »Und was ist mit Beth? Gibt es irgendeine Möglichkeit, daß sie ebenfalls dort oben gewesen sein könnte?«

»Das kann ich mir nicht vorstellen. Sie wissen so gut wie ich, daß Alan ihr nicht erlaubt hätte, dort hinaufzuklettern. Er hätte das keinem erlaubt, und schon gar nicht seiner eigenen Tochter.«

»Aber er ist selbst raufgeklettert«, bemerkte Phillip, ohne wirklich eine Antwort zu erwarten.

»So war Alan. Er hätte niemand sonst dieses Risiko eingehen lassen, aber er dachte nie an sich selbst.«

Es folgte Stille, und Phillip ließ sich das Gesagte durch den Kopf gehen. »Und wenn er bereits dort oben war und Beth ohne seine Erlaubnis hinaufkletterte?«

»Daran habe ich auch schon gedacht«, erwiderte Adcock. »Wenn Spuren der Farbe an Alans Schuhen waren, dann würden sie auch an ihren zu finden sein. Und das ist nicht der Fall. Sie kann nicht dort oben gewesen sein, und es ist ausgeschlossen, daß sie irgend etwas mit dem zu tun hat, was Alan passiert ist.«

Phillip spürte, wie die Spannung aus ihm wich, die sich unbewußt in ihm aufgebaut hatte. Er hatte Carolyn noch nichts von Beths sonderbaren Äußerungen gesagt, die sie an diesem Nachmittag gemacht hatte, als sie endlich wieder hatte sprechen können, und jetzt brauchte er nichts davon zu erzählen. Aber er wußte immer noch nicht, was er davon halten sollte.

»Wie denken Sie über das, was Beth sagte?« fragte er.

»Dafür bin ich nicht zuständig«, erwiderte Adcock und zuckte die Achseln. »Da müssen Sie die Ärzte fragen. Aber auf Anhieb würde ich sagen, daß es nicht mehr als ein Schock war. Sie war als einzige dort, Mr. Sturgess, und sie ist ein kleines Mädchen.« Adcock stand auf, reckte sich und rieb sich von neuem die Schultern. »Ich gehe besser raus und rede mit den Leuten. Hoffentlich kann ich sie überzeugen, daß ich ihnen die Wahrheit erzähle. Und Sie«, fügte er hinzu, »sollten vielleicht durch den Hinterausgang weggehen.«

Phillip runzelte die Stirn und fragte sich, worauf der Polizeichef hinauswollte. »Warum?«

»Wenn Sie bei mir sind, könnte jemand auf den Gedanken kommen, daß Sie mich unter Druck gesetzt haben, um zu vertuschen, was passiert ist.« Er lächelte bitter. »So sind die Leute. Sie wollen keine einfache Antwort. Sie haben lieber einen Skandal, und sie sind enttäuscht, wenn es keinen gibt.« Er zögerte kurz, bevor er fortfuhr, und dann änderte sich sein Tonfall leicht, wurde weniger förmlich. »Alan war ein Freund von Ihnen, nicht wahr?«

»Das war er«, erwiderte Phillip. »Unter anderen Umständen wäre er vermutlich mein bester Freund gewesen. Wir – nun, wir verstanden uns, Alan und ich.«

Adcock furchte nachdenklich die Stirn. »Er war auch mein Freund. So glaube ich, daß Sie und ich in gewisser Weise ebenfalls Freunde sein sollten, Mr. Sturgess.«

Phillip wußte nicht genau, wie der Polizeichef das meinte. »Freunde sprechen sich normalerweise mit dem Vornamen an«, bemerkte er leise. »Und meiner ist Phillip.«

Der Polizeichef nickte. »Meiner ist Norm. Und wenn Sie meine Meinung hören wollen, dann sage ich Ihnen, daß Ihnen harte Zeiten bevorstehen.«

»Ich weiß nicht, ob ich Ihnen folgen kann...«

»Beth. Was haben Sie mit ihr vor?«

»Mit ihr vor? Ich werde sie nach Hause bringen und tun, was ich kann, damit sie über all das hinwegkommt.«

»Vor sechs Wochen warfen Sie das Mädchen aus Ihrem Haus.«

Phillip kniff die Augen zu Schlitzen zusammen, und plötzlich stieg Ärger in ihm auf. Doch bevor er etwas sagen konnte, wurde ihm klar, daß nichts Verdammendes am Tonfall des Polizeichefs gewesen war. Adcock hatte sachlich gesprochen, als verkünde er einfach eine Information. »Haben das die Leute erzählt?« fragte Phillip.

»Ja, das haben sie gesagt. Und jeden Abend habe ich Berichte von meinen Jungs erhalten.« Er erzählte Phillip kurz den Klatsch, der in der Stadt bereits die Runde machte. »Ich kann Ihnen nicht sagen, was Sie tun sollen, aber wenn Beth meine Tochter wäre, dann wäre ich mir nicht sicher, ob ich sie hierbehalten würde. Es wird nicht zählen, was ich sage, Mr. – Phillip. Die Leute werden reden, und die Geschichten und Gerüchte werden immer schlimmer werden.«

»Aber Beth hat nichts getan...«

»Und was war mit dem Pferd?« fragte Adcock offen heraus. »Wollen Sie mir erzählen, das Gift wäre von selbst in diesen Hafer gekommen?«

Plötzlich blitzte ungewollt eine Erinnerung in Phillip auf. Eine Erinnerung an seine Tochter Tracy, die an diesem Nachmittag zu ihm aufgeschaut und ihn gefragt hatte, ob Beth jemand getötet hatte.

Es hatte Tracy nichts ausgemacht.

Das hatte er ihr an den Augen angesehen.

Es hatte ihr nicht das geringste ausgemacht, daß jemand gestorben war. Sie hatte sich nur dafür interessiert, ob Beth Rogers von neuem in Schwierigkeiten sein könnte.

»Beth hat den Hafer nicht vergiftet«, sagte Phillip, und die Wahrheit schmerzte ihn. »Aber ich weiß, wer es tat.« Er erhob sich und wollte das Büro verlassen, doch Adcock hielt ihn zurück.

»Würde es Ihnen etwas ausmachen, es mir zu erzählen?« fragte der Polizeichef.

Phillip wandte sich nicht um. »Ja«, sagte er leise. »Das würde mir sehr viel ausmachen.« Er ging zur Tür, öffnete sie und ging hinaus in den Mannschaftsraum. Nach kurzer Suche entdeckte er die Hintertür, die in die Gasse hinter dem Gebäude führte, und er ging dorthin. Er spürte, daß ihm die Blicke aller Anwesenden folgten, doch keiner sprach ein Wort mit ihm.

Phillip betrat leise das Zimmer in der Klinik. Carolyn blickte mit bleichem Gesicht vom Stuhl neben dem Bett auf, in dem Beth schlief, traf jedoch keine Anstalten, aufzustehen. Er sah an Carolyns geröteten Augen, daß sie geweint hatte. Sie umkrampfte noch ein feuchtes Taschentuch in der linken Hand. Mit der Rechten hielt sie die Hand ihrer Tochter. Phillip neigte sich über seine Frau und küßte sie auf die Stirn.

»Wie geht es ihr?« fragte er.

»Sie schläft«, sagte Carolyn und seufzte. »Endlich. Sie mußten ihr eine Spritze geben. Beth wollte keine, doch schließlich gab sie nach.«

Phillips mitfühlendes Lächeln ging langsam in einen Ausdruck grimmiger Entschlossenheit über. »Und vielleicht ist das genau das Problem«, murmelte er vor sich hin. »Vielleicht hat sie immer zu leicht nachgegeben.«

Carolyn blickte verwirrt zu ihm auf. »Nachgegeben? Phillip, wovon redest du?«

Phillip schüttelte den Kopf, als versuchte er, ihn von unerwünschten Gedanken zu klären. »Ich bin mir nicht sicher. Ich habe nur nachgedacht, das ist alles. Und es gefällt mir nicht, was ich denke.« Er zögerte und sagte sich dann, daß es keinen Grund gab, das Thema zu beenden. »Es war ein Fehler von uns, sie zu Alan zu schicken.«

Carolyn schluckte, und einen Augenblick lang befürchtete Phillip, sie würde in Tränen ausbrechen, doch dann hatte sie sich wieder unter Kontrolle. »Phillip, erklärst du mir bitte, wovon du redest? Ich verstehe es einfach nicht. Alan ist tot, und Beth behauptet, sie hätte ihn getötet, und jetzt sagst du...« Dann kam ihr ein schrecklicher Gedanke, und sie wurde noch bleicher.

»Phillip«, flüsterte sie, »du glaubst doch nicht, daß Beth irgend etwas mit Alans Tod zu tun hat...«

»Natürlich nicht«, versicherte Phillip sofort. »Das wußte ich von dem Augenblick an, in dem sie es sagte, und ich hatte gehofft, du hättest es nicht einmal gehört. Norm Adcock ist felsenfest davon überzeugt, daß es ein Unfall war. Er sagt, es ist ausgeschlossen, daß Beth Alans Sturz verursacht haben kann. Aber das ist nicht genau das, wovon ich rede.«

Carolyn entspannte sich nur ein wenig. »Aber *wovon* redest du denn?«

»Je mehr ich darüber nachdenke, desto überzeugter werde ich, daß alles vielleicht nicht passiert wäre, wenn Beth nicht so verdammt entschlossen gewesen wäre, jedem zu gefallen und es allen recht zu machen. Was ein Charakterzug ist, den sie von ihrem Vater geerbt hat, Gott habe ihn selig«, fügte er bitter hinzu.

Jetzt brach Carolyn in Tränen aus. »Sag mir bitte, was du meinst«, schluchzte sie.

Plötzlich bewegte sich Beth, und Phillip streichelte über ihre Stirn. Immer noch im Schlaf hob das Mädchen die Hand, umklammerte Phillips Hand einen Augenblick lang, ließ sie wieder los und drehte sich auf die Seite. Nach ein paar Sekunden schlief sie wieder tief und friedlich.

»Komm«, sagte Phillip leise und zog Carolyn vom Stuhl. »Suchen wir uns einen Platz, wo wir miteinander reden können.«

Er führte sie aus dem Zimmer und sprach mit der Nachtschwester, die ihm ein unbenutztes Büro zeigte. Phillip führte Carolyn zu einem Stuhl und ging eine Weile in dem kleinen Büro auf und ab, während er überlegte, womit er anfangen sollte.

»Ich frage mich, weshalb sie überhaupt am späten Nachmittag dort waren«, sagte Phillip schließlich. »Die Arbeiter hatten eine Stunde zuvor Feierabend gemacht, doch Alan und Beth waren noch dort. Jeder sonst hätte

Schluß gemacht, aber nicht Alan. Ich bat ihn, den Zeitplan noch ein paar Tage eher zu erfüllen, und statt mir zu sagen, daß er das nicht kann, legte er einfach los und schaffte es irgendwie. Er hat jeden Tag bis spät in den Abend hinein gearbeitet, und sogar an den Wochenenden. Und um das Maß voll zu machen, schoben wir auch noch Beth zu ihm ab.«

Carolyn blickte ihn entgeistert an. »Wir haben sie nicht abgeschoben«, widersprach sie. »Du weißt, wie die Lage zu Hause war. Und sie wurde einfach schlimmer.«

»Ich weiß«, stimmte Phillip zu. »Aber machte sich einer von uns die Mühe, über Alans Situation nachzudenken? Carolyn, wir wissen, was los war, und wir haben uns nur gesagt, daß es sich legen wird. Aber wie müssen die letzten sechs Wochen für Beth gewesen sein? Keine Freunde, von jedem Kind in der Stadt gemieden, die ganze Zeit in der Fabrik, weil sie nirgendwo sonst hinkonnte! Mein Gott, sie muß vor Einsamkeit verrückt geworden sein. Und sie würde sich auch nicht beklagen. Nicht Beth. Sie wollte stets nur, daß man sie liebt, doch keiner von uns schaffte es je, sich Zeit für sie zu nehmen.«

»Das stimmt nicht!« wandte Carolyn ein. »Ich hatte immer Zeit für sie, und du bist früher aufgestanden und mit ihr ausgeritten.«

»Dreimal vielleicht«, entgegnete Phillip. »Aber du weißt so gut wie ich, daß wir beide wie auf Eiern gingen und versuchten, fair zu jedem zu sein. Du hast genauso hart wie Beth versucht, dich anzupassen Und als Patches starb, waren wir beide bereit, zu glauben, daß Beth den Hafer vergiftet hat.«

»Das haben wir nicht geglaubt«, stieß Carolyn hervor, doch Phillip bat sie mit einer Geste, zu schweigen.

»Vielleicht haben wir das nicht. Aber wir nahmen es hin und bemühten uns nicht stark genug, herauszufinden, was wirklich geschah. Es war leichter, einfach allem aus dem Wege zu gehen, indem wir Beth zu Alan ziehen ließen.«

»Wir hielten es für das beste«, beharrte Carolyn. »Wir sprachen darüber, und wir stimmten überein, daß es für uns alle das beste ist. Wir dachten nicht nur an uns! Wir dachten auch an Beth und Tracy!«

»Tracy!« wiederholte Phillip. Er hatte am Fenster gestanden und in die Dunkelheit geschaut, doch jetzt wandte er sich zu Carolyn um. »Es war Tracy, die Patches vergiftete.«

Carolyn starrte ihn an. »Nein... nicht einmal Tracy würde...«

»So, würde sie nicht? Wie wäre es mit der Möglichkeit, daß Tracy hörte, was wir am Abend zuvor besprachen?« Phillip wußte, daß er nur riet, aber noch während er die Worte aussprach, sagte ihm sein Gefühl, daß sie stimmten. »Was ist, wenn sie wußte, daß wir uns entschlossen hatten, Beth zu Alan zu schicken, wenn noch einmal etwas passieren würde – irgend etwas? Du weißt so gut wie ich, daß Tracy stets einen Groll gegen Beth hatte.«

»Aber sie liebte dieses Pferd...«

Phillip schüttelte müde den Kopf und spürte die Erschöpfung durch die widerstreitenden Gefühle, die ihn in der letzten Stunde beherrscht hatten. »Es war nicht das Pferd, das sie liebte«, sagte er. »Es war der Besitz des Pferdes. Ich... ich bin mir nicht sicher, ob Tracy wirklich fähig ist, etwas oder jemand wirklich zu lieben. Heute nachmittag...« Er schwieg einen Augenblick und zwang sich dann, Carolyn zu erzählen, was sich vor der ehemaligen Fabrik abgespielt hatte. »Sie machte sich nichts daraus, daß Alan tot war«, endete er, und jetzt hatte auch er Tränen in den Augen. »Es interessierte sie nur, ob es Beth angehängt werden könnte. Und sie hoffte es. Ich sah es ihr an den Augen an.«

Carolyn stöhnte leise auf. Sie blickte zu Boden und knetete unbewußt das Taschentuch. Schließlich blickte sie auf.

»Aber was sollen wir tun? Was *können* wir tun?«

»Ich weiß es nicht«, bekannte Phillip. »Aber wir können Beth heimholen und versuchen, es irgendwie wiedergutzumachen. Wir müssen ihr irgendwie das Gefühl geben, daß sie nicht allein ist. Sie muß wissen, daß wir sie sehr lieben.«

Carolyn nickte stumm. Und dann, nach langem Schweigen, stellte sie die andere Frage, die sie beide beschäftigte.

»Und Tracy? Was machen wir mit ihr?«

Phillip wußte keine Antwort darauf.

22

Phillip verließ das Krankenhaus ein paar Minuten später. Carolyn wollte ihre Tochter in dieser Nacht nicht allein lassen. Sie hatte darum gebeten, daß ein Bett ins Krankenzimmer gebracht wurde, und Hannah würde ein paar Sachen zum Übernachten schicken.

Phillip ging langsam die Prospect Street entlang und spürte eine Aura von Spannung in der Stadt. Es war immer noch eine Menschenmenge vor der ehemaligen Fabrik versammelt. Die Leute unterhielten sich leise, doch sie verstummten, als er sich näherte. In ihren Blicken war etwas Verdammendes, obwohl ihn keiner direkt ansah. Phillip war sich jedoch nur zu sehr bewußt, daß man ihn verstohlen musterte und dann schnell wegblickte. Er überlegte, ob er bei den Leuten stehenbleiben und mit ihnen reden sollte, und dann sagte er sich, daß er ihnen nichts sagen konnte.

Als er sich schnell einen Weg durch die Menge bahnte und zur Nordseite des alten Backsteingebäudes gelangte, riet ihm sein Gefühl, weiterzugehen und die Fabrik und alle Gedanken daran bis morgen hinter sich zu lassen. Aber das konnte er nicht. Es mußten Entscheidungen getroffen werden, und er konnte sich nicht erlauben, sie hinauszuzögern. An der Ecke des Gebäudes wandte er sich nach links und ging auf den Seiteneingang zu.

Mit einem Schlüssel öffnete er die Baubaracke und stöberte in Alans verschrammtem Schreibtisch, bis er die Ersatzschlüssel für das Gebäude fand. In der Dunkelheit des späten Abends öffnete er die Tür und schlüpfte in die ehemalige Fabrik hinein. Ein paar Sekunden lang verharrte er und kämpfte von neuem gegen den sonderbaren Drang an, das alte Gebäude zu verlassen und einfach davonzugehen.

Er sagte sich, daß die Besorgnis, die plötzlich in ihm aufstieg, nichts zu bedeuten hatte. Es war nicht das Gebäude, auf das er reagierte, sondern die Tragödie, die sich erst vor ein paar Stunden darin abgespielt hatte. Die ehemalige Fabrik war nur ein Bau, und es mußten praktische Entscheidungen getroffen werden.

Dennoch ging seine Besorgnis in etwas wie Furcht über. Er tastete zum Lichtschalter bei der Tür und war überzeugt davon, daß helles Licht die unsinnige Panik vertreiben würde, die ihn jetzt zu überwältigen drohte.

Zuerst klappte es. Grelles Licht erhellte das Gebäude, und der vertraute Anblick der neuen Konstruktion gab ihm ein Gefühl der Sicherheit. Da war wirklich nichts, vor dem man sich fürchten mußte.

Während er sah, wie gute Fortschritte Alans Arbeit gemacht hatte, wurde Phillip sofort klar, daß es keinen vernünftigen Grund für ein Aufgeben des Projekts gab. Es war fast fertig, und es fehlten nur noch ein paar Tage Arbeit am Zwischenstock.

Trotzdem hatte Phillip immer noch das unbehagliche Gefühl, daß hier etwas war, das er noch nicht ganz verstand. Obwohl alle Lampen brannten, hatte er den Eindruck, daß irgendwelche Schatten in den weiten Flächen unter dem Dach zurückblieben.

Phillip ging zu der Stelle, an der Alan Rogers erst vor ein paar Stunden gestorben war. Obwohl der Boden bereits sauber gewaschen war und es kein Anzeichen auf die Tragödie gab, die sich hier abgespielt hatte, sah Phillip vor seinem geistigen Auge immer noch Alans Leiche dort liegen, und er glaubte Beth zu sehen, die mit kreidebleichem Gesicht über dem Toten zusammengesunken war und in ihrem Kummer und Schmerz schrie.

Er verharrte einen Moment, und dann wandte er sich fast widerstrebend zur Frontseite des Gebäudes. Auf der Treppe, getrennt von ihm durch das Glas der Eingangstüren, drängten sich die neugierigen Leute von Westover und beobachteten ihn mit Argwohn, wie er fand. Plötzlich fühlte er sich wie ein Schauspieler auf der Bühne, der unerwartet vom Scheinwerferlicht angestrahlt wird, obwohl er seine Rolle nicht geprobt hat.

Und als er jetzt allein in dem Gebäude stand, wurde ihm klar, daß er heute nicht einfach nur hierhin gegangen war, um eine Entscheidung über die Zukunft der Fabrik zu fällen. Sein Besuch hatte noch einen anderen Grund.

Er suchte nach etwas.

Phillip wandte sich ab, ging tiefer in das Gebäude hinein und verharrte bei der großen Schalttafel für die Beleuchtung, die erst vor einer Woche fertiggestellt worden war. Er drückte auf Tasten und Knöpfe, und einen Augenblick später flammten alle Lampen im Gebäude auf, und das Licht vertrieb die Schatten, die von den Arbeitslampen nicht durchdrungen worden waren. Das gesamte Gebäude war von hunderten Lampen hell beleuchtet.

Als Phillip die Treppe hinunter ins Kellergeschoß schaute, war dort die Dunkelheit ebenfalls verschwunden, und alles war von hellem Licht erfüllt.

Phillip ging langsam die Treppe hinab. Er fühlte sich trotz der Helligkeit immer noch unbehaglich wie beim Betreten des Gebäudes, als er fast in Panik geraten war.

Am Fuß der Treppe spähte er in die fernen Winkel des Kellergeschosses, aber da war nichts, was auch nur ein bißchen ungewöhnlich wirkte. Es war alles, wie es stets gewesen war, nur eine gewaltige Fläche, die in regelmäßigen Abständen durch riesige Holzpfeiler unterbrochen war, mit denen die Decke gestützt wurde. Phillip sah nichts, was das Gefühl des Unbehagens hervorrufen konnte, das wieder in ihm wuchs.

Er blickte hinab zu der Stelle, an der sein Bruder und Jeff Bailey gestorben waren und an der seine Mutter fast ums Leben gekommen wäre.

Das war, wie ihm jetzt klar wurde, der wahre Grund für seinen Besuch hier. Er wollte allein an dieser Stelle stehen und warten, ob das Schreckliche, das seine Mutter ihm vor sechs Wochen beschrieben hatte, jetzt ihm widerfahren und ihn bedrohen würde, wie es sie bedroht hatte.

War es die gleiche Furcht, die seinen Bruder getötet hatte?

Er mußte es wissen.

Die Sekunden dehnten sich zu Minuten, doch nichts geschah.

Schließlich wandte er sich ab, und zum erstenmal sah er den kleinen Raum, der versteckt hinter der Treppe lag. Die Tür stand einen Spalt auf, und jenseits davon war nur Dunkelheit.

Aus der Finsternis heraus griffen schließlich die Klauen wahrer Furcht nach ihm.

Er sagte sich, daß sein Gefühl unsinnig war, daß es nichts außer einem leeren Raum hinter dieser Tür gab. Dennoch trat er einen Schritt zur Seite, als er sich der Tür näherte, damit die Tür ihn von allem trennte, was auch immer dahinter sein mochte. Sein Puls beschleunigte sich plötzlich, während er die Tür ganz aufschob. Das Licht aus dem Kellergeschoß fiel in den Raum und wurde von der Schwärze der fernen Wände geschluckt.

Phillip fand nichts Ungewöhnliches an dem Raum. Ein

einfaches Viereck mit einem einzigen kleinen Fenster hoch oben in der hinteren Wand und ohne Möbel. Das einzige Anzeichen darauf, daß sich jemand seit Jahren hier aufgehalten hatte, war eine Stelle am Boden, wo der Staub eines Jahrhunderts aufgewühlt worden war.

Das einzige, was den Raum vom Rest des Kellergeschosses unterschied, war der Geruch.

Der starke Geruch von Rauch strömte von diesem Raum aus, als hätte es hier vor kurzem gebrannt.

Als Phillip den Rauchgeruch wahrnahm, empfand er einen sonderbaren Aufruhr von Gefühlen, der nicht aus ihm selbst, sondern aus dem Kellerraum zu kommen schien.

Die Furcht war jetzt stärker, jedoch gemischt mit dem Gefühl aufgestauten Zorns. Es war fast, als rolle sich der Raum wie eine Schlange zusammen, die sich darauf vorbereitete, auf ihn zuzustoßen.

Und dennoch war ein seltsames Gefühl von Sehnsucht danach in ihm. Eine tiefe Melancholie, mit einer starken Spur von Trauer. Als Phillip dort stand, in den Raum schaute und dem zwingenden Drang widerstand, hineinzugehen und dem zu begegnen, was immer darin sein mochte, spürte er, daß seine Augen feucht wurden. Einen Augenblick später liefen ihm Tränen über die Wangen.

Er trat zögernd einen Schritt vor und streckte die Arme aus, wie um zu berühren, was in dem Raum war, doch dann wich er plötzlich zurück, und anstatt den Raum zu betreten, packte er die Türkante und zog die Tür schnell zu.

Bevor die Tür zuknallte, glaubte er, von drinnen einen kurzen Aufschrei zu hören, eine Kinderstimme, die ihn rief.

»Vater!«

Phillip eilte die Treppe hinauf, schaltete die Beleuchtung aus und hastete zur Seitentür.

Und dann, am fernen Ende der ehemaligen Fabrik, sah er die Gesichter.

Sie waren noch immer da – die Leute von Westover. Sie drückten die Gesichter gegen die Glasscheiben der Türen, und ihre Züge waren zu sonderbaren Grimassen verzerrt. Ihre Hände schienen nach ihm zu greifen, und zuerst hatte er das Gefühl, sie würden ihn anflehen. Dann erreichte er die Rotunde unter der Glaskuppel und nahm noch etwas anderes wahr.

Die Gesichter waren zwar vage vertraut, doch nicht zu erkennen. Die Männer waren unrasiert und schäbig bekleidet, und alle trugen Mützen tief in die Stirn gezogen.

Die Frauen waren allesamt hohlwangig und anscheinend vor Hunger ausgemergelt, und sie trugen ebenfalls schäbige Kleidung, lange dünne Kleider, die hoch am Hals zugeknöpft waren und bis zu den Knöcheln reichten. Alle trugen das Haar gleich zu einem Dutt aufgesteckt.

Und sie streckten nicht flehend die Hände nach ihm aus.

Sie griffen nicht nach ihm, weil sie etwas von ihm haben wollten.

Sie wollten *ihn*.

Der Ausdruck ihrer Augen zeigte es deutlich. In den Augen, die ihn jetzt alle anstarrten, glitzerte Haß. Er spürte fast körperlich, wie der Haß von ihnen ausströmte, durch das Glas der Türen drang – auf ihn zu über den breiten Gang wogte wie eine Welle, die ihn zu verschlingen drohte.

Er erstarrte, und seine Panik steigerte sich. Dann warf er sich herum und hetzte zur Seitentür. Er schaltete das Licht aus, und die ehemalige Fabrik war wieder in Dunkelheit getaucht wie ein paar Minuten zuvor. Phillip ging hinaus, zog die Tür hinter sich zu und schloß sie ab.

Er warf einen Blick zur Front des Gebäudes und rechnete fast damit, eine zornige Menge zu sehen, die sich ihm näherte. Da war jedoch nichts. Nur ein einzelner Mann, der sich vor dem Schein der Straßenlampe abhob und ihm winkte.

»Mr. Sturgess?« rief der Mann. »Ist alles in Ordnung?«

Phillip zögerte. »Alles in Ordnung«, rief er dann zurück. »Ich wollte mich nur mal umsehen.« Er hob die Hand und erwiderte den Wink des Mannes. Anstatt die Prospect Street zurückzugehen, wandte er sich in die andere Richtung und ging den Pfad hinab, bis er zu den Bahngleisen gelangte.

Als er durch die Nacht eilte, versuchte er sich einzureden, daß alles, was er gesehen hatte, nur in seiner Einbildung existiert hatte.

Als Phillip zwanzig Minuten später zu Hause eintraf, wurde er von Tracy erwartet. Sie saß oben auf der Treppe im Haus, und als er zur Tür hereinkam, stand Tracy auf und schaute neugierig zu ihm herab. Er blickte kurz zu ihr hinauf und legte seine Schlüssel in die Schublade der Kommode, die in der Nähe der Haustür stand. Weder Phillip noch Tracy sagten etwas, bis er zur Bibliothek ging, um sich etwas zu trinken einzuschenken. Tracy folgte ihm in die große, walnußgetäfelte Bibliothek, wie er es im voraus gewußt hatte.

»Nun?« fragte Tracy, während sich Phillip großzügig Scotch einschenkte und zwei Eiswürfel und etwas Wasser hinzufügte. Erst als er fertig war, wandte sich Phillip zu Tracy um.

»Was – nun?« fragte er gelassen.

Tracy wurde unsicher. Da war etwas im Blick ihres Vaters, das sie noch nie gesehen hatte. Obwohl er sie ansah, hatte sie das sonderbare Gefühl, daß er sie nicht wahrnahm. »Hat sie ihn umgebracht?« fragte sie schließlich.

Phillip furchte die Stirn. Er drehte das Glas in der Hand, ging zum Fenster und starrte in die Nacht hinaus. »Warum sollte sie das tun?« fragte er mit dem Rücken zu Tracy.

»Liegt das nicht auf der Hand?« fragte Tracy. »Sie will

hierher zurück. Deshalb hat sie ihren Vater umgebracht, denn wenn er tot ist, kann sie nirgendwo sonst wohnen.«

Phillip spürte, daß seine Augen wieder feucht wurden, und er unterdrückte ein Aufstöhnen. »Ist dieses Haus wirklich so wundervoll?« fragte er so leise, daß Tracy sich anstrengen mußte, um ihn zu verstehen. »Ist dieses Haus es wirklich wert, jemanden zu töten – den eigenen Vater – nur um hier zu wohnen?« Er wartete lange genug, um seine Worte einwirken zu lassen, und dann fuhr er zu Tracy herum, die inmitten der Bibliothek stand und ihn mit großen Augen anstarrte. »Nun?« fragte er. »Ist es wirklich all das wert?«

»Für sie...« begann Tracy, doch Phillip ließ sie nicht aussprechen.

»Wie kann das sein?« fragte er. »Was war denn hier so wunderschön für sie? Seit du von der Schule heimgekommen bist, hast du dein Bestes getan, um Beth das Leben schwerzumachen. Du hast nicht mal versucht, dich mit ihr anzufreunden. Du hast sie wie ein Dienstmädchen behandelt, sie ignoriert, sie gekränkt...«

»Na und?« Tracys Gesicht war vor Zorn gerötet, und ihre blauen Augen glitzerten im Schein des Kronleuchters. »Sie ist nichts als ein Dreckstück, genau wie ihre Mutter. Sie gehört nicht hierhin, und sie paßt nicht zu uns. Und wenn sie wieder herkommt, dann will ich nicht mehr hier leben!«

»Ich verstehe«, sagte Phillip ruhig. »Und wo stellst du dir vor, zu leben?«

Tracys Mund klaffte auf, und plötzlich wich die Farbe aus ihrem Gesicht. Was sagte er da? Das konnte doch nicht sein Ernst sein, oder? »Ich... ich werde dann bei Alison Babcock wohnen.«

Phillip nickte nachdenklich und nippte an seinem Scotch. »Tracy«, sagte er ruhig. »Du solltest dich hinsetzen. Es ist ein guter Zeitpunkt für ein Gespräch zwischen uns, denn Carolyn wird heute nacht nicht hier sein.«

»Ich hoffe, Carolyn kommt niemals wieder her«, erklärte Tracy, ließ sich auf einen der Lehnstühle sinken und legte ihr linkes Bein lässig über die Armlehne.

»Ich bin sicher, daß du das hoffst«, erwiderte Phillip und nahm ihr gegenüber Platz. »Aber ich sage dir jetzt, daß es eine Hoffnung ist, die ich nie wieder in diesem Haus hören will. Du magst dir denken, was du willst, aber du wirst von jetzt an deine Gedanken für dich behalten.«

Die Worte trafen Tracy wie eine körperliche Züchtigung. Einen Augenblick lang war sie zu benommen, um überhaupt etwas zu sagen. Dann schluckte sie und blickte ihren Vater verwirrt an. »Daddy...«

»Nimm das Bein von der Lehne und setz' dich richtig hin wie die Lady, für die du dich hältst«, sagte Phillip.

Tracy nahm das Bein von der Lehne und setzte sich auf dem Lehnstuhl auf. Sie starrte ihren Vater an und versuchte zu ergründen, was passiert war. »Du läßt sie wieder herkommen, nicht wahr?« fragte sie schließlich, und ihre Stimme klang vorwurfsvoll. »Selbst nach dem, was sie meinem Pferd angetan hat.«

»Ah«, sagte Phillip, trank sein Glas leer und erhob sich, um sich von neuem Scotch einzuschenken. »Das Pferd.« Als er an Tracy vorbeiging, blickte er ihr in die Augen und sah, daß sein Verdacht stimmte. »Die Babcocks haben einige ziemlich gute Tiere in ihrem Stall«, bemerkte er. Er schwieg, bis er Tracy gegenüber saß. »Ich frage mich, wie sicher sie sich fühlen würden, wenn du in ihrem Haus wohnen würdest.«

Tracy klopfte jetzt das Herz bis zum Hals, und sie klammerte sich an den Lehnen des Stuhls fest, damit ihre Hände nicht zitterten. »Ich habe es nicht getan...« begann sie, doch unter dem Blick ihres Vaters verstummte sie.

»Ich glaube dir nicht, Tracy«, sagte Phillip. »Ich glaube dir nicht, und ich weiß nicht, was ich tun soll.« Seine Augen füllten sich wieder mit Tränen, und diesmal bemühte er sich nicht, sie zu verbergen. »Ich nehme an, ich war kein guter Vater, nicht wahr? Ich habe stets versucht, dir alles zu geben, was du wolltest, aber das war nicht genug.«

»Aber ich liebe dich, Daddy«, sagte Tracy.

»So? Nun, ich nehme an, das tust du, auf deine Weise. Aber es ist die falsche Weise, Tracy. Ich kann nicht mein Leben für dich leben. Ich kann mir nicht deine Liebe erkaufen, indem ich dir einfach jeden Willen lasse. Und ich kann mir nicht von dir vorschreiben lassen, wer in meinem Haus wohnt und wer nicht.«

Tracy mißdeutete die Traurigkeit in Phillips Worten als Schwäche. »Aber sie gehören nicht hierher, Daddy«, wandte sie von neuem ein. »Ich begreife nicht, warum du das nicht verstehen kannst. Carolyn und Beth gefällt es hier nicht mal. Sie wollen nur unser Geld!«

Als die Miene ihres Vaters einen harten Zug annahm, erkannte Tracy, daß sie einen Fehler begangen hatte, und sie wich unwillkürlich auf dem Stuhl zurück. Die Augen ihres Vaters spiegelten jetzt kalten Zorn wider.

»Ich werde dich nicht schlagen«, sagte er. »Vielleicht sollte ich das, aber ich werde es nicht tun. Ich halte nichts von solchen Dingen. Aber ich sage dir jetzt folgendes, Tracy, und du solltest gut zuhören und es verstehen, denn ich werde es nicht wiederholen. Von jetzt an wirst du Carolyn mit all dem Respekt behandeln, den du deiner eigenen Mutter oder jeder anderen erwachsenen Frau entgegenbringen würdest. Es interessiert mich nicht, welche Gefühle du ihr gegenüber hegst. Mich interessiert nur, wie du sie behandelst. Von jetzt an wirst du freundlich und hilfreich und höflich sein, ob ich zu Hause bin oder nicht. Was Beth anbetrifft, ja, sie wird zurückkehren und hier wohnen. Und das wird nicht geschehen, weil sie kein anderes Heim hat, sondern weil ihre Mutter und ich sie sehr lieben. Und du wirst sie auf die gleiche Weise behandeln wie Carolyn. Du wirst sogar noch einen Schritt weiter gehen. Du wirst Freundschaft mit Beth schließen, es sei denn, sie ist nicht interessiert daran, mit dir befreundet zu sein. In diesem Fall wirst du einfach höflich zu ihr sein und ihr aus dem Weg bleiben. Wenn sie morgen heimkommt, wirst du ihr sagen, daß dir leid tut, was mit ihrem Vater passiert ist, und du wirst dich entschuldigen, weil du ihr Pferd vergiftet hast...«

»Es war *mein* Pferd!« begehrte Tracy auf. Plötzlich sprang sie auf und starrte ihren Vater in wildem Zorn an. »Es war mein Pferd, und ich hatte das Recht, damit zu machen, was ich wollte! Und es ist mein Haus, und ich kann darin machen, was ich will, und du kannst mich nicht daran hindern. Ich hasse dich!«

Phillip erhob sich. »Also gut«, sagte er leise. »Wenn das dein Ernst ist, dann kann ich nur noch eines tun. Morgen früh werde ich ein wenig telefonieren und eine Schule für dich finden.«

»Gut«, gab Tracy zurück. Sie stand jetzt breitbeinig da, und ihr Gesicht war eine Maske zorniger Aggressivität. »Und ich hoffe, die Schule ist so weit von hier weg wie möglich!«

»Oh, das wird sie sein«, erwiderte Phillip. »Aber da du von jetzt an ganzjährig dort sein wirst, werden wir ein Internat finden müssen, in dem es keine Ferien gibt. Ebenfalls natürlich eines, in dem es keine Pferde gibt.« Er heftete den Blick auf seine Tochter. »Keinerlei Privilegien irgendwelcher Art, daran sollte ich denken«, sagte er mit ruhiger Stimme. »Ich finde, du hattest bereits viel zu viele davon.«

Tracy musterte das Gesicht ihres Vaters und versuchte zu ergründen, ob er tatsächlich ernst meinte, was er sagte. »Ich... ich werde fortlaufen!«

Phillip zuckte die Achseln. »Wenn du das willst, dann bitte. Aber an deiner Stelle würde ich mir das gut überlegen. Ich hörte, daß das Leben dort draußen ziemlich hart für ein Mädchen in deinem Alter sein kann.« Dann wandte er sich ab, verließ die Bibliothek und schloß schweigend die Tür hinter sich.

Tracy war einen Augenblick lang vor Wut und Ungläubigkeit wie erstarrt. Dann ging sie zur Bar und warf ein Glas nach dem anderen gegen die Tür.

Phillip und Hannah begegneten sich am Fuß der Treppe, als das erste Zerklirren von Kristall aus der Bibliothek zu hören war. Die alte Frau blickte Phillip mit großen Augen an und ließ vor Schreck fast den kleinen Koffer fallen, den sie trug. Sie sagte nichts, doch ihr Blick war fragend auf Phillip gerichtet.

»Das ist Tracy«, sagte er sanft. »Sie ist im Augenblick ein bißchen aufgeregt, aber ich denke, daß sie ruhiger werden wird, wenn ihr die Gläser ausgehen. Wenn Tracy dich auffordert, die Scherben für sie wegzuräumen, dann tu mir bitte einen Gefallen und stell dich taub.« Er hörte sie scharf einatmen, bevor sie gehorsam nickte. »Oh... und noch eines, Hannah«, fügte er hinzu, als er die Treppe hinaufging. »Von jetzt an brauchst du nichts mehr in Tracys Zimmer zu tun. Sie wird es von morgen an selbst aufräumen und saubermachen.«

Hannahs Brauen ruckten hoch, und sie musterte Phillip prüfend. »Ist das der Grund für all das?« fragte sie und nickte zur Bibliothek hin.

»Ich befürchte, nein«, sagte Phillip und blieb kurz auf der Treppe stehen. »Tracy weiß noch gar nicht, daß sie ihr Zimmer von morgen an selbst saubermachen muß.«

»In diesem Fall, Sir, werde ich den Rest des Kristalls und Porzellans einschließen, sobald ich aus dem Krankenhaus zurück bin.«

»Danke«, sagte Phillip und ertappte sich bei einem Grinsen, während er weiter die Treppe hinaufging und sich auf dem Gang zur Suite seiner Mutter wandte.

Abigail saß in ihrem Lieblingssessel und hatte ein Buch mit den aufgeklappten Seiten nach unten auf dem Schoß liegen. Als Phillip eintrat, heftete sie sofort den Blick mißtrauisch auf ihn.

»Was um Gottes willen hat dieser Lärm zu bedeuten, Phillip?«

»Das ist Tracy, Mutter«, erwiderte er. »Ich habe endlich ein Machtwort gesprochen.« So knapp wie möglich erklärte er seiner Mutter, was er Tracy gesagt hatte und warum. Als er damit fertig war, schaute ihn die alte Frau unter halb gesenkten Lidern hervor an.

»Du machst einen schrecklichen Fehler, Phillip.«

Phillip zuckte mit den Schultern und setzte sich auf den Sessel ihr gegenüber. »Mir scheint, ich habe eine Reihe von schrecklichen Fehlern mit Tracy gemacht, solange sie lebt.« Seine Mutter schien es jedoch nicht zu hören. Sie schaute ihn jetzt mit der Mißbilligung an, die eine Mutter einem mißratenen Kind vorbehält. Worüber ärgert sie sich jetzt? fragte er sich. Und dann erkannte er, daß der Sessel, in den er sich ohne nachzudenken gesetzt hatte, nie von jemand anderem als seinem Vater benutzt worden war. »Er ist tot, Mutter«, sagte Phillip mit ruhiger Stimme. »Reicht der Platz im Mausoleum nicht? Soll das hier ebenfalls eine Grabstätte sein?«

Sofort bedauerte er seine Worte, aber sie waren nicht mehr rückgängig zu machen.

»Sitz, wo du willst«, erwiderte Abigail mit kalter Stimme. »Da du anscheinend seinen Platz in diesem Haus einnehmen willst, kannst du ebensogut seinen Sessel übernehmen. Aber was Tracy anbetrifft, so kannst du nicht einfach die Regeln bei einem Kind wie ihr ändern. Sie ist viel zu empfindsam.«

»Ich befürchte, ich kann dir bei letzterem nicht zustimmen«, bemerkte Phillip trocken. »Und was die Regeln anbetrifft, so habe ich sie nicht geändert. Ich habe einfach einige eingeführt.«

»Und du erwartest von mir, daß ich das zulasse?« Abigails Miene nahm eine harten Zug an.

»Es geht nicht darum, ob ich dir etwas erlaube oder nicht«, entgegnete Phillip. »Ich lege einfach einige Grenzen und Regeln für meine Tochter fest, das ist alles.«

Abigail verzog verächtlich die Lippen. »Deine Tochter? Ich nehme an, du hast ein biologisches Recht, das zu sagen, aber ich kann kaum sagen, daß du deine Aufgaben und Pflichten als Vater bei ihr erfüllt hast.«

Phillip war nicht bereit, sich ködern zu lassen. »Und natürlich hast du recht, wenn du das sagst«, stimmte er zu. »Aber das ist nicht der springende Punkt. Das Wichtige ist, sie muß endlich lernen, daß es sie nicht zu etwas Besonderem macht, nur weil sie eine Sturgess ist, und ich habe vor, ihr das beizubringen.«

»Indem du sie dafür bestrafst, daß sie eine natürliche Abneigung gegen die falsche Art Leute hat, die in ihr Leben eindringen?«

»Es reicht, Mutter«, sagte Phillip und stand auf. »Ich wollte nur sehen, wie es dir geht. Ich bin nicht hergekommen, um mit dir zu debattieren.«

Abigails Stimme nahm den kalten Klang an, den Phillip seit langem als das Anzeichen für den Zorn seiner Mutter kannte. »Und du hast angenommen, ich würde einfach einwilligen?«

»Ich nehme überhaupt nichts an, Mutter«, erwiderte er und bemühte sich, seinen eigenen Zorn unter Kontrolle zu behalten. »Aber ich habe den Eindruck, daß du wenigstens ein kleines bißchen daran interessiert sein solltest, wie es Beth geht. Ihr Vater starb heute nachmittag. Ist der Schutz von Tracys Egoismus wirklich wichtiger als Beths Wohlergehen?«

»Ich kann nichts für Beth Rogers tun«, erwiderte Abigail scharf. »Aber ich kann viel für meine Enkelin tun. Wozu nicht zuletzt zählt, daß ich dich daran hindere, Beth wieder in dieses Haus zu holen.«

»Weil sie zu ›der falschen Art von Leuten‹ gehört, Mutter?« fragte Phillip müde.

»Überhaupt nicht«, erwiderte sie. »Ich will sie nicht hier haben, weil ich sie als Gefahr für uns alle betrachte.«

»Ach, um Himmels willen, Mutter! Du klingst so paranoid, wie es Vater vor seinem Tod war.«

»Ich bezweifle nicht im geringsten, daß dein Vater all seine Sinne beisammen hatte«, sagte Abigail steif.

Phillip seufzte. »Also gut, Mutter. Es hat offenbar keinen Zweck, weiter darüber zu diskutieren. Wenn du etwas brauchst, ich bin in meinem Zimmer.«

»Wenn ich etwas brauche, werde ich Hannah läuten, wie ich es in den letzten vierzig Jahren getan habe.«

»Hannah ist nicht hier. Sie ist zum Krankenhaus gegangen, um Carolyn einige Sachen zu bringen.«

Tracy starrte ärgerlich auf die leere Bar und suchte nach etwas, das sie noch zertrümmern konnte. Aber da war nichts mehr. Das letzte der drei Dutzend Kristallgläser lag zerbrochen am Fuß der Tür in der Bibliothek. Die Tür wies eine Reihe sichelförmiger Eindrücke auf, wo die Gläser gegen das Holz geknallt waren, und Tracy erkannte selbst in ihrem Zorn auf den Vater, daß diese Male nie entfernt werden würden. Für den Rest ihres Lebens würden sie in der Tür sein, eine ständige Erinnerung an diesen Tag, an dem sich ihr Vater gegen sie gewandt hatte.

Aber da war noch ihre Großmutter.

Die alte Frau würde für sie Partei ergreifen und ihren Vater davon überzeugen, daß er unrecht hatte und besser Carolyn von Hilltop fortjagen sollte anstatt Beth zurückkehren zu lassen. Die beiden konnten wieder in ihr mieses, kleines Haus in der Cherry Street ziehen. Ihr Vater konnte es für sie zurückkaufen.

Tracy öffnete die Tür der Bibliothek und ignorierte die Glasscherben, die sich in den Parkettboden bohrten und tiefe Kratzer hinterließen. Hannah sollte morgen die Scherben entfernen und Handwerker bestellen, die den Boden in Ordnung bringen würden.

Tracy eilte die Treppe hinauf und vergewisserte sich mit einem Blick über den Flur, daß die Tür zum Zimmer ihres Vaters geschlossen war. Dann wandte sie sich in die andere Richtung und ging zur Suite ihrer Großmutter.

Sie hielt es nicht für nötig, anzuklopfen; sie stieß einfach die Tür auf und trat ein. Zuerst dachte sie, das Zimmer wäre verlassen. Ihre Großmutter saß nicht mehr in dem Sessel. Tracy wollte zum Schlafzimmer gehen.

Dann hörte sie vom Fenster her Abigails Stimme.

»Tracy? Alles in Ordnung, Kind?«

Tracy wandte sich um und sah die alte Frau, die sich schwer auf ihren Stock stützte und einen Morgenrock anhatte. Sie wirkte viel kleiner, als Tracy sie in Erinnerung hatte, und sie sah krank aus. Ihre Haut schien in Falten von ihrem eingefallenen Gesicht zu hängen, und ihre Hände zitterten.

»Daddy will mich fortschicken«, sagte Tracy.

Abigail nickte langsam. »Ich weiß«, sagte sie mit einem Seufzen. »Er hat es mir gesagt.«

»Du mußt ihn umstimmen.«

»Das habe ich bereits versucht. Aber ich glaube nicht, daß es mir gelingt. Er ist davon überzeugt, daß ich dich verwöhnt und verzogen habe. Wenn deine Mutter noch lebte...«

»Aber sie lebt nicht mehr!« schrie Tracy. »Sie ist tot! Sie starb und verließ mich genauso, wie du mich im Stich gelassen hast!« Tracy durchquerte das Zimmer, und ihr Gesicht verzerrte sich, als der Zorn hervorbrach, den sie so sorgfältig gezügelt hatte. »Du bist ins Krankenhaus gegangen und hast mich hier bei ihnen gelassen! Sie hassen mich! Alle hassen mich!«

Bei dem Zornausbruch des Mädchens klopfte Abigail das Herz bis zum Hals, und unwillkürlich wandte sie sich ab. Sie bemühte sich, nicht hinzuhören und sich auf die Nacht jenseits des Fensters zu konzentrieren.

Sie sollte nicht einmal hier stehen. Der Arzt hatte sie

ermahnt, sich zu schonen, doch nach der Unterhaltung mit Phillip hatte sie es nicht mehr im Sessel ausgehalten und war unruhig im Zimmer auf und ab gegangen, während sie überlegt hatte, wie sie mit der Situation fertig werden konnte. Und schließlich war sie zum Fenster gegangen und hatte zu der ehemaligen Fabrik geschaut, die immer und unausweichlich die Quelle all ihrer familiären Probleme war.

Sie konzentrierte sich von neuem auf die Fabrik und versuchte immer noch, sich vor Tracys schrillen Worten des Zorns zu verschließen.

Und dann, als sie in die schwarze Nacht blickte, schien der dunkle Umriß des Fabrikgeländes auf einmal so nahe zu sein, daß sie ihn fast berühren konnte.

Sie sah die Eingangstüren und die Fenster mit ihren Läden so deutlich, als stünde sie auf der anderen Straßenseite davor.

Es war nur Einbildung; so mußte es sein. Es war viel zu dunkel, und die Fabrik war viel zu weit entfernt. Sie sah sie nur in ihrer Phantasie so nahe.

Ihr Herz pochte schneller, und von neuem hatte sie das Gefühl, daß sich stählerne Bänder um ihren Oberkörper legten.

Die ehemalige Fabrik schien sogar noch größer zu werden und näherzurücken, und dann sah sie das sonderbare Glühen eines Feuers. Zuerst war nur ein rötlicher Schimmer zu sehen, ein merkwürdiges Glühen, das von der Treppe im Kellergeschoß ausging.

Doch während sie hinausschaute und das Gefühl hatte, ihr altes Herz würde fast zerspringen, wurde das Glühen heller. Flammen loderten von der Treppe auf, züngelten über die Wände und krochen über die schwarz werdenden Backsteine, als suchten sie etwas.

Als suchten sie nach ihr.

»Nein!« wimmerte sie. Mit purer Willenskraft, denn der Schmerz in ihrer Brust raubte ihr fast die Besinnung, wandte sie sich vom Fenster ab und tastete nach einem Sessel. »Tracy!« keuchte sie. »Tracy, hilf mir!«

»Warum?« sagte Tracy mit ruhiger Stimme, gleichgültig gegenüber den Schmerzen ihrer Großmutter. »Warum sollte ich dir helfen? Was hast du je für mich getan?«

»Mein Herz...« flüsterte Abigail. Sie streckte die Hand nach Tracy aus, doch der Schmerz nahm ihr den Atem und stach ihre Arme hinab zu den Fingern, und sie konnte den Stock nicht mehr halten und stürzte vornüber auf die Knie. Sie streckte den linken Arm aus und schaffte es, Tracy am Bein zu berühren.

Tracy wich von ihr fort. Sie stürzte aus dem Zimmer und schrie nach ihrem Vater.

»Daddy, komm schnell! Großmutter stirbt!«

Phillip fand seine Mutter auf dem Boden in ihrem Salon. Sie lag auf der Seite und hatte die Hände an den Oberkörper gekrallt, als versuche sie, sich von dem Dämon zu befreien, von dem sie besessen war. Phillip kniete sich neben sie und ergriff ihre Hände.

Ihre Augen, die bereits vom Tod gezeichnet waren, blickten Phillip starr an. Sie hob die rechte Hand, um Phillips Gesicht zu berühren.

»Feuer«, flüsterte sie. »Es brennt wieder. Du mußt sie aufhalten, Phillip... du mußt...«

Phillip stockte der Atem. »Wen? Wen muß ich aufhalten, Mutter?«

Die alte Frau rang um Atem und sprach mit letzter Kraft. »Amy«, keuchte sie, »Amy...«

Und dann war sie tot.

23

Fast jeder in Westover nahm entweder an Alan Rogers Beerdigung oder an Abigail Sturgess' Beisetzung teil.

Nur eine Handvoll Leute gingen zu beiden Beerdigungen.

Carolyn und Phillip hatten kurz die Möglichkeit erwogen, beide Beerdigungen zu kombinieren, diesen Gedanken jedoch schnell verworfen. Es hatte keine Beziehung zwischen den beiden Verstorbenen bestanden, und der Kreis der Trauernden war unterschiedlich. So hatten sich Carolyn und Phillip entschieden, Alan am Morgen zu beerdigen, drei Tage nach seinem Tod, und Abigail am folgenden Nachmittag.

Was Carolyn im Laufe der beiden langen Tage am meisten auffiel, waren die Unterschiede zwischen den beiden Beerdigungen.

Bei Alans Beisetzung war die kleine Kirche überfüllt mit all den Leuten, die Carolyn während der Kindheit und den Ehejahren mit Alan gut gekannt hatte. Der Pastor, der mit Alan zusammen aufgewachsen war, sprach 40 Minuten lang über den Freund, den er verloren hatte, und alle Trauernden fühlten sich in die Vergangenheit zurückversetzt.

Es war für Carolyn eine Zeit der Erinnerungen, die sie mit Leuten teilte, die sie kaum noch kannte, und sie vermißte all die alten Freundinnen und Bekannten, von denen sie sich unbewußt abgesondert hatte, als sie Phillips Ehefrau geworden war. Alan war in diesen 40 Minuten für jeden in der Kirche wieder lebendig, und Carolyn hatte fast das Gefühl, am Ende des Gottesdienstes aufzustehen, sich umzuwenden und Alan an der hinteren Wand der Kirche lehnen zu sehen, grinsend über all das Theater, das seinetwegen gemacht wurde. So ein Mensch war er gewesen.

Nach dem Gottesdienst, als sie mit ihrer Tochter am

Portal der Kirche stand, verblaßte jedoch schnell Carolyns vorübergehende Nostalgie. Sie erkannte sofort, daß keiner wußte, was er sagen sollte. Sollte man der Frau kondolieren, die sich von dem Mann hatte scheiden lassen, dem man hier die letzte Ehre erwies?

Ebensowenig wußten die Leute, was sie zu Beth sagen sollten, denn die Gerüchte waren trotz Norm Adcocks offizieller Erklärung noch immer nicht verstummt. Als Alans Freunde langsam aus der Kirche strömten, blieben sie nur ganz kurz stehen, um mit Carolyn zu sprechen und Beth mit schlecht verhohlener Neugier anzuschauen. Dann hasteten sie weiter. So schnell wie es der Anstand erlaubte, führte Phillip Carolyn zum Wagen. Auf der Fahrt nach Hilltop war Carolyn froh darüber, daß Alan in seinem Testament eine Feuerbestattung verfügt hatte. Carolyn war überzeugt davon, daß eine Beerdigung auf dem Friedhof für jeden unerträglich gewesen wäre. Sie fragte sich, ob Alan aus genau diesem Grund verfügt hatte, daß keine Zeremonie am Grab stattfand. Das hätte zu Alan gepaßt.

Am nächsten Nachmittag fand der Gottesdienst vor Abigails Beisetzung statt. Wiederum war die Kirche voller Leute, doch es waren überwiegend andere Trauergäste. Zu Abigails Beisetzung waren Leute bis von Boston gekommen, und in den Straßen um die Kirche parkten Reihen von Cadillacs und Lincolns. Derselbe Pastor hielt die Predigt, doch diesmal sprach er über jemand, den er kaum gekannt hatte. Die Lobrede rief kaum Erinnerungen an Abigail wach, sondern war mehr eine Aufzählung der Leistungen der Familie Sturgess. Während Carolyn zuhörte, wurde ihr schnell bewußt, daß die Frau, die der Pastor beschrieb, nichts mit der Person gemein hatte, die Carolyn gekannt hatte.

Als Carolyn diesmal am Portal der Kirche neben ihrem Mann und ihrer Stieftochter stand, verweilte jeder und kondolierte ihr zum Verlust der Schwiegermutter, obwohl alle nur zu gut wußten, daß Abigail sie gehaßt hatte. Carolyn zwang sich, die Rolle zu spielen, die man von ihr erwartete, und mit gesenktem Blick murmelte sie die passenden Worte.

Am späten Nachmittag fand die Beisetzung im Mausoleum statt. Abigails Platz war außerhalb des Rings der Säulen an der Seite ihres Mannes, und sie wurde nicht wie Conrad in einer Ansprache Samuel Pruett Sturgess vorgestellt. Das war offenbar eine Ehre, die nur Blutsverwandten vorbehalten war.

Nach der Bestattung gingen alle ins Haus, und es gab einen Empfang wie vor ein paar Monaten für Conrad. Und wie damals war der Trauerfall Anlaß für ein paar automatische Phrasen im geflüsterten Tonfall, und danach versammelten sich die Männer, um über Geschäftliches zu reden, während die Frauen verschiedene Treffen und Wohltätigkeitsveranstaltungen planten, und bei keinem von beiden wurde Carolyn mit eingeschlossen.

Und dann war endlich alles vorüber, und Carolyn und Phillip waren allein in der Bibliothek.

Beide Mädchen waren stumm auf ihre Zimmer gegangen, als sie von der Beisetzung zurückgekehrt waren. Oben im Haus herrschte Stille. Carolyn war dankbar dafür. Sie setzte sich erschöpft auf einen der Lehnstühle und nippte an dem Scotch mit Wasser, den Phillip ihr gemacht hatte. Mit einem Schaudern, das sie kaum verbergen konnte, dachte Carolyn daran, wie jeder Beth bei der Beerdigung angeschaut hatte, als ob sich immer noch alle fragten, was Alan wirklich widerfahren war, obwohl niemand gewagt hatte, die Frage laut zu stellen.

Auch auf Hilltop hatten in den letzten drei Tagen die unausgesprochenen Fragen die Atmosphäre belastet. Selbst Tracy war nichts als ernst und höflich gewesen, das perfekte Kind, das entsprechend traurig über den Tod seiner geliebten Großmutter war.

Carolyn hatte Tracy verstohlen beobachtet, bis jetzt

jedoch noch nichts gesagt. Seit dem Moment, an dem am Morgen nach Alans Tod Beth aus dem Krankenhaus geholt und nach Hilltop gebracht worden war, wirkte Tracy verändert. Als Carolyn und Beth ins Haus gegangen waren, hatte Tracy auf sie gewartet. Sie hatte Beth gesagt, wie leid es ihr tue, daß ihr Vater gestorben war, und dann war sie zum Wagen hinausgegangen und hatte Carolyns Koffer mit den Sachen zum Übernachten und Beths Koffer geholt. Und als sie nach oben gegangen waren, hatte Tracy sogar angeboten, Beth beim Auspacken zu helfen.

Und so war es weitergegangen. Soweit Carolyn das sehen konnte, tat Tracy endlich ihr Bestes, um sowohl sie als auch Beth zu akzeptieren.

Carolyn hatte gleich bemerkt, daß alles Kristall in der Bibliothek verschwunden war und daß die Tür und der Boden arg verschrammt waren. Obwohl Phillip sich nicht dazu geäußert und Carolyn ihn bis jetzt auch nicht gefragt hatte, war sie überzeugt, daß Tracy für den Schaden verantwortlich war. Jetzt entschloß sie sich, das Thema zur Sprache zu bringen.

»Ich habe bemerkt, wie gut sich Tracy benommen hat«, begann sie vorsichtig. »Und mir ist ebenfalls aufgefallen, daß hier offensichtlich etwas passiert ist. Willst du mit mir darüber reden?«

Phillip zögerte, doch er wußte, daß er seiner Frau nicht die Wahrheit verschweigen konnte. So kurz wie möglich erzählte er Carolyn, was an dem Abend geschehen war, an dem Abigail gestorben war. Als er schließlich seinen Bericht beendet hatte, saß Carolyn lange schweigend da. Dann erhob sie sich, ging zum Fenster und schaute in das verblassende Licht des Sommerabends. Trotz der Wärme des Abends fröstelte sie.

»Du denkst, ich habe das Falsche getan, nicht wahr?« fragte Phillip, als er Carolyns Schweigen nicht länger ertragen konnte.

»Ich hoffe, es war richtig«, erwiderte Carolyn leise.

»Aber ich befürchte, sie muß uns jetzt noch mehr hassen denn je.« Dann wandte sie sich zu ihrem Mann um. »Ich habe Angst, Phillip. Ich habe große Angst.«

Tracy hatte die Tür ihres Zimmers abgeschlossen, und jetzt saß sie an ihrem Schreibtisch und stöberte im Inhalt der Schmuckkassette ihrer Großmutter. Die besten Stücke befanden sich in einem Banktresor, wie sie wußte, und ihre Großmutter hatte sie nur einmal im Jahr nach Hause geholt, um sie zu Weihnachten und Neujahr zu tragen. Das waren die Dinge, die Tracy in Wirklichkeit haben wollte – das Diamantenhalsband mit dem großen Smaragd, dazu passende Ohrringe und einen Armreif. Und da gab es das Saphir-Diadem. Die Steine waren besonders ausgewählt, damit sie zur Augenfarbe ihrer Großmutter paßten. Tracy wußte, daß sie genauso zu ihrer Augenfarbe passen würden.

Auch in der Schmuckkassette gab es einige schöne Stücke, und Tracy konnte sich kaum entscheiden, welche sie nehmen sollte. Sie mußte vieles in der Kassette lassen, damit keiner bemerkte, daß einiges fehlte, und sie mußte auch einige der besten Stücke zurücklassen.

Vielleicht auch nicht.

Viele der Schmuckstücke, die ihr wirklich gefielen, hatte ihre Großmutter nie getragen, soweit sich Tracy zurück erinnern konnte, und es war gut möglich, daß sich ihr Vater ebensowenig erinnern konnte.

Und einige der Schmuckstücke in der Kassette hatten ihrer Mutter gehört. Diese Stücke würde sie zurücklassen – gewiß würde ihr Vater ihrer Mutter Juwelen Carolyn geben.

Sie hob einen großen Anhänger aus Jade hoch, der ein verschiedenes Muster auf jeder Seite hatte, und hielt ihn an ihren Hals. Die Kette war ein wenig zu lang, aber das machte nichts. Jade war eine perfekte Farbe für sie. Sie öffnete ihre eigene Schmuckschatulle, hob den Einsatz heraus und legte den Anhänger in das kleine versteckte Fach am Boden der Schatulle.

Plötzlich klopfte es leise an der Tür, zweimal, dann kurze Pause und schließlich ein drittes Mal. Es war der Code, den sie Beth genannt hatte. Sie hatte ihr gesagt, das würde ein Geheimnis zwischen ihnen sein. Und Beth war, wie von Tracy erhofft, zu dumm, um zu erkennen, daß das verabredete Zeichen nur dazu diente, Tracy eine Chance zu geben, Dinge zu verstecken, bevor sie Beth in ihr Zimmer ließ.

Was ihr Vater verlangt hatte, war in Wirklichkeit wesentlich leichter gewesen, als Tracy gedacht hatte. Es war fast wie ein Spiel, bei dem es darauf ankam, herauszufinden, wie blöde Beth und Carolyn wirklich waren.

Und bei Beth herauszufinden, wie verrückt sie wirklich war, damit ihr Vater sie endlich fortschicken mußte.

Bis jetzt hatte es den Anschein, als wären sie sogar noch dümmer, als Tracy gedacht hatte, obwohl sie noch nicht herausgefunden hatte, wie sie Beth dazu bringen konnte, wieder über Amy zu reden.

Tracy war zu dem Schluß gelangt, daß Beth wirklich mitleiderregend war. Als sie den Koffer geöffnet hatte, den Beth mitgebracht hatte, wäre Tracy beim Anblick des Plunders fast in Gelächter ausgebrochen. Alte, abgetragene Jeans und ein paar Blusen und Kleider, die aus einem Trödlerladen stammen mußten. Aber sie hatte ›ah‹ und ›oh‹ gesagt und Beth gebeten, ihr gelegentlich etwas von dem Plunder zu leihen, und Beth war darauf hereingefallen.

Heute morgen hatte Tracy in ihrem Schrank gekramt, bis sie ein Kleid gefunden hatte, das sie seit zwei Jahren nicht getragen, aber auch noch nicht weggeworfen hatte, und sie hatte Beth angeboten, es ihr zu leihen, damit sie es bei den Beerdigungen tragen konnte. Das Kleid hatte schrecklich an Beth ausgesehen, wie Tracy es vorausgesehen hatte, aber Beth hatte es nicht bemerkt und ebensowenig war es ihrer Mutter aufgefallen.

Statt dessen hatten ihr beide gedankt, als hätte sie etwas Nettes getan.

Als jetzt die Klopfzeichen an der Tür wiederholt wurden, schloß Tracy die Schmuckkassette ihrer Großmutter und versteckte die Kassette schnell im obersten Fach des Kleiderschranks, bevor sie die Tür aufschloß und öffnete. Beth stand mit großen Augen auf dem Flur. Ihr Gesicht war blaß. Das Kleid, das Tracy ihr geliehen hatte, hing auf einem Kleiderbügel, den Beth hoch genug hielt, damit das Kleid nicht den Boden berührte.

»Ich... ich habe einen Fleck darauf gemacht«, flüsterte Beth und schaute Tracy wie ein fruchtsames Kaninchen an. »Es tut mir leid – ich weiß nicht, wie es passiert ist.«

Tracy setzte eine Miene großzügigen Verzeihens auf. »Ach, das macht nichts. Ich bin sicher, daß die Reinigung nicht viel kostet.« Sie verschwieg Beth, daß sie das Kleid ohnehin wegwerfen würde. »Komm herein.«

Tracy zog die Tür weiter auf, und Beth betrat das Zimmer und legte das Kleid behutsam auf dem Bett ab. Tracy konnte es kaum erwarten, Alison Babcock anzurufen und ihr zu erzählen, daß Beth den alten Fetzen behandelt hatte, als wäre es ein Abendkleid von Halston.

»Es... es tut mir wirklich leid, das mit deiner Großmutter«, sagte Beth, während sie rückwärts zur Tür ging.

»Schon gut«, erwiderte Tracy. »Sie war alt, und es ist ein Wunder, daß sie nicht schon vor Jahren starb. Ich meine, sie war nicht jung wie dein Vater.« Tracy zwang sich, nicht zu kichern, als sich Beths Augen mit Tränen füllten. »Verzeih mir«, sagte sie hastig. »Ich nehme an, du willst nicht über deinen Vater sprechen, oder?«

Beth wischte schnell die Tränen fort und schaffte ein Lächeln. »Ich muß immer weinen, wenn ich an ihn denke. Aber Ma sagt, daß ich darüber hinwegkommen werde.« Dann blickte sie zweifelnd drein. »Aber ich weiß nicht, ob ich das schaffe. Es tut einfach so weh. Hast du dich auch so gefühlt, als deine Mutter starb?«

Tracy zuckte die Achseln. »Sie starb, als ich geboren wurde. Ich erinnere mich nicht mal an sie. Meine Großmutter zog mich auf.«

Beths Stirnrunzeln vertiefte sich. »Wie kommt es dann, daß dir deine Großmutter nicht so fehlt wie mir mein Vater?«

»Ich habe es dir gesagt. Sie war eine alte Frau.« Tracy schaute Beth aus den Augenwinkeln heraus an und tat dann ihr Bestes, um ein paar Tränen zu vergießen. »Außerdem liebte sie mich nicht mehr. Sie liebte dich mehr als mich.«

Beth blickte sie entgeistert an. »Das ist nicht wahr...«

Jetzt schaffte Tracy ein kleines Schluchzen. »Doch, es stimmt! Sie hat mich nicht um einen Besuch gebeten, als sie im Krankenhaus war. Jedenfalls nicht am ersten Abend. Da wollte sie nur dich sehen.«

»Aber das war wegen...« Beth verstummte unvermittelt, weil sie nicht den Namen aussprechen wollte, den Tracy so lange gegen sie benutzt hatte.

»Wegen Amy?« fragte Tracy, und ihre Stimme klang keine Spur spöttisch wie in der Vergangenheit.

Zögernd nickte Beth.

Tracys Herz schlug schneller. Sie mußte jetzt vorsichtig sein, damit sie Beth nicht abschreckte. »Großmutter hat von ihr erzählt«, sagte sie und dachte schnell nach. »Sie sagte mir, sie wünschte, du könntest zurückkommen und wieder hier wohnen, weil sie alles über Amy wissen wollte.«

»Das... das hat sie getan?« stammelte Beth, und sie fragte sich, ob es stimmen konnte und ob Tracy sie vielleicht nicht mehr für verrückt hielt.

Tracy nickte feierlich und erinnerte sich an die letzten Worte ihrer Großmutter. Vielleicht konnte sie diese Worte nutzen, um Beth zum Reden zu bringen. »Und sie sagte, daß es ein Feuer gab.« Beim Ausdruck von Beths Augen erkannte sie, daß sie ins Schwarze getroffen hatte.

»In der Fabrik?« fragte Beth angespannt. »Sprach sie wirklich über das Feuer in der Fabrik?«

Jetzt zögerte Tracy. Was war, wenn Beth genauso log, wenn sie ebenfalls versuchte, sie in eine Falle zu locken? Aber das war albern – Beth war nicht schlau genug für so etwas.

»Ich glaube, ja«, sagte Tracy. »Was hat sie dir denn gesagt, als sie im Krankenhaus war?«

»Nichts«, antwortete Beth, und Tracy war enttäuscht. Doch dann sprach Beth weiter. »Sie hat nur gesagt, daß sie mir nach der Entlassung aus dem Krankenhaus etwas zeigen wird, das beweist, daß es Amy gibt.«

Es ist in der Kassette, dachte Tracy aufgeregt. *Es ist in der Kassette, die Großvater stets hütete wie einen Schatz.*

Aber sie sagte nichts.

24

Es war kurz nach Mitternacht. Im Haus herrschte Stille, doch durch das offene Fenster hörte Tracy das Zirpen von Grillen und Quaken von Laubfröschen. Mit nackten Füßen und nur einem dünnen Morgenrock über dem Pyjama ging sie zum Schrank, öffnete ihn und nahm die Schmuckkassette ihrer Großmutter aus dem obersten Fach. Dann schaltete sie das Licht in ihrem Zimmer aus und öffnete vorsichtig die Tür.

Der Flur war dunkel, aber Tracy erwog nicht einmal, das Nachtlicht auf der Kommode anzuschalten. Die Suite ihrer Großmutter war nur ein paar Meter entfernt, und Tracy hätte den Weg dorthin mit verbundenen Augen gefunden.

Sie hatte die halbe Strecke zurückgelegt und achtete sorgfältig darauf, nicht gegen die Kommode zu stoßen, als Tracy erkannte, daß der Flur überhaupt nicht völlig dunkel war. Am fernen Ende war ein schwacher Lichtschimmer unter der Tür zu sehen.

Unter der Tür zur Suite ihrer Großmutter.

Tracy erstarrte in der Dunkelheit, packte die Schmuckkassette fester und starrte auf den Lichtschein. Er schien jetzt leicht zu flackern. Warum drang Licht unter der Tür zur Suite ihrer Großmutter hervor? Das Zimmer war doch leer.

Oder nicht?

Aber wer konnte darin sein? Sie war die ganze Nacht wach gewesen und hatte gelauscht.

Ihr Vater und die Stiefmutter waren gekommen und hatten ihr gute Nacht gesagt, und dann hatte sie gehört, wie die beiden den Flur hinab zum anderen Ende des Hauses gegangen waren. Sie hatte sogar die Tür einen Spalt geöffnet, um zu lauschen, und ihre Stimmen gehört, bis sie die Tür geschlossen hatten.

Zweimal war Tracy über den Flur geschlichen, hatte an der Tür von Beths Zimmer gelauscht und sie schließlich einen Spalt geöffnet, um die tiefen, gleichmäßigen Atemzüge ihrer schlafenden Stiefschwester zu hören.

Die einzige andere Person im Haus war Hannah.

Es mußte also Hannah sein.

Hannah war dort im Zimmer ihrer Großmutter, stöberte in ihrem Besitz und suchte nach Dingen, die sie stehlen wollte.

Die Großmutter hatte Tracy gesagt, was sie von Bediensteten hielt. »Die stehlen immer, damit mußt du rechnen«, hatte Abigail erklärt. »Diener und Hausmädchen neiden dir deinen Besitz und fühlen sich unterbezahlt. So stehlen sie, weil sie kein Gefühl für Recht und Unrecht haben. Du kannst das nie ganz unterbinden – es ist einfach der Preis, den wir Besitzenden zu zahlen haben.«

Und jetzt, kurz nach dem Tod der Großmutter, war Hannah in deren Zimmer mit einer Taschenlampe und suchte nach Dingen, die sie stehlen konnte.

Tracy lächelte in der Dunkelheit und beglückwünschte sich, weil sie bereits die Schmuckkassette ihrer Großmutter an sich genommen hatte. Sie wandte sich um und wollte zu ihrem Zimmer zurückkehren.

Dann erinnerte sie sich jedoch, wie Hannah immer um Beth herumscharwenzelt war, und sie dachte daran, daß sich die Haushälterin in den letzten drei Tagen geweigert hatte, auch nur die einfachsten Dinge für sie, Tracy, zu erledigen. Langsam nahm eine Idee Gestalt an. Sie wußte, was sie tun würde. Sie würde Hannah im Zimmer ihrer Großmutter ertappen, und dann würde Hannah von Vater gefeuert werden. Hannah konnte sogar für das Verschwinden des Schmucks aus der Kassette verantwortlich gemacht werden. Vielleicht konnte sie, Tracy, es sogar so drehen, daß die alte Haushälterin ins Gefängnis kommen würde.

Tracy schlich schnell über den Flur und hielt vor der geschlossenen Tür zur Suite ihrer Großmutter.

Sie neigte das Ohr an die Tür, lauschte und bückte sich dann, um durchs Schlüsselloch zu spähen.

Das Zimmer war jetzt dunkel, und sie konnte weder etwas sehen noch hören.

Vielleicht hatte Hannah sie gehört?

Vorsichtig drehte Tracy den Türgriff und schob die Tür langsam einen Spalt auf. Dann tastete sie zum Lichtschalter neben der Tür und schaltete das Licht an. Der Kronleuchter flammte auf, und helles Licht erfüllte das Zimmer.

Tracy schob die Tür weiter auf und schaute sich um.

Das Zimmer war verlassen.

Aber es war ein Lichtschimmer unter der Tür gewesen, dessen war Tracy sicher. Ihr Blick schweifte wieder durch das Zimmer und fiel auf die Tür, die zum Ankleidezimmer und dem Badezimmer jenseits davon führte.

Im Ankleidezimmer hielt sich ebenfalls niemand auf, ebensowenig im Badezimmer. Tracy verharrte auf dem

Weg zum Schlafzimmer und stellte die Schmuckkassette zurück an ihren Platz in der obersten rechten Schublade der Frisierkommode.

Schließlich ging sie ins Schlafzimmer und schaute sich dort um. Sie konnte sich nicht geirrt haben – das war einfach nicht möglich. Sie hatte Licht gesehen.

Nirgendwo gab es jedoch das geringste Anzeichen darauf, daß jemand in der Suite gewesen war. Alles war genau so, wie es gewesen war, als sie sich in das Zimmer gestohlen hatte, um die Schmuckkassette an sich zu nehmen. All der alte Kram – die Dinge, die ihre Großmutter so sehr geschätzt hatte und die Tracy für Plunder hielt – war genau dort, wo er immer gewesen war. Alle Lampen bis auf den Kronleuchter waren ausgeschaltet und kamen also auch nicht für den sonderbaren Lichtschimmer in Betracht, den sie unter der Tür gesehen hatte.

Tracy ging zum Fenster und schaute in die Dunkelheit hinaus. In der Stadt brannten immer noch ein paar Lampen, und in der Ferne konnte Tracy soeben den Umriß der ehemaligen Fabrik erkennen. Und dann, als sie genau hinschaute, nahm sie wieder den sonderbar flackernden Lichtschein wahr.

Diesmal bei der Fabrik.

Der Lichtschein flackerte nur für einen Moment auf und verschwand dann in der Schwärze der Nacht.

Und dann glaubte Tracy zu wissen, was es war: Ein Wagen, der über die gewundene Straße fuhr und dessen Scheinwerferlicht kurz auf die Fabrik fiel, als er um eine Kurve bog.

Das gleiche mußte passiert sein, als sie auf dem Flur gewesen war – nur ein Wagen, der den Hügel heraufgefahren war und dessen Scheinwerferlicht sekundenlang in das Zimmer gefallen war.

Tracy wandte sich vom Fenster ab und ging zu dem Wandschrank, der ihrem Großvater gehört hatte.

Wenn Tracy noch ein paar Sekunden lang am Fenster

geblieben wäre, hätte sie wieder das sonderbare Licht in der ehemaligen Fabrik gesehen. Und sie hätte ebenfalls gesehen, daß keine Autos auf der River Road fuhren.

Sie fand die Kassette im obersten Fach des Wandschranks, wo sie gestanden hatte, solange Tracy zurückdenken konnte. Sie hatte sie dort oft gesehen, doch immer wenn sie ihren Großvater gefragt hatte, was darin war, hatte er nur gesagt, daß sie es erfahren würde, wenn die Zeit dafür reif sein würde.

Jetzt starrte sie einen Augenblick lang auf die Kassette. Sie sah nicht nach etwas Besonderem aus. Es war einfach eine rechteckige Metallkassette mit einem metallenen Griff. Dem Aussehen nach mußte sie sehr alt sein. Tracy nahm sie behutsam aus dem Schrank und trug sie ins Wohnzimmer. Dort setzte sie sich auf den Sessel ihrer Großmutter und öffnete die Kassette.

Darin lag nur irgendeine Art altes Buch. Sie betastete es und fragte sich, ob sie es hier lesen und dann die Kassette in den Schrank zurückstellen sollte. Doch dann kam ihr eine Idee, und sie nahm die Kassette, verließ damit die Suite und zog die Tür hinter sich zu.

In ihrem eigenen Zimmer stellte Tracy die Kassette auf ihren Schreibtisch und nahm das merkwürdige Buch heraus. Sie legte sich ins Bett, zog die Decken über sich und schlug das Buch auf.

Es war eine Art Tagebuch, das von Hand mit schwarzer Tinte geschrieben und kaum lesbar war. Die krakelige Schrift sah sehr altmodisch aus, und einen Augenblick lang bezweifelte Tracy, daß sie die Schrift überhaupt lesen konnte. Doch dann erinnerte sie sich daran, daß das Buch irgend etwas mit Amy zu tun hatte, und sie sah sich die Worte sorgfältiger an. Langsam entzifferte sie ein Wort nach dem anderen und las das alte Buch.

Als der Morgen dämmerte, und Tracy aus einem unruhigen Schlaf erwachte, wußte sie genau, was sie zu tun hatte.

Sie lächelte vor sich hin, genoß die Wärme des Sommermorgens und noch mehr das Wissen, daß sie morgen um diese Zeit Beth Rogers endlich los sein würde.

Du bist einfach albern, sagte sich Carolyn, als sie an diesem Morgen am Frühstückstisch saß. Alles ist prima. Tracy benimmt sich wie ein ganz normales Kind, und ich habe keinen Grund, mißtrauisch zu sein.

Und am Tisch geschah ebenfalls nichts, was Anlaß zu Besorgnis und Mißtrauen gegeben hätte. Beth und Tracy plauderten miteinander, und Tracy schlug vor, Beth nach dem Frühstück eine Stunde Tennis zu geben.

»Aber ich habe noch nie gespielt«, sagte Beth. »Ich werde alles falsch machen.«

»Jeder fängt mal an«, entgegnete Tracy. »Und außerdem kannst du nicht in den Club gehen, wenn du nicht Tennis spielst.«

Carolyn rechnete mit einer geringschätzigen Bemerkung, die ihrer Meinung nach folgen mußte. Statt dessen sprach Tracy einfach weiter, und nichts an ihrem Tonfall und ihren Worten verriet die Verachtung, die sie Beth gegenüber sonst stets gezeigt hatte.

»Sieh mal, jeder im Club spielt Tennis, richtig?«

Beth nickte.

»Wenn du also kein Tennis spielst, was wirst du dann dort tun? Einfach herumsitzen?«

»Vielleicht werde ich gar nicht in den Club gehen«, sagte Beth.

Jetzt verdrehte Tracy theatralisch die Augen, und wieder stieg in Carolyn ein ungutes Gefühl auf, das sie sich nicht erklären konnte.

»Und was willst du sonst anfangen? Den ganzen Tag allein hier herumhocken? Das macht doch keinen Spaß. Und du weißt, daß du keine Freunde mehr in der Stadt hast...«

»Tracy...« unterbrach Phillip und schaute seine Tochter mahnend an. Sofort blickte Tracy entschuldigend drein.

»Es tut mir leid«, sagte sie zu Beth. »Ich hätte das nicht sagen sollen.«

Beth zuckte mit den Schultern und starrte auf ihre halb gegessene Grapefruit. »Warum nicht? Es stimmt. Alle halten mich für verrückt.«

»Wen interessiert es, was die Leute denken?« sagte Tracy.

Beth musterte Tracy argwöhnisch. »Du hältst mich ebenfalls für verrückt. Das hast du gesagt.«

»Das war früher«, erwiderte Tracy. »Ich kann ja meine Meinung ändern, oder nicht?«

»Und was ist mit all deinen Freundinnen und Freunden?«

»Hör auf, dir soviel Sorgen zu machen. Laß mich dir Tennis beibringen, und dann nehme ich dich nächste Woche mit in den Club. Und ich werde dir sogar einiges von meiner Kleidung geben. Oder wir überreden Daddy, mit uns nach Boston zu fahren und dir einige Sachen zu kaufen.«

»Und wenn ich nicht gut im Tennis bin?« fragte Beth, doch der Ausdruck ihrer Augen verriet, wie begierig sie war. »Wenn ich schrecklich schlecht spiele?«

»Du kannst nicht schlechter als Alison Babcock sein«, antwortete Tracy. »Die kann kaum den Ball übers Netz schlagen. Und wenn sie aufschlägt, ist das ein Punkt für den Gegner.«

»Du wirst mich nicht auslachen?«

»Bestimmt nicht«, versprach Tracy und grinste plötzlich. »Jedenfalls werde ich nicht sehr viel lachen. Außerdem, wer sieht dich denn schon?«

Zehn Minuten später räumten die beiden Mädchen pflichtgemäß den Tisch ab bis auf die Kaffeetassen ihrer Eltern und verließen das Eßzimmer. Ein paar Minuten später sah Carolyn sie über den Rasen zum Tennisplatz gehen. Tracy zeigte Beth bereits, wie man den Schläger hält.

»Nun?« fragte Phillip, als hätte er in der vergangenen halben Stunde Carolyns Gedanken gelesen. »Du glaubst es nicht, was?«

Carolyn seufzte. »Ich wünschte, ich könnte es glauben, aber niemand ändert sich so schnell, wie es bei Tracy der Fall ist. Nein, ich glaube es überhaupt nicht. Ich bin fest davon überzeugt, daß sie nur Theater spielt, aber ich kann mir nicht denken, was sie damit bezweckt.«

»Vergiß nicht, daß ich sie vor die Wahl stellte, sich entweder zu benehmen oder fortzugehen.«

Carolyn schüttelte den Kopf. »Was sie tut, geht darüber hinaus, Phillip, und das weißt du so gut wie ich. Ich habe das Gefühl, daß sie etwas vorhat, für das sie Beths Vertrauen braucht.« Dann sah sie den gekränkten Ausdruck in Phillips Augen und versuchte, sich zu entschuldigen. »Es tut mir leid. Ich nehme an, ich bin nicht fair zu ihr. Aber ich glaube einfach nicht, daß sie sich über Nacht so sehr verändert hat.«

»Das hat sie vermutlich auch nicht«, räumte Phillip ein. »Aber selbst, wenn sie nur schauspielert, ist das besser, als die Dinge zuvor waren. Und wir müssen ihr eine Chance geben, nicht wahr? Du weißt so gut wie ich, daß Tracy Beth mögen wird, wenn sie das Mädchen erst richtig kennt.«

Ich weiß das überhaupt nicht, dachte Carolyn. *Ich weiß nur, daß ich all dies nicht glaube. Ich habe das Gefühl, an einem Schauspiel beteiligt zu sein, dessen Inhalt ich nicht kenne.* Trotz ihrer geheimen Gedanken zwang sie sich, ihren Mann anzulächeln. »Vor ein paar Monaten wäre das alles glaubhaft gewesen. Aber nach allem, was passiert ist...«

»Es ist jetzt alles vorüber«, erklärte Phillip.

Carolyn wünschte, er hätte recht. »Ist es das? Und was ist mit Beths Freundin Amy?«

Phillips Miene verfinsterte sich, und Carolyn hatte das

Gefühl, er verheimlichte ihr etwas. Er schüttelte den Kopf. »Sie wird diese Amy vergessen. Beth machte eine schlimme Zeit durch, als sie Amy im Traum erfand, aber wenn die Dinge besser werden, braucht sie Amy nicht mehr.« Er schaute seine Frau bittend an. »Liebling, hatten wir diesen Sommer nicht genug Probleme? Müssen wir noch nach weiteren suchen? Und außerdem hat Beth seit ihrer Rückkehr nach Hause kein einziges Mal von Amy gesprochen, oder?«

»Kannst du ihr das verdenken?« erwiderte Carolyn schärfer als beabsichtigt. »Weil sie über Amy sprach, verlor sie alle Freundinnen und Freunde. An Beths Stelle hätte ich schon viel früher über Amy geschwiegen. Aber ich hätte an sie *gedacht.*«

Phillip furchte die Stirn. »Worauf willst du hinaus?«

»Ich weiß es nicht.« Carolyn erhob sich vom Tisch und ging zur Terrassentür. Jenseits der Terrasse und des Rasens sah sie Beth und Tracy auf dem Tennisplatz. Wären es zwei andere Mädchen gewesen, hätte die Szene perfekt natürlich ausgesehen. Doch wenn man wußte, was alles in diesem Sommer geschehen war und sich an Tracys Worte im Restaurant nach Abigails erstem Herzanfall erinnerte, dann war es sonderbar zu beobachten, wie Tracy Beth zeigte, wie sie den Tennisschläger halten sollte. Die Szene wirkte so unschuldig, doch Carolyn wurde das Gefühl nicht los, daß das, was sie sah, mehr als nur eine einfache Lektion in Tennis war. Tracy plante etwas, davon war Carolyn überzeugt. Aber was? Und dann, als ihr Blick über den Tennisplatz hinaus schweifte und auf das ehemalige Fabrikgebäude fiel, kam ihr der Gedanke.

Was auch immer Tracy vorhatte, es hatte etwas mit der ehemaligen Fabrik zu tun. Carolyn wandte sich um und schaute ihren Mann an. »Was wird aus der Fabrik?« fragte sie. »Hast du dich entschieden, was damit geschieht?«

Phillip blickte sie verwirrt an. »Was hat denn das mit Beth und Tracy zu tun?«

»Ich bin mir nicht sicher, was es mit Tracy zu tun hat«, erwiderte Carolyn. »Aber mein Gefühl sagt mir, daß es etwas mit Beth zu tun hat. Ich möchte, daß du den Bau abreißt.«

»Was? Carolyn, wovon redest du? Ich kann das nicht tun...«

Carolyns Herz schlug schneller, denn noch während sie die Worte ausgesprochen hatte, war ihr klargeworden, daß sie recht hatte.

»Du *mußt* es tun! Verstehst du denn nicht? Es geht nicht nur um Beth! Es geht um alle! Früher oder später vernichtet dieses Gebäude jeden der Familie. Deinen Bruder – deinen Vater. Sogar Abigail und Alan. Und ich weiß, wer die nächsten sein werden! Phillip, wenn du nichts unternimmst, wird die Fabrik Beth und Tracy ebenfalls vernichten!«

Phillip starrte Carolyn an. Es war, als höre er wieder seinen Vater von Teufeln und Gefahren in dem alten Backsteingebäude sprechen. Aber nichts war daran – es war nur abergläubisches Gerede. »Nein! Carolyn, ich will nicht, daß du so redest. Es ist nichts in der alten Fabrik – überhaupt nichts!«

Carolyn wünschte inbrünstig, sie könnte es glauben. Doch tief in ihrem Herzen wußte sie, daß sich Phillip irrte. Es *war* etwas Teuflisches in der ehemaligen Fabrik, und es breitete sich jetzt aus und streckte die Hand nach ihnen aus. Wenn sie nichts unternahmen, würde es sie alle vernichten.

Aber was konnten sie tun abgesehen vom Abriß des Gebäudes?

Nichts.

Sie mußte eine Möglichkeit finden, wie sie Phillip davon überzeugen konnte, daß sie recht hatte. Und zwar bald.

»Habe ich das wirklich richtig gemacht?« fragte Beth eine Stunde später, als Tracy schließlich die Tennisstunde beendete.

»Du warst großartig«, log Tracy und fragte sich, warum sie überhaupt Tennisunterricht vorgeschlagen hatte, obwohl alles andere den gleichen Zweck erfüllt hätte. Es war so langweilig gewesen, in der heißen Sonne herumzustehen und Bälle langsam übers Netz zu schlagen, damit Beth versuchte, sie zu treffen. Und sie hatte kaum das Lachen unterdrücken können, als Beth nach den Bällen gedroschen und oftmals vorbeigeschlagen hatte. Natürlich war es in der letzten Viertelstunde eine Art Spaß gewesen, als sie Beth hin und hergescheucht und von einer Ecke in die andere gejagt hatte, bis ihr die Puste ausgegangen war.

»Wann bringst du mir den Aufschlag bei?« fragte Beth.

»Morgen«, versprach Tracy. Sie sprang lässig über das Netz hinweg und begann die Bälle aufzusammeln, die auf dem ganzen Platz verstreut waren. Als sie damit fertig waren, gingen sie zum Haus. Plötzlich blieb Tracy stehen, als wäre ihr etwas eingefallen. Beth wandte sich um. Tracy spähte den Hügel hinauf zum Mausoleum. Als sie aus den Augenwinkeln heraus sah, daß Beth sie musterte, sagte Tracy: »Ich wette, daß Amy eigentlich dort oben begraben sein sollte.«

Beth blickte sie mit großen Augen an. »Amy? Ich dachte, du glaubst nicht, daß es sie gibt.«

»Ich habe meine Meinung geändert«, sagte Tracy. »Das sagte ich doch beim Frühstück, nicht wahr? Oder hast du überhört, daß ich dich nicht mehr für verrückt halte?«

Beth nickte zögernd. »Doch, das hast du gesagt.«

»Und wenn ich dich nicht mehr für verrückt halte und du denkst, daß es Amy gibt, dann muß ich das ebenfalls annehmen, nicht wahr?«

»Ja... vermutlich.«

»Außerdem«, fuhr Tracy mit gesenkter Stimme fort,

»habe ich mich letzte Nacht in Großmutters Zimmer geschlichen und etwas gefunden.«

Beth sah sie angespannt an. »Über Amy?«

Tracy nickte.

»Was?« drängte Beth. »Was hast du gefunden?«

»Versprichst du mir, keinem etwas davon zu erzählen?«

»Ich verspreche es.«

Tracy musterte Beth prüfend. »Schwörst du es beim Grab deines Vaters?«

»Das ... das ist nicht fair«, wandte Beth ein und glaubte plötzlich einen Kloß in der Kehle zu haben.

»Wenn du nicht schwörst, sage ich es nicht.«

Beth zögerte und nickte dann. »Ich ... ich schwöre es.«

»Okay. Ich fand ein Buch, und darin steht alles über Amy.«

»Was genau?«

Tracy lächelte geheimnisvoll. »Willst du es lesen?«

»Du hast es immer noch?«

»Ich habe es in meinem Zimmer versteckt. Komm mit.« Sie eilten ins Haus und liefen die Treppe hinauf. Oben auf dem Treppenabsatz flüsterte Tracy ihrer Stiefschwester ins Ohr. »Geh in dein Zimmer, schließ die Tür ab und laß keinen herein, bis ich mit dem Geheimzeichen anklopfe. Und wenn ich im Zimmer bin, schließt du sofort wieder ab. In Ordnung?«

Beth nickte, eilte in ihr Zimmer und schloß die Tür ab. Tracy ging kichernd auf ihr Zimmer, schloß die Tür ab, legte sich aufs Bett und schaltete den Fernseher an. Eine halbe Stunde später sagte sie sich, daß Beth alles nur für einen Scherz halten würde, wenn sie sie noch länger warten ließ, und sie zog die Kassette unter dem Kopf hervor. Sie vergewisserte sich, daß der Flur verlassen war. Dann lief sie zu Beths Zimmer, klopfte zweimal, wartete einen Augenblick und klopfte ein drittes Mal. Sofort wurde die Tür geöffnet, und Beth ließ Tracy herein.

»Was war los?« flüsterte Beth. »Ich dachte schon, du kommst nicht mehr.«

»Ich wurde beinahe geschnappt«, log Tracy. »Jedesmal, wenn ich mich aus meinem Zimmer schleichen wollte, schnüffelte Hannah herum. Und wenn sie mich hiermit schnappt, wird sie es meinem Vater erzählen, und der wird uns beide vertrimmen.«

Beth schluckte. »Uns vertrimmen? Wirklich?«

Tracy nickte ernst. »Deshalb darf er nicht erfahren, daß wir es haben.« Sie trug die Kassette zu Beths Schreibtisch und öffnete sie. Feierlich nahm sie das Buch heraus, legte es auf den Schreibtisch und schlug es auf. »Lies«, sagte sie.

Als Beth die sonderbare Handschrift auf den Seiten des kleinen Buchs entziffert hatte, blickte sie zu Tracy auf.

»Was bedeutet das?« fragte sie. »Was sollen wir tun?«

»Es bedeutet, daß Amy an der falschen Stelle beerdigt wurde«, sagte Tracy. »Verstehst du denn nicht? Sie sollte oben im Mausoleum beigesetzt sein, aber das ist sie nicht. Das will sie.«

Beth blickte Tracy mit großen Augen an. »Du meinst, wir müssen sie ausgraben?«

Tracy zögerte und schüttelte den Kopf. »Das wäre nicht genug«, sagte sie. »Wir müssen ihren Geist aus der Fabrik holen.«

Beth schluckte. Ihr Puls raste. »Wie?« fragte sie im Flüsterton. »Die Fabrik ist abgeschlossen. Wie können wir dort rein?«

»Ich weiß, wo Daddy die Schlüssel aufbewahrt«, erwiderte Tracy. »Wir werden es heute nacht machen, in Ordnung? Wir gehen zusammen dort runter, lassen Amy heraus und bringen sie zum Mausoleum. Dann wird sie dort sein, wo sie hingehört. Sie wird nicht mehr wütend sein, und du kannst sie jederzeit besuchen, wenn du das willst. Verstehst du?«

Beth nickte, sagte jedoch nichts.

»Behalte das Buch hier, okay? Hannah kommt immer in mein Zimmer, um sauberzumachen, und wenn sie das findet, sind wir erledigt.«

»Aber – wenn sie es hier findet?«

»Das wird sie nicht. Und selbst wenn, dann wird das nicht schlimm sein, denn du kannst sagen, du hättest nicht gewußt, daß du es nicht aus Großmutters Zimmer hättest holen sollen. Leg das Buch einfach in deinen Schreibtisch und versteck die Kassette im Schrank.«

»Aber wenn ...« begann Beth von neuem, doch diesmal ließ Tracy sie nicht aussprechen.

»Versteck Buch und Kassette und komm dann zum Stall. Wir müssen einiges für heute nacht vorbereiten.« Bevor Beth noch etwas sagen konnte, huschte Tracy aus dem Zimmer und schloß die Tür hinter sich.

Als Tracy fort war, schaute Beth lange auf das Buch, und dann las sie es langsam noch einmal.

Alles, was sie entzifferte, paßte zu dem, was sie bereits über Amy wußte.

Amy war also doch Wirklichkeit, und selbst Tracy glaubte ihr endlich.

Tracy ist gar nicht so schlecht, sagte sich Beth, als sie die Kassette in ihrem Schrank versteckte und das Buch in die oberste Schublade ihres Schreibtischs legte. Tracy ist nicht übel. Wie es aussieht, werden wir doch noch fast wie richtige Schwestern.

Tracy konnte es kaum glauben.

Sie ging beschwingt den Pfad zum Stall hinunter und konnte nur mit Mühe das Lachen unterdrücken.

Beth war tatsächlich darauf hereingefallen. Nur weil ein Name in einem alten Buch stand, war sie so blöde, das für einen Beweis für die Existenz eines Geistes zu halten.

Tracy schlenderte in den Stall. Peter Russell mistete die Boxen aus. Er blickte auf, als Tracy eintrat, und runzelte die Stirn.

»Ich dachte, du darfst nicht mehr herkommen«, sagte er.

»Ich muß einige Sachen holen«, erwiderte Tracy ärgerlich.

»Welche Sachen? Dein Daddy sagte mir, daß er dir das Betreten des Stalls verboten hat.«

»Das geht dich nichts an«, entgegnete Tracy. Als sie an Peter vorbeihuschen wollte, trat er auf den Mittelgang und blockierte ihr den Weg.

»Und ob mich das was angeht. Bis dein Vater das Gegenteil sagt, bleibst du hier fort.«

Tracy überlegte, ob sie versuchen sollte, ihn zu überreden. Doch dann hatte sie eine noch bessere Idee.

Sie würde einfach auf Beth warten und ihr sagen, was sie aus dem Stall holen sollte. Beth würde es tun. Nachdem Tracy Beth dieses alte Buch gezeigt hatte, war sie davon überzeugt, daß Beth alles tun würde, was sie von ihr verlangte.

Alles.

25

Die bleierne Schwere des Sommers hing den ganzen Tag über dem Haus, und mehrmals mußte Carolyn dem Wunsch widerstehen, auf ihr Zimmer zu gehen, die Vorhänge zu schließen, sich ins kühle Halbdunkel zu legen und sich vom Schlaf übermannen zu lassen. Sie hatte es jedoch nicht getan, denn den ganzen Tag lang war sie von dem Gedanken besessen gewesen, daß irgendwo im Haus der Schlüssel zu dem Geheimnis versteckt war, was auch immer Teuflisches in der ehemaligen Fabrik sein mochte.

Nach dem Frühstück hatte sie eine Zeitlang gegen die zunehmende Zwangsvorstellung angekämpft und sich gesagt, daß Phillip recht hatte und es nichts Teuflisches in dem alten Gebäude geben konnte. Sie rief sich in Erinnerung, daß Phillips Vater in seinen letzten Jahren senil geworden war und daß Abigail in den letzten Wochen ihres Lebens, als sie ihre Ansichten bezüglich der ehemaligen Fabrik geändert hatte, bereits von einem Herzanfall geschwächt gewesen war.

Dennoch hatte kein Argument ihr Gefühl vertreiben können, daß es etwas in der alten Fabrik gab, das weder Conrad noch Abigail ganz verstanden hatten und das sie trotzdem schließlich hatten akzeptieren müssen.

Nach dem Mittagessen durchsuchte Carolyn das Haus.

Sie begann in Abigails Zimmer, öffnete jeden Schrank, las die Korrespondenz in den Aktenheftern der alten Frau und suchte nach irgend etwas, das vielleicht einen Bezug auf die ehemalige Fabrik hatte, wenn auch nur indirekt.

Es gab nichts.

Sie ging in den Keller und stöberte zwei Stunden lang in dem Durcheinander von alten Möbeln, die dort gelagert wurden. Schließlich war sie vom Staub bedeckt, der sich im Laufe der Jahre angesammelt hatte, aber sie gab noch nicht auf, sondern stieg zum Dachboden hinauf, um dort die Suche fortzusetzen.

Auch dort fand sie nichts.

Aber es war merkwürdig. Die Mitglieder der Familie Sturgess waren offensichtlich seit vielen Generationen leidenschaftliche Sammler gewesen. Abgesehen von vielen alten Möbelstücken, mit denen man das Haus fast ein zweites Mal hätte einrichten können, fand sie unzählige alte Alben, Stapel von Sammelalben, Kartons mit persönlicher Korrespondenz und sogar vergilbte Schulzeugnisse von Kindern der Sturgess, die längst aufgewachsen, alt geworden und verstorben waren.

Zwischen all den alten Dingen aus dem Leben der

Familie Sturgess war jedoch keine einzige Information über die Fabrik, welche die Basis für ihren Reichtum gewesen war.

Das war das Merkwürdige.

Carolyn sagte sich, daß es einen Grund dafür gab. Die Aufzeichnungen, dessen war sie sicher, hätten zu deutlich die Realitäten der Fabrik wiedergegeben – den Diebstahl des Anteils ihrer eigenen Familie und die entsetzlichen Mißstände, unter denen die Fabrik betrieben worden war. Carolyn war überzeugt davon, daß die Mitglieder der Familie Sturgess diese Aufzeichnungen vernichtet hatten, weil sie eine ständige Erinnerung an die Sünden der Vergangenheit gewesen wären.

Schließlich gab Carolyn die Suche auf, ging ins Eßzimmer und setzte sich unter die Porträts der verstorbenen Mitglieder der Familie Sturgess.

Ihr Blick verweilte lange auf dem Gemälde von Samuel Pruett Sturgess, der sie heute zu verspotten schien, als wüßte er, daß sie eine Nachkommin von Charles Cobb Deaver war. Er schien sie auszulachen, weil sie sich vergeblich bemühte, die Geheimnisse zu ergründen, die seit langer Zeit für die Nachwelt vernichtet worden waren.

Als der Nachmittag in einen warmen Abend überging, der keine Erleichterung von der Schwüle des Tages versprach, kam Phillip nach Hause.

»Genießt du das Vergnügen ihrer Gesellschaft?« fragte er seine Frau, die immer noch im Eßzimmer bei den Porträts saß. Als sich Carolyn umwandte und ihn anblickte, bereute er seinen scherzhaften, leicht spöttischen Tonfall. Carolyns Haar, das sonst in weichen Wellen auf ihre Schultern fiel, hing schlaff herab, und ihre weiße Bluse war staubig und schmutzig. Ihr Gesicht wirkte abgespannt, und ihr Blick war fast furchtsam. Phillips Lächeln verschwand. »Carolyn, was ist los?«

»Nichts.« Carolyn seufzte. Dann schaffte sie ein schwaches Lächeln. »Ich nehme an, ich benehme mich hysterisch. Den ganzen Tag lang habe ich im Haus nach alten Aufzeichnungen über die Fabrik gesucht.«

»Die sind vielleicht auf dem Speicher«, bemerkte Phillip. »Da ist praktisch alles alte Zeug.«

»Nein, da sind sie nicht«, widersprach Carolyn. Sie erhob sich und schickte sich an, das Eßzimmer zu verlassen. »Und wenn du mich fragst, hat sie der alte Samuel Pruett alle persönlich vernichtet.«

Im ersten Augenblick nahm Phillip an, daß sie scherzte. Es war jedoch nichts Humorvolles an ihrem Tonfall. Phillip folgte ihr in die Bibliothek. Dort schenkte er sich einen Scotch und Carolyn eine Cola ein. »Was ist mit den Mädchen?« fragte er. »Irgendwelche Probleme?«

Carolyn ließ sich in einen Sessel sinken und schüttelte den Kopf. »Überhaupt keine. Sie waren den ganzen Tag zusammen, und ich habe auf einen Knall gewartet. Er blieb jedoch aus.«

Phillip wirkte hoffnungsvoll. »Vielleicht haben wir uns heute morgen geirrt.«

»Ich wünschte, ich könnte es glauben.« Carolyn nippte an ihrer Cola. »Aber ich kann es nicht. Ich habe das Gefühl, daß irgend etwas passiert. Und ich habe mich heute morgen auch nicht geirrt, was die Fabrik anbetrifft. Ich möchte wirklich, daß du sie wieder schließt.« Carolyn schaute ihm in die Augen. »Ich weiß, daß es verrückt klingt, und ich kann es nicht erklären, aber ich bin an einem Punkt angelangt, an dem ich glaube, daß deine Eltern recht hatten. Es ist etwas Teuflisches in diesem Gebäude, und ich glaube, deine gesamte Familie wußte es. Deshalb fand ich keine Aufzeichnung. Keine einzige!«

Zu Carolyns Überraschung nickte Phillip. »Du könntest recht haben. Jedenfalls kann ich nicht mehr sagen, daß ich deine Meinung anzweifle.« Er blickte kurz fort und sah Carolyn dann wieder an. »Ich war heute wieder unten im Kellergeschoß, und irgend etwas geschah mit mir. Und zwar nicht zum erstenmal.«

Er erzählte Carolyn so genau wie möglich von seinen sonderbaren Wahrnehmungen – von dem Geruch nach Rauch, den er in der ehemaligen Fabrik bemerkt hatte, als er beim Beginn der Arbeiten mit Alan dort gewesen war, und dem Gefühl der Panik, das er an Alans Todestag gehabt hatte.

Phillip berichtete Carolyn sogar von der Halluzination, die er gehabt hatte, als wäre er ein Jahrhundert zurückversetzt worden und der Mob hätte nach ihm gegriffen und versucht, Hand an ihn zu legen.

»Ich hatte das Gefühl, sie wollten mich lynchen«, endete er. »Und ich ging heute morgen dorthin zurück.«

»Und?« drängte Carolyn.

Phillip zuckte die Achseln. »Ich weiß nicht. Ich fühlte mich dort unbehaglich so ganz allein, aber ich sagte mir, daß ich nichts zu befürchten hatte und gar nichts anderes empfinden konnte, weil die Fabrik so viele schlimme Assoziationen für mich hat. Doch je länger ich blieb, desto schlimmer wurde es. Und ich konnte überhaupt nicht ins Kellergeschoß gehen. Ich versuchte es, aber ich konnte es nicht. Jedesmal, wenn ich die Treppe hinunterblickte, hatte ich das Gefühl, daß ich sterben würde, wenn ich hinunterginge.« Er verstummte, trank sein Glas leer und stellte es auf die Bar.

»Was hast du getan?« drängte Carolyn.

»Ich sprach mit meinem Buchhalter.« Phillip lachte dumpf. »Als ich ihm erzählte, daß ich mit dem Gedanken spielte, das Projekt aufzugeben, erklärte er mir das gleiche, was ich dir sagte – wir können es nicht. Im Gegensatz zu mir konnte er das jedoch mit exakten Zahlen belegen.«

»Mit welchen Zahlen?«

»Mit all den Zahlen der Geldsummen, die wir in das Projekt gesteckt haben. Die Kredite, die Verträge, die Löhne und Materialkosten – das gesamte Pipapo. Wir können uns nicht erlauben, das alles zu verlieren. Wir haben bereits zuviel Geld investiert.« Er lächelte bitter.

»Das beste, was uns passieren könnte«, fügte er hinzu, »wäre, wenn der Bau bis aufs Fundament abbrennen würde.«

Den Rest des Abends mußte Carolyn immer wieder an diese Worte denken, und als sie schließlich zu Bett ging, konnte sie nicht einschlafen.

Für sie war die ehemalige Fabrik zu einer Falle geworden, die sich unerbittlich schloß, um sie alle zu verschlingen.

Tracy Sturgess erwachte um Mitternacht, kurz bevor der Wecker auf ihrem Nachttisch klingelte. Es war kein langsames Erwachen, das leichte Bewegen, das zu einem Recken wird, dem ein widerstrebendes Öffnen der Augen folgt. Es war das Gegenteil, ein Aufschrecken aus dem Schlaf, bei dem man sofort hellwach ist. Beim ersten Klingeln des Weckers schaltete Tracy ihn sofort aus.

Tracy blieb still im Bett liegen und lauschte auf die schwachen Geräusche der Nacht. Sie hatte überhaupt nicht vorgehabt, einzuschlafen. Sie hatte sich nicht mal die Mühe gemacht, sich auszuziehen. Als ihr Vater gekommen war, um ihr gute Nacht zu sagen, hatte sie nur schnell die Decken bis zum Hals hochgezogen. Später hatte sie dann den Wecker gestellt, nur für alle Fälle.

Jetzt stand sie aus dem Bett auf und ging zum Fenster. Der fast volle Mond stand hoch am Nachthimmel und tauchte die Stadt in silbriges Licht. Selbst von hier aus war jedes der Häuser von Westover deutlich sichtbar, und als Tracy zur ehemaligen Fabrik schaute, schimmerte der Mondschein auf den Fenstern, daß es aussah, als wären sie von innen erhellt.

Tracy wandte sich vom Fenster ab, zog ihre Turnschuhe an und ging zur Tür. Sie öffnete sie einen Spaltbreit und lauschte ein paar Sekunden lang. Unten tickte die große Standuhr in der Halle durch die Stille im Haus. Tracy war überzeugt, daß alle im Haus schliefen.

Sie öffnete die Tür weiter, ging auf den Flur hinaus und schlich zu Beths Zimmer. Vor der geschlossenen Tür verharrte Tracy und lauschte von neuem. Dann drehte sie den Türgriff. Er ließ sich leicht drehen, und die Tür knarrte nicht in den Angeln, als Tracy sie aufstieß. Sie huschte ins Zimmer zum Bett und rüttelte ihre Stiefschwester an der Schulter.

»Wach auf«, flüsterte sie.

Beth bewegte sich, öffnete die Augen und blinzelte in den Mondschein, der durch das Fenster fiel. Sie schaute zu Tracy auf. »Ist es soweit?«

Tracy nickte und zog die Decken von Beth fort. Angewidert sah sie, daß Beth einen Pyjama trug. »Ich sagte dir, du sollst angezogen bleiben«, zischte sie. »Beeil dich, ja?« Beth wollte die Nachttischlampe einschalten, doch Tracy stieß ihre Hand fort. »Kein Licht. Das könnte jemand sehen. Zieh dich endlich an.«

Beth stand auf und eilte zum Wandschrank. Binnen einer Minute hatte sie Jeans und ein graues Sweatshirt an. An den Füßen ohne Strümpfe trug sie Turnschuhe, die fast identisch mit denen Tracys waren. Beth setzte sich auf die Schreibtischkante und band schnell die Schnürsenkel, und dann folgte sie Tracy auf den Flur hinaus. Oben auf dem Treppenabsatz blieb Tracy plötzlich stehen.

»Was ist los?« wisperte Beth.

»Das Bett. Wir haben vergessen, es so herzurichten, daß es aussieht, als wärst du noch darin.«

»Aber alle schlafen«, wandte Beth ein.

»Und wenn jemand aufwacht? Warte unten auf mich an der Tür.« Bevor Beth protestieren konnte, eilte Tracy zu Beths Zimmer zurück und verschwand darin.

Anstatt die Kissen und Decken auf dem Bett herzurichten, ging Tracy zum Schreibtisch, öffnete die oberste Schublade und nahm das alte Buch heraus. Sie schlug es auf und legte es mit den offenen Seiten nach unten auf den Schreibtisch. Dann eilte sie aus dem Zimmer.

Die Tür ließ sie weit offen.

Unten wartete Beth nervös an der Haustür. Tracy zog die Schublade der Kommode auf, kramte herum, bis sie die richtigen Schlüssel fand, und schob die Lade wieder zu. Einen Augenblick später waren sie draußen.

Sie schlichen über den Rasen und zwischen den beiden steinernen Löwen hindurch, die den Pfad zum Mausoleum begrenzten. Tracy nahm die Laterne, die Beth in ihrem Auftrag am Nachmittag aus dem Stall geholt hatte.

»Warum können wir in der Fabrik nicht einfach das Licht einschalten?« hatte Beth eingewandt, als Tracy ihr gesagt hatte, was sie wollte.

»Bist du verrückt?« hatte Tracy erwidert. »Wenn wir das Licht einschalten, weiß jeder in der Stadt, daß jemand in der Fabrik ist. Aber wer sieht schon eine Laterne?«

Jetzt überprüfte Tracy die Laterne noch einmal. Der Tank war mit Kerosin gefüllt, und der Docht, den sie sorgfältig zurechtgeschnitten hatte, war unbeschädigt. Das Messer, das sie dazu benutzt hatte – ein altes rostiges Taschenmesser, das Beth ebenfalls aus dem Stall besorgt hatte – steckte in Tracys Tasche, zusammen mit drei Streichholzbriefchen.

Tracy nahm die Lampe und ging den Pfad zum Mausoleum hinauf, und Beth folgte ihr.

Der große Marmorbau wirkte in der Nacht noch größer, und die Säulen warfen tiefe Schatten im Mondlicht. Einer der Schatten fiel auf den marmornen Stuhl, der die Asche von Samuel Pruett Sturgess enthielt, und für die Mädchen sah es auf den ersten Blick aus, als wäre der Stuhl völlig verschwunden. Sie blieben bei der zerbrochenen Säule stehen und spähten zur ehemaligen Fabrik.

»Sieh«, flüsterte Beth. »Es brennt.«

Tracy unterdrückte ein höhnisches Lachen. »Es ist Amy«, wisperte sie. »Sie weiß, daß wir kommen.« Aus dem Augenwinkel heraus sah Tracy, daß Beth zögernd nickte. »Sollen wir bei ihrem Grab anhalten?«

Diesmal schüttelte Beth den Kopf. »Sie ist nicht dort«, flüsterte sie. »Sie ist noch in der Fabrik. Komm.«

Jetzt übernahm Beth die Führung, und sie gingen den gewundenen, von Unkraut überwucherten Pfad hinab, der schließlich am Fluß enden würde.

»Hast du Angst?« fragte Tracy. Sie hatten die Holzbrücke erreicht, die über den Fluß führte. Auf der anderen Seite, gegenüber der River Road, stand die ehemalige Fabrik im Mondschein.

»Nein«, antwortete Beth mit einer Tapferkeit, die sie nicht ganz empfand. Die Holzbrücke erstreckte sich vor ihnen und wirkte in der Dunkelheit länger und höher als bei Tageslicht. »Hast *du* Angst?«

Tracy schüttelte den Kopf und betrat die schmale Brükke. Sie setzte die Füße vorsichtig auf den Schwellen zwischen den Schienen auf und konzentrierte sich, auf die Schwellen zu schauen, denn wenn ihr Blick auf den Fluß fiel, wurde es ihr schwindelig.

Dann waren sie auf der anderen Seite des Flusses, und zu beiden Seiten des Schienenstrangs war wieder fester Boden.

Sie verharrten auf der River Road und huschten dann hinüber.

Schließlich gelangten sie an die Rückseite der ehemaligen Fabrik, und Beth wies auf die Laderampe. »Dort lebt sie«, wisperte sie. »In einem kleinen Raum unter der Rampe.«

Tracy ignorierte Beth und ging über den Pfad zur Seite des Gebäudes. Sie bewegten sich jetzt über eine freie Fläche im Mondschein, und wenn ein Wagen vorbeifuhr, konnten sie leicht gesehen werden.

Der dritte Schlüssel, den Tracy ausprobierte, paßte zum Vorhängeschloß an der Seitentür, und Tracy schloß es auf. Dann zog sie die Tür auf und spürte, daß Beth neben ihr erstarrte. Sie schaute sie an und sah, daß Beth mit weitaufgerissenen Augen durch die Türöffnung starrte. Beth zitterte leicht, und im fahlen Mondschein sah sie leichenblaß aus.

»Was ist los?« flüsterte Tracy. Im ersten Augenblick dachte sie, Beth hätte sie nicht gehört, doch dann wandte sich Beth langsam zu ihr und schaute sie furchtsam an.

»Daddy«, sagte Beth leise. »Sieh nur. Der Mond scheint genau auf die Stelle, wo Daddy...« Ihre Stimme brach, und von neuem blickte sie wie gebannt in das Fabrikgebäude.

Tracy folgte Beths Blick.

Der Mondschein fiel durch die Glaskuppel in das Gebäude. Die Farben der Kuppel waren schwach zu sehen, doch das Mondlicht nahm ihnen die Kraft. Anstatt hell zu funkeln, warfen sie einen unheimlichen, fahlen Schimmer in das Gebäude.

Auf dem Boden zeichnete sich das gewaltige Spinnennetz ab, das von den Schatten der Bleiglasvierecke gebildet wurde. Nahe bei der Mitte der Rotunde fiel ein einzelner Strahl Mondlicht hinab und erhellte die Stelle, an der Alan Rogers gestorben war.

Tracy nahm Beth an der Hand, zog sie in das Gebäude und schloß die Tür hinter ihnen.

Die schwachen Laute der Sommernacht verstummten, und Stille hüllte die beiden Mädchen ein. Es war, als hätten sie eine andere Welt betreten, eine sonderbar tote Welt, die sie einschloß und an ihren kalten Busen zog.

Sie gingen langsam durch das Erdgeschoß und wichen unbewußt den spinnwebenartigen Schatten aus, als könnten sie sich darin verfangen und von irgendeiner unheimlichen Kreatur gefangengenommen werden, die in den Schatten auf Opfer lauerte.

In der Ferne, scheinbar unerreichbar, war die Treppe, die ins Kellergeschoß hinabführte, und Tracy wollte zu ihr rennen, wollte fort von dem sonderbaren Licht und den furchteinflößenden Schatten.

Wie in einem Alptraum schienen ihre Füße in Schlamm zu versinken, und jeder Schritt kostete sie ungeheure Anstrengung.

Aber schließlich waren sie an der Treppe und spähten hinab in die Schwärze unterhalb davon.

Tracy kniete sich hin, stellte die Laterne vorsichtig auf dem Boden ab und hob den Glaszylinder an. Sie rieb ein Streichholz an, schirmte die Flamme kurz mit den Händen ab und hielt sie dann an den Docht.

Der Docht fing Feuer. Als die Flamme hell brannte, zog Tracy den Glaszylinder herunter und drehte den Docht höher. Die Flamme wurde größer, doch das Licht verlor sich immer noch in der dunklen Weite des Gebäudes.

»Komm«, flüsterte Tracy, richtete sich auf und nahm die Laterne.

Beth blieb jedoch zurück und schaute furchtsam in die Dunkelheit hinab. Vor ihrem geistigen Auge erinnerte sie sich an die höllische Vision, die sie gehabt hatte, als sie das letzte Mal in dem kleinen Raum hinter der Treppe gewesen war. »Vielleicht... sollten wir nicht...« begann sie mit schwacher Stimme.

Tracy packte sie mit der freien Hand am Handgelenk. »Sie ist deine Freundin, oder?« zischte Tracy und zeigte zum erstenmal seit Beths Rückkehr nach Hilltop wieder ihren Ärger. »Du kannst jetzt nicht feige kneifen. Das lasse ich nicht zu!«

Sie ging die Treppe hinab und hielt die Laterne hoch. Beth sträubte sich nur kurz, und als sich Tracys Hand noch fester um ihr Gelenk spannte, gab sie nach. Ihr Puls begann zu rasen. Widerstrebend folgte sie Tracy ins Kellergeschoß.

Die Finsternis schien sich vor ihnen zu öffnen und sie willkommen zu heißen.

26

Carolyn drehte sich im Schlaf auf die Seite und erwachte. Zuerst wehrte sie sich gegen das Erwachen, wälzte sich noch einmal auf die andere Seite und hielt die Augen geschlossen.

Es nutzte nichts. Im nächsten Moment war sie hellwach. Sie setzte sich auf, lauschte und versuchte zu ergründen, was ihren Schlaf gestört hatte. Aber da war nichts. Das Konzert der Grillen und Frösche klang wie immer durch das Fenster, und das schwache Knarren der alten Villa im Wind bildete den leisen Hintergrund zu den Lauten der Nacht. Carolyn warf einen Blick auf die Uhr.

Ein Uhr.

Carolyn ließ sich auf das Bett zurücksinken und spürte, daß sich Phillip neben ihr bewegte.

Sie versuchte wieder einzuschlafen, aber es gelang ihr nicht.

Langsam, zuerst kaum wahrnehmbar, stieg ein seltsames Gefühl in ihr auf. Ein unbehagliches Gefühl, daß irgend etwas nicht in Ordnung war.

Das Gefühl, daß irgend jemand im Haus fehlte.

Abigail, sagte sie sich. Abigail ist eben nicht mehr hier.

Aber es war mehr als das, und sie wußte es.

Carolyn stand auf, zog einen Morgenmantel über, ging auf den Flur hinaus und schaltete das Licht an.

Die Tür von Beths Zimmer stand offen.

Das war sonst des Nachts nie der Fall.

Carolyn runzelte die Stirn und eilte den Flur entlang. Dann schaltete sie das Licht in Beths Zimmer an.

Sie sah die Bettdecken am Fuß des leeren Betts.

Obwohl ihr eine innere Stimme sagte, daß das Badezimmer ebenfalls leer war, ging Carolyn hin und schaute nach. Kein Anzeichen von Beth.

Carolyn spürte, wie Panik in ihr aufzusteigen begann,

und sie kämpfte dagegen an. Beth war vielleicht nur in die Küche hinuntergegangen, um den Kühlschrank zu plündern.

Carolyn verließ das Zimmer und wandte sich zur Treppe, doch anstatt hinunterzugehen, schritt sie daran vorbei zu der geschlossenen Tür von Tracys Zimmer. Sie zögerte, dann drehte sie den Türgriff und schob die Tür einen Spalt auf, um in das Zimmer zu blicken.

Tracys Bett war ebenfalls leer.

Jetzt hastete Carolyn die Treppe hinab, suchte im Haus und gelangte schließlich in Hannahs Schlafzimmer hinter der Küche. Sie klopfte leise an die Tür, dann lauter. Schließlich nahm sie jenseits der Tür Bewegung wahr, die Tür wurde einen Spaltbreit geöffnet und Hannah spähte schläfrig heraus.

»Hannah, ich brauche deine Hilfe. Etwas ist mit den Mädchen passiert.«

»Mit unseren Mädchen?« fragte die alte Haushälterin, öffnete die Tür weiter und zog ihren Morgenmantel fester um sich. »Wie soll ich das verstehen? Was ist ihnen passiert?«

»Sie sind nicht hier«, erwiderte Carolyn. »Sie sind weder auf ihren Zimmern noch hier unten.«

Hannah schüttelte den Kopf und stieß einen leisen Schnalzlaut aus. »Nun, ich bin sicher, daß sie irgendwo sind.«

»Nein, sie sind nicht hier«, beharrte Carolyn. »Ich werde Phillip wecken. Sieh bitte unten im Keller nach.

Hannah nickte und schlurfte stumm zur Kellertreppe.

Carolyn eilte zurück in ihr Schlafzimmer und rüttelte Phillip wach.

Tracy blieb am Fuß der Treppe stehen und schaute sich um. Der schwache Lichtschein der Laterne wurde schnell von der dunklen Masse der Stützpfeiler geschluckt, und ihre Sinne spielten ihr Streiche, als sie in die Dunkelheit jenseits des Laternenscheins starrte. Dort konnte alles mögliche in der Finsternis lauern.

Sie glaubte fast, Blicke auf sich gerichtet zu spüren und Augen in der Schwärze zu erkennen, die sie beobachteten.

Furcht stieg in ihr auf, und sie erschauerte. Als sie Beths Stimme hörte, wandte sich Tracy schnell von der bedrohlichen Dunkelheit ab.

»Es ist hier hinten«, flüsterte Beth. »Hinter der Treppe.«

Tracy hielt die Laterne von neuem hoch, und der Schein breitete sich vor ihr aus. Sie sah die große Eisentür, die einen Spalt offenstand. Und jenseits davon war der Raum, in dem laut Beth ein Geist hausen sollte.

Für Tracy sah der kleine Raum völlig normal aus. Er war leer, und die Wände waren geschwärzt, als hätte es irgendwann vor langer Zeit darin gebrannt. Als Tracy eintrat, konnte sie es fast riechen. Da war ein schwacher Rauchgeruch in der Luft, und Tracy rümpfte die Nase.

»Wo ist sie?« fragte sie und flüsterte immer noch, obwohl sie allein waren.

»Sie ist hier«, sagte Beth. »Ich ging immer hier hinunter und wartete. Und nach einer Weile – nun, dann kam sie einfach zu mir.«

Tracy stellte die Laterne auf den Boden und schaute zu Beth auf.

Beth sah im Schein der Laterne, daß Tracy lächelte. Das Lächeln wirkte spöttisch, und Tracys Augen schienen grausam zu glitzern, wie Beth es seit Wochen nicht mehr bei ihr gesehen hatte.

Aber das war albern.

Tracy war jetzt ihre Freundin.

Und dann sprach Tracy.

»Du bist wirklich verrückt, nicht wahr?« fragte sie und tastete nach etwas in ihrer Tasche.

Beth stockte der Atem. »Verrückt?« Ihre Stimme war

kaum mehr als ein gepreßtes Wispern. »Ich dachte – ich dachte...«

»Du dachtest, ich glaube dir, was? Du dachtest, ich wäre blöde genug, um zu glauben, daß hier unten wirklich ein Geist ist.«

Beth erstarrte, und ihr Herz hämmerte. Fassungslos sah sie, daß Tracy ein rostiges Taschenmesser aus ihrer Tasche zog und aufklappte. »Was – was tust du da?« wimmerte Beth. Sie wollte zurückweichen, doch dann erkannte sie, daß Tracy zwischen ihr und der Tür stand.

»Du hast ihn umgebracht, nicht wahr?« fragte Tracy, und in ihren Augen glühte jetzt Haß. Langsam näherte sie sich Beth, hielt das Messer mit der rechten Hand umkrampft, und die Klinge funkelte matt im Schein der Laterne. »Du hast ihn getötet, damit du zurückkommen und mir meinen Vater wegnehmen kannst. Aber das lasse ich nicht zu.«

»Nein«, stieß Beth flüsternd hervor. »Ich habe nichts getan. Amy – es war Amy –«

»Es gibt keine Amy!« Tracy sprang plötzlich schnell wie eine Katze auf Beth zu und holte mit dem Messer aus.

Ein brennender Schmerz schoß durch Beths linken Arm, und als sie hinabblickte, quoll Blut aus einem langen, tiefen Schnitt. Sie starrte einen Augenblick lang fassungslos darauf. Dann spürte sie ganz nahe eine Bewegung und blickte auf. Das Messer stieß im Bogen auf sie zu, und dahinter war Tracys Gesicht, das vor Zorn verzerrt war.

»Ich hasse dich!« schrie Tracy. »Du bist verrückt, und ich hasse dich und ich werde dich töten!«

Beth duckte sich, und das Messer rutschte von ihrer rechten Schulter ab und schlitzte ihr den Arm auf. Beth wollte zur Seite ausweichen, doch Tracy krallte jetzt die linke Hand in ihr Haar und hielt sie fest.

»*Nein!*« schrie Beth erstickt auf. »Bitte, Tracy! *Neeeiiin!*«

Es war zu spät.

Tracy holte mit der rechten Hand aus, und dann schoß das Messer von neuem hinab und drang in Beths Brust. Tracy drehte das Messer, riß es frei und stieß von neuem zu.

»Nein...« stöhnte Beth, »Oh, bitte nicht...«

Tracy ließ plötzlich Beths Haar los und schleuderte sie zu Boden. Beth blutete aus beiden Armen und der Brust. Sie versuchte, wegzukriechen, doch Tracys Fuß schoß vor und traf sie in die Magengrube.

Beth krümmte sich zusammen, und wieder stieß das Messer auf sie hinab und drang in ihren Rücken. Tracy riß es heraus, ließ sich auf die Knie nieder und packte von neuem Beths Haar.

Sie zerrte Beths Kopf zurück, umklammerte das Messer fester und zog es mit aller Kraft über Beths ungeschützte Kehle.

Das Messer schnitt tief, und plötzlich gingen Beths Schreie in ein entsetzliches Gurgeln über, als sich das Blut, das aus der durchtrennten Arterie pumpte, mit der Luft mischte, die sie ausatmete.

Sekundenlang erstarrte Tracy. Sie starrte hinab auf Beths offene Augen, und jede Einzelheit der Furcht und des Schmerzes, die Beths Gesicht in den letzten Sekunden ihres Lebens verzerrten, prägten sich ihr unauslöschlich ein. Dann ließ sie die Leiche los, und sie rollte von ihr fort, während Tracy auf den Hacken auf und ab wippte.

Das blutige Messer fiel ihr aus der Hand.

Und dann, im flackernden Schein der Laterne, besudelt vom Blut ihres Opfers, begann Tracy Sturgess zu lachen...

Phillipp erwachte schlaftrunken und schaute zum besorgten Gesicht seiner Frau auf. Er beschattete die Augen gegen das helle Licht des Kronleuchters. »Was ist los?« fragte er. »Wie spät ist es?«

»Früh. Kurz nach halb zwei. Phillip, die Mädchen sind weg.«

Phillip war sofort hellwach und setzte sich auf. »Weg? Wie meinst du das?«

»Sie sind verschwunden.« Schnell erklärte Carolyn, was passiert war. »Hannah sieht im Keller nach, aber ich bin mir sicher, daß sie dort nicht sind. Als ich aufwachte, hatte ich ein sonderbares Gefühl, daß irgend etwas nicht stimmt, daß etwas im Haus fehlt. Es sind die Mädchen. Ich habe noch nicht im ganzen Haus gesucht, aber ich bin mir fast sicher, daß sie nicht hier sind.«

Phillip sprang aus dem Bett. Er zog eine Khakihose und ein Golfhemd an. Gefolgt von Carolyn eilte er aus dem Schlafzimmer zuerst in Tracys Zimmer und dann zu Beths Zimmer, wo Carolyn auf ihn wartete.

»Sie *müssen* hier sein«, sagte Phillip.

»Aber sie sind es nicht!« beharrte Carolyn.

»Hast du oben nachgeschaut?«

Carolyn schüttelte den Kopf. »Nein, natürlich nicht. Es ist alles abgeschlossen. Dort oben ist nichts...«

»Sie müssen irgendwo sein. Sie hauen doch nicht einfach ab. Nicht mitten in der Nacht.« Phillip eilte zu der Treppe, die zum lange verlassenen dritten Stock des alten Gebäudes führte. Carolyn wollte ihm folgen, doch dann fiel ihr Blick auf etwas.

Auf Beths Schreibtisch lag ein altes, in Leder gebundenes Buch.

Carolyn starrte darauf. Sie hatte es nie zuvor gesehen, und sie war sicher, daß es nicht Beth gehörte.

Was war es, und warum lag es hier?

Auf beides wußte sie keine Antwort, doch plötzlich wußte sie mit der Gewißheit, die aus dem Instinkt geboren wird, daß das kleine Buch – was auch immer es sein mußte – einen direkten Zusammenhang mit der Abwesenheit der Mädchen hatte.

Sie nahm es vom Schreibtisch, schlug es auf und begann verzweifelt die kritzelige Handschrift zu entziffern, mit der die Seiten gefüllt waren. Bereits nach ein paar Zeilen glaubte sie zu wissen, wo Beth und Tracy waren.

Sie lief zur Tür und rief nach Phillip.

Sie wollte gerade ein zweites Mal rufen, als er auf der Treppe auftauchte.

»Sie sind nicht oben...«

»Phillip, ich weiß, wo sie sind! Sie sind zur Fabrik gegangen!«

Phillip sah seine Frau entgeistert an. »Zur Fabrik? Wovon um Himmels willen redest du? Warum sollten sie dorthin gehen?«

»Hier«, sagte Carolyn und hielt ihm das alte Journal hin. »Das fand ich auf Beths Schreibtisch. Ich weiß nicht, woher sie das haben, aber sie müssen es gelesen haben.«

Phillip nahm ihr das Buch aus der Hand. »Was ist das?«

»Ein altes Tagebuch. Es berichtet über die alte Fabrik, und ich weiß, daß die Mädchen dorthin gegangen sind. Ich *weiß* es!«

Phillip starrte seine Frau an und traf dann eine Entscheidung. »Ich rufe Norm Adcock an. Und dann fahre ich hinunter.«

»Ich komme mit«, sagte Carolyn.

»Nein. Du bleibst hier. Ich... ich weiß nicht, was ich dort finden werde. Ich weiß im Augenblick nicht mal, was ich von allem halten soll...«

Einen Moment lang war Carolyn versucht, mit ihm zu streiten, doch dann besann sie sich anders. Ein Gefühl tief in ihr sagte ihr bereits, daß etwas Schreckliches in der ehemaligen Fabrik geschehen war. Etwas aus der Vergangenheit hatte sich wieder gemeldet, um grauenvolle Rache zu nehmen.

Tracys Lachen ließ langsam nach, bis es kaum mehr als ein wahnsinniges Kichern war.

Sie blickte sich noch einmal in dem Raum um, jetzt gehetzt wie ein Tier, das gejagt wird.

Dann schleifte sie Beths Leiche im sanften Schein der Laterne zur hinteren Wand. Hoch oben, außer ihrer Reichweite, gab es ein kleines Fenster. Tracy legte Beths Leiche unter das Fenster und lehnte einen Arm gegen die Wand, hochgestreckt als greife er nach dem Fenster über ihr.

Dann kehrte Tracy zu der Stelle zurück, an der Beth gestorben war, kniete sich hin und tauchte ihre Hand in das noch warme Blut. Als ihre Hand mit Blut bedeckt war, ging Tracy zurück zur hinteren Wand und schmierte das Blut darauf. Sie hinterließ sonderbar geformte Male, wo immer sie die geschwärzte Wand berührte. Sie sammelte mehr Blut, bis schließlich die Botschaft fertig war.

Immer noch vor sich hin kichernd, kehrte sie zur Laterne zurück und bückte sich, um sie aufzuheben.

Plötzlich verblaßte das Licht der Laterne, und Dunkelheit hüllte Tracy ein.

Sie war nicht mehr allein in dem Raum.

Ringsum tauchten Gesichter aus der Finsternis auf und rückten näher.

Die Gesichter von Kindern.

Abgemagerte Gesichter mit vom Hunger eingefallenen Wangen und großen, tiefliegenden Augen, die sie anstarrten.

Tracy rang um Atem. Dies waren die Kinder, die ihre Großmutter gesehen hatte. Und jetzt sah sie die Kinder, und sie wußte, daß die Kinder auch sie sehen konnten und wußten, wer sie war und was sie getan hatte. Sie kreisten sie ein, näherten sich, griffen nach ihr.

Sie wich vor ihnen fort und stieß gegen etwas.

Ihr stockte der Atem, denn sie wußte sofort, was es war. Sie bückte sich von neuem nach der Laterne, doch es war zu spät. Die Laterne fiel um, und der Glaszylinder zerbarst.

Die Verschlußkappe auf dem Kerosinbehälter war bei

dem Aufprall abgesprungen, und das Kerosin lief aus. Und dann fing es Feuer, und plötzlich war Tracy von Flammen umgeben. Sie starrte entsetzt auf das plötzliche Feuer, und dann hörte sie schwach kindliches Gelächter. Ringsum waren die Gesichter der Kinder – der Kinder, die unmöglich dort sein konnten –, und sie grinsten jetzt, und in ihren Augen funkelte boshaftes Vergnügen. Tracy fuhr zur Tür herum und hetzte darauf zu. Und dann, als sie die Tür fast erreicht hatte, sah sie ein anderes Kind.

Ein Mädchen, das nicht älter als zwölf Jahre war.

Sie war mager, und ihre Kleidung war verkohlt und geschwärzt, als wäre sie einst verbrannt. Ihre Augen glühten wie brennende Kohlestücke, während sie Tracy anstarrte, und dann, als die Flammen dicht vor ihren Füßen aufloderten, wich sie zurück durch die Tür.

Die Flammen, gespeist vom Kerosin, das sich ausbreitete, folgten ihr.

Langsam begann sich die Tür zu schließen.

»Nein«, keuchte Tracy. Sie sprang auf die Tür zu, doch es war zu spät.

Die Tür knallte zu.

Tracy warf sich dagegen, versuchte, sie zur Seite zu schieben, aber die Tür bewegte sich nicht von der Stelle. Dann hämmerte Tracy gegen die Tür, schrie um Hilfe und flehte, die Tür zu öffnen.

Doch von jenseits der Tür hörte sie nur das höhnische Gelächter des Mädchens.

Sie spürte, wie sich hinter ihr die Geister der anderen Kinder versammelten und darauf warteten, sie in ihrer Runde willkommen zu heißen.

Das brennende Kerosin breitete sich schnell auf dem Boden des Kellergeschosses aus, erfaßte einen Stapel Bauholz und züngelte an den Holzpfeilern empor, die so lange das Erdgeschoß gestützt hatten.

Das Bauholz fing als erstes Feuer, und jetzt breiteten

sich die Flammen schnell aus und loderten auf, um neue Nahrung zu suchen. Dann gerieten die Stützpfeiler in Brand. Nach über einem Jahrhundert waren die Holzpfeiler zundertrocken und brannten mit einer Heftigkeit, daß das Kellergeschoß mit einem furchterregenden Brausen erfüllt war. Schließlich fing der Holzboden Feuer, der sich durch das Hartholz fraß und immer mehr ausbreitete.

Die Temperatur schnellte in die Höhe, und Fässer mit Farbe und Verdünner explodierten zu neuen Brandherden, die sich schnell zu dem Hauptfeuer zusammenschlossen.

Die Hitze erreichte die Temperatur eines Hochofens und durchdrang selbst die Eisentür, die den Raum unter der Treppe abgesperrt hatte.

Tracy war jetzt von Schwärze umgeben; das Kerosin war verbrannt. Aber sie konnte das Feuer spüren und hören, das jenseits der Eisentür tobte.

Und dann sah sie, daß die Eisentür rötlich zu glühen begann.

Sie wich zurück und wimmerte, vom Entsetzen überwältigt. Dann stolperte sie und stürzte schwer zu Boden. Benommen nahm sie wahr, daß Beths Leiche unter ihr lag.

Als das Glühen der Tür heller wurde und rötlicher Schein den Raum erhellte, erinnerte sich Tracy an das Fenster.

Sie rappelte sich auf und versuchte, hinaufzugreifen. Und dieses schreckliche Gelächter – Amys Gelächter – spottete über ihre verzweifelten Bemühungen.

Tracy begann zu schreien. Sie schrie nach ihrem Vater, der kommen und sie retten sollte.

Bei jedem Atemzug stachen Schmerzen durch ihre Lunge, und Tracys Schreie wurden schwächer.

Sie sank zu Boden, und ihr Verstand verwirrte sich, während die Hitze ringsum zunahm.

Ihr Vater würde nicht kommen – das wußte sie jetzt. Ihr

Vater liebte sie nicht. Er hatte sie nie geliebt. Es war stets das andere Kind gewesen, das er geliebt hatte.

Mit dem Rest ihres Verstandes versuchte sich Tracy an den Namen des anderen Kindes zu erinnern, aber er fiel ihr nicht mehr ein. Es machte auch nichts, denn sie wußte, daß sie das andere Kind getötet hatte, und nur das war wichtig.

Ihre Großmutter.

Ihre Großmutter würde sie retten. Es machte nichts aus, was sie getan hatte, denn ihre Großmutter war immer für sie da.

Diesmal nicht.

Diesmal war niemand da.

Sie war allein und in der Hitze eingeschlossen. Sie spürte, wie ihre Haut verbrannte, und sie roch ihr versengtes Haar.

Sie wälzte und krümmte sich am Boden, versuchte dem Tod zu entrinnen, der immer näherkam, doch sie konnte nirgendwohin, sich nirgendwo verstecken.

Der ganze Raum rings um sie glühte jetzt, und tief in ihrem Herzen war die Furcht, daß sie bereits gestorben war und für immer im Feuer eingeschlossen sein würde – im Feuer der Hölle.

Noch einmal rief sie nach ihrem Vater und flehte ihn an, sie zu retten.

Doch sie starb, wie Amy gestorben war, mit dem Wissen, daß es keine Rettung geben würde.

Ihre Seele würde wie Amys Seele für immer gefangen sein, eingesperrt im brennenden Inferno...

27

Als Phillip bei der ehemaligen Fabrik eintraf, war bereits klar, daß das Gebäude verloren war. Drei Feuerwehrwagen waren an der Nordwand aufgereiht, zwei weitere standen mitten auf der Prospect Street, und die Schläuche schlängelten sich über den Bürgersteig und die Treppe hinauf zu den Überresten der Glastüren. Doch das Wasser, das aus den Feuerwehrschläuchen in das Gebäude gespritzt wurde, schien so schnell zu verdampfen, wie es hineingepumpt wurde.

Das Tosen des Brandes war ohrenbetäubend, und als Phillip Norm Adcock fand, mußte er dem Polizeichef ins Ohr schreien, um überhaupt gehört zu werden.

»Es hat keinen Sinn«, schrie Phillip. »Das Feuer ist nicht mehr zu stoppen!«

Adcock nickte grimmig. »Wenn sie es nicht binnen zehn Minuten unter Kontrolle bekommen, dann müssen sie den Bau aufgeben und versuchen, ein Übergreifen des Feuers auf andere Gebäude zu verhindern.«

Sie brauchten jedoch keine zehn Minuten zu warten.

Das Erdgeschoß war jetzt verbrannt, und das Feuer tobte durch den neu erbauten Zwischenstock. Hitze und Flammen stiegen empor, und plötzlich schien die große Kuppel über dem Atrium einen Augenblick lang zu schwanken, und dann stürzte sie in den Feuersturm hinab.

Das klaffende Loch im Dach, zusammen mit den zerstörten Eingangstüren, verwandelte das gesamte Gebäude in einen riesigen Kamin. Frischluft füllte das Vakuum, und die Flammen loderten noch höher und erhellten den Himmel über der Stadt mit dem roten Glühen der Hölle. Das Heulen der Sirenen bildete einen melancholischen Kontrapunkt zum Donnern des Infernos, ein sonderbarer Klagegesang an der Stätte des Todes, zu der die ehemalige Fabrik geworden war.

»Die Mädchen!« schrie Phillip gegen das Crescendo an.

Adcock schüttelte den Kopf. »Als ich hier eintraf, gab es keine Möglichkeit, in den brennenden Bau hineinzukommen. Und wenn sie darin waren...« Er brauchte nicht weiterzusprechen.

Die Feuerwehrleute hatten jetzt das Gebäude aufgegeben. Sie richteten die Wasserspritzen auf den Boden rings um das brennende Gebäude. Es war im Grunde kaum notwendig. Die alte Fabrik hatte stets allein zwischen dem Schienenstrang und der Prospect Street gestanden, und die Grundstücke zu beiden Seiten waren unbebaut gewesen, als wolle kein anderes Haus etwas mit dem bedrohlichen Bau zu tun haben, der so lange ein brütender Wachtposten gewesen war, der die Vergangenheit bewacht hatte.

Die Prospect Street füllte sich jetzt mit Leuten aus Westover, die sich hastig angekleidet hatten und sich versammelten, um Zeuge der letzten Atemzüge der sterbenden Fabrik zu werden.

Sie standen überwiegend schweigend da und beobachteten einfach den Brand. Dann und wann explodierte ein Fenster unter dem Druck der Hitze in dem Bau, ein kurzes Donnern, das verhallte und wieder von unheimlicher Stille abgelöst wurde.

Es war kurz nach zwei Uhr, als die Backsteinwände, die über ein Jahrhundert dort gestanden hatten, unter der Wucht des Feuers und dem Gewicht des Dachs nachgaben, einen Augenblick zitterten und dann zusammenbrachen.

Das gesamte Gebäude schien in sich zusammenzufallen und fast sofort in den Flammen zu verschwinden.

Jetzt war nur noch die weite Fläche der brennenden Trümmer übrig, und von neuem bekämpften die Feuerwehrleute die Flammen. Dampfwolken mischten sich mit Rauch, das donnernde Inferno ließ nach und wurde zu einem wilden Zischen als liege ein Drache in den letzten Zügen.

Erst jetzt kam Leben in die Menge. Es entstand Bewegung, die Leute tuschelten miteinander und schoben sich näher an das sterbende Monster heran.

Die Menge brandete um Philip Sturgess, als wäre er ein Fels in der Strömung. Er stand allein da, als sich die menschliche Masse teilte, an ihm vorbeidrängte und sich wieder zusammenschloß, um über die Straße zu fluten.

Und dann stand er schließlich ganz allein in der Nacht und schaute auf die Ruine, die einst der Grundstein für das gesamte Leben seiner Familie gewesen war.

Carolyn stand mit Hannah auf der Terrasse und beobachtete, wie die Flammen langsam kleiner wurden, bis nur noch ein Glühen zu sehen war. Sie konnte die dunklen Umrisse von Leuten vor dem Feuerschein sehen. Von Hilltop aus wirkten sie wie Ameisen, die um die Überreste eines zerstörten Nestes wimmelten.

Es hätte vor hundert Jahren passieren sollen.

Der Gedanke kam ihr ungewollt in den Sinn und setzte sich fest, bis sie ihn schließlich laut aussprach. Einen Augenblick lang blieb Hannah stumm. Dann nickte sie unvermittelt.

»Ich nehme an, Sie haben recht«, sagte die alte Frau leise.

Dann nahm sie Carolyn mit ihrer knorrigen Hand am Arm und zog sie sanft zum Haus. »Ich möchte nicht, daß Sie hier in der Nachtluft herumstehen, wenn Sie nichts sehen und nichts tun können.«

»Ich muß *irgend etwas* tun«, wandte Carolyn ein, doch sie ließ sich ins Haus führen. Sie folgte Hannah ins Wohnzimmer und sank in einen Sessel.

»Sie bleiben hier sitzen«, sagte Hannah sanft. »Ich werde Tee aufsetzen, damit er fertig ist, wenn Mr. Phillip zurückkommt.«

Carolyn nickte, obwohl sie die Worte kaum wahrnahm.

Langsam erlebte sie noch einmal die kurze Zeit, seit Phillip das Haus verlassen hatte.

Sie war ihm nach unten gefolgt und hatte das sonderbare Buch, das sie in Beths Zimmer gefunden hatte, immer noch in der Hand gehalten. Erst als Phillip fort gewesen war, hatte Carolyn sich ins Wohnzimmer gesetzt und das Journal sorgfältig gelesen.

Schließlich war Hannah aufgetaucht und hatte ihr gesagt, daß die Fabrik brannte.

Bevor Carolyn auf die Terrasse hinausgegangen war, um zur brennenden Fabrik zu schauen, hatte sie das sichere Gefühl gehabt, daß Beth und Tracy tot waren. Und in der Benommenheit, die der ersten überwältigenden Woge der Trauer um ihre Tochter gefolgt war, hatte sie ebenfalls erkannt, daß es eine gewisse Wiederholung in den Ereignissen gab, die geschehen waren.

Es war, als suche die Tragödie, die sich vor einem Jahrhundert in der Fabrik abgespielt hatte – die Tragödie, die nie ganz aufgeklärt worden war –, endlich ihre eigene Lösung und übe schreckliche Rache an den Nachfahren derjenigen, die sich so lange ihrer Verantwortung entzogen hatten.

Abgesehen von Beth.

Carolyn wußte, daß sie sich den Rest ihres Lebens fragen würde, warum Beth in dieser Nacht hatte sterben müssen.

Jetzt saß Carolyn im Wohnzimmer, wartete auf die Rückkehr ihres Mannes und versuchte, ihre Gedanken zu ordnen, sich darauf vorzubereiten, Phillip zu erklären, was vor so vielen Jahren in der Fabrik geschehen war.

Kurz vor drei Uhr hörte sie schließlich Motorengeräusch. Phillip hielt mit dem Wagen vor dem Haus. Einen Augenblick später wurde die Haustür geöffnet und geschlossen, und Carolyn hörte, daß Phillip nach ihr rief. Seine Stimme klang erschöpft, besiegt.

»Ich bin hier«, sagte Carolyn ruhig, und als er sich zu ihr wandte, sah sie die Qual in seinen Augen.

»Die Mädchen –«, begann er. »Tracy – Beth –«

»Ich weiß«, sagte Carolyn. Sie erhob sich vom Sessel und trat in den schwachen Lichtkreis der einzigen Lampe, die sie von Hannah hatte einschalten lassen. Carolyn ging zu ihrem Mann, schlang die Arme um ihn und drückte ihn einen Augenblick lang an sich. Dann lockerte sie die Umarmung und zog Phillip sanft mit sich ins Wohnzimmer. »Ich weiß, was geschah«, sagte sie leise. »Ich verstehe nicht alles, und ich glaube, ich werde es nie ganz verstehen, aber ich weiß, daß die Mädchen tot sind. Und ich weiß auch fast, warum.«

»Warum?« In Phillips Augen war ein gequälter Ausdruck, und seine Stimme klang hohl.

»Es steht in dem Buch«, sagte Carolyn leise. »Es steht alles in dem kleinen Buch, das ich in Beths Zimmer fand.«

»Ich verstehe nicht«, sagte Phillip.

»Es ist eine Art Tagebuch, Phillip«, erklärte Carolyn. Sie nahm das kleine, ledergebundene Journal vom Tisch neben Phillips Sessel und drückte es ihm in die Hand. »Es muß von deinem Urgroßvater stammen. Hannah sagte, daß sie es schon gesehen hat. Dein Vater pflegte darin zu lesen, und Hannah glaubt, daß er es in einer Kassette in seinem Schrank aufbewahrte.«

Phillip nickte benommen. »Eine braune Kassette. Ich wußte nie, was darin war.«

»Das ist sie«, erwiderte Carolyn. »Hannah fand sie, kurz nachdem du fort warst, in Beths Schrank.«

»Aber wie kam sie dorthin?«

»Es ist nicht wichtig, wie sie in Beths Zimmer gelangte. Wichtig ist, was in dem Tagebuch steht. Es... es erzählt, was damals in der Fabrik geschah. Dort gab es ein Feuer, Phillip.«

Phillip blickte sie überrascht an, sagte jedoch nichts.

»Es brannte in einem Arbeitsraum im Kellergeschoß.«

»In dem kleinen Raum unter der Verladerampe«, murmelte Phillip vor sich hin. »In der Kammer hinter der Treppe.«

Carolyn sah ihn verblüfft an. »Du wußtest von dem Brand?«

»Nein.« Phillip atmete tief durch. »Nein, ich wußte nichts davon. Aber eines Tages war ich mit Alan unten im Kellergeschoß. Wir schauten uns das Fundament an. Und am Fuß der Treppe roch ich etwas. Es war sonderbar. Es war sehr schwach, aber es roch nach Rauch. Als ob dort mal etwas gebrannt hätte.«

»Ja, so war es«, flüsterte Carolyn. »Es hat dort gebrannt.« Sie ergriff Phillips Hand. »Phillip, dort unten starben Kinder.«

Phillip schaute seine Frau verständnislos an. »Dort starben Kinder?«

Carolyn nickte. »Und eines der Kinder, das dort umkam, war die Tochter deines Urgroßvaters.«

Phillip sah Carolyn benommen an. Dann schüttelte er langsam den Kopf. »Das... das kann nicht sein. Das ist unmöglich. Tracy ist das erste Mädchen, das wir jemals in der Familie hatten.«

Carolyn drückte von neuem seine Hand. »Phillip, es steht in dem Tagebuch. Es gab ein kleines Mädchen – die Tochter deines Urgroßvaters, die von einer der Frauen aus der Stadt geboren worden war. Der Name des Kindes war Amelia.«

»Amelia?« wiederholte Phillip. »Das... das ergibt keinen Sinn. Ich habe noch nie so eine Geschichte gehört.«

»Er bekannte sich nie zu dem Kind«, erklärte Carolyn. »Offenbar erzählte er keiner Menschenseele etwas davon, doch er gab es in seinem Tagebuch zu. An dem Tag, an dem das Feuer ausbrach, arbeitete Amelia in der Fabrik.«

Phillip war jetzt leichenblaß. »Ich... ich kann das nicht glauben.«

»Aber es ist so«, beharrte Carolyn. »Ihr Name war Amelia, aber jeder nannte sie... Amy.«

Phillip schien noch eine Spur bleicher zu werden. »Mein Gott«, stieß er hervor. »Es gab wirklich eine Amy!«

»Und da ist noch etwas«, fügte Carolyn hinzu. »Laut Tagebuch benutzte Amy den Nachnamen ihrer Mutter. Phillip – ihr Name war Deaver. Amy Deaver.

Phillip starrte Carolyn an. Die einzigen Deavers, die je in Westover gelebt hatten, waren Carolyns Familie. »Wußtest du davon?« fragte er. »Wußtest du all das, als du meine Frau wurdest?«

Carolyn schüttelte den Kopf. »Ich wußte es nicht, Phillip. Ich wußte, was meine Familie für deine empfand. Ich hatte gehört, daß meine Familie vor langer Zeit ein Kind in der Fabrik verloren hatte. Aber wer der Vater des Kindes war – nein, das habe ich nie gehört. Ich schwöre es.«

»Was passierte damals?« fragte Phillip nach langem Schweigen. Seine Stimme klang dumpf, als wüßte er bereits, was er hören würde. »Warum kamen die Kinder nicht aus der brennenden Fabrik heraus?«

Carolyn zögerte mit der Antwort, und als sie endlich sprach, war ihre Stimme so leise, daß Phillip sich anstrengen mußte, um sie zu verstehen. »Er war an jenem Tag dort«, sagte Carolyn. »Samuel Pruett Sturgess. Und als das Feuer ausbrach, schloß er die Feuertür.«

»Er tat – *was?*«

Carolyn nickte kläglich. »Phillip, es steht alles in dem Tagebuch, in seiner eigenen Handschrift. Er schloß die Feuertür und ließ all diese Kinder verbrennen. Sogar seine eigene Tochter. Er ließ sie verbrennen, um die Fabrik zu retten!«

»Mein Gott«, stöhnte Phillip. Er schwieg eine Weile und versuchte zu verarbeiten, was Carolyn gesagt hatte. Die Geschichte war fast unglaublich, die Grausamkeit, die sie in sich barg, zu ungeheuerlich. Und doch wußte er, daß die Geschichte stimmte, und es war ihm jetzt klar, daß dies das Geheimnis war, das seinen Vater um den Verstand gebracht hatte.

Auch seine Mutter hatte am Ende ihres Lebens die Geschichte entdeckt und deren Wahrheit akzeptiert.

»Ich glaube nicht an Geister«, sagte Phillip schließlich. »Ich habe nie an Geister geglaubt, und ich werde niemals an welche glauben.«

»Ich auch nicht«, stimmte Carolyn zu. »Aber ich mache mir Gedanken darüber. Die Kinder – gefangen im Feuer. Heute nacht unsere Kinder – gefangen im Feuer. Und die anderen Leute, die in der Fabrik gestorben sind. Dein Bruder. Und Jeff Bailey. Die Baileys waren einst an der Fabrik beteiligt, nicht wahr?«

Phillip nickte widerstrebend. »Aber was ist mit Alan?«

»Der Wiederaufbau«, flüsterte Carolyn. »Verstehst du denn nicht? Dein Vater hatte recht. Das Projekt hätte nie begonnen werden sollen.«

Phillip wandte sich ihr heftig zu und schaute ihr in die Augen. »Und was ist mit Beth? Was hat sie getan? Womit hat sie verdient, was heute nacht passierte?«

Carolyn begann zu weinen. »Ich weiß nicht«, sagte sie schluchzend. »Sie war so ein süßes Kind. Ich... ich weiß es einfach nicht!«

Phillip nahm seine Frau in die Arme und versuchte sie zu trösten. »Es war ein Unfall, Schatz«, sagte er leise. »Ich weiß, wie das jetzt alles wirkt, aber was auch immer heute nacht geschah, es kann nichts mit dem zu tun haben, was vor hundert Jahren passierte. Es war einfach ein schrecklicher Unfall. Das müssen wir glauben.«

Wir müssen es glauben, wiederholte er in Gedanken. Denn *wenn wir es nicht glauben, müssen wir den Rest unseres Lebens darauf warten, daß alles wieder von neuem anfängt.*

Und dann sah er ungewollt ein Bild seiner Tochter vor seinem geistigen Auge.

Er sah Tracy noch einmal, wie er sie am Tag von Alan Rogers Tod gesehen hatte, und sie spähte in die Fabrik auf die Leiche von Beths Vater.

In ihren Augen hatte boshafter Haß geglitzert, und ihre Lippen waren zu einem zufriedenen Lächeln verzogen gewesen.

Phillip zog seine Frau fester in die Arme und schloß die Augen, doch die Vision blieb.

Spät am nächsten Nachmittag schauten Phillip und Carolyn mit Norm Adcock zu, während Arbeiter die Eisenplatte entfernten, die in den letzten hundert Jahren eine Seite der Verladerampe bedeckt hatte.

Samuel Pruett Sturgess hatte auf den letzten Seiten seines Tagebuchs von der Eisenplatte geschrieben und die Hoffnung geäußert, daß sie den Raum von der Außenwelt abschließen würde, wie er durch die schwere Eisentür von innen versiegelt wurde. Samuel Pruett Sturgess war in den letzten Tagen seines Lebens entschlossen gewesen, dafür zu sorgen, daß niemals mehr jemand den Arbeitsraum im Kellergeschoß hinter der Treppe betreten würde.

Graue Wölkchen von Asche stiegen immer noch von der rauchenden Ruine zum Himmel, und die Hitze schimmerte noch in der Sommerluft.

Die Männer arbeiteten schnell. Mit Meißel und Hammer entfernten sie die Bolzen, mit denen die Eisenplatte am Zement der Laderampe befestigt war. Schließlich fiel die Platte, und das Fenster, dessen Scheibe seit langem aus dem Rahmen gebrochen war, war zum erstenmal seit einem Jahrhundert dem Sonnenschein ausgesetzt. Die Arbeiter traten zurück, und Norm Adcock und Phillip näherten sich der Öffnung. Aufgespeicherte Hitze drang aus dem Raum, doch als Adcock vorsichtig den Zement berührte, stellte er fest, daß der Raum nicht mehr zu heiß zum Betreten war. Er ließ sich auf die Knie nieder und leuchtete mit einer Taschenlampe hinein.

Zuerst dachte er, der Raum wäre leer. Gegenüber vom Fenster konnte er die Überreste der Eisentür sehen. Sie war von der enormen Hitze verbogen und verbeult und hing grotesk von der zerbrochenen Laufschiene.

Norm Adcock ließ den Lichtstrahl der Taschenlampe schweifen und untersuchte den Boden.

Wohin er auch schaute, da war nichts außer Schwärze. Schließlich richtete er den Lichtstrahl genau nach unten.

»Jesus«, stieß er hervor. »Ich bin mir nicht sicher, ob Sie das sehen wollen, Phillip.«

»Sie sind da drinnen?«

Adcock zog den Kopf vom Fenster zurück und wandte sich zu Phillip um. »Ja, sie sind da drinnen. Aber Sie sollten uns alles weitere überlassen. Bringen Sie Carolyn nach Hause, Phillip, und ich werde Sie wissen lassen, wenn wir irgend etwas herausfinden.«

Phillip überlegte kurz und schüttelte dann den Kopf. »Ich muß es mit eigenen Augen sehen.« Als Adcock zu einem weiteren Einwand ansetzte, kam Phillip ihm zuvor. »Carolyn und ich haben darüber gesprochen. Und wir haben beschlossen, daß ich sehen muß, was auch immer dort drinnen ist.«

Adcock hob die Augenbrauen. »Sie *müssen* es sehen?«

»Ich verzichte besser auf eine Erklärung«, sagte Phillip. »Ehrlich gesagt, ich bezweifle, daß sie viel Sinn für Sie ergeben würde. Aber ich muß sehen, was passiert ist.«

Adcock erwog die Sache und nickte widerstrebend. »Also gut. Ich lasse von den Männern eine Leiter holen, und dann steigen wir hinein.«

Als die Leiter in den Raum gesenkt war, stieg Adcock durch das Fenster und verschwand in dem Raum. Phillip folgte dem Polizeichef. Er vermied es sorgsam, hinabzublicken, bis er auf dem Boden und vorsichtig von der Leiter weggetreten war. Als sich dann seine Augen an das Halbdunkel in dem kleinen Raum gewöhnt hatten, schaute er auf das, was Adcock bereits gesehen hatte.

Die Hitze des Feuers hatte alles bis auf die Überreste der beiden Mädchen zerstört.

Ihre Kleidung war verbrannt wie ihr Haar. Es hafteten noch Bruchstücke von Haut an den Schädeln, und die

Skelette waren von den ausgezehrten Überresten ihres Körpergewebes bedeckt.

Phillip wurde an Fotografien erinnert, die er von Konzentrationslagern der Nazis nach dem Krieg gesehen hatte. Er kämpfte gegen Übelkeit an und zwang sich, niederzuknien und zu berühren, was von seiner Tochter übriggeblieben war.

Tracys Leiche war fest zusammengekugelt, als hätte Tracy im Sterben versucht, sich gegen die Hitze zu schützen.

Um ihren Hals hing eine Kette, an der ein Anhänger befestigt war, den Tracy mit den knochigen Überresten ihrer rechten Hand umklammerte, ein Jadeanhänger, den Phillip als den seiner Mutter wiedererkannte.

Wenn dieser Anhänger nicht gewesen wäre, dann hätte Phillip nicht gewußt, welche der grauenhaften, fast mumifizierten Leichen die von Tracy war.

Sein Blick schweifte zu Beths Leiche. Sie lag auf dem Bauch ausgestreckt am Boden und hatte eine Hand erhoben. Die fleischlose Hand schien zum Fenster hinaufzugreifen.

Langsam nahm er die Male auf der Wand wahr. Zuerst waren sie nur verschwommene Flecke, die sich fast in der Schwärze verloren, auf die sie geschmiert waren. Als er darauf starrte, nahmen sie jedoch allmählich Gestalt an, und er erkannte, daß eines der beiden Mädchen – welches konnte er nicht mit Sicherheit sagen – vor dem Tod eine Botschaft hinterlassen hatte. Jetzt war die Botschaft klar.

Sie bestand aus einem einzigen Wort: AMY.

»Das sieht nach Blut aus«, hörte Phillip Norm Adcock sagen. »Da ist noch mehr auf dem Boden.« Dann senkte Adcock die Stimme. »Phillip?«

»Ja, sprechen Sie ruhig weiter«, erwiderte Phillip.

»Ich bin mir noch nicht ganz sicher, aber es sieht aus, als wäre nur Tracy durch die Hitze gestorben. Ich nehme an, Beth war bereits tot, bevor das Feuer ausbrach. Sehen Sie hier.«

Widerstrebend blickte Phillip in die Richtung, die Adcock wies. Adcock zeigte auf Beths Leiche.

Trotz des Schadens, den das Feuer angerichtet hatte, trotz der verbrannten Haut und des zusammengeschrumpften Fleischs waren die Male deutlich sichtbar.

Entweder vor ihrem Tod oder kurz danach war Beth Rogers fast in Stücke gehackt worden.

Phillip stöhnte auf, als ihm klarwurde, was das bedeutete. Sein Verstand weigerte sich, es zu glauben, und sein Körper rebellierte. Er konnte nicht mehr gegen die Übelkeit ankämpfen. Es wurde ihm schlecht, und er zog sich in die andere Ecke des Raums zurück, um sich zu übergeben.

Zehn Minuten später stieg er aus dem kleinen Raum wieder ans Tageslicht. Phillip war bleich und zitterte, hatte sich jedoch wieder unter Kontrolle. Carolyn stand noch dort, wo er sie zurückgelassen hatte, und wartete auf ihn. Sie schaute ihn an, und ihr Blick war eine stumme Frage.

Phillip nahm Carolyn in die Arme und hielt sie fest an sich. »Es ist vorüber«, sagte er. »Es ist jetzt alles vorüber.«

Carolyn erschauerte und ließ ihren Tränen freien Lauf. Sie fühlte sich benommen und innerlich völlig leer, als hätte sie alles verloren, das sie geliebt hatte.

Doch das ist nicht wahr, sagte sie sich.

Ich habe immer noch Phillip, und wir haben immer noch unser Baby.

Und dann spürte sie zum erstenmal, wie sich ihr ungeborenes Kind in ihr bewegte.

Wir werden damit fertig werden, sagte sie sich. *Wir werden alles überstehen und überleben. Was immer auch geschehen ist, wir werden darüber hinwegkommen.*

Sie ergriff Phillips Hand und hielt sie auf ihren Bauch. »Es ist nicht vorüber, Liebling«, sagte sie leise. »Wir müssen einfach neu beginnen. Und wir können es. Ich weiß, daß wir es können.«

Abermals bewegte sich das neue Leben in ihr, und diesmal spürte Phillip es ebenfalls.

EPILOG

Fast ein Jahr war vergangen.

Am Morgen des 4. Juli ging Carolyn Sturgess über den Rasen zu den beiden steinernen Löwen, die den Pfad zum Mausoleum flankierten. Sie spazierte langsam und genoß die Wärme der Sonne. Der Himmel war an diesem Morgen tiefblau, und kein einziges Wölkchen kündigte an, daß es am Nachmittag Regen geben könnte. Der Tag würde perfekt werden.

Carolyn wünschte, Beth wäre da, um diesen schönen Tag mit ihr zu teilen.

Der Schmerz des Verlusts hatte im Laufe der Zeit nachgelassen, und wenn sie heute an ihre Tochter dachte, erinnerte sie nur ein dumpfes schmerzliches Gefühl an die schrecklichen Tage des vergangenen Sommers. Und selbst dieser dumpfe Schmerz würde eines Tages nachlassen, das glaubte sie jetzt.

Sie trat auf den schattigen Pfad und ging die sanfte Steigung hinauf zur Hügelkuppe und dem Marmorbau, der die Überreste der Vorfahren ihres Mannes beherbergte. Das Licht war dort anders, wurde vom sanften Grün der Blätter über ihrem Kopf gefiltert. Hier und dort schien die Sonne durch das Blätterwerk, und in ihren Strahlen tanzten Staubkörnchen. Ein Eichhörnchen verharrte ein paar Meter entfernt auf dem Pfad, setzte sich auf und musterte sie neugierig mit glänzenden Augen, bevor es an einem Baumstamm hinaufhuschte und von oben herabschimpfte. Carolyn blieb stehen und schimpfte zurück. Sie lachte leise, als das Eichhörnchen empört mit dem Schwanz schlug. Schließlich beendete das Eichhörnchen die Tirade und verschwand im Baumwipfel, und Carolyn setzte den Weg zum Mausoleum fort.

Es gab jetzt einen siebten Marmorstuhl um den Tisch, und die zerbrochene Säule war endlich repariert worden. Der zusätzliche Stuhl und die neue Säule hatten das Monument nicht nur äußerlich verändert, sondern auch ein neues Gefühl beim Aufenthalt dort bewirkt. Es hatte nicht mehr die Aura des Geheimnisvollen und Unheimlichen, als ob es mit unbeantworteten – und nicht zu beantwortenden – Fragen erfüllt wäre. Es war jetzt vollständig, als hätte der zusätzliche marmorne Stuhl für Amy Deaver Sturgess den Familienkreis um Samuel Pruett Sturgess geschlossen. Jetzt saß er mit seiner Frau an der Seite am Tisch, und seine vier Söhne flankierten sie. Und genau gegenüber von ihm befand sich der Platz seiner einzigen Tochter. Jenseits ihres Marmorstuhls blockierte die neue Säule den Blick auf die Stelle, an der so viele Jahrzehnte lang die Fabrik gestanden hatte.

Samuel Pruett Sturgess würde nicht länger die Ewigkeit damit verbringen, auf die Quelle seines Wohlstands und seiner Schuld zu blicken. Jetzt saß er mit seiner vollzähligen Familie beisammen und hatte sich zu seiner lange verleugneten Tochter bekannt. Für Carolyn hatte das Mausoleum endlich das Unheimliche verloren und war zu einer Stätte des Friedens geworden.

An diesem Morgen verharrte sie kurz beim Mausoleum und nahm den Anblick in sich auf. Dann ging sie weiter über den Pfad, der schließlich zum Fluß führte. Der Weg war nicht mehr von Unkraut überwuchert und von gefällten Bäumen blockiert. Phillip hatte ihn räumen und verbreitern lassen, und steinerne Stufen waren sorgfältig eingesetzt worden und wirkten, als wären sie dort schon immer gewesen. Die Arbeit war so gut ausgeführt worden, daß die Treppenstufen schon eine Woche nach ihrer Fertigstellung perfekt mit dem Hügelhang harmoniert hatten.

Carolyn gelangte an eine Wegkreuzung und wandte sich nach links, um dem alten Pfad zu folgen, den sie einst fast jeden Tag benutzt hatte. Seit dem Frühjahr war sie jedoch seltener hierhin gegangen. Als sie jetzt auf die kleine Wiese gelangte, auf der sowohl Beth als auch Tracy begraben waren, machte sich Carolyn klar, daß es fast zwei Wochen her war, seit sie zum letzten Mal hier gewesen war.

Sie näherte sich langsam den Gräbern in der kleinen Vertiefung, in der einst Amy begraben worden war, und dabei erinnerte sie sich an die Beerdigung, die hier im vergangenen Sommer stattgefunden hatte.

Fast ganz Westover war an diesem Tag hier gewesen, und Carolyn und Phillip hatten erkannt, daß ihr tragischer Verlust nicht völlig vergebens gewesen war. Obwohl es niemand ausgesprochen hatte, war das Gefühl dagewesen, daß die Beerdigung der beiden jungen Mädchen einen Wendepunkt für die Stadt darstellte, ein letztes Durchtrennen ihrer Bande zu der Vergangenheit, eine Beendigung der letzten Reste von Groll gegen die Sturgess' und die anderen alten Familien, die einst das Leben der Leute von Westover beherrscht hatten.

Nach der Beisetzung hatte es einen Empfang auf dem Rasen vor dem Haus gegeben, denn selbst die riesige Villa war nicht groß genug gewesen, um die Menschenmenge aufzunehmen. Und als Carolyn und Phillip durch die Menge gegangen waren und die Beileidsbekundungen angenommen hatten, die an diesem Tag aufrichtig gewesen und aus dem Herzen gekommen waren, hatten sie gespürt, daß eine Heilung alter Wunden begann.

In jener Nacht hatten sie beschlossen, einen Park auf dem Grundstück anzulegen, auf dem die ehemalige Fabrik gestanden hatte, und ihn der Stadt zu stiften. Während der Wochen, in denen der Park angelegt worden war, der die verkohlten Überreste der Fabrik verdeckte, hatten sie darüber diskutiert, welchen Namen sie dem Park geben sollten.

Phillip hatte schließlich vorgeschlagen, den Park zur Erinnerung an Alan Rogers zu benennen, und Carolyn hatte sofort zugestimmt. Es war nur passend, daß der Name Sturgess nicht länger in Zusammenhang mit diesem Teil von Westover gebracht wurde.

Carolyn pflückte ein paar wilde Blumen und legte sie wie stets zwischen die beiden Gräber, in denen Beth und Tracy ruhten. Wie immer fragte sie sich flüchtig, was sich wirklich im Kellergeschoß der alten Fabrik abgespielt hatte, als die Mädchen gestorben waren, aber sie hatte Phillip nie gefragt, was er in dem kleinen Raum unter der Verladerampe gesehen hatte, und er hatte nie angeboten, es ihr zu erzählen. Obwohl sie im Grunde ihres Herzens wußte, daß es nur Einbildung war, gefiel ihr der Gedanke, daß die beiden Mädchen einfach zusammen in die Fabrik gegangen waren, weil sie ein pubertäres Abenteuer gesucht hatten, das dann verheerende Folgen gehabt hatte.

Die Wahrheit, das wußte Carolyn, war so schrecklich, daß sie sie nicht ertragen würde.

Sie wandte sich von den Gräbern ab, ging zurück zum Haus und ließ die Vergangenheit hinter sich.

»Wir gehen nur zu einem Picknick«, bemerkte Phillip, als Carolyn einen großen Korb mit so vielen Dingen vollstopfte, die sie unmöglich alle brauchen würden. »Wir verreisen nicht für eine ganze Woche.«

»Babys mögen klein sein, aber sie sind große Konsumenten«, erwiderte Carolyn gelassen und fügte noch zwei weitere Windeln und einen Teddybär, der noch größer als ihr Kind war, zum Inhalt des bereits überfüllten Korbs hinzu. »Außerdem, hast du Hannah nicht angewiesen, zwei zusätzliche Kisten Bier in den Wagen zu stellen?«

»Ich möchte nicht, daß uns das Bier ausgeht.«

»Bloß nicht. Natürlich könnten einige Leute argwöhnen, daß du mit Bier Wahlstimmen kaufen willst, aber ich nehme an, das ist besser, als den Leuten einfach Geld zu überreichen.« Carolyn versuchte den Deckel des Korbs zu schließen, was sich jedoch als unmöglich erwies. »Hier«, sagte sie, hob den Korb an und reichte ihn Phillip. »Es wird gut für dein Image sein, wenn man sieht, daß du Babysachen durch den Park schleppst. Das gibt dir etwas von einem guten Familienvater.«

»Was vermutlich ein Gegensatz zu der Arroganz der alten Aristokratie ist«, bemerkte Phillip und nahm den Korb.

»Wie auch immer. Bring den Korb in den Wagen, und ich hole das Baby. Und wenn du sie küssen willst, dann tu es jetzt. Ich will nicht, daß du jedes andere Baby in der Stadt küßt und dann die Bazillen auf deine eigene Tochter überträgst.«

»Kandidaten für den Stadtrat küssen keine Babys«, wandte Phillip gutgelaunt ein. »Das bleibt strikt den Staats- und Bundespolitikern vorbehalten. Wir sehen uns dann unten.«

Stadtrat, dachte Carolyn, während sie das Baby aus dem Kinderbett nahm und behutsam in eine Decke hüllte. *Wer hätte je gedacht, daß ein Sturgess als Stadtrat kandidieren könnte?* Dennoch war es geschehen, und nicht durch irgendeine Bemühung von Phillips Seite. Im Dezember war eine Abordnung von Geschäftsleuten zu ihm gekommen, als Carolyn noch nach der Geburt des Babys im Krankenhaus gewesen war, und nach vielem Herumdrucksen und Reden (was ihr Phillip am nächsten Tag genüßlich in allen Einzelheiten erzählte) hatte man ihn informiert, daß man auf einer Versammlung beschlossen hatte, Westover brauche einen Stadtrat, der Zeit hatte, sich als Vollzeitkraft um die Belange der Stadt zu kümmern. Und es müsse jemand mit gutem Geschäftssinn und starken Banden zu der Stadt sein. Nach reiflicher Überlegung und Beratung sei man zu dem Schluß gelangt, daß Phillip Sturgess der Mann sei, den man wünsche.

Phillip war überrascht gewesen. Er hatte bemerkt, daß sich nach den Beerdigungen seiner Tochter und Stieftochter das Verhalten der Leute in der Stadt geändert hatte. Sie sprachen jetzt mit ihm, wann immer er in die Stadt herunterkam, begrüßten ihn und wechselten ein paar Worte mit ihm, wie sie es untereinander taten.

Die Gespräche verstummten nicht mehr, wenn er sich näherte. Statt dessen wurde der Kreis größer, und man schloß ihn mit ein.

Das gleiche war Carolyn widerfahren.

Es war, als hätte die Stadt erkannt, daß selbst die Sturgess' nicht immun gegen Tragödien waren, und sie in ihre Gemeinschaft aufgenommen. Und jetzt wollten sie, daß Phillip die Führung übernahm.

Als sie zwanzig Minuten später im Park eintrafen, stellten sie fest, daß Phillip es überhaupt nicht nötig hatte, eine große Schau als guter Familienvater abzuziehen, wie Carolyn ihm scherzhaft angedroht hatte. Statt dessen nahm Norm Adcock den Korb mit den Babysachen, während vier seiner Männer das Bier ausluden.

Eileen Russell tauchte aus der Menge auf, zog die Tür des Mercedes auf und griff hinein, um von Carolyn das Baby entgegenzunehmen.

»Ich schwöre bei Gott, Carolyn«, sagte Eileen, während Carolyn den Sicherheitsgurt ablegte und ausstieg, »wenn du nicht diesen Babysitz benutzt, den ich dir gegeben habe, wird noch etwas Schreckliches mit Amy passieren.«

Dann wurde ihr bewußt, was sie gesagt hatte, und ihr Gesicht lief rot an, doch Carolyn ignorierte die taktlose Bemerkung – wie immer in solchen Momenten –, denn sie wußte, daß sie unabsichtlich gefallen war.

»Wenn sie etwas älter wird, benutzt sie den Babysitz. Im Augenblick ziehe ich es noch vor, sie zu halten.« Dann nahm sie Amy wieder auf die Arme und wiegte sie sanft.

Amy.

Zuerst hatte es sowohl ihr als auch Phillip widerstrebt, dem Kind den Namen zu geben, der ihnen vor der Geburt des Babys in den Sinn gekommen war, aber am Ende hatten sie erkannt, daß sie wirklich keine andere Wahl hatten. Diesmal würde Amelia Deaver Sturgess ein perfekt glückliches Leben haben.

Es hatte ein paar betroffene Blicke gegeben, als die Leute den Namen des Babys zum erstenmal gehört hatten, doch nachdem entweder Carolyn oder Phillip erklärt hatten, weshalb sie den Namen gewählt hatten und was der ersten Amy widerfahren war, hatten die Leute schnell verstanden. Und Amy war ebenfalls ein Teil der Heilung von Westover geworden.

Carolyn bahnte sich einen Weg durch die Menge und bemühte sich, mit Phillip Schritt zu halten. Wohin sie auch gingen, überall scharten sich die Leute um sie, plauderten einen Augenblick lang mit Phillip und bewunderten das dunkeläugige Baby auf Carolyns Armen.

Und Amy schaute mit großen Augen ernst zu allen auf, fast als erkenne sie die Leute wieder, obwohl sie erst sechs Monate alt war.

Schließlich gelangten sie zu einer Stelle hinten im Park, an der eine Mauer Schatten spendete, die den Park von den Bahngeleisen trennte. Beim Plätschern eines Springbrunnens wirkte der Platz kühler in der Nachmittagssonne, als er in Wirklichkeit war. Phillip breitete eine Decke aus, und Carolyn legte behutsam ihre Tochter darauf.

In dem Augenblick, in dem Amy Deaver Sturgess den Boden berührte, begann sie zu schreien.

Die Stelle, an der Phillip die Picknickdecke ausgebreitet hatte, war genau dort, wo einst der kleine Raum hinter der Treppe im Kellergeschoß der Fabrik gewesen war. Phillip und Carolyn ahnten es nicht, doch ihr Kind wußte es.

Denn selbst im Säuglingsalter erinnerte sich Amy Deaver Sturgess genau an alles, was je in diesem Raum geschehen war.

Sie erinnerte sich, und ihr Zorn wuchs noch...

Blitze des Bösen

Für Michael

Prolog

Fünf Jahre vorher – Experiment Nummer siebenundvierzig

Es war wie ein Ballett, das der Mann schon so oft getanzt hatte. Die ersten Schritte waren ihm derart vertraut geworden, daß er sie ganz automatisch und ohne zu überlegen ausführte. Wäre er danach gefragt worden, hätte er nicht einmal genau sagen können, warum eine bestimmte Person seine Aufmerksamkeit erregte und er gerade sie zu seinem Studienobjekt auserkor. Mit dem Alter hing es auch nicht zusammen; daß alle seine Versuchspersonen relativ jung waren, hatte für ihn keinerlei Bedeutung.

Auch das Geschlecht spielte keine Rolle. Unter seinen Versuchspersonen befanden sich fast ebenso viele Männer wie Frauen, aber auch das war reiner Zufall und statistisch gesehen belanglos. Außerdem war es ihm auch nie darauf angekommen, ob er sich selbst die Versuchsperson auswählte oder ob sie selbst den ersten Schritt unternahm.

Die Versuchsperson hatte damals von sich aus den Kontakt aufgenommen, und er hätte sie fast abgelehnt, weil ihm schien, daß er sie schon irgendwo einmal gesehen hatte. Kam ihm jemand bekannt vor, war das der einzige Grund, ihn von vornherein für seine Studien auszuschließen, denn in einem solchen Fall konnte er sich seiner Objektivität nicht sicher sein. Gefühle, egal ob positive oder negative, durften ihn bei seinen Experimenten nicht beeinflussen.

Die Frau war ihm zum ersten Mal vor einigen Wochen in einem Café nahe der Universität aufgefallen. Er' hatte sie nur flüchtig wahrgenommen, als sie eintrat, sich alleine an einen Tisch neben der Tür setzte und den *Seattle Herald* aufschlug. Sie war es gewesen, die ihm zugelächelt hatte, dann zu seinem Tisch gekommen war und ihn gefragt hatte, ob sie sich zu ihm setzen dürfte. Er erinnerte sich, daß sie irgend etwas gesagt hatte, das sie offenbar witzig fand, etwa im Sinne von: Wir sollten enger zusammenrücken, denn auf diesem Planeten gibt es ohnehin schon zu wenig Platz. Daraufhin hatte er ihr zwar das erhoffte Lächeln geschenkt, doch anstatt sie zu bitten, Platz zu nehmen, hatte er vorgeschützt, arbeiten zu müssen, und sie war wieder gegangen.

In den nächsten zehn Minuten hatte er überlegt, woher sie ihm so bekannt vorkam, und es war ihm schließlich klargeworden, als er die Zeitung aufgeschlagen hatte und sein Blick an einem der Leitartikel hängengeblieben war:

> **Wie lange noch?**
> Die Polizei tappt im Dunkeln – und der Unbekannte mordet weiter
>
> Das Sonderdezernat der Polizei von Seattle ist auf der Suche nach dem Verbrecher, der in den letzten fünf Jahren in der Stadt zahlreiche Morde verübt hat, keinen Schritt weitergekommen. Alles, was die Polizei bis jetzt herausgefunden hat, ist, daß alle Opfer offenbar von derselben Person getötet wurden – eine Schlußfolgerung, die jeder gezogen hätte, der die Leichen gesehen hat.

Es war aber weniger der Artikel, der den Mann interessierte, sondern das daneben abgebildete Foto der Journalistin. Anne Jeffers. Darum also war ihm die Frau, mit der er wenige Minuten zuvor gesprochen hatte, so bekannt vorgekommen: Sie sah dieser Journalistin verteufelt ähnlich. Einige Sekunden lang starrte er auf das Foto und überlegte.

Die Frau von vorhin war etwa Anfang Vierzig, mittelgroß und hatte sogar dieselben Gesichtszüge wie die auf dem Foto. Auch das dunkle Haar paßte, auch wenn das von Anne Jeffers etwas kürzer war.

Hatte er gerade mit Anne Jeffers gesprochen? Ganz ruhig

trank er erst einmal seinen Kaffee, faltete die Zeitung zusammen und verließ das Lokal. Aber er hielt die Augen offen. Als er dann einige Tage später die Frau aus dem Café wiedersah, wurde ihm klar, daß sie weder Anne Jeffers noch sonst jemand war, den er kannte.

Er war ihr unauffällig gefolgt. Sie wohnte nicht weit von der Universität entfernt, in einem Appartementhaus, das im alten spanisch-maurischen Stil erbaut war und ihm schon von jeher gefallen hatte.

Daraufhin war er alle paar Tage um das Gebäude herumspaziert, war ihr auch einige Male begegnet und hatte ihr stets zugenickt.

Damit hatte der Tanz begonnen.

So ging es einige Wochen lang weiter, und sie kamen sich schrittweise näher. Anfangs nickten sie einander nur zu, dann grüßten sie sich schließlich.

Bald hatte er sich mit ihren täglichen Gewohnheiten vertraut gemacht und festgestellt, daß ihr Verhalten wie bei den meisten Menschen ausgesprochen leicht vorhersehbar war.

An diesem strahlenden Sonntag war er sich völlig sicher, daß die Frau mit einem Picknickkorb aus dem Haus kommen und sich auf der Wiese bei der Universität sonnen würde. Dort würde sie dann so tun, als ob sie in einem Buch läse; in Wirklichkeit hielt sie aber nur danach Ausschau, ob sich ein Mann für sie interessierte. Wobei sie offensichtlich nicht besonders wählerisch war – wie er herausgefunden hatte.

Heute wollte er der Mann sein, der sich für sie interessierte.

Heute sollte der Tanz enden.

An diesem Morgen ließ er sein Auto in der Garage und nahm statt dessen sein Wohnmobil, das er sich vor einigen Jahren, als er mit seinen Experimenten begonnen hatte, gekauft hatte. Damit fuhr er oft in die Berge – wenn er gerade nicht mit seinen Forschungen beschäftigt war – und machte an einem der unzähligen Bäche halt. Dort ging er der einzigen Leidenschaft nach, die ihn außer seinem Projekt noch interessierte: dem Fliegenfischen.

Er fuhr mit dem Wohnmobil zur Universität, stellte es in der verlassenen Tiefgarage ab und verschloß es. Mit einem Lunchpaket und zwei Flaschen Zitronenlimonade stieg er anschließend die Treppen nach oben und ging über den Rasen zu der Stelle, an der sich die Frau am liebsten aufhielt.

Eine halbe Stunde später, nachdem sie die Limonade, die er ihr angeboten hatte, zur Hälfte getrunken hatte, verfinsterte sich auf einmal ihr Blick, und sie schüttelte den Kopf.

»Stimmt was nicht?« fragte er und gab sich alle Mühe, so besorgt wie möglich zu klingen.

»Ich... ich weiß auch nicht...«, stotterte die Frau. »Mir ist plötzlich so...« Sie stockte, dann stand sie auf. »Ich glaube, ich geh' lieber nach Hause.«

Der Mann stand auf, sammelte seine und ihre Sachen ein. »Vielleicht ist es besser, wenn ich Sie fahre«, schlug er vor.

Zunächst wollte sie sein Angebot ablehnen, änderte aber dann ihre Meinung. Er bemerkte, wie die Farbe allmählich von ihren Lippen wich.

»Wenn Sie können...«, begann sie, fühlte sich dann aber benommen, und ihre Stimme versagte. Dankbar ergriff sie den Arm, den er ihr anbot und ließ sich von ihm in die Garage zu seinem Wohnmobil führen.

Noch bevor er die Garage verlassen hatte, war die Frau schon bewußtlos geworden. Sie lag jetzt auf einer Plastikfolie, die er auf dem Boden ausgebreitet hatte.

Er fuhr aus der Garage, dann zwei Blocks weiter, bog in die 45. Straße und schlug die Richtung zur Autobahn ein. Von dort aus fuhr er nach Süden, nahm schließlich die Ausfahrt zur Route 520 und steuerte nach Osten, Richtung Redmond.

Eine Weile später fuhr er die kurvige Strecke ins Vorgebirge hinauf und hielt nach einer geeigneten Stelle Ausschau: ein Platz, der fernab der Straße lag – in der Nähe eines Baches – an dem er noch ein wenig fischen konnte, wenn er sein Werk vollbracht hatte.

Schließlich entdeckte er den richtigen Platz: eine enge

Straße, die er kannte, aber schon seit Jahren nicht mehr gefahren war. Sie führte 800 Meter lang unter den Bäumen hindurch und endete auf einer Lichtung neben einem raschfließenden Bach. Er schaute sich in alle Richtungen um.

Niemand war zu sehen.

Jetzt konnte er mit seinen Vorbereitungen beginnen. Zuerst zog er sich nackt aus, legte seine Kleider sorgfältig zusammen und verstaute sie in der Kommode unter der Schlafkoje seines Wohnmobils. Dann streifte er sich Gummihandschuhe über, bedeckte das Bett mit einer Plastikfolie und legte die bewußtlose Frau darauf. Anschließend breitete er weitere Plastikfolien im gesamten Innenraum des Wohnmobils aus und bedeckte systematisch jede Lücke. Einer der wichtigsten Grundsätze bei der Durchführung eines Experiments war nämlich, daß es in vollkommen steriler Umgebung durchgeführt werden mußte.

Als er endlich fertig war, entkleidete er die Frau und betrachtete ihren nackten Körper. Genüßlich stellte er fest, daß sie soviel Lebenskraft ausstrahlte, als ob sie nur schliefe. Beim Atmen bewegten sich ihre Brüste rhythmisch auf und nieder, und als er seine Finger sanft an ihren Hals legte, konnte er ihren Pulsschlag fühlen.

Er legte sich alle nötigen Werkzeuge zurecht, dann nahm er das Instrument, das er sich tags zuvor speziell für dieses Experiment gekauft hatte und stellte es an. Kreischend setzte sich die automatische Säge in Gang. Er begann mit seiner Arbeit.

Das Sägeblatt schlitzte Haut und Fleisch auf; mit einem einzigen raschen Schnitt durchtrennte es das Brustbein der Frau bis zur Mitte des Brustkorbs.

Er legte die Säge beiseite, bog die Rippen auseinander und klemmte die größten Blutgefäße mit einigen der Operationsklammern ab, die er sich vor Jahren gekauft hatte, als sich seine Forschungen noch in der Planungsphase befanden.

Die schlimmste Blutung war damit gestillt, und er griff behutsam in das Loch im Brustkorb. Er bemerkte, daß die Lungen der Frau nach wie vor kräftig arbeiteten, und nickte zufrieden. Wieder einmal war es ihm gelungen, den ersten Schnitt so perfekt auszuführen, daß das Zwerchfell des Versuchsobjektes unbeschädigt geblieben war.

Er ließ die Finger tiefer gleiten, tastete sich zu den Lungen durch, bis er das sanft bebende Muskelgewebe fühlte. Er hielt inne; die Empfindung, Leben in seinen Händen zu halten, ließ ihn wollüstig erschauern.

Doch allmählich wurde die Atmung der Frau schwächer. Jetzt wurde die Zeit knapp. Er mußte mit seinem Experiment beginnen.

Seine Finger drangen tiefer, bis er schließlich die vertrauten Umrisse eines menschlichen Herzens spürte.

Die Zeit schien stillzustehen...

Als der Mann eine Stunde später das Wohnmobil verließ, waren seine Hände über und über mit Blut verschmiert. Die schimmernde rote Flüssigkeit tropfte auch aus dem Körper, den er in den Armen trug; beim Gehen lief das Blut ihm langsam über die Beine und versickerte im Boden. Er trug die Leiche in ein Dickicht, bis zu einer Stelle, die von der Lichtung aus nicht mehr einzusehen war, und ließ den Körper unsanft fallen. Wütend schaute er auf die Überreste der Frau.

Zwar waren ihre Organe alle noch vorhanden, aber sie befanden sich nicht mehr in der ursprünglichen Lage. Nachdem er nämlich festgestellt hatte, daß sein Experiment wieder einmal gescheitert war, hatte ihn maßlose Enttäuschung und Wut gepackt. Die hatte er an der Frau ausgelassen, indem er wie wild in ihrer Leiche herumwühlte, das Herz von Venen und Arterien losriß, dann weitere Organe aus dem geöffneten Brustkasten zerrte, auf der Suche nach dem Grund für seinen Mißerfolg.

Er starrte noch einmal auf den leblosen Körper, dessen geöffneter Brustkorb nach diesem Gemetzel einen geradezu obszönen Anblick bot. Dann wandte er sich von seiner Versuchsperson ab, in die er noch vor einer Stunde so große Hoffnungen gesetzt hatte.

Er ging zum Fluß hinunter und stürzte sich in die Fluten. Das rauschende Wasser wusch nicht nur das Blut, sondern auch die rasende Wut, die jeder Fehlschlag in ihm erweckte, weg. Erst als er ganz sicher war, daß er sich von allen Blutspritzern gereinigt hatte, stieg er an Land und ging zum Wohnmobil. Dort faltete er die Plastikplanen sorgfältig zusammen und bald darauf sah das Wageninnere aus wie eh und je; alles, was auf sein Experiment hätte hinweisen können, war in den Plastikfolien verstaut, die er in einen großen Müllbeutel steckte.

Der Mann ging nochmals zum Fluß zurück, wusch sich aufs neue, trocknete sich ab und zog sich an. Danach fuhr er das Wohnmobil aus der Lichtung heraus, parkte es an der Straßenecke und ging in die Lichtung zurück. Er brach einen Zweig von einem Baum ab und fegte damit über den Boden, bis sämtliche Reifenspuren verschwunden waren. Den Zweig tat er anschließend ebenfalls in den Müllbeutel.

Als er wieder zur Autobahn fuhr, schaute er auf die Uhr. Erfreut stellte er fest, daß er noch genügend Zeit hatte, um eine Stunde fischen zu können, bevor er wieder nach Hause fuhr.

Und beim Fischen konnte er dann in Ruhe über das nächste Experiment nachdenken...

1. Kapitel

Das zersprungene weiße Zifferblatt der Uhr bot einen harten Kontrast zum einheitlichen Grün der Wand, an der sie hing.

Neun Uhr. Drei Stunden vor zwölf.

Zwölf Uhr mittags.

Als sie an diesen Titel dachte, kam Anne Jeffers eine Szene aus dem gleichnamigen Film in den Sinn, an den sie sich seit ihrer Kindheit lebhaft erinnerte. Vor ihrem geistigen Auge sah sie wieder das Schwarzweißbild zweier Männer, die sich Auge in Auge auf einer staubigen Straße gegenüberstanden. Sie hatte damals wie gebannt in einem alten Kino in Seattle gesessen, als Gary Cooper seinem Widersacher die Stirn bot...

Nur wer war sein Gegner gewesen? Mit wem hatte sich Cooper um zwölf Uhr mittags duelliert?

Obwohl ihr die Szene noch so lebendig vor Augen stand, als hätte sie sie vor einer Woche und nicht vor über dreißig Jahren gesehen, konnte sie sich nicht mehr erinnern, wer den Bösewicht gespielt hatte. Schließlich war es der Sheriff, den Gary Cooper spielte, gewesen, mit dem alle bangten, und nicht der Schurke. Die Frage war nicht, ob der Schurke den Tod verdient hatte, sondern ob Gary Cooper ihn erwischen würde, bevor er selbst erschossen wurde. Es ging nur um den Kampf des Guten gegen den Bösen – und alle standen auf der Seite des Helden mit dem weißen Hut.

Aber heute um zwölf Uhr mittags ging es um eine andere Abrechnung. Dabei handelte es sich um keinen Film, diese Hinrichtung war real. Auf Beschluß des Staates von Connecticut sollte am heutigen Mittag die erste Hinrichtung seit fast vierzig Jahren stattfinden. Und diesmal würde es keinen Gary Cooper geben, für den sie hoffen könnte. Statt dessen würde ein namenloser, gesichtsloser Mann einfach einen Schalter drücken.

Und danach wäre ein anderer Mann, ein Mann, den sie schon sehr lange kannte, tot.

Anne schauderte bei dem Gedanken und fühlte sich auf einmal beschämt. Von ihren zweiundvierzig Jahren hatte sie die letzten zwanzig als Reporterin für den *Seattle Herald* gearbeitet. Sie hatte über Brandkatastrophen und über die Bedrohung durch Aids berichtet, und eigentlich hätte es nichts mehr geben dürfen, was sie erschaudern ließ. Sie hatte schon viele Menschen sterben sehen. Ihre Mutter war vor fünf Jahren gestorben, während sie ihr die Hand gehalten hatte. Dabei hatte Anne gespürt, wie die letzte Woge von Lebenskraft ihrer Mutter im Sterben noch genügend Kraft gegeben hatte, um ihrer Tochter ein letztes Lächeln und einen ermutigenden Händedruck zu schenken.

Damals hatte Anne nicht gezittert, im Gegenteil. Nachdem ihre Mutter einen letzten schwachen Seufzer getan hatte und ihr gequälter Körper schließlich im aussichtslosen Kampf gegen den Krebs unterlegen war, empfand Anne eher eine gewisse Dankbarkeit: Das Leiden ihrer Mutter hatte ein barmherziges Ende gefunden.

Auch war ihre Mutter nicht der einzige Mensch gewesen, dessen letzte Augenblicke Anne hautnah miterleben mußte. Sie hatte hilflos am Bett von Freunden gesessen, die an Aids starben, in stummem Schrecken danebengestanden, als die Ärzte das Leben der Opfer von Bandenschießereien in der Notaufnahme des Harborview-Hospitals nicht mehr retten konnten.

Einmal hatte sie sogar den zerschmetterten Körper eines Zehnjährigen in den Händen gewiegt, den man aus dem Autowrack seines Vaters geborgen hatte. Anne hatte das Blut, das aus seinem Hals strömte mit ihrem Handschuh zurückzuhalten versucht und dabei gebetet, daß die Ärzte noch rechtzeitig einträfen. Sie war in verzweifeltes Schluchzen ausgebrochen, als der Krankenwagen das Rennen gegen die Uhr wegen einer Meute Schaulustiger, die die Straße verstopften, verloren hatte.

Das war die gleiche Meute gewesen, die jetzt draußen nur

darauf wartete, daß es zwölf schlug und verkündet wurde, daß der Gerechtigkeit Genüge getan war.

Der Gerechtigkeit – oder ihr, Anne Jeffers? War das vielleicht der Grund, warum ihr schauderte?

Plötzlich wollte sie allein sein, um ihre Gefühle zu ordnen. Sie erhob sich aus ihrem harten Stuhl im provisorisch eingerichteten Presseraum, den man den rund fünfzig Journalisten zur Verfügung gestellt hatte, die über die Hinrichtung von Richard Kraven berichten wollten. Anne bahnte sich ihren Weg durch zwei Reihen langer Tische, die voller Notebook-Computern und Telefonen standen. Sie klopfte einmal an die Tür der Toilette, die allen Männern und Frauen im Presseraum zur Verfügung stand, trat ein und schloß hinter sich ab. Oberhalb eines zersprungenen Waschbeckens hing eine verbeulte Metallscheibe, aus der sie ihr Spiegelbild anstarrte.

Wenigstens konnte man ihr die Gefühle nicht vom Gesicht ablesen, dachte sie erleichtert. Ihr Spiegelbild zeigte ein ovales Gesicht mit dunkelbraunen Augen und einer geraden Nase, das nur durch die Dellen in der Scheibe leicht verzerrt wirkte.

Sie betrachtete sich noch einmal, dann drehte sie sich verärgert um. Was hatte sie eigentlich erwartet? Daß ihr die widerstrebenden Gefühle auf der Stirn geschrieben standen? Tatsache war doch, daß sie selbst am besten wußte, warum ihr beim Gedanken an die Hinrichtung Richard Kravens schauderte. Und zwar, weil sie zumindest teilweise die Verantwortung für seinen Tod trug...

»Stimmt nicht!«

Sie stieß die Worte so laut hervor, daß sie in der Enge des Raumes widerhallten.

Es stimmte nicht, daß sie an Richard Kravens Hinrichtung schuld war, sondern das war ganz allein er selbst. Er sollte sterben, weil er für seine Sünden bestraft werden mußte – und die waren schlimm genug, um ihn dafür zehnmal hinrichten zu lassen.

Wie viele Menschen hatte Richard Kraven tatsächlich getötet, als er zu Forschungszwecken, wie er es nannte, durch das

Land streifte und Opfer für seine abscheulichen Experimente suchte?

Niemand wußte es.

Kraven hatte stets standhaft abgestritten, jemanden getötet zu haben, aber das waren nur die typischen Behauptungen eines Psychopathen, der vorgab, nichts Schlechtes getan zu haben.

Anne Jeffers wußte es besser. Abgesehen von den drei Menschen hier in Connecticut, für deren Morde er letzten Endes verurteilt wurde, hatte er noch jede Menge andere auf dem Gewissen. Dessen war sie ganz sicher. Die Leichen von Männern und Frauen, jungen und alten, hatte man im ganzen Land gefunden: von Kravens Heimat in Seattle bis hinunter zur Küste nach San Francisco und Los Angeles, über Denver, Minneapolis und Kansas City bis nach Atlanta. Es schien so, als gäbe es keine Hauptstadt eines Bundesstaates, über die nicht der dunkle Schatten von Kravens Morden gefallen war. Auch jetzt noch wurde die Liste der Verbrechen, für die Richard Kraven als Hauptverdächtiger in Frage kam, immer länger.

Doch selbst als Gerüchte über weitere Untaten Kravens die Runde machten, hatte es immer noch Leute gegeben, die ihn in Schutz nahmen, darunter sogar einige von Annes Pressekollegen. Manche wiesen darauf hin, daß die Beweise, die vor Gericht vorgetragen wurden, nicht stichhaltig genug seien, um ihn verurteilen zu können. Andere argumentierten wissenschaftlich, man solle Kraven am Leben lassen, um ihn genauer untersuchen zu können. Aber immer, wenn jemand gegen die Hinrichtung Kravens gewesen war, hatte Anne darauf reagiert, unverzüglich und mit deutlichen Worten.

Zu guter Letzt hatten sich die meisten Leute ihrer Meinung angeschlossen. Richard Kraven *mußte* zum Tode verurteilt werden.

Jetzt, zwei Jahre nach dem Urteilsspruch, waren alle Berufungen zu den Akten gelegt, sämtliche Anträge auf eine Neuverhandlung abgelehnt worden. Die übrigen Staaten, die Ansprüche auf Richard Kraven hätten geltend machen können, hatten darauf verzichtet, ihn wegen etwas anzuklagen, wofür er andernorts bereits verurteilt worden war, und sich damit beträchtliche Kosten erspart.

Dennoch hatte Richard Kraven in den letzten Jahren immer größere Berühmtheit erlangt, und die Stimmen derer, die sein Leben retten wollten, waren ständig lauter geworden. Anne Jeffers hatte das wachsende Protestgeschrei mit Erstaunen vernommen. Glaubten manche Leute denn allen Ernstes, einen Mann, der ein zehnjähriges Mädchen ermordet und seziert hatte, könne man einfach laufen lassen? Wie konnte sich überhaupt jemand in die Idee versteigen, daß Kraven angesichts der drückenden Beweislast unschuldig sei?

Seit sie über den Fall berichtete, hatte Anne Jeffers in ihren Artikeln das gesamte Beweismaterial immer wieder aufgelistet – Beweismaterial, von dem Richard Kraven kaltblütig behauptete, es sei erfunden, konstruiert und manipuliert worden, zum einzigen Zweck, ihn wegen Verbrechen anzuklagen, an denen er völlig unschuldig sei.

Natürlich war es Kraven niemals gelungen, seinerseits Beweise dafür zu erbringen, daß eine Verschwörung gegen ihn im Gange war, daß, wie er behauptete, fast ein Dutzend Staaten ein Komplott gegen ihn geschmiedet hätten, um ihn zu vernichten. Anne kannte sich mit Paranoikern gut genug aus, um zu wissen, daß deren Verfolgungswahn mit rationalen Argumenten nicht beizukommen war.

Doch Richard Kraven – für Anne die Personifizierung des gutaussehenden und charmanten Psychopathen – hatte es tatsächlich geschafft, Tausende von Menschen davon zu überzeugen, daß man ihn wirklich nur schikanieren wolle und daß seine Hinrichtung ein Justizirrtum sei.

Er ist schuldig. Daran bestand für Anne nicht der Schatten eines Zweifels. Richard Kraven war vor Gericht gestellt, überführt und verurteilt worden. Und nicht nur der Richter, sondern auch das Berufungsgericht hatte entschieden, daß Richard Kraven heute sterben mußte.

Sie würde bei der Hinrichtung zusehen und keine Regung zeigen, wenn der Henker den Schalter drückte. Doch obwohl sie sich Mut zusprach und sich auf das Kommende einstellte, brannten ihr Tränen in den Augen.

Als sie ein Papiertuch aus dem Spender zog, um sich die Tränen abzuwischen, klopfte es an der Tür. Dann hörte sie die Stimme des stellvertretenden Gefängnisdirektors.

»Mrs. Jeffers? Er möchte Sie sprechen.«

Sie knüllte das Papier zusammen, warf es in den Papierkorb, fuhr sich kurz mit den Fingern durchs Haar, überprüfte ihr Spiegelbild und öffnete die Tür.

»Der Direktor?« erkundigte sie sich. »Warum will er mich sprechen?«

Der Stellvertreter zögerte kurz und schüttelte den Kopf. »Nicht Mr. Rustin, sondern Richard Kraven. Sie stehen auf der Liste der Leute, mit denen er heute morgen reden möchte.«

Anne spürte, wie sich ihr Magen zusammenzog, als sie den Presseraum betrat. Warum wollte Richard Kraven mit ihr sprechen? Was konnte er noch sagen, was er in den unzähligen Interviews, die sie seit Jahren mit ihm geführt hatte, nicht schon längst gesagt hatte? Wollte er etwa in seinen letzten Minuten doch noch ein Geständnis ablegen? Während ihr diese Fragen durch den Kopf gingen, bemerkte sie, daß das emsige Tippen auf den Tastaturen aufgehört hatte. Im Presseraum herrschte Schweigen, und alle Kollegen blickten auf sie.

Anne machte sich noch einmal Mut.

Wenn sie ihm schon beim Sterben zusah, konnte sie es auch ertragen, das anzuhören, was er ihr vorher noch zu sagen hatte.

»In Ordnung«, sagte sie zu dem Beamten, der ihr gefolgt war. Unwillkürlich fragte sie sich, ob die Worte nicht zu laut für die Stille im Raum gewesen waren. »Jetzt gleich?«

Der Beamte zuckte die Schultern: »Ich weiß nicht. Mir wurde nur gesagt, daß ich Sie ins Büro bringen soll. Mr. Rustin dachte, daß Sie vielleicht lieber dort warten wollen.«

Anne zögerte. Dann bemerkte sie, daß die Reporter schon begannen, die Fragen zu formulieren, die sie Richard Kraven stellen sollte. Kurz stieg Ärger in ihr hoch, doch dann dachte sie, daß sie selbst auch jemandem, der zu Kraven gerufen worden wäre, noch eine Frage mitgegeben hätte. Schließlich hegten alle die Hoffnung auf ein letztes Exklusivinterview.

Aber heute morgen hatte sie keine Lust, sich die Fragen anzuhören. Sie wehrte die Zettel, die ihr entgegengestreckt wurden, als sie durch den Raum ging, ab. An der Tür drehte sie sich zu ihren Kollegen um und erklärte: »Ich will ihm einfach nur zuhören. Ich stelle ihm überhaupt keine Frage. Aber glaubt mir, ihr werdet jedes Wort erfahren, das er von sich gibt.« Bevor noch jemand Protest einlegen konnte, hatte sie auch schon den Raum verlassen.

Als ihre Schritte im Korridor widerhallten, bereitete sie sich innerlich auf ihre letzte Begegnung mit Richard Kraven vor.

2. Kapitel

Weit weg von seiner Frau, im entgegengesetzten Teil des Landes, wachte Glen Jeffers auf, blieb noch fünf Minuten länger im Bett liegen und überlegte sich, ob er diesmal auf sein morgendliches Joggen verzichten sollte. Es war einer jener Morgen in Seattle, wie er sie haßte: bewölkt, mit Sprühregen, der wahrscheinlich den restlichen Tag über anhalten würde. Es regnete nicht stark genug, als daß es sich gelohnt hätte, einen Regenschirm zu nehmen, aber doch stark genug, daß man sich darüber ärgern konnte. Er ärgerte sich vor allem, weil er wußte, daß er den ganzen Morgen unterwegs sein würde. Es ging darum, das Gerüst für das erste Hochhaus zu inspizieren, das die Bautrupps seiner Firma, Jeffers und Cline, Architekten, ganz allein errichtet hatte.

Es gab keine weiteren Partner, deren Namen auf dem großen Schild vor dem Gebäude standen – keine anderen Architekten, mit denen er sich die Anerkennung für den bedeutenden Entwurf, den er geschaffen hatte, teilen mußte. Fünfundvierzig Stockwerke würde sich das Gebäude in Terrassenform von der Vierten Avenue zum Himmel erstrecken. Aber was ihm dabei am besten gefiel, war der Park, den er für das Dach des Wolkenkratzers entworfen hatte. Er sollte über die Hälfte des Blocks einnehmen und eine eindrucksvolle Sicht auf die Stadt bis zu den Bergen ermöglichen. Der gläserne Aufzug, der am Nordende des Gebäudes hinaufführte, sollte für jedermann zugänglich sein, der die Aussicht von dort oben genießen wollte – nicht nur den Anwälten, die bereits um die Anmietung der Büroräume wetteiferten. Es erfüllte Glen mit Stolz, daß dieses Gebäude nach seinem Architekten benannt worden war: Bald würde man nur noch vom »Jeffers Building« sprechen.

Er blieb noch ein paar Minuten liegen, genoß das Wohlgefühl, das ihn bei diesem Gedanken erfüllte und lauschte dem

Ächzen der Balken in dem alten Haus, das Anne und er nach ihrer Heirat vor fast zwanzig Jahren gekauft hatten. Das Haus war größer gewesen als nötig, und es hatte sich in einem erbärmlichen Zustand befunden, aber Glen hatte es Anne dennoch schmackhaft gemacht. Schließlich war er ja Architekt, und er hatte sich vorgenommen, es ohne größere finanzielle Mittel in ein Prachtstück zu verwandeln. Was er ihr dabei allerdings verschwiegen hatte, war, daß seine Fähigkeiten als Zimmermann, Klempner, Elektriker, Gipser und Dachdecker mehr als bescheiden waren. Doch das hatte Anne natürlich längst gewußt, und zum Glück konnte sie selbst geschickt mit Handwerkszeug umgehen. Heute war diese ehemalige Bruchbude, die sie für nur vierzigtausend Dollar gekauft hatten, gut und gerne eine Million wert. Dank ihrer Renovierungsarbeiten hatten sie quasi eine Vorreiterrolle gespielt, denn danach war die Gegend auch für andere attraktiv geworden. Anne, Glen und die beiden Kinder, die sie inzwischen bekommen hatten, wohnten nun in einem der besseren Teile von Capitol Hill, nur einen Katzensprung vom Volunteer Park entfernt. An der dreispurigen Straße waren seit dem Einzug der Jeffers andere Häuser ebenfalls restauriert worden.

Obwohl Glen sich freute, daß er schon damals diese Entwicklung vorhergesehen hatte, war es ihm anfangs eigentlich nur darum gegangen, den alten Kasten wieder aufzumöbeln, ihn für viel Geld zu verscherbeln und dann wieder fortzuziehen. Aber während der Renovierungsarbeiten hatten sich er und auch Anne in das Haus verliebt. Und als dann vor fünfzehn Jahren Heather und fünf Jahre später Kevin zur Welt gekommen waren, hatten sie sich entschieden, es weiter zu bewohnen. Obwohl sie alle paar Monate Kaufangebote bekamen, war ihnen schon seit Jahren nicht mehr der Gedanke an einen Umzug gekommen.

Mittlerweile war die Familie noch um eine Tigerkatze namens Kumquat, einen kleinen, schwarzweißen Hund namens Boots und einen grünen, ziemlich heiseren Papagei mit Namen Hector angewachsen. Darum kam ihnen das

Haus jetzt auch nicht mehr zu groß vor. Wenn gar Boots ab und zu Hector ärgerte und das Gebell des Hundes und das Gekreische des Vogels das Haus erfüllten, erschien es ihnen viel kleiner als es in Wirklichkeit war.

Unten ging der Fernseher an. An dem ohrenbetäubenden Lärm erkannte Glen, daß Kevin sich die Fernbedienung genommen hatte. Als er widerwillig die Bettdecke beiseite schob und aus dem Bett stieg, fühlte er sich alt und steif. In diesem Moment wußte er, daß er den ganzen Tag Schuldgefühle haben würde, wenn er nicht zum Joggen ging. Er zog sich Hose und Sweatshirt über, lief die Treppen hinunter und warf einen Blick ins Wohnzimmer.

Dort saßen die beiden Kinder wie gebannt vor dem Bildschirm, der das Gefängnis von Connecticut zeigte, wo Richard Kraven wie geplant in drei Stunden sterben sollte. »Habt ihr denn davon nicht allmählich die Nase voll?« fragte er. Gestern abend hatte er ihnen befohlen, den Fernseher abzuschalten, denn sonst hätten sie bis zum Morgen davorgehockt, um sich die Live-Sendung der Mahnwache vor dem Gefängnis anzusehen.

»Vielleicht kommt Mom ins Bild«, meinte Kevin. Mit diesem Argument hatte er schon öfter Erfolg gehabt.

»Vielleicht bei einem Lokalsender«, entgegnete Glen. »Aber selbst eure Mutter ist noch nicht berühmt genug, um bei CNN aufzutreten. Wie wär's also, wenn ihr die Totenwache abdreht und euch lieber was Anständiges zum Frühstück macht?«

»Das ist keine Totenwache«, wandte Heather ein und warf ihrem Vater einen verächtlichen Blick zu. »Es ist ein Protest. Ich halte nichts von der Todesstrafe, und eigentlich sollte ich auch dort sein, um dagegen zu demonstrieren.«

Darauf ging Glen lieber erst gar nicht ein. Er wollte keinen Vortrag darüber hören, wie wichtig dieser Protest war, den weder er noch Anne für berechtigt hielten. Hätte er nochmals darauf hingewiesen, daß diese Demonstration auf der anderen Seite des Kontinents stattfand, hätte er doch nur wieder einen von Heathers Aussprüchen wie »Recht und Unrecht haben nichts mit Geographie zu tun« gehört. Manchmal fragte er sich, ob es nicht einfacher wäre, wenn seine Tochter sich nur für Musik interessierte. Andererseits aber hatten Anne und er sie zu sozialem Bewußtsein erzogen, und tatsächlich war er selbst auch gegen die Todesstrafe.

Außer in einigen ganz speziellen Fällen... Ted Bundy etwa war so eine Ausnahme. Dessen Hinrichtung hatte Glen voll und ganz befürwortet, denn er war sicher, daß Bundy immer wieder töten würde.

Bei Richard Kraven war es genauso. Wie Ted Bundy hatte auch er offensichtlich den Großteil seiner Verbrechen in Seattle begangen, war schließlich auf der anderen Seite des Kontinents festgenommen, angeklagt und verurteilt worden. Heute morgen würde der Staat Connecticut auf dieselbe Weise das Land von Kraven befreien, wie es Florida mit Bundy getan hatte. Glen vermutete, daß Anne jetzt, wo er an diese beiden Verbrecher dachte, an einem letzten Artikel über die seltsamen Parallelen zwischen diesen beiden Mördern arbeitete.

Heather aber war noch zu jung, um sich ihre Ideale durch solche Überlegungen erschüttern zu lassen, und Glen wollte auch heute morgen nicht mit ihr darüber argumentieren. »Na schön«, seufzte er, »aber tut mir einen Gefallen. Stellt Kaffeewasser auf, und macht mir einen Orangensaft. Ich bin in einer halben Stunde wieder zurück.«

Kaum hatte er die Tür hinter sich geschlossen, starrten die Kinder auch schon wieder auf den Schirm.

Als Glen einige Minuten später im Park auf die Jogger traf, die dort wie immer ihre Runden drehten, überlegte er sich Argumente, wie er seine Kinder davon überzeugen konnte, daß es für sie wichtiger sei, zur Schule zu gehen, anstatt den ganzen Tag vor dem Fernseher zu verbringen – auch wenn vielleicht »Mom ins Bild kommt«. Natürlich würde sie das, denn einer der Lokalsender Seattles hatte schon angekündigt, daß »die kämpferische Journalistin Anne Jeffers vom *Seattle Herald*« sofort nach der Hinrichtung interviewt werden würde.

Wenn er sich beeilte, wäre er mit der Inspektion des

Gebäudes rechtzeitig genug fertig, um sich im Büro die Übertragung anschauen zu können. Er erhöhte sein Tempo, beendete seine üblichen sechs Runden fünf Minuten schneller als sonst und fühlte, wie gut ihm das Joggen getan hatte.

Als er eineinhalb Stunden später auf der Baustelle eintraf, hatte sich sein Wohlgefühl verflüchtigt. Die sonderbare Leere, die er beim Anblick des Gerüsts in der Magengrube verspürte, führte er zunächst nur auf die Erregung vor dem endlich bevorstehenden Richtfest zurück. Als er aber das Netzwerk aus Balken, Streben und Trägern betrachtete, den offenen Käfig des Fahrstuhls, der ins Nirgendwo zu führen schien, zogen sich ihm sämtliche Magennerven zusammen, und er spürte, wie ihm der kalte Schweiß ausbrach.

Hatte er sich vielleicht irgendeinen Bazillus eingefangen? Aber vor einigen Minuten hatte er sich doch noch ganz wohl gefühlt... Er beschloß, die seltsamen Reaktionen seines Körpers zu ignorieren, ging zum Erdgeschoß und unterhielt sich mit dem leitenden Ingenieur und dem Vorarbeiter, während er den Blick über das Gerüst wandern ließ. Obwohl sein Magen rebellierte, als sie mit dem Aufzug in den fünften Stock fuhren, konzentrierte er sich völlig auf die bevorstehende Arbeit. Auf diese Weise gelang es ihm, den leichten Schwindelanfall zu unterdrücken, der ihn überkam, als er sich dem jäh abfallenden Ende des Fußbodens näherte, und feststellte, daß sich dort keine Schutzgeländer befanden. »Sollte man hier nicht wenigstens Warnbänder spannen?« fragte er den Ingenieur, dabei redlich bemüht, die in ihm aufsteigende Panik zu verbergen.

»Die wären den Arbeitern nur im Weg«, antwortete Jim Dover. »Die würden sie gleich wieder wegreißen und auf die Straße werfen.« Der Vorarbeiter sah Glen etwas unsicher an. »Ist mit Ihnen alles in Ordnung? Sie sehen etwas blaß aus um die Nase.«

»Keine Sorge«, wehrte Glen ab. Aber während sie die nächsten zwanzig Stockwerke hinauffuhren, wurde ihm plötzlich klar, was wirklich mit ihm los war.

Höhenangst.

Aber wieso trat sie jetzt auf einmal auf? Er hatte nie zuvor Probleme damit gehabt. Das Kribbeln, das ihn stets überkam, wenn er in einem gläsernen Aufzug nach oben fuhr und sah, wie sich der Boden immer weiter entfernte, hatte er sogar stets genossen.

Aber heute morgen spürte er einen unerklärlichen Widerwillen, nach Beendigung der Inspektion wieder in den Fahrstuhl zu steigen. Er redete sich ein, daß es nur eine ganz normale Unsicherheit war, die sich einstellt, wenn man keinen soliden Boden mehr zwischen sich und dem Abgrund hat.

Glen ignorierte die wachsende Furcht. Er wollte unbedingt aufs Dach fahren, um dort selbst die Champagnerflasche zu öffnen, die Alan Cline zur Feier des Richtfestes mitgebracht hatte.

»Ein toller Blick, wenn man genau nach unten sieht.« Als George Simmons, der Chefingenieur des Projekts, diese Worte aussprach, mußte Glen sich zwingen, nicht automatisch durch den Rost nach unten zu schauen. Denn nur das Gitter trennte ihn vom zwanzig Stock tiefergelegenen Betonboden des Schachtes.

»Bist du wirklich ganz okay?« erkundigte sich Alan Cline, als der Aufzug ruckartig stoppte. Der Ingenieur stieg zusammen mit dem Vorarbeiter aus, und die beiden Architekten blieben allein im Käfig zurück.

Hier oben war noch nicht einmal der Fußboden installiert. Sie konnten sich nur auf einigen Holzbohlen bewegen, die als äußerst fragwürdige Stege, wie Glen fand, über die riesigen T-Träger führten. »Sind Sie ganz sicher, daß die Dinger halten?« wandte er sich an Dover und kämpfte gegen die panische Angst an, die ihn zu überwältigen drohte.

Dover grinste. Er war rotbäckig, 1,90 Meter groß und ein Bär von einem Mann. Er hatte sich vom Gelegenheitsarbeiter in einem Einmann-Betrieb zum Leiter eines der größten Bauunternehmen in Seattle hochgearbeitet. »Die werden schon nicht unter Ihren Füßen zusammenbrechen«, witzelte er. Als er aber Glens bleiches Gesicht sah, verschwand sein Lächeln: »Sie sehen irgendwie krank aus, Glen.«

»Ich dachte zuerst, es ist eine Grippe«, antwortete Glen. »Aber jetzt sieht es doch nach etwas anderem aus.« Mit einem angestrengten Lächeln versuchte er, sein Unwohlsein zu verbergen. »Ein Hochbauarchitekt mit Höhenangst – das ist ja so, als ob jemand, der unter Seekrankheit leidet, zur Marine geht.«

»Wollen Sie wieder nach unten?« bot Dover an. »Alan und ich können die restliche Inspektion auch allein durchführen.«

»Danke, mir geht's gut«, beteuerte Glen. Er wollte auf eine der Planken steigen, die zu dem offenen Netzwerk der Stützbalken führten, aber als er sich der kleinen Plattform um den Aufzugschacht näherte, ergriff ihn Panik. Mit den Fingern klammerte er sich an einem der Hauptstützträger fest. Er fühlte den unwiderstehlichen Drang, nach unten in die gähnende Leere zu starren, aber er unterdrückte ihn und zwang sich, starr nach vorn zu schauen, über die Straße zur Elliot Bay nach West Seattle, bis Bainbridge Island und zur Halbinsel Olympia.

»Warten Sie ab, bis Sie alles von ganz oben sehen«, sagte Dover, der Glen beobachtet hatte. »Wir haben hier die beste Aussicht der ganzen Stadt. Aber jetzt bringen wir erst die Inspektion hinter uns.«

Wie Glen mit Entsetzen verfolgte, betrat Jim Dover, gefolgt von George Simmons und Alain Cline die Balken. Dover ging flink voran, hielt sich nur ab und zu mit einer Hand an den Streben fest, während er mit der anderen lässig auf die Besonderheiten der Konstruktion hinwies. Glens Magen drehte sich fast um. Er schaffte es nur einige Schritte weit, bis er merkte, daß die Höhenangst die Oberhand behalten würde. Sein Entsetzen war zu groß, als daß er überhaupt einen Blick um sich herum riskiert hätte. Mühsam schleppte er sich zur Plattform beim Aufzug zurück. Seine Knie zitterten, als er sich mit beiden Händen an dem Maschendrahtkäfig des Fahrstuhls festklammerte und die lähmende Furcht zu beherrschen versuchte. Er atmete langsam und tief durch, bis er spürte, daß wieder ein wenig Kraft in seine Muskeln zurückkehrte.

Ein paar Minuten später hatten die Männer die Inspektion des zwanzigsten Stocks abgeschlossen und kamen zum Aufzug zurück. Alan Clien sah seinen Partner besorgt an. »Du bist verrückt, Glen«, sagte er, als er die nackte Angst in seinem Gesicht las. »Hier geht's nur um ein Gebäude. Die Sache ist es nicht wert, deshalb Todesängste auszustehen.«

»Mein Problem ist nur eine dumme Phobie«, preßte Glen hervor. Als die anderen wieder bei ihm waren, faßte er neuen Mut und sagte: »Davon laß ich mich aber nicht unterkriegen. Ich muß die Angst überwinden, und das geht nur, wenn ich ihr die Stirn biete. Fahren wir also aufs Dach.« Er trat zur Seite, ließ die anderen zuerst den Käfig betreten und folgte ihnen dann. Er schloß die Drahttür, drückte auf den obersten Knopf, und der Apparat setzte sich sofort in Bewegung.

Als der Aufzug nach oben fuhr, spürte Glen, daß die Angst aufs neue in ihm aufstieg. Wieder begann er zu schwitzen – und dann ergriff die Panik schlimmer als vorher Besitz von ihm. Es kam ihm vor, als würden sich Drähte um seinen Brustkasten spannen und sich jede Sekunde enger zusammenziehen. So eng, daß er kaum noch atmen konnte.

Sein Herz hämmerte so stark wie noch nie.

3. Kapitel

Das Gebäude, in dem Richard Kraven die letzten beiden Jahre verbracht hatte, war ein schlichtes Rechteck aus Stahlbeton: zehn Meter breit und 20 Meter lang. Seine dicken Mauern ragten über die schmucklose Fassade des wesentlich größeren Nebengebäudes in den riesigen Gefängnishof hinaus. Das Dach war mit Metall verkleidet; lediglich die zweireihigen Glasblöcke, durch die tagsüber ein wenig Sonnenlicht in die Zellen drang, trugen ein wenig zur Auflockerung der eintönigen Aussicht bei. Sie boten den Häftlingen allerdings keine Sicht nach draußen.

Das Innere der Zellen war ebenso trostlos wie das Äußere des Gebäudes, und es machte dem Namen »Todeszelle« alle Ehre. Es gab zwei Zellenreihen, sechs auf jeder Seite, die alle etwa neun Quadratmeter maßen. Von ihnen aus blickte man auf einen zwei Meter breiten Korridor. Obwohl die Einmannzellen vorn und oben verriegelt waren, waren sie durch massive Stahlwände voneinander getrennt. Selbst wenn die Gefangenen miteinander reden wollten, sehen konnten sie sich nicht. Jede Zelle war mit einem Bett, Stuhl, Tisch, einer Toilette und einem Waschbecken ausgestattet. Sämtliche Zellen wurden von grellen Leuchtstoffröhren erhellt, die in drei Reihen von der hohen Decke herabhingen; eine befand sich über den Zellenreihen, die anderen auf dem Flur. Sie überstrahlten das bißchen Tageslicht, das durch die Glasblöcke drang, völlig und leuchteten jede Ecke der Zellen aus. Somit saßen die Gefangenen in einer grell ausgeleuchteten Umgebung, in der ihnen kein Schatten Schutz bot.

Die Zelle, in der Richard Kraven seit zwei Jahren lebte, war die einzige, die belegt war. Die anderen standen leer; denn Kraven war der erste Mensch, der seit fast vierzig Jahren in Connecticut hingerichtet werden sollte. Vor seiner Verurteilung hatte man den Bau eigentlich abreißen wollen. Doch als der Gefängnisdirektor, Wendell Rustin, informiert worden war, daß Kraven ihm bis zum Prozeßende zur Sicherungsverwahrung unterstellt werden sollte, ließ er den Abbruch aussetzen. Vor der Ankunft des Gefangenen hatte Rustin sogar selbst eine Nacht in einer der Zellen verbracht. Als er sie am nächsten Morgen wieder verließ, war er überzeugt davon, daß die grausame Umgebung in einer solchen Zelle fast so schrecklich war wie die Aussicht auf den Tod. Der Direktor hatte während der acht einsamen Stunden, die er dort verbracht hatte, ein Gefühl des Preisgegebenseins und der Verlorenheit empfunden, das er wohl nicht noch länger ertragen hätte.

Falls Richard Kraven in den beiden Jahren hier jemals etwas Ähnliches verspürt haben sollte, hatte er sich das nicht anmerken lassen, denn er hatte nie Beschwerden geäußert. Er hatte das Warten genauso stoisch ertragen, wie er den ganzen Prozeß über sich ergehen lassen hatte – ein Verhalten, das seine Wärter als arrogant, die Befürworter seiner Unschuld aber als ehrenhaft empfanden und das sie in ihrer Meinung bestärkte. Interviews hatte er ohnehin nur gegeben, um immer wieder seine Unschuld zu beteuern.

»Man kann mich zwar hinrichten«, hatte er immer wiederholt, »aber nicht bestrafen. Denn es ist unmöglich, einen unschuldigen Menschen zu bestrafen.«

Am heutigen Tag, dem Tag seiner Hinrichtung, saß Richard Kraven wie immer ungerührt auf seinem Stuhl in der Zelle. Auf seinem Schoß lag ein Buch über viktorianische Poesie, und einem zufälligen Beobachter wäre dieser Morgen nicht anders als jeder andere vorgekommen. Als das Rasseln der Gitter am Ende des Flurs zu ihm drang, schloß Kraven sein Buch und sah mit ausdruckslosem Gesicht hoch. Wegen seines durch die Zellenwand beengten Gesichtskreises konnte er nichts erkennen, wartete regungslos ab und starrte stur nach oben, bis Anne Jeffers in seinem Blickfeld erschien. Dann legte er das Buch auf den Tisch, stand auf und streckte ihr die Hand durch das Gitter entgegen.

Anne betrachtete einen Moment lang seine Hand, seine kräftigen Finger und Sehnen, die dicken Adern, die sich so stark von seiner bleichen Haut abhoben. Vor ihrem geistigen Auge stieg das Bild auf, wie diese Hände in den Eingeweiden seiner Opfer gewühlt hatten. Unwillkürlich wich sie einen Schritt zurück. Anne wandte ihren Blick von seinen Händen ab und zwang sich, Kraven direkt ins Gesicht zu sehen. Obwohl er schon über vierzig war, sah er nicht älter aus als dreißig. Sein kohlrabenschwarzes Haar, das seinen Zügen etwas Melancholisches verlieh, hatte man ihm in der Nacht zuvor offenbar geschnitten, doch sein Gesicht sah so aus, wie Anne es vom Prozeß her in Erinnerung hatte. Die sanft gerundeten, fast sinnlichen Lippen, die gebogene Nase und die weit auseinanderstehenden Augen – die Augen eines Filmstars, wie Anne immer gefunden hatte – waren dieselben wie sonst. Weder um den Mund noch um die Augen hatte seine bleiche Haut Falten. Als er zu ihr sprach, schien es, als könnte er ihre Gedanken lesen.

»Wenn ich wirklich schuldig wäre – glauben Sie nicht, daß man mir das vom Gesicht ablesen könnte? Glauben Sie nicht, daß mich allein schon das Wissen von dem, was ich getan haben soll, verändert hätte?«

Sogar seine Stimme war dieselbe: sanft und vernünftig. »Haben Sie jemals etwas über Dorian Gray gehört?« konterte Anne.

Kraven zog leicht seine Lippen zusammen, aber an seinem entschlossenen Blick änderte sich nichts. Dieser Gesichtsausdruck war es, der sich Anne am deutlichsten eingeprägt hatte – die kühle Entschlossenheit war das erste, was ihr vor vier Jahren nach seiner Festnahme in Bridgeport an ihm aufgefallen war. Seine Augen waren es, die schon damals sein Gesicht zu einer bedrohlichen, aber fast verführerischen Maske gemacht hatten. Als er sie jetzt auf sie richtete, war der Effekt derselbe wie damals.

»Sollten Sie nicht ein wenig gnädiger sein?« fragte er. »Schließlich waren Sie es ja, die alle davon überzeugt hat, daß man mich töten sollte.«

Anne schüttelte den Kopf und sagte: »Ich war keine der Geschworenen, und ich war nicht der Richter. Ich war nicht einmal eine Zeugin – nicht vor Gericht und nicht bei dem, was Sie getan haben.«

Richard Kraven schenkte Anne jenes Lächeln, mit dem er schon so viele von seiner Unschuld überzeugt hatte. Wäre nicht die Entschiedenheit in seinem Blick gewesen, hätte man es gequält nennen können. »Wie können Sie so sicher sein, daß ich überhaupt etwas getan habe?«

»Wegen der Beweise«, gab Anne zurück. Ihre Augen wanderten zu der geschlossen Tür am Ende des Flurs, zu dem Wärter, der sie durch eine Scheibe beobachtete. Wie schnell würde er es wohl schaffen, die Tür zu öffnen? Einmal mehr schien Kraven ihre Gedanken lesen zu können.

»Ihnen ist doch klar, daß ich keine Gefahr für Sie darstelle?« fragte er mit einer so warmen Anteilnahme, daß sie Anne beschwichtigt hätte, wären die Worte aus dem Mund eines anderen gekommen.

Warum macht er das? fragte sich Anne. Wie bringt er es fertig, seine Stimme so normal klingen zu lassen? Von der Anstaltskleidung einmal abgesehen, sah er nach wie vor aus wie der berühmte junge Professor für Elektronik, der er gewesen war, als er an der Universität von Washington gelehrt hatte. »Ich glaube, wenn Sie die Möglichkeit hätten, würden Sie mich auf der Stelle umbringen«, sagte sie ruhig. »Ich glaube, wenn Sie nicht hinter diesen Gittern säßen, würden Sie mich ohne großes Nachdenken erwürgen und meinen Körper aufschlitzen, wie Sie es mit all den anderen getan haben.« Als sie ihm in die Augen sah, stieg Wut in ihr hoch. Warum konnte er einfach nicht zugeben, was er getan hatte? Sie hob ihre Stimme. »Wie viele waren es, Kraven? Von den dreien, wegen denen sie überführt wurden, einmal abgesehen. Wie viele allein in Seattle? Fünf? Sieben?«

Noch immer war in Kravens Augen keine Reaktion zu erkennen, was Annes Zorn noch steigerte. Es mußte doch eine Möglichkeit geben, zu ihm durchzudringen, zu diesem... Mann? Nein, Kraven war kein Mann, er war ein Monster. Ein kaltes, gefühlloses Monster, das nicht zugeben wollte, was es getan hatte, geschweige denn Reue zeigte. »Hat man schon alle Leichen gefunden?« wollte sie wissen. »Um Gottes willen, Kraven, sagen Sie es mir doch wenigstens jetzt, wo alles bald vorüber ist.«

Sein Blick ruhte fest auf ihr, doch als er wieder sprach, strafte seine Stimme den festen Blick Lügen. »Wie kann ich Ihnen etwas sagen, das ich gar nicht weiß?« fragte er im Ton eines unschuldigen Kindes.

Trotz ihres hitzigen Zorns war ihr eiskalt. »Warum wollten Sie mich treffen?« fragte sie. »Was können *Sie* mir noch zu sagen haben?«

Richard Kaven lächelte wieder, diesmal war es aber kein gewinnendes Lächeln. Er fixierte sie mit seinen kalten Augen, und hinter dem Grinsen glaubte Anne, den Teufel erkennen zu können, der er wirklich war. »Heute hört nichts auf. Auch wenn man mich tötet nicht«, kam es ihm hart über die Lippen. »Das wollte ich Ihnen sagen, Anne. Wie werden Sie sich dann fühlen? Wenn ich erst mal tot bin, und alles von neuem beginnt – wie werden Sie sich dann fühlen?« Plötzlich lachte er. Es war ein fast heiteres Lachen, das im Zellenblock widerhallte und in ihren Ohren nachklang. »Sie wollten doch immer wissen, ob ich etwas bereue. Ja, ich bereue es, daß ich Sie nicht leiden sehen kann, wenn Sie herausgefunden haben, daß Sie sich in mir getäuscht haben.« Seine Augen bohrten sich in die ihren, und er hob seine Stimme: »Es wird alles wieder von vorn anfangen, Anne. Wer immer auch diese Leute umgebracht hat, er wartet nur darauf, bis ich tot bin. Dann legt er wieder los.«

Als Kraven lauter sprach, wich Anne einen Schritt zurück, drehte sich um und ging schnell Richtung Ausgang. Aber auch als der Wächter ihr die Tür öffnete, hallten die Worte des Mörders noch in ihren Ohren. »Was werden Sie tun?« brüllte er ihr nach. »Wer wird Ihnen vergeben, wenn Sie erst einmal herausgefunden haben, daß Sie im Unrecht waren?« Sein Gebrüll wurde von den Zellenwänden zurückgeworfen und steigerte sich dadurch noch. »Eines bereue ich wirklich,

Anne!« schrie er ihr hinterher. »Daß ich Ihnen beim Sterben nicht genauso zuschauen kann wie Sie mir!«

Anne ging durch den Flur und lehnte sich gegen die Wand, als der Wärter die schwere Eisentür schloß. Sie hatte nur den einen Wunsch: ihr Inneres vor Kravens Worten genauso verschließen zu können, wie der Wärter ihm durch das Verriegeln die Stimme abschnitt.

Sie raffte sich wieder auf und ging zu Wendell Rustins Büro zurück, wobei sie automatisch auf die Uhr schaute.

Halb zwölf.

Noch eine halbe Stunde, dann wäre es endgültig vorbei.

In Gedanken legte sie sich bereits die ersten Worte des Artikels zurecht, den sie über Kravens Hinrichtung schreiben wollte. Aber schon während sie sich die Überschrift ausdachte, fielen ihr Kravens Worte wieder ein, mischten sich mit ihren eigenen, so sehr sie sich auch dagegen sträubte. Und sie wünschte sich, daß dieser Tag endlich vorüber wäre, daß sie weit weg vom Gefängnis, von Connecticut, weg von Kraven wäre.

Sie wollte dringend nach Hause, nach Seattle zu Glen.

Der tröstliche Gedanke an ihren Mann verschaffte ihr die Kraft, sich wieder auf den Artikel zu konzentrieren, den sie nach Kravens Tod verfassen wollte. Danach wäre der Alptraum endgültig zu Ende.

4. Kapitel

Mit einem Ruck hielt der Aufzug an der Spitze des Jeffers Buildings. Einen Sekundenbruchteil lang war Glen sicher, daß der Käfig, in den er gesperrt war, abstürzte und mit ihnen vierzig Stockwerke tiefer auf dem Beton zerschellen würde. In diesem Moment waren das seltsame Prickeln in seinem linken Arm und die Übelkeit verschwunden. In der nächsten Sekunde jedoch, als Jim Dover die Aufzugstür öffnete und auf die Holzplattform hinausstieg, die ihm wie freischwebend in der Luft vorkam, stürmten wieder alle mit der Höhenangst verbundenen Schrecken auf Glen ein.

Er wappnete sich gegen die unerklärliche Furcht, die ihn zu ergreifen drohte und versuchte, sich zum wiederholten Mal einzureden, daß seine Panik übertrieben sei. Schließlich war dieses Gebäude eines der am besten konstruierten in der ganzen Stadt, und – von unvorhersehbaren Katastrophen einmal abgesehen – war nicht im mindesten damit zu rechnen, daß der Aufzugsschacht abstürzen oder die Stützbalken zusammenbrechen würden. Er und George Simmons hatten sich unzählige Male darüber unterhalten, und der Ingenieur hatte stets behauptet, die Konstruktion sei mehr als sicher. Als er jetzt aber wieder an die technischen Angaben dachte, wurden sämtliche Faktoren, alle Koeffizienten der Belastbarkeit, alle Statistiken über Dehnfähigkeit und Standfestigkeit plötzlich bedeutungslos angesichts des Schreckens, der von Sekunde zu Sekunde stärker von ihm Besitz ergriff. Ein Schwindelanfall überkam ihn, und er streckte instinktiv seine rechte Hand aus, um sich an den Drahtschlingen des Käfigs festzuhalten.

»Ist alles mit dir in Ordnung, Glen?«

Alan Clines Stimme schien von weither zu kommen, sie klang so, als ob er vom Grund des Schachtes aus spräche. Aber Glen sah, daß Alan nur wenige Zentimeter von ihm entfernt stand. Er klammerte sich am Maschengitter fest und versuchte die aufsteigende Panik zu unterdrücken. Entschlossen schaute er zum Himmel hinauf, und einen Moment lang kam ihm alles ganz normal vor. Die letzten Schwaden des morgendlichen Nebels waren verflogen, und nichts trübte mehr das weite Blau des Himmels über ihm außer ein paar flaumigen, weißen Wolken, die sich auch schon aufzulösen schienen. Er holte tief Luft und hatte das Gefühl, sich wieder unter Kontrolle zu haben. Schließlich ließ er das Gitter los, sah zu seinem Partner hinüber, brachte ein schwaches Lächeln zustande und sagte: »Tolle Aussicht von hier, was?«

»Für diejenigen von uns, die sie sehen können, schon«, bemerkte Alan Cline. Nur Glen stand noch im Aufzug, Jim Dover war bereits dabei, eine der Champagnerflaschen zu entkorken, die in der Kühlbox, die er gleich morgens hinaufgebracht hatte, lagerten. »Kommst du, oder sollen wir dir dein Glas in den Aufzug bringen?«

Behutsam stieg Glen auf die Plattform. Sie bestand aus unterschiedlich langen Planken, die mit schweren Bolzen in den Doppel-T-Trägern verankert waren und eine drei auf vier Meter große Tragfläche boten.

Ausreichend Platz für vier Männer, redete sich Glen ein.

Doch kurz nachdem er sich beruhigt hatte, überkam ihn ein neuer Schwindelanfall, und er hielt sich an der Aufzugstür fest. Er konzentrierte sich darauf, tief und gleichmäßig zu atmen, bis der Schwindel vorüberging. Als Jim Dover ihm ein Glas Champagner brachte, riskierte er es schließlich, seinen Blick schweifen zu lassen. Es war tatsächlich eine großartige Aussicht. Man konnte nicht nur nach Osten über die Kämme der Capitol Hills blicken, sondern auch noch einen Blick auf ein kleines Stück des Lake Washington erhaschen. Im Norden erhob sich in weiter Entfernung der Mount Baker, im Süden der Mount Rainier. Überwältigt von der Schönheit des Rundblicks, lockerte Glen unbewußt seinen Griff, machte einen Schritt nach vorn und erhob sein Glas. »Auf den schönsten Platz für einen Park in der Geschichte Seattles!« Er leerte den Plastikbecher, warf ihn hinunter und ging näher auf die Ecke der Plattform zu, um hinterherzusehen.

Zuerst spürte er das Kribbeln in der Leistengegend, dann kam es ihm vor, als würde sich ihm der Magen umdrehen. Das schlimmste aber war das schreckliche Gefühl, von irgendeiner Kraft nach vorn und in den Abgrund hinunter gezogen zu werden.

Er kämpfte dagegen an und machte einen Schritt rückwärts. Dann schnürten ihm wieder die Metallbänder seine Brust zusammen, sein linker Arm begann zu prickeln, und er spürte, daß sein ganzer Körper von kaltem Schweiß bedeckt war.

»Glen?« hörte er jemanden seinen Namen sagen, doch die Stimme drang wie durch Watte zu ihm. »Um Himmels willen, Glen, was ist los?«

Glen taumelte nach hinten und tastete nach etwas, auf das er sich stützen konnte. Doch er fand nichts...

Mit der rechten Hand versuchte er verzweifelt nach dem Aufzug zu greifen.

Verfehlt.

Er taumelte weiter, seine Knie schwankten, er hatte keinen Gleichgewichtssinn mehr.

Es war sein Herz. Irgend etwas war mit seinem Herzen nicht in Ordnung. Es pochte in den Ohren, schlug wie verrückt in seiner Brust. Jetzt zogen sich die Eisenbänder um seine Lungen, und er rang nach Atem.

»Er hat einen Herzanfall!« rief einer der Männer. Glen spürte, daß er kräftig an den Schultern gepackt, gestützt und zu den dicken Planken der Plattform geführt wurde. »Hast du dein Telefon dabei, Jim?«

Jim Dover hatte auf seinem Handy bereits die Nummer des Notrufs gewählt, und als George Simmons und Alan Cline sich neben den auf dem Rücken liegenden Jeffers knieten, war der Notarztwagen schon bestellt. Dann schrie Dover in sein Walkie-talkie, mit dem er mit der Mannschaft unten Kontakt aufnehmen konnte. Einen Moment später hatte er all seine Befehle erteilt, steckte das Gerät wieder ein und nahm oben auf der Plattform die Sache in die Hand. Plötzlich kam sogar Jim Dover die stabile Plattform wie eine winzige Insel vor, die im Nichts schwebte. »Wir müssen ihn in den Aufzug schaffen. Goerge, wir beide tragen ihn, Alan halt seinen Kopf – aber nicht zu hoch.«

Während die drei Männer Glen in den Aufzug hievten, bewegten sich die Lippen des halbbewußtlosen Mannes, und er gab schwache, unverständliche Töne von sich.

»Was hat er gesagt?« fragte Alan Cline. Als ihm niemand Antwort gab, beugte er sich über seinen Partner. »Es ist alles okay, Glen«, versicherte er ihm. »Sobald wir unten sind, bist du überm Berg.«

Die Metalltür schloß sich, und Jim Dover trommelte mit den Fingern ungeduldig gegen die Schalttafel. Rüttelnd setzte sich der Käfig in Bewegung, was Glen ein kaum hörbares Stöhnen entlockte, dann fuhr er abwärts, was allen unbeschreiblich langsam vorkam.

»Mein Gott, kann das Ding denn nicht schneller fahren?« fluchte Alan Cline und beugte sich wieder über seinen Partner. »Bleib ganz ruhig, Glen. Es wird schon wieder.«

Jim Dover und George Simmons sahen einander besorgt an. Glens Atem kam nur noch keuchend, aus seinem Gesicht war jegliche Farbe gewichen, und es hatte eine bläuliche Blässe angenommen. »Ich glaube, er hält's nicht mehr lange durch«, meinte Dover.

Alan Cline warf ihm einen scharfen Blick zu. »Halt die Klappe, Mann! Hier stirbt niemand!« Aber als ob er die Worte seines Partners Lügen strafen wollte, kam ein schreckliches Rasseln aus Glens Brustkorb, und daraufhin wurde auch Allen totenblaß. Er versuchte, sich daran zu erinnern, was er in dem Erste-Hilfe-Kurs, den er vor einem Jahr absolviert hatte, gelernt hatte. Er riß Glens Mund auf, um zu verhindern, daß er seine Zunge verschluckte und preßte rhythmisch seinen Brustkorb. Dann hielt er ihm die Nasenlöcher und fing mit Mund-zu-Mund-Beatmung an.

Sie waren gerade noch sechs Meter über dem Boden, als endlich wieder ein schwacher Seufzer über Glens Lippen kam und seine Lungen zu arbeiten begannen, auch wenn sie nur spastisch zuckten.

»Auf Junge, atme!« flüsterte Alan. »Atme doch, in Gottes Namen!«

Wie als Antwort auf den Befehl seines Partners schien Glen ein wenig Kraft zurückzugewinnen, und seine Brust hob und senkte sich.

Der Aufzug hielt an, Jim Dover stieß die Tür auf. »Wo ist der Krankenwagen?« fragte er seinen Assistenten, der auf ihn gewartet hatte.

Er schaute kurz Dover an, dann Glen, dessen Atmung wieder schwächer wurde. »Noch nicht hier«, sagte er, als Alan Cline sich wieder über Glen beugte. Er zuckte hilflos mit den Achseln und fürchtete, daß der Krankenwagen vielleicht doch zu spät käme.

5. Kapitel

Zahlreiche Demonstranten hatten sich schon tags zuvor versammelt. Seitdem die ersten Ankömmlinge ihre behelfsmäßigen Lager errichtet hatten, waren stündlich weitere Menschen auf das Feld vor dem Gefängnis geströmt. Mittlerweile war der gesamte Platz mit Zelten, Wohnwagen, Autos und Menschen übersät. Die ganze Nacht über hatte ein Freudenfeuer gebrannt, um das sich die Demonstranten geschart und Protestlieder gesungen hatten. Sie brachten damit ihren inständigen Wunsch zum Ausdruck, daß der verurteilte Mann nicht sterben dürfe, daß irgendwo ein namenloser Anwalt fieberhaft damit beschäftigt sein möge, neue Gründe zu finden, die Richard Kravens Todesurteil doch noch aufheben würden.

Vielleicht stieße man auf einen Irrtum in der Anklageschrift oder fände ein Beweisstück, das aufs neue angezweifelt werden könnte. Vielleicht würde auch der Gouverneur ein Einsehen haben und in letzter Minute noch Kravens Urteil umwandeln.

Aber als die Nacht in den Morgen übergegangen und das Feuer bis auf einen Rest glühender Kohlen abgebrannt war, war die Menge in spannungsvolle Stille versunken.

Anne Jeffers betrachtete sich das Geschehen von Wendell Rustins Büro im obersten Stock des Verwaltungsgebäudes aus. Einige Rauchkringel stiegen noch aus dem Feuer empor, und die Demonstranten verharrten stumm in bitterer Erwartung der Todesstunde von Richard Kraven.

Wie viele waren es? Fünfhundert oder gar tausend? Und wer vermochte es schon zu beurteilen, ob deren Gefühle weniger berechtigt waren als ihre eigenen? Sie sah ihre Tochter vor sich: Heathers ernstes Gesicht, als sie einige Tage zuvor einmal mehr über die Todesstrafe debattiert hatten. Mit einer absoluten Sicherheit, wie sie der Jugend eigen ist, hatte

Heather darauf bestanden, daß keine Regierung der Welt das Recht habe, jemanden hinzurichten.

»Ein Fehler macht den anderen nicht wieder gut«, hatte sie eingewandt. »Und übrigens geben wir doch immer so damit an, daß wir eine christliche Nation sind. Wie steht es dann mit den zehn Geboten? Die Bibel sagt ›Du sollst nicht töten‹. Das heißt doch, daß die Todesstrafe ganz einfach falsch ist.«

Jetzt klangen ihr die Worte ihrer Tochter in den Ohren. Anne dachte darüber nach, wann sie ihre eigene Unschuld, die Fähigkeit, die Welt in Schwarz und Weiß zu unterteilen, verloren hatte. Es war noch gar nicht so lange her, fiel ihr ein, da hätte sie ihrer Tochter noch aus ganzem Herzen zugestimmt.

Irgendwann hatte sie dann aber begonnen zu glauben, daß es in Fällen wie dem von Richard Kraven nur eine Wahl gab. Außerdem hatte sie wohl ihre jahrelange Arbeit, ihre Berichte über die Grausamkeiten, die Menschen einander zufügten, abgehärtet.

Als sie ihren Blick über die Demonstranten vor dem Gefängnis wandern ließ, fielen ihr darunter auch viele Leute ihres Alters auf und ebenso viele, die zwanzig Jahre älter waren. Gerade jetzt entdeckte sie eine ältere Frau im Rollstuhl, die stolz ein Transparent mit der Aufschrift TODESSTRAFE IST MORD schwenkte. Mit ihr sollte sie sich unterhalten, bevor sie heimginge, dachte Anne.

Ihre Gedanken wurden vom Schrillen des Telefons unterbrochen. Sie wandte sich vom Fenster ab, als Wendell Rustin den Hörer abnahm, kurz zuhörte und dann wieder auflegte. »Es ist Zeit«, sagte er. Schwerfällig erhob er sich, ging zur Tür und hielt sie für Anne auf. Als er sah, daß sie keine Anstalten machte, ihm zu folgen, schloß er sie wieder. »Wollen Sie sich das überhaupt zumuten?«

Anne runzelte die Stirn, während sie nach einer Antwort suchte und zuckte schließlich die Achseln. »Ich weiß nicht...«, gestand sie. »Ich weiß selbst nicht, was ich eigentlich will. Ich dachte, ich sei meiner Sache völlig sicher, aber jetzt...« Ihre Stimme versagte.

»Sie müssen nicht dabei sein«, beruhigte sie Rustin. »Wenn Sie wollen, können Sie auch hier warten.«

Für den Bruchteil einer Sekunde war Anne versucht, das Angebot des Direktors anzunehmen, aber dann schüttelte sie heftig den Kopf und sagte: »Diese Sache muß ich durchstehen. Es wäre doch scheinheilig von mir, wenn ich nicht bei der Hinrichtung zusehen würde, die ich selbst ununterbrochen gefordert habe.«

Rustin nickte kurz. »Das stimmt. Aber für ein Todesurteil einzutreten oder bei seiner Vollstreckung zuzusehen ist zweierlei. Lassen Sie sich das von jemandem sagen, der Ahnung davon hat.«

Anne zögerte unwillkürlich. Um wie vieles einfacher wäre es, hier im Büro zu warten, bis alles vorüber war. Aber dann raffte sie sich auf. »Ich werde es schon aushalten.« Doch bereits beim Verlassen des Raumes war sie nicht mehr sicher, ob das auch stimmte. Widersprüchliche Gefühle erfüllten sie, aber sie rief sich ins Bewußtsein, daß sie schließlich hier war, um ihre Arbeit zu tun. Den Trick, das Ganze nur vom Standpunkt der Arbeit aus zu sehen, hatte sie im Laufe der Jahre gelernt, als ihr immer klarer geworden war, daß man Berufliches und Privates manchmal strikt voneinander trennen mußte.

Als sie die Empore betrat, die an den Hinrichtungsraum grenzte, war sie überrascht, daß sich so viele Menschen eingefunden hatten. Einige von ihnen kannte sie: Anwälte, die mit dem Fall zu tun hatten, und Polizisten, die ihre Aussage gemacht hatten.

Mark Blakemoor, der Leiter der Sonderkommission von Seattle, saß in der ersten Reihe, nickte ihr zu und bedeutete ihr, sich neben ihn zu setzen. Bei seinem Anblick verspürte sie eine sonderbare Erleichterung, ging rasch den Flur hinunter und nahm auf dem leeren Stuhl Platz.

Von dort aus sah sie direkt in den kleinen Raum, in dem sich der elektrische Stuhl befand. Stumm starrte sie darauf.

Der Stuhl war aus Holz und, wie Anne auffiel, eine spartanisch einfache Konstruktion, nirgends gepolstert. Der Stuhl hatte lange, flache Lehnen, an denen die Arme des Opfers mit Riemen festgeschnallt wurden. Auch der Körper, die Beine und Knöchel waren mit Riemen verschnürt, damit der Delinquent sich nicht rühren konnte. An dicken Kabeln waren zwei Elektroden befestigt. Die ganze Szenerie wurde von grellem, weißem Licht, das aus vier Glühlampen von der Decke schien, bestrahlt.

Anne starrte wortlos darauf, ihr Mund war ganz trocken. Das Licht auf der Empore wurde abgeblendet, fast so wie im Theater, und eine Tür links vom Stuhl öffnete sich. Einen Moment darauf erschien Richard Kraven in der Türöffnung. Er hielt inne und schaute auf den Stuhl.

Anne beobachtete ihn genau, und ihr schien es, als ob ein Lächeln um seine Lippen huschte. Begleitet von zwei Wachen ging Kraven in den Raum und nahm auf dem Stuhl Platz. Er war barfuß, trug nur eine lockere Hose und ein kurzärmliges Hemd. Obwohl Anne diesen kaltblütigen Mörder verabscheute, erschien ihr diese Kleidung ungehörig. Ihr kam es vor, als ob man an ihm nicht nur die Todesstrafe vollstrecken wollte, sondern ihm auch noch den letzten Rest an Würde nehmen wollte.

Die Wachen schnallten Kraven auf dem Holzstuhl fest. Dann betrat ein Priester den Raum und sprach mit ihm. Aber wegen der dicken Glasscheibe, die den Hinrichtungsraum von der Besucherempore trennte, konnte man nichts verstehen. Was immer der Geistliche auch sagte – es schien auf Kraven nicht den geringsten Eindruck zu machen, und er antwortete ihm auch nicht. Nach kurzem Zögern verließ der Priester den Raum.

Anschließend befeuchteten die Wachen eine der beiden Elektroden mit Salzwasser und befestigten sie an Kravens kahlgeschorenem Kopf. Die andere befestigten sie an der Wade seines rechten Beines. Nachdem sie sich noch einmal alles angeschaut hatten, verließen sie den Raum.

Dann herrschte eine unheimliche Stille auf der Empore. Anne sah auf die Uhr: Es waren noch dreißig Sekunden bis zwölf.

Ganz automatisch schaute sie sich nach einem Telefon um. Sie bemerkte, daß sie selbst unbewußt darauf wartete, daß plötzlich ein Klingeln ertönte, mit dem das Schauspiel vor ihr im letzten Moment beendet sein würde. In Filmen kam das ja oft vor...

Aber hier gab es kein Telefon. Sie fragte sich, ob Richard Kraven auch auf ein Klingeln, auf eine Begnadigung in letzter Sekunde, wartete.

Sie schaute Kraven wieder an. Obwohl man ihr gesagt hatte, daß die Scheibe nur von einer Seite aus durchsichtig war und er von sich aus die Zuschauer nicht erkennen konnte, hatte sie den Eindruck, daß seine Augen auf ihr ruhten, daß er genau wußte, wo sie saß.

Diese ausdruckslosen, kalten Augen hatten ihre Gleichgültigkeit verloren. In den letzten Momenten seines Lebens hatten sie sich verändert und zeigten ein Gefühl.

Ein starkes, tiefes Gefühl.

Es war Haß!

Anne konnte spüren, wie der Haß in ihm brannte, wie er durch die dicke Scheibe drang und langsam zu ihr kam.

Sie schrak vor Kravens haßerfülltem Antlitz zurück wie vor einer angreifenden Kobra. Sie mußte hart gegen den Wunsch ankämpfen, ihren Stuhl zu verlassen, um vor dem, was sich vor ihren Augen abspielte, zu fliehen. Doch da durchlief Richard Kraven ein Zucken, das jeden Muskel, jeden Nerv seines Körpers erfaßte, ausgelöst von den 2000 Volt, die durch ihn gejagt wurden.

Anne keuchte. Ihr ganzer Körper reagierte auf das Schreckliche, das sie sah. Sie hörte auf zu atmen, und alles in ihr verhärtete sich. Aus ihrer Kehle drang ein gequältes Stöhnen, als sich Kravens Körper wieder und wieder aufbäumte.

Neben Anne sah Mark Blakemoor mit geöffnetem Mund zu, wie Kraven starb. All seine Muskeln waren angespannt, der Polizist zählte still die Sekunden, und erst als zwei Minuten vorüber waren und Richard Kraven mit Sicherheit tot war, ließ seine Spannung nach. Dann sagte er leise zu Anne Jeffers: »Das war's, lassen Sie uns heimgehen.«

Anne rutschte auf ihrem Sitz hin und her, machte aber keine Anstalten aufzustehen. Auch als der Raum sich allmählich leerte, blieb sie sitzen, betrachtete in Ruhe, wie die Wachen in den Hinrichtungsraum zurückkamen, diesmal mit einer Bahre und von einem Arzt begleitet. Nachdem dieser Kravens Tod bestätigt hatte, entfernten die Wachen die Elektroden und die Riemen und legten die Leiche auf die Bahre.

Aber selbst als sie fortgeschafft worden war, blieb Anne noch auf ihrem Platz sitzen. Sie wußte, daß das, was sie gerade gesehen hatte, sie verändern würde.

Sie wußte auch, daß sie dieses Erlebnis nie vergessen würde, und auch nicht das schreckliche Gefühl, das sie gespürt hatte, als sich Kravens letzter, von tiefem Haß erfüllter Blick auf sie geheftet hatte.

Dann dachte sie an Glen, und war sofort von Sehnsucht nach ihm erfüllt. Sie wollte bei ihm sein, seine Umarmung, seine Lippen auf den ihren spüren.

Dann würde sie wieder aufleben. In nur wenigen Stunden war sie wieder bei Glen, und in Tagen oder vielleicht Wochen hätte sie das, was sie gerade erlebt hatte, vergessen.

Aber würde sie jemals den Haß in Kravens Gesicht vergessen können, der im Tod seine Züge verzerrt hatte?

6. Kapitel

Das Heulen der Sirene brach abrupt ab, als der Krankenwagen an der Baustelle bremste. Beide Türen flogen auf und zwei Männer sprangen heraus. Einer von ihnen stürmte zur Hecktür und holte eine Tragbahre, der andere rannte mit einem Sauerstoffgerät und einer Atemmaske dorthin, wo Glen Jeffers lag.

»Lassen Sie mich durch«, befahl der Sanitäter und bahnte sich seinen Weg durch die Schaulustigen, die sich um den Liegenden versammelt hatten. »Wer kann mir Genaueres sagen?« Ohne eine Antwort abzuwarten, kniete er sich neben Glen, fühlte seinen Puls und setzte ihm die Atemmaske auf.

»Wir glauben, daß er einen Herzanfall hatte«, sagte Jim Dover. »Wir waren alle zusammen oben auf dem Dach. Auf einmal veränderte er sich. Wir dachten, er hätte nur Höhenangst, aber...«

Der Satz wurde ihm von dem zweiten Sanitäter abgeschnitten, der die Bahre neben den Bewußtlosen stellte. »Herzmuskelinfarkt?«

»Sieht so aus«, sagte der andere. »Bringen wir ihn ins Auto.« Sie legten Glen auf die Bahre und trugen ihn in den Krankenwagen.

Alan Cline folgte ihnen und sagte hastig: »Wenn Sie ihn ins Group Health Hospital bringen könnten... er wohnt nicht weit davon entfernt, und...«

Die Sanitäter schlossen Glen an Meßgeräte an. »Sie können mitkommen«, sagte der Fahrer zu Alan, es ist Platz genug, und wenn er zu sich kommt...«

Alan Cline stieg sofort in den Wagen, der Fahrer schwang sich auf den Sitz, gab Gas und schaltete die Sirene an.

Als Alan Cline das bläulich gefärbte Gesicht seines Partners sah, fürchtete er, daß Glen kaum eine Überlebenschance hatte.

Es war wie ein langsames Erwachen in einem total finsteren Raum. Das erste, das er spürte, als er zu Bewußtsein kam, waren Schmerzen – Schmerzen, wie er sie noch nie gefühlt hatte, Schmerzen, die ihn verzehrten, ihm die Seele aus dem Leib zu reißen drohten.

Sie mußten aufhören! Er mußte sie loswerden, bevor sie ihn übermannen konnten.

Wo war er? Sein Bewußtsein kämpfte gegen die Finsternis, die langsam verschwand. Jetzt konnte er ein Geräusch hören. Es schien zunächst von weither zu kommen, doch bald erkannte er, daß es eine Sirene war.

Die Dunkelheit wich weiter, und er konnte etwas erkennen. Aber es war eigenartig. Es kam ihm vor, als würde er in einer ihm unbekannten Dimension schweben. Weit unter sich erkannte er zwei Männer, die neben einer anderen Person auf einer Bahre saßen. Sie waren in einem Auto – in einem Krankenwagen!

Aber warum? Während er sich das fragte, wußte er auch schon die Antwort. Er schaute sich noch einmal die Person auf der Bahre an.

Das war er selbst!

Sein Hemd war offen, die Brust entblößt, und sein Gesicht war totenbleich.

Tot.

Das Wort lastete schwer auf ihm.

Was war mit ihm geschehen? War er gestorben? Aber wenn er tot war, warum fühlte er nichts?

Dann wußte er es.

Er hatte seinen Körper verlassen. Irgendwie war es ihm gelungen, während des letzten schrecklichen Schmerzanfalls daraus zu entkommen. Er war vor der Höllenqual geflohen, bevor sie ihm seine Seele zerbrechen konnte.

Als er jetzt auf seinen Körper hinabblickte, sah er, daß die Marter noch nicht vorüber war, denn sein Gesicht war zu einer schmerzverzerrten Grimasse entstellt. Er konnte Alan Clines flehende Stimme hören: »Um Gottes willen, was ist mit ihm? Können Sie nichts für ihn tun?«

Eine andere Stimme, die zwar schrie, aber seltsamerweise nicht lauter als Alans Stimme war, sagte: »Er stirbt uns! Ich brauche hier hinten Hilfe!«

Während Glen hoch über dieser Szenerie schwebte, sah er, was geschah, ganz deutlich. Obwohl er nichts fühlte, wußte er, daß der Krankenwagen angehalten hatte, denn jetzt stand auch noch der Fahrer neben dem Mann, der sich über ihn beugte. Während der eine Sanitäter rhythmisch seine Brust preßte, holte der andere einen Gegenstand aus Plastik aus einem Schrank.

Desinteressiert schaute Glen zu, wie sein Mund geöffnet wurde und man ihm einen Beatmungsschlauch in die Kehle schob.

»Wir müssen seine Atmung stabilisieren!« befahl eine Stimme. Dann sah Glen, wie der Sanitäter eine Nadel in den Schlauch schob und er hörte jemanden sagen: »Mach den Defibrillator fertig!« Und fast flehentlich klang es, als derjenige hinzufügte: »Los, komm schon! Komm zurück!«

Glen verstand zwar die Worte, doch er maß ihnen kaum Bedeutung bei. Dunkelheit schloß sich rings um ihn. Nun schien er in die Tiefe eines Tunnels zu schweben, an dessen Ende in weiter Entfernung, er einen Lichtfleck sehen konnte. Als der Mediziner wieder zu sprechen begann, bewegte sich Glen auf das Licht zu, von dem er sich angezogen fühlte.

In immer schnellerem Tempo lief sein Leben vor ihm ab. Er sah sich als Baby in der Wiege zu Hause, wie seine Mutter ihn hochhob und mit ihm schmuste. Dann war er in der Schule, und da waren alle, die er gekannt aber auch schon längst wieder vergessen hatte.

Und so ging es weiter. Sein ganzer Lebensweg lag vor ihm ausgebreitet, während er dem verlockenden weißen Licht am Ende des Tunnels immer näherkam.

Dann konnte er Personen in dem Licht erkennen. Seine Großeltern waren da und noch jemand.

Das Baby.

Es war das Baby, das sie vor zwölf Jahren verloren hatten. Anne erlitt damals eine Frühgeburt.

Alex hätte es heißen sollen.

Und jetzt wartete das Baby auf ihn, es streckte ihm die Arme entgegen.

Glen schwebte noch schneller, er raste auf das Licht zu und vergaß sogar seine Schmerzen.

Plötzlich hörte er eine Stimme hinter sich, die ihn anflehte zu bleiben. Diese Stimme wurde zu einem Klagechor, aus dem er nicht nur die Stimme Annes, sondern auch die von Heather und Kevin heraushören konnte.

Er hielt inne und schaute zurück. Hinter ihm war alles finster, eine undurchdringliche, unendliche schwarze Weite, von der er wußte, daß sie voller Schmerzen war.

Vor ihm, in liebliches Licht getaucht, warteten seine Großeltern und das Kind, das er nie gesehen hatte, mit ausgebreiteten Armen darauf, ihn willkommen zu heißen.

Die Stimmen hinter ihm riefen weiter nach ihm, und obwohl ihn eine entsetzliche Furcht vor der Qual erfüllte, wußte Glen, daß er den Weg in die Dunkelheit zurück einschlagen mußte.

Die im Licht auf ihn warteten, waren bis in alle Ewigkeit dort, sie würden noch da sein, wenn die richtige Zeit für ihn gekommen war.

Aber hinter ihm lag noch so viel Unerledigtes, so vieles, was noch nicht vollendet war.

Schließlich wandte er sich von dem Licht ab und machte die Reise zurück in die Dunkelheit.

»Geh auf 300 Joule hoch. Versuch es noch mal!« befahl der Arzt, der um Glens Leben kämpfte. Der Fahrer stellte den Defibrillator neu ein, und eine Sekunde später zuckte Glens Körper, als ihn der Strom durchschoß. Sein Herz hörte einen Moment auf zu schlagen, setzte dann aber wieder ein.

»Wir schaffen es«, murmelte der Mediziner, als er den Ausschlag auf dem Monitor sah. Doch schon eine Sekunde darauf versagte das Herz des Patienten wieder, und sein Puls, der zunächst geflattert hatte, vibrierte nur noch schwach.

»Versuch's noch mal mit dreihundertsechzig!« Mit angehaltenem Atem schaute er auf den Monitor, verlangte ein Milligramm Adrenalin und setzte die Wiederbelebungsversuche fort. Während die Sekunden verrannen und Alan Cline Stoßgebete für seinen Partner zum Himmel schickte, begann Glens Herz wieder zu schlagen, und einen Moment später atmete er auch wieder aus eigener Kraft.

Der zweite Sanitäter kletterte auf den Fahrersitz, ließ den Wagen an und mit heulender Sirene bahnte er sich den Weg zum Hospital.

Die beiden Hintertüren flogen auf. Noch bevor Alan aussteigen konnte, hatten zwei Krankenträger die Bahre aus dem Wagen gezogen und rollten sie auf einem tragbaren Untersatz durch die Türen der Notaufnahme des Group Health. Alan erholte sich erst jetzt allmählich von seinem Schock und folgte den Krankenträgern. Doch als sie hinter einer Doppeltür nach links liefen, schlug er aus Versehen den Weg nach rechts ein und landete bei der Notaufnahme, wo mehrere Angestellte alle Hände voll zu tun hatten, um mit den eingehenden Notfällen fertig zu werden.

Auf einem zerschlissenen Sofa saß eine große Frau, die ihren Arm schützend um ein schluchzendes Kind geschlungen hatte; auf einem Stuhl daneben versuchte ein junges Mädchen, ein weinendes Baby zu stillen. Ein Mann, dessen Augen vor Zorn funkelten, tastete an der behelfsmäßigen Bandage an seinem rechten Oberarm herum. Als eine Frau, sie hatte einen blauen Fleck im Gesicht, ihm dabei zu helfen versuchte, schob er sie barsch beiseite. »Hast du nicht schon genug angerichtet, du Schlampe!« schnauzte er sie an, und die Frau schreckte sofort zurück, als ob man nach ihr geschlagen hätte.

Die ganze Szenerie erschien Alan so, als wäre er auf einem anderen Stern gelandet, und einen Moment lang war er völlig durcheinander. Dann fiel ihm Glen wieder ein, den sie offensichtlich in den entgegengesetzten Flügel des Gebäudes gebracht hatten.

»Wo ist der Mann, der gerade eben eingeliefert wurde?«

unterbrach er das Gespräch zwischen einer Angestellten und einer vor Wut schnaubenden Frau.

»Können Sie nicht warten, bis Sie an der Reihe sind?« Die Frau sah ihn an, ihre Pupillen waren von Drogen erweitert, »hier gibt es nämlich noch andere Leute außer Ihnen.«

»Sagen Sie mir nur, wo man ihn hingebracht hat«, bat Alan die Frau hinter dem Pult, die sich ihm auch sofort zuwandte.

»Der Mann mit dem Infarkt?« erkundigte sie sich.

Alan nickte, und die Schwester reichte ihm ein Formular. »Füllen Sie das bitte aus. Ich bekomme schon heraus, wo Ihr...« Sie hielt erwartungsvoll inne und wartete darauf, daß Alan sich entweder als Verwandter, Freund oder vielleicht sogar als Lebensgefährte des Patienten vorstellte.

»Ich bin sein Partner«, erklärte Alan, ergänzte dann aber gleich, um keine Mißverständnisse aufkommen zu lassen: »Sein *Geschäftspartner*.«

»Egal«, antwortete die Schwester. »Ich brauche sowieso nur seinen Namen. Den Rest entnehme ich dem Computer.«

»Warum können Sie dann nicht auch mein *Rezept* aus dem verdammten Computer holen?« beschwerte sich die Frau neben Alan. Als die Schwester sie einfach überging, fing die Süchtige an zu fluchen, schlurfte davon und murmelte, daß sie sie anzeigen werde.

»Dann tun Sie es doch«, seufzte die Schwester und sah dabei nicht einmal vom Monitor auf. »Bis morgen.« Als die Frau auf der Straße verschwunden war, schüttelte sie traurig den Kopf. »Sie glaubt, wir geben hier Methadon ab«, erklärte sie, »kommt fast jeden Tag und – ah! Hier haben wir ihn! Mr. Jeffers ist soeben in die Intensivstation eingeliefert worden.«

In diesem Moment stürzte Jim Dover durch die Tür, entdeckte Alan und rannte zu ihm. »Wo ist Glen?« fragte er. »Wie geht's ihm?«

Alan zuckte die Schultern. »Er ist auf der Intensivstation. Finden Sie heraus, wo die ist. Ich ruf' inzwischen im Büro an.«

Er ging zu einer Reihe von Münztelefonen im Flur, fand eines, das nicht kaputt war und wählte die Nummer von Rita

Alvarez, Glens Sekretärin. So knapp wie möglich schilderte er ihr, was vorgefallen war.

Rita Alvarez' Blick wanderte beim Telefonieren auf den kleinen Fernseher, der vor ihr stand. Ihr Chef hatte sie gebeten, ihn im Büro aufzustellen, für den Fall, daß seine Frau heute morgen im Fernsehen zu sehen wäre. Gerade während sie Alans wirrem Gerede über Glens Herzinfarkt zuhörte, erschien Anne auf dem Schirm. Zusammen mit dem Gefängnisdirektor und anderen Zeugen der Hinrichtung betrat sie einen Raum, der voller Reporter und Kameraleute war. »Bleiben Sie am besten bei Glen, und halten Sie mich auf dem laufenden«, sagte sie. »Ich kümmere mich um alles andere.«

Rita Alvarez machte sich sofort an die Arbeit. Sie erstellte eine Liste von den Leuten, die dringend angerufen werden mußten, allen voran Anne, danach einige Kunden, die Termine mit Glen hatten, und einige seiner engsten Freunde. Keine Minute später hatte sie das Gefängnis am Apparat. »Es handelt sich um einen Notfall«, erklärte sie. »Ich muß sofort mit Anne Jeffers sprechen. Sie ist eine der Zeugen, die...«

»Jeder will heute mit jemandem sprechen, der bei der Hinrichtung dabei war«, warf die Telefonistin ein. »Und alle sagen, es sei ein Notfall. Wenn Sie mir Ihren Namen geben, setze ich ihn auf die Liste...«

»Ich bin die Sekretärin von Mrs. Jeffers Mann«, unterbrach sie. »Er hatte gerade einen schweren Herzinfarkt. Es geht um Leben und Tod.«

Anne legte auf. Unbewußt ließ sie ihre Hand auf dem Hörer ruhen, als ob sie dadurch körperlichen Kontakt zu Seattle und allem, was dort vorging, aufnehmen könnte. Ein Herzinfarkt? Glen? Das war doch unmöglich! Er war noch nicht ganz fünfundvierzig, joggte jeden Morgen, achtete auf sein Gewicht! Sie waren doch beide typische Seattler und verbrachten soviel Zeit wie möglich im Freien. Im Winter fuhren sie in den Bergen Ski, im Sommer gingen sie zum Rudern und fuhren Kajak auf den Flüssen. Jemand wie Glen konnte einfach keinen Herzinfarkt bekommen!

Dann erinnerte sie sich aber daran, daß vor fast zehn Jahren Danny Branson beim Joggen tot umgefallen war. Danny war damals gerade erst zweiundvierzig und seit je eine Sportskanone gewesen. Schon während seiner Zeit auf der High School war er immer Wettrennen gelaufen. Ist das Leben also doch nichts weiter als eine große Lotterie? Selbst wenn man noch so gesund lebte, war man gegen solche Schläge nicht gefeit...

Das Erschrecken und die Hilflosigkeit, die sie beim Telefonat mit Rita Alvarez überkommen hatten, wichen allmählich der festen Überzeugung: Was mit Danny Branson geschehen war, würde Glen nicht passieren. Er würde es überleben, sich erholen, und anschließend würden sie sich gemeinsam darüber informieren, was man tun konnte, um einen weiteren Herzinfarkt zu verhindern.

Nachdem der letzte Schatten ihrer Furcht verflogen war, nahm sie die Hand vom Hörer, drehte sich um und bemerkte, daß Mark Blakemoor sie ansah. Er warf ihr einen so besorgten Blick zu, wie er das noch nie getan hatte. »Ist etwas passiert?« fragte er.

»Ja, mit meinem Mann«, antwortete Anne. »Er hatte einen Herzinfarkt. Ich muß sofort nach Hause. Aber mein Flug geht erst morgen!« Sie spürte, wie Panik in ihr hochstieg.

Mark Blakemoor griff in die Innentasche seines zerknitterten Jackets und reichte ihr einen Umschlag. »Mein Flug geht in ein paar Stunden«, sagte er. »Wenn es keine Plätze mehr für uns beide gibt, fliegen Sie, und ich nehme Ihr Ticket für den Flug morgen.«

Anne hob die Augenbrauen. »Und als Gegenleistung?« Die Sache mußte einen Haken haben. Seit ihrer Zusammenarbeit mit Mark Blakemoor hatte er niemals jemandem einen Gefallen getan, ohne dafür später eine Gegenleistung zu erwarten. Jetzt aber schüttelte er zu ihrer Überraschung den Kopf. »Hier geht's nicht um die Arbeit, sondern um Persönliches, – und das ist gratis.«

»Gut, gehen wir.« Anne wußte instinktiv, daß er für sein Angebot keinen Dank wollte.

Fünf Minuten später hatten sie das Gefängnis verlassen und fuhren in einem Wagen, den der Direktor zur Verfügung gestellt hatte, durch die Meute der Demonstranten und Reporter. Wenigstens, dachte Anne, mußte sie sich mit den Presseleuten nicht über die Hinrichtung unterhalten. Noch ein Artikel für den *Herald* – dann würde sie Urlaub nehmen und sich um Glens Genesung kümmern.

Auf der Fahrt dachte sie über diese Idee nach, und je mehr sie sich damit befaßte, um so besser gefiel sie ihr. Bald wäre wieder Sommer, die Schulferien kämen und die ganze Familie wäre wieder zusammen.

Aber mit einem Mal verdüsterte sich ihre Stimmung. Wieviele Familienmitglieder wären dann noch übrig?

Was wäre, wenn Glen nicht überlebte? Wie sollte sie damit fertigwerden? Wie sollte sie ohne Glen leben?

7. Kapitel

In der 10. Klasse des Journalismus-Kurses der Maple-School herrschte absolute Stille. Heather Jeffers und ihre Klassenkameraden fixierten das Fernsehgerät, das extra aufgestellt worden war, damit sie die Berichterstattung über Richard Kravens Hinrichtung verfolgen und anschließend darüber diskutieren konnten. Das Gerät lief seit halb neun, und bis genau um neun Uhr – da war es zwölf Uhr in Connecticut, wo die Hinrichtung stattfand – hatten einige Schüler noch spekuliert, wie lange es wohl dauern könnte, bis die Aufhebung der Hinrichtung bekanntgegeben würde. Maude Brink, die seit letzter Woche die Diskussionsrunde über Todesstrafe leitete, hatte sie zuvor gewarnt, sich Illusionen zu machen, denn sie hielt in diesem Fall einen Aufschub der Vollstreckung für unwahrscheinlich. Aber einige der Kinder hatten sich bis zuletzt an ihre Hoffnungen geklammert. Was Mrs. Brink auffiel, war, daß die Schüler, die am heftigsten gegen die Todesstrafe plädierten, auch diejenigen waren, die am ehesten glaubten, daß die Hinrichtung aufgeschoben würde. Diejenigen hingegen, die für die Todesstrafe eintraten, waren überzeugt, daß die Vollstreckung wie vorgesehen stattfinden würde.

Erst nachdem die Hinrichtung stattgefunden hatte und die Meldung aus dem Gefängnis kam, daß Richard Kraven tot sei, hatte die Klasse endlich die volle Wahrheit begriffen. Hier handelte es sich nicht um eine Fernsehshow, einen Film oder ein Buch, in dem es um die Hinrichtung eines Mannes ging, der allein der Phantasie des Autors entsprungen war. Diesmal war es Realität. Ein Mensch, der noch vor einigen Sekunden so lebendig wie sie selbst gewesen war, lebte nun nicht mehr. Während sie wie betäubt auf den Bildschirm starrten, nahm der Fernsehmoderator zu Korrespondenten im ganzen Land Kontakt auf, die Menschen interviewten, die auf irgendeine Weise von der Hinrichtung betroffen waren.

Zuerst war es Edna Kraven, die in ihrem kleinen Haus im Süden Seattles befragt wurde. Als das unbarmherzige Auge der Kamera das tränenbedeckte Gesicht von Richard Kravens Mutter in Nahaufnahme zeigte, wurde es Heather und ihren Mitschülern ungemütlich. Sie wurden Zeugen, wie die persönlichsten Gefühle der Frau über den ganzen Kontinent ausgestrahlt wurden.

»Er ist immer ein guter Junge gewesen«, flüsterte Edna und drehte in ihren Fingern ein Taschentuch, mit dem sie sich alle paar Sekunden ihre rotgeränderten Augen abwischte. »Er war gescheiter als andere Jungs, immer an allem interessiert und immer so hilfsbereit. Alle mochten Richard. Wie konnte man ihm das bloß antun! Er hat niemals jemanden verletzt – niemals! Das war schreiendes Unrecht!« Die Kamera war voll auf die verzweifelte Frau gerichtet, bis sie schluchzend zusammenbrach. Erst dann, wenn auch fast widerstrebend, ließ man sie mit ihrem privaten Kummer allein, blendete ab und schwenkte zu Richards Bruder Rory, der seiner Mutter am Tisch gegenübersaß.

»Für Sie muß das fast so hart gewesen sein wie für Ihre Mutter«, sagte die hübsche, blonde Reporterin, die sich redlich bemühte, ihrem Gesicht einen mitfühlenden Ausdruck zu geben. »Erzählen Sie uns, was in Ihnen vorgegangen ist, als die Uhr im Gefängnis neun schlug.«

Rory Kraven, augenscheinlich nervös wegen der Kamera, sah seine Mutter an, dann zuckte er mit den Achseln. »Ich... ich glaube, ich habe überhaupt nichts gedacht«, stammelte er. »Ich meine, ich weiß, was mein Bruder getan hat und...«

Doch bevor er weiterreden konnte, unterbrach ihn seine Mutter. »Nichts!« brauste sie auf. »Mein Richard hat nichts getan, und das weißt du auch! Wie kannst du es wagen, so schlecht über deinen Bruder zu sprechen? Wenn du nur halb soviel Mann wärst wie er...«

Dann schwenkte die Kamera abrupt auf eine elegant gekleidete und perfekt frisierte Frau von vielleicht sechzig Jahren. Sie wurde von einer anderen attraktiven jungen Reporterin interviewt.

»Ich bin hier bei Arla Talmadge in Atlanta. Mrs. Talmadge, wie fühlen Sie sich heute?«

Die Dame trocknete sich die Augenwinkel mit einem perfekt gebügelten Taschentuch, dann seufzte sie und schüttelte den Kopf. »Ich weiß nicht, ob ich überhaupt etwas fühle. Seit Richard Kraven meinen Sohn getötet hat, spüre ich... ja, nur noch Leere in mir. Hat er noch etwas gesagt, bevor man ihn... also, bevor er...?«

»Allem Anschein nach nicht«, antwortete die Reporterin.

»Dann werden wir also nie erfahren, warum er es getan hat... Und ich frage mich auch ständig, welchen Sinn sein Tod eigentlich hatte. Schließlich werden dadurch weder mein Sohn noch die anderen Opfer wieder lebendig. Ich frage mich ununterbrochen, ob sich nicht eines Tages vielleicht doch noch seine Unschuld herausgestellt hätte. Aber jetzt...« Sie holte zitternd Atem und schüttelte dann wieder den Kopf. »Ich weiß nicht...«, fuhr sie fort. »Ich glaube, man darf jetzt nur noch daran denken, daß das Leben weitergeht.«

Weitere fünfzehn Minuten lang wurden nun noch Angehörige und Freunde der Opfer interviewt. Manche drückten Erleichterung darüber aus, daß dieses schlimme Kapitel ihres Lebens endlich vorüber war, andere vermochten kaum ihren Zorn darüber verhehlen, daß Richard Kraven vor seinem Tod nicht gefoltert worden war. Wieder andere fügten sich, wie Arla Talmadge, dem Unabänderlichen.

Mitten in eines dieser Interviews platzte der Ansager mit der Nachricht, daß der Gefängnisdirektor nun bereit sei, eine Presseerklärung abzugeben und sich den Fragen der Journalisten zu stellen. Die Szenerie wechselte ein einen grüngestrichenen Raum mit glänzend grauen Metalltischen, auf denen mehrere Mikrofone standen.

Innerhalb der Klasse machte sich gespannte Erwartung breit. Dann stießen sich die Schüler gegenseitig an, als sie Heather Jeffers Mutter unter den Zeugen entdeckten, die Wendell Rustin in den Raum folgten. Mit bleichem, angestrengt wirkendem Gesicht stand sie in der Nähe der Wand.

»Sie ist es wirklich, Heather!« rief jemand von hinten. »Deine Mutter! Toll!«

Weil der Direktor zu sprechen begann, ignorierte Heather diesen Kommentar und starrte auf den Schirm.

»Heute mittag um zwölf Uhr wurde Richard Kraven hingerichtet«, fing Rustin an. »Er betrat den Raum um fünf Minuten vor zwölf Uhr, wurde am Stuhl festgeschnallt und mit Elektroden verbunden. Genau um zwölf Uhr wurde er der Spannung von 2000 Volt ausgesetzt. Zwei Minuten nach zwölf wurde sein Tod festgestellt.« Der Direktor schwieg einen Moment und sah dann wieder direkt in die Kameras. »Haben Sie irgendwelche Fragen?«

Sofort erhob sich ein lautes Durcheinander von Stimmen, aber Rustin deutete auf jemanden, und der Rest der Gruppe verfiel in unruhige Stille. »Hat er irgend etwas gesagt? Hat er gestanden?«

Der Direktor schaute zu Anne Jeffers, die ihren Kopf schüttelte und sich offenbar gerade dazu äußern wollte, als auf einmal die Tür aufging, ein Uniformierter hereinkam, und ihr etwas ins Ohr flüsterte. Mit einem überraschten Ausdruck im Gesicht verließ sie das Zimmer.

Im Klassenraum drehten sich Heathers Mitschüler neugierig nach ihr um, als ob sie von ihr eine Erklärung für das plötzliche Verschwinden ihrer Mutter erwarteten. Maude Brink, der nicht entging, wie besorgt Heather wirkte, schaltete den Fernseher aus und wandte sich der Klasse zu. »Also gut, was haltet ihr davon? War die Berichterstattung fair? War sie seriös oder nur Effekthascherei? Wer möchte anfangen?«

Drei Hände streckten sich sofort nach oben, und Mrs. Brink nickte Adam Steiner zu, der in der hinteren Reihe saß, sich aber nur selten zu Wort meldete. »Wie kommen die überhaupt dazu, mit der Familie zu reden?« wollte er wissen. »Mrs. Kraven hat doch nichts getan – warum läßt man sie dann nicht in Ruhe?«

»Woher willst du wissen, daß sie nichts getan hat?« fragte jemand anderes. »Sie muß doch etwas dazu beigetragen haben, daß aus Richard Kraven ein so verrückter Mensch geworden ist.«

»Vielleicht stimmt was mit seinen Genen nicht«, wandte ein Dritter ein. »Niemand weiß, was Leute dazu veranlaßt, so etwas zu tun.«

»Ich habe gehört, daß er ein Satanist war«, rief jemand dazwischen. Mrs. Brink hob schließlich die Hand, um wieder Ordnung in die Diskussion zu bringen. »Jetzt reden wir erst einmal über die Berichterstattung und verlieren uns nicht in Spekulationen über Kravens Motive. In diesem Kurs geht es um Journalismus, nicht um Kriminologie...«

Die Lehrerin brach ab, als die Tür zum Klassenzimmer aufging. Eine der Chefsekretärinnen des Rektors trat ein, nickte kurz und fing sofort an zu reden, ohne sich für die Unterbrechung zu entschuldigen. »Heather? Könntest du bitte mitkommen? Mrs. Garret möchte einen Moment mit dir sprechen.«

Maude Brink wollte gerade einwenden, ob das nicht vielleicht bis Unterrichtsschluß warten könne. Doch dann erinnerte sie sich an das seltsame Verschwinden von Heathers Mutter aus der Pressekonferenz und gab ihr ein aufmunterndes Lächeln mit auf den Weg, als sie das Zimmer verließ. Irgend etwas mußte passiert sein.

Als Heather Olivia Garrets Büro betrat, bat die Rektorin sie, auf dem Sofa Platz zu nehmen.

»Ich habe leider eine schlechte Nachricht für dich«, kam sie mit jener Direktheit zur Sache, für die sie bekannt war. »Die Sekretärin deines Vaters hat angerufen.«

»Rita Alvarez?« Heather schluckte.

Mrs. Garrett nickte. »Dein Vater hatte anscheinend einen Herzinfarkt. Er wurde ins Krankenhaus eingeliefert, und deine Mutter will, daß du sofort dorthin gehst. Mrs. Alvarez holt deinen Bruder von der Schule ab, dann kommt sie...«

Aber Heather hörte ihr schon gar nicht mehr zu. Statt dessen versuchte sie erst einmal mit dem fertig zu werden, was sie eben gehört hatte. Ihr Vater im Krankenhaus? Mit einem

Herzinfarkt? Wenn ihre Mutter wollte, daß sie und Kevin ins Krankenhaus gingen, mußte es sich um etwas Ernstes handeln! Aber heute morgen war es ihm doch noch glänzend gegangen! Als er vom Joggen nach Hause kam, war er nicht einmal außer Atem gewesen. Wie konnte er da einen Herzinfarkt bekommen?

Mit einem Mal fühlte sich die Fünfzehnjährige viel jünger als sie war. Ob ihr Vater sterben würde?

8. Kapitel

Mark Blakemoor und Anne Jeffers saßen schon seit zwei Stunden im Flugzeug. Sollte das peinliche Schweigen zwischen ihnen auch noch die nächsten drei Stunden anhalten, würde er einige Drinks nehmen und anschließend etwas schlafen, entschied er sich.

Er hatte in letzter Zeit viel zu viel getrunken, vor allem in den zehn Monaten, seit Patsy ihn verlassen hatte. Nach achtzehn Jahren war ihre Ehe zerbrochen. Alles, was sie gesagt hatte, war, daß sie es nicht mehr aushalten könne, die Frau eines Polizisten zu sein. Aber was hätte er sonst machen sollen? Er konnte doch nicht einfach den Beruf wechseln, das wollte er auch gar nicht. Außerdem hatte sich Patsy über sein starkes Trinken beklagt – und wie er ehrlich zugeben mußte, hatte sie damit auch recht gehabt. Er *hatte* zuviel getrunken! Also entschied sich Mark, daß er jetzt besser keinen Drink nehmen, sondern herausfinden sollte, worüber Richard Kraven mit Anne Jeffers vor seinem Tod gesprochen hatte.

»Würden Sie gern über etwas reden?« fragte er und verlagerte seinen massigen Körper, er war 1,88 Meter groß und 95 Kilo schwer, um ein paar Zentimeter. Es war der vergebliche Versuch, es sich auf dem engen Sitz etwas bequemer zu machen.

Anne hatte in Gedanken aus dem Fenster geschaut, auf die endlose Weite der Wolken, die einige tausend Meter unter dem Flugzeug eine geschlossene Decke bildeten, und daher die Worte des Polizisten zunächst nicht zur Kenntnis genommen. Dann seufzte sie, rieb ihren steifen Hals und sah über ihn hinweg. »Über Glen?« Sie tat so, als habe sie keine Ahnung, was Blakemoor wirklich von ihr wissen wollte. Was sie seit seiner Scheidung über ihn erfahren hatte, war, daß er sich während seiner Ehe so gut wie gar nicht um seine Frau gekümmert hatte. Weshalb sollte er sich jetzt für ihren Mann interessieren, den er zudem nicht einmal kannte? Aber warum sollte sie nicht mit ihm reden, schließlich hatte Blakemoor für sie auf seinen Platz verzichten wollen, auch wenn es letzten Endes nicht dazu gekommen war. »Oder wollen Sie über Richard Kraven mit mir sprechen?«

»Egal«, gab Blakemoor zurück. »Aber Mitleid zu empfinden, fällt mir schwer. Patsy meinte immer...« Er brach ab und errötete leicht. »Ach, was schert's mich, was Patsy gemeint hat. Also, was hat Kraven gesagt? Zu Hause warten noch einige ungelöste Fälle auf mich. Wenn Sie mir wenigstens bei der Aufklärung eines einzigen helfen könnten, wäre das toll.«

Anne schüttelte den Kopf. »Glauben Sie mir, Mark, wenn er auch nur irgend etwas von Bedeutung gesagt hätte, würden Sie es sofort erfahren. Schließlich haben Sie sich viele Jahre mit dem Fall auseinandergesetzt. Aber Kraven hat auch jetzt nichts anderes gesagt wie immer: Er habe mit keinem der Morde etwas zu tun, es sei alles ein abgekartetes Spiel, man habe sich gegen ihn verschworen und so weiter und so fort.«

Die Augen des Polizisten verengten sich und er sagte: »Sie haben wohl auch geglaubt, daß jeder Mensch mit reinem Gewissen ins Grab gehen will. Aber nicht Kraven. Die übelste Bestie, die mir je begegnet ist.«

Beide schwiegen wieder und hingen ihren eigenen Gedanken nach. Doch als Blakemoor seine nächste Frage stellte, merkte sie, daß sich seine Grübeleien nicht sehr von den ihren unterschieden. »Was glauben Sie? Halten Sie es für möglich, daß wir uns alle geirrt haben?«

»Wen fragen Sie?« entgegnete Anne. »Die Starjournalistin oder die Privatperson Anne Jeffers?«

»Fangen wir mit der Privatperson an.«

»Er ist schuldig«, stellte sie ohne Zögern fest. »Schuldig und noch mal schuldig aller Verbrechen, für die man ihn verurteilt hat und aller übrigen auch.«

»Okay. Und wie denkt die Starjournalistin darüber?«

Anne spreizte die Finger und tat, als würde sie auf einer imaginären Tastatur tippen. »Zeigen Sie mir einen Reporter, der nicht gern eine Verschwörung aufdecken wollte, die einen Unschuldigen auf den elektrischen Stuhl gebracht hat. Niemand würde sich doch einen Pulitzer-Preis entgehen lassen.«

Der Polizist musterte sie nachdenklich und versuchte auszuloten, wie ernst sie das meinte. »Heißt das, daß Sie weiterhin der Sache auf der Spur bleiben?«

Anne wollte schon antworten, als ihr klar wurde, daß sie gar nicht wußte, was sie eigentlich vorhatte. Vor drei Stunden, bevor sie den Anruf von Rita Alvarez bekommen hatte, wäre das ein einfaches Gespräch gewesen: Sie hätte erzählt, was Kraven bei ihrer letzten Unterhaltung gesagt hatte. Falls Kraven tatsächlich nicht gelogen hatte und sie das beweisen konnte, wäre sie zweifellos für einen Pulitzerpreis in Frage gekommen. Ganz zu schweigen von einem tollen Buchvertrag, vielleicht einem Film zum Thema und einem neuen Job mit einem Gehalt, neben dem ihr jetziges ein besseres Taschengeld gewesen wäre. Jetzt aber sah alles anders aus. Nach dem kurzen Gespräch mit Rita hatte sich alles verändert. »Ich weiß nicht, ob ich an der Story dranbleibe oder nicht«, antwortete sie schließlich. »Das hängt alles davon ab, wie es mit Glen weitergeht. Kann sein, daß ich erst einmal einen längeren Urlaub mache.«

Das Gesicht des Kommissars zeigte ein ungläubiges Lächeln: »Ausgerechnet Sie? Ach, hören Sie auf! Anne, wenn Sie an einer Story arbeiten, lassen Sie genauso wenig locker, wie ich, wenn ich mit einem schweren Fall beschäftigt bin. Da sind mir die Zeit, das Essen, Schlaf und auch die Familie völlig gleichgültig.«

Anne reagierte auf Blakemoors Worte mit einem massiven Gegenangriff. »Wahrscheinlich hat Patsy Sie deshalb auch verlassen. Zum Glück ist wenigstens meine Ehe intakt!« Blakemoor zuckte zusammen, und Anne bereute ihre Äußerung augenblicklich. »Tut mir leid«, sagte sie, »das war nicht sehr fair.« Als sie dann darüber nachdachte, wurde ihr erst klar, wie unfair es wirklich gewesen war. Sei selbst aß ja auch nicht immer mit ihrem Mann gemeinsam zu Abend. Ganz im Gegenteil. Und was noch schlimmer war: In den letzten

Monaten hatten Heather und Kevin oft auf ihre Eltern warten oder sogar allein essen müssen, weil die Jeffers in ihren Büros eine Kleinigkeit gegessen hatten. Wenn sie absolut ehrlich zu sich war, mußte sie einräumen, daß Blakemoor gar nicht so falsch lag – solange sie sich mit einer Story beschäftigte, hatte sie weder Augen noch Ohren für etwas anderes. Und der Geschichte, die heute mit der Hinrichtung zu Ende gegangen war, hatte sie in den letzten fünf Jahren fast ihre ganze Aufmerksamkeit gewidmet.

Plötzlich kam ihr ein fürchterlicher Gedanke: Wenn sie sich nicht so ausschließlich um den Fall Kraven gekümmert hätte – hätte sie dann vielleicht Glens Herzinfarkt voraussehen können? Aber wie? Der war doch aus heiterem Himmel gekommen!

Sie dachte über die letzten Tage, Wochen und Monate nach. Wie lange war es schon her, seit Glen und sie einmal abends zusammen ausgegangen waren oder ein ganzes Wochenende allein miteinander verbracht hatten? Normalerweise arbeitete immer einer von ihnen, wenn nicht gar beide. Sie hatten weder seinen Geburtstag noch ihren Hochzeitstag vor drei Monaten gefeiert. Wenn sie schon so sehr von ihrer Arbeit in Anspruch genommen wurde, daß sie nicht einmal die wichtigsten Daten in ihrem Leben feiern konnte, wie sollte sie dann erst über den Gesundheitszustand ihres Mannes Bescheid wissen?

Hätte sie den Herzinfarkt kommen sehen müssen? Hätte sie es Glen am Gesicht anmerken können? Gab es bei ihm Anzeichen von Streß, die sie nicht bemerkt, eine Müdigkeit, die sie ignoriert hatte? Sie verspürte auf einmal ein tiefes Schuldgefühl, und es tauchten weitere Fragen auf, Fragen, die nicht leicht zu beantworten waren.

»Kopf hoch, Anne!« Blakemoor sagte das in einem Ton, als ob er ihre Gedanken gelesen hätte. »Was Glen zugestoßen ist, war nicht Ihre Schuld. Sie haben ihn nicht so behandelt wie ich Patsy: Mein Gott, es hat Zeiten gegeben, da haben wir uns tagelang nicht gesehen.«

»Bin ich etwa in den letzten Tagen in Seattle gewesen?«

entgegnete Anne sarkastisch und ihre Selbstanklage war nicht zu überhören. »Meine Güte, Mark, ich hätte es vorhersehen können. Ich hätte bemerken müssen, daß er zu hart arbeitet und daß ihn das fertigmacht.«

»Das wäre etwa so, als wenn ein Esel den anderen Langohr schimpft«, bemerkte Blakemoor lakonisch, lächelte aber dabei.

Den restlichen Flug redete er weder über Kraven noch über Glen Jeffers Herzinfarkt. Das einzige Thema, über das er bereitwillig Auskunft gab, war seine Scheidung. Zu seiner eigenen Überraschung erzählte er Anne alles darüber. Was ihn noch mehr verblüffte, war, daß ihm bis zur Landung des Flugzeugs in Seattle zwei Dinge klargeworden waren. Erstens: An der Scheidung war Patsy in Wahrheit nicht weniger schuld gewesen als er, obwohl sie ihm immer die alleinige Schuld angelastet hatte. Zweitens: Mit Anne Jeffers konnte er über alles reden, was ihm auf der Seele lag. So etwas hatte er noch nie bei einer anderen Frau erlebt; und als er mit Anne das Flugzeug verließ, fragte er sich, was das wohl bedeuten mochte.

Und er fragte sich auch, wie eng Annes eheliche Bindung war. Wenn sie jemals allein sein sollte...

Mark Blakemoor versuchte, sich diese Gedanken aus dem Kopf zu schlagen. Doch sie hatten sich bereits festgesetzt, und er wußte, daß er sie nicht mehr loswerden würde.

Aber wohin sollte das führen? Er durfte sich nicht in die Frau eines anderen verlieben!

9. Kapitel

Das Taxi hielt vor dem Krankenhaus. Nervös suchte Anne das Geld aus ihrer Brieftasche.

»Danke, Mam«, sagte der Fahrer mit einem Akzent, so daß er kaum zu verstehen war. »Was auch passiert ist – ich wünsche Ihnen, daß bald wieder alles in Ordnung ist.«

Anne bedankte sich, nahm ihren Koffer, eilte durch den Haupteingang und fragte nach der Intensivstation.

»Sie gehen durch die Halle«, erklärte ein Mann in rotem Jackett, »dann nehmen Sie den Aufzug und fahren in den dritten Stock. Sie können sie gar nicht verfehlen.«

Als sie den Fahrstuhl in der dritten Etage verließ, fielen ihr gleich die Wände des Flurs auf, die in einer furchtbaren Farbe gestrichen waren. Zu dem eigentümlichen Anstrich standen die fahlweißen Dekorationen in einem scharfen Gegensatz. Alles in allem war es eine deprimierende Ausstattung. Anne wußte, daß ihr Mann sie schrecklich finden würde – wäre er nur gesund genug, um sie überhaupt zu bemerken. Dann gelangte Anne in einen Vorraum, von dem geschlossene Doppeltüren zur Intensivstation führten. Dort las sie auf einem Hinweisschild, daß sie das rote Telefon im Wartezimmer benutzen sollte. Bevor sie sich noch nach Hilfe umsehen konnte, hörte sie schon Heathers Stimme: »Mom! Hierher!«

Gleich darauf wurde sie von ihren Kindern umarmt und geküßt. »Wie geht es ihm?« erkundigte sie sich. »Was hat man euch gesagt?«

»Er ist schon auf dem Wege der Besserung«, antwortete Heather. »Die haben zwar zigtausend Maschinen an ihn rangehängt, aber der Arzt sagt, die sind hauptsächlich zur Überwachung.«

Als ihre angestaute Spannung mit einem Mal abklang, sank Anne erschöpft auf einen der Stühle, die neben der Tür standen. Dort, auf einem Tisch, nur wenige Meter von ihr entfernt, stand das rote Telefon, das auf dem Schild erwähnt wurde. Jetzt, da sie wußte, daß Glen außer Lebensgefahr war, grinste sie Kevin an. »Du hast doch bestimmt nach dem Präsidenten verlangt, als du das Telefon abgenommen hast?«

Kevin wurde rot, als er nickte. »Ich konnte es einfach nicht lassen«, gab er zu.

»Ich hätte ihn umbringen können«, sagte Heather und warf ihrem Bruder einen bösen Blick zu. »Daddy hätte sterben können, und er treibt seine Späßchen.«

»Er ist aber nicht gestorben«, protestierte Kevin. »Jetzt hab dich bloß nicht so, Heather! Es ist nicht so, wie...«

Anne ließ ihre Kinder streiten, nahm das rote Telefon ab und stellte sich vor. Man teilte ihr mit, daß sich die Doppeltüren öffnen würden und sie dann zur Schwesternstation gehen solle.

»Ihr Mann liegt auf Zimmer 308«, sagte die Krankenschwester. »Er ist aufgewacht, aber erwarten Sie nicht, daß er viel redet, und bleiben Sie bitte auch nicht zu lange bei ihm. Er braucht jetzt nämlich viel Schlaf.«

Die Zimmertür war offen, doch Anne zögerte noch, um sich innerlich auf das vorzubereiten, was sie drinnen erwartete. Dann atmete sie tief durch, setzte das beste Lächeln auf, das sie zustandebrachte und dachte sich eine unbeschwerte Bemerkung aus, mit der sie Glen begrüßen wollte. Als sie aber die Türschwelle überschritt, erstarben ihre Worte auf den Lippen, denn der Mann, der dort im Bett lag, wies nicht mehr viel Ähnlichkeit mit ihrem Ehemann auf.

Sein Gesicht war grau, und sein ganzer Körper schien in sich zusammengesunken zu sein. Heather hatte recht gehabt – überall hingen Drähte und Gummischläuche. In seinem Arm steckte eine Infusionsnadel, seine Brust war fast vollständig mit Elektroden übersät, und die Monitore an der Wand schienen sämtliche Funktionen seines Körpers anzuzeigen. Ein flüchtiger Blick genügte, um Glens Pulsfrequenz, seine Atemtätigkeit und seine Temperatur zu erkennen. Darüber hinaus waren noch Dutzende anderer Daten abzulesen, die Anne nicht entziffern konnte und die sie deshalb beunruhigten. Wenn er wirklich außer Gefahr war, warum wurde er dann mit solch großem Aufwand kontrolliert?

Sie ging auf das Bett zu. Seine Augen flackerten, schienen zuerst durch sie hindurchzusehen, als ob sie gar nicht da wäre, konzentrierten sich dann aber doch auf sie. Er bewegte die Lippen und brachte kaum hörbare Worte hervor: »Ich glaube, ich sollte mich lieber wieder um kleinere Häuser kümmern. Wolkenkratzer sind anscheinend nichts für mich.«

Annes Augen füllten sich mit Tränen der Erleichterung. Sie ging näher ans Bett, beugte sich hinab und küßte Glen auf die Stirn. »Was hast du bloß angestellt? Hast du eine Ahnung, wie sehr du mich erschreckt hast?«

»Dich?« sagte er vorwurfsvoll. »Und wer spricht von mir? Ich hatte den schlimmsten Anfall von Höhenangst aller Zeiten – und plötzlich, bumms, fiel ich um, wie vom Blitz gefällt.«

Anne starrte ihn an. »Höhenangst?« wiederholte sie. »Seit wann hast du denn Höhenangst?«

»Offenbar seit heute morgen. Es fing im fünften Stock an und wurde immer schlimmer, je höher ich hinauffuhr.«

Anne schüttelte den Kopf und sagte tadelnd: »Warum bist du dann überhaupt weitergefahren? – Ach, ist schon gut. Ich weiß, es ist *dein* Gebäude, und deshalb mußtest du's tun. Wie geht's dir jetzt?«

Glen versuchte mit den Achseln zu zucken, gab es aber auf und brachte ein schwaches Lächeln zustande. »Als hätte mich ein Laster überfahren, aber einer von den ganz großen. Wie heißen die doch gleich...« Er suchte nach dem richtigen Wort, konnte es aber, von den Medikamenten benommen, nicht finden, und ließ es schließlich.

»Sattelschlepper«, half ihm Anne.

Glen nickte schwach und schloß die Augen. Anne wollte noch etwas sagen, tat es aber nicht, als die Krankenschwester in der Tür erschien und ihr einen Blick zuwarf, der deutlich sagte, das sie nun lange genug dagewesen sei.

Sie seufzte, beugte sich über Glen und gab ihm einen zärtlichen Kuß auf die Lippen. »Schlaf jetzt, Liebling«, flüsterte sie. »Und werde wieder gesund. Ich komme bald wieder.« Sie richtete sich auf und folgte der Schwester aus dem Zimmer. »Wo finde ich den Arzt?«

Die Schwester schaute auf die Uhr. »In einer halben Stunde kommt er sowieso, weil er dann seine Runde macht. Aber ich rufe ihn gleich an.« Sie ging zum Telefon, wählte eine Nummer, sprach kurz und lächelte Anne zu. »Wenn Sie bitte im Warteraum Platz nehmen möchten. Dr. Farber wird in fünf Minuten bei Ihnen sein.«

Als Anne wieder in den Wartesaal zurückkam, hatten Heather und Kevin endlich ihren Streit beigelegt. »Was hat Daddy gesagt?« wollte Kevin wissen. »Hast du ihn gesehen?«

»Er hat gesagt, wenn ihr nicht genau das macht, was ich euch sage, solange er im Krankenhaus ist, wird er euch die Ohren lang ziehen, wenn er wieder rauskommt.«

Kevin warf seiner Schwester einen spöttischen Blick zu. »Wahrscheinlich hat er gepennt.«

Anne seufzte. Als sie daran dachte, wie Glen ausgesehen hatte, stiegen ihr Tränen in die Augen. Diesmal versuchte sie gar nicht erst, sie zurückzuhalten. »Er hat gesagt, er fühlt sich wie von einem Laster überfahren«, sprach sie mit zitternder Stimme. »Er hat gesagt...« Sie schluckte die Worte hinunter und ließ sich auf das Sofa fallen. »Er wird schon wieder.« Sie versuchte, so optimistisch wie möglich zu klingen. »Er wird sich erholen, und in ein paar Tagen...«

»Mrs. Jeffers?« wurde sie unterbrochen. Anne sah auf und erblickte einen Mann im weißen Kittel und mit einem Stethoskop um den Hals. Er hatte dunkles Haar, blaue Augen und machten einen absolut zuverlässigen Eindruck. Allerdings konnte er kaum älter als fünfundzwanzig sein.

»Ich bin siebenunddreißig«, erklärte er, als er zu ihr ging und ihr die Hand entgegenstreckte. »Und ein richtiger Arzt bin ich auch, nicht etwa ein Famulus. Das Stethoskop trage ich nur, damit man mich nicht mit einem Krankenpfleger verwechselt. Ich heiße Gordy Farber.«

»Anne Jeffers«, antwortete Anne automatisch. »Und das sind...«

»Ihre Kinder kenne ich schon. Setzen wir uns doch und unterhalten uns. Es sei denn, Sie wollen lieber in meinem Büro mit mir reden.«

Anne schüttelte den Kopf, setzte sich wieder auf das Sofa und versuchte, den komplizierten medizinischen Begriffen, die ihm so locker über die Lippen gingen, zu folgen. Als er schließlich bemerkte, wie verwirrt Anne war, zwinkerte er Kevin zu. »Könntest du deiner Mutter erklären, was mit deinem Vater los ist?«

»Ein myokardialer Infarkt«, antwortete Kevin prompt. »So nennen die Ärzte einen Herzmuskelinfarkt.«

»Stimmt genau«, sagte Farber, griff in seine Tasche und holte eine Fünfdollarnote heraus. »Und weil du es beim ersten Mal schon gewußt hast, darfst du mit deiner Schwester in die Cafeteria gehen und ein paar Milchshakes trinken.« Erst nachdem Heather ihren Bruder aus dem Zimmer gedrängt hatte, wandte Farber sich wieder Anne zu. »Es war die Art von Infarkt, die wir in die Kategorie sehr ernst einordnen«, fuhr er fort. »Aber das Schicksal hat es gut mit ihrem Mann gemeint. Er ist nicht nur relativ jung, sondern auch in ausgesprochen guter körperlicher Verfassung. Außerdem haben die Sanitäter glänzende Arbeit geleistet.«

Anne hatte plötzlich den Eindruck, daß das Leben ihres Mannes weit stärker bedroht gewesen war, als sie bislang geglaubt hatte. »Wie schlimm war es?« wollte sie wissen.

»Er hat auf der Kippe gestanden.« Schon vor langem hatte er gelernt, daß es den meisten Menschen lieber war, die harte Wahrheit zu erfahren, als den Eindruck vermittelt zu bekommen, man würde ihnen etwas verbergen. »Im Krankenwagen wäre er fast gestorben. Ein paar Minuten lang hing sein Leben am seidenen Faden, aber er wurde gerade noch gerettet.«

Anne atmete schwer. »Er wäre fast...?« wiederholte sie, »Sie meinen...?« Sie ließ die Frage im Raum stehen, dann riß sie sich zusammen. Schließlich war sie ja Reporterin, die noch nie eine Frage unausgesprochen hatte stehen lassen. »Wie eng war es?« hakte sie nach, und Farber bemerkte an ihrem Tonfall, daß sie alles darüber hören wollte.

»Seine Atmung und sein Herzschlag hatten aufgehört«, führte er aus. »Wir haben ihn in letzter Sekunde wieder ins Leben zurückgeholt.«

Anne erinnerte sich daran, daß Glen nicht das Wort Sattelschlepper eingefallen war, und all ihre Ängste kehrten schlagartig wieder zurück. »Mein Gott«, stöhnte sie. »Ist er... ist sein Gehirn...?« Diesmal schaffte sie es nicht mehr, die Frage zu vollenden.

»Die Sache sieht jetzt ziemlich gut aus«, sagte Farber. »Er hat sich stabilisiert, und die nächsten Tage werden uns endgültigen Aufschluß geben. Wenn sich keine weiteren Zwischenfälle einstellen, denke ich, daß die Aussichten für eine vollständige Genesung ausgezeichnet sind.«

»Und wenn sich... Zwischenfälle einstellen?«

Farber spreizte zurückhaltend seine Finger. »Darüber können wir erst reden, wenn es wirklich dazu kommen sollte. Das Wichtigste ist jetzt erst einmal, daß es ihm in Anbetracht der Umstände gutgeht. Obwohl man es ihm nicht ansieht, ist er schon wesentlich besser drauf als bei der Einlieferung heute morgen.« Er stand auf, zog eine Broschüre aus seiner Jackentasche und reichte sie ihr. »Lesen Sie sich dies doch einmal durch, während ich meine Visite mache. Sobald ich damit fertig bin, beantworte ich Ihnen jede Frage.«

Anne nahm die Broschüre, und sie starrte nur auf das Wort im Titel: Herzinfarkt. Sie nickte stumm und ließ sich auf das harte Sofa sinken. Einige Minuten lang blieb sie still sitzen, hielt das Heft und versuchte, sich mit der Tatsache abzufinden, daß Glen einen Infarkt erlitten hatte. Noch vor zwei Tagen, sogar noch heute morgen, war er so stark, so gesund, so lebendig gewesen.

Und dann war er dem Tode so nahe gewesen.

Ihr fiel noch einmal das Bild ein, wie er mit aschfahlem Gesicht im Krankenbett gelegen hatte, sein Körper an alle möglichen Geräte angeschlossen war und er so krank und hilflos ausgesehen hatte. Was wäre, wenn es zu einem neuen – wie hatte Farber gesagt: *Zwischenfall* käme?

Aber das wäre dann nicht bloß ein »Zwischenfall« – ein weiterer Infarkt bedeutete zweifellos das Ende.

Was würde sie tun, wenn es dazu käme? Wie wollte sie damit fertigwerden? Ein schreckliches Gefühl von Einsamkeit und Hoffnungslosigkeit überkam sie. Sie hatte Angst, losheulen zu müssen und kämpfte dagegen an. Jetzt durfte sie auf keinen Fall die Fassung verlieren.

Sie blätterte in der Broschüre, doch der Text ergab für sie keinen Sinn. Zumindest in diesem Moment konnte sie nichts damit anfangen. Jetzt mußte sie etwas anderes tun, etwas, das ihre Gedanken von Glen ablenkte, und sei es auch nur für ein paar Minuten.

Und sie erinnerte sich wieder an jenen Mann, der diesen furchtbaren Tag nicht überlebt hatte.

Richard Kraven.

Der Mann, den sie erst vor wenigen Stunden auf dem elektrischen Stuhl hatte sterben sehen – ihre Story über ihn hätte eigentlich längst fertig sein müssen. Sie begann sofort mit der Arbeit, sie schien ihr das beste Mittel, die schreckliche Angst, Glen zu verlieren, zu beherrschen. So konzentrierte sie sich darauf, einen Artikel zu formulieren.

Einen Artikel über den Tod, aber nicht über Glens Tod.

Als Gordy Farber in den Warteraum zurückkehrte, hatte Anne ihre Story bereits auf das Diktiergerät gesprochen.

Nun, da der Artikel unter Dach und Fach war, richtete sie ihre Aufmerksamkeit wieder ganz und gar auf ihren Mann und hörte dem Arzt zu, der ihr erklärte, worauf sie sich vorbereiten mußte. Während sie zuhörte, zerstreuten sich ihre Zweifel. Sie konnte gut damit fertigwerden. Ganz egal, was kommen würde – Glen würde nicht sterben.

Sie würde es einfach nicht zulassen.

10. Kapitel

Der Experimentator lag in fast völliger Dunkelheit. Die Wände seines Zimmers wurden vom Licht der Straßenlaternen draußen nur schwach beleuchtet. Obwohl er still dalag, schlief er nicht, obgleich ihm klar war, daß er bald schlafengehen mußte.

Aber jetzt noch nicht. Erst wollte er den Bericht noch einmal hören. Seine Finger strichen über das glatte Plastik der Fernbedienung, und er stellte sich vor, daß sie aus Haut sei. Aus der Haut eines seiner Objekte.

Es hatte lange gedauert, bis er nur daran zu denken gewagt hatte, ein neues Experiment durchzuführen, aber jetzt konnte er wieder sicher sein.

Zumindest für eine Weile.

Er drückte sanft auf den Lautstärkeregler, bis die Stimme des Ansagers deutlich genug zu hören war.

»Wir beginnen unsere heutigen Nachrichten mit der Meldung, daß gestern um neun Uhr östlicher Zeit Richard Kraven auf dem elektrischen Stuhl hingerichtet wurde. Dies geschah nur Stunden nachdem sein letzter Antrag auf ein neuerliches Verfahren abgelehnt worden war. Dem Bericht einer Journalistin des *Seattle Herald*, Anne Jeffers, zufolge, der letzten Person, mit der er gesprochen hatte, zeigte er keinerlei Reue für seine Taten. Sogar noch um elf Uhr beteuerte er seine Unschuld, ungeachtet der massiven Beweise, die im Prozeß gegen ihn vorgelegt wurden...«

Der Experimentator konnte ein hämisches Glucksen nicht unterdrücken und wünschte sich eine Sekunde lang, daß es jemanden gäbe, mit dem er seinen Spaß teilen könnte. Andererseits würde es ohnehin nicht mehr lange dauern, bis die ganze Welt diesen Witz begreifen würde.

Wieviel Zeit war verstrichen, seitdem er das letzte Experiment ausgeführt hatte?

Es war schon so lange her, daß er fast vergessen hatte, was es für ein Gefühl war, den Ausdruck in den Augen seiner Objekte zu sehen, wenn sie müde wurden und er ihnen versicherte, daß sie sich nicht zu ängstigen brauchten, daß alles gut ginge.

Besser konnte er sich dagegen an das durchdringende Gekreische der Säge erinnern, wenn sie die Brustbeine durchschnitt. Seine Finger zuckten reflexartig, als er sich an das Vergnügen erinnerte, das er immer hatte, wenn er seine Hände tief in den geöffneten Brustkasten schob, sie durch die zwei warmen Lappen der Lungen zwängte, sie eng um das heftig schlagende Herz schloß...

Der Experimentator stieß einen kaum hörbaren freudigen Seufzer aus.

Jetzt konnte er wieder anfangen.

Jetzt würde er allen beweisen, daß sie den falschen Mann hingerichtet hatten.

Über zwei Jahre – nachdem sie ihn festgenommen und ihn schließlich aufgrund des belastenden Beweismaterials verurteilt hatten – hatte er auf diesen Tag gewartet.

Von nun an konnte er mit seinen Experimenten aufs neue beginnen, sein Wissen erweitern, seine Macht demonstrieren und den hirnlosen Idioten, die Richard Kraven hingerichtet hatten, beweisen, daß sie einen großen Fehler gemacht hatten, daß sie einem Irrtum aufgesessen waren. Nicht zum ersten Mal wünschte sich der Experimentator, daß er Mäuschen spielen und ihre Gesichter sehen könnte, wenn sie sich an die Untersuchung seiner neuesten Objekte machten.

Sie würden seine tadellose Arbeit sofort wiedererkennen, das war keine Frage. Aber es war auch keine Frage, daß sie die Wahrheit leugnen würden. Statt dessen würden sie nach Widersprüchlichkeiten suchen, nach Unterschieden in der Technik, egal wie gering sie auch waren. Sie würden nach allen möglichen Gründen suchen, um ihren Stolz und ihren Ruf zu wahren.

Am schlimmsten wäre das alles für Anne Jeffers. Sie müßte nicht nur alles zurücknehmen, was sie über Richard Kraven gesagt hatte, sondern sogar die Verantwortung für seine Hinrichtung übernehmen.

Sie hatte Kraven gehetzt, ihn auf den elektrischen Stuhl gebracht, obwohl niemand von ihm je ein Schuldbekenntnis gehört hatte.

Von nun an wollte er Anne Jeffers verfolgen. Er würde eine Zeitlang mit ihr spielen, sie in dem Glauben lassen, daß sie völlig richtig gehandelt hatte.

Dann wollte er sie verunsichern, und zum Schluß, wenn sie die volle Wahrheit wissen würde, würde er sie auf seine Liste setzen, sie zu seinem letzten Objekt machen.

Seine Finger streichelten die seidig-glatte Oberfläche der Fernbedienung. Er hörte einen sanften Klick, als er ausstellte. Das Bild wurde zu einem winzigen weißen Tüpfelchen in der Mitte des Schirms, das augenblicklich verlosch.

Wie seine Objekte verloschen, wenn sie starben.

Aber diese Tode waren nicht umsonst gewesen, denn dadurch hatte er seine Kenntnisse erweitert. Im Grunde waren seine Objekte auch gar nicht getötet worden, sondern nur gescheiterten Experimenten zum Opfer gefallen. Der Experimentator wußte schon seit langem, daß der Erwerb von Wissen wichtiger war als das Leben selbst. Zwar hatte Sokrates behauptet, ein Leben, in dem man sich nicht selbst unablässig erforsche, sie für ein menschliches Wesen nicht lebenswert, doch der Mann in dem dunklen Raum wußte es besser: Für ihn bestand das Wesentliche darin, das Phänomen des Lebens als solches zu erforschen. Allein das machte seine eigene Existenz erträglich.

Während der langen Zeit, in der die Beamten – diese erbärmlichen Kleingeister, die seine Arbeit nie begreifen würden – ihre Anklage gegen Richard Kraven aufgebaut hatten, war dem Experimentator klar geworden, daß auch die Versuche, bei denen die Objekte gestorben waren, in Wahrheit keine Fehlschläge darstellten, sondern seine Kenntnisse noch erweitert hatten.

Nun, nach Kravens Hinrichtung, war es an der Zeit wieder anzufangen. Er würde sein Wissen vergrößern und gleichzeitig ein für allemal beweisen, daß er viel schlauer war als alle, die ihn zu richten trachteten.

Draußen auf der Straße bewegte sich etwas. Er schaute aus dem Fenster.

Eine Frau lief den Bürgersteig entlang.

Ob sie wohl zur Arbeit ging? Oder ob sie nach Schichtende nach Hause wollte?

War das wichtig? Nein. Wichtig war nur, daß ihm die Frau aufgefallen war. Vielleicht war die Zeit genau richtig, und er könnte bald beginnen. Sie könnte sein Objekt sein.

Oder vielleicht nicht.

Vielleicht würde er jemand ganz anderen auswählen.

Der Experimentator lächelte, als er daran dachte, wie es beim letzten Mal gewesen war – wie all die Ermittlungsbeamten und die Mediziner, die die zerstückelten Körper untersuchten, ohne Erfolg nach einer Verbindung zwischen den Objekten gesucht hatten. Sie hatten nach Verbindungen zwischen Opfer und Täter gesucht. Natürlich hatten sie niemals etwas gefunden. Wenn jetzt alles von vorn anfinge, würden sie wieder ihre alten Aufzeichnungen studieren und aufs neue mit der Suche nach einem gemeinsamen Nenner beginnen.

Sie würden nach etwas suchen, das sie doch nie finden würden.

Bei dem Gedanken an das Chaos, das seine neuen Experimente auslösen würden, huschte ihm erneut ein Lächeln über die Lippen.

Aber dann wandte er sich vom Fenster ab. Der Tag war lang und aufregend gewesen, und jetzt war es Zeit zum Schlafengehen.

Morgen wollte er den Beginn seiner nächsten Experimentreihe festlegen.

Unbewußt spreizte der Experimentator seine Finger und bewegte sie leicht. Es war ein Ausdruck seiner Vorfreude...

11. Kapitel

Am nächsten Morgen, Seattle lag unter einem grauen Himmel, saßen die Menschen überall in der Stadt vor ihrem Frühstückskaffee, schlugen die Zeitungen auf und lasen den Leitartikel. In Küchen, Cafés, Imbißstuben und Büros wurde der Tag mit dem Lesen des Artikels begonnen, der tags zuvor im Krankenhaus von Capitol Hill verfaßt worden war.

Anne Jeffers...

Einige letzte Gedanken
über Richard Kraven

Gestern mittag endete mit der Hinrichtung Richard Kravens jener Schrecken, der fünf Jahre schwer auf vielen Staaten und Dutzenden von Städten der USA gelastet hatte. Obwohl Kraven nur wegen dreifachen Mordes überführt werden konnte, war er der Hauptverdächtige in vielen weiteren ungelösten Mordfällen, von denen mindestens sieben in seiner Heimatstadt Seattle verübt worden waren. Auf Wunsch des Verurteilten sprach die Autorin dieses Artikels noch kurz vor seiner Hinrichtung mit ihm. Während der Unterhaltung...

»Was zum Teufel bildet sich diese Nutte eigentlich ein?« Die laute Stimme, die im Amt für öffentliche Ordnung ertönte, war Mark Blakemoor so vertraut, daß er nicht einmal von seiner Zeitungslektüre aufsehen mußte, um sie zu erkennen. Seit er Anne Jeffers Kolumne im *Herald* überflog, rechnete er damit, daß Jack McCarty gleich in sein Büro, das er mit Lois Ackerly teilte, hereinplatzen würde. Er hatte auch im voraus gewußt , daß McCarty dabei sein eigenes Zeitungsexemplar mit seinen riesigen Fäusten zerknüllen und sein normalerweise schon rotbackiges Gesicht so dunkelrot anlaufen würde, daß jeder, der ihn nicht kannte, unweigerlich glauben mußte, der weißhaarige Polizeichef stünde kurz vor einem Schlaganfall. Und so kam es dann auch. Mark schob rasch seine Kaffeetasse beiseite, als der Chef die Zeitung auf den Tisch knallte.

»*Mindestens* sieben ungelöste Fälle?« rief er. »Was soll dieser Mist? Und wann hat sie das überhaupt geschrieben? Du hast doch erzählt, ihr Mann sei in dieser Scheißklinik!«

»Ist er auch«, antwortete Blakemoor in aller Ruhe und lehnte sich in seinem Stuhl zurück, um die Wut seines Bosses so richtig zu genießen. »Ich habe ihr heute morgen Blumen geschickt. Ich dachte, das könnte sie aufheitern.« McCartys Gesicht wurde noch röter, was Mark überlegen ließ, ob ein menschlicher Kopf wohl explodieren könne. Als dann auch noch eine Halsader McCartys zu pochen begann, fand er Gefallen an dem Gedanken, ihn noch mehr aufzustacheln. »Falls Ackerly übrigens gehört haben sollte, daß du Anne Jeffers eine ›Nutte‹ genannt hast, wird sie dich noch vor der Mittagspause als Sexisten anschwärzen.«

Der Hieb verfehlte seine Wirkung nicht. McCarty drehte sich heftig um und hielt aufgeregt nach Blakemoors Partnerin Ausschau. Doch sie war nirgendwo zu entdecken. »Um Himmels willen, Blakemoor, sag' bloß nicht so was. Ich hab' doch nur noch drei Jahre bis zur Pensionierung. Da würde es mir gerade noch fehlen, daß in meinem Zeugnis steht, ich sei ein Chauvinistenschwein.« Er ließ sich schwer in den verbeulten Holzstuhl fallen, der in der Ecke des Büros stand. Seine Augen fixierten feindselig das kleine Foto von Anne Jeffers, das neben dem Artikel abgebildet war. »Hast du gewußt, daß sie das vorhatte?«

Blakemoor tat die Frage mit einem Achselzucken ab und sagte: »Sie mußte ja irgend etwas schreiben. Schließlich ist sie Journalistin. Aus welchem Grund wäre sie auch sonst zu der Hinrichtung gegangen?«

»Aber so wie sie darüber schreibt, könnte man meinen, sie hätte eine goldgerahmte Einladung von diesem Dreckstück erhalten.« In seine blauen Augen trat ein erwartungsvoller Ausdruck. »Hat er wenigstens gelitten, Mark?« fragte er. »Sag mir, daß er verdammt noch mal gelitten hat, bevor sie ihn gebraten haben!« McCarty schlug mit der rechten Faust auf seine linke Hand. »Mann, was hätte ich darum gegeben, es selbst tun zu dürfen!«

Blakemoor rutschte ungemütlich auf seinem Stuhl herum und wünschte, er hätte seinen Boss nicht noch weiter aufgewiegelt, als dies Anne Jeffers schon geschafft hatte. Andererseits gab es niemanden in der ganzen Polizeibehörde, der Kraven nicht seine Qualen gegönnt hätte, nachdem er die Fotos seiner Opfer gesehen hatte. Selbst Mark, der nach fünfzehnjähriger Arbeit in der Mordkommission geglaubt hatte, ihn könne nichts mehr erschüttern, hatte es den Magen umgedrcht, als er das erste Mal bei der Autopsie eines von Kravens Opfern dabei gewesen war. Zunächst hatte ihn das Ganze noch nicht sehr mitgenommen – doch dann hatte der ärztliche Leichenbeschauer erklärt, daß das Opfer offenbar noch am Leben gewesen war, als Kraven seine Brust geöffnet und es in Stücke zu reißen begonnen hatte. In diesem Augenblick hatte sich Mark entschuldigt und war auf die Toilette gerannt. Auch jetzt, nach Kravens Tod, brachten ihn McCartys Worte aus der Fassung. Als dann noch weitere Mitarbeiter ins Büro strömten, um sich über Annes Kolumne zu beschweren, erinnerte er sich an ihre Unterhaltung im Flugzeug tags zuvor. War es das, was ihn beunruhigte? Der schwache, aber nagende Zweifel, daß vielleicht doch alle im Unrecht gewesen waren?

»Warum muß sie ein totes Pferd prügeln?« fragte Frank Lovejoy und schüttelte traurig sein kahles Haupt. »Sie hat fünf Jahre auf seine Kosten gelebt – kann sie ihn jetzt nicht in Ruhe lassen?«

»Soll sie doch in drei Teufels Namen schreiben, was sie will«, nörgelte McCarty. »Es wird Zeit, daß wir uns anderen Dingen zuwenden. Was ist mit dem Toten letzte Nacht in

Harborview, Frank? Will mich der Bürgermeister sprechen?«

Lovejoy schüttelte den Kopf. »Nur die übliche Schlägerei. Manchmal glaube ich, es ist am besten, wir warten ab, bis sie sich alle gegenseitig fertigmachen. Elender Abschaum.«

McCarty murmelte zustimmend, dann wandte er sich wieder Blakemoor zu: »Und was gedenkst du zu tun, nachdem Kraven jetzt erledigt ist?«

Obwohl es noch nicht acht Uhr war, seufzte Blakemoor müde und deutete auf den Aktenstapel mit ungelösten Fällen auf seinem Pult. In der Zimmerecke stand ein halbes Dutzend Pappkartons. Darin befanden sich Kopien von jedem Fetzen Papier, auf dem etwas vermerkt war, das mit Richard Kraven zu tun hatte. Die Informationen betrafen nicht nur die Morde in Seattle, die man Kraven anlastete, sondern die aus allen Staaten. Mehr als zwei Jahre hatten er und Lois Ackerly ihre Zeit damit verbracht, die Mordfälle zu untersuchen, die erst mit Kravens Festnahme ein Ende fanden.

Aber er wollte sich die Kartons noch einmal gründlich durchsehen, eine Akte nach der anderen überprüfen, nach etwas suchen, das ihm möglicherweise bisher entgangen war. Er wollte zumindest einen der lokalen Fälle Kraven unstrittig nachweisen. Die Beweise waren da; dessen war er sicher. Wenn er nur akribisch in diesen Kartons suchen würde, mußte er auf etwas stoßen, das ihm noch nicht aufgefallen war: eine scheinbar unbedeutende Tatsache, die ihm schließlich den letzten Zweifel, einen Fehler begangen zu haben, nehmen würde.

Es mußte einfach einen Hinweis geben, den noch niemand beachtet hatte. Während der zwei Jahre, in denen Kraven auf seine Hinrichtung gewartet hatte, war es Blakemoor nicht gelungen, ihn zu finden. Und vielleicht würde er eines Tages enttäuscht zugeben müssen, daß er diesen kleinen Hinweis nicht gefunden hatte, weil es ihn schlicht nicht gab.

Warum aber fühlte er, daß Kraven schuldig war, so, wie das Gericht es auch gefunden hatte? In den letzten zwanzig Jahren hatte er sich immer auf sein Gefühl verlassen können, es hatte ihn nie getrogen.

Er seufzte. Vielleicht war es endlich an der Zeit, mit all den Grübeleien aufzuhören, die Akten ins Archiv zu bringen, um sie dort ruhen zu lassen, sie endlich aus seinem Blickfeld zu verbannen, sie aus der Ecke seines Büros zu entfernen, wo sie ihn tagtäglich zu verspotten schienen. Er sah McCarty an und nickte in Richtung der Kartons. »Vielleicht sollte ich zuallererst mal diesen Mist loswerden.«

McCarty nickte kurz und machte sich auf den Weg hinaus, drehte sich aber noch einmal um und warf noch einen Blick auf den Zeitungsartikel, der ihm den Morgen gründlich verdorben hatte. »Glaubst du, daß die Jeffers auf dieser Geschichte noch weiter rumreitet?«

Mark Blakemoor dachte wieder an seine Unterhaltung mit Anne, zuckte die Achseln und beschloß, den Ahnungslosen zu spielen. Es wäre ja auch sinnlos gewesen, den Leiter der Mordkommission noch mehr zu verstimmen. »Woher soll ich das wissen? Ich kann ja nicht ihre Gedanken lesen.«

Brummend drehte sich McCarty ab, schlurfte aus Blakemoors Büro und fühlte schon, wie sich sein Magengeschwür meldete. Wieder ein Tag, an dem er nur Milch trinken und keines seiner heißgeliebten Salamisandwiches essen durfte. Na ja, was soll's, sagte er sich, das Leben besteht ja nicht nur aus Salamisandwiches.

Als der Chef hinausging, kam Lois Ackerly mit einem Tablett ins Zimmer, auf dem sie zwei Tassen Kaffee und eine Tüte Berliner balancierte. »Was ist denn mit McCarty los?« erkundigte sie sich und stellte die Tüte auf Marks Schreibtisch, »er hat mir ja einen Blick zugeworfen, der jemand Zartbesaiteteren glatt getötet hätte.« Dann fiel ihr Blick auf die zerknüllte Zeitung, die unter der Tüte hervorragte, und sie begriff. »Oh, Anne Jeffers.« Sie sah ihren Partner forschend an. »Hast du damit gerechnet, daß sie so etwas schreibt?«

»In etwa«, antwortete er. Er nahm sich eine Kaffeetasse und einen Berliner.

»Und?« drängte Ackerly, als sie bemerkte, daß Mark ihr nichts darüber sagen wollte.

»Und was?«

Ackerly ließ sich in den Stuhl hinter dem Schreibtisch ihres Partners fallen und betrachtete ihn mit einem Gesichtsausdruck, der zeigte, daß er ihr entweder alles sagen oder sich darauf einstellen müsse, daß sie den restlichen Tag noch schlimmer an ihm herumnörgeln würde, als dies seine Exfrau getan hatte. Er deutete ihre Miene richtig, schloß die Bürotür und erzählte von den Ereignissen des vergangenen Tages.

»Also, was glaubst du?« fragte seine Kollegin, als er fertig war, »ist es vorbei oder nicht?«

Blakemoor zögerte erst, entschloß sich dann aber doch, sich darauf zu verlassen, was ihm sein Gefühl sagte. Er nahm die Zeitung, riß sie in Fetzen und warf sie in den Papierkorb. »Es ist vorbei«, sagte er zu ihr, »was mich betrifft, ist der Fall erledigt.« Aber als er nach seiner Kaffeetasse griff, warf er einen flüchtigen Blick in den Papierkorb, von dem aus Anne Jeffers Foto ihm entgegenstarrte.

12. Kapitel

»...blieb Richard Kraven dabei, daß er in allen gegen ihn vorgebrachten Anklagepunkten unschuldig ist. Sogar am letzten Tag seines Lebens beteuerte er seine Unschuld, und ich frage mich, welches Motiv seinen Lügen wohl zugrunde lag.

Hat er vielleicht auf eine Begnadigung in allerletzter Minute gehofft?

Wohl kaum, denn trotz der Massen, die sich vor dem Gefängnis versammelt und gegen die Todesstrafe demonstriert hatten, hatte der Gouverneur von Connecticut keinen Zweifel daran gelassen, daß es in diesem Fall keinen weiteren Aufschub geben würde.

Warum hat mich Richard Kraven dann also angelogen?

Vielleicht wollte er mich zu seinem letzten Opfer machen, indem er mir offene Fragen zurückließ, auf die ich keine Antwort finde...

»Wie kann sie es wagen, einen solchen Dreck zu schreiben?« Edna Kravens Stimme bebte vor Zorn. Ihre Hand zitterte, und sie knallte die Zeitung auf den Küchentisch. Das war wirklich zuviel! Richard – ihr wunderbarer, vollkommener Richard – war noch keine vierundzwanzig Stunden tot, und dieses fürchterliche Weib hetzt schon wieder gegen ihn, und sie wiederholte all das Schreckliche, das sie schon in den fünf Jahren vorher geschrieben hatte.

Natürlich tat sie das aus Verbitterung. Denn Edna war längst klar, daß Anne Jeffers sich in Richard verliebt hatte, aber weil sie bei ihm abgeblitzt war, hatte sich ihre Verliebtheit in blanken Haß verwandelt. Warum auch sonst hätte sie Richard derart verfolgen und die vielen schrecklichen Lügen über ihn in die Welt setzen sollen? Jahrelang hatte Edna wütende Briefe an die Redakteure und Herausgeber des *Seattle Herald* geschrieben und gegen Anne Jeffers' Verleumdungen protestiert, aber die hatten ihr nicht einmal geantwortet. Einmal wurde zwar einer ihrer Briefe veröffentlicht, aber daraufhin war gleich ein Artikel von Anne Jeffers gefolgt, der in der ekelhaften Anspielung gipfelte, in Ednas enger Beziehung zu ihrem Sohn könne vielleicht die Ursache der furchtbaren Taten liegen, die Richard angeblich begangen haben soll.

Beim Lesen dieses Artikels hatte sie sich wirklich einer Ohnmacht nahe gefühlt. Was diese Jeffers hier andeutete, ließ sie erschaudern – wie konnte sie die aufrichtige Liebe einer Mutter zu ihrem Sohn auf derartige Weise besudeln...

Selbst jetzt noch brachte die bloße Erinnerung an diesen Artikel ihr Blut in Wallung, und sie starrte wütend über den Tisch zu ihrem anderen Sohn, Rory.

Rory!

Sie hatte ihn nach Rory Calhoun genannt, der einer ihrer Lieblingsstars auf der Leinwand gewesen war. Er war so hübsch und so stark.

Und so gänzlich anders als Rory.

Ihr Rory war völlig nach seinem Vater geraten, diesem faulen Taugenichts mit seinen Triefaugen und seiner welken Haut, der gleich nach Rorys Geburt stiften gegangen war und sie mit nichts, außer Richard zurückgelassen hatte. Und Richard hatte für sie beide gesorgt. Er hatte ihr beim Aufziehen des Babys und bei der Hausarbeit geholfen und es dabei trotzdem noch geschafft, glänzende Schulzeugnisse nach Hause zu bringen.

Ein Genie! Richard war ein Genie gewesen.

Aber Rory...

Ihr Mund verzog sich verärgert, als sie ihm dabei zusah, wie er seine Frühstücksflocken verschlang – *ihre* Frühstücksflocken – als ob nichts geschehen sei, als ob sein Bruder gestern nicht ermordet worden wäre. Ja, man hatte Richard einfach ermordet, egal wie sie es in den Zeitungen auch nannten. Sie hatten Richard gelyncht... Und tief in ihrem Herzen hegte Edna Kraven die schlimme Ahnung, daß Rory, sein eigener *Bruder*, sich nicht einmal etwas daraus machte.

Warum sonst hätte er ihr die Zeitung mit diesem widerlichen Artikel heute morgen ins Haus gebracht? »Also?« fragte sie, spitzte die Lippen und sah ihn mit vor Zorn funkelnden Augen an.

Rory Kraven blickte vom Sportteil, den er gerade las, auf. Die blöde alte Kuh will bestimmt wieder an mir herumkritteln, dachte er. Nichts konnte man diesem Mistweib recht machen. Sogar nach dreißig gottverdammten Jahren hatte sie noch immer was an ihm auszusetzen. Gestern nachmittag und letzte Nacht war es am schlimmsten gewesen. Er hatte sich den Tag extra freigenommen, um in mit ihr zusammen zu verbringen; er war sicher, daß sie seine Unterstützung nötig hätte, wenn Richards letzte Stunde schlug. Aber als er sich im Schrankbett des Gästezimmers, das einmal sein Zimmer gewesen war, schlafen gelegt hatte, hatte er sich gefragt, warum er überhaupt gekommen war. Den ganzen Tag hatte er das schwulstige Gequatsche seiner Mutter über Richard über sich ergehen lassen müssen: wie klug er war, wie vollkommen, was für ein guter Sohn er stets gewesen sei. Rory hatte sich alles angehört, so wie er das immer getan hatte, und auch verstanden, was es wirklich bedeutete. Noch jetzt hallten ihm ihre Worte in den Ohren:

Richard war klug – *nicht so wie du!*

Richard war vollkommen – *nicht so wie du!*

Richard war ein guter Sohn – *nicht so wie du!*

Sein ganzes Leben lang wußte er, wem ihre wirkliche Liebe galt. Sogar in seiner Kinderzeit hatte sie ihm Richard ständig als Ideal an Vollkommenheit vorgehalten. *Warum hast du keine so guten Zeugnisse wie Richard? Warum kannst du dich nicht so gut benehmen wie Richard?*

Richard konnte schon sprechen, bevor er acht Monate alt war!

Richard konnte schon laufen, bevor er ein Jahr alt war!

Richard war ein Genie!

Richard, Richard, Richard!

Er hatte es immer und immer wieder in seiner Kindheit und Jugend gehört, sogar später noch, als Richard aufs College gegangen und schließlich in sein eigenes Haus gezogen war. Rory selbst war sobald wie möglich ausgezogen und hatte sich das kleine Appartement in Capitol Hill gemietet, wo er jetzt schon zwölf Jahre wohnte. Edna war froh gewesen, als er auszog. Das hatte sie ihm bewiesen, als sie ihm bei seinem ersten Besuch sein altes Zimmer gezeigt hatte.

Es war nicht mehr sein Zimmer gewesen. Sein Bett und alles andere, was ihm gehört hatte, war daraus verschwunden. Jetzt stand ein Schrankbett an einer Wand, ein Fernseher an der anderen und ein großer Lederstuhl in der Ecke, wo sein Schreibtisch gestanden hatte. Ihre Worte damals, als er mit einem flauen Gefühl im Magen sein ehemaliges Zimmer wiedersah, waren für immer in seine Seele gebrannt: »Sieht es jetzt nicht viel hübscher aus? Richard und ich haben das gemacht. Sein Haus ist doch so klein, und wir dachten einfach, es wäre schöner für ihn, wenn er hier noch einen Raum ganz für sich allein hätte – wo er immer hinkommen kann, wenn er gerade Lust hat.«

An diesem Tag hätte Rory sie am liebsten geschlagen.

Aber er hatte es nicht getan.

Statt dessen tat er, was er von jeher getan hatte: er stimmte zu, daß das Zimmer schön sei und Richard es sicherlich brauchen könnte.

Ihm war es immer darauf angekommen, daß Frieden herrschte. Er hoffte, wenn er nichts fragte, keine Aufmerksamkeit von ihr forderte, nichts tun würde, das sie kritisieren könnte, daß ihn seine Mutter vielleicht eines Tages genauso lieben würde wie Richard.

Die Jahre waren vergangen, und der Schmerz hatte in ihm genagt, aber mit stoischer Ruhe hielt er alles aus. Er war sicher, daß seine Mutter ihn früher oder später auch liebgewinnen würde. Als dann die ersten Morde bekannt wurden und die Leute allmählich Richard verdächtigten, war er ganz sicher gewesen, endlich die Gunst seiner Mutter erringen zu können.

Statt dessen aber kümmerte sie sich noch mehr als früher um alles, was Richard betraf. Und jedem, der es hören wollte, erzählte sie, daß Richard so etwas nie getan haben konnte. Schließlich war er doch ein guter Junge...

Richard war vollkommen!

Richard, Richard, Richard!

Und jetzt, am Tag nach Richards Hinrichtung, war wieder alles beim alten! Richard war vollkommen, Rory ein Idiot – auch mit Richards Tod hatte sich nichts geändert.

Warum? Warum konnte sie ihn nicht lieben?

Warum konnte sie sich nicht so für ihn einsetzen, wie sie das für Richard getan hatte?

Was hatte er ihr denn nur getan?

Anstatt ihr die Fragen, die sich in ihm überschlugen, an den Kopf zu werfen, sah er nur vorsichtig von der Zeitung hoch. »Was gibt's Mutter? Ich habe gerade gelesen.«

»Den *Sportteil*?« fragte Edna. Ihr vernichtender Ton ließ Rory zusammenzucken, doch sie nahm das kaum wahr. »Wie kannst du dich für Sport interessieren, nach dem das mit deinem Bruder passiert ist? Macht es dir eigentlich gar nichts aus, was die ihm angetan haben?« Sie nahm die Zeitung und hielt ihm Anne Jeffers Artikel vor die Nase. »Kümmert es dich denn nicht, daß diese Frau das Andenken an deinen Bruder in den Dreck zieht?«

Rory nahm die Zeitung, warf einen flüchtigen Blick darauf und stand auf. »*Die* haben Richard gar nichts getan, Mutter«, sagte er. »Er hat sich das selbst alles angetan. Er hat diese Menschen getötet, und man hat es ihm nachgewiesen. Und dafür mußte er bezahlen. Das ist die Wahrheit, Mutter!« fuhr er fort und wollte aus der Küche gehen.

Edna sprang hoch, packte Rory am Arm und drehte ihn zu sich, so daß er ihrem stechenden Blick nicht mehr ausweichen konnte. »Sag sowas nicht!« zischte sie, »rede nie mehr so über deinen Bruder! Nie mehr!«

Rorys Mund wurde trocken. Sein Magen schmerzte ihn wie immer, wenn sie wirklich böse mit ihm war. Er nickte stumm, wollte sich aus ihrem Griff winden, doch sie ließ ihn nicht los.

»Sag, daß es dir leid tut!« forderte Edna. »Sag es!«

Und Rory tat, wie ihm befohlen.

Nachdem er Abbitte geleistet hatte, ließ ihn seine Mutter los. Er verließ das Haus und ging zur Arbeit. Seit seinem Abgang von der High School war sein Arbeitsplatz das Montageband bei Boeing.

Und wie immer fragte er sich, ob seine Mutter ihn jemals lieben würde, wie sie Richard geliebt hatte. Er wußte, daß das nie geschehen würde, denn wie sehr er sich auch anstrengte, er konnte niemals wie Richard werden.

Aber vielleicht könnte er wenigstens so *ähnlich* werden wie Richard.

13. Kapitel

Richard Kraven ist tot. Doch bei den Angehörigen seiner Opfer sind unbeantwortete Fragen und offene Wunden zurückgeblieben.

Richard Kravens letzte Erklärung hängt wie ein Damoklesschwert über uns allen. Sollte er die Wahrheit gesagt haben – was ich nicht glaube –, dann lebt immer noch ein Mörder unter uns.

Ich möchte deshalb Kravens letzte Erklärung aufgreifen, aber nicht in der Absicht, ihn zu entlasten. Vielmehr will ich mich erneut mit der Mordserie auseinandersetzen, die man als die »Kraven-Morde« bezeichnet hat. Ich suche in erster Linie Antworten auf einige der noch offenen Fragen.

Weiß man genau, wie viele gestorben sind? Könnte es sein, daß sich in den Bergen und Tälern unserer Umgebung noch weitere Leichen befinden, die bislang noch nicht entdeckt worden sind?

Und könnte nicht von einem dieser bisher nicht gefunden Opfer vielleicht eine direkte Spur zu Kraven führen, eine Spur, die in polizeilichen Ermittlungen bislang nicht verfolgt wurde, die aber schließlich unsere letzten Zweifel zerstreuen würde? Ist es von der Polizei zuviel verlangt, wenn man fordert, daß sie sich weiterhin mit diesem grausigen Kapitel unserer Geschichte befaßt?

Ich denke, das ist es nicht. Ich glaube, das Schreckgespenst Richard Kraven wird noch so lange über dieser Stadt schweben bis...

»Ich muß mit ihr reden! Ich muß sie unbedingt sprechen!«

Sheila Harrar sprach die Worte zwar laut aus, doch es war niemand da, der sie hätte hören können. Es hätte auch keiner verstanden, was sie meinte, denn in dem schäbigen Hotelzimmer, in dem Sheila jetzt zwei Monate wohnte, kannte man seine Zimmernachbarn nicht, und wollte sie auch nicht kennenlernen. Die meisten Bewohner dieses Hotels lebten wie Sheila von der Hand in den Mund. Jeden Morgen nach dem Aufstehen sagten sie sich, daß sie es heute schaffen und einen Job finden würden. Doch dann verlief jeder Tag wie der vorhergegangene. Meistens kam Sheila nur bis zum Park im Pioneer Square, wo ihr jemand einen Drink aus einer schmutzigen Flasche anbot. Und Sheila sagte sich dann – wie all die anderen auch –, daß sie nur einen Schluck nehmen und danach weitergehen wollte.

Irgendwo mußte es doch jemanden geben, der ihr eine Anstellung verschaffte. Aber nach dem ersten Schluck Wein war es Sheila auch schon klar, daß es bereits zu spät war. Egal, wohin sie ginge, überall würde man ihre Alkoholfahne riechen und ihr dann diesen Blick zuwerfen, mit dem auch Indianer immer angeschaut wurden.

»Wir sind keine Indianer, Ma. Wir sind die amerikanischen Ureinwohner. Wir leben hier schon viel, viel länger als die Weißen, und sie schulden uns etwas, denn Sie haben unsere Leute getötet und unser Land geraubt.«

Als die Stimme ihres Sohnes in ihr widerhallte, fühlte sie, wie ihr Tränen in die Augen stiegen. Heute morgen gab sie ihnen jedoch nicht nach, sondern wischte sich mit dem dreckigen Ärmel ihrer besten Bluse die Augen trocken und unterdrückte ein Schluchzen. Sie holte tief Atem, schaute von der Zeitung auf, die sie aus der Lobby des Hotels einfach mitgenommen hatte, als sie vor einigen Stunden nach Hause gekommen war, und starrte aus dem schmutzigen Fenster auf die Straße. Im Zimmer gab es nichts zu sehen, denn sie kannte jeden Riß im Verputz, jede Ecke, wo die Farbe abblätterte.

Was würde Danny von ihr denken, wenn er sie jetzt sehen könnte?

Aber er konnte sie nicht sehen, denn er würde nie mehr nach Hause kommen.

Was machte es deshalb aus, wo sie wohnte? Was machte es, daß sie nicht mehr in der ruhigen kleinen Wohnung lebte, die sie in Yesler Terrace mit ihm geteilt hatte – früher, als sie noch glaubten, die Dinge würden sich für sie beide zum Besseren wenden? Danny konnte nicht wissen, wo sie wohnte, denn Danny war tot.

Und Sheila wußte, wer ihn getötet hatte.

Richard Kraven hatte ihren achtzehnjährigen Sohn ermordet, so wie er all die anderen ermordet hatte. Sheila wußte es tief in ihrem Innern. Diese Gewißheit brannte in ihr, verzehrte ihre Seele, genauso wie der Wein, den sie trank, um das Feuer zu löschen, das in ihrem Körper brannte.

Aber weil Danny jetzt nicht mehr bei ihr war, interessierte das auch niemanden.

Niemand hatte sich darum gekümmert, als sie versucht hatte, die Polizei dazu zu bringen, etwas für Danny zu tun. Dabei hatte sie alles richtig gemacht. Jeden Tag war sie zum Revier gegangen, hatte die richtigen Formulare ausgefüllt und mit den richtigen Leuten gesprochen. Aber sie hatte gemerkt, daß das niemanden interessierte, und sie wußte auch, warum.

Weil sie Indianerin war.

Keine amerikanische Ureinwohnerin, keine aus diesem stolzen Volk, von dem Danny immer gesprochen hatte.

Nein, Sheila Harrar war eben nur eine Indianerin. Und obwohl man ihr das nicht offen ins Gesicht sagte, wußte sie, was man über sie dachte. Und ihr Sohn war wie sie – auch nur ein Indianer. Wahrscheinlich glaubten sie, daß er sich betrunken und aus dem Staub gemacht hatte, ohne seiner Mutter Lebewohl zu sagen. Als sie geschrien hatte, daß das nicht wahr sei, daß Danny zur Schule gegangen war und gearbeitet hatte, hatten sie ihr das nicht geglaubt. Wären Danny und sie Weiße, hätte alles ganz anders ausgesehen. Dann hätten sich die Behörden Mühe gegeben, hätten versucht, ihn zu finden. Aber weil sie und Danny Indianer waren, scherte sich um sie niemand auch nur einen verdammten Dreck.

Als Danny an diesem Tag nicht nach Hause gekommen war, war auch Sheila in völlige Gleichgültigkeit versunken und hatte nicht mehr darüber nachgedacht. Aus Schmerz über seinen Verlust hatte sie begonnen zu trinken, das schien ihre Qualen zu lindern. Und nach kurzer Zeit trank sie schon soviel, daß sie manchmal nicht mehr den Weg zu ihrem Arbeitsplatz schaffte. Daraufhin hatte sie einen Job bekommen, den sie erst am Nachmittag antreten mußte. Das war eine Zeitlang gutgegangen – bis sie angefangen hatte, die ganze Nacht durchzusaufen und den folgenden Tag zu verschlafen. Danach hatte sie zwar noch andere Jobs gefunden, war aber nie lange dabeigeblieben, denn es war mit ihrer Trinkerei immer schlimmer geworden. Schließlich war sie aus ihrer Wohnung in das Hotel im International District gezogen.

Seit damals war ein Tag wie der andere gewesen. Sie schlief in ihrem winzigen Zimmer, versprach sich selbst, daß sie am nächsten Tag alles ändern würde – aber jeder Tag wurde zum Spiegelbild des vorangegangenen.

Doch als sie jetzt noch einmal den Artikel über den Mann, der ihren Sohn ermordet hatte, las, wußte sie, daß der heutige Tag anders war. Heute würde sie es wirklich schaffen, nichts trinken und vielleicht sogar eine Arbeit finden.

Aber das Wichtigste war, mit Anne Jeffers zu sprechen. Sie würde ihr zuhören, und sie würde ihr glauben, und obwohl das Danny nicht wieder zurückbrächte, würde ihr es zumindest helfen. Wenn sie erst einmal jemanden kannte, den das, was mit Danny geschehen war, nicht gleichgültig ließ, würden vielleicht auch ihre Qualen ein wenig nachlassen.

Sie ließ die Zeitung auf dem ungemachten Bett liegen, ging in die Hotelhalle und weiter zu den Münztelefonen am entgegengesetzten Ende des Flurs. Sie blättere in dem zerfetzten Telefonbuch herum, das an einer Kette neben dem Telefon hing, und betete, daß die Seite, die sie brauchte, nicht zerrissen sein würde. Dann fand sie die gesuchte Nummer, griff in die Tasche ihrer Jeans und fischte eines der 25-Cent-Stücke, die sie letzte Nacht von jemandem geschnorrt hatte, heraus. Einen Moment lang zögerte sie, die Münze einzuwerfen, als sie an den Wein dachte, den sie dafür kaufen konnte.

Aber Danny war wichtiger.

Sie warf die Münze ein, wartete auf das Freizeichen und wählte die Nummer des *Seattle Herald*. Einige Minuten später, nachdem sie von einer Stelle zur nächsten verbunden worden war, hatte sie endlich den richtigen Anschluß. »Wenn Sie eine Nachricht für Anne Jeffers hinterlassen wollen, dann sprechen Sie bitte jetzt.«

»Mein Name ist Sheila Harrar, und Richard Kraven hat meinen Sohn umgebracht. Wenn Sie sich dafür interessieren, können Sie mich besuchen.«

Sie gab ihre Adresse und die Nummer des Münzfernsprechers durch, dann hängte sie auf und schleppte sich mühsam zu ihrem Zimmer. Sie wollte dort eine Weile warten, einfach um zu sehen, was passierte.

Vielleicht würde sich Anne Jeffers ja bei ihr melden.

Vielleicht war sie aber auch nur so wie all die anderen.

14. Kapitel

Er versteckte sich in der Dunkelheit und hoffte, daß niemand ihn fände. Doch von irgendwo draußen, von dort, wo es hell war, hörte er Schritte – schwere Schritte, die näherkamen.

Er hielt den Atem an, denn sein Vater durfte nicht das leiseste Geräusch hören, sonst wußte er gleich, wo er steckte. Doch auch das würde umsonst sein, denn sein Vater wußte ohnehin bereits, wo er war. Er wußte es immer, egal, wo sich der kleine Junge auch zu verstecken versuchte. Früher oder später, hörte er doch die Schritte sich nähern, und je näher sie kamen, desto mehr Angst hatte er.

Manchmal war seine Angst so groß, daß er glaubte, sterben zu müssen, aber er hatte immer überlebt. Und während er jetzt in der Finsternis kauerte und sich so klein machte, wie er nur konnte, war er völlig sicher, daß er nie sterben würde, daß es immer so weiterginge und nie endete.

Er wußte, was jetzt gleich passieren würde, obwohl er nicht wußte, warum. Er wußte nie, warum es passierte, denn er konnte es mit nichts, das er getan hatte, in Zusammenhang bringen. Es war keine Strafe für irgend etwas, das er angestellt hatte.

Er glaubte, sein Vater tat es deshalb, weil es ihm Vergnügen bereitete.

Der kleine Junge konnte sich nicht erinnern, wann es zum ersten Mal passiert war. Ihm kam es so vor, als ob es in seinem jungen Leben einfach immer schon so gewesen war.

Als die donnernden Schritte näher und näher kamen, versuchte der Junge sich noch kleiner zu machen, wünschte, er könnte sich in Luft auflösen und nicht mehr da sein, wenn sein Vater die Tür öffnete. Aber darum hatte er schon immer gebetet, und es hatte nie funktioniert, auch wenn er noch so still hielt und so lange die Luft anhielt, bis er glaubte, es zerrisse ihm die Brust.

Die Schritte dröhnten noch lauter. Jetzt wußte er, daß gleich Licht die Dunkelheit überfluten würde, und im selben Moment geschah es dann auch: Der Junge wurde von einem grellen Lichtstrahl geblendet und hielt sich instinktiv die Hand vor die Augen.

Ob ihn diese Bewegung verraten hatte?

Er sah die riesige Hand seines Vaters über sich, und ihn überkam die schreckliche Furcht, von ihr wie eine Mücke zerquetscht zu werden. Er fing an zu weinen. Es war nur ein leises Schluchzen, aber er wußte, daß er es unterdrücken mußte.

Doch er schaffte es nicht.

Die riesige Hand packte ihn, zog ihn hoch und zerrte ihn in das furchtbare Licht. Sein Vater zog ihn auf das Feldbett an der Wand und band seine Arme und Beine fest. Er öffnete ihm das Hemd und zog ihm die Hosen herunter.

Und dann begann das Schlimmste von allem.

Sein Vater befestigte die Metallklammern an seinem Körper. Einige schloß er an seinen Fingern und Zehen an, und das tat ihm so weh, daß er es kaum aushalten konnte.

Als sein Vater die Klammern an den Brustwarzen befestigte, schrie der Junge laut auf, obwohl er wußte, daß ihn niemand hören würde.

Dann schloß sein Vater die letzte Klammer an, und als sich das Metall in seinen Penis bohrte, schrie er vor Höllenqualen.

Einen Moment später, als ihn der erste Schock durchzuckte, schrie er noch einmal und versuchte, dem Schmerz auszuweichen.

Aber sein Schrei blieb ungehört, und egal wie er sich drehte und wendete: Vor dem schrecklichen Schmerz gab es kein Entrinnen.

Die Stille im Zimmer 306 der Intensivstation wurde von Glen Jeffers' leisem Wimmern durchbrochen, das schnell zu einem verängstigten Heulen anschwoll. Anne Jeffers, die erst fünf Minuten vorher gekommen war, um nach ihrem Mann zu schauen, bevor sie ins Büro ging, sah wie betäubt zu, als sich ihr Mann auf seinem Bett wälzte. Bevor sie überhaupt bemerkte, was vorging, lockerten sich die Drähte, die an Glens Brust befestigt waren, und die Monitore über dem Bett erloschen. Eine Sekunde später riß der Infusionsschlauch von der Nadel an seinem Arm ab. Aus dem baumelnden Schlauch tropfte klare Flüssigkeit, und aus der Nadel sickerte Blut. Es war der Anblick des Blutes – des Blutes ihres Mannes – das Anne von ihrer Lähmung befreite. Sie riß die Tür auf und wollte nach der Schwester rufen. Doch in der Station, die nur wenige Meter daneben lag, war bereits Alarm ausgelöst worden. Eine der Schwestern kam schon ins Zimmer gerannt, bevor Anne sie rufen konnte.

Als Anne zu dem Bett zurücklief, in dem sich Glen immer noch wälzte, fühlte sie sich so hilflos wie nie zuvor in ihrem Leben. Sie wollte etwas tun, irgend etwas unternehmen, um ihrem Mann zu helfen. Aber sie hatte nicht die geringste Vorstellung, was mit ihm geschah und wie sie ihm helfen konnte. Instinktiv wollte sie nach ihm greifen, hielt dann aber doch inne, da ihr plötzlich einfiel, daß alles, was sie tun würde, seinen Zustand vielleicht nur noch verschlimmern könnte. Die Sekunde der Unentschlossenheit dehnte sich zu einer Ewigkeit des Schreckens, dann ging die Tür auf, und der Raum füllte sich mit Menschen. Als die Schwester und zwei Pfleger sie zur Seite schoben, konnte Anne wieder klar denken.

»Er hat geschlafen«, sagte sie. »Alles schien in Ordnung zu sein, aber dann...« Als sie bemerkte, daß ihr niemand zuhörte, brach sie ab und ging näher ans Ende des Bettes.

Die Pfleger hielten Glen jetzt fest, und die Schwester mühte sich ab, die Nadel in seinem Arm, aus der nach wie vor Blut sickerte, zu verstopfen. Doch Glen wälzte sich noch heftiger als vorher, und jetzt konnte Anne erkennen, daß er aufgewacht war. Er stieß Töne hervor, die sich nach Furcht oder Zorn anhörten. Mit einem Ruck versuchte er, sich aus dem Griff der Pfleger loszureißen.

Da konnte es Anne nicht mehr ertragen. »Glen!« schrie sie. »Um Himmels willen, sie wollen dir doch nur helfen!«

Als Anne diese Worte ausstieß, erstarrte Glen und fiel wieder auf das Bett zurück. Sein Atem kam in keuchenden Stößen. Jetzt, da die Pfleger nicht mehr mit ihm zu kämpfen hatten, erteilte die Schwester eine Reihe von Anweisungen. So unversehens wie die Krise begonnen hatte, war sie auch wieder vorüber.

»Was war los?« fragte Anne, nachdem die Schwester die letzte Leitung zum Monitor wieder angeschlossen und Glens Lebenssignale überprüft hatte. Die Schwester gab so lange keine Antwort, bis sie festgestellt hatte, daß Puls, Atmung und Blutdruck des Patienten wieder akzeptable Werte aufwiesen, dann nahm sie seine Temperatur. Als sie endlich Anne ihre Aufmerksamkeit schenkte, sprach Glen auch schon selbst.

»He«, sagte er schwach, aber erkennbar. Der Klang seiner Stimme beruhigte sie weit mehr, als alles, was die Schwester hätte sagen können. Mit noch wackligen Beinen setzte sie sich auf das Bettende und nahm seine Hand.

»Schatz, was ist passiert?«

Glen sagte einige Sekunden lang nichts. Der Traum wirkte noch immer in ihm nach, und schon bei der bloßen Erinnerung daran, schien der Schrecken des Alptraums wieder aufzuleben. Ihm schauderte leicht, dann drückte er Annes Hand. »Nur ein Traum«, erklärte er ihr, »aber kein besonders schöner.«

»Ein Alptraum?« fragte Anne. »Du hast doch sonst nie Alpträume...«

»Er hatte zuvor auch nie einen Herzinfarkt«, unterbrach die Schwester. »Und wie ich den Aufzeichnungen entnehme, hat er auch noch nie solche Medikamente bekommen wie jetzt.«

Anne drehte sich zu der Schwester um. »Sie meinen, das, was er gerade durchgemacht hat, wurde von den Medikamenten verursacht?«

»Vielleicht sollten Sie mit dem Arzt darüber reden«, antwortete die Schwester, die schon bedauerte, überhaupt etwas gesagt zu haben.

»Vielleicht sollte ich das wirklich«, meinte Anne.

Jetzt wünschte auch Glen, daß er den Traum gar nicht erst erwähnt hätte. Wenn Anne erst einmal etwas aufgeschnappt hatte, ließ sie so schnell nicht locker. »Mach dir nichts draus. Es war nur ein Traum, und der ist jetzt vorbei.« Er warf einen Blick auf die Uhr auf seinem Nachttisch. »Kommst du nicht zu spät zur Arbeit?«

»Wenn du auf eine der Drogen ansprichst...«, begann Anne, doch diesmal legte ihr Glen die Finger auf die Lippen. Schon seine Hand zu heben, kostete ihn so große Anstrengung, wie er das vor vierundzwanzig Stunden nie und nimmer für möglich gehalten hätte...

»Es war nichts«, log er. »Nur ein Traum, und ich kann mich nicht einmal mehr daran erinnern, worum es ging.« Er ließ seine Hand wieder aufs Bett sinken. Jetzt wurden ihm die Augenlider schwer. »Geh nur zur Arbeit. Ich fühle mich gut.«

Als er seine Augen schloß, schaute Anne die Schwester mit sorgenvoller Miene an. »Ist er wirklich in Ordnung?«

»Ich habe ihm ein Beruhigungsmittel gegeben«, antwortete sie. »Ich weiß, daß es ziemlich beängstigend ausgesehen hat, Mrs. Jeffers, aber glauben Sie mir, ihm geht's ganz gut. Wenn Sie wollen, rufe ich den Arzt...«

Anne schüttelte den Kopf, weil sie jetzt fand, daß sie überreagiert hatte. »Schon gut. Ich glaube... ich glaube einfach, das hängt damit zusammen, daß ich es nicht gewohnt bin, ihn in diesem Zustand zu sehen.« Sie erhob sich vom Bett, beugte sich vornüber und küßte ihren Mann. Einen Moment lang reagierte er nicht darauf, doch dann griff er nach ihrer Hand und gab ihr einen Kuß auf die Wange. Sein Griff lockerte sich, und als sie aufstand, war sie sicher, daß er wieder eingeschlafen war. Seine Augen schlossen sich und sein Atem ging gleichmäßig. Erleichtert ging sie zur Tür, doch dann fing er noch einmal zu reden an.

»Anne?«

Sie drehte sich um und sah, daß er sie aus halbgeöffneten Lidern anschaute.

»Was ist, Schatz?«

»Hast du heute morgen gejoggt?«

Anne mußte blinzeln. Ob sie heute morgen *gejoggt* hatte? Warum um alles in der Welt fragte er sie das? »Aber natürlich«, gab sie zurück. Dann fügte sie scherzend hinzu: »Ich muß ja meine Form halten. Wer sollte sonst auf dich aufpassen, wenn du heimkommst?«

Glen lächelte, doch sein Lächeln verschwand schnell wieder. »Sei vorsichtig.«

»Vorsichtig?« wiederholte Anne. Wovon redete er? »Wieso soll ich vorsichtig sein?«

Glen blieb still, und sekundenlang dachte sie, er sei wieder eingeschlafen. Aber als sie durch die Tür ging, hörte sie wieder seine Stimme.

»Draußen laufen jede Menge Strolche rum.«

Sie drehte sich um und schaute ihn noch einmal an, doch diesmal waren seine Augen geschlossen und seine Brust hob und senkte sich im leichten Rhythmus des Schlafes. Leise schloß sie die Zimmertür, nickte der Schwester zum Abschied zu, verließ die Intensivstation und nahm den Aufzug zum Erdgeschoß. Auf dem Weg zu ihrem Wagen drehte sie sich noch einmal um und schaute zum Fenster von Glens Zimmer hinauf.

Seine letzten Worte gingen ihr nicht aus dem Kopf.

»Draußen laufen jede Menge Strolche rum.«

Als sie an ihrem Auto war, warf sie zufällig einen Blick auf den schäbigen Ziegelbau auf der gegenüberliegenden Straßenseite. Jemand sah aus einem der Fenster, und für eine Sekunde trafen sich ihre Blicke. Es war ein Mann um die sechzig, vielleicht jünger. Er trug ein Unterhemd, war unrasiert und ungekämmt, doch keine dieser Einzelheiten blieb Anne im Gedächtnis haften. Es war sein Gesichtsausdruck. Der Mann wirkte geschlagen, als ob er sich mit der Welt angelegt und dabei verloren hatte. Aber er strahlte nicht nur Hoffnungslosigkeit aus, sondern auch Wut.

Der Mann wandte sich vom Fenster ab, doch Anne blieb noch einen Moment stehen und starrte auf das Gebäude. Ihr kam in den Sinn, daß der Mann dem Haus, in dem er wohnte, sehr ähnlich sah: schäbig und ungepflegt. Ob wohl überall in dem Haus solche Leute wohnten, Leute, in deren Leben sich ein trostloser Tag an den anderen reihte?

Wahrscheinlich war das so.

Anne drehte sich um und schaute auf das Krankenhaus zurück. Das Fenster zu Glens Zimmer war deutlich erkennbar. Vielleicht war es das, was er gemeint hatte. Vielleicht war er früh morgens aufgewacht und hatte jemanden gesehen – möglicherweise denselben Mann, den sie gerade entdeckt hatte. Jemanden, der gerade in diesem unwirtlichen Gebäude verschwunden war, als die Morgendämmerung die schützenden Schatten der Nacht vertrieben hatte.

Anne fröstelte in der morgendlichen Kälte, sie eilte zu ihrem Wagen und fuhr schnell davon.

15. Kapitel

Es begann zu regnen, als Anne auf den Parkplatz vor dem Gebäude einbog, das Glen immer das häßlichste von ganz Seattle nannte. Darin wollte sie ihm nicht widersprechen, denn das Verlagshaus des *Herald* war 1955 erbaut worden, und es spiegelte den Geschmack einer der langweiligsten Perioden der modernen Architekturgeschichte wider. Äußerlich wies es keinerlei interessanten Merkmale auf; es war vollkommen geradlinig, eine fünfstöckige Aluminium- und Glaskiste, deren vordere Fassade nur von zwei Glastüren durchbrochen wurde. Als ob er begriffen hätte, daß dieser Bau architektonisch eine Katastrophe war, hatte der Gestalter erst gar keinen Versuch mehr unternommen, das Gesamtbild durch umliegende Grünanlagen oder Gärten etwas zu mildern.

Anne ging es wie den meisten der Angestellten: Sie nahm das Gebäude schon längst nicht mehr zur Kenntnis. Und die meisten Leute, die daran vorbeigingen, wußten nicht einmal, daß sich darin die Büroräume einer der bedeutendsten Zeitungen der Stadt befanden. Falls man endlich einmal damit beginnen würde, den Park, der an dieser Stelle entstehen sollte, anzulegen, mußte das Gebäude abgerissen werden. Und niemand würde es dann vermissen.

Anne fuhr auf den letzten freien Parkplatz und huschte unter dem Regen hindurch zum Eingang. Durch die erste der beiden Doppeltüren gelangte sie in ein winziges Foyer. Sie winkte dem Portier hinter dem Schalter zu, schüttelte sich ein paar Regentropfen von ihrer Jacke und drückte beim Ertönen des Summers die zweite Tür auf. Als ob Terroristen auf die Idee kämen, hier einzudringen, dachte sie und nickte dem Portier auf ihrem Weg zu den Aufzügen zu. Wie konnte nur jemand glauben, daß wir so bedeutend sind?

Sie drückte auf den Schalter des Aufzugs, hatte schon eine spöttische Bemerkung für den Portier auf den Lippen, daß in der nächsten Minute wie immer keine Kabine käme, und war angenehm überrascht, daß sich eine der Türen sofort öffnete. Im dritten Stock herrschte das übliche Chaos, und Anne brauchte fast fünf Minuten, bis sie sich zu ihrem Schreibtisch durchgekämpft hatte. Ein halbes Dutzend Leute gaben Kommentare zu ihrem Artikel ab, ein weiteres halbes Dutzend erkundigte sich nach Glens Befinden. Nachdem sie endlich ihren Schreibtisch erreicht hatte, flimmerten Buchstaben über den Monitor ihres Computers, die sie darüber informierten, daß dreiundzwanzig unbeantwortete interne Anfragen und weitere zweiundvierzig externe auf ihrem Anrufbeantworter auf sie warteten.

Mitten auf ihrem Schreibtisch – garantiert nicht zu übersehen – lag eine Nachricht ihrer Chefredakteurin. In großen schwarzen Buchstaben war kurz und knapp wie immer darauf gekritzelt:

KOMM IN MEIN BÜRO – VIV.

Sie legte ihre Handtasche in die unterste Schublade des Tisches, hängte ihre Jacke am Kleiderständer auf, dann eilte sie in das Büro ihrer Chefin. Während die sich scheinbar mit jemandem am Telefon herumstritt, deutete sie mimisch an, daß Anne sich setzen und sich eine Tasse Kaffee nehmen sollte. Sie überflog kurz die verstreut herumliegenden Papier auf dem Tisch der Chefredakteurin, wobei ihr ihre Fähigkeit, von oben nach unten und rückwärts lesen zu können, zugute kam. Zumindest, so erkannte sie, befand sich unter all dem Durcheinander auf Vivian Andrews Schreibtisch keine formelle Beschwerde über sie.

»Ich weiß, was du treibst, und ich finde, es ist reichlich unverschämt, wenn nicht sogar illegal«, begann Vivian, nachdem sie aufgelegt hatte. »Willst du alles lesen oder dich lieber erst mal setzen?«

Anne betrachtete den miserabel gefederten Stuhl mit Mißfallen und ging nicht auf die Frage ein. »Ich hab' dein ausführliches Schreiben bekommen. Worum geht's?«

Vivian Andrews wühlte in dem Chaos auf ihrem Pult, holte ein Exemplar der Morgenausgabe hervor und schlug

Annes Artikel auf. Sie tippte bedeutungsvoll mit einem ihrer leuchtendrot lackierten Fingernägel darauf und sah Anne unverwandt an. »Wie du siehst, hab' ich alles genauso weitergegeben, wie du es gestern nacht diktiert hast. Inzwischen bist du wieder von der Hinrichtung zurück. Wenn es stimmt, daß Tote keine Geschichten erzählen, wie es so schön heißt, frage ich mich, wie lange du eigentlich noch dieser Schimäre hinterherjagen willst. Und wann gedenkst du, dich endlich mal wieder mit etwas Neuem zu befassen?« Sie lehnte sich zurück und warf Anne einen schelmischen Blick zu. »Und wenn ich etwas ›Neues‹ sage, denke ich dabei an eine Geschichte, die sich innerhalb der letzten sechs Monate ereignet hat. Wie sieht es damit aus?« Wenn Vivian ihre Bemerkungen mit einer Frage abschloß, war das stets der Beweis dafür, daß sie ziemlich ungeduldig war.

»Wie lange habe ich dafür Zeit?« entgegnete Anne.

Vivian legte die Fingerspitzen gegeneinander, stützte ihr Kinn darauf und dachte darüber nach. »Nicht viel. Sie haben schon wieder den Etat gekürzt, und wir müssen uns schon nach der Decke strecken.« Als sie einige Sätze von Annes Artikel überflog, wurde sie ein wenig nachsichtiger. »Glaubst du wirklich, daß etwas übersehen wurde? Ich meine, etwas, das du finden kannst?«

Anne ließ sich auf den Stuhl fallen und zuckte zusammen, als eine herausgesprungene Feder sie in die Hüfte stach. »Die Hinrichtung hat stattgefunden, und es gibt keine weiteren Prozesse mehr. Außerdem hat Mark Blakemoor gesagt, daß die Akten geschlossen werden. Im Klartext heißt das, daß ich alle einsehen kann. Es gibt keinen Grund mehr, mir das zu verweigern.«

Vivian Andrews wägte Pro und Kontra rasch ab. Würde Anne noch ein paar Arbeitstage ausfallen, wäre dieser finanzielle Verlust nichts im Vergleich zu der höheren Auflage, die man verkaufen würde, wenn sie tatsächlich etwas Neues aufdecken sollte. »Okay«, stimmte sie zu. »Ein paar Tage noch. Aber wenn du mir dann nicht irgend etwas auftischst, hat sich die Sache ein für allemal erledigt. Einverstanden?«

»Einverstanden.«

Anne war schon halb zur Tür hinaus, als Vivian sie noch einmal ansprach: »Wie geht's Glen?« fragte sie.

Anne wandte sich um: »Ganz gut, den Umständen entsprechend.«

»Ich habe gehört, er wäre fast gestorben.«

Anne versuchte, eine Fassade gespielter Tapferkeit aufzubauen, was ihr aber nicht besonders gut gelang. »Das Wichtigste ist, daß er erst einmal über den Berg ist. Es geht ihm schon besser. Es kann allerdings eine Weile dauern, bis er wieder ganz in Ordnung ist.«

Vivian nickte ihr mitfühlend zu und sagte: »Falls du Urlaub nehmen willst...« doch Anne schüttelte schnell den Kopf.

»Ich glaube nicht. Das heißt, ich weiß es nicht so recht. Aber ich überlege es mir. Wenn Glen aus dem Krankenhaus entlassen wird, nähme ich mir gerne ein paar Tage frei, okay?«

»Natürlich. Und halte mich auf dem laufenden – über deine Story und über Glen.«

»Danke, Viv. Das mache ich.«

Als sie wieder an ihrem Schreibtisch saß, ging Anne die internen Mitteilungen durch. Die meisten davon konnten warten. Nachdem sie die dringlichsten beantwortet hatte, spielte sie den Anrufbeantworter ab.

Das meiste, was sie hörte, war ebenso belanglos wie die Hausnachrichten: Vorschläge für Artikel, Fragen nach Themen, über die sie geschrieben hatte, Bitten, daß sie den einen und anderen Fall erwähnen möge. Einige Ideen waren ganz gut, andere unbrauchbar...

Am Ende des Bandes waren noch einige Reaktionen auf ihren Artikel von heute morgen, die sie fast alle uninteressant fand.

Doch eine, es war die letzte, ließ sie aufhorchen. Es sprach eine Frauenstimme, die reichlich angespannt klang.

»Ich muß mit Ihnen sprechen«, sagte sie. »Richard Kraven hat meinen Sohn umgebracht! Ich weiß, daß er es war, doch mir hört niemand zu! Weil wir Indianer sind, hört uns niemand zu!«

Es wurde ein Name und eine Adresse genannt, bei der die Anruferin wohl einiges durcheinandergebracht hatte. Obwohl Anne das Band immer wieder abspielte, konnte sie sie nicht heraushören.

Den restlichen Tag verbrachte sie im Archiv des Polizeireviers und begann mit der Durchsicht der Akten, die Mark Blakemoor und Lois Ackerly dort hingeschafft hatten.

Zu ihrer Überraschung kam Mark Blakemoor während des Vormittags zu ihr herunter, um sich nach ihrer Arbeit zu erkundigen. Dann tauchte er mittags noch einmal auf, diesmal mit Sandwiches und ein paar Dosen Coke.

»Suchen Sie nach irgend etwas Bestimmten?« fragte er Anne, als sie hungrig in eines der Sandwiches biß.

Anne kaute kräftig, zuckte die Achseln und deutete ihm an, daß er warten solle, bis sie runtergeschluckt hatte. »Ich weiß selbst nicht«, sagte sie dann. Ihr fiel die verstümmelte Nachricht von heute morgen wieder ein, und sie runzelte die Stirn. »Können Sie sich an irgendeinen Bericht über einen indianischen Jungen erinnern?« fragte sie ihn und wiederholte die Nachricht wortwörtlich.

Mark Blakemoor starrte sie an. »Das ist alles? Nur ›Richard Kraven hat meinen Sohn umgebracht, ich weiß, daß er es war, doch niemand hört mir zu‹?«

»Genau.«

Blakemoor gab ein resigniertes Seufzen von sich, als er an die zigtausend Anrufe dachte, die er all die Jahre während seiner Untersuchung der Kraven-Morde bekommen hatte. Wie sollte er sich an einen bestimmten darunter erinnern können? Aber wenn er Anne damit weiterhelfen könnte... »Ich mache Ihnen einen Vorschlag«, sagte er, »ich habe heute abend Zeit. Wenn ich die Akten durchgehe, wird das vielleicht meinem Gedächtnis nachhelfen.«

»Das ist doch nicht nötig...«, erwiderte Anne, aber Mark brachte sie mit einer Geste zum Schweigen.

»Wenn ich es nicht mache, tun Sie es. Ich weiß zumindest,

wo die Unterlagen sind und wonach ich schauen muß.« Bevor Anne antworten konnte, fügte er hinzu: »Meine Güte, wenigstens könnte ich dann mal einen Abend lang meinen Bierkonsum unter Kontrolle halten!«

Er hatte einen so wehmütigen Unterton in der Stimme, daß Anne jeden Widerspruch gegen seine Überstunden unterdrückte. Wenn er selbst es wollte, warum nicht?

»Ich würde Ihnen gerne dabei helfen, aber weil Glen im Krankenhaus ist...«

»Schon gut«, beruhigte sie Blakemoor. »Wie wäre es, wenn wir gleich anfangen würden?«

Während der nächsten Stunde durchsuchten sie die Kartons. Blakemoor schaute nach den telefonischen Eintragungen, Anne durchforschte die Akten nach Namen, nach irgendeiner Notiz – nach allem, was irgendwie interessant sein könnte.

Als er schließlich den Archivraum verließ, war er über und über mit Staub bedeckt und mußte ununterbrochen niesen. Trotzdem hatte Mark das Sandwich, das er im Keller mit Anne Jeffers gegessen hatte, mehr als jedes andere Essen in der letzten Zeit genossen.

Anne ihrerseits maß dem Essen keine besondere Bedeutung bei. Sie hatte ja auch nicht mitbekommen, daß der Polizist sie während der Zeit, die sie zusammen waren ständig aus den Augenwinkeln beobachtet hatte. Wie ein Pennäler, der in die Ballkönigin der High School verknallt war.

16. Kapitel

Der lange Frühlingstag ging allmählich zu Ende. Als sich die Dämmerung über die Stadt senkte, wurde Glen Jeffers' Angst immer größer. Der ganze Tag war vergangen mit unruhigem Schlaf, der ihm keine echte Erholung verschaffte, und einer Art Dösen, bei dem sein Geist aber fast völlig klar gewesen war. Als er aus dem Fenster schaute und die Leute beobachtete, die zwei Stockwerke unter ihm auf dem Gehweg liefen, und als er die Lichter in den Wohnungen über der Straße angehen sah, überkam ihn das seltsame Gefühl, daß die Zeit sich irgendwie verkehrt hatte: Während die übrige Welt auf das Ende des Tages zusteuerte, wurde er erst richtig wach. Wenn er die Schwester nicht überreden konnte, ihm ein Schlafmittel zu bringen, würde er sicher die ganze Nacht kein Auge zutun.

Anne hatte ihn bereits besucht, die Kinder waren vor ihr dagewesen.

Aus irgendeinem Grund, den er sich aber nicht erklären konnte, fühlte er sich wie abgekapselt von ihnen. Das hing ganz sicher mit den Medikamenten zusammen; würden die erst wieder abgesetzt, wäre er auch bald wieder der Alte. Doch als die Kinder nach der Schule zu ihm gekommen waren, hatte er große Mühe gehabt, sich auf das zu konzentrieren, was sie gesagt hatten. Er mußte Interesse daran vortäuschen, daß sich Kevin mit Justin Reynolds herumgebalgt oder daß sich Heather eine neue CD gekauft hatte. Wie hieß noch einmal die Gruppe? Crippled Chicken? Oder so ähnlich.

Während er über die möglicherweise mehrdeutigen Namen von Rockbands nachsann und dabei in seinem Essen herumstocherte, das ihm um sechs Uhr gebracht worden war, war Anne gekommen. Er hatte sich ungeheuer konzentrieren müssen, um dem zu folgen, was sie gesagt hatte, denn seine Gedanken waren immer woandershin abgeschweift.

Genauer gesagt, er mußte immer an den Alptraum von heute morgen denken.

Der Traum lebte nach wie vor in seiner Erinnerung und war den ganzen Tag nicht aus seinem Bewußtsein gewichen. Immer wenn er kurz vor dem Einschlafen war, fiel er ihm wieder ein und drohte ihn aufs neue in die schrecklichsten Ängste zu versetzen.

Als Gordy Farber vor einer Stunde bei ihm gewesen war, hatte Glen ihm von dem Traum erzählt. Und der Herzspezialist hatte auch rasch eine Erklärung dafür parat gehabt: »Ich bin zwar kein Psychiater, aber ich habe viel Erfahrung mit Leuten, die sich in Ihrer Situation befinden. Sie hatten einen Herzinfarkt, und haben sich danach völlig hilflos gefühlt. Und was wäre eine bessere Symbolik für Hilflosigkeit als ein kleiner Junge, der sich in der Dunkelheit vor dem Vater versteckt, der ihn bedroht.«

»Aber mein Vater war nie eine Bedrohung für mich«, wandte Glen ein. »Er war im Gegenteil so fortschrittlich eingestellt, daß er mich niemals geschlagen hat. Er fand, das sei Kindesmißhandlung! Und das zu einer Zeit, als andere ihre Kinder noch mit dem Gürtel verdroschen!«

Farber zog die Augenbrauen übertrieben hoch. »Da kann man ja fast neidisch werden! Ich wünschte, mein Vater hätte auch so gedacht. Er war eher der Ansicht: ›Wer die Rute spart, verzieht das Kind.‹ Allerdings bellte er immer nur, biß aber nicht.« Der Arzt setzte wieder eine ernstere Miene auf. »Aber wie Ihr Vater sich Ihnen gegenüber verhalten hat, spielt in diesem Fall keine Rolle, denn hier geht es nicht um die Realität. Wir sprechen über Träume und deren Symbolik.« Sein Blick wanderte zu den unzähligen Schläuchen und Drähten. »Und was die Elektroden betrifft, die ihr Vater an Ihnen befestigt hat... Ich weiß nicht, ob Ihnen schon aufgefallen ist, wie viele Kabel an Ihnen herumhängen.« Er grinste, als ihm ein anderer Gedanke kam. »Vielleicht bin *ich* sogar die Vaterfigur aus Ihrem Traum. Wer könnte denn gerade jetzt am ehesten eine Vaterrolle für Sie übernehmen, als der Arzt, der sie behandelt?«

Glen wußte, daß diese Erklärung einleuchtend war. Auch die Angst des Alptraums ergab einen Sinn, denn was konnte schlimmer sein als ein Herzinfarkt? Noch jetzt konnte er die Panik nachfühlen, als ihm die Brust zusammengepreßt, der Schmerz in den Arm geschossen war und sich die Dunkelheit um ihn geschlossen hatte. Doch obwohl die Erklärung perfekt paßte, wurde Glen das Gefühl nicht los, daß es hier noch um etwas anderes ging – daß der Schrecken, den er im Traum erlebt hatte, sogar den überwog, der ihn während seines Herzinfarkts erfaßt hatte.

Der Infarkt. Er ließ die ganzen Vorgänge noch einmal Revue passieren. Er hatte einen absoluten Blackout gehabt, und sein Erinnerungsvermögen setzte erst in dem Moment wieder ein, als er im Notarztwagen aufgewacht war. Zumindest einen Teil der Zeit, die er dort gelegen hatte, mußte er aber wach gewesen sein, denn wie hätte er sonst die Sanitäter reden hören können? Und er hatte sie gehört; sogar jetzt noch konnte er sich deutlich daran erinnern, was sie gesagt hatten.

»Dreihundert Joule.«

»Es klappt.«

»Versuch's noch einmal mit dreihundertsechzig.«

»Joule.« Das war ein Begriff aus der Elektrizität. Jemand hatte gesagt: »Geh auf dreihundert Joule!«

Als er endlich begriff, schlug die Wahrheit auf ihn ein wie die Brandung gegen eine Felsküste.

Er war überhaupt nicht aufgewacht...

Er war tot gewesen. Er war tot gewesen, und die Sanitäter hatten darum gerungen, sein Herz wieder zum Schlagen zu bringen und ihn wieder ins Leben zurückzuholen.

Glen fühlte, wie ihm eiskalter Schweiß ausbrach, und eine Sekunde lang fürchtete er, einen zweiten Infarkt zu erleiden. Er griff schon nach dem Summer, um die Schwester zu rufen, doch er beruhigte sich und er ließ den Arm wieder auf die Decke sinken.

Er war nicht tot, und er würde auch jetzt nicht sterben.

Aber er war nahe dran gewesen, näher, als es ihm bis zu diesem Augenblick klar gewesen war.

War das der Grund, warum er sich heute so anders fühlte? Weit weg von allen anderen? War das der Grund, warum er sich so schwer auf das konzentrieren konnte, was Anne und die Kinder ihm gesagt hatten?

Er lehnte sich in die Kissen zurück und drehte sich zur Seite, um aus dem Fenster zu sehen und dachte darüber nach. Natürlich mußte man sich anders fühlen, wenn man dem Tod gerade noch von der Schippe gesprungen war...

Er wurde von diesen Gedanken abgelenkt, als er unten auf der Straße jemanden bemerkte: Er sah den schattenhaften Umriß eines Mannes, der über die regenglänzende Straße ging. Einen Moment schien Glen, als ob er den Mann kennen würde. Aber dann sah der hoch, als hätte er bemerkt, daß Glen ihn beobachtete. Sein Gesicht wurde kurz vom gelben Schein einer Straßenlaterne erhellt, und Glen stellte fest, daß er sich geirrt hatte.

Der Mann war ihm fremd, es war jemand, den er ganz bestimmt noch nie gesehen hatte.

Einen Moment darauf verschwand der Mann in der Dunkelheit.

17. Kapitel

Den ganzen Tag über hatte sich der Mann so in seine Phantasien hineingesteigert, daß der Drang, sie auch zu verwirklichen, ständig gewachsen war. Als er schließlich so weit war, daß er glaubte, es nicht mehr aushalten zu können, entschloß er sich zu einem Spaziergang. Bei dieser Gelegenheit konnte er wenigstens frische Luft atmen und in der Dunkelheit wieder zu sich finden.

Niemand würde ihn erkennen.

Niemand würde ihm Fragen stellen.

Aber er war kaum auf dem Gehweg, als er auch schon fühlte, daß ihn jemand beobachtete. Er schaute sich um und bemerkte, daß ihn jemand aus einem der Fenster des Krankenhauses anstarrte.

Er überlegte, ob er nicht kurzerhand hinaufgehen und dem Kerl die Stecker rausziehen sollte. Das wäre es doch: einfach ins Zimmer gehen, dem Burschen ordentlich Bescheid geben, die Kabel herausziehen und dabei zusehen, wie der Kerl starb?

Ja, ihm beim Sterben zusehen!

In der abendlichen, feuchten Kühle überlief ihn eine Gänsehaut, die allerdings mit der Witterung nichts zu tun hatte.

Seine Phantasievorstellungen hatten sie ausgelöst und er wußte jetzt endgültig, daß er sie ausleben mußte.

Aber nicht bei dem Kerl im Krankenhauszimmer. Nicht dort, wo es hell war und man ihn eventuell erwischte, noch ehe ihn seine Tat so richtig befriedigt hätte.

Der Mann ging auf dem Bürgersteig weiter, lief dann Zickzack nach Norden und Westen, bis er schließlich am Broadway angelangt war. Dort gab es zwar viele Lichter und Menschen, doch das störte ihn nicht, denn er konnte in der Menge untertauchen. Der Broadway wimmelte heute abend von Menschen, und das war gut, bedeutete es doch, daß er nicht auffiel, er war lediglich ein anonymes Gesicht in der Masse. Er ging weiter und beachtete die jugendlichen Schnorrer mit grünen Haaren, schwarzbemalten Lippen und durchbohrten Augenbrauen und Ohrläppchen nicht.

Er wußte, wenn die Person auftauchte, nach der er suchte, würde er es sofort bemerken.

Zwei Männer kamen ihm händchenhaltend entgegen. Er warf ihnen einen zornigen Blick zu, doch in letzter Sekunde ging er zur Seite, um sie passieren zu lassen. Dann drehte er sich um und sah ihnen finster hinterher, während sie lachend weitergingen.

Lachten sie etwa über ihn?

Wütend ballte er die Fäuste, doch als sie sich nicht nach ihm umdrehten, unterdrückte er seinen Zorn und ging weiter.

Verstohlen ließ er seinen Blick über die Menschenmasse gleiten – als er *sie* sah.

Sie war um die Dreißig, hatte kurzes, blondes Haar und trug einen Rock, der noch kürzer war als ihr Haar.

Sie ging auf der anderen Straßenseite, in dieselbe Richtung wie er, und es sah so aus, als wäre sie allein. Sie machte den Eindruck, als ob sie jemanden suchte – genau wie er.

Der Mann überquerte die Straße, beschleunigte seinen Schritt, bis er sich nur noch wenige Meter hinter ihr befand, ging dann langsamer und folgte ihr schließlich in einem gleichbleibenden Abstand.

Sie ging nach Norden und betrat schließlich eine Bar. Er schlenderte außen vor der Bar herum, bis sie im dunklen Inneren verschwunden war. Erst als er sicher war, daß sie dort niemanden getroffen hatte, ging er auch hinein.

Sie saß allein an einem Zweiertisch. Der Mann setzte sich an einen der Nebentische, von dem aus er Augenkontakt mit ihr aufnehmen konnte. Sein Herz pochte vor Aufregung.

Seine Haut begann zu prickeln, und in seinem Bauch glühte es vor Aufregung, als er sich sein Vorhaben ausmalte. Die Erregung wuchs, als er versuchte, sich an jede Einzelheit zu erinnern, daran wie seine anderen Opfer gelitten hatten.

Sämtliche Details der Morde, die man Richard Kraven zur Last gelegt hatte, wurden wieder in ihm lebendig...

Eineinhalb Stunden später verließ die Frau schließlich die Bar, und er hatte sie noch immer nicht angesprochen. Er hatte sie nur angeschaut, hatte sich ausgemalt, was später passieren würde, wenn er sich ihr vorgestellt hätte und wenn sie zusammen wären.

Als sie das Lokal verließ, legte er Geld für das Bier, das er getrunken hatte, auf den Tisch. Dann folgte er ihr in die Nacht. Einen Moment lang schien es so, als sei die Frau von der Dunkelheit verschluckt worden, aber dann entdeckte er sie, als sie in Richtung des Harvard Exit Theaters ging. Er folgte ihr und hielt dabei etwa hundert Meter Abstand. Sie ging schließlich auf eines der anonymen zweistöckigen Wohnhäuser in Boylston zu, machte kurz Halt, bevor sie es betrat, drehte sich um, nickte ihm auffordernd zu und lächelte ihn an.

Sie hatte es gewußt.

Sie hatte gemerkt, daß er sie beobachtet hatte und ihr gefolgt war.

Aber was sie nicht wußte, war, was er vorhatte...

Und als sie ihn ansprach, entfachte sie auch wieder die schwelende Glut der freudigen Erwartung in ihm. »Okay, mein Lieber. Ich bin genauso einsam.« Der Mann sagte nichts, sondern ging langsam auf die Frau zu, die ihn anlächelte: »Wollen Sie für eine Weile mit nach oben kommen?«

In der Wohnung der Frau schaute sich der Mann um. Die Räumlichkeiten unterschieden sich kaum von denen, die er selbst nur ein paar Blocks entfernt bewohnte. Der ehemals weiße Anstrich war schmutzig geworden und blätterte von der Wand ab, und einige abgenutzte Möbelstücke standen auf einem zerschlissenen Teppich. Auf dem Tisch türmten sich verschiedene Ausgaben irgendwelcher Revolverblätter, und in der Ecke stand ein Gummibaum, der wohl einging, denn rund um den Topf lagen seine Blätter auf dem Boden verstreut.

»Warum sind Sie nicht schon in der Bar rübergekommen

und haben hallo gesagt?« fragte die Frau, ging in die Küche und nahm ein Bier aus dem Kühlschrank. »Wollen Sie eins? Kostet auch garantiert nichts extra.«

Im ersten Moment wußte der Mann nicht, was sie damit meinte, aber eine Sekunde später klärte sie ihn auf. »Wie wär's mit fünfzig für zwei Stunden?« fragte sie. »Normalerweise kriege ich zwar wesentlich mehr, aber heute abend tut sich sowieso nicht mehr viel, und außerdem scheinst du ein netter Kerl zu sein.«

Der Mann sah rasch zum Fenster. Die Vorhänge waren zugezogen; kein Lichtstrahl drang von draußen herein.

Hervorragend.

Er ging zu ihr in die Küche. »Das wäre nicht schlecht«, sagte er. Er stand jetzt genau hinter ihr und schaute ihr über die Schulter, als sie in einer Schublade nach einem Flaschenöffner suchte.

Sie fischte ihn aus einem wilden Durcheinander anderer Haushaltgeräte heraus, aber dem Mann fiel in der Schublade ein Messer ins Auge.

Es war ein großes Metzgermesser, das ihm entgegenglänzte, ihn geradezu hypnotisierte.

Die Hände des Mannes begannen wieder zu zittern, und die schwelende Glut erfüllte ihn ganz, als er seinen Entschluß getroffen hatte. »Aber ich glaube, ich brauche gar keine zwei Stunden«, sagte er sanft.

Dann bewegte er sich so flink, daß sie nicht einmal mehr Zeit zum Schreien fand. Er schlang seinen Arm um ihren Hals und drückte fest zu. Als sie sich dabei wegdrehte, spürte er das Knirschen ihrer Genickknochen. Dann erschlaffte ihr Körper, und er ließ sie zu Boden sinken.

Er schaute sie an.

Hatte er sie getötet?

Er konnte es kaum glauben – es war alles so schnell gegangen, daß er sich nicht einmal daran erinnern konnte, was er dabei gefühlt hatte. Während er sie aber betrachtete, sah er, daß sich die Lippen der Frau bewegten und ein kaum hörbarer Ton aus ihrer Kehle drang. Sie starrte ihn mit weitgeöffneten Augen an, und jetzt bemerkte er, daß sie gar nicht tot war.

Er hatte sie gelähmt, aber nicht umgebracht.

Er sah sie noch einmal kurz an, und nun erfüllte ihn die Vorfreude auf das, was kommen würde.

Er griff nach dem Messer.

Er genoß diesen Moment, auf den er sich so gefreut hatte, derart intensiv, daß er ihm wie eine Ewigkeit vorkam. Dann machte er sich ans Werk.

Die Frau, die seit dem Augenblick, da er ihr das Genick gedreht hatte, völlig gelähmt war, spürte nichts.

Sie starb schnell und bekam von dem Gemetzel, das er mit ihrem Körper anrichtete, nichts mehr mit.

18. Kapitel

Der Samstagmorgen zwei Tage danach war einer jener trüben, grauen Morgen in Seattle, die viel kälter waren, als es das Thermometer anzeigte. Dieser Morgen war einer, an den Anne Jeffers' guter Vorsatz, stets in derselben guten körperlichen Verfassung wie damals auf dem College bleiben zu wollen, einer schweren Prüfung unterzogen wurde. Aufzustehen und sich unter die Jogger im Volunteer Park zu mischen, fiel ihr selbst dann nicht leicht, wenn viel schöneres Wetter war. Und sogar im tiefsten Winter war es nicht ganz so schlimm wie jetzt, weil man im Winter schon im voraus wußte, daß der nächste Tag genauso feuchtkalt wie der vorige werden würde. Doch der gestrige Freitag war einer jener trügerisch warmen Tage gewesen, die einen langen, heißen Sommer versprachen. Sogar bis in die Abendstunden hinein war es klar und mild geblieben; und nach dem gemeinsamen Krankenbesuch bei Glen hatten sie und die Kinder sich auf dem Heimweg sogar noch ein Eis gekauft.

Als sie nun im Bett lag und mißmutig aus dem Fenster sah, wurde ihr klar, daß sie sich von dem gestrigen Klima hatte täuschen lassen. Es war noch lange nicht Sommer; es schien eher so, als ob der eben erst beginnende Frühling schon wieder den Rückzug antreten wollte, um dem Winter noch einmal die Herrschaft zu überlassen. Die Wolken hatten sich rasch versammelt, um ihren Inhalt auf die Stadt niederrieseln zu lassen, und damit war die gute Stimmung des letzten Abends ertränkt.

Elender Mist, fluchte Anne. Nicht genug damit, daß Glen noch mindestens eine Woche im Krankenhaus verbringen mußte, daß sie bei der Durchforstung der Akten rein gar nichts gefunden hatte und Vivian Andrews sie gestern spitz gefragt hatte, wann sie endlich mit der Story ankäme. Hinzu kam noch, daß ihr das Alleinschlafen in dem großen Bett viel schwerer fiel, als sie sich vorgestellt hatte. Also zum Teufel mit der Fitneß heute morgen! Sie drehte sich um, kuschelte sich noch tiefer unter die Decke und schloß die Augen. Aber anstatt Schlaf zu finden, überkamen sie nur Schuldgefühle.

Also stand sie auf, zog sich an und ging nach unten. Die beiden Kinder waren schon auf; Heather hing am Telefon und Kevin saß vor dem Fernseher. Anne ging in die Küche, goß sich eine Tasse von dem Kaffee ein, den ihre Tochter zum Glück schon gekocht hatte und ging ins Wohnzimmer. In diesem Moment kamen die Morgennachrichten. Das Gesicht von Janalou Moorehead, der Nachrichtensprecherin, füllte den ganzen Bildschirm aus. Weil Anne aber noch nie leere Köpfe mit hübschen Stimmen – wie sie das nannte – hatte ausstehen können, nahm sie sich lieber die Morgenzeitung. Aber heute erregte Janalous verführerische Stimme ihre Aufmerksamkeit: »Mord in Capitol Hill«, sagte die Frau und verlieh ihrem sonst stets lächelnden Gesicht einen angemessen ernsten Ausdruck. »Die Leiche einer zweiunddreißigjährigen Frau wurde in einer Wohnung gefunden, die...«

Ohne abzuwarten bis Janalou ihren Satz beendet hatte, sprang Anne vom Sofa, nahm Heather den Hörer aus der Hand, verabschiedete deren Freund mit einem unhöflichen ›Auf Wiedersehen‹ und legte auf.

»Mutter!« empörte sich Heather. »Das war...«

»Mir ganz egal, wer das war«, entgegnete Anne. »Dafür haben wir dir ein eigenes Telefon auf dein Zimmer legen lassen. Ich muß...« Doch bevor sie weiterreden konnte, läutete das Telefon auch schon. »Ja,bitte?«

»Mit wem zum Teufel hast du denn gesprochen?« Carl Waters, der Redakteur der Wochenendausgabe des *Herald* klang noch verärgerter als sonst. »Wenn du schon den ganzen Morgen an der Strippe hängen mußt, dann schalt doch wenigstens dein Mobiltelefon ein.«

»Tut mir leid, Carl«, sagte Anne, wissend, daß eine Erklärung weder erwartet noch gewünscht wurde. »Ich habe gerade die Nachrichten von unserer Freundin gehört.

Was ist passiert?«

»Ich weiß auch nicht mehr als die«, antwortete Carl. »Die Eilmeldung ist vor einer halben Stunde bei uns eingegangen, und seitdem habe ich versucht, dich an die Leitung zu kriegen.«

»Wie lautet die Adresse?« fragte Anne. »Und wer ist schon dort?«

Carl Waters nannte ihr eine Adresse in Boylston, keine zehn Blocks von ihr entfernt. »Ein Fotograf hat sich auf den Weg gemacht. Wenn du dich beeilst, schaffst du es noch, zur gleichen Zeit dort zu sein.« Anne wollte schon einhängen, als Carl noch etwas sagte. »Anne, die Sache ist irgendwie komisch, und deshalb wollte ich auch unbedingt mit dir reden. Als der von der Zentrale die Adresse durchgegeben hat, meinte er anschließend, daß man Blakemoor und Ackerly vielleicht zu früh nach Hause geschickt hat.«

Annes Finger klammerten sich um den Hörer. »Blakemoor?« wiederholte sie. »Die haben doch nicht etwa die Kraven-Sonderkommission gemeint?«

»*Mich* haben sie nicht weiter ins Vertrauen gezogen«, entgegnete Waters nur darauf.

Anne bemühte sich, ihre plötzlich aufkommende Nervosität nicht zu verraten. »Gut, ich mach' mich auf den Weg.« Sie legte auf, sah sich im Zimmer um, aber ihre große Ledertasche lag nicht auf ihrem Platz. »Wo ist meine Tasche?«

Kevin sah vom Fernseher auf. »Unter dem Kaffeetisch. Willst du über den Mord berichten?«

»Mhm...«

»Darf ich mitkommen?« Die Fragte stellte er jedesmal, und seine Mutter verneinte sie stets. Trotzdem fand er, daß es immer einen Versuch wert war. Nur ein einziges Mal wollte er auch etwas von der Spannung mitbekommen, vielleicht sogar einen Blick auf eine richtige Leiche werfen dürfen...

»Nein«, stellte seine Mutter klar, während sie sich durch die Unordnung in ihrer Tasche wühlte, prüfte, ob Kassettenrecorder, Notizbuch und Kamera an Ort und Stelle waren. »Und du gehst selbst auch nicht hin, klar?« Kevin schaute verärgert, gab aber klein bei. »Besuchst du deinen Daddy heute morgen?« fragte sie ihn.

»Ich weiß noch nicht«, begann Kevin. »Justin und ich wollten im Park Ball spielen, aber...«

»Ich mach dir einen Vorschlag«, unterbrach Anne. »Ich weiß nicht, wie lange ich wegen dieser Geschichte weg bin. Wenn du Daddy für mich besuchst, spendiere ich Kinokarten. Okay?«

»Für Justin auch?« feilschte Kevin.

»Von mir aus«, gab Anne nach. Sie griff in ihre Tasche, holte eine Zehn-Dollar-Note heraus und reichte sie ihrem Sohn. »Ruf im Krankenhaus an, bevor du gehst, und erkundige dich, ob Daddy was braucht.«

Nachdem seine Mutter gegangen war, betrachtete sich Kevin den Schein. Ob er ihn vielleicht ganz behalten durfte, wenn sein Vater nichts brauchte?

Als er das Zimmer 308 im Krankenhaus betrat, war der größte Teil des Geldes bereits für Zeitschriften aufgebraucht, um die ihn sein Vater gebeten hatte.

»Dann erzähl mal was über die tolle Story, mit der sich deine Mutter beschäftigt«, forderte Glen seinen Sohn auf. »Ich dachte, sie würde immer noch im Polizeiarchiv herumwühlen.«

Kevin ließ sich auf den Stuhl am Fußende des Bettes fallen und betrachtete die Monitore an der Wand. »Es geht um einen Mord«, berichtete er. »Hat irgendwas mit dem Kerl zu tun, den man letzte Woche auf den elektrischen Stuhl gesetzt hat.«

Glen sah ihn verdutzt an. Wovon redete Kevin? Was konnte ein neuer Mord mit jemandem zu tun haben, der bereits hingerichtet war? »Mit Richard Kraven?« fragte er.

Kevin zuckte die Achseln. »Ich glaub' schon. Mom hat irgendwas über die Kraven-Sonderkommission gesagt, also muß von dem Kerl die Rede gewesen sein.« Weil sein Vater nichts darauf erwiderte, wechselte er das Thema. »Sag mal, Daddy, wann kommst du eigentlich nach Hause?«

Glen überging die Frage, griff statt dessen nach der Fernbedienung neben seinem Bett, schaltete den Apparat ein, zappte sich durch die Programme, bis er schließlich am Bild eines häßlichen dreistöckigen Wohnhauses hängenblieb. Der Gehweg davor war von der Polizei abgesperrt, und auf der anderen Straßenseite hatte sich eine Menschenmenge versammelt. Ein Reporter bemühte sich, die Übertragungszeit damit auszufüllen, indem er viel redete und wenig aussagte. »Bei dem Opfer handelt es sich um Shawnelle Davis, eine arbeitslose Frau, die allein in einer Wohnung im zweiten Stock gelebt hat. Ersten Meldungen zufolge, ist die Leiche auf dieselbe Weise verstümmelt worden wie die Opfer Richard Kravens und ...«

Glen schaltete den Fernseher ab. »Was zum Teufel geht da vor?« fragte er mit solch schneidender Stimme, daß Kevin von seinem Stuhl aufsprang.

»Was meinst du?« fragte der Junge. »Ich hab doch nur gefragt, ob ...«

»Davon rede ich nicht!« schnitt ihm sein Vater das Wort ab. »Der Mord! Was zum Teufel geht da vor?«

Kevins Blicke irrten im Raum umher, als hielte er nach irgendeinem Fluchtweg Ausschau. Was war mit seinem Vater los? Warum war er so wild geworden? Doch bevor er noch etwas sagen konnte, ergriff sein Vater wieder das Wort und sah ihn dabei so durchdringend an, wie er es nie zuvor bei ihm erlebt hatte.

»Ich möchte, daß du etwas für mich erledigst, Kevin. Ich will, daß du heimgehst und mir diese Akte bringst, die deine Mutter angelegt hat. Du weißt doch, welche ich meine? Die, in der alles über Kraven steht.«

Kevin wurde nervös. Er wußte zwar, wo die Akte war, aber er wußte auch, daß der Schreibtisch seiner Mutter für ihn tabu war. »Ich dachte, du machst dir nichts aus diesem Zeug«, sagte er. »Du hast doch gesagt, du findest das alles ...« Kevin zögerte, versuchte sich zu erinnern, welches Wort sein Vater gebraucht hatte, als sich seine Eltern vor der Hinrichtung über den Fall unterhalten hatten. Bevor ihm das passende Wort einfiel, warf ihm sein Vater einen verärgerten Blick zu.

»Vielleicht habe ich meine Ansicht geändert«, sagte er. Dann lachte er leise, doch auch sein Lachen wirkte auf Kevin nicht echt. »Dr. Farber sagt, ich sollte mir mindestens ein paar Monate frei nehmen und mir ein Hobby zulegen. Wer weiß, vielleicht mache ich mir die fixe Idee deiner Mutter zu meinem neuen Hobby und beschäftige mich mit Richard Kraven.« Wieder bohrten sich seine Blicke in Kevin. »Was hältst du davon? Klingt doch interessant, oder?«

Kevin gab keine Antwort. Was ging hier vor? Sein Vater hatte nie Hobbies gehabt, sich nie dafür interessiert! Und jetzt fiel ihm das Wort wieder ein, das sein Vater immer verwandt hatte, wenn die Rede auf Richard Kraven gekommen war.

Krankhaft.

Das war das Wort. Sein Vater hatte immer ›krankhaft‹ gesagt. Warum interessierte er sich dann plötzlich so für diesen Kraven?

Doch dann erinnerte sich Kevin, was ihm seine Mutter vorgestern gesagt hatte, als sie nach ihrem Gespräch mit Dr. Farber heimgekommen war: »Für eine Weile kommt eine harte Zeit auf euch zu, Kinder. Euer Vater muß seine ganze Lebensweise ändern. Er darf nicht mehr soviel arbeiten, sondern braucht eine Menge Ruhe. Und das bedeutet, daß sich auch für uns alle etwas ändern wird. Also, wie denkt ihr darüber? Bringt ihr es fertig, euch ein wenig darauf einzustellen?«

Als er, Heather und seine Mutter vorgestern darüber gesprochen hatten, war ihnen das als Kleinigkeit erschienen. Doch als er nun allein mit seinem Vater im Krankenhauszimmer war, kamen Kevin Bedenken. Mit einem Mal erschien ihm sein Vater fremd. Seine Mutter hatte zwar gesagt, daß er sich verändern würde. Sollte das aber bedeuten, daß sich sein Vater in Zukunft nur noch so seltsam benehmen würde und sonderbares Zeugs redete? In dem Fall bezweifelte Kevin, daß alles so einfach sein würde, wenn er wieder nach Hause käme.

»Also, wie steht's?« fragte Glen, als sein Sohn schwieg. »Klingt mein neues Hobby interessant oder nicht?«

Kevin erhob sich und wollte zur Tür hinaus. »Doch, Daddy«, sagte er und vermied, seinen Vater dabei anzuschauen. »Klingt ganz gut. Und ich hol dir auch die Akte, okay? Ich bin bald wieder zurück.«

Beim Verlassen des Krankenhauses fragte sich der Junge, was wohl passieren würde, wenn er die Akte seinem Vater einfach nicht bringen würde. Vor einigen Wochen hätte er noch genau gewußt, was passieren würde: Sein Vater – jedenfalls der, den er sein ganzes Leben lang gekannt hatte – wäre kurz fuchsteufelswild geworden, und danach wäre die Sache erledigt gewesen. Aber von jetzt an war alles anders. Seit dem Herzinfarkt war mit allem zu rechnen.

Er nahm sich vor, lieber das zu tun, was man ihm aufgetragen hatte.

19. Kapitel

»Na ja, es war ja nicht so, daß sie ein Verbrechen begangen hat, wenn Sie verstehen, was ich meine. Gut, sie hat natürlich Leute ›reingelegt‹, aber daraus kann man ihr keinen Strick drehen. Wir sind hier schließlich in Capitol Hill, wenn Sie wissen, was ich meine. Wenn man sie dafür bezahlt hat, war das gut für sie, wenn Sie verstehen, was ich meine.«

Anne Jeffers stand auf dem Bürgersteig gegenüber dem Gebäude, in dem Shawnelle Davis nicht nur gewohnt hatte, sondern auch ihrem Gewerbe nachgegangen war. Obwohl Anne sich schon seit zwanzig Minuten mit dem Mann unterhielt, der seine Theorien über den lockeren Lebenswandel Shawnelles zum Besten gab, war sie sich nicht sicher, ob er sie überhaupt gekannt hatte, auch wenn er von sich behauptete, dick mit ihr befreundet gewesen zu sein. Sie bat aber den Fotografen, einige Bilder von ihm zu schießen. Die könnte man dann zumindest ans schwarze Brett beim *Herald* pinnen, wenn sie sonst zu nichts taugten. Ganz bestimmt gehörte er zu den auffälligsten Erscheinungen in der Menschenmenge, die sich auf der Boylston Street versammelt hatte. Schon als sie bemerkt hatte, wie er sich ohne Rücksicht auf Verluste durch die Masse hindurchdrängte, war Anne zusammengezuckt. Unwillkürlich mußte sie an die blauen Flecken denken, die er sich dabei einhandeln würde.

Während ihres Gesprächs mit dem jungen Mann fragte sie sich zum ersten Mal, ob sie nicht vielleicht doch ein wenig weiter vom Broadway wegziehen sollten – zumindest bis Heather und Kevin aus den Teenagerjahren herausgewachsen waren.

Als ein Flüstern durch die Menge ging, brach Anne das unbefriedigende Interview ab. Sie bahnte sich ihren Weg zur Spitze der Masse und sah, daß die Tür zu Shawnelle Davis' Wohnung offenstand und eine Bahre herausgerollt wurde.

Die Begleiter gingen dabei so vorsichtig vor, als würden sie eine Schwerkranke befördern und nicht jemanden, der schon seit zwei Tagen tot war. Anne war dankbar für die gute Entschuldigung, das Interview beenden zu können und überquerte die Straße. Sie tat dies auf eine selbstverständliche Art und Weise, mit der sie sich schon oft Zutritt zu einem Tatort verschafft hatte, lange bevor dieser offiziell für die Presse freigegeben worden war. Heute morgen hatte sie damit jedoch wenig Erfolg. Einerseits wirkte ihr Jogginganzug nicht gerade seriös, und außerdem begleitete Lois Ackerly die Bahre, die von den Trägern behutsam zu einem Lieferwagen gerollt wurde, der sie ins Leichenschauhaus bringen sollte.

Als sich die Rollbahre näherte, war Anne, wie immer, über die Anonymität der Plastikhülle, der die Leiche vor den Augen der Schaulustigen verbarg, befremdet. Zwar verhüllte er die Verwundungen des Opfers vor der Öffentlichkeit, reizte aber auch gleichzeitig deren Neugier, denn jeder fragte sich unwillkürlich, was sich wohl darunter verbarg. Obwohl Anne wußte, daß die modernen Plastikhüllen ihren Zweck sehr gut erfüllten, mußte sie in solchen Momenten immer an die Decken denken, die früher verwendet wurden und menschlicher gewirkt hatten. Auch nach einem Jahrzehnt konnte sie sich immer noch nicht daran gewöhnen. Aber sie mußte ihren Job erledigen und konnte sich mit solchen Gedanken nicht länger aufhalten.

»Kann ich einen kurzen Blick auf sie werfen?« fragte Anne die Kommissarin, die ziemlich lässig gekleidet war.

Lois Ackerly schüttelte den Kopf. »Wer dort erst mal drin ist, bleibt es, bis der Gerichtsmediziner ihn herausholt.« Als Anne zum Treppenhaus gehen wollte, schnitt Ackerly ihr mit den Worten den Weg ab: »Der Tatort darf nach wie vor nicht betreten werden.«

»Sie dürfen mir nicht verübeln, daß ich es wenigstens versucht habe«, sagte Anne und grinste, und die Polizistin lächelte zurück.

»Und Sie dürfen mir nicht verübeln, daß ich Sie daran gehindert habe. Sie kennen doch die Regeln, Anne.«

Anne warf nur noch einen sehnsüchtigen Blick zum zweiten Stock hoch. In den vier Jahren, die sie Lois Ackerly kannte – vom ersten Tag an war sie für den Fall Kraven abkommandiert gewesen –, hatte sich die Polizistin immer streng an die Gesetze gehalten. Es wäre ihr nie in den Sinn gekommen, Anne oder sonst jemandem, der nicht bei der Polizei war, zu gestatten, einen Tatort zu betreten. »Aber ein paar Fragen könnten Sie mir doch beantworten«, Anne ließ nicht locker.

Ackerly schüttelte wieder den Kopf und sagte: »Keine Zeit.« Sie kehrte ihr den Rücken zu und ging die Treppen hinauf. Anne überlegte sich kurz, ob sie nicht hören sollte, was die Polizisten auf der Treppe redeten, doch dann hörte sie den Motor des Wagens, der Shawnelle Davis ins Leichenschauhaus fahren sollte. Sie fragte sich, ob sie ihm nicht hinterherfahren und sich in den Autopsiesaal stehlen sollte. Aber dann hörte sie plötzlich über sich eine vertraute Stimme.

»Sie sollten nicht einen Gedanken daran verschwenden, Reporter dürfen nun mal bei der gerichtsmedizinischen Untersuchung nicht anwesend sein.«

Sie fühlte sich ertappt, schaute sich um und entdeckte über sich das grinsende Gesicht Mark Blakemoors. Er stand auf einem langen Balkon, der von allen Wohnungen im zweiten Stock aus zugänglich war. »Wie ich sehe, hat man also tatsächlich die Bestbesetzung aufgeboten«, bemerkte sie trocken.

»Hat Ihre Zeitung Sie benachrichtigt, oder hat wieder mal Ihr eigener Riecher sie hierhergeführt?«

»Die Zeitung rief mich an«, bestätigte Anne. »Und? Wie sieht's aus? Ich nehme an, es besteht kein Zusammenhang mit den Kraven-Morden.«

»Wie wäre es mit einer Tasse Kaffee?« entgegnete Blakemoor. »Wir sind hier gleich fertig, und den Jungs vom Labor kann Ackerly auch allein über die Schultern schauen. Sie wollen doch sicher versuchen, etwas aus mir herauszuquetschen?«

»Sie sind mir einer. Also gut, aber nur, wenn jeder für sich bezahlt. Die Presse ist unbestechlich.«

Blakemoor machte ein gespielt mürrisches Gesicht: »Und so etwas mir... Wo sich doch Polizisten sowieso kaum etwas leisten können.«

Fünf Minuten später gingen sie durch die Hintertür ins Charlie's. Unbeachtet von den drei Gästen, die hier schon vor zehn Uhr morgens Drinks in sich hineinschütteten, suchten sie sich einen Tisch nahe der Fenster, von denen man auf den Broadway hinaussehen konnte. »Ich mag diesen Platz«, meinte Anne und schaute sich die viktorianische Möblierung und die Kollektion an Postern und Bildern an. Das Restaurant war in einem Stil eingerichtet, der vor zwanzig Jahren modern gewesen war.

Während beide auf die bestellten Milchkaffees warteten, fischte Anne ihren Kassettenrecorder aus der Tasche.

»Nichts da«, wehrte Blakemoor ab. »Sie können mich zwar aushorchen, aber meine Stimme kommt nicht aufs Band. Keine Interviews, bevor wir nicht mehr wissen als zum jetzigen Zeitpunkt, okay?«

Anne ließ den Recorder wieder in ihre Tasche sinken. »Sie kennen mich – ich nehme eben jede Chance wahr. Also, was war los? Es geht das Gerücht, man habe die Sonderkommission zu schnell aufgelöst.«

Blakemoor rollte unwillig die Augen. »Glauben Sie nicht alles, was in der Zentrale dahergeredet wird.«

»Na schön«, erwiderte Anne, »andererseits hätte ich meinen Job verfehlt, wenn ich mich nicht danach erkundigen würde, wenn ich so etwas höre. Wie steht's mit den Einzelheiten? Handelt es sich um einen Nachahmungstäter?«

Der Kommissar zögerte. Anne konnte fast sehen, wie er sich das Bild vom Tatort in Erinnerung rief. Dann zuckte er die Achseln. »Wenn es eine Kopie sein soll, dann ist es die schlimmste, die ich je gesehen habe. Und Nachahmungstäter schlagen gewöhnlich viel schneller zu. Richard Kraven war zwei Jahre lang aus dem Verkehr gezogen. Sogar zu den Zeiten, als er noch mordete, hat es keine Nachahmer gegeben.«

»Sind Sie sicher?« Anne sah den Kommissar mißtrauisch an.

»Ja, bin ich«, erklärte ihr Blakemoor. »Es gibt immer noch Dinge über Kravens Morde, die niemandem bekannt sind. Sie eingeschlossen.« Er wurde still, als die Kellnerin kam und ihnen zwei Tassen Kaffee hinstellte. »Die große Sauerei ist, daß es gewisse Ähnlichkeiten zwischen diesem und Kravens Morden gibt.«

Annes journalistischer Instinkt wurde hellwach. »Und welche?« hakte sie nach und versuchte, den Eifer in ihrer Stimme zu verbergen.

Wieder war dem Gesicht von Blakemoor intensivste Konzentration anzusehen, dann begann er langsam einige Punkte aufzuzählen. »Erstens gab es keinerlei Anzeichen für einen Kampf. Erinnern Sie sich daran, wie Kravens Opfer verschwanden? So, als wären sie freiwillig mit ihm mitgegangen. Bei dieser Davis war es dasselbe. Schön, sie war eine Hure, die dachte, daß sie einen Freier aufgelesen hat. Zweitens war ihre Brust geöffnet und ihre Organe herausgerissen.«

Annes Kiefer klappte herunter. Beim Gedanken daran, wozu Menschen fähig waren, wenn es darum ging, jemand anderem etwas anzutun, wurde ihr immer wieder schlecht. »Genau wie bei Richard Kraven.«

»Verglichen mit Kraven, ist dieser Kerl aber ein Amateur«, fuhr Blakemoor fort. »Zuerst hat er sie nämlich durch Genickdrehung gelähmt.«

Anne runzelte die Stirn. »Das hat Kraven nie getan. Er hat nie jemanden getötet, bevor er ihn seziert hat. Ist doch wahr, oder?«

»Soweit wir wissen, ja«, stimmte Blakemoor ihr zu. Er sah sich flüchtig um, um sich zu vergewissern, daß niemand zuhörte, dann lehnte er sich nach vorn. »Tatsache ist«, sagte er mit gedämpfter Stimme, »daß man aus der Blutmenge, die sie verloren hat, auch darauf schließen könnte, daß er sie schon *vor* ihrem Tod aufgeschlitzt hat.«

Anne schaute den Polizisten unverwandt an. »Worauf wollen Sie also hinaus? Ist es eine Kopie oder nicht?«

Blakemoor strich mit einem Finger über den Rand der Kaffeetasse. Es war ihm klar, daß er überhaupt nicht mit jemandem von der Presse sprechen sollte, zumindest nicht in diesem frühen Stadium der Ermittlungen. Andererseits war er sicher, daß Anne nichts drucken würde, was ihn in Schwierigkeiten bringen könnte. Während all der Jahre, in denen er hinter Richard Kraven hergewesen war, hatte er in ihr stets eine seriöse Gesprächspartnerin gehabt. Und außerdem mochte er sie ganz einfach. »Ich weiß nicht«, sagte er. »Hätte er nicht die Brust aufgeschnitten und ihre Organe in der ganzen Küche verteilt, würde ich sagen, daß der Täter jemand war, den Davis kannte, und die Schnauze von ihr voll hatte. Schließlich gab es keine Kampfspuren, keinen Hinweis auf gewaltsames Eindringen. Aber ein Bekannter hätte sie einfach nur umgebracht und wäre anschließend verschwunden.«

»Kommt kein Freier in Frage?« wollte Anne wissen.

Blakemoor schüttelte den Kopf. »Kein Hinweis auf sexuelle Handlungen, Perversionen oder ähnliches.« Er seufzte. »Und das ist es, was mich beunruhigt. Wenn es nicht um Sex ging und nicht darum, daß jemand eine Rechnung mit ihr begleichen wollte – worum dann?«

Anne zögerte, denn was sie sagen wollte, galt unter ihren Pressekollegen als Nestbeschmutzung. Andererseits mußte sie Blakemoor so viel Vertrauen entgegenbringen, wie er das bei ihr auch tat. »In der letzten Zeit sind viele Berichte über Kraven erschienen«, begann sie vorsichtig. »Ich selbst stand dabei ja an vorderster Front. Ich kann mir vorstellen, daß dadurch sogar erst jemand angestachelt wurde.«

Blakemoors Blick traf den ihren. »Genau derselbe Gedanke ist mir auch schon gekommen... Anne, ich habe bei der ganzen Sache ein verdammt schlechtes Gefühl. Mir kommt es fast so vor, als ob irgend jemand Kraven nachmachen will, nur um uns verrückt zu machen.«

»Und wenn das so wäre?« fragte sie, obwohl sie schon die Antwort kannte.

Blakemoors Lippen zogen sich zu einem Strich zusammen. »Dann gibt's noch weitere Morde«, seufzte er. »Es will mir einfach nicht in den Kopf. Gerade sind wir den einen Verrückten losgeworden, da macht sich auch schon der nächste ans Werk.«

»Vielleicht passiert ja nichts mehr«, deutete Anne an.

Blakemoor starrte teilnahmslos in seinen Kaffee. »Vielleicht nicht...«

Aber daran glaubten beide nicht.

20. Kapitel

Obwohl er nichts sah, wußte der Junge, daß die Katze hier war. Dort versteckte sie sich immer, im dichten Blattwerk der Rhododendren, wenn sie ums Haus herumschlich. Der Junge wußte nicht, warum die Katze nie den Hinterhof verließ, aber weil sie es nicht tat, glaubte er, daß es außerhalb davon etwas geben müsse, vor dem das Tier noch mehr Angst hatte als vor ihm.

Oder vielleicht gefiel der Katze auch das Spiel genauso sehr wie ihm. Er hielt das für immer wahrscheinlicher.

Der Junge duckte sich und ging in die Hocke. Er tat dies ebenso geschickt und leise wie die Katze, wenn sie sich an einen der Vögel heranpirschte, die sich ab und zu in ihr Herrschaftsgebiet wagten. Nur die Augen des Jungen bewegten sich jetzt noch, aber ganz langsam, fast unmerklich. Sie durchsuchten das schattige Innere der Rhododendren nach der geringsten Bewegung, wodurch sich die Katze verraten könnte.

Dann sah er sie – sie zuckte zwar nur mit dem Schwanz, doch das reichte, um ihr Versteck zu verraten.

Der Junge bewegte sich nun mit derselben Gewandtheit wie er sie von der Katze kannte. Zuerst schaukelte er sich langsam nach vorn, bis seine Hände den Rasen berührten und die Handflächen jeden Grashalm erfühlten. Die Zuversicht des Jungen wuchs, als die Katze auf ihrem Platz hocken blieb; sie wußte offenbar noch nicht, daß er sie entdeckt hatte. Zentimeter um Zentimeter bewegte sich der Junge vorwärts. Jetzt war ihm, als sei er selbst zur Katze geworden, und er spannte alle Muskeln seines kleinen Körpers an. Die Sekunden dehnten sich, während er weiterkroch. All seine Bewegungen waren langsam, aber fließend, und er kam sich vor, als würde er förmlich über den Rasen zu dem Gebüsch schweben.

Jetzt sah er, wie die Katze erstarrte, doch er sah es nicht

nur, ihm kam es vor, als würde auch er erstarren. Er und die Katze waren eins geworden; er konnte spüren, was die Katze fühlte, während sie gleichzeitig sie und er war.

War das so, weil die Katze bisher nie versucht hatte, den Hof zu verlassen? Hatte sie das aus demselben Grund nicht getan wie er?

Die Katze nahm eine gespannte Haltung an, als der Junge näherkroch, und er sah, daß nicht nur ihre Schwanzspitze, sondern auch ihre Schnurrhaare nervös zuckten. Und als wäre er in völligem Einklang mit ihr, begann auch sein Gesicht zu zittern, und er bemerkte, daß sein Mund offenstand.

Er rutschte näher und sah, daß die Katze zurückwich. »Brave Kitty«, hauchte der Junge sanft. Er griff in seine Taschen, holte ein Paar dünner, schwarzer Lederhandschuhe heraus und streifte sie sich vorsichtig über. »Gute Katze«, summte er. »Brave, brave Kitty.«

Als hätte sie das schmeichelnde Geflüster hypnotisiert, beruhigte sich die Katze ein wenig, und ihr gesträubtes Fell wurde wieder glatt. Der Junge kam näher.

Er streckte seine rechte Hand aus, sie wand sich ruhig wie eine Schlange durchs Gebüsch. Noch einmal spannte sich die Katze an, diesmal erhob sie sich, und ihr Rücken wölbte sich, bis jedes Haar ihres Körpers nach oben stand. Ein Zittern durchlief den Jungen, wie bei einem kurzen Stromstoß – dann schoß er wie ein Blitz nach vorn und griff zu. Noch bevor sie wegspringen konnte, hatte er die Katze schon gepackt. Er zog seine Beute aus dem Schutz des Dickichts hervor und hielt sie in Augenhöhe vor sich.

Die Augen der Katze funkelten, sie fauchte und schlug mit den ausgestreckten Krallen ihrer Vorderpfoten nach ihm. Doch als der Junge mit seiner anderen Hand ihre Pfoten umklammerte, schien sich die Katze zu fügen und versuchte nicht mehr, sich zu wehren.

Genau wie der Junge. Er hatte auch nie dagegen anzukämpfen versucht.

Die Katze festhaltend, stand der Junge auf und ging zum Haus, das heute leer stand.

Leer für ihn und die Katze.

Hinter der Tür hielt der Junge inne. Er wußte zwar, daß er allein war, doch das Haus ängstigte ihn trotzdem. Als er aber daran dachte, was er vorhatte, legte sich die Furcht.

Schnell lief er in den Keller und näherte sich mit klopfendem Herzen der Werkbank.

Klopfte sein Herz aus Angst oder vor freudiger Erwartung?

Er kannte die Werkbank gut. Sie war ein Teil von ihm, denn sie war schon immer da gewesen.

Heute wollte er sie für seine Zwecke verwenden.

Er steckte die Katze in einen Käfig und machte sich an die Arbeit.

Alles, was er brauchte, war da, sorgfältig vorbereitet.

Der Lappen, der Äther.

Der Junge fühlte sich gut, er wußte, daß er gütig zu dem Tier sein würde. Er tränkte den Lappen mit Äther, öffnete den Käfig und griff hinein. Die Katze schlug wieder mit der Pfote nach ihm. Diesmal durchdrangen die Krallen den Lederhandschuh und gruben sich tief in die Haut des Jungen, doch er spürte nichts.

War er etwa unempfindlich gegenüber Schmerzen jeglicher Art?

Mit der einen Hand hielt er die Katze fest, mit der anderen preßte er den ätherdurchtränkten Lappen auf ihren Kopf. Die Katze wehrte sich zuerst, ließ aber bald nach. Dann wurde sie schlaff, und der Junge wußte, daß es Zeit war anzufangen.

Er legte die Katze auf die Werkbank, spreizte ihre Beine auseinander und band sie auf dem Boden fest, so wie das die Liliputaner mit Gulliver gemacht hatten.

Dann begann er, Elektroden an die Katze anzuschließen, so wie sein Vater sie immer an ihn anschloß.

Jetzt mußte er nur noch warten, bis die Katze wieder aufwachte.

Erst nachdem sie wieder aufgewacht wäre und alles, was er mit ihr vorhatte, spüren konnte, wollte er auf den Knopf drücken, um die Elektroden zu aktivieren...

21. Kapitel

Glens ganzer Körper verkrampfte sich in spasmischen Zuckungen, und seine Augen waren weit aufgerissen.

Ein Herzinfarkt! Ein neuer Herzinfarkt! Er griff nach dem Summer, um die Schwester zu alarmieren, doch als er den Daumen darauf preßte, klärte sich auch wieder sein Verstand, und er bemerkte seinen Irrtum. Es war kein Infarkt – er hatte nur schlecht geträumt.

Aber wovon hatte er geträumt?

Eine Sekunde zuvor war es noch so intensiv gewesen.

Eine Katze...

Es hatte etwas mit einer Katze zu tun. Etwa mit Kumquat?

Er versuchte, sich daran zu erinnern, wie die Katze ausgesehen hatte, doch die Details des Traums hatten sich bereits verflüchtigt und verblaßten weiter, als er sie sich wieder ins Gedächtnis zurückrufen wollte. Kurze Zeit später öffnete sich die Zimmertür, und eine der Schwestern trat herein. Es war Annette Brady, die Glen seit der ersten Minute, nachdem er wieder klar hatte denken können, sympathisch gewesen war. Aber heute morgen war nichts von ihrem ansonsten so fröhlichen Lächeln zu bemerken.

»Bitte?« erkundigte sie sich mit einer Schroffheit, die für sie genauso untypisch war wie ihr finsterer Blick. Plötzlich begriff er: Annette hatte Nachtschicht gehabt, mußte also schon lange auf den Beinen sein. »Tut mir leid, daß ich geläutet habe«, sagte er. »Ich hatte einen Alptraum, und beim Aufwachen dachte ich, es wäre ein Herzinfarkt.«

Die Schwester warf einen Blick auf die Monitore über dem Bett. »Nun, es sieht alles ganz normal aus.« Sie wollte wieder aus dem Zimmer gehen.

»Ziemlich lang der Dienst heute, stimmt's?« fragte Glen.

Annette drehte sich um. »Nicht länger als sonst auch.«

Glen runzelte die Stirn, dann blickte er auf die Uhr. Neunzehn Uhr dreißig?

Wie konnte es schon neunzehn Uhr dreißig sein? Er war nicht aufgewacht, bis...

Nicht länger als sonst?

Sein Blick wanderte zum Fenster. Die Straßenbeleuchtung war bereits angeschaltet und das letzte Tageslicht fast verschwunden. Hatte er etwa den ganzen Tag verschlafen?

Warum hatte man ihn nicht zum Abendessen geweckt? Er befand sich ja schließlich in einem Krankenhaus – ein paar Mal hatte man ihn sogar nur deshalb geweckt, um ihm eine Schlaftablette zu geben! Er wollte sich schon nach dem Essen erkundigen, als er bemerkte, daß er gar nicht hungrig war. Jetzt war er völlig desorientiert. Hatte er den ganzen Tag einfach vergessen? Aber vielleicht irrte er sich auch, vielleicht hatte man ihn wirklich durchschlafen lassen. »Ich hab' mir gerade gedacht, ob ich nicht vielleicht etwas zu essen bekommen könnte...«

Annette Brady sah ihn mit großen Augen an. »Nach all dem, was Sie mittags gegessen haben, haben Sie schon wieder Hunger?« Sie schüttelte ungläubig den Kopf. »Gut, ich will mal sehen, was ich für Sie tun kann. Aber wenn ich so spät noch was auftreibe, erwarte ich, daß Sie diesmal dann auch damit zufrieden sind.«

Nachdem die Schwester das Zimmer verlassen hatte, versuchte er, seine Gedanken zu ordnen. Anscheinend hatte er schon gegessen, und offenbar hatte er sich über das Essen beschwert. Aber er hatte weder eine Erinnerung an die Mahlzeit noch an den Rest des Tages.

Er schaute sich im Zimmer um, in der Hoffnung, einen Anhaltspunkt zu finden. Das erste, was ihm in die Augen stach, war ein dicker Ordner auf dem Nachttisch neben seinem Bett. Er nahm ihn sich vor und blätterte darin: Annes Akten über Richard Kraven. Was hatten die hier zu suchen?

Sie mußte hier gewesen sein, als er geschlafen hatte, und die Unterlagen dagelassen haben. Er griff zum Telefon und wählte die Nummer, doch ehe Anne antwortete, fiel ihm etwas ein: Er sollte in wenigen Tagen nach Hause gehen dürfen – aber falls er sein Gedächtnis verloren hatte, würden sie ihn dann immer noch entlassen?

Auf gar keinen Fall. Die würden ihn so lange im Krankenhaus behalten, bis sie herausbekommen hätten, was die Ursache war. Deshalb zögerte er, als Anne abhob. Doch sie sprach schon.

»Du hast dich also dazu durchgerungen, dich zu entschuldigen?« fragte sie in fast neckischem Ton. »Mit wem willst du anfangen? Mit mir oder mit Kevin?«

Glen zermarterte sich das Hirn. Er konnte sich nicht daran erinnern, heute überhaupt mit Anne gesprochen zu haben, aber ihm fiel ein, daß er morgens mit Kevin telefoniert und ihn gebeten hatte, ihm einige Zeitschriften ins Krankenhaus zu bringen. Seine Augen wanderten zum Nachttisch: die Zeitschriften lagen unter dem Aktenordner.

Folglich mußte Kevin hier gewesen sein – und Anne vermutlich auch.

»Ich schätze, ich hatte heute einen ziemlich schlechten Tag.« Damit sagte er die reine Wahrheit, auch wenn er seinen Gedächtnisverlust nicht zugab. »Es tut mir wirklich leid.« Nachdem er sich auch noch bei Kevin entschuldigt hatte, kam Anne wieder an den Hörer.

»Wie lange willst du meine Akten behalten?« fragte sie und klang fast amüsiert.

Sein Blick wanderte wieder zu dem dicken Ordner zurück. Also hatte er darum gebeten. Weshalb nur?

»Ich weiß noch nicht«, redete er sich heraus, um nicht zugeben zu müssen, daß er keinerlei Erinnerung mehr an den Tag hatte. Aber warum bloß hatte er überhaupt nach dem Ordner verlangt? Bislang war es ihm immer so vorgekommen, daß Annes Faszination von dem Fall Kraven schon ans Krankhafte grenzte, woraus er auch nie einen Hehl gemacht hatte. »Ich dachte mir, solange ich hier liege, könnte ich vielleicht dahinterkommen, was dich an ihm so gefesselt hat«, war die Erklärung, die er sich aus dem Stegreif zusammendichtete. »Vielleicht lese ich mir heute nacht noch alles durch.«

Er wünschte Anne eine gute Nacht und nahm sich den Ordner vor. Im Grunde hatte er gar nicht die Absicht, darin zu lesen, sondern hoffte, daß es seinem Gedächtnis vielleicht auf die Sprünge helfen würde, wenn er ihn nur in die Hand nahm. Er hielt inne, legte den Ordner ab, schlug ihn dann aber doch auf.

Er blätterte darin, und als er die Artikel überflog, stellte sich ein eigenartiges Déjà-vu-Erlebnis bei ihm ein.

Der gesamte Stoff kam ihm sehr vertraut vor, obwohl er sich nicht erinnern konnte, ihn je zuvor gelesen zu haben. Dann schlug er eine der Seiten um und erstarrte. Er sah die Kopie eines Artikels, den nur Anne verfaßt haben konnte, obwohl er nicht namentlich gekennzeichnet war:

Richard Kraven – ein Tierquäler?

Ehemalige Nachbarn Richard Kravens berichten, daß der mutmaßliche Serienmörder schon im Alter von zwölf Jahren häufig kleine Tiere mißhandelt haben soll.

Martha Demming, sechsundsiebzig Jahre alt, die fast zwei Jahrzehnte im Haus neben Edna Kraven wohnt, berichtet, sie könne in mindestens zwei Fällen bezeugen, daß sich Richard Kraven als Kind immer wieder an die Lieblingskatze seiner Mutter herangeschlichen habe.

»Ich will nicht sagen, daß er sie gequält hat«, gab Miss Demming in einem Telefoninterview Auskunft, »doch die Katze hatte ständig Angst vor ihm.«

Im weiteren Verlauf des Interviews erzählte Miss Demming, daß Gerüchte die Runde machten, ein anderer Nachbar habe die Leiche der Katze gefunden und dabei sofort gemeint: »Sie ist durch Stromstöße getötet worden.« Wilbur Frankenburg, der Nachbar, der angeblich die Katze gefunden hatte, starb vor drei Jahren im Alter von sechsundfünfzig und konnte deshalb Miss Demmings Äußerungen nicht mehr bestätigen.

Glen Jeffers las den Artikel zweimal. Dabei kamen ihm kleine Bruchstücke des Alptraums, der ihn aufgeweckt hatte, immer wieder ins Bewußtsein. Er schloß den Ordner, legte ihn auf den Tisch und lehnte sich in die Kissen zurück.

Welche Ursachen sein Alptraum hatte, war nun zumindest geklärt. Offenbar hatte er im Laufe des Tages einen Teil von Annes Akten gelesen.

Aber warum konnte er sich nicht mehr daran erinnern?

Beim Grübeln über diese Frage schlief er tief ein.

22. Kapitel

Während die Nacht Glen einen friedlichen Schlaf brachte, wurde Anne von quälenden Gedanken heimgesucht. Glen hatte gerade zu dem Zeitpunkt angerufen, als sie sich endlich zu der Überzeugung durchgerungen hatte, sein seltsames Verhalten bei ihrem nachmittäglichen Besuch im Krankenhaus sei völlig bedeutungslos.

Schließlich hatte Dr. Farber sie schon am Tag nach Glens Herzinfarkt darauf hingewiesen, daß nichts mehr so sein würde wie vorher. Bei manchen Menschen, hatte er erklärt, könne ein schwerer Herzinfarkt zu einer völligen Persönlichkeitsveränderung führen. Aus einem seiner Patienten zum Beispiel, der sein Leben lang eine sehr starke Persönlichkeit besessen hatte, war praktisch über Nacht ein unsicherer und ängstlicher Mensch geworden. Ungeduldige Menschen regten sich nach einem Herzinfarkt oft nicht mehr über etwas auf, was sie vorher zur Weißglut getrieben hatte. Umgekehrt konnten aus bisher unbeschwerten Menschen mit einem Schlag ganz verschrobene Typen werden.

Das war Anne am späten Nachmittag während ihres Besuches bei Glen in den Sinn gekommen. Ihr Mann, der sich stets durch eine fröhliche Wesensart ausgezeichnet hatte, hatte im Bett gesessen und in Akten gelesen, die um ihn ausgebreitet auf der Decke lagen. Wie sie später herausgefunden hatte, stammten sie aus *ihren* Unterlagen. Als sie sich über ihn gebeugt hatte, um ihm einen Kuß zu geben, hatte er kaum darauf reagiert. Auf ihre Frage, warum er sich plötzlich für Richard Kraven interessiere, hatte er geantwortet, daß er neugierig geworden sei, was sie selbst an diesem Fall so sehr fasziniert habe. »Und weißt du was?« hatte er gefragt und kurz von der Akte aufgeblickt. »Er ist ein ganz interessanter Bursche gewesen. Du hast ihn immer als eine Art Monster dargestellt, aber...«

Anne hatte Glen schockiert angesehen und ihren Ohren nicht getraut. Erst letzte Woche hatte Glen noch behauptet, daß der einzige legitime Grund, der Hinrichtung beizuwohnen für sie der sei, »endgültig Sicherheit zu bekommen, daß der Bastard auch wirklich tot ist.« Und jetzt war er plötzlich ein »interessanter Bursche«?

»Er *war* ein Monster!« hatte sie eingeworfen. »Gott allein weiß, wie viele Menschen er getötet hat. Und er hat sie nicht einfach nur getötet, Glen. Er hat sie seziert!« Daraufhin war Glen fast ärgerlich geworden. Sie hatte das Thema gleich wieder fallen lassen, denn sie wußte, daß Aufregung ihm schadete. Während der restlichen Zeit ihres Besuchs war es ihr dann so vorgekommen, als würde Glen sie ignorieren. Als er zehn Minuten lang keinerlei Notiz von ihr genommen hatte, war sie schließlich einfach weggegangen.

Draußen hatte sie eine Schwester getroffen und mit ihr ein paar Worte gewechselt. Sie hatte Anne versichert, daß Patienten oft überhaupt keinen Besuch wünschten, denn sie brauchten so viel Energie für ihre Gesundung, daß sie einfach keine Kraft mehr hätten, um sich mit anderen zu unterhalten. Anne wollte das gern glauben, hatte sich dann aber noch den ganzen Abend lang Sorgen gemacht – vor allem, als ihr auch noch Kevin von Glens Benehmen bei seinem Besuch erzählt hatte. Zwar hatte Glen später angerufen und dabei so geklungen, als wäre er wieder er selbst, aber ihr war trotzdem klargeworden, daß irgend etwas nicht in Ordnung sein konnte. Obwohl er sich bei ihr und Kevin entschuldigt hatte, war sie den Verdacht nicht losgeworden, daß er gar nicht richtig wußte, weshalb sie über ihn verstimmt war. Und nach diesem Anruf fühlte sie erneut eine große Beunruhigung.

Sie legte den Stapel Notizen beiseite, die sie aus dem Archiv des Polizeireviers mitgebracht hatte und verließ ihren Schreibtisch. Ihr war klar, daß sie heute abend nicht mehr arbeiten konnte. Sie ging aus ihrem Arbeitszimmer in den Wohnraum und schaute nach Kevin, der ausgestreckt auf dem Sofa lag, ein Buch las, während im Hintergrund der Fernseher in voller Lautstärke lief. »Wenn du schon nicht fernsiehst, dann mach doch wenigstens den Apparat aus«, tadelte sie.

»Aber ich seh' doch fern«, antwortete Kevin, ohne von seinem Buch aufzuschauen.

Anne wollte sich mit ihm nicht streiten. Hätte sie verlangt, daß er das Gerät ausschaltet, hätte er alle Details einer Handlung aufgesagt, um zu beweisen, daß er den Film verfolgt hatte. Dieses Talent war ein Erbteil ihres Vaters, der gleichzeitig ein Buch lesen, einer Unterhaltung folgen und dazu noch jeden Fehler hören konnte, den sie bei ihren Klavierübungen im Nebenzimmer machte. Das war eine Fähigkeit ihres Vaters, die sie einerseits beeindruckt, andererseits furchtbar geärgert hatte. Bei Kevin hatte sie dies oft verwünscht, weil er dadurch alle ihre Argumente, während der Schularbeiten nicht fernzusehen immer wieder entwaffnete. »Ich geh rüber ins Krankenhaus zu deinem Vater.«

Kevin schaute von seinem Buch hoch. Anne spürte, daß ihr Ton ihre Sorge verraten hatte. »Stimmt etwas nicht?« fragte er.

Anne schüttelte den Kopf. »Ich wollte sowieso einen Spaziergang machen, dabei kann ich ihn auch gleich besuchen.«

»Okay.«

»Ich sag' Heather, daß sie zu Hause bleiben soll.«

Kevin rollte mit den Augen und sagte: »Meine Güte, ich bin doch kein Baby mehr. Ich bin hier sowieso die ganze Zeit allein.«

Aber nicht nachts, dachte sie. Um sich keinem weiteren verächtlichen Blick ihres Sohnes auszusetzen, gab sie ihm einen Kuß auf die Stirn. »In einer Stunde bin ich wieder zurück. Mach bis dahin keinen Unsinn!«

Die Nachtluft war frostig geworden. Auf ihrem Weg zur 16. Straße vergrub Anne ihre Hände tief in den Taschen. Als sie in die Mercer Street kam, hier wurde die Gegend allmählich schlechter, bog sie lieber rechts in die 15. Straße ein. Von dort aus ging sie zur Thomas Street und betrat den Krankenhauskomplex durch den Eingang zur Notaufnahme. Sie durchlief endlose Korridore, bis sie schließlich bei den Aufzügen war, die zur Intensivstation im dritten Stock fuhren. Sie nahm das rote Telefon im Wartezimmer, stellte sich vor, und einen Augenblick später erschien auch schon Annette Brady.

»Ihr Mann schläft zwar gerade, aber wenn Sie wollen, können Sie ruhig für eine Minute zu ihm hinein.«

»Wie geht's ihm?« erkundigte sich Anne, als die Schwester sie in sein Zimmer begleitete.

»Jetzt wieder viel besser. Ich glaube, er ist nach dem Essen eingeschlafen, und nach dem Aufwachen hat er sich wieder ganz anständig benommen. Aber offen gesagt: Wenn ich Sie wäre, würde ich ihn jetzt nicht wecken. Das Beste ist, ihn schlafen zu lassen.«

Die Schwester öffnete leise Glens Tür, und Anne schaute hinein. Die Straßenbeleuchtung, die durchs Fenster fiel, tauchte sein Gesicht in sanftes Licht. Obwohl er noch immer an die Geräte angeschlossen war, sah er fast schon wieder so aus wie der Mann, den sie geheiratet hatte. Die letzten Spuren ihrer Wut auf ihn lösten sich in Luft auf, ebenso die Sorge über sein seltsames Verhalten. Sie fühlte sich jetzt wesentlich besser und trat einen Schritt zurück, damit Annette Brady die Tür wieder schließen konnte.

»Jetzt komme ich mir ziemlich blöd vor«, gestand Anne, als sie mit der Schwester zum Ausgang ging. »Es hätte wohl gereicht, wenn ich angerufen hätte. Aber auf einmal überkam mich ein großes Verantwortungsgefühl für meinen Mann. Wissen Sie, es ist dasselbe, wie ich es für meine Kinder hatte, als sie Babies waren. Wenn man hört, daß alles okay ist, ist das nicht ausreichend, man glaubt es wirklich erst dann, wenn man es selbst gesehen hat.«

»Das verstehe ich gut«, bestätigte ihr die Schwester. »Glauben Sie mir, Ehefrauen von Patienten kommen die ganze Nacht über, egal wie spät es ist. Ehemänner dagegen tauchen selten zu ungewöhnlichen Zeiten auf. Schon erstaunlich, wie wenig der Beschützerinstinkt bei amerikanischen Männern ausgeprägt ist.« Anne ging Richtung Aufzug und winkte der Schwester noch einmal zu. Die ermahnte sie, auf dem Heimweg vorsichtig zu sein und rief: »Denken Sie daran, daß die Frau, die ermordet wurde, nur wenige Häuserblocks von hier entfernt wohnte.«

Und sie war eine Nutte gewesen, die sich den falschen Freier ausgesucht hatte, dachte Anne, als sie im Aufzug nach unten fuhr. Aber gleichzeitig machte sie sich auch klar, daß Shawnelle Davis damit nur ihren Lebensunterhalt bestritten, und dafür zu sterben ganz bestimmt nicht verdient hatte. Fast aus Trotz gegen Annette Bradys Warnung verließ Anne das Krankenhaus durch das Hauptportal und machte sich auf den Weg in die 16. Straße. Als sie über den Bürgersteig schlenderte, der von den Straßenlaternen in helles Licht getaucht wurde, und zwischen ihnen in tiefer Dunkelheit lag, hatte sie plötzlich das Gefühl, beobachtet zu werden. Sie hielt an, warf einen Blick in die Richtung, in die sie ging, dann schaute sie sich um.

Es war kein Mensch zu sehen.

Noch einmal blickte sie sich um und war schließlich sicher, daß niemand im Schatten auf sie lauerte. Anne ging normal weiter, doch an der Ecke Thomas Street ließen ihre Nerven sie im Stich. Sie beschleunigte ihre Schritte, bis sie das helle Licht und den lärmenden Verkehr in der 15. Straße erreicht hatte. Als sie an der Straßenecke angekommen war, hatte sich die Spannung in ihrem Nacken gelöst. Und als sie dann Richtung Norden weiterlief, schalt sie sich selbst eine unverbesserliche Närrin.

Der Experimentator trat vom Fenster zurück, als Anne Jeffers um die Ecke gebogen und aus seinem Blickwinkel entschwunden war. Sie hatte gespürt, daß er sie beobachtete; dessen war er sich absolut sicher. Sie hatte es bemerkt, aber keine Ahnung, daß er es war. Er hatte gesehen, wie sie die Straßen beobachtete, wie sie zögerte, dann noch einmal die Umgebung mit Blicken absuchte. Sie tat das ebenso, wie er, wenn er sorgsam darauf achtete, bei der Suche nach einem neuen Objekt für seine Experimente keinerlei Aufmerksamkeit zu erregen.

Bald wäre es wieder an der Zeit, bald mußte er die Arbeit wieder aufnehmen. Seine Finger zitterten vor Aufregung, als er sich vorstellte, bald wieder in das innerste Zentrum des Lebens einzutauchen, wieder den wohligen Schauer zu spüren, ein lebendes, pulsierendes Organ in den Händen zu halten, aufs neue das ungeheuerliche Gefühl auskosten zu können, ganz alleine Macht über Leben und Tod zu besitzen.

Er hatte sich bereits dazu entschlossen, Anne Jeffers zu einem seiner nächsten Versuchsobjekte zu machen. Zuerst würde er natürlich mit ihr spielen, so wie er schon seit Jahren mit ihr gespielt hatte. Doch wenn schließlich ihre Zeit gekommen war und er endlich *ihren* Körper geöffnet und *ihre* Lebenskraft erfahren hatte – dann würde er sie sogar bei Bewußtsein halten, damit sie an seiner Freude teilhaben konnte.

Er hatte während der Zeit, in der seine Arbeit geruht hatte, Möglichkeiten kennengelernt, das zu erreichen. Er mußte dazu zwar mit Nadeln hantieren, doch er freute sich schon sehr darauf, so wie er sich bisher auf alle seine Experimente gefreut hatte.

Es würde nicht mehr lange dauern. Bald würden die Dinge ihren Lauf nehmen, bald würde er Anne Jeffers in seinen Händen halten. Bald wäre es soweit...

23. Kapitel

»An diese Vorschriften müssen Sie sich halten.« Gordy Farber beugte sich in seinem Stuhl nach vorn und deutete mit dem Bleistift auf Glen, als hätte er es mit einem aufsässigen Zehnjährigen und nicht mit einem dreiundvierzigjährigen erwachsenen Architekten zu tun. »Sie können heute zwar nach Hause gehen, doch das heißt noch lange nicht, daß Sie auch Ihren früheren Lebensstil wieder aufnehmen können, ist das klar?«

Glen schaute zur Decke und wiederholt noch einmal genau Farbers Anweisungen, die er ihm so genau und oft klargemacht hatte, daß sie längst in sein Gedächtnis eingebrannt waren. »Ich darf nicht ins Büro gehen, muß mir viel Ruhe gönnen, gesund essen und viel Übungen machen.« Als Farber sanft errötete, grinste Glen. »Soll ich auch jeden Tag Geritol nehmen?«

»Das würde nicht schaden«, meinte Farber, und wandte sich an Anne, die sich den Tag freigenommen hatte, um Glen nach seinem zweiwöchigem Krankenhausaufenthalt abzuholen. »Ich zähle auf Sie, daß er nicht schummelt. Wenn er sich zusammenreißt, reduziert sich die Gefahr eines weiteren Infarkts erheblich.« Er drehte sich wieder zu Glen und redete noch einmal im strengen Ton eines Schulmeisters zu ihm: »Wenn Sie allerdings den ganzen Tag am Zeichentisch sitzen, nur Hamburger und Pommes frites essen, fünfundzwanzig Tassen Kaffee am Tag trinken, kann ich Ihnen fast garantieren, daß Sie in weniger als einem Jahr wieder hier sind. Ich geh' aber davon aus, daß man Sie dann nicht mehr so gut hinkriegt.«

»Und darf er auch schon gleich Treppen steigen?« wollte Anne wissen.

»Ich fände es zwar nicht gut, wenn er sofort Treppen rauf und runter rennen würde, aber ansonsten sehe ich da keine

Probleme. Außerdem sollte er pro Tag mindestens einen Kilometer laufen.« Glen stöhnte gespielt, was Farber jedoch ignorierte. Er machte mit der Lektion weiter, die er Herzpatienten schon so oft erteilt hatte, daß er sie im Schlaf herbeten konnte. »Und was Sex angeht«, fuhr er fort und kam damit auf ein Thema, über das die meisten seiner Patienten gleich als erstes Bescheid wissen wollten, »so ist dies meiner Meinung nach eine der gesündesten Übungen. Sie müssen also keine Bedenken haben. Noch irgendwelche Fragen?«

Glen zögerte. Sollte er den Gedächtnisverlust vom letzten Samstag erwähnen? Doch gleichzeitig wußte er, daß er die Frage besser nicht stellte. Schließlich hatte es nur dieses eine Mal gegeben, und er war mittlerweile sicher, daß es nur ein Nebeneffekt der starken Medikamente gewesen war. Das einzige, worauf es ihm in diesem Moment ankam, war, hier rauszukommen, nach Hause zu gehen und sein normales Leben wieder zu führen. »Ich wüßte wirklich nicht, was ich Sie noch fragen sollte«, sagte Glen und stand auf.

Farber ging um den Tisch herum und begleitete die Jeffers' zur Tür. »Beobachten Sie sich aufmerksam selbst. Wenn Ihnen etwas eigenartig oder ungewohnt vorkommt, lassen Sie es mich wissen. Und wenn Sie irgendwelche Schmerzen in Ihrer Brust oder den Armen spüren, dann denken Sie nicht, es sei Sodbrennen. Kommen Sie lieber gleich her. Aber was noch wichtiger ist: Keiner von Ihnen beiden sollte Glen als Kranken betrachten, das ist er nämlich nicht. Gehen Sie nach Hause, und führen Sie Ihr normales Leben, wie Sie es vor dem Infarkt getan haben.«

Ein paar Minuten später, Anne hatte glücklicherweise einen Parkplatz direkt vor ihrem Haus gefunden, stieg Glen aus, öffnete automatisch die Hecktür, um seinen Koffer und eine Schachtel mit allerlei Kram, der sich während seines Aufenthaltes im Krankenhaus angesammelt hatte, herauszuholen. Ebenso automatisch wollte Anne ihm das abnehmen, was Glen wiederum schon geahnt hatte. Sie schauten sich kurz an, und dann lachten beide los.

»Ich mach' dir einen Vorschlag«, löste Glen die Situation auf, »du nimmst den Koffer und ich die Schachtel.«

»Einverstanden.«

Glen stellte die Schachtel im Hausflur ab und stieß einen zufriedenen Seufzer aus. Kein Krankenhausbett mehr, keine Monitore, keine Schwestern, die ihn mit Schlaftabletten versorgten. Dann kam auch schon Boots wie eine kleine schwarzweiße Rakete die Treppen heruntergestürmt und warf sich vor Glens Füße; sein Gekläffe animierte Hector umgehend zu einem wilden Gekreische. Kumquat dagegen war an Glens Ankunft weniger interessiert, und kam nicht in den Flur. Während Glen versuchte, den aufgeregten Hund zu beruhigen, lächelte er Anne ein wenig gequält an. »Vielleicht hätte ich doch lieber im Krankenhaus bleiben sollen. Hat Farber nicht irgendwas von ›viel Ruhe‹ gesagt?«

»Soll ich dich wieder zurückbringen?« erwiderte Anne.

Anstatt zu antworten, packte er den Koffer und ging hoch in den zweiten Stock. Auf halbem Weg drehte er sich um und sah Anne nachdenklich an: »Wie oft kommt es vor, daß wir das ganze Haus mittags für uns allein haben?« fragte er sie.

Anne zog die Augenbrauen hoch, da sie seine Absicht sofort erraten hatte. »Meinst du wirklich, wir sollten...«

»Hat Gordy nicht gesagt, das sei die gesündeste Übung, die es gibt?«

»Er sagte, *eine* der gesündesten«, korrigierte Anne und folgte ihm.

Als sie im Schlafzimmer waren, stellte Glen den Koffer ab, schlang die Arme um Anne und zog sie näher. Ihr vertrauter Geruch animierte ihn, als er ihren Hals liebkoste, und er fühlte, daß sie vor Vorfreude zitterte, als er ihr sanft in die Lippen biß. Einen Augenblick später lagen sie auf dem Bett. Seine Finger versuchten fieberhaft, die Knöpfe ihres Kleides zu öffnen, dann zog er es ihr über die Schultern, und sie half nach, es sich über die Hüften hoch zu schieben. Als seine Finger ihre nackte Haut berührten, durchdrang ihn ein Gefühl, das er nie zuvor verspürt hatte. Ihre Haut schien unter seiner Berührung zu vibrieren, als wäre sie elektrisch geladen.

Jetzt zog auch sie ihn aus, und wo immer ihre Finger seine Haut berührten, durchlief ihn dasselbe Zittern, das seinen gesamten Körper auf eine Weise zum Prickeln brachte, wie er das noch nie erfahren hatte.

Er stöhnte, als sie ihren BH öffnete und seine Hand ihre nackte Brust bedeckte. Ihr Körper vibrierte, und als sie ihre Hand in seine Boxershorts gleiten ließ, mußte er hart dagegen ankämpfen, nicht vorzeitig zum Orgasmus zu kommen.

Wie lange mußte es her sein, seit sie sich geliebt hatten, daß ihm nun jede Berührung neu und ganz anders als jemals erschien?

Oder lag das an den Medikamenten, die er einnehmen mußte?

Plötzlich erinnerte er sich an ein Erlebnis, das schon viele Jahre zurücklag. Damals hatten er und Anne einen Joint geraucht, bevor sie sich liebten. In jener Nacht war alles anders gewesen als sonst; er hatte sogar den verwirrenden Eindruck gehabt, mit einer Fremden zu schlafen, mit einer Frau, der er nie zuvor begegnet war. Dieses Gefühl hatte ihm Angst gemacht, und danach hatten sie auch keine Drogen mehr genommen. Seit damals empfand er bei ihrem Liebesakt etwas Vertrautes. Wenn ihre Körper sich umschlangen, verspürte er nicht nur die bloße sexuelle Erregung, sondern ihm gab es darüber hinaus ein Gefühl der Sicherheit, der Zusammengehörigkeit.

Heute jedoch war es, als würde Strom zwischen ihnen fließen, der nicht nur seinen Körper, sondern seine ganze Persönlichkeit vor Erregung erbeben ließ.

Er zog sie näher zu sich, preßte seinen Körper gegen ihren und spürte seine Haut bei der Berührung erschauern. Es war als ob jede Faser seines Wesens plötzlich auf sie ausgerichtet war, jeder Nerv seines Körpers unter der Energie, die sie ausströmte, vibrierte.

Es war, als ob ihre ganze Lebenskraft in ihn hineinströmte, und er fühlte, wie er sie durch seine Finger in sich einzog, durch seine Hände, durch jeden Körperteil, mit dem er sie berührte.

Seine Hände wanderten über ihren Körper, seine Hüften krümmten sich, bis er endlich in ihr war, und er fühlte sich dabei, als würde er ihre ganze Seele durchdringen. Er drang tiefer, versuchte, auch jene Teile ihres Körpers zu berühren, die außerhalb seiner Reichweite lagen. Er zog sie noch enger heran, spürte ihre Lebenskraft, kämpfte darum, die Quelle dieser pulsierenden Energie, die von ihrem in seinen Körper floß, an sich zu reißen. Dann bewegten sich ihre Körper im Einklang, steigerten das Tempo. Glen fühlte, wie sich ihre Arme um seinen Nacken schlossen, ihre Beine sich um seine Schenkel drehten, ihn näher heranzogen, tiefer, als ob sie ihn so tief in sich hinein ziehen wollte, bis ihre beiden Leben miteinander verschmolzen.

Er fühlte, wie sich sein Becken straffte, wie die elektrische Spannung zwischen ihnen anstieg, und diesmal wehrte er sich nicht mehr gegen den Orgasmus. Stöhnend gab er ihm nach, und als die Hitze aus seinem Becken in ihren Körper überströmte, spürte er, daß die seltsame elektrische Ladung ihrer Haut zu schwinden begann. Er zog sie noch näher, um diese Empfindung länger auskosten zu können; verzweifelt versuchte er, die Verbindung zu ihrem Energiestrom nicht abreißen zu lassen, doch es war zu spät.

Der Orgasmus war vorbei, ihre Haut hatte zu zittern aufgehört, seine Umklammerung begann sich zu lockern und seine Arme fielen von ihr ab. Sein Atem, der nur Momente zuvor in stoßendem Schnaufen gekommen war, entspannte sich, ging in einen normalen Rhythmus über, und er spürte, daß er in den sanften Tiefen des Schlafs versank.

Als sie merkte, daß Glen eingeschlafen war, blieb Anne still neben ihm liegen. Einerseits wollte sie ihn nicht aufwecken, andererseits wollte sie sich nicht bewegen, bevor sie begriffen hatte, was gerade zwischen ihnen passiert war.

Glens Liebesspiel war durch etwas geprägt gewesen, das sie nie zuvor bei ihm erlebt hatte. Obwohl sie einerseits dadurch äußerst erregt worden war, hatte sein Verhalten andererseits fast Angst in ihr erweckt. Hinzu kam, daß er unmittelbar danach irgendwie verzweifelt gewirkt hatte. Ihr war es so vorgekommen, als habe er in sie eindringen wollen, um nach etwas zu greifen, etwas aus ihr herauszuziehen, das sie ihm nicht geben wollte.

Schließlich verließ sie das Schlafzimmer, ging ins Bad und schaute sich im Spiegel an. Schwache rote Male begannen sich auf ihrem Körper dort abzuzeichnen, wo Glens Finger sich in ihr Fleisch gegraben hatten.

Unwillkürlich lief ihr ein Schauder über den Rücken.

Sie duschte sich, trocknete sich ab und zog sich an.

Glen lag nackt auf dem Bett, mit ausgestreckten Armen und angewinkelten Beinen.

Seit seinem Aufenthalt im Krankenhaus war er dünner geworden, und sein Gesicht zeigte eine ungesunde Blässe.

Das würde sich ändern. Innerhalb von ein, zwei Wochen brächte er wieder seine normalen 80 Kilogramm auf die Waage, und in der Sonne nähme sein Gesicht auch wieder Farbe an.

Aber wie stand es mit seinem Inneren?

Sie beugte sich zu ihm und küßte ihn zärtlich auf die Stirn, doch er rührte sich nicht. Dann deckte sie ihn zu, und bevor sie den Raum verließ, drehte sie sich noch einmal zu ihm um.

Er war nach wie vor Glen, ihr Mann.

Aber er war anders.

Der Herzinfarkt hatte nicht nur seinem Körper Schaden zugefügt, er hatte auch seinen Geist verändert.

Als Anne das Haus verließ, um in ihr Büro zu fahren, redete sie sich ein, daß seine Persönlichkeit wieder den alten Zustand haben würde, wenn sich erst einmal sein Körper von diesem Trauma erholt hatte.

Wenn sie sich das nächste Mal liebten, würde es wieder so sein, wie es immer gewesen war.

Aber was wäre, wenn es zwischen ihnen niemals wieder so wie früher werden würde?

Auf diese Frage wußte sie keine Antwort.

24. Kapitel

Am ersten Morgen nach seiner Entlassung aus dem Krankenhaus kam Glen Jeffers nur langsam zu sich. Einen Moment lang fühlte er dieselbe Desorientierung, wie er sie so oft an den ersten Tagen nach seinem Herzinfarkt gespürt hatte. Doch an diesem Morgen klärte sich sein Geist schnell. Er schwelgte in dem Gefühl, in seinem eigenen Schlafanzug, seinem eigenen Bett, seinem eigenen Haus zu erwachen. Und es war seine Frau gewesen, die ihn kurz zuvor mit einem Abschiedskuß geweckt hatte – und keine Krankenschwester, die ihm einen Blutdruckmesser um den Arm schnallte oder ihm ein Thermometer unter die Zunge schob.

Daheim.

Er war daheim und ganz allein.

Er streckte sich der Länge nach aus und lauschte der Stille im Haus. Wie lange war es schon her, daß er eine solche Ruhe genossen hatte?

Er konnte sich nicht erinnern.

Natürlich war es auch im Krankenhaus ruhig gewesen, doch das war eine andere Art von Ruhe gewesen. Dort hatte eine Grabesstille geherrscht, die der Allgegenwart des Leidens entsprang. Im Krankenhaus hatte er immer mitbekommen, wenn in einem der Nebenzimmer jemand hustete oder stöhnte. Heute morgen hörte er aber nur Hectors Gebrabbel aus seinem Käfig in Kevins Zimmer. Und von draußen drang lediglich das Gezwitscher der Vögel an seine Ohren – ein ganz anderes Geräusch als der dröhnende Verkehrslärm, der ständig um das Krankenhaus herum herrschte.

Mit diesem friedvollen Gefühl stand er auf, schlüpfte in seinen Bademantel, zog seine bequemen, ausgetretenen Hausschuhe an, ging nach unten und folgte dem himmlischen Duft von frischaufgebrühtem Kaffee in die Küche. Auf der Kaffeemaschine fand er eine Nachricht von Anne:

Trink nicht gleich alles auf einmal, eine Tasse reicht für den Anfang.

Beim Lesen der Notiz überkam ihn das eigenartige Gefühl, nicht allein im Haus zu sein. Ihm kam es so vor, als würde er beobachtet: Die Nackenhaare standen ihm zu Berge, und seine Muskeln verspannten sich unbewußt. Doch als er sich umdrehte, sah er nur die leere Küche; nicht einmal Boots war hier. Das befremdliche Gefühl verschwand wieder, und er holte sich eine Kaffeetasse aus dem Wandschrank, die größte, die er finden konnte, und füllte sie bis zum Rand. Dann ließ er sich am Küchentisch nieder. Da kam Kumquat herein, die offensichtlich zeigen wollte, daß sie ihn auch vermißt hatte, und machte es sich auf seinem Schoß bequem. Mit der einen Hand streichelte Glen die Katze, mit der anderen holte er sich die Morgenausgabe des *Herald* und las den Leitartikel.

»Noch kein Erfolg bei der Fahndung nach dem Mörder von Capitol Hill«

Fast eine Woche nach der Entdeckung der Leiche von Shawnelle Davis in ihrer Wohnung in Capitol Hill berichtet die Polizei von Seattle, daß im Zusammenhang mit der Ermordung der zweiunddreißigjährigen Prostituierten noch keine Verdächtigen ermittelt werden konnten.

Obwohl die Untersuchungen bestätigten, daß der Mord gewisse Gemeinsamkeiten mit jenen aufweist, die Richard Kraven zugeschrieben werden, schließt man gegenwärtig die Möglichkeit aus, daß es sich dabei um eine Nachahmungstat handelt. Auch glaubt man nicht, daß vielleicht erst Kravens Hinrichtung den Mörder inspiriert haben könnte. Wie Kommissar Mark Blakemoor verlauten ließ...

Glen legte die Zeitung beiseite. Er hatte keine Lust, den Artikel zu Ende zu lesen, obgleich er absolut sicher war, daß ihn seine Frau geschrieben hatte. Warum ritt Anne immer noch auf dem Fall Kraven herum? Der Mann war doch tot! Er nahm sich den Sportteil vor und blätterte danach im Wirtschaftsteil. Einer kurzen Randbemerkung auf der zweiten Seite entnahm er, daß während seiner Krankheit die Arbeiten am Jeffers Building nicht nur fortgesetzt worden, sondern sogar mittlerweile dem Zeitplan zwei Tage voraus waren. Er las den Artikel noch einmal und fragte sich, ob die darin enthaltene Unterstellung, die Arbeit ginge ohne ihn schneller voran, beabsichtigt oder unbeabsichtigt war. Doch dann sagte er sich, daß er einfach übersensibel reagierte. Trotzdem konnte es nicht schaden im Büro anzurufen. Aber zuerst wollte er duschen.

Glen legte die Zeitung beiseite, trank den Kaffee aus und ging zur Treppe. Dabei hatte er wieder das eigenartige Gefühl, nicht allein im Haus zu sein. Diesmal sah er sich in den unteren Zimmern um, kam sich dabei aber lächerlich vor, denn sie waren alle leer. Um ganz auf Nummer Sicher zu gehen, warf er aber auch noch einen Blick in die Kinderzimmer.

Nichts.

Im Schlafzimmer streifte er Bademantel und Schlafanzug ab und ging ins Badezimmer. Er drehte die Dusche auf und trat mit einem wohligen Seufzer unter das heiße Wasser, schäumte sich reichlich ein und spülte dann seinen Körper ab. Dabei entspannte er sich und wusch die letzte Spur Krankenhausgeruch von der Haut ab. Danach drehte er den Hahn zu, trat auf die kalten Marmorfliesen und trocknete sich ab.

Ein Blick in den beschlagenen Spiegel machte ihm klar, daß er im Krankenhaus mindestens fünf Kilo abgenommen hatte, und darüber war er nicht gerade glücklich. Tatsächlich hatte er Monate gebraucht, sich diese Pfunde mühsam anzutrainieren. Jetzt hatte er sie verloren, und er sah nun fast wieder so mager aus wie in seinen ersten dreißig Lebensjahren, was ihm immer zuwider gewesen war.

Gut, dann mußte er eben noch einmal von vorn beginnen, seine Form wiederfinden und seine Muskeln, die im Krankenhaus schlaff geworden waren, erneut stärken.

Er ging zum Waschbecken und putzte sich die Zähne. Glen wischte einen Teil des Spiegels ab, beugte sich nach vorn und betrachtete sein Gesicht. Mein Gott! Er sah ja furchtbar aus! Seine Wangen waren eingefallen, seine Augen lagen tief in den Höhlen, und die Lachfalten um sie herum sahen eher aus wie Altersrunzeln. Am schlimmsten aber war, daß seine Bartstoppeln grau geworden waren.

Zumindest das ließ sich sofort ändern.

Er öffnete den Medizinschrank, nahm seinen Rasierapparat heraus und schaltete ihn an.

Schlagartig übermannte ihn wieder das Gefühl, daß er nicht allein war, daß jemand bei ihm im Badezimmer war. Mit angespannten Muskeln bereitete sich Glen darauf vor, diesen Jemand zu stellen. Aber als er sich umdrehte, traf es ihn wie ein Schock, und er taumelte wieder in jene Schwärze, die ihn auch am Tag seines Herzinfarkts verschlungen hatte. Er verlor das Bewußtsein.

Der Experimentator betrachtete sich den Rasierapparat, der aus Glen Jeffers' Hand ins Waschbecken gefallen war, als er bewußtlos wurde.

Zögernd griff er danach und berührte ihn leicht mit einem Finger. Dann nahm er das Gerät, drehte es in der Hand hin und her und untersuchte es, wie er alles untersuchte, was ihm in die Hände kam. Der Apparat schien vollkommen in Ordnung zu sein – er hatte keinen Sprung bekommen; vom Plastikgehäuse war beim Aufschlagen ins Waschbecken nichts abgesplittert. Zufrieden hielt er sich das Gerät an die rechte Wange und rieb es sanft daran.

Sofort kam es ihm vor, als ob tausend winzige elektrische Nadeln aus dem Scherkopf auf seine Haut schossen.

Er nahm den Rasierer und wiegte ihn noch einmal in der Hand.

Er mußte einen Sprung haben.

Wenn man genau genug hinsah, entdeckte man überall Fehler. Das hatte er bei allen seinen Untersuchungen herausgefunden. Sogar bei den perfektesten Exemplaren hatte er immer einen schwachen Punkt entdeckt. Er konzentrierte sich wieder auf den Rasierapparat und suchte nach dem Grund für die Stiche, die er ihm gerade versetzt hatte. Doch er konnte keine Beschädigung entdecken.

Das Objekt in seiner Hand summte und vibrierte fast wie ein Lebewesen.

Der Verstand des Experimentators begann wieder zu arbeiten, und sein Verlangen wuchs, die Kraft darin begreifen zu können.

Hatte er wirklich Elektrizität gespürt? Er drückte den Rasierer noch einmal ans Kinn und spürte aufs neue das prickelnde Zittern.

Diesmal empfand er es ganz anders. Anders und doch vertraut. Er ließ den Gegenstand über seine Gesichtshaut gleiten und stellte sich vor, es sei etwas anderes.

Die Berührung einer Fingerspitze, die ihm zärtlich über das Gesicht strich und ihn erregte.

Das Streicheln einer Frau.

Ja, das war es. Es fühlte sich an wie das Streicheln einer Frau, und er hatte es vorher schon gespürt. Es war dasselbe erotische, liebkosende Gefühl, als ob eine elektrische Ladung aus ihr entströme.

Aber wie konnte sie dem Ding in seiner Hand entströmen? Es war ein Gegenstand, hatte kein Blut, keine Seele, keine eigene Energie.

Es war ein völlig unbelebtes Objekt.

Doch das Prickeln, dieses Prickeln...

Nun mußte er wieder experimentieren. So, wie er es schon immer getan hatte.

Er faßte den Rasierer so, wie er all seine Objekte anfaßte – fest genug, um es sicher im Griff zu haben, aber nicht so fest, daß es beschädigt wurde – und ging damit in den Keller.

Seine Erregung wuchs, es war dieselbe Erregung, die er

immer vor seinen Experimenten verspürte. Es war wunderbar, sie wieder zu fühlen...

Zu lange schon war er untätig gewesen.

Er zog an der Schnur der fluoreszierenden Lampe, die über der Werkbank hing und schaltete sie ein. Dann legte er den Rasierer ab, sah sich um und fand einen Werkzeugkasten am Ende der Bank. Er stöberte darin herum, nahm einen winzigen Schraubenzieher heraus und machte sich an die Arbeit.

Wie immer war er dabei nackt.

Zwanzig Minuten später war der Rasierer in seine Bestandteile zerlegt. Motor und Batterie lagen neben der Hülle, die Drähte des Motors waren von der Batterie abgerissen. Die Getriebeteile lagen verstreut auf der Werkbank herum. Der Experimentator wußte, daß man sie nie mehr wieder zusammenfügen konnte.

Wie alle seine früheren Versuche war auch dieser fehlgeschlagen.

Der Experimentator stand zitternd im Keller, schaute den kaputten Rasierapparat finster an, und seine Enttäuschung und Wut wuchsen von Sekunde zu Sekunde.

Warum hatte er nicht gefunden, wonach er gesucht hatte?

Warum hatte er nicht herausfinden können, woher die Energie kam, die in dem Rasierer steckte?

Er hatte sie doch gespürt; sogar jetzt konnte er noch das Prickeln auf seinem Gesicht spüren.

Eigentlich hätte alles so einfach sein müssen. Jeder Idiot wäre in der Lage gewesen, den Apparat zu zerlegen, den Fehler zu finden und ihn wieder zusammenzusetzen.

Schließlich war er kein Lebewesen!

Und jetzt war das Gerät zerstört und konnte nicht mehr zusammengebaut werden. Jedenfalls nicht von ihm. Plötzlich hatte er das Verlangen, das ekelhafte Ding loszuwerden – ein Verlangen, das mindestens so stark war wie sein Drang, es zu zerlegen. Der Experimentator sammelte die Stücke des Rasierers ein, ging die Treppe hoch und verließ das Haus durch die Hintertür. Ging über den Hof zum hinteren Gartenzaun, wo die vier Recycling-Tonnen standen.

Er hob den Deckel der ersten Tonne hoch, warf den Apparat hinein, knallte den Deckel wieder zu und ging zum Haus zurück.

Er war schon fast am Haus, als er jemanden erschrocken – huch! rufen hörte. Er blieb kurz stehen und sah sich um: Im Nachbarhaus hatte sich etwas bewegt.

Er wurde beobachtet.

Eine rotgesichtige Frau stand auf der Veranda. Der Experimentator sah sie kühl an, für einen Augenblick trafen sich ihre Blicke. Dann lief die Frau puterrot an, als hätte sie Angst bekommen und verschwand so plötzlich in ihrem Haus, wie sie herausgekommen war. Sie knallte die Tür laut hinter sich zu.

Erst als sie weg war, ging der Experimentator in das Haus zurück.

Den Rasierapparat hatte er schon fast vergessen.

Jetzt dachte er an die Frau im Nachbarhaus, und in seinem Hirn formte sich eine Idee.

War es wirklich schon Zeit, wieder zu beginnen?

Und war die Frau überhaupt ein geeignetes Objekt?

Er wollte darüber nachdenken – nachdenken und Vorbereitungen treffen.

25. Kapitel

> »... ist die Polizei davon überzeugt, daß Richard Kraven der Alleinverantwortliche für die Mordserie war, die erst mit seiner Verhaftung geendet hatte. Aber der Kommissar wies auch darauf hin, daß man endgültigen Aufschluß darüber erst erhält, wenn die übrigen Opfer, die man Kraven zuschreibt, gefunden werden.« Auch wollte Blakemoor die Möglichkeit nicht völlig ausschließen, daß Kraven seine Verbrechen nicht alleine begangen hat.

Sheila Harrar starrte mit trübem Blick auf den Artikel. Wegen ihres Katers, den sie von der Party letzte Nacht hatte, fühlte sie sich, als ob ihr jemand Nägel in den Schädel rammte. Sie blinzelte ins graue Tageslicht und versuchte, sich auf die restlichen Sätze in der dreckigen Morgenzeitung zu konzentrieren, die sie mit einem fast halbvollen Pappbecher Kaffee auf einer Parkbank im Pioneer Square gefunden hatte. Aber es war ihr egal, was noch in dem Artikel stand – sie hatte schon genug gelesen.

Es gab mindestens eine Leiche, die man bis jetzt noch nicht gefunden hatte, das war die von Danny. Und jetzt war es nicht nur die Polizei, die sich nicht darum kümmerte, auch die Presse tat es nicht. Sheila hatte den ganzen Tag auf den Rückruf dieser Frau gewartet. Wie hieß sie doch gleich wieder? Dann erinnerte sie sich daran, daß sie den anderen Artikel zusammen mit wichtigen Papieren in einen Leinenbeutel gestopft hatte. In der einen Hand hielt sie den Becher mit lauwarmem Kaffee, mit der anderen stöberte sie in der Tasche, bis ihre Finger endlich auf einen zerknitterten Zeitungsfetzen stießen. Sie breitete ihn auf der Bank aus und überflog die Zeilen.

Anne Jeffers. Ja, das war der Name der Frau, der sie eine Nachricht hinterlassen hatte. Wann war das gewesen? Sheila war sich nicht ganz sicher, sie wußte nur noch, daß sie den ganzen Tag auf den Anruf gewartet hatte und nur kurz nach draußen gegangen war, um etwas Eßbares zu schnorren. Aber die Frau hatte nicht zurückgerufen, und Sheila wußte auch warum.

Weil sie Indianerin war.

Eine betrunkene Indianerin.

Sheila zerdrückte den Pappbecher in der Faust. An dem Morgen, als sie bei der Zeitung angerufen hatte, hatte sie sich nicht sehr gut gefühlt. Nicht ganz so schlecht wie heute, aber eben auch nicht gut. Vielleicht hatte die Frau doch zurückgerufen, aber sie war gerade nicht in der Halle gewesen. Und falls jemand den Anruf entgegengenommen hatte, hätte man sich bestimmt nicht die Mühe gemacht, ihr das auszurichten.

Im Hotel scherte sich keiner einen Dreck um den anderen.

Plötzlich bekam Sheila Lust auf einen Drink. Sie wollte aufstehen, wurde aber sofort von Schwindel und Brechreiz übermannt. Mit beiden Händen hielt sie sich an der Banklehne fest, beugte sich nach vorn und übergab sich.

Als sie wegging, fühlte sie sich keineswegs besser, denn jetzt spürte sie außerdem noch den sauren Geschmack von Erbrochenem im Mund. Am liebsten wäre sie im Boden versunken, doch dann schleppte sie sich zum Trinkwasserbrunnen in der Ecke und nahm einen Schluck.

Wie weit war es mit ihr gekommen? Wenn sie jemals herausfinden wollte, was mit Danny geschehen war, mußte sie sich zusammenreißen. Sie kramte wieder in ihrer Einkaufstasche und fand zwischen all dem Krimskrams einige versteckte Münzen. Sie betrachtete das Geld und kalkulierte automatisch, wieviel Wein sie sich dafür kaufen konnte.

Dannys Bild erschien vor ihrem inneren Auge, und sie ignorierte ihr heftiges Verlangen nach Alkohol mit großer Anstrengung. Sie ging zur First Avenue und betrat eines jener Cafés, in denen menschliche Wracks abgespeist wurden, wenn sie sich noch eine der billigsten Mahlzeiten leisten konnten. Sheila bestellte sich einen Kaffee und einen Berliner. Obwohl ihr Magen gegen die ungewohnt frühe Nahrungsaufnahme zu rebellieren drohte, aß sie auf und spülte es mit Kaffee hinunter. Während sie aß, führte sie ein stummes Zwiegespräch mit Danny:

Vielleicht hat sie die Nachricht nie bekommen, gab ihr seine Stimme ein.

»Ich habe gewartet«, murmelte sie, hielt sich dann aber die Hand vor den Mund, weil sich jemand nach ihr umdrehte.

Vielleicht hast du nur ein paar Minuten gewartet, bist dann weggegangen und hast dich betrunken. Danny blieb unerbittlich. Sheila wollte nicht mit ihm debattieren; sie wußte, daß er recht hatte. Möglicherweise hatte sie Anne Jeffers sogar nicht einmal die richtige Nummer durchgegeben.

Vielleicht wäre es besser, nochmal anzurufen. Sie stand auf und ging zum Münztelefon des Cafés. Beim Durchblättern des Telefonbuchs auf der Suche nach der Nummer des *Herald* kam ihr aber eine Idee. Was wäre, wenn Anne Jeffers ihre Nachricht überhaupt nie bekommen hätte? Was wäre, wenn sie verlorengegangen war, weil niemand das Band abgehört hatte? Sie suchte nach der Privatnummer und fand sie. »Jeffers, Glen & Anne«, war aufgeführt; eine Adresse im besseren Teil von Capitol Hill.

Sheila warf eine Münze ein und wählte die Nummer. Nach dem achten Klingeln, sie wollte schon wieder aufhängen, meldete sich jemand.

»Hallo?«

»Bin ich hier richtig bei Anne Jeffers? Bei der, die bei der Zeitung arbeitet?«

»Ja, sie wohnt hier, sie ist aber jetzt an ihrem Arbeitsplatz. Kann ich ihr etwas ausrichten?«

Sheila zögerte, rang sich dann aber doch zu einem Entschluß durch. Wenigstens sprach sie diesmal mit einem realen Menschen, und wenn Anne Jeffers dort wohnte, würde sie die Nachricht wahrscheinlich auch erhalten. »Ich hab' eine Nachricht bei ihr aufs Band gesprochen, doch sie hat mich nicht zurückgerufen«, sagte Sheila und betonte jedes Wort so sorgfältig, damit ihr Gesprächsteilnehmer nicht merkte, wie betrunken sie gestern nacht gewesen war. »Sind Sie Ihr Ehemann?«

Sheila bemerkte das kurze Zögern nicht, ehe die Stimme mit einem knappen »Ja« antwortete.

»Es geht um meinen Sohn«, fuhr Sheila fort, »um Danny Harrar. Dieser Richard Kraven hat ihn ermordet, doch die Polizei hat nichts unternommen. Die sagen immer nur, er sei bloß ein betrunkener Indianer, aber das stimmt nicht. Danny war ein guter Junge. Er hat gearbeitet, ist zur Schule gegangen und hat überhaupt nie getrunken.« Sheila stiegen die Tränen in die Augen, doch sie wischte sie fort. Sie war wild entschlossen, ihre aufwallenden Gefühle nicht die Oberhand gewinnen zu lassen. »Ich will doch nur, daß man meinen Sohn findet. Daß man ihn findet, damit ich ihn begraben kann«.

Am anderen Ende herrschte zunächst Stille, doch dann sprach der Mann wieder: »Und Sie wollen, daß Anne Ihnen dabei hilft?«

Sheila stockte der Atem. Er hatte nicht aufgehängt! »Glauben Sie, sie würde das tun?« fragte sie mit vor Sorge bebender Stimme. Es war schon so lange her, daß ihr überhaupt jemand zugehört hatte. Darum wagte sie kaum daran zu glauben, die Frau dieses Mannes könne ihr wirklich helfen.

»Erzählen Sie mir doch davon«, forderte sie der Mann auf. »Sagen Sie mir einfach, was Ihrer Meinung nach mit Ihrem Sohn passiert ist und wie meine Frau mit Ihnen Kontakt aufnehmen kann.«

Auf einmal zitterten Sheilas Hände, und sie war schweißgebadet. Womit sollte sie anfangen? »Er wollte angeln gehen«, begann sie. »Mit diesem Mann, diesem Kraven. Das hab' ich auch der Polizei erzählt, aber die glaubten mir nicht, weil ich eine In...« Sie atmete tief durch. »Die sagen, wir sind alle Säufer, aber das stimmt nicht. Danny war kein Säufer und ich auch nicht, jedenfalls damals nicht. Aber die haben mir trotzdem nicht geglaubt.«

»Erzählen Sie mir, was passiert ist«, sagte der Mann. »Sagen Sie mir alles, was Sie wissen und was Sie glauben.«

Langsam und gründlich berichtete Sheila Harrar, was ihrer Meinung nach an jenem Tag, als Danny verschwunden war, passiert sein konnte.

Und der Mann am anderen Ende der Leitung hörte ihr zu. Er hörte ihr genau zu und erinnerte sich...

In den Ohren des Experimentators hämmerte sein eigener Herzschlag so laut, daß es ihm schwerfiel zu glauben, niemand könnte es hören. Aber wer sollte ihn schon hören?

Er war ganz allein, abgeschlossen in seiner eigenen Welt.

Einer mobilen Welt aus Metall und Glas, die ganz und gar nur seiner Herrschaft unterstand.

Er war absolut frei zu tun, was er tun wollte; dorthin zu gehen, wohin er wollte, geschützt vor allen Wirrnissen der Welt draußen, dieser Welt, die er so wenig unter Kontrolle hatte.

Es war gut, allein zu sein.

Aber bald wäre er nicht mehr allein, denn durch die Windschutzscheibe sah er, wonach er gesucht hatte.

Ein Junge, vielleicht siebzehn oder achtzehn, der an der Ecke eines Häuserblocks stand und eine Angel in der Hand hatte.

Ein Junge, der auf ihn wartete.

Während er auf die Bremse des Wohnmobils trat, versuchte der Experimentator, seinen Herzschlag zu verlangsamen. Doch das war unmöglich; die freudige Erwartung war zu erregend.

Doch der Junge würde das nicht bemerken. Keines seiner Versuchsobjekte hatte das bisher bemerkt.

Das Fahrzeug stoppte sanft, und die Tür ging auf. Der Junge lächelte ihn an. Das strahlende Weiß seiner Zähne wurde durch die bronzefarbene Haut noch betont.

Der Experimentator lächelte zurück und winkte den Jungen in das Wohnmobil.

»Wohin fahren wir?« fragte der Junge.

»In die Berge«, antwortete der Experimentator. »Ich kenne

einen gute Stelle am Snoqualmie River.« Automatisch sah er sich um, doch die Straßen waren leer.

Niemand hatte sein Wohnmobil gesehen.

Niemand hatte ihn gesehen.

Falls jemand nur den Jungen allein an der Ecke hatte stehen sehen, machte das nichts.

Er fuhr vorsichtig, wechselte selten die Fahrspur und überschritt nie die Geschwindigkeitsbegrenzung.

Auf dem Sitz hinter ihm saß der Junge und redete, so wie alle die anderen Objekte geredet hatten. Aber er fand den Jungen viel interessanter als die meisten vor ihm, denn er war Indianer, auch wenn er nicht wußte, welchem Stamm er angehörte.

»Wußten Sie schon, daß unser Volk glaubt, die erste Frau wäre einem Fisch entstiegen?«

Der Experimentator schüttelte den Kopf.

»Und zwar soll es ein Lachs gewesen sein, ein ganz schön dicker Brocken. Als nämlich der Mann, der ihn gefangen hatten, den Lachs aus dem Wasser zog und aufschnitt, steckte eine Frau darin.«

»Er hat ihn aufgeschnitten?« fragte der Experimentator. Sein Herz schlug noch schneller, und ein wohliger Schauer durchfuhr ihn.

»Seinen Bauch«, erklärte der Junge. »Der Mann hat den Fisch aufgeschnitten, um ihn zu säubern, aber statt der Gedärme kam die erste Frau heraus. Deshalb verehrt man bei uns den Lachs, weil ihm unsere Urmutter entstammt.«

»Und der Mann, der den Fischbauch aufschnitt?« fragte der Experimentator. Nichts in seiner Stimme verriet die Erregung, die sein eigenes Inneres aufrührte. »Was ist mit ihm passiert?«

Der bronzehäutige Junge zuckte die Schultern. »Weiß ich nicht. In der Legende geht es nur darum, daß die erste Frau aus einem Lachsbauch kam. So ähnlich wie bei Eva, die nach der Bibel aus einer Rippe Adams geschaffen wurde.«

»Aber es war doch kein Mensch, der sie aus Adam schnitt«, entgegnete der Experimentator. »Es war Gott.«

Wieder zuckte der Junge die Schultern.

Die Erregung des Experimentators wuchs.

Die Stadt lag nun hinter ihm, und sie fuhren mit dem Wohnmobil die ersten Hügel hinauf. Nebelschwaden stiegen um sie auf und verwandelten das Morgenlicht in ein farbloses Grau. Die Welt innerhalb des Wohnmobils wurde kleiner, intimer.

Der Junge schien es zu spüren. »Es ist unheimlich. Es ist so, als ob außer uns niemand auf der Welt wäre.«

»Vielleicht gibt es auch niemanden«, meinte der Experimentator. »Vielleicht hat es überhaupt nie jemanden außer uns gegeben.«

»Oder vielleicht existiert einer von uns gar nicht.« Der Junge grinste, als er den Gedanken weiterspann. »Aber wer von uns ist dann das Phantasiegebilde des anderen?«

Der Experimentator sagte nichts dazu. Er zumindest hatte diese Frage für sich längst beantwortet.

Nur er existierte.

All die anderen waren nichts weiter als Versuchsmaterial für seine Experimente.

Er bremste ab und durchforschte den nebelumhüllten Wald nach einer Lücke zwischen den Bäumen, die die Einfahrt zu einem seiner Lieblingsfischgründe markierte. Schließlich fand er sie und bog mit der Fachkenntnis, die aus langer Erfahrung resultierte, in den engen Weg ein.

Mit derselben Fachkenntnis führte er auch seine Experimente aus.

Der Wagen holperte die schmutzige Spur entlang, und der Experimentator federte die Bergfahrt mit leichtem Druck auf die Bremsen ab. Als die Straße wieder ebener wurde, gaben die Bäume den Blick auf eine kleine Lichtung neben dem Fluß frei, von der er wußte, daß sie verlassen war.

»Ich mach' Kaffee«, erklärte er dem Jungen. »Bis wir ihn getrunken haben, hat sich der Nebel verzogen, und die Fische werden beißen.«

Als er den Generator anschaltete, übertönte dessen Dröhnen das Pochen seines Herzens, und er entspannte sich ein wenig. Er füllte einen Teekessel mit Wasser und setzte ihn auf einen der drei Brenner.

Zwanzig Minuten später, als sich der Nebel endlich zu verziehen begann und die Morgensonne ihre goldenen Strahlen durch die Bäume schickte, fiel dem Jungen der Kopf auf die Brust, und sein Atem kam im gleichmäßigen Rhythmus eines tiefen Narkoseschlafs.

Der Experimentator ließ die Jalousien des Wohnmobils herab und schaltete die Innenbeleuchtung ein. Er öffnete eine Schublade und nahm eine Rolle durchsichtiger Plastikfolie heraus. Der Experimentator arbeitete langsam und methodisch – so geübt, daß er kaum noch daran denken mußte, was er machte – und legte das Innere des Wohnmobils mit Plastik aus.

Erst den Boden, dann die Ecken, ein paar Zentimeter die Wände hoch. Dann bedeckte er die Wände, bis die Plane die auf dem Boden überlappte. Schließlich kam das Bett an die Reihe. Er nahm zwei Folienteile, faltete sie zusammen und verklebte sie gründlich, damit sie nicht verrutschen konnten.

Der Experimentator entkleidete sich, faltete seine Sachen fein säuberlich zusammen und verstaute sie in einer Kommode unter dem Bett.

Als er schließlich nackt war, wandte er seine Aufmerksamkeit dem Jungen zu, der auf den Beifahrersitz gesunken war. Er zog den Bewußtlosen genauso ruhig aus, wie er sich ausgezogen hatte. Doch die Kleidungsstücke des Jungen tat er in einen Plastikbeutel.

Nachdem er den Jungen ausgezogen hatte, hob der Experimentator ihn hoch und trug ihn zu dem mit Plastik abgedeckten Bett. Er arbeitete mit all dem Geschick, das er sich über Jahre hinweg erworben hatte und führte die ersten Schnitte aus. Dabei verwendete er ein neues Skalpell, das er unmittelbar nach Beendigung seines Versuchs beseitigen wollte. Die rasiermesserscharfe Klinge glitt durch die Haut des Brustkorbs, und als Blut aus der Wunde sickerte, stillte der Experimentator es mit Bienenwachs.

Einen Moment später übertönte das Schrillen der elektrischen Säge das Brummen des Generators. Als seine geübte Hand den Brustkorb des Jungen zersägte, fühlte der Experimentator dieselbe Vorfreude, wie er sie immer empfand, bevor er den ersten tiefen Schnitt in das Innere eines neuen Versuchsobjektes machte.

Sein Herzschlag beschleunigte sich, seine Atmung ging schneller.

Er spürte, wie ihm der Schweiß ausbrach und zwischen seinen Schulterblättern herunterrann. Sanft ließ er das kreisende Sägeblatt auf das Brustbein des Jungen herabsinken, wo es sich in die Knorpel und Knochen hineinfraß.

Bald... bald...

Bald befände er sich tief im Innern des Jungen und würde das Geheimnis seiner Existenz ergründen.

Bald schon würde er die Energie seines Körpers mit den Fingerspitzen fühlen, die Glut mit seinen Händen umschließen. Die zitternde Energie der jugendlichen Lebenskraft fühlen...

Bald... bald...

Aber dann war es vorbei. Er stand nackt in der Morgensonne, den leblosen Körper des Jungen in den Armen und bebte vor Zorn über seinen Fehlschlag.

Wütend warf er die Leiche auf den Boden und bedeckte sie mit Steinen – solange bis der gesamte Körper unter einem Hügel begraben war, der aussah, als hätte ihn der Fluß angespült. Niemand würde erkennen, daß ihn der Experimentator in seiner Raserei aufgeschichtet hatte.

Dann ging er in den Wald, überschüttete die Kleider des Jungen mit Benzin, zündete sie an und stocherte solange mit einem Stock darin herum, bis sie völlig vom Feuer verzehrt waren.

Zum Schluß kehrte er zum Fluß zurück, stürzte sich nackt in das eiskalte Wasser, um sich alle Spuren seines letzten Versuchs abzuspülen. Als er die Eiseskälte des Wassers am Körper spürte, schrie er laut auf, aber nicht nur wegen der Kälte, sondern wegen der Enttäuschung darüber, daß sein Versuch wieder einmal gescheitert war.

26. Kapitel

Anne Jeffers verschwand in der Eingangstür des Red Robin in der Fourth Avenue, bevor der Regen, der schon den ganzen Tag über fiel, noch stärker wurde. Wenn er in einer Stunde nicht nachließe – und sie war sicher, daß das der Fall sein würde –, bekäme sie größte Schwierigkeiten, ein Taxi zu bekommen, das sie zur Redaktion zurückbrächte. Vielleicht könnte sie dann Mark Blakemoor bitten, sie mitzunehmen – es sei denn, er wäre noch immer sauer darüber, daß sie ihn in der Morgenausgabe zitiert hatte. Aber als Mark eine Sekunde später durch die Tür eilte, seinen Regenmantel abstreifte und die Tropfen nicht nur sie, sondern auch noch andere trafen, wußte sie, daß sie ihm die Laune nicht verdorben hatte.

»Sind Sie mit dem Wagen da?« fragte er und bestätigte ihre Vermutung, daß sein Auto in der Garage stand. »Wenn Sie es nicht dabeihaben, bin ich naß bis auf die Haut, bis ich in meinem Büro bin.«

»Wir können uns ja zusammen ein Taxi nehmen – wenn wir eins finden«, schlug Anne vor, erleichtert, daß er den Artikel mit keinem Wort erwähnte. Sie gingen ins Restaurant und fragten die Wirtin nach einem Tisch für zwei Personen. Als Anne sich hinter der Kellnerin den Weg durch das Restaurant bahnte, dachte sie, daß Mark ihr wegen des Artikels wohl keine Vorwürfe machen würde, denn dann konnte er ja kaum damit rechnen, daß sie ihn in sein Büro zurückfahren würde.

Sie mußte einräumen, daß Mark Blakemoor sie bei ihrer Suche nach den Kraven-Akten mehr unterstützt hatte, als sie erwarten konnte. Vor allem, wenn man bedachte, daß das Material, auf das sie vielleicht stieß, eine Story hergeben könnte, die für die Polizei nicht gerade schmeichelhaft sein würde. Wenn sie nämlich wirklich etwas Neues herausfand, konnte es sich logischerweise nur um etwas handeln, das die Polizei bislang übersehen hatte.

Aus welchem Grund half Mark ihr also, und warum hatte er sie zum Essen eingeladen?

Sie vermutete, daß er sich in sie verliebt hatte, und sie wußte bereits, wie sie den endgültigen Beweis dafür erhalten konnte: Falls er ihr wegen der Story keine Vorwürfe machen würde, dann nur deshalb, weil er scharf auf sie war.

Als sie sich an den Tisch setzte, mußte sie sich eingestehen, daß diese Vorstellung sie keineswegs verletzte. Im Gegenteil, seine Schwärmerei schmeichelte ihr. Sie konnte mit diesem Umstand auch deshalb gut leben, weil sie sich nie anmerken lassen würde, daß sie seine Gefühle spürte, geschweige denn würde sie irgend etwas tun, um ihn zu ermutigen. Außerdem sah der Kommissar nicht schlecht aus, und es war angenehm zu wissen, daß Glen nicht der einzige Mann auf der Welt war, der sie attraktiv fand. Als Mark Blakemoor es sich auf dem Stuhl ihr gegenüber bequem machte, mußte Anne ein spontanes Bedürfnis, mit ihm zu flirten, unterdrücken und spürte, daß sie bei diesem Gedanken errötete.

»Keine Sorge«, versicherte ihr Blakemoor, der ihr Erröten bemerkte, aber völlig falsch deutete. »Ich will nicht auf dem Artikel herumreiten. Ich will auch nicht verhehlen, daß Ackerly und die anderen stocksauer sind. Von McCarty gar nicht zu reden. Aber was soll's? Sie tun nur Ihren Job, stimmt's?«

Verdacht bestätigt, dachte Anne. Also, was soll ich jetzt machen? »Schön, wenn Sie mich also nicht zusammenstauchen wollen, womit habe ich mir dann das Essen verdient? Worum geht es, was Sie mir nicht auch schon am Telefon hätte sagen können?«

Blakemoor antwortete erst, als sie ihre Bestellungen aufgegeben hatten. Dann sagte er: »Sheila Harrar.«

Anne spitzte die Lippen. Der Name kam ihr bekannt vor, aber sie konnte sich nicht... dann fiel es ihr ein. »Die Frau, die mich angerufen hat, die mit der falschen Nummer!«

Blakemoor nickte. »Es hat eine Weile gedauert, aber ich habe sie doch noch in den Aufzeichnungen gefunden. Sie ist Indianerin und hat vor ein paar Jahren oft beim Sonderdezernat angerufen. Sie hat behauptet, Kraven habe ihren Sohn getötet, und wir sollten ihn festnehmen.«

»Was Sie ja offensichtlich nicht getan haben«, bemerkte Anne trocken, doch ihre Worte beeindruckten Blakemoor nicht.

»Es gab keinen Grund dafür«, erwiderte der Kommissar. »Keine Leiche, kein Anzeichen für einen Mord. Nichts.«

»Aber ihr Sohn ist doch wirklich verschwunden?«

»Kommt darauf an, was Sie unter ›verschwunden‹ verstehen. Wenn Sie damit meinen, ob er immer noch irgendwo in Seattle ist, lautet die Antwort nein. Und sollte er wirklich noch hier sein, gibt es zumindest kein Lebenszeichen von ihm. Andererseits hat das nicht viel zu bedeuten. Der Junge war achtzehn, als er verschwand. Das heißt, er könnte einfach abgehauen sein, und das geht die Polizei nun wirklich nichts an. Erwachsene haben bei uns eben das Recht, zu tun und zu lassen, was sie wollen, und das müssen sie auch nicht mal ihrer Mutter erzählen.«

»Also hat die Polizei nichts unternommen?« fragte Anne und verfiel in jenen geübten Tonfall der Journalisten, der eine einfache Frage wie eine Anklage klingen ließ.

Blakemoor hob abwehrend die Hände. »Was hätten wir denn tun sollen? Der Junge ging auf dieselbe Universität, in der Kraven lehrte. Na und? Er hat sich niemals etwas aus Studenten gemacht. Mir schien sogar, er ist ihnen im allgemeinen eher aus dem Weg gegangen. Und es hatte sich herausgestellt, daß Danny Harrar einer seiner Studenten gewesen ist – das allein schloß ihn meiner Meinung nach als Täter aus. Typisch für ihn war doch, daß er es nur auf Fremde abgesehen hatte.«

»Typisch war für ihn, daß überhaupt nichts typisch für ihn war«, wandte Anne skeptisch ein. »Das heißt, wenn er sich an einen Studenten herangemacht hätte, hätte das gut zu ihm gepaßt. Erzählen Sie mir etwas über seine Mutter.«

»Eine Trinkerin«, seufzte Blakemoor. »Und nach allem was ich weiß, ist sie schon immer eine gewesen. Vielleicht ist der Junge deshalb auch abgehauen.« In knappen Worten skizzierte er Sheila Harrars Werdegang, ihren gesellschaftlichen Abstieg, alles, was er in einer Befragung von wenigen Minuten erfahren hatte. Dann zog er sein Notizbuch heraus, schrieb eine Adresse auf ein Blatt und reichte es Anne. Als sie die Seite entgegennahm, berührten sich ihre Finger, und Mark lief sofort rot an. »Tut mir leid, daß es so lange gedauert hat«, murmelte er, offenbar verwirrt über seine Reaktion.

»Ich hatte es schon fast vergessen«, gab Anne zu, steckte den Zettel in die Tasche und ließ sich dabei absichtlich soviel Zeit, daß Mark wieder zu sich finden konnte. Während des restlichen Zusammenseins waren beide übertrieben darauf bedacht, ihre Hände so weit wie möglich voneinander entfernt zu halten und der Unterhaltung keine persönliche Note zu geben. Und obwohl es immer noch regnete, als sie eine Stunde später das Restaurant verließen, schlug keiner von beiden vor, sich ein Taxi zu teilen. Mark drehte sich um und eilte in die eine, Anne genauso schnell in die andere Richtung. Ein kurzer Flirt war eine Sache, sagte sie sich, während sie nach einem Taxi Ausschau hielt – von jetzt an aber galt es, diese Beziehung auf rein beruflicher Ebene zu halten. Wenn sie das nächste Mal etwas über die Kraven-Akten wissen wollte, würde sie sich an Lois Ackerly wenden.

Allerdings würde die ihr mit Sicherheit einen Korb geben...

Egal, dann würde sie eben alles selbst machen. Das letzte jedenfalls, was sie jetzt brauchen konnte, war ein Polizist, der in sie verschossen war.

Schmeichelhaft war es allerdings trotzdem...

27. Kapitel

Das erste, was Glen nach dem Aufwachen spürte, war die Kälte. Es war aber nicht diese markerschütternde Kälte, die der Nordwind mit sich brachte, wenn er Seattle im Winter mitunter regelrecht einfror; es war eine klamme Kälte, die man dann spürte, wenn man nachts zu lange die Decken von sich gestreift hatte. Allerdings lag er weder im Bett, noch war es Nacht.

Als sich sein Verstand allmählich klärte, bemerkte er, daß er nackt auf dem Badezimmerboden lag. Zuerst war er verwirrt, dann erinnerte er sich nach und nach an das, was geschehen war. Und mit der Erinnerung kam auch die Angst.

Er lag still da, versuchte einzuschätzen, wie er sich fühlte, versuchte herauszubekommen, ob es ungefährlich war, sich zu bewegen. Hatte er einen neuen Herzinfarkt gehabt? Er versuchte, sich daran zu erinnern, wie er sich gefühlt hatte, als er vor zwei Wochen im Krankenhaus aufgewacht war. Hatte seine Brust geschmerzt? Er wußte es nicht mehr.

Das machte aber nichts, denn seine Brust tat jetzt ohnehin nicht weh. Er konzentrierte sich auf seine Atmung und preßte seine Hand auf das Herz. Sowohl seine Atmung wie auch sein Herzschlag schienen normal zu sein.

Dann erinnerte er sich an sein Gefühl, nicht allein im Haus gewesen zu sein. Das Gefühl war stärker geworden, als er die Dusche verlassen hatte. Beim Rasieren hatte er gespürt, daß etwas oder jemand mit ihm zusammen im Badezimmer war. Er hatte sich umdrehen wollen, als...

War er etwa niedergeschlagen worden?

Er setzte sich auf und rieb sich Kopf und Nacken. Sein Nacken war etwas steif, doch das konnte vom Liegen auf dem Boden sein.

Wie lange hatte er hier gelegen?

Er klammerte sich am Waschbecken fest und zog sich hoch.

Im Becken lag sein Rasierapparat, dort, wo er ihn fallengelassen hatte. Er ging vom Badezimmer zu seinem Schlafzimmerschrank. Auf dem Weg dorthin fiel sein Blick auf den Radiowecker neben seinem Bett.

Vierzehn Uhr? Sollte er fünf Stunden lang bewußtlos gewesen sein? Er blickte auf den Wecker neben Annes Bett, der zeigte dieselbe Zeit an.

Die Furcht, die gleich nachgelassen hatte, als er sicher war, keinen Herzinfarkt gehabt zu haben, kam plötzlich wieder. Er ging zum Schrank, fand seine Brieftasche und kramte die Karte mit Gordon Farbers Telefonnummer heraus. Er setzte sich auf die Bettkante und wählte, doch seine Hand zitterte jetzt so sehr, daß er es erst beim dritten Versuch schaffte, die Nummer zu Ende zu wählen. »Hier spricht Glen Jeffers«, sagte er, als sich jemand im Büro des Herzspezialisten meldete. »Ich muß heute unbedingt zu Ihnen kommen, und zwar am besten gleich.«

»Gleichgültig, was Ihnen zugestoßen ist: jetzt sind Sie jedenfalls wieder in Ordnung.«

Es war inzwischen fast eine Stunde vergangen, und Glen war nicht sicher, ob Gordy Farbers Worte gute oder schlechte Neuigkeiten bedeuteten. Man hatte ihm den Puls gefühlt, den Blutdruck gemessen und ein EKG gemacht. Und weil jeder Test normale Ergebnisse zeigte, hatte sich seine Furcht ein wenig gelegt. Aber er hatte nach wie vor keine Ahnung, was dazu geführt hatte, daß er sich bewußtlos auf dem Badezimmerboden wiedergefunden hatte. »Was ist bloß passiert?« fragte er. »Bin ich in Ohnmacht gefallen, oder hat mich jemand niedergeschlagen?«

»Haben Sie Anzeichen dafür gefunden, daß jemand im Haus war?« entgegnete Farber.

Glen errötete. »Ich hab nicht nachgeschaut. Mir war es wichtiger, gleich hierher zu kommen.«

»Jedenfalls haben Sie keinen Schlag auf den Kopf bekommen«, versicherte der Arzt. »In dem Fall hätten Sie mindestens eine Beule, vielleicht sogar eine Gehirnerschütterung.«

»Dann bin ich einfach nur ausgerutscht?«

»Das habe ich nicht gesagt. Jemand, der weiß, wie das geht, kann Sie ohne weiteres niederschlagen, wenn er nur die richtigen Nerven trifft. Aber Sie sagen ja, Sie hätten niemanden gesehen.«

»Alles war voller Dampf. Ich hab mich ja selbst kaum gesehen.«

»Haben Sie gehört, daß jemand die Tür geöffnet hat?«

Glen schüttelte den Kopf. »Aber sie war ja auch gar nicht geschlossen.«

Farber zuckte die Schultern. »Gut, wenn Sie meine Meinung hören wollen: Sie sind ausgerutscht. Was mich offen gestanden überhaupt nicht wundert. Sie haben zwei Wochen lang im Bett gelegen, Sie erholen sich noch von einem schweren Herzinfarkt, und Sie waren unter einer sehr heißen Dusche. Zählt man alles zusammen, ist es keine Überraschung, daß so etwas passieren konnte.«

»Aber fünf Stunden lang?« drängte Glen.

Farber hob den Kopf. »Wollen Sie, daß ich Sie wieder ins Krankenhaus einweise? Wenn Sie wirklich so besorgt sind, kann ich noch weitere Tests anordnen.«

»Aber Sie haben doch gesagt, ich sei völlig in Ordnung.«

»Eine Ansicht, die Sie offenbar nicht teilen«, bemerkte Farber. »Ich glaube, daß Sie aufgrund der Hitze in der Dusche ohnmächtig geworden sind, ein langes Nickerchen gemacht haben und auf dem Boden aufgewacht sind. Es war richtig, daß Sie bei mir angerufen haben und hergekommen sind, denn jetzt kann ich Ihnen mit Sicherheit sagen, daß nichts Ernstes vorliegt. Alles, was ich Ihnen noch anbieten kann, ist, sich noch einmal für ein paar Tage ins Krankenhaus zu legen.«

Glen erinnerte sich an das Zimmer mit all den Geräten, das furchtbare Essen und die Schwestern, die ständig seine Temperatur maßen und ihn mit Pillen versorgten. Dagegen erschien ihm ein Schlaf auf dem Badezimmerboden noch vergleichsweise harmlos. »Reden wir nicht mehr darüber. Wenn Sie sagen, es ist alles okay, dann bin ich damit auch zufrieden.« Kurz bevor er das Büro des Arztes verließ, fiel ihm aber noch etwas anderes ein. »Tun Sie mir bitte einen Gefallen, Gordy. Die Sache sollte unter uns bleiben. Anne würde nur einen gehörigen Schrecken bekommen, und wenn mir nichts fehlt, braucht sie auch nichts davon zu erfahren. Einverstanden?«

»Alles klar. Und jetzt gehen Sie, machen Sie sich keine Sorgen mehr. Tun Sie etwas völlig Nutzloses.«

»Was zum Beispiel?« Glen fragte sich, was ein Herzspezialist wohl unter etwas ›völlig Nutzlosem‹ verstand.

Farber überlegte eine Sekunde. »Ach, kaufen Sie sich einfach eine Zeitung und etwas zum Trinken. Dann setzen Sie sich auf eine Bank, lesen und schauen den Passanten zu. Wir sehen uns dann in einigen Tagen wieder.«

Glen verließ das Krankenhaus, stieg in seinen Wagen und wollte schon nach Hause fahren, als er seine Meinung änderte. Warum sollte er nicht den Rat seines Arztes befolgen? Er verwarf die Idee, direkt heimzufahren und steuerte Richtung Broadway zu dem großen Ziegelgebäude, in dem der Markt war.

Früher hatte sich in diesem Bau nur Fred Meyers riesiges Kaufhaus befunden, in dem von Lebensmitteln bis zu Arzneien alles Mögliche verkauft wurde. Jahrzehntelang hatte es stets die gleiche mittelständische Kundschaft, die in den fünfziger Jahren in Capitol Hill lebte, versorgt. Aber während der zweiten Hälfte des Jahrhunderts hatte Capitol Hill einen Wandel erfahren. Mit dem Mittelstand war es beständig bergab gegangen, und nachdem viele Familien auf die gegenüberliegende Seite des Sees nach Bellevue umzogen, waren die großen, alten Häuser nach und nach in immer kleinere Wohnungen aufgegliedert worden. Der Niedergang der Umgegend hatte schließlich auch zu dem des Ladenviertels am Broadway geführt. Anfang der siebziger Jahre war dann auch ziemlich wenig davon übriggeblieben.

Doch danach begann sich ein Wandel zu vollziehen. Zuerst entdeckten die schrägen Vögel die billigen Wohnungen und Läden von Capitol Hill und ließen sich dort nieder. Als dann schließlich die Vorstädte östlich des Lake Washington wuchsen und immer unattraktiver wurden, begannen die Kinder der Familien, die zwanzig Jahre vorher nach Osten abgewandert waren, wieder in die Stadt zurückzuziehen. Daß damit die Umgebung lebendiger wurde, wirkte sich natürlich auch auf den Broadway aus. Einige Läden, in denen fast nur noch ältere Frauen eingekauft hatten, machten zu, und es ließen sich ausgesuchte kleine Restaurants und Boutiquen nieder, die alle den Neuankömmlingen etwas zu bieten hatten. Und auch Fred Meyer, der die Zeichen der Zeit erkannte, gestaltete sein Kaufhaus um. Das Innere wurde völlig umgebaut, die Fassade beibehalten. Es entstand ein neues Einkaufszentrum mit einem Theater, einer großen Tiefgarage und einigen Wohnungen für Leute, die gar nicht nahe genug am Trubel leben konnten. Der restliche Raum wurde an Unternehmer vermietet, die berufliche Träume und reichlich Geld besaßen. Zwangsläufig wurde der Markt am Broadway Mittelpunkt des plötzlich so geschäftigen Treibens.

Und an diesem Nachmittag, als Glen von Laden zu Laden schlenderte und sich schließlich setzte, um die Menschen zu beobachten, die sich hier in Massen drängelten, war er von all dem ungeheuer fasziniert.

Wie sehr ihn dieses Erlebnis in Bann gezogen hatte, wurde ihm erst richtig bewußt, als er nach Hause kam, den Fernseher anschaltete, und feststellte, daß schon die Lokalnachrichten liefen.

Hatte er wirklich fast zwei Stunden am Marktplatz gesessen? Ihm war es nicht einmal wie eine Stunde vorgekommen.

Er drehte den Fernseher ab und ging die Treppe hinauf. Obwohl er schon fünf Stunden mehr als sonst geschlafen hatte, verspürte er plötzlich das Bedürfnis nach etwas Schlaf.

Vielleicht war das aber auch nur der Wunsch, durch ein wenig Schlaf seinem seelischen Durcheinander für eine kurze Zeit zu entfliehen.

28. Kapitel

Am Nachmittag hatte sich Anne mit allerlei Kleinigkeiten herumgeschlagen, und das war genau das, was sie am meisten haßte. Zuerst fiel ihr ein, daß sie vergessen hatte, Mark Blakemoor beim Essen die wichtigste Frage zu stellen. Das war nur passiert, weil sie bemerkt hatte, daß die Gefühle des Kommissars für sie nicht nur rein beruflicher Natur waren. Anschließend hatte sie zwanzig Minuten mit ihrer Unschlüssigkeit vertan, denn sie hatte sich gefragt, was er wohl von ihr denken würde, wenn sie ihn so kurz nach ihrem Treffen wieder anriefe. Schließlich entschloß sie sich, den Anruf fürs erste aufzuschieben und beschäftigte sich mit anderen Dingen.

Nachdem es so schien, als habe der Regen für heute aufgehört, machte sie sich auf die Suche nach Sheila Harrar. Bei der Adresse, die Blakemoor ihr gegeben hatte, sagte man ihr: »Harrar wohnt im vierten Stock.« So ging sie in den vierten Stock, fand auch das Zimmer, aber keine Spur von Sheila Harrar.

Der Mann unten am Empfang des Hotels sah sie gelangweilt an, als Anne nach Sheila Harrar fragte. »Schauen Sie auf dem Pioneer Square nach. Dort hängen sie alle rum«, erklärte er. »Sie ist eine Indianerhure«, fügte er hinzu und rollte mit den Augen, als wolle er zu verstehen geben, daß damit alles über sie gesagt sei.

Anne erwiderte nichts, verließ das Hotel, ging zwei Blocks weiter zum Pioneer Square und hielt Ausschau nach jemandem, der Sheila Harrar sein könnte. Zu ihrer eigenen Überraschung fand sie Sheila schon beim zweiten Versuch. Obwohl die Frau ganz offensichtlich Trinkerin war, sah man ihr an, daß sie heute noch nichts getrunken hatte.

»Ich hab' heute morgen Ihren Artikel gelesen«, erklärte Sheila, die keine Überraschung zeigte, als Anne sich ihr vorstellte und sich neben sie auf die Bank setzte. »Deshalb habe ich auch bei Ihnen daheim angerufen.«

»Bei mir daheim?« Anne war verdutzt. Sie fragte sich, ob sie sich getäuscht hatte und Sheila doch betrunken war.

Sheila fragte verwundert: »Hat Ihnen Ihr Mann denn nichts davon erzählt? Haben Sie nicht deshalb nach mir gesucht?«

Anne schüttelte den Kopf, erzählte von der unverständlichen Nachricht auf dem Anrufbeantworter und wie sie sie schließlich doch noch aufgespürt hatte.

Als die Rede auf die Polizei kam, verdüsterte sich Sheilas Gesicht, und ihre Augen verengten sich mißtrauisch zu Schlitzen. »Für die Polizei gibt es keinen Grund, nach mir zu suchen. Ich habe nichts angestellt.«

»Die sucht Sie auch nicht«, versicherte ihr Anne rasch, als sie spürte, daß Sheila sich aus dem Staub machen wollte. »Der Kommissar ist ein Freund von mir und hat mir lediglich einen Gefallen getan.«

»Weil Sie weiß sind«, brummte Sheila.

»Wie bitte?«

Sheila blickte sie zynisch an. »Die haben Ihnen einen Gefallen getan, weil Sie weiß sind. Als ich wollte, daß sie nach Danny suchen sollten, haben sie nichts getan.«

Anne wußte, daß es keinen Sinn hatte, Mrs. Harrar zu erklären, wie viele Tips die Polizei zu den Kraven-Morden bekommen hatte, wie viele anonyme Anrufe eingegangen waren und wie viele Mütter die Polizei angerufen hatten, um zu erzählen, daß ihre Kinder von Richard Kraven ermordet worden waren. Es waren auch Berichte von Ehemännern, Ehefrauen, Freunden, Freundinnen, Geliebten, sogar von Kindern eingegangen, die sicher waren, Kraven habe ihre Eltern getötet.

»Warum glauben Sie, daß Richard Kraven Ihren Sohn ermordet hat?« fragte Anne statt dessen. Im schlechtesten Fall bekäme Sheila endlich Gelegenheit, ihre Geschichte loszuwerden; im besten Fall wußte sie tatsächlich etwas, das beweisen würde, daß Richard Kraven der Mörder war.

Sheila ging mit Anne in ihr Hotelzimmer, wo sie ein zerschlissenes Fotoalbum hervorholte – eines der letzten Dinge, die sie aus besseren Tagen besaß. Im Album klebten vergilbte Bilder von ihr als Mädchen und welche von ihrem früheren Mann. Zum Schluß kamen die Fotos von Danny, allesamt mit Fingerabdrücken verschmiert. Die rührten von den vielen Malen, wenn sie wieder einmal zu tief in die Flasche geschaut, spät nachts das Album durchgeblättert und Dannys Bild zärtlich gestreichelt hatte.

Was Anne sah, war ein hübscher Junge, immer gut angezogen, wenn auch seine Kleidung etwas abgetragen wirkte. Sein Haar war stets gekämmt, seine Lippen lächelten und seine Augen funkelten.

Sogar auf den Fotos konnte Anne erkennen, daß der Junge intelligent gewesen sein mußte. Und er sah auch nicht aus wie einer, der in Drogengeschäfte verwickelt ist oder einfach abhaut. In der Tat konnte man auf den wenigen Fotos, die Sheila und Danny zusammen zeigten, erkennen, daß seine Mutter vor Dannys Verschwinden eine andere gewesen war. Zwar schienen sie nicht viel Geld besessen zu haben, doch das änderte nichts an der Tatsache, daß aus den Fotos eines ganz deutlich hervorging: sie zeigten eine zärtliche Mutter und ihren geliebten Sohn.

Allein schon diese Schnappschüsse überzeugten Anne, daß Danny Harrar nie und nimmer von zu Hause weggelaufen war.

»Was können Sie mir sagen?« fragte sie. »Was geschah am letzten Tag, als Sie Danny sahen?«

»Er ging angeln. Zusammen mit Richard Kraven.«

Angeln.

Das war eine von Kravens Leidenschaften gewesen. Er hatte ein Wohnmobil besessen, mit dem er oft in die Berge gefahren war. Er hatte selbst zugegeben, daß er es liebte, einen Tag in der Abgeschiedenheit zu verbringen und in den tosenden Bächen Forellen zu fischen. Anne war bekannt, wie gründlich das Wohnmobil durchsucht worden war. Nach der Verhaftung Kravens in Connecticut hatte die Polizei von Seattle es beschlagnahmt und auf der Suche nach Beweisen fast in alle Einzelteile zerlegt.

Von den Opfern hatte man indes keine Spur entdeckt. Die paar Haare und Fusseln, die gefunden worden waren, hatten zu niemandem gepaßt. Kraven hatte entweder Glück gehabt, oder er war ein absoluter Perfektionist gewesen.

Oder unschuldig?

»Hat die Polizei Kraven jemals nach ihrem Sohn befragt?«

Sheila preßte ihre Lippen zusammen. »Soweit ich mich erinnere, nicht. Die haben nur gesagt, Danny sei weggerannt.«

»Erzählen Sie mir von ihm«, bat Anne.

Sheila redete fast den ganzen Nachmittag, und Anne hörte zu. Sie erfuhr die Geschichte eines ehrgeizigen Jungen, der entschlossen war, es im Leben zu etwas zu bringen und für die Rechte seines Volkes einzustehen.

Und eines Morgens war er früh aufgestanden, hatte seine Angelrute genommen und auf Richard Kraven gewartet, und zwar an einer Straßenecke nahe der Universität, in der Kraven lehrte.

Seit damals hatte Sheila ihn nicht wiedergesehen.

Danach hatte sie dann Kraven angerufen. Der hatte ihr gesagt, daß er Danny kenne, daß er tatsächlich mit ihm angeln gehen wollte, aber daß der Junge nicht am verabredeten Treffpunkt gewesen sei.

Kraven hatte weiter erzählt, er habe ein paar Minuten gewartet, habe dann aber gedacht, daß Danny verschlafen habe. Deshalb sei er allein zum Fischen gefahren. Sheila Harrar hatte ihm das damals nicht geglaubt, und als später Annes Artikel im *Herald* erschienen waren, war sie sicher gewesen, daß Kraven Danny getötet hatte. Aber niemand hatte das jemals hören wollen, bis heute nicht.

»Ich weiß nicht, was ich Ihnen sagen soll ...«, begann Anne, als Sheila ihre Geschichte beendet hatte. »Wie lange ist es her, seit Danny verschwand? Vier Jahre?« Sheila nickte traurig. »Wissen Sie noch, was er an diesem Tag anhatte?«

»Was er immer anhatte. Bluejeans, ein buntes Hemd, Tennisschuhe – nichts Feines. Danny wollte für solche Sachen kein Geld verplempern. Ja, und dann hatte er noch seine Angelrute und sein Messer dabei.«

»Sein Messer?«

»Ein Taschenmesser, das einen mit Türkisen besetzten Griff hatte«, erklärte Sheila. »Sein Vater hat es ihm geschenkt, und Danny trug es immer bei sich.«

Anne schaute sich in dem schäbigen Zimmer um. Es war alles, was Sheila übriggeblieben war. »Ich wünschte, ich könnte Ihnen sagen, daß Sie falsch liegen, was Danny betrifft«, meinte sie dann, wohl wissend, daß sie Sheila keine falsche Hoffnung machen durfte. »Aber ich vermute, daß Sie recht haben. Niemand ist je dahintergekommen, nach welchen Grundsätzen Kraven sich seine Opfer ausgesucht hat. Man hat nie ein Schema, einen gemeinsamen Nenner gefunden. Er schien es aufs Geratewohl zu tun, und ich vermute, so war es auch. Soviel man aber weiß, hat er niemanden umgebracht, den er schon kannte. Aber warum sollte er, wenn sich die Chance ergab, nicht auch jemanden ermordet haben, der ihm bekannt war? Tatsächlich würde das sogar noch die Behauptung stützen, daß er in kein Schema einzuordnen war.« Sie legte ihre Hand auf Sheilas. »Aber das wird Ihnen nicht helfen.«

Sheila schüttelte den Kopf und seufzte, doch dann umspielte ein schwaches Lächeln ihren Mund. »Sie haben zugehört. Das hilft. Niemand sonst hat mir je zugehört, die haben sich nicht mal darum gekümmert. Es tut mir gut, daß jetzt noch jemand anders weiß, was mit Danny geschehen ist.«

Sie wünschte, daß sie etwas für Sheila tun könnte, wußte aber auch, daß das ihre Möglichkeiten überschritt. Anne verließ das Hotel und ging wieder ins Büro zurück, wo sie sich an ihre Arbeit machte.

Zuerst rief sie Mark Blakemoor an und bekam eine Antwort auf die Frage, die sie beim Essen vergessen hatte zu stellen.

»Warum es keine Fortschritte im Fall Shawnelle Davis

gibt?« fragte er in einem verwunderten Ton, mit dem er durchblicken ließ, daß er mehr von ihr erwartet hätte. »Sie war eine Hure. Sie wissen doch, was los ist, wenn eine Hure ermordet wird: Niemand macht sich was daraus. Und wenn sich niemand was daraus macht, komme ich nicht weiter. Mir gefällt das zwar auch nicht, aber ich kann's nicht ändern.«

Und obwohl es auch ihr nicht gefiel, begriff sie. Es war ein gesellschaftliches Problem, nicht Blakemoors.

Sie jedoch machte sich sehr wohl Gedanken über den Mord an Shawnelle Davis. Obwohl einige spezielle Merkmale fehlten, die für Kravens Taten kennzeichnend waren, gab es doch augenfällige Ähnlichkeiten – ob es nun die Polizei zugeben wollte oder nicht. Vielleicht sollte sie noch einen Artikel schreiben, in dem sie der Sache weiter nachging. So konnte sie vielleicht ein wenig Druck auf das Polizeipräsidium ausüben.

Sie war schon beim Entwurf ihres Artikels, als ihr Telefon klingelte. Sie hob ab und hörte mit Erstaunen Joyce Cotrells Stimme.

Joyce wohnte im Haus unmittelbar neben ihnen und Anne hielt sie für nicht ganz normal.

»Ich habe den ganzen Nachmittag versucht, Sie zu erreichen«, sagte Joyce. »Und ich wollte Ihnen keine Nachricht hinterlassen, weil... Sie werden es verstehen, wenn ich es Ihnen erzähle.«

Anne hörte still zu und glaubte ihren Ohren nicht zu trauen, als Joyce Cotrell beschrieb, was sie heute morgen im Hinterhof gesehen hatte.

»Er war nur eine Sekunde dort, und er sah nicht einmal wie Glen aus! Aber wer sollte es sonst gewesen sein? Und das lag nicht nur daran, daß er nackt war!« schloß Joyce. »Es lag daran, wie er mich angesehen hat, Anne. Ich kann Ihnen nicht sagen, wie seltsam das war. Es war – also, ich weiß auch nicht... Sie wissen, daß ich Glen immer gemocht habe. Aber ich war einfach so erschrocken darüber, wie er mich angesehen hat.« Sie hielt einen Moment inne, dann wurde ihre Stimme zu einem Flüstern: »Anne, es *war* doch nur ein Herzinfarkt, oder? Ich meine... Wie soll ich sagen? Mit Glen stimmt doch sonst alles, oder?«

Obwohl sie Joyce versicherte, daß Glen wirklich nur einen Herzinfarkt hatte und nicht etwa heimlich in der Psychiatrischen Anstalt geweilt hatte, war sie weit beunruhigter, als sie sich das Joyce gegenüber anmerken ließ.

29. Kapitel

Das Haus war nicht mehr dasselbe wie früher. Als Anne es an diesem Nachmittag betrat, hätte sie aber nicht genau sagen können, warum. Ihr journalistischer Spürsinn sagte ihr, daß der plötzliche Schauder, der sie beim Aufschließen überkam, die Woge der Angst, die sie beim Gang durch den stillen Flur frösteln ließ, lächerlich war: Es war nicht das Haus, das sich verändert hatte, sondern sie fühlte sich so anders. Gestern, als Glen und sie sich geliebt hatten und es ihr vorgekommen war, als ob ein Fremder sie berührte, hatte alles angefangen.

Ein aufregender Fremder, zugegeben, aber ein Fremder. Es hatte sie beunruhigt, obwohl sie sich immer wieder versichert hatte, wenn hier überhaupt irgend etwas Seltsames vorginge, dann wohl in erster Linie in ihrem Verstand. Sie war besorgt über Glen gewesen, unsicher, ob sie sich lieben sollten, trotz der Worte von Gordy Farber. Aus diesem Grund hatte sie es um so mehr beunruhigt, daß Glen vor Energie förmlich zu strotzen schien.

Der Anruf von Joyce Cotrell hatte noch seinen Teil dazu beigetragen. Gleich nachdem sie den Hörer aufgelegt hatte, war ihr klargeworden, daß Joyce sich geirrt haben mußte, gleichgültig, was sie auch erzählt hatte.

Vorausgesetzt, sie *hatte* überhaupt etwas gesehen. Schließlich vermuteten sie und Glen schon seit Jahren, daß Joyce eine heimliche Trinkerin war, die allein in dem großen, alten Haus lebte, in dem ihre Eltern gestorben waren, und in einem dunklen Zimmer Gin trank. Sie hatten das zwar natürlich nur vermutet, doch wenn es stimmte, wäre das eine Erklärung für ihren seltsamen Anruf. Wahrscheinlich war überhaupt nichts passiert. Oder vielleicht hatte sie es auch ausnutzen wollen, daß Glen allein zu Hause war, war zu ihm gegangen, hatte sich eine Abfuhr geholt und dafür diese Rache ersonnen.

Trotzdem gerieten nun in dem etwas zu stillen Flur alle

ihre rationalen Erklärungen ins Wanken. *Etwas* hatte sich im Haus verändert.

»Hallo?« rief sie, »ist jemand hier?«

»Ich bin oben«, kam Heathers Stimme, durch die geschlossene Tür gedämpft, aus dem zweiten Stock.

Anne legte ihre Tasche auf den Tisch, lief die Treppe hoch und nahm dabei zwei Stufen gleichzeitig. Sie klopfte kurz an Heathers Tür und öffnete sie fast schon in dem Moment, als ihre Tochter antwortete.

Heather saß an ihrem Schreibtisch, vor sich ein offenes Mathematikbuch und einen zerkauten Stift in der Hand.

»Du hast mir doch versprochen, nicht mehr auf diesen Dingern rumzukauen.« Anne spielte automatisch die Mutterrolle, wußte aber, daß sie das nur tat, um für ein, zwei Minuten ihre Ängste zu vergessen.

»Ich versuch's ja«, stöhnte Heather. »Aber ich merk's gar nicht mehr. Es ist schwer, mit etwas aufzuhören, wenn man überhaupt nicht weiß, daß man's tut.«

»Ist mir klar. Aber du ruinierst dir damit die Zähne.« Sie öffnete das Fenster, um ein wenig frische Luft ins Zimmer zu lassen. »Wo ist dein Daddy?« Anne hoffte, daß die Frage ganz nebensächlich klang. Als Heather nicht aufblickte, wußte sie, daß es gelungen war.

»Ich glaube, er hat sich aufs Ohr gelegt. Die Zimmertür war zu, als ich heimgekommen bin, und ich hab gar nicht erst geklopft.« Ihr Blick fiel auf die Uhr auf ihrem Nachttisch. »Ist es wirklich schon sechs?«

»Allerdings. Ich werde lieber mal deinen Vater wecken. An das Abendessen hat wahrscheinlich noch niemand von euch gedacht, stimmt's?« Heather schüttelte den Kopf. »Und wo steckt Kevin?«

»Er hat gesagt, daß er zu Justin geht und versprochen, um halb sechs zurückzukommen.« Heather deutete den vorwurfsvollen Gesichtsausdruck ihrer Mutter richtig und stand auf. »Schon gut, ich ruf bei den Reynolds an und frage, wo er steckt. Soll ich auch Dino anrufen und eine Pizza bestellen? Dann hättest du keine Arbeit.«

Anne zögerte. Der Gedanke war verlockend, doch dann erinnerte sie sich an Gordy Farbers Warnungen, was Glens Diät betraf. Stand Pizza auf der Empfehlungsliste für Infarktpatienten? Irgendwie bezweifelte sie das. »Jetzt wecke ich erst mal deinen Vater, dann sehen wir weiter«, verschob Anne eine Entscheidung und dachte, daß es notfalls noch nicht zu spät war, um schnell noch um die Ecke zu gehen und etwas Gesundes einzukaufen. Wahrscheinlich, so dachte sie, würde es letzten Endes darauf hinauslaufen, daß sie statt dessen alle zusammen Essen gingen. Als Heather zum Telefonieren nach unten lief, ging Anne zum Schlafzimmer und blieb zögernd vor der Tür stehen.

Was erwartete sie?

Es war doch bloß *Glen*!

Auf einmal kam sie sich reichlich dumm vor, öffnete die Tür und ging hinein. Die Rollos waren heruntergelassen, und die Luft war stickig. Als sie die Nachttischlampe anknipste, wurde Glen sofort wach, setzte sich auf und schützte sich mit der Hand vor dem Licht. Für eine Sekunde – einen kurzen Augenblick – hatte Anne das unbestimmte Gefühl, in die Augen eines Fremden zu schauen. Doch dann klärte sich sein Blick, und er lächelte sie an – mit demselben Lächeln, das ihr seit Jahren vertraut war und das ihr immer das Gefühl vermittelt hatte, daß in ihrer Welt alles intakt war.

»Hallo!« begrüßte er sie. »Komm her und nimm mich in den Arm.«

Anne setzte sich auf den Bettrand, schlang ihre Arme um ihn, gab ihm einen Kuß und legte ihre Wange an seine Brust. »Du wirst nie erraten, wer mich heute im Büro angerufen hat«, sagte sie, auf einmal völlig sicher, daß Joyces verrückte Geschichte lediglich eine Ausgeburt ihrer Phantasie war. »Joyce Cottrell.«

»Joyce. Das meinst du doch nicht im Ernst. Was hat sie gewollt?«

Als Anne von der Unterhaltung mit ihrer Nachbarin erzählte, spürte sie, wie Glen sich verkrampfte. Alle Befürchtungen, die ihr sein Lächeln zuvor genommen hatte, stellten sich schlagartig wieder ein. Weder ihre Stimme noch ihre Mimik verrieten aber, was wirklich in ihrem Kopf herumspukte. »Klingt verrückt, was?«

»Vielleicht haben wir schon immer recht gehabt«, deutete Glen an, doch sein neckischer Ton konnte nicht darüber hinwegtäuschen, daß er mit seiner Antwort eine Spur zu lange gezögert hatte. »Wahrscheinlich hat sie tatsächlich all die Jahre getrunken.«

Anne stand auf, sah Glen in die Augen und forschte nun ganz unverhohlen nach dem Ausdruck, den sie vor einigen Minuten darin gesehen zu haben glaubte. »Dann ist also nichts passiert?«

»Wie denn?« Nach einer kurzen Umarmung, die Anne wie ein Ausweichen vorkam, stand er auf und ging ins Badezimmer.

Glens Gedanken überschlugen sich, als er sich auszudenken versuchte, was er auf Annes Frage antworten sollte. Er wollte sie nicht belügen, aber auch nicht beunruhigen. Falls er tatsächlich splitternackt über den Hinterhof gelaufen war, müßte er das doch wissen. Oder nicht...?

Doch das letzte, an das er sich erinnerte, war, daß er morgens im Badezimmer gewesen war, geduscht hatte, sich rasieren wollte und dann...

Das schwarze Loch an diesem Tag, in das er so völlig unvorbereitet gefallen war... Und danach war er bewußtlos geworden.

In ihm drehte sich alles. Wie kam er überhaupt dazu, Anne anzulügen? Warum sagte er nicht einfach, daß er sich an einen Teil des Tages nicht mehr erinnern konnte?

Die Antwort darauf fiel ihm im gleichen Moment ein: Weil sie darauf bestehen würde, daß er wieder ins Krankenhaus ginge, trotz allem, was Gordy Farber ihm gesagt hatte. Außerdem war ja überhaupt nichts passiert.

Oder doch? Was, wenn er wirklich hinausgegangen wäre und Joyce Cottrell ihn gesehen hatte? Warum um alles in der Welt hätte er so etwas tun sollen? Er hatte doch auf dem Badezimmerboden gelegen!

Er stellte fest, daß sein Rasierapparat noch immer im Waschbecken lag, wo er ihn morgens zurückgelassen hatte. Doch dann wurde ihm schlagartig bewußt, daß dies gar nicht sein Rasierer war – seiner war fünf Jahre alt und hatte Schrammen am Plastikgehäuse.

Der, den er jetzt anstarrte, war dagegen brandneu!

Wo konnte der her sein?

War er im Schlaf umhergewandelt? Sollte er tatsächlich ausgegangen sein und sich einen neuen Rasierer gekauft haben? Aber ganz bestimmt war er doch nicht nackt einkaufen gegangen! Man hätte ihn sofort ins Gefängnis gesteckt! Also mußte er sich angezogen haben und ausgegangen sein, um sich einen neuen Rasierapparat zu kaufen. Aber das war völliger Unsinn! Er war nackt gewesen, als er aufgewacht war!

Blankes Entsetzen überkam ihn. Er verlor seinen Verstand! Vielleicht sollte er Farber noch einmal anrufen. Aber ihm fehlte doch nichts, das hatte ihm zumindest der Arzt erklärt!

»Glen?«

Anne stand an der Tür. Er fühlte, daß sie ihn beobachtete, und der Spiegel reflektierte ihren sorgenvollen Blick. Er riß sich zusammen, nahm den funkelnagelneuen Rasierapparat und drehte sich um.

»Ich wette, Joyce hat schon jahrelang über mich phantasiert«, fing er an und dachte sich im gleichen Moment eine Geschichte aus. »Ich vermute, sie hat mich draußen gesehen, als ich den Rasierapparat weggeworfen habe, sich noch einen Gin genehmigt und mich in Gedanken ausgezogen. Der Wunsch ist ja oft Vater des Gedankens.«

»Dein Rasierapparat?« fragte Anne verwirrt. »Wovon sprichst du eigentlich?«

Jetzt gingen ihm die Worte leichter über die Lippen. »Er ist mir runtergefallen. Dann hab' ich ihn draußen in den Müll geworfen.« Er hielt den neuen Rasierer hoch. »Anschließend hab' ich mir einen neuen gekauft.«

»Splitternackt?« fragte Anne. »Du bist nackt zur Mülltonne gegangen? Und dann bist du ohne Kleider am Leib einkaufen gegangen?«

»Ich hatte einen Bademantel an«, behauptete Glen. Was zum Teufel war eigentlich los mit ihm? Warum brachte er sich in solche Schwierigkeiten? Und wenn sie nun rausginge und in der Mülltonne nachsah? »Draußen auf dem Hof habe ich den Bademantel angehabt. Bevor ich zu Freddy Meyer gegangen bin, habe ich mich natürlich richtig angezogen.« Wenigstens das stimmte. Er war ja angezogen gewesen, als er nachmittags zum Markt gegangen war. Als Anne ihn weiterhin anstarrte, als würde sie kein Wort von dem verstehen, was er sagte, zeigte er ihr den Apparat. »Schau doch! Er ist neu.«

Anne war völlig durcheinander. Schon als sie ihm von Joyces Anruf erzählt hatte, wußte sie sofort, daß etwas nicht stimmte. Und was sie jetzt hörte, klang sehr weit hergeholt! In all den Jahren, in denen sie mit Glen verheiratet war, hatte er schon viele Elektrorasierer verbraucht. Und sie wußte, was er dann mit ihnen tat: Er warf sie in den Mülleimer und nie direkt in die Mülltonnen im Hof!

Wortlos ging Anne die Treppen hinunter, die Hintertür hinaus und über den Hof zu den Müllcontainern. Sie hob den Deckel des ersten – und dort lag er: zwar in tausende Stücke zerbrochen, aber unverkennbar ein kaputter Elektrorasierer. So sah aber bestimmt kein Rasierapparat aus, der bloß auf den Boden gefallen war. Was war passiert?

Sie ging ins Haus zurück und als sie gerade die Küche betrat, hörte sie die aufgeregte Stimme ihres Sohnes.

»He, Daddy! Wo hast du die her? Ist die etwa für mich?«

Sie eilte durchs Eßzimmer in den Flur, wo Kevin mit einer Angelrute in der Hand stand. »Was hast du denn da?« fragte sie erstaunt.

Kevin grinste schelmisch. »Hab' ich unten im Keller gefunden, als ich meinen Trainingsanzug in die Wäsche gesteckt habe. Wo kommt die her?«

Anne betrachtete noch immer die Angelrute, als sich Glen aus dem oberen Stockwerk zu Wort meldete. »Ich hab sie gekauft«, rief er.

Anne drehte sich zu ihm um. Es lag irgend etwas Fremdes in seiner Stimme – so wie vorher, als er ihr die Geschichte von dem Rasierapparat erzählt hatte. »*Du* hast sie gekauft? Aber du...«

Glen stieg die Treppen hinab, fest entschlossen, sich Anne gegenüber seine Bestürzung nicht anmerken zu lassen. Blanke Panik überkam ihn, als er in seinem Gedächtnis kramte, woher die Angelrute bloß gekommen sein könnte. Aber er fand nichts – keinerlei Erinnerungen, weder an die Angel noch an den neuen Rasierer. Es wird mir schon wieder einfallen, redete er sich ein. Er zwang sich zu einem Grinsen, legte Anne den Arm um die Schulter und hielt sie fest. »Weißt du nicht mehr? Gordy Farber hat gesagt, ein Hobby würde mir gut tun. Also hab ich mir eins ausgesucht. Ich will Angeln gehen.«

Angeln. Das Wort hallte schauderhaft in Anne wider. Erst wenige Stunden zuvor hatte Sheila Harrar ihr erzählt, daß ihr Sohn verschwunden war, als er Angeln gehen wollte.

Angeln mit Richard Kraven.

Und jetzt kam Glen und sagte ihr, das sei sein neues Hobby. Natürlich war das nichts weiter als ein Zufall, doch es ließ sie dennoch schaudern. Vermutlich war es nur eine vorübergehende Laune, etwas, an dem Glen schon nach einer Woche das Interesse verlieren würde. Und wenn nicht, was dann? Trotz aller logischen Gegenargumente wußte sie nun, daß ihr erster Instinkt beim Betreten des Hauses sie nicht getrogen hatte.

Etwas im Haus hatte sich verändert.

Ihr *Mann* hatte sich verändert.

30. Kapitel

Joyce Cottrells Leben war nicht ganz so verlaufen, wie sie sich das vorgestellt hatte. Seit ihrem fünfzigsten Geburtstag hatte sie alle Hoffnungen auf eine Ehe und eine eigene Familie begraben. Ihre wenigen Verwandten waren alle verstorben. Ihr Telefon klingelte so gut wie nie, und sie unterhielt sich selten mit jemandem, außer mit den Kollegen, mit denen sie im Krankenhaus von Capitol Hill zusammenarbeitete. Ihre Eltern hatten ihr zwar das Haus überlassen, in dem sie aufgewachsen war, aber nicht genug Geld, um damit über die Runden zu kommen. Es war ihr nie in den Sinn gekommen, eine berufliche Laufbahn einzuschlagen. Sie war kurz verheiratet gewesen, doch als Jim Cottrell sie sechs Monate nach der Hochzeit verlassen hatte und sie zu ihren Eltern gezogen war, hatte sie nicht den Wunsch, einen Beruf zu ergreifen.

Sie war eigentlich nur zurück nach Hause gekommen, um etwas Unterstützung zu haben und die Scherben ihres Gefühlslebens zu kitten.

Jetzt, fast dreißig Jahre später, war sie immer noch damit beschäftigt.

Monatelang hatte sie damals aus Scham über das Scheitern ihrer Ehe das Haus nicht verlassen. Ihre Eltern, die ihr eine Zufluchtsstätte boten, waren schließlich gestorben. Joyces wenige Freunde hatten ihre ständigen Jammereien schon bald nicht mehr ertragen können und sie deshalb auch nicht mehr angerufen.

Aus den Jahren waren Jahrzehnte geworden, und obwohl sie sich schließlich einen Job in der Spätschicht an der Rezeption des Krankenhauses beschafft hatte, hatte sie sich langsam immer mehr zurückgezogen. Obgleich sie ihr Haus fast nur verließ, um zur Arbeit zu gehen, türmte sich in ihrem Haus kein Müll auf. Keine Farbe blätterte bei ihr von den Wänden ab, noch sahen die Möbel schäbig aus. Joyce hielt ihr

Haus peinlich sauber, strich jeden Raum, dessen Farbe verblaßte, umgehend neu, bestellte sich alles dazu Nötige aus Katalogen und ging erst dann einkaufen, wenn sie sich bis ins kleinste Detail überlegt hatte, wie das neue Zimmer dekoriert werden sollte.

Im Laufe der Jahre war sie Expertin geworden, wie man Farbe von altem Holz, Tapeten von altem Putz abschält und wie man die wunderschönen Innenbalken instandhält. Mit der Zeit zeigten die Zimmer des Hauses eine ungewöhnliche Mischung verschiedener Stilrichtungen. Alle spiegelten sie die Mode der Zeit wider, zu der sich Joyce entschlossen hatte, die Räume zu renovieren.

Allerdings hatte seit Jahren niemand das Innere des Hauses gesehen. Denn wann immer jemand aus der Nachbarschaft gefragt hatte, ob er sehen dürfe, wie es mit ihrer Arbeit voranging, hatte Joyce eingewandt, sie sei mit ihrer Arbeit noch nicht fertig. Und das war nicht einmal gelogen, weil mindestens eines der zehn Zimmer des Hauses sich immer im Stadium der Renovierung befand.

Joyce träumte aber unentwegt von der rauschenden Party, die sie geben wollte, wenn das Haus endlich fertig war. Es sollte eine Party werden zur Feier der vollständigen Renovierung und gleichzeitig ein Zeichen sein für ihr Wiedereintreten in das gesellschaftliche Leben. Sie verbrachte Stunden und Tage damit, sich auszumalen, wie sie als schöne, charmante Gastgeberin auftrat und die Türen ihres eleganten Heims für Massen von bewundernden Freunden öffnete.

Unglücklicherweise hatte Joyce für die Pflege ihrer Person nicht dasselbe Geschick wie für die des Hauses. Ihre Figur konnte gerade noch freundlich mit »füllig« umschrieben werden – ein Umstand, den sie so gut sie konnte verbarg, indem sie weite Kleider in leuchtenden Farben trug. Auch ihr Haar war, mit dreiundfünfzig, blonder als es noch ein halbes Jahrhundert vorher gewesen war. Joyces Geschmack in Sachen Make-up hatte sich seit ihrer Teenagerzeit nicht geändert. Sie benutzte immer noch denselben leuchtenden Lippenstift und Lidschatten – eine Orgie in Rot und Orange, Blau und Grün.

Das waren auch die Farben, die sie bei ihrer Kleidung wie bei der Innendekoration ihres Hauses bevorzugte.

Leute, die ihr gegenüber Nachsicht übten, hätten gesagt, sie sähe recht aufgetakelt aus.

Andere, die weniger wohlwollend waren, hätten gesagt, sie sähe wie ein leichtes Mädchen aus, das seine besten Jahre längst hinter sich hat.

Und genau das war es, was die Aufmerksamkeit des Mannes erregte.

Das und die Tatsache, daß sie gleich neben Anne Jeffers wohnte.

31. Kapitel

> Das Polizeipräsidium möchte weder bestätigen noch dementieren, daß man untersucht, ob Richard Kraven seine Taten eventuell nicht alleine verübt hat. Außerdem wurde nicht klar, ob man der Möglichkeit nachgeht, daß die neue Mordwelle nach seiner Hinrichtung auf das Konto eines möglichen Komplizen gehen könnte. Die Polizei weigert sich auch, Gerüchte zu bestätigen, nach denen die längst aufgelöste Sonderkommission, die die Morde von Green River untersucht hatte, wegen des Mordes an der Prostituierten Davis wieder eingesetzt werden soll. Nach dem jetzigen Stand der Dinge sieht die Polizei zwischen diesen Mordfällen und dem Mord von Capitol Hill keinen Zusammenhang, und sie glaubt auch nicht, daß er Auftakt einer neuen Mordserie sein könnte. In der Zwischenzeit...

Der Mann kochte vor Zorn, als er morgens Anne Jeffers Artikel in der Zeitung las. Zum einen stand er irgendwo im Mittelteil, obwohl er doch fraglos auf die Titelseite gehört hätte. Zum anderen handelte es sich immerhin um einen Mord, den *er* begangen hatte – und der war allemal so grausam gewesen wie die Morde von Richard Kraven.

War er etwa nicht auf dieselbe Weise vorgegangen?

Hatte er etwa nicht den Brustkasten der Frau aufgeschlitzt, ihr Herz und ihre Lungen herausgerissen?

Doch die Berichte über die anderen Morde waren auf der ersten Seite erschienen, während seiner fast unter »ferner liefen« behandelt wurde.

Und er wußte auch, weshalb. Es lag an dieser Reporterin, Anne Jeffers, die ihn offenbar nicht für bedeutend genug hielt. Deshalb hatte sie ihre Stories über Shawnelle Davis nicht dort plaziert, wo sie eigentlich hingehörten. Er regte sich mehr als eine Stunde darüber auf, und sein Zorn wuchs beständig.

Kurz vor neun kam ihm *die* Idee.

Er mußte Anne Jeffers' volle Aufmerksamkeit erregen.

Und er wußte genau, wie er das erreichen konnte. Zunächst mußte er ihre Adresse herausfinden – und wenn er das nächste Mal etwas getan hätte, würde er ihr ein kleines Souvenir hinterlassen.

Und zwar vor ihrer Haustür...

Er nahm das Telefonbuch zur Hand und blätterte darin, bis er die Seite fand. Er konnte es kaum glauben – dieses Miststück von Reporterin wohnte ganz in seiner Nähe!

Ohne sich überlegt zu haben, was er überhaupt tun wollte, machte er sich auf den Weg. Er verließ den Krankenhausbezirk mit seinen schäbigen Häusern und durchquerte den nächsten, der fast auch so heruntergekommen war. Es dauerte nicht lange, und er hatte die bessere Gegend erreicht, in der Anne und Glen Jeffers wohnten.

Er ging auf der gegenüberliegenden Straßenseite am Haus der Jeffers vorbei und sah verstohlen hinüber. Das Haus war groß, stand auf einem Hang und lag etwas vom Gehweg entfernt.

Und es hatte eine lange Veranda.

Sie war lang genug, um von der Straße aus etwas darauf werfen zu können, wenn er wollte. Er mußte nicht einmal riskieren, zu nahe an das Haus heranzugehen, wo er vielleicht Fußspuren oder sonst etwas, das ihn verraten könnte, hinterlassen hätte.

Der Mann ging noch zwei Straßen weiter, dann machte er sich auf den Rückweg nach Hause. Er ging nach wie vor auf der dem Haus der Jeffers gegenüberliegenden Straßenseite. Er befand sich fast in gleicher Höhe des Nachbarhauses, als dort jemand herauskam.

Es war eine Frau, die sich ihre Morgenzeitung holte. Der

Mann betrachtete sich ihr hochtoupiertes, blondes Haar, ihr grelles Make-up, ihr grüngelbes Kleid.

Sie sah billig aus.

Genau wie Shawnelle Davis.

Jetzt formte sich eine neue, noch bessere Idee in seinem Kopf.

Als die Frau einen Augenblick später wieder im Haus verschwand, blieb der Mann wie angewurzelt stehen und betrachtete sich das Haus ganz genau. Dann ging er um das Gebäude herum, um es sich von hinten anzuschauen.

Mehrmals ging er weiter weg, doch weil ihn das Nachbarhaus von Anne Jeffers wie magisch anzog, kam er immer wieder zurück.

Am Spätnachmittag kam die Frau wieder heraus. Er folgte ihr ins Krankenhaus bis zur Notaufnahme. Im Flur wartete er, bis sie ihren Platz hinter der Rezeption eingenommen hatte und ihr Namensschild in eine Halterung steckte: JOYCE COTTRELL.

Er prägte sich den Namen genau ein, ging dann durch mehrere Korridore des Krankenhauses, bis er am Haupteingang im neuen Flügel gegenüber der 16. Straße angelangt war. Er verließ das Gebäude, überquerte die Straße und war kurz darauf wieder zu Hause. Noch einmal nahm er sich das Telefonbuch vor.

Da stand ihr Name: Joyce Cottrell – und ihre Adresse war genau die neben Anne Jeffers' Haus.

Der Mann wählte die Nummer, ließ es zwanzigmal klingeln und hängte auf.

Den restlichen Nachmittag und den ganzen Abend lang wählte er immer wieder diese Nummer, erhielt aber nie eine Antwort. Nach jedem Wählen wuchs seine Zuversicht. Als er um einundzwanzig Uhr dreißig seine Wohnung verließ und zum zweiten Mal an diesem Tag einige Blocks weiterging, wußte er, was er dort finden würde.

Ein dunkles, völlig leeres Haus.

Aber als er dort ankam, war das Haus keineswegs dunkel. In zwei der unteren und in einem der oberen Räume brannte Licht. Der Mann trödelte auf dem Gehsteig der anderen Straßenseite herum und beobachtete das Haus. Um genau zweiundzwanzig Uhr gingen die drei Lichter aus, dafür wurde es im Obergeschoß hell. Alles geschah gleichzeitig.

Der Mann lächelte. Entweder hatten drei Leute gleichzeitig das Licht ausgeschaltet, oder aber die Beleuchtung war mit einem Zeitschalter gekoppelt. Der Mann ging rasch über den Volunteer Park, wo er ein Münztelefon fand. Er wählte Joyce Cottrells Nummer ein letztes Mal.

Wie zuvor klingelte das Telefon, doch niemand nahm ab.

Joyce Cottrell lebte also allein.

Er ging zu dem leeren Haus zurück und suchte nach einer Möglichkeit, wie er hineingelangen könnte.

Es dauerte keine Minute, dann hatte er sie gefunden.

Joyce Cottrell hatte den Zweitschlüssel nie aus dem Versteck entfernt, wo ihre Mutter ihn stets hinterlassen hatte: unter der Fußmatte an der hinteren Veranda. Das war genau dieselbe Stelle wie bei seiner Mutter und Hunderttausenden anderer Mütter.

Dem Mann gefiel Joyce Cottrells Haus. Es war das größte, in dem er je gewesen war – sein ganzes Appartement hätte allein im Wohnzimmer Platz gehabt –, und es sah innen überhaupt nicht so aus, wie er es sich vorgestellt hatte. Das Appartement von Shawnelle Davis hatte genauso ausgesehen, wie man es von einer Nutte erwartet – die Möbel waren ebenso billig wie Shawnelle selbst. Aber Joyce Cottrell besaß hübsches Mobiliar, und alles sah so sauber und gepflegt aus.

Der Mann schlich langsam im Haus herum, schaute sich alles genau an, berührte aber nur einen einzigen Gegenstand. Die Zeit verging, und bald mußte Joyce Cottrell von der Arbeit nach Hause kommen. Er ging ins Schlafzimmer und versteckte sich in ihrem Kleiderschrank. Dort stieg ihm der Geruch von Duftkissen in die Nase. Die Süße des Lavendels löste bei ihm sofort eine Erinnerung an seine Kindheit aus.

Im Kleiderschrank seiner Mutter hatte es genauso gerochen.

Er sog den Duft tief ein und fühlte sich umgehend an einen

längst vergangenen Tag zurückversetzt, als er sich verkleiden wollte, Mutters Schuhe aus dem Schrank geholt hatte und auf den hohen Absätzen nur mit Mühe das Gleichgewicht halten konnte.

Sie hatte ihn dabei erwischt und ihm eine Tracht Prügel verpaßt, obwohl er so vorsichtig gewesen war, keines ihrer Kleider zu berühren oder die Schuhe zu beschädigen.

Es wurde ihm verboten, jemals wieder das Zimmer seiner Mutter zu betreten; er wurde aus dem Schlafzimmer seiner Mutter genauso ausgesperrt wie aus ihrer ganzen Welt.

Als er jetzt Joyce Cottrells Schritte hörte, die sich dem zweiten Stock näherten, pochte es in seinen Schläfen vor Wut.

Er preßte sein Auge an den Türspalt, den er offengelassen hatte und sah, wie sich Joyce auszog. Sein Zorn wurde von Sekunde zu Sekunde heftiger.

Mit der einen Hand packte er das Messer, das er aus der Küche mitgebracht hatte; mit der anderen strich er sich unbewußt über sein steifes Glied.

Als Joyce sich bis auf die Unterwäsche entkleidet hatte und zum Schrank ging, um ihr Kleid aufzuhängen, war er bereit.

Am Tag hatte Joyce Cottrell im Hinterhof nebenan einen nackten Mann gesehen.

In der Nacht wartete ein bekleideter Mann in ihrem Schlafzimmerschrank auf sie.

Der im Hinterhof hatte einen kaputten Rasierapparat in der Hand gehabt; der im Schrank umklammerte ein Messer.

Doch alles, was Joyce sah, als sie ihren Schrank öffnete, war ein schimmerndes Licht, das von der langen Klinge reflektiert wurde, und ein Augenpaar, das voll aufgestauter Wut gefährlich funkelte.

»Liebe mich!« stieß der Mann aus, als das Messer Joyce Cottrells Brust tief aufschlitzte. »Mach schon, liebe mich!«

Joyce war tot, bevor diese Worte in ihr Bewußtsein drangen, und sie fiel auf den Boden des Schlafzimmers wie ein Ball, aus dem Luft entwichen war.

Von nun an lebte der Mann ganz in seiner Phantasiewelt, sah statt dem Gesicht von Joyce nur noch das seiner Mutter vor sich und machte sich ans Werk. Als er Joyce Cottrells Brustkorb öffnete und an ihrem Herzen zerrte, steigerte er sich weiter in seinen Zorn hinein. Er sprach, während er arbeitete, sagte all jene Dinge zu Joyce Cottrell, die er seiner Mutter nie zu sagen gewagt hätte.

Schließlich gab er seinem sexuellen Drang nach, zog sich die Hosen runter und stieg auf ihren Körper. Er konnte kaum einen Aufschrei der Ekstase unterdrücken, als er zum ersten Mal in seinem Leben sexuelle Erfüllung erlebte.

32. Kapitel

Die Augen des Experimentators bohrten sich in die Dunkelheit.

Die Nacht war still, dennoch hatte ihn etwas geweckt. Anders als die meisten Menschen konnte der Experimentator seine Augen gegen die Welt außerhalb verschließen, sich in sich selbst zurückziehen, um ungestört ruhen zu können.

Aber heute nacht hatte ihn irgendein äußerer Einfluß wachgerüttelt, etwas, über das er keine Kontrolle besaß. Mit völliger Geräuschlosigkeit untersuchte er das obere Stockwerk, aber alles, was er hören konnte, war das langsame, beständige Atmen einer friedlich schlafenden Familie, die sich, was seine Gegenwart betraf, in seliger Ahnungslosigkeit befand. Auf der obersten Treppe hielt er inne, nicht aus Unentschlossenheit, sondern um mit seinen hochgradig aktivierten Sinnen Informationen aufzunehmen.

Was ihn geweckt hatte war nicht im Haus, denn außer dem normalen Knarren und Stöhnen des alten Holzbaus war alles ruhig. Es erfüllte ihn mit Zufriedenheit, daß sich das, was ihn wohl in seiner Ruhe gestört hatte, außerhalb der schützenden Mauer befand. Er schlich die Treppen hinunter und durch die Zimmer des unteren Stockwerks. Er schaute aus den Fenstern auf die Lichter der nächtlichen Stadt und suchte nach ... etwas. Falls er es sah oder auch nur spürte, würde er es sofort erkennen. Aber draußen war alles still, nichts bewegte sich; er fühlte nichts, was in der Dunkelheit hätte lauern können.

Trotzdem hatte ihn etwas geweckt. Er wollte nicht eher wieder ruhen, bevor er herausbekommen hatte, was es gewesen war.

Er ging in die Küche, dann hinaus auf die hintere Veranda. Die Nachtluft kühlte seine Haut ab; unfreiwillige Erinnerungen an Zeiten, in denen er nackt in der Kälte der Nacht gestanden war, wurden in ihm wach.

Das waren jene Nächte gewesen, in denen nach der Beendigung eines Experiments noch die zerstörten Reste seiner Versuchsobjekte beseitigt werden mußten. Dann hatte er sein Labor verlassen und war in die erfrischende Kühle der Nacht hinausgegangen – manchmal um seiner Frustration über das Scheitern in einem Wutgeheul Luft zu verschaffen; manchmal um sich einfach im Fluß zu waschen, bevor er mit der langweiligen, aber unbedingt nötigen Aufräumarbeit begann.

Manchmal aber stand er einfach nur nackt unter der Ewigkeit der über ihm funkelnden Sterne und fühlte sich wie ein neugeborenes Kind des Universums, wobei seine Haut von dem Blut glänzte, das erst wenige Momente vorher aus dem Herzen seines letzten Objekts gesprudelt war. In solchen Nächten sog er gierig die kalte Nachtluft ein, inhalierte dabei so viel des lebenserhaltenden Sauerstoffs, daß er damit nicht nur sich selbst, sondern auch den zerschundenen Körper, der noch in seinem Wohnmobil lag, nähren konnte. Aber bereits beim Füllen seiner Lungen wußte er genau, daß Sauerstoff allein nicht genügte. Ohne den Funken, ohne den schwarzen, unsichtbaren Blitz, der von irgendwo tief im Körper selbst ausstrahlte, würde keine auch noch so große Sauerstoffmenge, die man in die Lunge des Objekts zurückpumpte, ausreichen, um den Körper wieder zum Leben zu erwecken. Dann überkam ihn stets große Hoffnungslosigkeit, wenn die Kälte der Nacht, die sich kurz zuvor noch wie die Umarmung einer Geliebten angefühlt hatte, sich in einen dunklen Schleier verwandelte, in dem sich ein unsichtbarer Feind verbarg.

Heute nacht aber war die Dunkelheit weder Freund noch Feind; heute war sie ein Rätsel, das es zu ergründen galt.

Er stand still und wartete.

Er spürte die Nacht mit all seinen Sinnen und suchte nach einem Hinweis auf das, was ihn geweckt hatte. Dann vernahm er zwischen dem ständigen Dröhnen des Verkehrs, dem Summen der Insekten und dem Quaken der Frösche ein neues Geräusch.

Das Drücken einer Türklinke.

Dann quietschte eine Türangel.

Wieder wurde eine Klinke gedrückt.

Dann das leise Klappern einer Fliegengittertür, die gegen einen Holzrahmen stieß.

Das Nachbarhaus.

Obwohl kein Licht anging, kam jemand aus dem Nachbarhaus.

Der Experimentator stand bewegungslos da; die Geduld des Wissenschaftlers kam ihm jetzt zugute. Er brauchte nichts zu tun, sondern nur abzuwarten, versteckt im dunklen Schatten der Veranda. Bald würde sich die Ursache seiner Störung offenbaren.

Er mußte nicht lange warten, denn da hörte er auch schon den schweren Schritt dickbesohlter Schuhe auf Holzstufen, die zögernd den Weg durch die Dunkelheit ertasteten. Der Experimentator kombinierte logisch. Wer immer die Stufen herabstieg, er kannte ihn nicht.

Also war es ein Fremder, der nicht dorthin gehörte.

Vielleicht hatte ihn das Geräusch von jemandem geweckt, der sich Zugang in das Nachbarhaus verschafft hatte. Aus langer Erfahrung wußte er, daß es möglich war, bei Lärm schlafen zu können, wenn es sich dabei um vertraute Geräusche handelte, während dagegen ein unbekannter Laut einen wachsamen Geist sofort aus dem Schlaf zu wecken vermochte. Und er hatte zeit seines Lebens einen wachsamen Geist besessen. Obgleich er sich nach wie vor nicht rührte, war jetzt sein Interesse erregt. Er verharrte weiter im Schatten und wartete darauf, daß sich der Eindringling zeigen würde.

Es erschien eine dunkle Gestalt, die eine Last trug. Zuerst war sie eine graue, gestaltlose Masse, die in der Dunkelheit kaum zu erkennen war. Doch als sich die Gestalt vom Haus entfernte, kam sie dem trüben Licht näher, das über einem engen Flur leuchtete. Im Niemandsland zwischen zwei Hinterhöfen wurde der Störenfried sichtbar.

Es war ein Mann. Die Last, die er trug, war für den Beobachter in der Dunkelheit sofort zu erkennen.

Ein Körper.

Es war ein unverhüllter menschlicher Körper, aus dem das Blut auf den Boden tropfte.

Als der Mann mit seiner Last noch näher zum Licht kam, spannte sich jeder Muskel des Experimentators.

Der Körper war nackt – er hatte seine Opfer ja auch immer entkleidet.

Der Brustkorbs war zwar geöffnet worden, aber der Chirurg hatte nicht gut gearbeitet. Die Brusthöhle schien unbeholfen aufgehackt worden zu sein. Von seinem Standort aus konnte der Experimentator sehen, daß eine der beiden großen Brüste der Frau fast abgeschnitten war.

Aber der Mann, der die nackte Leiche trug, war vollständig bekleidet, und sogar in dem schlecht beleuchteten Flur konnte der Experimentator die Blutspritzer auf seinem Hemd und den Hosen erkennen.

Der Experimentator betrachtete die Szenerie voller Verachtung, aber sein Verstand arbeitete und begann langsam Zusammenhänge herzustellen.

Der Leichnam war nackt.

Die Brust war aufgeschnitten.

Und zwar auf sehr brutale Weise, was sogar für die Augen eines Laien erkennbar war. Im Vergleich zu seinen eigenen Experimenten war das jedenfalls Pfusch.

Heute hatte in der Zeitung ein Artikel über eine tote Prostituierte gestanden. Wie hieß sie doch noch? Shawnelle Sowieso... Den Artikel hatte die Frau geschrieben, die genau in diesem Haus wohnte und in diesem Moment oben schlief.

In ihrem Artikel hatte Anne Jeffers angedeutet, daß der Mord an Shawnelle eine Kopie seiner Arbeit gewesen sein könnte.

Die Polizei hatte das abgestritten.

Wenn die Polizei irrte, und wenn der Mann, der gerade das Resultat seiner Arbeit davonschleppte, die Aufmerksamkeit auf seine Taten hätte lenken wollen, warum klopfte er dann nicht gleich bei der Reporterin, die darüber berichtete? Weshalb legte er dann eine Spur aus Blut? Das gab keinen Sinn, oder war das eine unbewußte Handlung, um entlarvt zu werden?

Da fiel der trübe Lichtschimmer dem Mann voll aufs Gesicht, und der Experimentator erkannte ihn sofort.

Jetzt paßten die Puzzlestücke zusammen. Zornentbrannt ging der Experimentator ins Haus zurück.

33. Kapitel

Anne Jeffers hatte ein bleiernes Gefühl im Körper, als ob sie überhaupt nicht geschlafen hätte. Dennoch mußte sie geschlafen haben. Sie erinnerte sich nämlich deutlich daran, daß es zweiundzwanzig Uhr dreißig gewesen war, als sie das letzte Mal auf die Uhr geschaut hatte. Sie war aufgeregt gewesen und hatte sich Sorgen über Glen gemacht. Aber als sie im grauen Morgenlicht sein Gesicht betrachtete, schien alles mit ihm in Ordnung zu sein. Im Schlaf sah er genauso aus wie immer, das Gesicht rein und faltenlos, seine Lippen zu einem leichten Lächeln geformt, als ob er einen schönen Traum genießen würde. Als er sich dann bewegte und das Lächeln verschwand, stürmten alle Sorgen der vorigen Nacht wieder auf sie ein. Instinktiv erstarrte sie, als könne sie durch ihre bloße Regungslosigkeit sein Erwachen verhindern.

Wie konnte sie nur so etwas denken?

Schon von jeher – oder zumindest bis zu seinem Herzinfarkt – waren die frühen Morgenstunden Annes und Glens Lieblingszeiten gewesen. Sogar früher, als die Kinder zu klein gewesen waren, als daß man sie allein zu Hause lassen konnte und sie getrennt joggen gingen, hatten sie sich stets ein paar Minuten genommen, in denen sie ihre Zweisamkeit genossen. Als Glen im Krankenhaus gewesen war, war es genau diese morgendliche Zeit mit ihm gewesen, die sie am meisten vermißt hatte. Doch jetzt hatte sich alles verändert, auch wenn er endlich wieder zu Hause war.

Letzte Nacht hatte sie es sogar abgelehnt, daß er sie berührte.

Heute morgen, als sie spürte, daß er bald aufwachen würde, versuchte sie, den Gedanken zu verdrängen. Sie fühlte sich schuldig und schämte sich. Spontan beugte sie sich über ihn und gab ihm einen sanften Kuß auf die Lippen.

Sofort schloß sich Glens Arm um sie, zog sie näher, und

seine Lippen erwiderten den Kuß. Einen Sekundenbruchteil fühlte sie eine panische Angst, machte sich aber gleich klar, daß ihre Reaktion lächerlich war. Mein Gott, es war doch Glen! Trotzdem mußte sie sich zwingen, nicht wegzurücken, sich seiner Berührung nicht zu entziehen. Sie versuchte sich zu entspannen, und als er dann mit seiner Zunge zärtlich ihre Lippen leckte, ging sie auf ihn ein. Und als einen Moment später ihr Körper mit seinem verschmolz, fand sie keinen Grund mehr, sich dagegen zu stemmen. Als seine Finger unter ihr dünnes Nachthemd glitten, war seine Umarmung dieselbe wie immer: aufregend, aber gleichzeitig warm und vertraut. Dann schlang auch sie ihre Arme um ihn, drückte die Lippen auf seine, und ihre Körper vereinten sich in Leidenschaft und Zufriedenheit.

Glen liebte sie mit einer solchen Ungezwungenheit, die sie ebenso erregte wie beruhigte. Der Glen, den sie liebte, der, von dem sie noch wenige Stunden zuvor befürchtet hatte, daß er für immer verschwunden sein könnte, war wieder der alte. Danach kuschelte sie sich in seine Armbeuge, seufzte zufrieden und flüsterte: »Schön, daß ich dich wiederhabe.«

Glen schloß seine Arme fester um sie. »Was meinst du damit? Ich bin doch nicht erst seit heute morgen hier.«

Anne rollte sich aus seiner Umarmung, stützte sich auf ihren Ellbogen und sah ihm ins Gesicht. »Aber zum ersten Mal kommt es mir tatsächlich so vor.«

Glen stutzte, doch dann lächelte er. »Ich hab mich wohl ein bißchen komisch benommen, wie?«

»Ein bißchen? Du warst völlig von der Rolle!« Glens Lächeln erstarb, und Anne wünschte, sie hätte ihre Worte zurücknehmen können. Aber dafür war es schon zu spät. Die soeben noch verspürte Nähe, das Gefühl, alles käme wieder ins Reine, war schlagartig in weite Ferne gerückt. »Gut, das war vielleicht ein wenig zu hart ausgedrückt«, sagte sie schnell, um alles wieder zurechtzubiegen. »Aber du mußt zugeben, das ganze Zeug, das du gekauft hast...«

»Ich muß überhaupt nichts zugeben«, schnitt Glen ihr das Wort ab, setzte sich auf und schwang die Beine aus dem Bett.

»Ich tu' nur das, was mir der Arzt empfohlen hat. Alle Welt sagt, Angeln ist ein tolles Hobby, also dachte ich mir, probier's mal aus.«

»Okay«, gab Anne nach. Sie war nur allzu gerne bereit, das Thema zu beenden, wenn sie dadurch nur wieder die Stimmung zurückholen konnte, die kurz vorher geherrscht hatte. Aber die Gelegenheit war verpaßt; statt dessen stieg wieder dieselbe unbestimmte Angst wie gestern abend beim Nachhausekommen in ihr hoch. Es war dieses schreckliche Gefühl, daß irgend etwas vorging, das sie nicht einordnen konnte. Sie schlüpfte aus dem Bett, schnappte sich ihren Morgenmantel und verschwand im Ankleideraum, während Glen ins Badezimmer ging.

Er wusch sich das Gesicht, und sie schlüpfte in ihren Jogginganzug. Als sie auf dem Stuhl saß und die Schnürsenkel band, fühlte sie, daß er sie beobachtete. Sie blickte auf, doch seinem Gesichtsausdruck war nichts zu entnehmen. Auf seinen Vorschlag, gemeinsam zu joggen, schüttelte sie den Kopf. »Gordy hat gesagt, du sollst spazierengehen. Von Herumrennen war nicht die Rede.« Doch was sie wirklich damit meinte, war: *Ich geh lieber allein*, und sie konnte in seinen Augen lesen, daß er den Sinn der Worte genau begriffen hatte. »Du darfst dich nicht abhetzen, das weißt du doch«, fügte sie hinzu und gab ihm einen Kuß, um ihrer Ablehnung den Stachel zu nehmen. Seine mangelnde Erwiderung darauf zeigte ihr, daß ihr das nicht gelungen war. Einen Moment lang fragte sie sich sogar, ob sie ihn nicht doch zum Mitmachen auffordern sollte.

Aber sie wußte, was dann geschähe: sie würden schweigend nebeneinander herlaufen, eine Nähe vortäuschen, die momentan gar nicht vorhanden war. Anschließend würde sie sich große Sorgen über das machen, was geschehen war, so daß sie sich bei der Arbeit nicht würde konzentrieren können. Deshalb entschied sie, jetzt zu laufen und lieber am Abend noch einmal über alles zu reden. »Machst du mir einen Kaffee, bis ich zurück bin?« fragte Anne. Er nickte und sie eilte nach unten.

Boots wartete an der Vordertür mit der Leine im Maul. Er schaute sie so mitleidheischend an, als würde für ihn die Welt untergehen, wenn sie ihn nicht mitnähme. Sie gab sich geschlagen: »Also schön.« Anne ließ die Leine an seinem Halsband zuschnappen und öffnete die Tür. »Aber glaub' bloß nicht, daß ich dich trage, wenn du nicht mithalten kannst.« Sie lief bis zur Straßenecke, an der sie links Richtung Volunteer Park abbiegen wollte und schaute zum Schlafzimmer hoch, um Glen zu winken, falls er ihr nachsah.

Doch das tat er nicht.

Sie schüttelte den Kopf, als ob sie dadurch ihre schlechte Laune loswerden könnte und erhöhte ihr Tempo. Vielleicht sollte sie heute ein, zwei Extrarunden um das Staubecken drehen.

Vor Tagesanbruch hatte es geregnet. Die Straßen glänzten und die Morgenluft war immer noch feucht. Anne sog die frische, kalte Luft tief ein und beschleunigte noch ein wenig, als sie die Straße überquerte und im Park die kleine Steigung hinauflief, die zum Gewächshaus führte. Von dort aus konnte sie entweder geradeaus weiter auf die Anhöhe, an den Tennisplätzen vorbei bis zum Wasserturm joggen oder aber im lockeren Trab die ebene Strecke zum Kunstmuseum nehmen. Wenn sie dann das Staubecken erreicht hatte, konnte sie den Pfad laufen, der herumführte. Dort trafen sich immer die Jogger, die unablässig ihren Puls und ihre Atmung beim Laufen kontrollierten. Manche von ihnen verbrachten jeden Morgen zwei Stunden damit – als ob sie dazu verurteilt wären, ihre Körper in allerbeste Verfassung zu bringen. Obwohl Anne nicht glaubte, daß durch regelmäßige Übung der Alterungsprozeß aufgehalten würde, wußte sie, daß man sich nach einem etwa halbstündigen Lauf sehr gut fühlte. Schon allein deshalb, weil man durchgehalten hatte.

Anne entschied sich, die Strecke um das Staubecken herum zu machen, weil sie dort mehr Runden mit weniger Anstrengung als auf der anderen Route drehen konnte. Sie begann ihren Lauf auf der Nordseite des künstlichen Sees, nickte hier und da einigen der Leute zu, die ihr jeden Morgen begegneten. Boots, der glücklich war, mit ihr Schritt halten zu können, sprang ab und zu Leute an, weil er meinte, daß sie seinem Frauchen zu nahe kamen, war aber sonst folgsam, bis Anne beim Staubecken nach Nordwesten abbog. Anstatt ihr zu folgen, lief er geradeaus weiter und zog an der Leine.

Anne hielt an und drehte sich um, um den kleinen Hund auszuschimpfen. Aber als er spürte, daß die Leine gelockert wurde, zog er erneut weiter und steuerte auf das Pflanzengestrüpp am Ufer des Staubeckens zu. Dann bellte er wie verrückt.

»Bei Fuß!« rief Anne.

Der Hund schaute nur kurz zu ihr, um danach gleich wieder nach vorne zu drängen. So ging es fast eine Minute lang. Anne rief den Hund, doch Boots rührte sich nicht vom Fleck. Schließlich gab Anne nach, obwohl ihr klar war, daß es keine geeignete Erziehungsmaßnahme war. »Na gut, wenn's dir so wichtig ist, dann hol's dir.«

Sie ließ dem Hund seinen Willen. Aber anstatt herumzuschnüffeln, bis er den idealen Platz zum Verrichten seines Geschäfts gefunden hatte, zerrte er immer stärker an der Leine. Tief auf den Boden geduckt kletterte er den Hügel hinauf und an der anderen Seite hinunter, wo er vorübergehend aus Annes Blickfeld verschwand. Dann hörte sein Bellen auf: Was er auch immer gesucht haben mochte, jetzt hatte er es offenbar gefunden.

Als Anne beim Unterholz angelangt war, konnte sie den Hund zunächst nirgendwo sehen. Doch dann entdeckte sie ihn. Er hatte sich durch das Dickicht gezwängt und schnüffelte eifrig an etwas, das sie nicht erkennen konnte.

Anne schob einen Zweig beiseite und schaute auf den Boden. Die leeren, toten Augen Joyce Cottrells starrten ihr entgegen. Anne meinte, sich übergeben zu müssen, doch sie beherrschte sich.

Dann wollte sie der Frau, die sie sofort als ihre Nachbarin erkannt hatte, helfen, aber ihr wurde klar, daß niemand Joyce mehr helfen konnte.

Und dann rief sie schließlich um Hilfe.

34. Kapitel

»Wo ist denn Mom?« In Kevins Frage schwang ein derart vorwurfsvoller Unterton mit, als glaubte er, seine Mutter sei entführt, wenn nicht gar ermordet worden.

»Sie joggt nur im Park«, erklärte ihm Glen und schüttete seinem Sohn ein Glas Orangensaft ein.

»Aber dann müßte sie doch schon längst wieder zurück sein!«

Glen warf einen Blick auf die Backofenuhr. Obwohl er es nicht zugeben wollte, wußte er, daß Kevin recht hatte. Früher, vor seinem Herzinfarkt, hatte sie gewöhnlich nie mehr als eine halbe Stunde gejoggt, fünfundvierzig Minuten, wenn es hoch kam. Selbst wenn die Digitaluhr nicht ganz genau ging, war Anne jetzt schon mehr als eine Stunde unterwegs. Er war ganz sicher, daß er auch wußte, weshalb, doch das wollte er Kevin nicht sagen. Vom Anfang ihrer Beziehung an hatten er und Anne sich geschworen, über Eheprobleme nie im Beisein der Kinder zu sprechen. Aber selbst wenn er Kevin davon hätte erzählen wollen was heute morgen zwischen ihm und Anne vorgefallen war, hätte er das wohl kaum gekonnt. In Wahrheit war er ja nicht er selbst. Als er aufgewacht war und sie ihn angesehen hatte, hatte er gedacht, sie sei immer noch verärgert über ihn. Doch danach hatten sie sich geliebt, und für einige Minuten war es ihm vorgekommen, als ob alles wieder beim alten wäre. Aber als sie ihm dann vorgeworfen hatte, er sei »völlig von der Rolle« gewesen, war er in die Luft gegangen.

Es stimmte. So unrecht hatte sie gar nicht – er wußte selbst nur zu genau, daß er nicht mehr der Mann war, den sie einmal geheiratet hatte. Aber anstatt die ihm unerklärlichen Blackouts und seine Angst davor einzugestehen, hatte er so getan, als wollte er lediglich die ärztlichen Ratschläge befolgen und gab vor, daß alles mit ihm in bester Ordnung sei. Es war aber nicht so, daß er ihr etwas verheimlichen wollte. Im Gegenteil. Er hatte sich sogar schon die Worte für seine Beichte zurechtgelegt.

Doch als er schon reden wollte, hatte etwas in ihm ihn zurückgehalten. Eine Stimme in seinem Kopf hatte ihm zugeflüstert: *Willst du wieder ins Krankenhaus zurück? Willst du, daß sie dich für verrückt hält?* Diese Warnung hatte genügt, um zu schweigen, obwohl er wußte, daß er Anne sich damit entfremdete, sie anlog und ihr das Vertrauen entzog.

Natürlich wollte sie alleine joggen und natürlich hatte sie sich zu einer Extrarunde um das Staubecken entschieden. Er konnte fast hören, wie sie im Park mit sich selbst sprach und ihrem Zorn freien Lauf ließ, anstatt ihn zu Hause an ihrer Familie auszulassen. Wenn sie schon so entgegenkommend war, war es für ihn doch das Mindeste, sich anzuziehen und ihr Frühstück zu machen. Dann wüßte sie immerhin, daß er kein Invalide war, der sein restliches Leben im Bademantel herumlaufen wollte.

»Bis du dein Frühstück gegessen hast, ist sie wahrscheinlich längst wieder zurück«, sagte Glen zu Kevin, als auch Heather in die Küche kam. Sie schenkte sich Kaffee ein und setzte sich an ein Kreuzworträtsel, das Glen schon angefangen hatte. »Eigentlich wollte ich es lösen, falls du nichts dagegen hast«, beschwerte er sich bei seiner Tochter.

Heather zuckte die Schultern. »Bis jetzt hast du nur zwei Wörter geschafft, von denen auch noch eins falsch ist. Wenn man nicht mit Tinte schreibt, gilt es übrigens nicht.«

»Etwas ist mit Mom passiert«, verkündete Kevin.

Heather sah auf, schaute erst ihren Bruder, dann ihren Vater an. »Ist sie krank?«

Glen seufzte hörbar und schaute wieder auf das Rätsel. »Nichts ist mit ihr passiert. Ihr geht's gut. Sie joggt heute morgen nur ein bißchen länger als sonst, das ist alles.«

»Das heißt, sie haben sich gestritten«, übersetzte Heather ihrem Bruder.

»Wir hatten keinen Streit«, entgegnete Glen. »Warum glaubt mir denn niemand was?«

»Weil Erwachsene Kinder immer anlügen«, machte Kevin ihm klar. »Justin Reynolds hat es mir gesagt. Und warum darf Mom allein in den Park, ich aber nicht?«

»Eben weil sie erwachsen ist.« Glen beugte sich zu Kevin und warf ihm einen spöttischen Blick zu. »Du kannst Justin Reynolds ausrichten, daß Erwachsene auch immer alleine joggen dürfen.«

Kevin kicherte, doch dann meldete sich Heather wieder zu Wort: »Vielleicht sollten wir doch nach ihr sehen. So lange war sie noch nie unterwegs. Was ist, wenn wirklich was passiert ist?«

Glen merkte, daß die Kinder die Oberhand gewannen. Wenn Anne nicht innerhalb der nächsten fünf Sekunden zur Tür hereinkäme, würde sich Kevin mit Heather verbünden, und er wäre geschlagen. Daher erschien es ihm klüger, ein Zugeständnis zu machen, als zu riskieren, daß sie zu spät zur Schule kämen. »Hört zu. Ich werde nach ihr Ausschau halten, und ihr beide frühstückt. Aber ich wette, gleich nachdem ich weg bin, kommt eure Mutter hereingeschneit.«

Bevor Kevin ihn bitten konnte, mitgehen zu dürfen, war Glen schon draußen und saß hinter dem Steuer seines zehn Jahre alten SAAB, von dem er sich nicht trennen wollte, auch wenn Kevin ihn eine »alte Karre« nannte.

Minuten später war er im Volunteer Park angekommen. Auf der Strecke zum Gewächshaus wirkte alles wie immer, aber als er den sanften Abhang zu den Tennisplätzen hinunterfuhr, entdeckte er fünf Streifenwagen. Dann bemerkte er die gelben Plastikbänder, die eine polizeiliche Absperrung markierten. Die Absperrung blockierte den Zugang zu einem Gebüsch am Rande des Staubeckens. Glen bremste neben einem Polizisten, der ihn ungeduldig weiterwinkte.

»Fahren Sie weiter«, sagte der Polizist, als Glen das Fenster herunterkurbelte. »Hier gibt's nichts zu sehen.«

»Ich suche meine Frau«, sagte Glen und ignorierte die Worte des Polizisten. »Sie ist vor einer Stunde zum Joggen hierher gelaufen und seitdem nicht mehr aufgetaucht.«

Der Polizist wurde auf einmal unsicher, griff nach seinem Funksprechgerät und sprach so leise hinein, daß Glen nicht verstehen konnte, was er sagte. Nachdem er eine Antwort bekommen hatte, wandte er sich wieder Glen zu. »Wie lautet der Name Ihrer Frau?«

»Anne Jeffers. Sie ist Repor...«

Der Polizist sagte nur: »Sie ist dort oben«, und wies mit dem Daumen zum Hügel hinauf. »Ich darf Sie von hier aus nicht hinauffahren lassen, aber wenn Sie die andere Seite nehmen, glaube ich nicht, daß jemand Sie aufhält.«

»Was ist hier eigentlich los?« fragte Glen.

Der Polizist schüttelte den Kopf. »Eine Leiche. Und Ihre Frau hat sie gefunden.«

»Hat man wieder einen Schwulen erschlagen?« Glen wußte, daß in diesem Teil des Parks mehrere Männer innerhalb der letzten fünf Jahre ermordet worden waren.

Der Polizist schüttelte den Kopf: »Eine Frau.«

Da blitzte plötzlich vor Glens geistigem Auge das Bild von Joyce Cottrell auf. Als ein anderes Polizeiauto hinter ihm kurz mit der Lichthupe blinkte, fuhr Glen weiter um das Staubecken herum und fand schließlich einen Parkplatz gegenüber dem Kunstmuseum.

Er schloß den Wagen ab, obwohl noch ein halbes Dutzend weitere Streifenwagen keine zwanzig Meter entfernt um ihn herumstanden, überquerte die Straße und ging die kleine Anhöhe hinauf. Ein ausgetretener Pfad führte an einem Zaun entlang, der Schwimmer vom Becken fernhalten sollte. Die nächste Absperrung hinderte ihn am Weitergehen, doch bevor er sich noch überlegen konnte, was er tun sollte, entdeckte er auch schon Anne und Boots, der zu ihren Füßen saß. Als Glen näherkam, witterte ihn der Hund, bellte fröhlich und schoß ihm entgegen, doch es riß ihn gleich wieder herum, als das Ende der Laufleine erreicht war. Unbeeindruckt rappelte sich der Terriermischling wieder auf, zerrte an der Leine und wedelte wild mit dem Schwanz. Anne drehte sich um, um den Hund zu beruhigen, dann sah sie Glen und winkte ihn zu sich. Er nahm Boots hoch, wiegte ihn im Arm und duckte sich unter der Absperrung hindurch. »Was ist hier los?« fragte er.

Einen Moment sagte Anne nichts. Da bemerkte Glen, daß sie aschfahl war – jeder Tropfen Blut schien aus ihrem Gesicht gewichen zu sein. Aber Anne hatte schon früher Leichen gesehen – von Unfallopfern bis zu den grausigen Resten der abgeschlachteten Opfer Kravens; manchmal hatte sie sich sogar gefragt, ob sie der Gewalt in der Stadt gegenüber nicht zu unempfindlich geworden sei. Als Anne mit einem Anflug von Entsetzen zu sprechen begann, wurde ihm alles klar. »Es ist Joyce, Glen.« Ihre Stimme war kaum lauter als ein Flüstern. Glen spürte einen kalten Knoten in seinem Magen, als ihm wieder das Bild einfiel, das er unerklärlicherweise vor Augen hatte, als ihm der Polizist etwas von der Frauenleiche gesagt hatte. Aber es war verrückt – was sollte Joyce Cottrell im Park gemacht haben? Sie ging ja fast nie aus dem Haus, außer zur Arbeit!

»Oh Gott, Glen, es ist schrecklich. Sie war nackt, ihr Brustkorb völlig aufgerissen, genau wie bei Shawnelle Davis. Aber die sagen, es sei nicht hier passiert. Es sieht so aus, als ob sie schon tot war, als jemand sie hier abgelegt hat. Also muß es woanders passiert sein.« Anne zitterte jetzt am ganzen Körper, und ihre Stimme bebte. »Gleich nebenan von uns, während wir geschlafen haben. O Gott...«

Glen legte den Arm um seine Frau, einerseits um ihr Beistand zu leisten, andererseits um sich selbst auf sie zu stützen. Denn jetzt schoß ihm ein weiteres Bild durch den Kopf.

Er sah jemanden, der eine Leiche durch die Dunkelheit schleppte.

Das Gesicht der Person war lichtüberflutet, so daß sie so klar vor ihm stand, als würde er ein Foto betrachten. Aber er erkannte das Gesicht nicht.

Es war das Gesicht eines Fremden – und der trug Joyce Cottrells Leiche.

Obwohl das Bild derart deutlich war, war es ihm nicht vertraut, verband er keine Erinnerung damit. War er etwa Zeuge eines Mordes geworden, konnte sich aber nicht mehr daran erinnern? War so etwas möglich?

Nun fielen ihm seine Blackouts wieder ein, die er in letzter Zeit häufig gehabt hatte.

Glen hörte Anne stumm zu, als sie mit immer wieder stockender Stimme erzählte, wie Boots sie zu der Leiche geführt hatte, wie sie hinter dem Gebüsch nachgesehen und schließlich ihre Nachbarin gefunden hatte.

Joyce Cottrell.

Jemand, der keine Freunde, keine Feinde hatte. Jemand, den niemand kannte.

Warum hatte man sie getötet?

Keiner von beiden vermochte die Frage zu beantworten. Und obwohl sie den Gedanken nicht laut aussprachen, überkam Glen und Anne dasselbe schreckliche Gefühl: Auf irgendeine Weise, die keiner verstand, hatte dieser Mord etwas mit *ihnen* zu tun.

35. Kapitel

Der Mann meldete sich den zweiten Tag krank. Er hatte eigentlich vorgehabt, zur Arbeit zu gehen, denn auch wenn sie ihn bei Boeing nicht sehr schätzten, nahm er doch seinen Job sehr ernst.

So, wie er alles im Leben ernst nahm.

Aber als er letzte Nacht heimgekommen war, war er viel zu aufgeregt gewesen, um gleich schlafen zu können. Er war aufgeblieben, um das Geschehene in Gedanken immer wieder aufs neue Revue passieren zu lassen.

Er genoß die Erinnerung, in Joyce Cottrells Haus gewesen zu sein, viel zu sehr.

Das Warten auf sie. Das Zuschauen, wie sie sich auszog. Das Töten. Sie zu besitzen.

Und schließlich genoß er auch die Erinnerung an das Glücksgefühl, das ihn beim Fortschaffen der Leiche in der Nacht überwältigt hatte. Beim Wegschleppen von ihrem Haus zum Park hatte er eine Befreiung und eine Art Heiterkeit verspürt, wie er das nie zuvor erlebt hatte. Er hatte gewußt, daß niemand ihn dabei sehen konnte, hatte es mit derselben Sicherheit gewußt, wie er vom ersten Augenblick an, als er sie gesehen hatte, gewußt hatte, daß er Joyce Cottrell töten würde. In dem Moment, in denen sie in seinen Armen lag, hatte er sich über alles erhaben gefühlt. Zum ersten Mal – viel stärker als bei Shawnelle Davis – hatte er das Machtgefühl und die Ekstase ausgekostet, die ihm beim Auslöschen eines anderen Menschenlebens überkam. Joyce Cottrell hatte ihm gehört, sie war wie eine Trophäe gewesen, und sie war durch seine Hand gestorben wie die Beute, die ein Jäger erlegt.

Er hatte sich nicht einmal die Mühe gemacht, ihre Leiche zu verbergen.

Deshalb hatte er sie auch in den Park geschleppt, wo die

Jogger ihre Runden drehen, damit man sie auch ganz sicher am nächsten Morgen entdeckt.

Er hatte den Park an der Südseite verlassen, war dann über die 12. Avenue zur 14. Straße gegangen, weil er die hellen Lichter der 15. Avenue meiden wollte. Als er die Leiche im Gebüsch abgelegt hatte, verlor sich auch mit einem Mal das Gefühl der Macht und der Unbesiegbarkeit. Von da an hatte er sich von einer unbeleuchteten Stelle zur nächsten gestohlen, in der ständigen Furcht, das Licht der Straßenlaternen könnte ihn entlarven. Die Blutspuren auf seiner Kleidung hatten noch feucht geglänzt. Als es dann zu regnen begonnen hatte und er immer noch zwei Blocks von zu Hause entfernt war, hatte er seine Schritte verlangsamt, um sich vom Regen das Blut von Gesicht und Händen spülen zu lassen. Als er an der Ecke zur 16. Straße angekommen war, hatte er gerade noch der Versuchung widerstanden, in der Notaufnahme nachzusehen, wen sie für Joyce Cottrell an die Rezeption gesetzt hatten. Ihm war nämlich klargeworden, daß die Person den Anblick seiner blutverschmierten Kleidung nicht so schnell vergessen würde. Und wenn man am nächsten Morgen die Leiche entdeckte, wäre die Rezeption des Krankenhauses der erste Ort, an dem sich die Polizei nach Joyce Cottrell erkundigen würde.

Also hatte er die Notaufnahme links liegen lassen und war statt dessen in den muffigen, verlassenen Hausflur des Gebäudes gegangen, in dem er wohnte und in sein Studio im zweiten Stock geschlichen.

Am Morgen mußte jemand die Leiche finden, und Anne Jeffers mußte darüber im *Herald* berichten! Diesmal war es ihre Nachbarin, die man getötet hatte! Diesmal mußte das Miststück den Artikel auf die Titelseite setzen!

Dort, wo er hingehörte.

Er war die ganze Nacht wachgeblieben, um in seiner ekstatischen Erinnerung an den Mord zu schwelgen, und in der Morgendämmerung war er zu müde gewesen, um zur Arbeit zu gehen. Zu müde und zu aufgeregt. Er wartete, bis es sechs Uhr war, die Zeit, zu der er immer aufstand, dann rief er seine Firma an, sagte, daß er sich zwar schon besser fühle als gestern, aber noch nicht genug, um arbeiten zu können. Sie sagten ihm, er solle sich Zeit lassen. Und warum sagten sie das? Weil er nicht wie die anderen Arbeiter in der Firma regelmäßig krankfeierte. Das war erst das zweite Mal, daß er sich krank gemeldet hatte.

Nach dem Telefonat verließ er seine Wohnung und ging in das 7-Eleven, um einen Kaffee zu trinken und die erste Ausgabe des *Herald* zu lesen. Es war ja immerhin möglich, daß jemand die Leiche noch vor den Joggern gefunden hatte. Er überflog die Titelseite und unterdrückte seine Enttäuschung. Wahrscheinlich war die Zeitung längst gedruckt gewesen, als sie die Leiche gefunden hatten. Er blätterte rasch den ganzen *Herald* durch und überflog jede Seite. Nichts.

Als er in sein Appartement zurückkam, war er unsicher, ob er nicht doch etwas übersehen hatte. So blätterte er noch einmal die Zeitung durch, sah sich diesmal aber jede Seite ganz genau an. Als er schließlich auf der letzten Seite angelangt war, fühlte er eigentlich Erleichterung. Denn wenn auf dem Titelblatt nichts über seine Tat stand, war es besser, daß überhaupt nichts in der Zeitung erschien.

Er drehte den Fernseher an, weil er dachte, die Morgennachrichten könnten einen Bericht bringen. Doch dann schaltete er schnell wieder ab, weil er fürchtete, einer seiner Nachbarn könnte es hören und sich fragen, warum er so früh am Morgen schon Nachrichten anschaute.

Er begann nervös im Zimmer umherzulaufen. Wenn jemand die Leiche gefunden und die Polizei gerufen hatte, hätten dann nicht die Sirenen heulen müssen?

Er hatte keine Sirene gehört.

Als er auf seiner billigen Digitaluhr, dem schäbigen Weihnachtsgeschenk seiner Mutter, sah, daß es bereits acht Uhr war, schaltete er das Radio an.

Endloses Geschwätz über eine Pressekonferenz, die der Präsident im Verlauf des Tages geben wollte.

Der Mann lief weiter im Zimmer umher und fragte sich, ob denn endlich jemand die Leiche gefunden hatte.

Vielleicht sollte er selbst die Polizei anrufen.

Er griff zum Hörer, änderte dann aber seine Meinung. Wenn er das machte, dann sollte er das lieber von einem Münztelefon aus tun. Von einem, das nicht in der Nähe seines Hauses lag.

Vielleicht von einem auf dem Broadway. Oder sollte er gleich in die Innenstadt gehen?

Genau, das war's. Ein Telefon in der First Avenue, wo keiner auf den anderen achtete. Er wollte schon das Radio abschalten, als er etwas hörte:

Soeben ist noch eine Meldung eingetroffen. In einem Gebüsch nahe des Staubeckens im Volunteer Park hat man eine Leiche gefunden. Durch einen seltsamen Zufall wurde die nackte und verstümmelte Leiche ausgerechnet von der Reporterin des *Herald*, Anne Jeffers, entdeckt, die landesweit durch ihre Berichterstattung über die Morde bekannt geworden ist, die Richard Kraven begangen haben soll. Über die Identität der Getöteten ließ die Polizei vorerst nichts verlautbaren. Weitere Einzelheiten bringen wir zur vollen Stunde. Und nun zu...

Der Mann hörte nicht mehr hin. Es war noch viel besser gelaufen, als er zu hoffen gewagt hatte – Anne Jeffers hatte die Leiche höchstpersönlich gefunden! Jetzt war es keine Frage mehr, daß die Nachricht auf die Titelseite kommen würde. Bald, sehr bald schon würde er berühmt sein. Er wußte, daß er sich noch etwas gedulden mußte, bis er endlich seinen Namen in der Zeitung lesen durfte. Schließlich wußten sie ja noch nicht, *wer* Joyce Cottrell getötet hatte. Und eine Weile – er wußte noch nicht genau, wie lange – würde er auf Nummer Sicher gehen, damit sie es auch nicht herausbekämen.

Erst mußte er noch zwei andere Menschen umbringen.

Vielleicht sogar drei.

Der Bericht der Nachrichtensendung klang ihm noch in den Ohren, und er dachte fieberhaft nach.

Wann sollte er wieder zuschlagen?

In einem Monat?

In einer Woche?

Aufs neue spürte er wieder das Gefühl, das er auch bei der Verstümmelung von Joyce Cottrells Leiche gehabt hatte, und die Vorfreude auf seine nächste Tat ließ ihn wohlig erschauern. Vielleicht sollte er keine Woche warten. Jetzt, da er die reine Freude und Macht, die der Tötungsakt ihm verlieh, erlebt hatte, mußte er in wenigen Tagen wieder zuschlagen.

Wenn er das richtige Opfer fände.

Der Mann genoß immer noch das Gefühl, schwebte immer noch in der Hochstimmung seiner Tat, als das Telefon klingelte. Mit zitternder Hand nahm er ab.

»Du bist also tatsächlich daheim?« hörte er seine Mutter fragen. »Warum bist du nicht bei der Arbeit?«

Sein Hochgefühl schwand augenblicklich: »Ich habe mich krank gemeldet, Mama.«

»Ja, das weiß ich«, erklärte ihm seine Mutter.

Warum redete sie ihn nie mit seinem Namen an? Warum konnte sie *niemals* seinen Namen sagen, außer wenn es darum ging, ihn vor anderen zu tadeln?

»In deiner Firma haben sie es mir gesagt«, fuhr sie fort. »Hast du heute morgen schon Radio gehört? Diese Reporterin hat eine Leiche im Volunteer Park gefunden.«

Während der Mann teilnahmslos zuhörte, redete seine Mutter ununterbrochen weiter. Sie redete über *seine* Leiche, über die Frau, die *er* getötet hatte, aber sie redete nicht über *ihn*!

Doch eines schönen Tages würde er schon dafür sorgen, daß sie über gar nichts mehr redete.

36. Kapitel

Glen hatte eigentlich nicht die Absicht gehabt, zwei Stunden des Morgens mit dem Gerede über Joyce Cottrells Tod zu vergeuden, aber so war es dann doch gekommen. Als der erste Streifenwagen kam, um Joyces Besitz abzusperren, hatten sich nur wenige Schaulustige eingefunden. Innerhalb von zehn Minuten aber, weitere Streifenwagen waren eingetroffen, hatten sich Dutzende von Leuten auf dem Gehweg versammelt. Schließlich kam Marge Hurley zu den Jeffers. Sie wohnte seit vier Jahren in einem der Häuser gegenüber. Sie hatte seitdem erfolglos versucht, Nachbarschaftstreffen zu organisieren.

Glen weigerte sich, auch nur einen einzigen Kommentar dazu abzugeben, daß Anne Joyce Cottrells Leiche gefunden hatte, und so führte er Marge zuerst auf die Veranda und dann unter die Menge auf dem Gehsteig. Dort erzählte er die ganze Geschichte für alle, denn die Polizei hatte seine Nachbarn über nichts informiert. Daß sie jahrelang als bekannteste Exzentrikerin der ganzen Gegend angesehen wurde, führte jetzt zu wilden Spekulationen über Joyce Cottrell. Ihre Nachbarn übertrafen sich gegenseitig in übler Nachrede, bis sich sogar jemand verstieg zu behaupten, sie habe mit Drogen gehandelt, die sie sich vielleicht im Krankenhaus beschafft habe – oder gar mit Pornographie. Das würde auch erklären, warum sie niemanden in ihrem Haus haben wollte! Dann wurde über den Grund für ihre Ermordung spekuliert. Die Nachbarn wurden als Täter von vornherein ausgeschlossen: »Wir *kennen* uns hier doch alle«, meinte Marge Hurley, nachdem sie sich erst einmal all den Leuten vorgestellt hatte, die sie noch nicht kannte.

Ermüdet von dem sinnlosen Getratsche, zog sich Glen wieder in die Stille seines Hauses zurück. Wenige Minuten später klingelte es. Zuerst ignorierte er es, das konnte nur Marge Hurley sein, die von ihm noch einmal die Geschichte über den Leichenfund hören wollte, doch als das Läuten nicht aufhörte, öffnete er schließlich. Ein Mann mit einem Polizeiausweis stand vor der Tür.

Er lächelte ihn an. »Auf diese Weise begegnet man sich also doch einmal.« Als Glen den Mann darauf nur verdutzt anschaute, war dem das sichtbar peinlich. »Sie sind doch Glen Jeffers?« Glen nickte, sagte aber nichts. »Ich bin Kommissar Blakemoor. Mark Blakemoor.«

Jetzt begriff Glen. Er hielt dem Kommissar die Tür auf und bat ihn herein. »Annes alter Bekannter«, sagte er. Er blickte zum Nachbarhaus und auf die Meute der Schaulustigen, deren Aufmerksamkeit augenblicklich von Joyce Cottrells Haus auf das der Jeffers gelenkt wurde. »Aber ich vermute, Sie statten mir keinen Freundschaftsbesuch ab.«

»Ich wünschte, es wäre so«, seufzte Blakemoor. »Ich fürchte, ich muß Ihnen ein paar Fragen stellen, was die vergangene Nacht betrifft.«

Glen nickte und führte den Beamten in die Küche, wo er ihm und sich eine Tasse Kaffee eingoß. »Den darf ich eigentlich gar nicht trinken, und ich zähle auf Sie, daß Sie mich bei Anne nicht verpetzen. Abgemacht?«

Blakemoor fühlte, daß er errötete, aber Glen schien es nicht zu bemerken. »Abgemacht«, stimmte er zu und nahm die Tasse. »Im Grunde will ich nur wissen, ob Sie letzte Nacht irgend etwas gehört haben.«

Glen zögerte. Anstatt direkt auf die Frage einzugehen, stellte er eine Gegenfrage. »Um wieviel Uhr?«

Blakemoor zuckte die Achseln. »Eine genaue Zeit ist uns nicht bekannt, wir wissen nur, daß Miss Cottrell um dreiundzwanzig Uhr ihren Arbeitsplatz verließ und nach Hause ging. Selbst wenn sie unterwegs noch einen Kaffee getrunken haben sollte, hätte sie vor Mitternacht zu Hause sein müssen, vermutlich eine halbe Stunde früher. Reden wir also von einer Zeit nach dreiundzwanzig Uhr fünfzehn.«

Glen zögerte noch immer und erinnerte sich an das Bild Joyce Cottrells, das ihm so plötzlich erschienen war, als er vom Fund einer toten Frau gehört hatte. Dann schüttelte er den Kopf und sagte: »Ich wünschte, ich könnte Ihnen helfen, aber ich kann leider nicht. Wurde sie in ihrem Haus ermordet?«

»Oben in ihrem Schlafzimmer«, berichtete Blakemoor. »Es gibt keinerlei Hinweise darauf, daß jemand gewaltsam eingedrungen wäre, doch das hat nicht viel zu bedeuten. Viele Leute verstecken Schlüssel in der Nähe ihres Hauses, und viele Diebe wissen genau, wo sie danach zu suchen haben. Wie sieht es mit Freunden aus? Hatte sie welche?«

»Soviel ich weiß, überhaupt keine. Nach dem, was die Leute da draußen reden, muß sie ein reichlich sonderbarer Kauz gewesen sein.«

Aus Mark Blakemoors Miene war nicht zu erkennen, was er dachte. »Sonderbar?« fragte er gleichgültig. »Wie meinen Sie das?«

»Na einfach – *sonderbar*.« Glen wurde unsicher und wünschte schon, er hätte das Wort nicht benutzt. »Sie hat anscheinend zu der Sorte von Menschen gehört, die mitten in ihrem eigenen Müll leben. Sie verstehen: jemand, der alles sammelt, sich von nichts trennen kann. Sie schien nirgendwo hinzugehen, außer zur Arbeit. Und sie hat ganz sicher nie jemanden zu sich eingeladen.« Glen zuckte hilflos mit den Schultern. »Das sind zwar nur Vermutungen...«

»Aber die sind falsch«, warf Blakemoor ein, als er daran dachte, wie sauber es in dem Haus gewesen war. Sauber – bis auf die Blutspuren. Er hatte sie nicht nur im Schlafzimmer gefunden, wo Joyce Cottrell ganz offensichtlich getötet und regelrecht ausgeweidet worden war, sondern auch im größten Teil des übrigen Hauses. Der Mörder hatte sich nicht bemüht, eine Blutspur zu verhindern, als er die Leiche vom Schlafzimmer die Treppen hinunter, durch das Eßzimmer, die Küche und aus der Hintertür geschleift hatte. Dort hatte der Regen die Spuren weggewaschen. »Sie hatte im Gegenteil einen Sauberkeitsfimmel«, stellte Blakemoor klar.

»Das sagt ja schon alles über meine und Annes Menschenkenntnis.«

»Viele Leute sind anders, als Außenstehende glauben«, bemerkte Blakemoor. »Aber Sie haben mir noch nicht gesagt, ob Sie letzte Nacht etwas gehört oder gesehen haben.« Glen zögerte wieder, doch diesmal ließ Blakemoor nicht locker. »*Haben* Sie oder haben Sie *nicht*?«

Glen wollte verneinen, doch dann überlegte er es sich anders. Warum sollte er dem Kommissar nicht sagen, was passiert war? »Ich bin mir nicht ganz sicher«, begann er, »aber andererseits ist mir etwas Unheimliches passiert, als ich heute morgen zum Park gefahren bin, um nach Anne zu suchen.« Ohne Umschweife und in aller Ausführlichkeit erzählte er ihm von dem eigenartigen Bild, das er in dem Moment vor sich sah, als er hörte, daß man die Leiche einer Frau gefunden hatte.

»Gibt es irgendeinen Grund, warum Sie an sie gedacht haben?« erkundigte sich Blakemoor ganz beiläufig.

Glen sah keine andere Möglichkeit, als dem Polizisten auch noch den Rest der Geschichte zu erzählen. »Sie hat Anne gegenüber behauptet, sie habe mich gestern nackt im Hinterhof gesehen.«

Blakemoor sah ihn mit festem Blick an. »In ihrem Hof?«

»Nein, in meinem. Aber ich war nicht nackt.«

Blakemoor zuckte gleichgültig die Schultern. »Und selbst wenn. Es ist ja schließlich Ihr Hinterhof.«

»Aber ich war wirklich nicht nackt!« beharrte Glen, obwohl er auch jetzt keineswegs sicher war, daß er tatsächlich die Wahrheit sagte.

Der Kommissar lächelte verständnisvoll. »Ich schätze, Sie müssen stocksauer auf Sie gewesen sein, stimmt's?« Glen wollte schon antworten, aber dann wurde ihm klar, welche Wendung die Unterhaltung nahm. Er schluckte die Worte hinunter, und im selben Moment verschwand das Lächeln des Polizisten. »Waren Sie sauer auf sie?« wiederholte er. »Ich jedenfalls wäre wütend, wenn mir jemand so etwas nachsagen würde.«

»Wütend genug, um sie deshalb umzubringen?« fragte Glen. »Ist es das, worauf Sie hinauswollen?«

Blakemoors Blick wurde härter. »Ich will auf gar nichts hinaus. Ich stelle nur Fragen.«

»Und ich beantworte sie. – Ja, stimmt. Ich war stinksauer auf Joyce. Aber bestimmt nicht so sehr, daß ich sie deshalb umgebracht hätte.«

»Aber Sie haben heute morgen sofort an sie gedacht, als sie von der Leiche hörten«, rief ihm Blakemoor ins Gedächtnis, »warum?«

»Das will ich ja gerade herauskriegen«, sagte Glen verärgert. »Aber jetzt frage ich mich, ob ich nicht lieber meinen Anwalt anrufen soll. Falls Sie mich des Mordes an Joyce Cottrell bezichtigen wollen...«

Blakemoor hielt die Hände hoch und tat so, als wolle er sich gegen einen bevorstehenden, wütenden Wortschwall schützen. »Immer sachte! Ich beschuldige Sie gar nicht. Und wenn Sie unbedingt Ihren Anwalt anrufen wollen, dann tun Sie das. Wir können dieses Gespräch sofort beenden, wenn Sie wollen. Ich bin nur auf Informationen aus und beschuldige überhaupt niemanden.«

Glen brachte ein gequältes Lächeln zustande. »Aber alles, was ich sage, kann vor Gericht gegen mich verwendet werden?« plapperte er den Satz nach, den er schon so oft in Krimis gehört hatte.

»Diese Worte verwenden wir nur bei einer Festnahme«, bemerkte Blakemoor kurz und bündig. »Aber auch dann hat jeder Mensch immer noch das Recht, einen Anwalt zu konsultieren.«

Glen dachte kurz darüber nach und fühlte, daß ihm die Dinge aus der Hand glitten. Wenn er darauf bestand, seinen Anwalt anzurufen, würde man ihn dann nicht erst recht verdächtigen? Aber er war nicht schuldig! Er hatte weder etwas gehört noch gesehen – geschweige denn etwas getan!

Aber was war mit den Blackouts?

Wie stand es mit dem gestrigen Tag, als er offenbar ausgegangen und den Rasierapparat in den Müll geworfen hatte, obwohl er keine Erinnerung daran besaß?

Wenn er das getan hätte...

Er unterdrückte den Gedanken, denn er wußte, wohin er führte und wollte ihm nicht folgen.

Schließlich traf er seine Entscheidung. Er hatte nichts getan und brauchte auch keinen Anwalt.

»Ich glaube nur, daß es einen Grund haben muß, warum ich heute morgen an Joyce gedacht habe. Und die einzige Erklärung dafür ist die, daß ich vielleicht wirklich etwas in der Nacht gehört haben *könnte.* Aber ich kann mich nicht daran erinnern. Ich meine, ich habe tief geschlafen und dabei vielleicht im Unterbewußtsein etwas gehört, an das ich mich erinnert habe, als ich von der Leiche hörte. Ich meine, wenn ich ein Geräusch gehört hätte, als ich halb eingeschlafen war...« Glen versagten die Worte, und er wünschte, er hätte geschwiegen.

Die Blicke der beiden Männer trafen sich, und obwohl keiner von ihnen etwas sagte, hing die unausgesprochene Frage in der Luft. Was wäre, wenn es nicht nur ein Geräusch war, das Glen unbewußt wahrgenommen hatte, sondern ein Schrei?

Vielleicht sogar ein Todesschrei?

Als Mark Blakemoor einige Minuten später das Haus verließ, waren diese Fragen nach wie vor offen geblieben.

Aber beide Männer fragten sich, wie wohl die Antworten darauf lauten könnten.

37. Kapitel

Leiche im Volunteer Park gefunden
Beginn einer neuen Mordserie?

Am frühen Morgen wurde die nackte und verstümmelte Leiche einer Frau im Volunteer Park gefunden. Angaben der Polizei zufolge, wurde das Opfer, Joyce Cottrell, in ihrer Wohnung in Capitol Hill zwischen dreiundzwanzig und vier Uhr erstochen. Obwohl es die Polizei bislang bestritt, scheint eine Verbindung zwischen diesem Mord und dem an Shawnelle Davis zu bestehen...

»Um Himmels willen!« stöhnte Vivian Andrews und ließ sich in ihren Stuhl fallen. Sie sah vom Bildschirm auf ihrem Schreibtisch hoch und schaute ungeduldig aus dem Fenster auf den grauen Himmel. Sie holte tief Luft; ihre Mutter hatte ihr beigebracht, daß man so seine Wut unter Kontrolle bringen könnte. Dann griff sie zum Telefon und wählte die Nummer von Anne Jeffers' Nebenanschluß. Ihre Finger trommelten bereits ungeduldig auf die Tischfläche, als Anne nach dem zweiten Klingeln abnahm. »In mein Büro«, schnauzte Vivian, »und zwar sofort.« Sie knallte den Hörer auf die Gabel und wandte ihre Aufmerksamkeit dem anstößigen Artikel auf dem Monitor zu, den sie erst vor einigen Sekunden gelesen hatte. Als Anne in ihrem Büro erschien, hatte die Chefredakteurin den ganzen Artikel bereits dreimal gelesen.

Obwohl sie noch mehrmals tief Luft geholt hatte, war ihr Zorn nicht besänftigt.

»Was zum Teufel soll das?« fauchte Vivian, als Anne ins Büro trat und die Tür hinter sich schloß.

Anne trat näher, um einen Blick auf die Schlagzeile zu werfen, die auf dem Schirm leuchtete. »Mein Artikel über...«

»Ich weiß, was das ist!« wurde sie von Vivian heftig unterbrochen. »Was ich wissen will, ist, was das soll!«

Vivians Ton machte Anne zusehends gereizter, doch sie biß sich auf die Lippen und verkniff sich eine Antwort. Sie wußte, daß Vivian in solchen Momenten keinen Sarkasmus außer ihrem eigenen tolerierte. »Es ist nur ein Bericht über die Leiche, die ich heute morgen gefunden habe...«, begann Anne, sie wurde aber gleich wieder unterbrochen. Diesmal milderte Vivian ihre Attacke, indem sie Anne Platz anbot.

»Setz dich, Anne.«

Vorsichtig setzte sie sich, wußte sie doch, daß Vivian die Leute oft nur deshalb Platz zu nehmen bat, um ihnen ein schwaches Polster gegen den Sturm zu bieten, der anschließend gleich über sie hereinbrach. Anne setzte sich auf die Ecke des unbequemen Stuhls, der ausschließlich den Besuchern des Büros vorbehalten war.

Vivian preßte ihre Fingerkuppen gegeneinander. Es war eine unbewußte Geste, die ihrem Gegenüber aber unzweideutig Ärger verkündete. Dann warf sie noch einmal einen kurzen Blick auf den Artikel, seufzte und ließ ihre Hände auf den Tisch sinken. Obwohl sich Anne das nicht anmerken ließ, entspannte sie sich ein wenig. Der Wechsel in der Körpersprache ihrer Chefin war ein sicheres Anzeichen dafür, daß sie sich der Sache bedächtiger nähern wollte, als sie ursprünglich geplant hatte. »Du siehst schrecklich aus«, begann sie. »Vielleicht solltest du dir ein paar Tage freinehmen.«

»Heute war's nicht gerade leicht für mich«, erwiderte Anne. »Man erwartet ja nicht unbedingt, daß man beim Joggen morgens eine Leiche findet, ganz zu schweigen davon, dann auch noch eine Story darüber zu schreiben.« Als Vivians Blick wieder zu dem Monitor wanderte, sagte sich Anne, wenn ihre Chefin eine Konfrontation vermeiden wollte, konnte sie ebenfalls darauf verzichten. Doch in diesem Fall könnte sie wenigstens eine Spur eigenen Sarkasmus riskieren.

»Nach deiner bekannten Redseligkeit am Telefon zu schließen, hast du ein Problem.«

Vivian zuckte mit den Schultern. »Vielleicht sollte ich die Geschichte jemand anderem übertragen...«

Diesmal war es Anne, die sie unterbrach. »Du meinst, so wie man einen Anwalt wechselt, wenn sich herausstellt, daß er seinen Mandanten falsch berät?«

»Siehst du das anders?« entgegnete Vivian.

»Ich sehe da keine Parallele.«

Vivian lehnte sich vor; daß ihre Fingerspitzen wieder einander bedenklich nahekamen, ließ nichts Gutes ahnen. »Dann will ich dich mal aufklären«, sagte sie und legte besonderen Nachdruck auf das Wort ›aufklären‹. »Mir scheint, deine eigentliche Funktion in dieser Geschichte ist eher die einer Interviewten statt einer Interviewerin. Die Story liest sich eher wie ein Leitartikel. Und wenn du nicht viel mehr Hintergrundinformationen besitzt, als ich annehme, stinkt die ganze Sache nach purer Vermutung. Du bist in erster Linie Reporterin, Anne. Wenn ich deine persönliche Stellungnahme zu etwas hören will, lasse ich es dich wissen.«

Anne spürte, wie eine Ader in ihrer Stirn pochte und hoffte, daß Vivian es ihr nicht ansah. »Würdest du mir bitte erklären, worin genau das Problem liegt?«

»Der ganze Tenor stört mich. Das fängt schon mit deiner Unterstellung an, es ginge um eine Mordserie. Erst wenn die Polizei Parallelen zwischen dieser Cottrell und...«

»›Diese Cottrell‹ war meine Nachbarin«, fuhr Anne verärgert dazwischen.

Vivian Andrews blinzelte. »Deine Nachbarin? Meine Güte, Anne! Das darf doch nicht wahr sein! Du hast deine *Nachbarin* tot im Park gefunden, und du bist nicht nur zur Arbeit gekommen, sondern hast auch noch darüber geschrieben?«

»Es ist nun mal mein Job, darüber zu schreiben. Und was die Parallelen zwischen ihr und Shawnelle Davis betrifft, finde ich, daß es da eine Menge gibt. Erstens: Auch bei Joyce Cottrell wurde nicht eingebrochen und...«

»Das bedeutet gar nichts«, schnitt Vivian ihr den Satz ab.

»Du weißt so gut wie ich, daß viele Leute ihre Schlüssel in der Nähe ihres Hauses verstecken.«

»Stimmt«, räumte Anne ein. »Aber es geht noch weiter. Beide Frauen wurden auf dieselbe Weise abgeschlachtet. Ihre Brustkästen wurden aufgeschnitten und ihre Herzen herausgerissen. Außerdem wohnten beide in Capitol Hill, nur wenige Blocks voneinander entfernt.«

»Und eine von beiden war eine Hure, die andere arbeitete brav im Krankenhaus. Die eine war in den Dreißigern, die andere in den Fünfzigern, Du weißt so gut wie ich, daß sich Serienmörder an einen bestimmten Typ halten...«

»Richard Kraven nicht.«

»Aber in diesem Staat hat man ihm nie etwas nachweisen können«, erinnerte Vivian sie.

»Kraven war ein Mörder. Ob er in Washington verurteilt wurde oder sonstwo, ist doch völlig egal!« rief Anne. »Und ich bin sicher, daß der Mörder von Shawnelle Davis auch Joyce Cottrell auf dem Gewissen hat.«

»Du warst auch sicher, daß Davis' Tod irgendwie mit Kraven im Zusammenhang stand«, erwiderte Vivian. »Ich kapier's einfach nicht. Was willst du damit bloß beweisen? Anscheinend hältst du alles für möglich. Wenn die Morde an Davis und Cottrell irgend etwas mit denen von Kraven zu tun haben sollen, wo bleibt dann Kraven? Erst hast du behauptet, er sei schuldig – aber jetzt klingt es so, als ob du glaubst, daß jemand anders die Morde verübt hätte.«

»Falls er einen Komplizen hatte...«

»Falls er einen Komplizen hatte, hätte er das wohl zugegeben. Nenn mich zynisch, wenn du willst, aber ich bin lange genug im Geschäft, um zu wissen, daß solche Mistkerle bei einer Mordanklage als allererstes ihre Freunde verpfeifen!«

Anne setzte sich in ihrem Stuhl zurück. »Ich weiß, ich weiß«, seufzte sie. »Das ist es ja, was mich so verrückt macht. Ich glaube im Grunde nicht daran, daß Kraven einen Komplizen hatte. Aber ich denke trotzdem, daß es irgendeine Verbindung gibt.« Sie fixierte Vivian. »Du hast die Leichen nicht gesehen, Viv. Die von Shawnelle Davis habe ich zwar auch nicht gesehen, aber dafür Fotos. Es ist sonderbar – die Leichen sind nicht mit demselben chirurgischen Geschick seziert worden, aber die Verstümmelungen sind im Grunde identisch. Die beiden Frauenleichen sehen praktisch so aus, als wenn jemand sie noch mal aufgehackt hätte, nachdem Kraven mit ihnen fertig war.«

Vivian verzog säuerlich die Lippen. »Das sind keine Tatsachen, das sind Mutmaßungen. Und das kann ich nicht länger durchgehen lassen.« Sie wühlte in dem Durcheinander auf ihrem Schreibtisch und reichte Anne, wonach sie gesucht hatte. »Ich überarbeite deine Story und wir drucken sie. Aber damit hat sich's dann auch. Diese Zeitung bringt Fakten, keine wilden Spekulationen. Bis *wirklich* etwas passiert, das aus diesen beiden Mordfällen eine echte Mordserie macht, befaßt du dich bitte hiermit.«

Anne schaute auf das Papier, das Vivian ihr gegeben hatte. Es enthielt eine Notiz über ein Planungstreffen für die regionale Schnellbahnverbindung zwischen Everett und Tacoma – ein Projekt, das schon seit zehn Jahren zwischen verschiedenen staatlichen Behörden hin- und hergeschoben wurde. Anne sah Vivian ungläubig an. »Damit? Du fragst mich, ob ich darüber schreibe?«

»Ich frage dich nicht«, antwortete Vivian ruhig. »Ich befehle es dir.«

38. Kapitel

Im Haus war alles ruhig.

Glen war eingeschlafen.

Der Experimentator nicht.

Er durchforschte das Haus gemächlicher als sonst. Gestern und an den Tagen zuvor hatte er einen gewissen Druck verspürt, den Druck, Vorbereitungen zu treffen. Aber gestern hatte er sich das meiste von dem, was er brauchte, besorgt, ins Haus geschafft, während Glen schlief, und sorgsam im Keller gelagert. Es lag zum Gebrauch bereit, wenn die Zeit reif war.

Aber das war sie noch nicht.

Er war ein wenig aus der Übung, und bevor er seine Experimente nicht wieder perfekt ausführen konnte, unterließ er sie lieber ganz.

Schließlich mußte er gewisse Normen wahren. Normen, die der Mann, den er letzte Nacht beobachtet hatte, gewiß nicht einhielt – ein plump ausgeschlachtetes Opfer durch die Straßen zu schleifen. Als ob allein schon die Dunkelheit ihn vor den Konsequenzen seiner Tat schützen würde!

Das würde sie natürlich nicht. Bald, vielleicht sehr bald, würde der Experimentator diesem stümperhaften Nachahmer eine angemessene Strafe verpassen.

Heute hatte er jedoch anderes zu tun. Während Glen schlief und Stille im Haus herrschte, wollte er damit beginnen, seine Fähigkeiten wieder aufzufrischen, seine perfekte Fingerfertigkeit wiederzuerlangen, die ihm in den Jahren, in denen er seine Forschungen hatte einstellen müssen, abhanden gekommen war. Von wachsender Vorfreude erfüllt, schloß er die Durchsuchung des Hauses ab, hielt kurz an Anne Jeffers' Garderobenschrank an, öffnete eine der Schubladen und ließ seine Finger über ihre Satinunterwäsche gleiten.

In Gedanken berührte er ihre Haut.

Aus den Tiefen seiner Brust entstieg ein leiser, aber inbrünstiger Seufzer, der klang wie ein Blasebalg, mit dem man ein Feuer anfacht. Seine Finger verkrampften sich einen Moment lang und zerknitterten den Satin, aber er hatte sich rasch wieder unter Kontrolle. Er schloß die Schublade, verließ den Raum und ging in den Keller.

Die Einkäufe, die er tags zuvor erledigt hatte – von der Angelrute, die Kevin gefunden hatte, abgesehen –, waren in einem alten Schuhspind versteckt, in dem zwei Schachteln mit verstaubten Büchern standen. Er hatte die Schachtel herausgenommen und sorgsam darauf geachtet, daß die Staubschicht erhalten blieb, dann den Koffer geöffnet und diverse Gegenstände herausgeholt: ein Stück Nylonschnur, eine Spule starken Seidenfaden, einige Angelhaken und ein Buch. Er hatte die Sachen zu der langen Werkbank gebracht, die in einer Ecke stand, sie abgelegt und an der Schnur gezogen, die von einem Deckenbalken herunterhing. Das Licht hatte kurz geflackert, doch dann mit seinem hellen Schein die Schatten des Kellers verschwinden lassen.

Der Experimentator schlug das Buch auf. Es war ein Leitfaden zum Fliegenfischen, dem Hobby, dem er so oft nachgegangen war, um seine Enttäuschung zu lindern, wenn seine Versuche mal wieder fehlgeschlagen waren. Er blätterte das Buch rasch durch, bis er den Abschnitt über künstliche Fliegen fand, die von Hand gebunden werden konnten. Dann schlug er langsam die Seiten mit den Kunstdrucken um. Obwohl es einem Betrachter hätte vorkommen können, als ob er die Illustrationen nur oberflächlich ansähe, war das Gegenteil der Fall. Innerhalb von einer Sekunde vermochte er es nämlich, sich sämtliche Details der zwei Dutzend auf jeder Seite abgebildeten Fliegen einzuprägen.

Die Fliege, nach der er suchte, fand er auf dem zwölften Foto. Auf der Seite gegenüber stand ein kurzer Absatz, in dem beschrieben wurde, wie jede einzelne Fliege hergestellt wird. Die künstliche Fliege, die seine Aufmerksamkeit erregte, bestand aus den Federn eines Sittichs. Ergänzt durch ein kleines Büschel Katzenhaare, sah sie aus wie eine Art geflügelte Raupe.

Der Experimentator wußte genau, woher er die Materialien zum Binden der Fliege bekommen konnte.

Er verließ den Keller und stieg in den zweiten Stock hinauf. Boots knurrte leise, als er die Küche passierte und lief ihm nach. In Kevins Zimmer machte sich der Papagei gerade über eine Schale mit Sonnenblumenkernen her; Kumquat saß auf Kevins kleinem Pult und wedelte aufgeregt mit dem Schwanz, während sie den Papagei beobachtete.

Als der Experimentator den Raum betrat, hörte der Papagei auf zu fressen und reckte den Kopf drohend vor, als ob er seine Mahlzeit vor dem unerwarteten Besucher schützen wollte.

Der Blick des Experimentators blieb an der Katze hängen. »Was meinst du?« fragte er. »Gibst du mir freiwillig ein bißchen von deinem Fell für eine Fliege?« Die Katze spitzte die Ohren und zuckte mit der Nase. Der Experimentator lächelte. »Paß auf, wir machen einen Handel: Wenn der Vogel eine Feder gibt, steuerst du ein paar Haare bei, okay?«

Der Experimentator ging zum Vogelkäfig und entdeckte auf dem Boden eine Feder. Er öffnete die Tür und griff hinein, doch als er die Feder wegnehmen wollte, packte der Vogel seinen Daumen mit dem Schnabel. Er zuckte zusammen, zog schnell die Hand aus dem Käfig und schloß die Tür gerade rechtzeitig, um Hectors zweiter Attacke auszuweichen. »Langsam, langsam«, beruhigte der Experimentator den Vogel. »Und außerdem ist sie dir ja ausgefallen.« Er wandte sich der Katze zu und hielt die leuchtend grüne Feder hoch. »Der Vogel hat sein Opfer gebracht, und das wirst du jetzt auch.« Er hob Kumquat hoch und machte sich mit ihr auf den Weg in den Keller.

Boots winselte nervös und folgte.

An einem Ende der Werkbank stand das halbfertige Modell eines Dreimastschoners; das Bild davon hing immer noch über dem Rumpf an der Wand. Um den Rumpf herum lagen verschiedene staubbedeckte Miniaturwerkzeuge verstreut, die offenbar zum Bau des Schiffsmodells angeschafft, aber inzwischen genauso in Vergessenheit geraten waren wie das Projekt selbst. Der Experimentator sammelte die Werkzeuge ein und legte sie auf eine freie Fläche der Bank. Das Buch mit dem Bild der Fliege, die er nachbinden wollte, lehnte an der Wand.

Er befestigte einen Angelhaken in dem kleinen Schraubstock und begann. Er verwendete Leim aus den Utensilien für den Schiffbau, um – gemäß der Anleitung im Fischbuch – Teile von Hectors Feder daran festzukleben.

Der Experimentator nahm ein Messer und hielt es über die grüne Feder. Wie lange war es schon her, daß er seine Geschicklichkeit getestet hatte? Aber seine Hand war sicher, und das Messer fühlte sich vertraut an. Mit den Fingern seiner rechten Hand drückte er die Feder auf die Werkbank, während er mit der anderen fachmännisch das Messer führte. In wenigen Minuten hatte er aus der Feder vier perfekt geformte Stücke herausgeschnitten. Alle wiesen die feinen Konturen auf, die mit den Abbildungen im Buch identisch waren.

Er gönnte sich kaum eine Pause, um sein Werk zu bewundern, sondern arbeitete kontinuierlich weiter. Er wickelte einen Faden um die winzigen Federkiele und band sie am geraden Teil des Hakens fest.

Erst als die Federteile makellos am Haken befestigt waren, trat der Experimentator zurück, um sich seine Arbeit zu betrachten. Vom Leim war nichts mehr zu erkennen; kein Tropfen war durch den Faden gesickert, dessen verknotete Enden ebenfalls nicht mehr zu sehen waren. Wie die Flügel eines winzigen Schmetterlings funkelten die Federteile in dem fluoreszierenden Licht. Vor seinem geistigen Auge sah der Experimentator bereits, wie die fertige Fliege auf der Oberfläche eines Flusses tanzte und eine Forelle zum Biß verlockte.

Jetzt ging es nur noch darum, ein Haarbüschel aus Kumquats Fell an dem Haken zu befestigen, um dem schillernden Insekt einen nahezu schwerelosen Körper zu geben. Der

Experimentator griff nach unten, hob die Katze hoch und drehte ihren Kopf so, daß sie das winzige Objekt im Schraubstock sehen konnte. »Sieh es dir an«, flüsterte er. »Ist es nicht hübsch? Dich stört's doch nicht, mir noch ein paar Haare abzugeben, damit es ganz fertig wird?«

Kumquat, die zu spüren schien, daß etwas Unangenehmes geschehen würde, versuchte, sich den Armen des Experimentators zu entwinden, und der verstärkte seinen Griff. Die Katze fühlte den Druck, wehrte sich gegen diesen Zwang, und ihr Herz begann schneller zu schlagen.

In den Händen des Experimentators begann es zu prickeln. Er spürte, wie Energie in ihn strömte, eine Energie, die fast elektrisch war.

Leben. Was er fühlte, war reine Lebensenergie. Er fühlte die Kraft, die das Tier in seinen Armen von einem bloßen, wenn auch ungemein komplizierten Gebilde aus Elementarmolekülen in ein Lebewesen verwandelte. Und wieder einmal stieg in ihm die Frage auf: *Wie funktioniert das?*

Er schaute sich Kumquat an. Die Katze sträubte sich in seinen Armen, wollte sich seinem Griff entwinden, doch die Hände des Experimentators schlossen sich nur noch fester um ihren Körper.

Tief in seinem Inneren wußte er, daß es an der Zeit war, seine Forschungen wieder aufzunehmen. Es kam ihm fast so vor, als ob das Schicksal die Katze für ihn bestimmt hatte: gleichsam ein Sinnbild dafür, daß er jetzt seine Karriere wiederaufgenommen hatte.

Er sah sich im Keller um und entdeckte einen Pappkarton mit noch intaktem Deckel. Er setzte Kumquat in den Karton, durchsuchte den Keller und fand alles, was er brauchte.

Ein wenig Tetrachlorkohlenstoff. Wenn er einen Lappen damit tränkte und ihn in den Karton zu der Katze steckte, wäre das genauso effektiv wie der Äther, den er sonst immer verwendet hatte.

Ein Plastiktuch, offenbar von irgendwelchen Malerarbeiten übriggeblieben, breitete er auf der Werkbank aus; es würde das Blut aufsaugen, das die Katze verlieren könnte.

Der Experimentator zog sich aus und verstaute seine Kleidung säuberlich in dem Schuhschrank.

Als schließlich alle Vorbereitungen beendet waren und die Katze bewußtlos auf der Werkbank lag, nahm er sein Messer. Er fühlte nur noch reine, ungetrübte Freude. Endlich konnte er sich wieder seinen Forschungen widmen...

Zuerst arbeitete er langsam, kostete jede Bewegung aus. Seine Fertigkeit des Sezierens hatte er nicht eingebüßt, als ob seit seinem letzten Experiment kein Tag, geschweige denn Jahre vergangen waren.

Geschickt schnitt er durch die Haut der Katzenbrust und stillte den Blutstrom so gut es mit den Materialien ging, die er gefunden hatte.

Er führte zwei diagonale Schnitte durch, klappte die Haut weg, um die dünne Gewebeschicht bloßzulegen, die Brustbein und Rippen bedeckte. Er schaltete die kleine Säge ein, die er sich gestern gekauft hatte. Das Singen des Sägeblattes klang ihm so lieblich in den Ohren wie die Töne einer Symphonie. Mit ruhiger Hand senkte er das Blatt und genoß das veränderte Geräusch, als sie durch Knochen und Knorpel in der Brust versank.

In wenigen Sekunden hatte die Säge den Brustkorb durchtrennt, und der Experimentator hatte freien Zugang zu dem Organ, das ihn seit Jahren faszinierte.

Er legte die Säge beiseite, bog die Rippen auseinander und ließ seine Finger zwischen den Lungen zum Herzen der Katze gleiten. Sanft zog er das pulsierende Organ heraus, hielt es hoch genug, um es mit seinen Händen zu umschließen. Er beobachtete die Kontraktionen und erschauderte wohlig, als er spürte, wie die Energie durch seine Haut strömte.

Endlich, endlich konnte er wieder arbeiten.

Und es tat gut. So gut.

Dann sah er das Bild von Anne Jeffers vor sich. Ihr Bild schien förmlich vor ihm zu schweben, und als er ihr in die Augen blickte, umklammerten seine Finger das nach wie vor pulsierende Herz.

Wie kurz vorher, als er ihre Unterwäsche angefaßt hatte, verkrampfte sich der Griff des Experimentators.

Und genau wie die Unterwäsche zerquetschte er das Herz zu einer formlosen Masse.

Formlos und leblos.

39. Kapitel

Im Mittelpunkt des Interesses zu stehen, war auf Dauer auch nicht sehr angenehm. Als Heather in die Schule gekommen war, hatte sie es zuerst ganz toll gefunden. Zwar wußten inzwischen alle längst, daß man im Park eine Leiche gefunden hatte, aber nur Heather wußte, wer sie entdeckt hatte, und wessen Leiche es war.

»Meine Mutter hat sie allerdings gar nicht selbst entdeckt«, mußte sie mindestens zehnmal erklären. »Sondern unser Hund.«

Obwohl sie nicht persönlich dabeigewesen war, hatte sich Heather ein ziemlich detailliertes Bild der Szenerie in ihrer Phantasie geformt. Als sie schon das dritte Mal davon erzählte, konnte sie so lebendig darüber berichten, als wäre sie selbst von Boots zu Joyce Cottrells verstümmelter Leiche geführt worden. »Er hat an der Leine gezogen und wie verrückt gebellt. Schließlich hat meine Mutter nachgegeben und nachgeschaut, was er gefunden hat.« Heather verspürte eine angenehme Gänsehaut, als sie die Geschichte wiedergab, die ihr Vater erzählt hatte, nachdem er vom Park zurückgekommen war. »Und als sie dann gesehen hat, was es war, wäre sie um ein Haar in Ohnmacht gefallen!« Obwohl ihr Vater das gar nicht gesagt hatte, war Heather sicher, daß es stimmte. Ihr selbst wurde ja auch jedesmal bei der Vorstellung schwindlig, sie hätte Mrs. Cottrells Leiche im Gebüsch gefunden. Natürlich war ihre Mutter nicht in Ohnmacht gefallen, denn dann hätte sie wohl kaum zu einer Telefonzelle gehen, die Polizei anrufen und bei der Leiche bleiben können, bis die Polizisten kamen. Heather war sich hundertprozentig sicher, daß ihre Mutter all das so und nicht anders getan hatte.

»Aber wer *war* es?« fragte immer wieder irgend jemand, sobald Heather wissen ließ, daß ihre Mutter das Opfer gekannt hatte.

»Unsere Nachbarin«, antwortete sie darauf stets, um anschließend Einzelheiten aus Joyce Cottrells Leben zum besten zu geben.

Zunächst hatte ihr das allgemeine Interesse großartig gefallen. Alle wollten sich mit ihr unterhalten, und sogar Josh Whitman, der von allen Mädchen angehimmelt wurde, hatte sie zum Essen eingeladen. Als Heather dann aber wegen der vielen Fragerei ihrer Mitschüler fünf Minuten zu spät zum Unterricht gekommen war, fand sie es allmählich lästig, immer wieder dieselbe Geschichte erzählen zu müssen. Beim Mittagessen hatte sie dann endgültig die Lust verloren – vor allem, weil ihr klar geworden war, daß Josh Whitman nur deshalb mit ihr zusammensein wollte, um sie über den Mord auszuhorchen.

Als sie mit Rayette Hoover um sechzehn Uhr die Schule verließ, war Heather froh, daß fast alle anderen schon nach Hause gegangen waren. Zumindest mußte sie die ganze Geschichte nicht noch einmal erzählen. »Was hältst du davon, wenn wir zum Broadway gehen und dort etwas trinken?« schlug sie Rayette vor.

»Einverstanden«, stimmte ihre Freundin zu.

Auf dem Weg über Capitol Hill Richtung Broadway bemerkte Heather sofort, daß Rayette regelrecht mit sich kämpfen mußte, um nicht auf das Thema zurückzukommen, über das in der Schule alle gesprochen hatten. Heather war auch sicher, daß Rayette es nicht aushalten würde und schloß mit sich selbst eine Wette ab, daß dies noch vor dem Erreichen des nächsten Blocks der Fall wäre. Tatsächlich gewann dann auch Rayettes Neugier die Oberhand. Aber als sie anfing zu reden, mußte Heather immerhin zugeben, daß ihre Freundin dabei sehr diplomatisch vorging.

»Was war eigentlich beim Essen mit Josh Whitman?«

»Er hat mich zum Ball eingeladen«, antwortete Heather mit aufgeregt klingender Stimme, daß Rayette ihr es, für eine Sekunde wenigstens, glaubte. Dann grinste sie derart breit, daß man sogar ihre Zahnspangen sehen konnte, die sie sonst vor niemandem entblößte.

»Hör schon auf!« johlte sie. »Dieser Sexbolzen wollte dasselbe von dir wissen wie wir alle! Und jetzt erzähl' mir endlich alles über die Frau, die man ermordet hat. Los, gestehe!«

»Da gibt's nichts zu gestehen«, seufzte Heather. »Ich meine, niemand hat Mrs. Cottrell so richtig gekannt. Sie war reichlich sonderbar. Sie hatte keinerlei Freunde, und sie ging kaum auf die Straße. Manchmal konnte man ihr beim Essen zusehen. Da saß sie ganz allein an ihrem riesigen Eßtisch.«

Rayette lief es kalt den Rücken hinunter. Sie hatte immer geglaubt, daß irgendein Spuk auf dem großen Haus neben dem der Jeffers lag. Seit Heather und sie Freundinnen waren, wußte sie, daß die Frau, die dort wohnte, etwas eigenartig war. Aber der Gedanke daran, daß man sie wirklich ermordet hatte... »Was glaubst du, was passiert ist?« fragte sie. »Ich meine, wirklich passiert ist.«

Heather zuckte die Schultern. »Woher soll ausgerechnet ich das wissen? Ich hab' sie doch überhaupt nicht gekannt.«

»Ich hab' dich nicht danach gefragt, was du *weißt* – ich hab danach gefragt, was du *glaubst*! Ob es zum Beispiel jemand gewesen ist, den sie kannte.«

»Keine Ahnung. Sie hat doch überhaupt niemanden gekannt.«

Als sie fast den Broadway erreicht hatten, hielt Rayette plötzlich an. »Gehen wir hinauf und sehen uns an, wo deine Mutter sie gefunden hat«, schlug sie vor.

Heather machte große Augen. »Die lassen uns doch bestimmt nicht durch. Die haben sicher den ganzen Platz abgesperrt.«

»Eben nicht!« drängte Rayette. »Ich weiß noch, als man letztes Jahr dort jemanden erschossen hat, wurden die Polizisten nach drei Stunden wieder abgezogen. Also, komm schon!«

Entschlossen schritt sie den Hügel hinauf zum Park, und Heather folgte ihr.

»Wo war es?« erkundigte sich Rayette, als sie auf der breiten Rasenfläche ankamen, die den Hügel und das Staubecken umgab.

»Ich glaube nicht, daß man es von hier aus sehen kann.« Heather war sich keineswegs sicher, ob sie wirklich den Ort besichtigen wollte, wo ihre Mutter Mrs. Cottrell gefunden hatte. »Daddy hat gesagt, es war weiter oben.«

»Dann nichts wie hin.« Rayette ging wieder voran, lief quer über den Rasen bis zu der Stelle, an der die Straße dem Staubecken am nächsten war. Sie überquerten sie und erreichten den steilen, ausgetretenen Pfad, der um das Staubecken herumführte.

»Können wir nicht beim Museum lang gehen?« wandte Heather ein. »Das hier ist doch kein Weg!«

»Warum sollen wir denn einen Umweg machen, wenn wir schon da sind?« Oben auf dem Hügel wartete sie, bis Heather sie eingeholt hatte, ließ ihren Blick über die Gegend schweifen, bis sie eine kleine Gruppe Leute entdeckte, die in das Gebüsch zu starren schienen. Daß das Ziel in ihrer Sichtweite vor ihr lag, brachte Rayette auf einen anderen Gedanken. »Meinst du nicht auch, daß der ganze Boden voller Blut ist?«

Heather packte ihre Freundin am Arm, um sich auf sie zu stützen; schon beim Gedanken daran, eine Blutlache von Joyce Cottrell zu finden, wurde ihr schwindlig. »Sollen wir nicht kurz zu mir nach Hause gehen? Wenn wir sowieso nichts trinken...« Bevor sie ihren Satz beenden konnte, hörte sie die Stimme ihres Bruders.

»Hierher!« rief er und wedelte wild mit den Armen. »Hier hat Mom sie gefunden!«

Sie hatte nicht die geringste Lust, sich die Stelle anzuschauen, wußte aber, daß sie Kevin nach Hause bringen mußte, bevor ihre Eltern herausbekamen, daß er sich hier herumtrieb. Zusammen mit Rayette ging sie zu ihm hin und hörte, wie er und sein Freund Justin sich daran ergötzten, einem halben Dutzend Leuten die Geschichte von dem Leichenfund zu erzählen.

»Der ganze Platz war voller Blut«, erklärte er. »Und sie war in Stücke gerissen. Boots hat an ihrem Arm herumgekaut und...«

»Kevin!« schrie Heather, packte ihren Bruder und hielt ihm die Hand vor den Mund. »Komm jetzt! Wir gehen sofort nach Hause.«

Kevin sträubte sich und schaffte es zumindest, seinen Mund freizubekommen. »Hilfe! Sie will mich kidnappen!«

Die Leute, die Kevin gerade noch atemlos gelauscht hatten, amüsierten sich jetzt, wie er versuchte, sich seiner Schwester zu entwinden.

»Hat deine Mutter wirklich die Leiche gefunden?« wollte jemand von Heather wissen.

»Oje!« stöhnte sie. »Warum ist Mom heute morgen bloß hierhergekommen!« In dem Moment schnappte Rayette sie am Arm und zog sie zu der Stelle, wo die Leiche gefunden worden war. Rayette stand neben ihrer besten Freundin, aber mit all dem Mut, den sie gerade noch so demonstrativ gezeigt hatte, war es nun vorüber. Doch genau wie Heather war es ihr unmöglich, einfach wegzulaufen.

Beide Mädchen mußten hinschauen.

Schon als sie sich den Weg durch die Leute gebahnt hatten, war kaum etwas zu sehen gewesen: nur einige Reste von Plastikbändern und eine kleine Fläche am Boden, die von herabgefallenen Blättern gereinigt worden war.

Gerade die Tatsache, daß man eigentlich nichts erkennen konnte, verlieh dem Ort eine Ausstrahlung von Einsamkeit und Verlassenheit. Mit Schaudern gestand sich Heather ein, daß ihre Einbildungskraft nicht ausgereicht hatte, um sich das vorzustellen, was ihre Mutter wirklich gesehen hatte. Obwohl Joyce Cottrells Leiche längst fortgeschafft worden war, erfüllte Heather bei diesem Anblick eine Kälte, die nichts mit der des Nachmittags zu tun hatte. »Komm«, sagte sie und griff unwillkürlich nach Rayettes Hand, »laß uns heimgehen.«

Kevin folgte einen Moment später.

Kein Wort fiel zwischen den dreien. Sie bogen um die Ecke der 16. Straße und setzten dann ihren Weg zum Haus der Jeffers fort.

Dort blieben sie stehen, und starrten auf das Haus, das dem der Jeffers' plötzlich bedenklich nahe zu liegen schien. Rayette fand als erste ihre Stimme wieder. »Es ... es sieht nicht so aus wie sonst, oder?«

Eine lange Minute starrten alle drei auf das bedrohlich anmutende Gebäude. Bis zum heutigen Tag war es nur das Heim einer verschrobenen Frau gewesen, die von den kleineren Kindern gefürchtet, von den Erwachsenen verspottet wurde. Jetzt war es ringsum abgesperrt, und auf dem gelben Plastikband stand TATORT – BETRETEN VERBOTEN.

»O Gott«, schnaufte Rayette. »Sie muß genau hier getötet worden sein.« Sie drehte sich zu Heather um. »Hast du keinen Schrei oder sowas gehört?«

Heather schüttelte den Kopf. Sie konnte ihre Augen nicht von dem Haus abwenden. Im zweiten Stock lag das Zimmer, in dem Mrs. Cottrell höchstwahrscheinlich geschlafen hatte. Wenn sie arbeiten war, gingen im ganzen Haus alle Lichter ständig aus und an. Alle in der Straße wußten, daß sie an einen Zeitschalter gekoppelt waren. Aber wenn sie zu Hause war, war nur dieses Zimmer im zweiten Stock erleuchtet gewesen.

Und das lag genau Heathers eigenem Schlafzimmer gegenüber.

Mit einem Mal erschien es ihr unheimlich wichtig, sich genau an das zu erinnern, was letzte Nacht passiert war. Sie versuchte, den Abend zu rekonstruieren. Ihre Eltern hatten Streit gehabt – na ja, keinen richtigen Streit. Aber die Atmosphäre im Haus war angespannt gewesen, und deshalb hatte sich die Familie auch nicht wie sonst immer im Wohnzimmer versammelt, ferngesehen oder gelesen. Statt dessen war sie in ihrem Zimmer geblieben, auch nachdem sie ihre Hausaufgaben gemacht hatte, und Kevin in seinem. Von ihrer Mutter wußte sie, daß sie früh zu Bett gegangen war, während ihr Vater unten geblieben war und eine Weile gelesen hatte. Aber spät war es auch bei ihm nicht geworden; schon kurz vor zehn hatte er bei ihr angeklopft und gute Nacht gesagt. Nicht lange danach war sie selbst ins Bett gegangen, hatte noch ein paar Minuten gelesen und war dann eingeschlafen.

Zu dem Zeitpunkt war Mrs. Cottrell noch nicht zu Hause gewesen. Heather wußte das, weil sie fast eine Stunde an ihrem Schreibtisch neben dem Fenster gesessen und über einer Geometrieaufgabe gebrütet hatte. Die Lichter nebenan waren an- und ausgegangen, um damit praktisch überdeutlich zu verkünden, daß das Haus leer stand.

Heather überkam ein eigentümliches Frösteln, als eine vage Erinnerung in ihr aufstieg. Bis jetzt hatte sie überhaupt nicht daran gedacht, aber nun...

Jemand war auf dem Bürgersteig gewesen.

Nicht vor dem Haus, sondern gegenüber. Ein Mann mit einem dunklen Mantel. Sie hatte ihn nicht genau gesehen. Er war einfach die Straße entlangspaziert, dann aber stehengeblieben, und eine Sekunde hatte Heather gedacht, er würde zu ihr hoch sehen. Dann war er weitergegangen. Obwohl sie noch einige Male aus dem Fenster geschaut hatte, war er nicht wieder aufgetaucht.

Zumindest glaubte sie das.

Was wäre, wenn sie tatsächlich den Mörder Mrs. Cottrells gesehen, aber nichts unternommen hatte? »Um Himmels willen«, hauchte sie. »Vielleicht hätte ich sie retten können...«

»Was?« fragte Rayette, »wovon redest du?«

Heather schluckte den Kloß in ihrem Hals hinunter und berichtete den beiden anderen, was sie gesehen hatte. »Und wenn er es wirklich war? Wenn er später doch noch zurückgekommen ist?«

»Und was ist, wenn er *dich* gesehen hat?« kam Rayette plötzlich in den Sinn, und sie schaute sich auf der Straße um, als würde sie damit rechnen, einen Fremden im schwarzen Mantel zu entdecken, der sie von irgendwoher beobachtete. »Gehen wir lieber rein.« Sie warf noch einen letzten Blick auf das Haus, das jetzt vollends unheimlich wirkte, und war auf einmal froh, sechs Blocks entfernt zu wohnen, obwohl die Gegend dort nicht so schön war. Rayette ging zur vorderen Veranda und griff in einen Übertopf, der in der Ecke stand, um den Schlüssel herauszufischen, den die Jeffers, wie sie wußte, dort deponiert hatten. Als ihr bewußt wurde, was sie getan hatte, erstarrte sie. Noch einmal schaute sie auf die Straße zurück und war erleichtert, als sie dort nach wie vor niemanden sah, der sie hätte beobachtet haben können. Als sie sich umdrehte, fing sie sich einen verächtlichen Blick Kevins ein.

»Prima! Prima! Warum erzählst du nicht gleich in der ganzen Stadt herum, wo wir unseren Schlüssel verstecken?«

Heather kam ihr sofort zu Hilfe. »Das weiß die ganze Stadt wahrscheinlich sowieso. Und in Zukunft lassen wir ihn auch nicht mehr hier draußen.«

Kevin rollte mit den Augen. »Wenn der Bursche dich wirklich gesehen hat, kriegt er dich so oder so«, ergriff er die Gelegenheit, seiner Schwester gehörig Angst einzujagen. »Ich wette, der hat dich schon den ganzen Tag im Visier.«

»Halt die Klappe!« warnte ihn Heather, nahm Rayette den Schlüssel ab und steckte ihn ins Schloß. »Halt bloß endlich die Klappe!«

»Von dir laß ich mir gar nichts sagen!« fauchte er im Flur zurück. Heather schloß die Tür und schob den Riegel vor. »Angsthase, Angsthase«, sang er und setzte sich auf den Boden, um Boots den Bauch zu streicheln. Er war seinem Herrchen zur Begrüßung entgegengestürmt und lag jetzt auf dem Rücken vor ihm und bebte am ganzen Körper vor Freude. »Heather ist ein Angsthase!«

»Hör endlich mit dem Gequatsche auf«, sagte sie zu ihrem Bruder, ging in die Küche und bat Rayette: »Mach du mal ein paar Coladosen auf, ich geh inzwischen Kumquat füttern.«

Kevin sah seine Schwester böse an. »Das sag ich Dad, daß du mir verbietest zu reden«, drohte er. »Dad?« brüllte er nach oben, »he, Dad!«

Sein Vater antwortete aus dem Wohnzimmer: »Hier bin ich!« Die beiden Mädchen gingen ins Eßzimmer, Kevin zu seinem Vater. Boots tollte hinter ihm her.

»Was hast du jetzt vor?« wollte Rayette wissen und nahm zwei Coladosen aus dem Kühlschrank.

»Wie? Was soll ich denn vorhaben?« fragte Heather und machte eine Dose Katzenfutter auf.

»Na wegen dem Mann, den du gesehen hast.« Rayette schenkte das Cola in zwei große Gläser, dann ließ sie sich auf einen der Stühle beim Küchentisch fallen. »Was ist, wenn Kevin recht hat?«

Heather schüttete einige Brocken Friskies in Kumquats Schälchen. »Er hat mich gar nicht gesehen«, sagte sie und verlieh ihrer Stimme weit mehr Überzeugung, als sie fühlte.

»Aber falls doch?« hakte Rayette nach. »Ich meine, was ist, wenn...«

»Ich will nicht darüber reden!« Heather stellte die Schale auf den Boden. Dann wunderte sie sich, denn Kumquat strich ihr gar nicht um die Beine, wie sie das sonst immer tat, wenn ihre Schüssel gefüllt wurde.

»Jetzt red doch schon!« Rayette ließ nicht locker. »Wenn er *dich* gesehen hat...« Doch ihre Freundin hörte ihr schon gar nicht mehr zu.

»Kumquat!« rief Heather. »Komm, Futter, Miez, Miez, Miez.«

Als die Katze nicht kam, lief Heather wieder in den Flur. »Dad? Ist Kumquat bei dir?«

»Ich hab' die Katze schon seit heute morgen nicht mehr gesehen«, rief Glen aus dem Wohnzimmer.

Stirnrunzelnd ging Heather nach oben und schaute in ihrem Zimmer nach. Als sie die Katze auch dort nicht fand, durchsuchte sie das übrige Haus nach ihr und ging dann wieder in die Küche. »Sie ist weg«, sagte sie zu Rayette.

»Vielleicht hat sie ein Auge auf einen großen Kater geworfen und vergnügt sich jetzt mit ihm.« Rayette grinste anzüglich.

»Sie ist sterilisiert«, gab Heather zurück.

»Eine Tante von mir auch. Aber das soll nicht heißen, daß es ihr keinen Spaß mehr macht.«

»Rayette!« Heather warf ihr einen tadelnden Blick zu. Sie öffnete die Hintertür und rief wieder nach der Katze. »Kumquat! Komm, es gibt Futter!«

Kevin und Boots kamen jetzt in die Küche. Der Hund sah sofort die offene Tür und wollte hinausstürmen; Heather versuchte, sie ihm noch vor der Nase zuzuschlagen, wurde aber von Kevin gebremst.

»Schon okay. Daddy hat mir gesagt, ich soll mit ihm rausgehen.«

»Dann schau gleich nach Kumquat.«

»Sie ist deine Katze, also schau du nach ihr.« Kevin gab aber sofort nach, als er das Funkeln in den Augen seiner Schwester sah. »Na schön, ich schau mal.«

»Vielleicht sollten wir uns alle zusammen auf die Suche machen«, sagte Heather.

»Trinken wir erst mal unser Cola, und wenn sie dann immer noch nicht aufgetaucht ist, suchen wir nach ihr«, schlug Rayette vor.

Heather hatte keine Lust, mit Rayette herumzustreiten und setzte sich auf den Stuhl ihr gegenüber. Wo konnte die Katze sein? Sie ließ Kumquat zwar jeden Morgen und Abend hinaus, doch die Katze blieb nie lange draußen. Den größten Teil des Tages verschlief sie ohnehin auf ihrem Bett. Dann fiel Heather auf, daß die Tür zum Keller ein wenig angelehnt war. Sie ließ ihr Cola stehen, öffnete die Tür und blickte die Stufen hinunter.

Sie bemerkte sofort, daß Licht im Keller brannte. Ihr Vater mußte heute also schon irgendwann einmal dort unten gewesen sein, und falls Kumquat die offene Tür entdeckt hatte, hätte allein schon ihre Neugier sie nach unten getrieben. »Kumquat?« rief Heather wieder. »Komm jetzt, komm hierher!« Von der untersten Stufe aus suchte Heather den Raum nach der Katze ab. Sie sah und hörte nichts, ging zu der Werkbank, um an dem Strang zu ziehen, mit dem man das Licht ausschalten konnte. Als sie danach griff, fiel ihr Blick auf etwas, das auf der Werkbank lag.

Ein großes, haariges Insekt mit grünen Flügeln.

Erschrocken wich Heather zurück, doch dann bemerkte sie, daß es gar kein Insekt war. Aber was sonst? Behutsam hob sie das Ding hoch. Sie drehte es um und entdeckte einen nadelspitzen Angelhaken, der aus den Haaren ragte. Sie schalt sich selbst einen Dummkopf, weil sie sich vor einer künstlichen Fliege erschrocken hatte. Dann kam ihr ein Gedanke: Wenn sie schon so zusammengezuckt war, wie würde dann erst Rayette reagieren, die doch vor Insekten so große Angst hatte? Sie nahm die Fliege mit, schaltete das Licht aus und ging die Treppe hinauf. Mit gespielter Lässigkeit ging sie zum Tisch und grinste Rayette an. »Willst du sehen, was ich gefunden habe?« Ohne eine Antwort abzuwarten, warf sie das künstliche Insekt auf den Tisch, und ihre Freundin kreischte sofort lauthals. Es dauerte einen Moment, bis sie den Scherz kapierte, und sie wollte schon ihrer Wut über Heather Luft machen, als Kevin von draußen rief.

»Heather! Komm her! Schnell!«

Kevins Ruf klang so dringlich, daß beide Mädchen sofort die Treppe zum Hof hinunterrannten. Als sie um die Ecke der Garage kamen, sahen sie Kevin. Er hockte auf dem Boden und hielt den knurrenden Boots im Arm. Als er sie ankommen hörte, drehte er sich um und sah seine Schwester mit kalkweißem Gesicht an.

»Boots hat sie gefunden.« Er atmete schwer, kämpfte mit den Tränen. »So wie Mrs. Cottrell heute morgen.«

Mit klopfendem Herzen näherte sich Heather ihrem Bruder und betete darum, nicht das sehen zu müssen, was sie schon ahnte.

Halb verborgen unter den Holzplanken, auf denen die Mülltonnen standen, lag Kumquat.

Ihr Fell war blutverschmiert, und ihre Brust aufgerissen.

Instinktiv wollte Heather ihre Katze anfassen, doch Rayette hielt sie zurück. »Laß es, Heather«, flüsterte sie. »Nicht berühren. Laß sie liegen, wo sie ist. Wir rufen die Polizei.«

Schluchzend, ohne ein Wort herauszubringen, ließ sich Heather von ihrer Freundin ins Haus zurückführen. Im gleichen Moment, als sie zur Hintertür hereinkamen, erschien Heathers Mutter an der Vordertür. Sofort erzählten die Mädchen, was sie hinter der Garage gefunden hatten. Dabei wählte Anne bereits die Nummer der Polizei.

40. Kapitel

Mark Blakemoor überlegte sich, ob er wie fast alle seiner Kollegen um siebzehn Uhr Feierabend machen oder so lange weiterarbeiten sollte, bis er mit dem Stapel Akten, der auf seinem Schreibtisch schon in schwindelnde Höhen gewachsen war, einigermaßen auf dem laufenden war. Er schaute auf die Uhr an der Wand des kleinen Zimmers, das er sich mit Lois Ackerly teilte und sah, daß ihm noch zehn Minuten blieben, bis er definitiv eine Entscheidung treffen mußte. Er wandte seine Aufmerksamkeit wieder dem aufgeschlagenen Ordner vor sich zu. Darin befand sich eine Kopie von Joyce Cottrells Personalakte, in der er nach etwas gesucht hatte – nach irgendeinem kleinen Hinweis, aus dem man hätte folgern können, daß ihr jemand feindlich gesonnen war. Das Problem mit Cottrell war jedoch, daß sie offenbar nicht nur keine Feinde, sondern auch keine Freunde besaß. Sie war seit mehr als zwanzig Jahren in der Group-Health-Klinik angestellt, und während dieser Zeit war weder Lob noch Tadel über sie bekannt geworden. Einerseits verrichtete sie ihren Job gut genug, daß man sie behalten hatte; andererseits hatte sie sich nie genug angestrengt, als daß es zu einer Beförderung gereicht hätte.

Er legte die Akte zur Seite und drehte sich zu Lois Ackerly um, die ihren Schreibtisch bereits aufräumte. Das machte ihn ärgerlich, aber er konnte nicht sagen, ob es daran lag, daß sie rechtzeitig Feierabend machte oder daran, daß zu Hause jemand auf sie wartete.

Automatisch schaute er auf den Platz, wo früher einmal ein Foto seiner Ex-Frau gestanden hatte. Doch dabei tauchte nicht Patsy Blakemoors Bild vor seinem geistigen Auge auf, sondern das von Anne Jeffers. Laß endlich den Quatsch! ermahnte er sich. Weniger um mit ihr zu reden, als um Annes Bild zu vergessen, fragte er Lois Ackerly, ob sie bei den Nachforschungen über Joyce Cottrells Lebensgeschichte mehr Erfolg gehabt hatte als er.

Lois schüttelte halb mitleidsvoll, halb ungläubig den Kopf. »Diese Frau hatte anscheinend einen etwas ungewöhnlichen Lebensstil. Ich kann nicht nur niemanden finden, der mit ihr befreundet gewesen ist, sondern auch niemanden, der sie überhaupt kannte. Alles, was ich herausgefunden habe, ist, daß sie arbeiten ging und sich anschließend gleich auf den Heimweg machte. Am Arbeitsplatz tat sie ihren Job – und damit hatte es sich auch schon. Sie blieb ganz für sich. Sie hatte keine Freunde, war sogar in der Pause allein. Anscheinend war sie ein absolutes Nichts.«

»Aus ihren Personalunterlagen geht genau dasselbe hervor«, stimmte Blakemoor zu. »Kein Plus, kein Minus, nichts.« Er reichte ihr die Akte, und sie blätterte die Unterlagen durch.

»Keine Freunde, keine Feinde«, bestätigte sie. »Keine Tratschgeschichten. Es ist so, als ob sie in einem luftleeren Raum gelebt hätte.«

»Und wer hat sie dann umgebracht?« fragte Blakemoor. Als er diese Frage stellte, tauchte ein anderes Bild vor ihm auf: Glen Jeffers. Er hatte den ganzen Nachmittag über ihn nachgedacht und war sicher, daß ihm Annes Mann etwas vorenthalten hatte. Dennoch war er schließlich zu der Schlußfolgerung gelangt, daß selbst wenn er Glen gerne aus dem Weg gehabt hätte – und er redete sich ein, daß das nicht so war –, er für die Tat nicht in Frage käme. Die Rechnung ging einfach nicht auf. Wer immer auch die Cottrell erstochen hatte, wäre blutbespritzt gewesen, und wenn sie geschrien hätte, hätte sie jemanden im Nachbarhaus aufwecken *müssen*. Aber wer würde schon das Risiko eingehen, im Nachbarhaus jemanden zu ermorden, wenn seine ganze Familie gleich nebenan schlief? Niemand, dachte Blakemoor. Da war er sich leider verdammt sicher. Trotzdem wollte er Glen Jeffers um Fingerabdrücke bitten, und sei es nur aus dem einen Grund, ihn definitiv als Täter auszuschließen – um klarzustellen, daß er nicht die Person sein konnte, die verschmierte, aber brauchbare Spuren in Cottrells Badezimmer hinterlassen hatte, als sie sich offenbar die Hände gewaschen hatte. »Wer hat sie bloß ermordet?« wiederholte er und seufzte frustriert.

»Vielleicht derselbe Dreckskerl, der Shawnelle Davis auf dem Gewissen hat?« sagte Lois Ackerly. »Du weißt ja, daß Anne Jeffers einen Zusammenhang zwischen beiden vermutet, und du weißt auch, daß wir diesen Behauptungen nachgehen müssen.«

Blakemoor lehnte sich zurück, legte die Füße auf den Tisch und verschränkte die Arme hinter dem Kopf. »Und was vermutest du?« fragte er. Ackerly war es in diesem Moment klar, daß er sie in eine längere Diskussion über den Fall verwickeln wollte. »Ob Anne wohl recht hat? Kaufst du ihr die verrückte Idee ab, daß Kraven vielleicht nicht alle Morde selbst begangen hat und daß die ganze Scheiße wieder von vorn beginnt? Oder handelt es sich nur um einen Nachahmer? Und wenn dem so sein sollte, warum hat er dann die Cottrell vergewaltigt, nicht aber die Davis?«

Bevor Lois antworten konnte, klingelte das Telefon auf dem Tisch ihres Partners. Dankbar für die Gelegenheit, sich Marks Fragen entziehen zu können, schnappte sie sich den Hörer, bevor er die Füße wieder auf den Boden brachte. Beim Lauschen legte sich ihre Stirn in Falten, und einen Augenblick lang überkam Mark der schlimme Verdacht, daß wieder eine Leiche entdeckt worden sei. Doch dann setzte Lois ein Lächeln auf.

»Eine Katze?« erkundigte sich die Kommissarin. »Mach keine Sachen, Phil, warum rufst du deshalb bei uns an? Für Katzen sind wir nicht zuständig. Falls du es vergessen haben solltest: Du sprichst mit der Mordkommission. Wie? Worum geht's? Mord an einer *Katze*?« Sie hielt die Hand vor die Muschel und redete mit Blakemoor. »Stell dir vor, die rufen uns wegen einer toten ...«, doch ehe sie den Satz beenden konnte, verschwand ihr Lächeln, und sie fluchte leise. »Um Gottes willen ... Gut, wir übernehmen das. Sind schon unterwegs.«

Mark schaute sie ungläubig an, als sie den Hörer auflegte. »Eine *Katze*?« fragte er. »Habe ich recht gehört? Wir wollen uns wegen einer toten Katze auf den Weg machen?«

Lois nickte traurig. »Es geht nicht um *irgendeine* tote Katze. Es geht um Anne Jeffers' Katze.«

»Annes?« wiederholte Blakemoor. »Und sie hat nach uns verlangt?«

»Ja. Nach dem, was Phil erzählt hat, wurde die Katze auf dieselbe Weise verstümmelt wie die Frauen Cottrell und Davis.«

Mark fluchte. Wenn das stimmte – was er nicht hoffte –, würde das bedeuten, daß nicht nur ein Serienmörder frei herumlief, sondern einer, der dazu auch noch widerliche Spielchen trieb.

Aber mit wem spielte er?

Mit der Polizei oder mit seinem nächsten Opfer?

Natürlich gab es auch noch eine andere Möglichkeit: Jemand hatte sich einen makabren Scherz erlaubt. Schließlich war Annes Name den ganzen Tag über sämtliche Sender der Stadt gegangen. Alle hatten über den merkwürdigen Zufall berichtet, daß ausgerechnet eine Reporterin die Leiche gefunden hatte. Jemand, der Anne nicht mochte, konnte ihr am einfachsten dadurch einen gehörigen Schrecken einjagen, indem er ihre Katze auf dieselbe Weise umbrachte wie ihre Nachbarin. Wie hätte sie das anders deuten können außer als Warnung, sie könnte das nächste Opfer sein? Meine Güte, mußte sie sich erschrocken haben! Blanke Wut über den, der das getan hatte, stieg in ihm hoch, und einen Moment lang überlegte er, ob es nicht besser sei, er würde sich aus dem Fall heraushalten. Doch er verwarf den Gedanken rasch; er wollte im Gegenteil alles daransetzen, dieses Dreckschwein zu schnappen.

Auf ihrer Fahrt nach Capitol Hill konnte sich Lois eine ironische Bemerkung nicht verkneifen: »Wenigstens mußt du jetzt nicht heimfahren.«

Mark spürte, daß er errötete. »Mir macht es nichts, nach Hause zu fahren«, entgegnete er schroff.

»Deshalb fängst du auch immer erst eine Minute vor fünf eine Unterhaltung an«, bemerkte Lois trocken, lenkte aber gleich wieder ein. »Tja, stimmt schon. Einsamkeit ist nicht schön. Wenn ich Jake nicht hätte...«

»Könnten wir nicht vielleicht das Thema wechseln?« unterbrach Mark sie.

Doch bis zum Ende der Fahrt sprachen beide kein Wort mehr. Erst als sie vor dem Haus der Jeffers' hielten, ergriff Lois wieder das Wort: »Übrigens: Wenn es dir lieber ist, kann ich den Fall auch allein übernehmen.«

Mist! dachte Blakemoor. Konnte man seine Gedanken so deutlich von seinem Gesicht ablesen? »Ich weiß nicht, wovon du redest«, sagte er laut, stieg aus und schlug die Wagentür härter als nötig zu. Er nahm zwei Stufen auf einmal zur Veranda hinauf und wollte gerade klingeln, als die Tür aufging und Anne Jeffers ihn hereinbat. Auf ihrem kreidebleichen Gesicht stand noch immer der Schrecken geschrieben.

»Sie glauben jetzt vielleicht, daß ich wirklich verrückt geworden bin«, sagte sie, doch ihr Versuch, einigermaßen locker zu klingen, mißlang.

»Ich weiß nicht mal genau, was überhaupt passiert ist«, antwortete Mark und hoffte, seine Stimme würde nicht verraten, daß er sie am liebsten in die Arme genommen hätte. »Also, was war los?« Lois und er folgten ihr ins Wohnzimmer. Ein Mädchen, das Annes Tochter sein mußte, saß zusammengekauert auf dem Sofa und weinte, während ein schwarzes Mädchen etwa gleichen Alters sie zu trösten versuchte.

»Hinten«, sagte Anne leise und führte die beiden Beamten nach draußen in den Hof. Als sie über den Rasen gingen, warf Mark Blakemoor einen Blick auf das Nachbarhaus und fragte sich, ob wirklich ein Zusammenhang zwischen dem brutalen Mord in der letzten Nacht dort und der Katze, die nun tot hinter Anne Jeffers Haus lag, bestehen konnte.

Glen saß mit Kevin auf den Holzbohlen, wo die Mülltonnen standen. Als Anne und die beiden Kommissare kamen, sprang der Junge auf.

»Dort ist sie!« rief er und zeigte auf die Katze, deren Körper teilweise unter den Planken lag. »Boots hat sie gefunden! Genau wie er Mrs. Cott...«

»Das reicht.« Anne legte ihrem Sohn schützend die Arme um die Schultern.

»Hat jemand sie angefaßt?« fragte Mark und beugte sich hinunter, um das Tier in Augenschein zu nehmen.

Kevin schüttelte den Kopf. »Ich nicht«, berichtete er. »Und ich hab's Heather und Rayette auch nicht erlaubt. Ich hab ihnen gesagt...«

»Du gehst jetzt besser ins Haus«, meinte Anne.

»Aber Mom!« meuterte Kevin. »*Ich* hab sie doch schließlich gefunden!«

»Ab ins Haus mit dir! Wenn Kommissar Blakemoor irgendwelche Fragen an dich hat, wird er dich das wissen lassen. Und sei nett zu deiner Schwester«, warnte sie ihn, während er widerwillig ins Haus zurückschlurfte.

Blakemoor legte die Katze auf das Holz und untersuchte den zerschundenen Körperteil, der einmal ihre Brust gewesen war. Der Brustkasten war aufgeschnitten und die Lungen herausgezerrt worden. Genau wie bei Shawnelle Davis und Joyce Cottrell. Aber irgendwie war die Zerstümmelung anders ausgeführt worden.

Fachmännischer.

Das Wort fiel ihm ganz plötzlich ein, aber als er es noch einmal still wiederholte, wurde ihm klar, daß dies die einzig zutreffende Beschreibung war. Während Davis und Cottrell so ausgesehen hatten, als hätte sie jemand in einem Wutanfall zerstückelt, erweckte der Katzenkörper fast den Eindruck, als wäre er seziert worden. Zumindest deutete die Art, wie ihr Brustkasten geöffnet worden war, darauf hin.

»Haben Sie irgendeine Ahnung, was mit ihr passiert sein könnte?« fragte er Glen Jeffers, der wie versteinert auf den Liebling seiner Tochter starrte. Blakemoor musterte ihn genau, doch in seinem Gesicht spiegelte sich nur der Schock.

Glen schüttelte den Kopf. »Ich wußte nicht mal, daß sie gar nicht im Hause war«, antwortete er mit schleppender Stimme, ohne aufzusehen. »Himmel, ich komm mir vor, als sei ich daran schuld.«

»Wieso das?« fragte Lois.

Glen zögerte mit seiner Antwort. Von dem Moment an, als Kevin nach Heather und Rayette geschrien hatte und er hinausgegangen war, um nach dem Rechten zu sehen, hatte er sich daran zu erinnern versucht, wann er die Katze zum letzten Mal gesehen hatte. Heute morgen, als er aus dem Park zurückgekommen war, war sie noch da gewesen. Aber danach?

Er wußte es nicht. Aber morgens war er ständig ins Freie und zurück ins Haus gegangen; die Tür hatte offengestanden, und dabei konnte sie entwischt sein. Als er sich hingelegt hatte, hatte er nicht nach ihr gesucht, auch nicht nach dem Aufwachen. Als er daran dachte, mit welcher Fürsorge Heather jeden Morgen nach der Katze schaute, immer darauf bedacht, daß sie ja nicht das Haus verlassen konnte, wuchs sein Schuldgefühl noch. Er hätte zumindest ein bißchen auf sie achtgeben können...

Statt dessen hatte er den halben Tag verpennt. »Wahrscheinlich ist sie heute morgen entwischt«, sagte er schließlich. Sein Blick wanderte zu Mark Blakemoor. »Vielleicht zu der Zeit, als Sie gegangen sind.«

»Willst du damit sagen, du hast nicht auf sie aufgepaßt?« fragte Anne. »Mein Gott, Glen! Du weißt doch, wie vorsichtig Heather immer ist. Du hättest wenigstens...«

»Ist ja schon gut!« Glen wurde plötzlich ärgerlich. »Ich hab' ja schon gesagt, daß ich einen Fehler gemacht habe. Aber schließlich hab' ich sie ja nicht umgebracht!«

»Natürlich«, seufzte Anne. »Tut mir leid. Aber ich bin so aufgeregt und...« Sie sprach den Satz nicht zu Ende, sondern wandte sich an Blakemoor. »Ich weiß, ich hätte Sie damit nicht belästigen dürfen, aber als die Kinder mir erzählt haben, was passiert ist, erschien mir das kein Zufall zu sein.«

»Das ist völlig in Ordnung«, versicherte Mark. Er warf seiner Partnerin einen fragenden Blick zu und sagte: »Wir nehmen die Katze lieber mit. Und wie steht's mit Fotos?«

Lois zuckte die Schultern; auch sie war nicht sicher, wie in einem solchen Fall zu verfahren war. Über eines war sie sich allerdings im klaren: *Sie* würde wegen einer toten Katze nicht das gesamte gerichtsmedizinische Personal herkommen lassen. »Ich glaube, das ist nicht nötig«, sagte sie. »Wir beide wissen ja schließlich, wo die Katze war.« Sie wandte sich an Anne. »Haben Sie vielleicht einen Plastikbeutel?«

Anne hörte nichts, sie stierte immer noch auf die Katze. »Ich hole einen«, übernahm Glen für sie die Antwort.

Als Glen ins Haus ging, schaute Anne auf und bemerkte, daß Mark ihm einen mißtrauischen Blick hinterherwarf. »Sagen Sie, Mark, Sie glauben doch nicht etwa, daß Glen das getan hat?«

»Na ja«, antwortete Mark und versuchte, seiner Stimme einen lässigen Ton zu geben, obwohl ihm ganz und gar nicht danach zumute war: »Immerhin war er die letzte Person, die das Opfer lebend gesehen hat.«

»Das finde ich nicht komisch«, sagte Anne mit fester Stimme.

Ihre Worte trafen, und Blakemoor bedauerte sofort seine Bemerkung. »Hören Sie, wir nehmen die Katze mit und lassen sie gründlich untersuchen. Mir ist natürlich klar, warum Sie so aufgeregt sind, aber wir wissen nicht, ob es einen Zusammenhang zwischen diesem und...«

»Wissen wir nicht?« unterbrach Anne. Ihr Schock beim Anblick des zerstückelten Tieres schwand angesichts des offensichtlichen Versuchs des Kommissars, über das, was geschehen war, einfach hinwegzugehen. »Ich habe zwar Shawnelle Davis nicht gesehen, aber dafür Joyce Cottrell. *Ich* habe sie ja gefunden. Und Sie können mir nicht einreden, die arme Kumquat wäre nicht auf genau dieselbe Weise verstümmelt worden wie sie. Zuerst war es also Davis, die ich zugegebenermaßen nicht kenne, aber die nächste war meine Nachbarin. Und jetzt ist es die Katze meiner Tochter. Direkt in meinem Hinterhof! Da möchte ich doch schließlich wissen, was das eine mit dem anderen zu tun hat.« Sie wandte sich an Lois. »Ich weiß, wie Sie über das, was ich geschrieben habe, denken, aber...« begann sie, doch Ackerly brachte sie mit einer Geste zum Schweigen.

»Was wir gestern gedacht haben, muß heute nichts mehr

bedeuten«, sagte sie. »Wir werden diesen Fall ernstnehmen. Ob dieser Mörder etwas mit Richard Kraven zu tun hat oder nicht – es sieht jedenfalls danach aus, als würde er seinen Stil kopieren. Wenn uns jemand anders in der Stadt von einem solchen Vorfall berichtet hätte, wäre jemand gekommen und hätte nur eine Anzeige wegen Tierquälerei aufgenommen. Aber nach dem, was letzte Nacht passiert ist, sind wir ebenso daran interessiert, was mit der Katze passiert ist wie Sie, das dürfen Sie mir glauben.«

Anne kniff die Augen zusammen. Sie war nicht sicher, ob Lois sie nur beruhigen wollte und drehte sich wieder zu Mark um.

»Wir geben Ihnen Bescheid«, versprach er. »Die Katze kommt nicht einfach zum Abdecker. Wir schalten denselben medizinischen Gutachter ein, der die Davis und die Cottrell untersucht hat...«

»Davis *und* Cottrell?« unterbrach ihn Anne. »Soll das heißen, daß Sie doch einen Zusammenhang sehen?«

Mark Blakemoor und Lois Ackerly tauschten einen Blick aus, dann seufzte Mark: »Inoffiziell natürlich schon. Die beiden Morde weisen immerhin so viele Gemeinsamkeiten auf, daß wir einen Serienmörder nicht ausschließen können. Aber, wie gesagt, ganz inoffiziell.« Sein Blick blieb auf Kumquats blutbespritzter Leiche hängen. »Was mit Ihrer Katze passiert ist, werden wir ganz genau unter die Lupe nehmen. Aber wenn Sie bis dahin auch nur ein einziges Wort schreiben, daß ich den Tod einer Katze wie einen Mordfall behandle, schwöre ich Ihnen, daß kein Polizist jemals wieder mit Ihnen über irgend etwas spricht. Alles klar?«

Anne zögerte erst, nickte dann aber: »Alles klar.« Sie schaute sich um und vergewisserte sich, daß sie mit den beiden Polizisten allein war. »Was sollen wir tun?« Sie sah wieder auf die Katze. »Soll das eine Warnung sein? Soll das heißen, daß jemand es auf mich oder meine Kinder abgesehen hat?« Ihr Gesicht sah gequält aus: ein Spiegelbild ihrer aufgewühlten Gefühle. »Ich habe Angst. Große Angst.«

Wieder mußte Blakemoor seinen Wunsch unterdrücken,

sie einfach in die Arme zu nehmen und ihr zärtlich über das Haar zu streichen. Und er war auch wieder darauf bedacht, möglichst ruhig zu sprechen – so wie eben ein Polizist mit irgendeinem verängstigten Bürger redet. »Machen Sie sich keine zu großen Sorgen, bis wir wissen, was los ist. Vielleicht wollte Ihnen jemand einfach nur einen üblen Streich spielen. Oder jemand wollte Ihnen einen Schrecken einjagen und hat darauf spekuliert, daß so eine Tat dazu bestens geeignet ist. Fürs erste werden wir jedenfalls dafür sorgen, daß in dieser Straße ab sofort jede Nacht mehrere Streifenwagen patrouillieren. Und wenn Sie Angst haben, oder Ihnen etwas verdächtig vorkommt, dann rufen Sie mich an. Ich garantiere Ihnen persönlich, daß in weniger als einer Minute jemand bei Ihnen auftaucht.«

»Aber meine Kinder...« fügte sie hinzu. Sie hatte nun nichts mehr von der harten Reporterin, die sie sonst war. »Was ist mit ihnen? Was soll ich ihnen sagen?«

»Wenn es meine wären, würde ich ihnen zunächst einmal sagen, daß es ein Waschbär gewesen ist«, half ihr Lois. Als Anne etwas einwenden wollte, fuhr Lois fort: »Warum sollten sich denn auch noch Ihre Kinder zu Tode ängstigen? Sie selbst haben schon Sorgen genug, da müssen Ihre Kinder nicht auch noch Alpträume bekommen. Morgen können wir Ihnen vielleicht schon mehr erzählen.«

Bevor Anne noch etwas dazu sagen konnte, ging die Hintertür auf, und Glen kam mit einem Plastikbeutel zurück.

Obwohl sie sich selbst dafür haßte und sich treulos vorkam, tat sie nichts, um das Schweigen zu brechen, in das die beiden Polizisten verfielen, als ihr Mann näherkam. Statt dessen wandte sie sich von den schauerlichen Überresten der Katze ab und ging ins Haus.

Als Glen Mark Blakemoor den Plastikbeutel reichte, den er in einer Küchenschublade gefunden hatte, spürte er den bohrenden Blick des Kommissars. Es fiel kein Wort zwischen ihnen, aber das war auch nicht nötig. Verzweifelt versuchte Glen herauszufinden, was eigentlich geschehen war. War es tatsächlich möglich, daß er der Katze den Bauch aufgeschlitzt hatte?

Aber er hatte keine Erinnerung daran.

Er hatte nur eine vage Erinnerung an einen Traum.

Er war in einem dunklen Raum gewesen, in dessen Mitte ein strahlendes Licht brannte. Und unter diesem Licht war etwas passiert.

Er war näher hingegangen, um genauer nachsehen zu können, doch etwas war im Weg gewesen, hatte ihm den Blick versperrt. Er hatte die bruchstückhafte Erinnerung, daß er sich im Traum bewegen wollte. Um vor dem Geschehen zu fliehen? Um etwas zu erkennen?

Es fiel ihm nicht mehr ein.

Dann ging ihm eine weitere Erinnerung durch den Kopf. Rot. Blutrot. Und mit der Erinnerung an die Farbe kam noch ein anderer Eindruck. Er spürte ein seltsames Gefühl in den Fingern. Wärme. Nein, mehr als Wärme. Hitze. Seine Finger waren heiß und mit Schleim bedeckt.

Ihn schauderte bei dieser Erinnerung und dem damit verbundenen Gefühl in den Fingern. Glen steckte die Hände in die Taschen, als ob er sie dort verstecken wollte, zog sie dann aber rasch wieder heraus. Was sollte das? Er hatte nichts zu verbergen – er konnte sich nicht einmal daran erinnern, worum es in dem Traum gegangen war.

Außer, daß Mark Blakemoor ihm einen Blick zugeworfen hatte, der Schuldgefühle in ihm erweckte, war nichts passiert. Dennoch erfaßte ihn eine Kälte, deren Ursache nicht in dem frostigen Nachmittag lag.

Wer war der Fremde in seinem Traum gewesen?

Konnte jemand ins Haus eingedrungen sein, während er geschlafen hatte? Er erinnerte sich an gestern, an das unerklärliche Auftauchen des Rasierapparates und der Angelrute. Er mußte sie gekauft haben, wußte aber nichts mehr davon!

War es auch möglich, daß er Kumquat getötet hatte und sich ebenfalls nicht mehr daran erinnerte?

Es war nicht möglich. Ganz bestimmt hatte er das nicht

getan, er konnte es einfach nicht getan haben! Es war nur ein Traum gewesen!

Oder verlor er doch allmählich den Verstand?

Als Anne das Haus betrat, saßen Heather und Rayette noch immer auf dem Sofa. Heather schluchzte leise, und ihre Freundin gab sich alle Mühe, ihr Trost zu spenden.

Kevin war nirgendwo zu sehen, aber Anne war ganz sicher, wo er steckte: oben in seinem Zimmer, von wo aus er zusah, wie Lois Ackerly und Mark Blakemoor ihre Arbeit beendeten.

Weil sie wußte, daß bei Heather jetzt ohnehin jedes Wort vergebens war, ging Anne in ihr Arbeitszimmer und ließ sich verdrossen in den Stuhl vor ihrem Computer fallen.

Einen Moment lang saß sie einfach nur da, ihre Augen schauten ins Leere; wie betäubt versuchte sie, alle Ereignisse dieses Tages auf die Reihe zu bringen: der nutzlose Versuch, Sinn in etwas Sinnlosem zu finden.

Schreib's auf, sagte sie sich schließlich, als ihre Gedanken chaotisch durcheinandergerieten. Schreib alles auf. Das ist die einzige Möglichkeit, die Gedanken zu ordnen.

Sie schaltete den Computer ein und wartete, bis er hochgefahren war und die Auto-Exec-Datei startete. Dann erschien das vertraute Bild des Windows-Programms. Aber sie brauchte keine Befehle einzugeben, der Computer arbeitete allein weiter.

Ihr Textverarbeitungsprogramm wurde geöffnet, und es erschien eine gerahmte Nachricht auf dem Bildschirm:

»Zu schade um die Katze.
Manche Experimente klappen einfach nicht.
Dann sterben die Objekte.
Ich versuche es lieber mit dir.«

Kurz nachdem Anne die Worte registriert hatte, waren sie auch schon wieder verschwunden. Einen Moment lang fragte sie sich, ob sie die Nachricht wirklich gesehen hatte.

Die Angst, von der sich ihre Magennerven zusammenzogen, war der Beweis, daß es so gewesen war.

41. Kapitel

Im Zeitungskasten vor dem 7-Eleven-Gebäude lagen die Morgenausgaben des *Herald* bereit, und er brauchte nicht zum nächsten Laden zu gehen, um sich eine Zeitung zu kaufen. Als er vor dem Kasten stand, fing sein Herz bei dem Gedanken, was auf der Titelseite stehen mußte, zu hämmern an. Gleichzeitig überfiel ihn jedoch Furcht. Was wäre, wenn ihn nun jemand beobachten würde?

Er schaute sich um, bedauerte das aber im gleichen Moment: schon diese unscheinbare Bewegung könnte aufmerksamen Blicken seine Nervosität verraten haben.

Die ganze Nacht über hatte er sich von derartigen Blicken verfolgt gefühlt. Wie oft war er aufgestanden, um auf die Straße zu sehen, wo er nur einen Streifenwagen patrouillieren sah!

Fuhren die nur dort herum, weil schon zwei Morde in Capitol Hill verübt worden waren?

Oder suchten sie nach ihm? Nach dem Schlächter.

Der Name war ihm letzte Nacht eingefallen, als er überlegte, was Anne Jeffers wohl über ihn schreiben würde. Er hatte bis jetzt zwei Morde begangen, und deshalb würden sie ihm vielleicht einen Spitznamen geben. Es gab bereits den Sohn von Sam, den Würger von Boston, den Green-River-Mörder. Richard Kraven hatte jedoch nie einen Spitznamen gehabt, und das war gut so.

Würde man ihm einen geben, bedeutete das, daß er sogar noch höher im Kurs stünde als Richard Kraven.

Er war der Schlächter.

Dieser Name strahlte eine Kraft aus, die ihm gut gefiel. Vielleicht sollte er Anne Jeffers morgen eine Nachricht zukommen lassen und mit diesem Namen unterzeichnen. Dann würde in ein, zwei Tagen dieser Name in Seattle in aller Munde sein.

Der Schlächter.

Diese Überlegung hatte ihn die ganze Nacht wachgehalten, und er hatte Gefallen daran gefunden. Dann war es endlich Morgen geworden.

Morgen – damit war es Zeit für die neueste Ausgabe des *Herald*. Er wäre gerne schon längst vor der Dämmerung aufgestanden, doch bei den vielen Polizeiwagen, die unterwegs waren, war ihm das als viel zu riskant erschienen. Also hatte er bis zum Schichtwechsel im Krankenhaus gewartet, weil dann viele Menschen auf der Straße unterwegs sein würden.

Aber jetzt war es zu spät, um hier eine Zeitung zu kaufen. Zu spät und zu gefährlich – vor allem, weil er sich umgedreht und damit allen, die ihn beobachten könnten, seine Nervosität verraten hatte. Jetzt mußte er bis zur 15. Straße laufen.

Im Einkaufszentrum dort war der Schlächter schon oft gewesen. Es störte ihn auch nicht der Gedanke, daß ihn jemand sehen und fragen könnte, warum er nicht bei der Arbeit war. Er wußte, daß er nach der schlaflosen Nacht nicht besonders gut aussah. Er hätte geantwortet, er sei erkältet, genau wie er das heute morgen getan hatte, als er sich zum dritten Mal krank gemeldet hatte.

Es ging lediglich darum, sich ganz normal zu benehmen. Normal und ungezwungen. Vielleicht sollte er sich einige Zeitschriften und eine Suppe kaufen, genau wie er es immer tat, wenn er wirklich erkältet war.

Er mußte nur klug sein. Und er wußte, daß er klug war, egal, was seine Mutter darüber dachte. Er mußte vorsichtig sein, alles gut durchdenken – dann wäre er schon bald berühmt.

Mindestens so berühmt wie Richard Kraven, vielleicht sogar so wie Ted Bundy.

Solange man ihn nicht erwischte.

Deshalb konnte er auch nicht einfach vom 7-Eleven aus weitergehen. Er mußte so aussehen, als ob er aus einem bestimmten Grund hierhergekommen war. Er betrat den Laden, ging zum Zeitschriftenhändler und tat so, als würde er sich die Titel anschauen, während er gleichzeitig überprüfte, ob ihn jemand bespitzelte.

Von dem Angestellten hinter der Ladentheke abgesehen, war kein Mensch zu sehen. Trotzdem konnte ihn jemand von draußen beobachten, möglicherweise von einem Wagen aus.

Er ging vom Zeitschriftenständer zur Ladentheke. Dort nahm er sich eine Rolle Minzdrops und bezahlte sie. Als er wieder hinausging, war er eifrig mit dem Ausrollen der Drops beschäftigt, und niemand, der ihm nachspionierte, hätte gemerkt, daß er in Wirklichkeit sämtliche Autos der Gegend genauestens anschaute.

Alle waren leer, bis auf einen schwarzen Cadillac, von dem er ziemlich sicher wußte, daß er einem Drogenhändler gehörte. Er hatte ihn schon oft hier gesehen und nach dem Aussehen der Leute zu folgern, die um ihn herumstanden, konnte es weiß Gott kein Polizeiauto sein. Er steckte sich einen Drops in den Mund, überquerte die Straße und machte sich auf den Weg ins Einkaufszentrum. Dort holte er sich einen Korb, ging in die Lebensmittelabteilung, wo er drei Dosen Hühnersuppe aus dem Regal nahm. Dann ging er zur Kasse, ganz sicher, dort einen Stapel des *Herald* zu finden. Als er sich eine Zeitung griff, zitterten seine Hände kaum. Er packte noch einige Zeitschriften ein und griff nach seiner Brieftasche, als der Kassierer ihn ansprach:

»Haben Sie auch schon von dem Mord gehört?«

Sein Herz raste; seine Hände wurden kalt und klamm.

»Mord?« wiederholte er. Was sollte er sagen? Durfte er schon davon wissen? Aber im Rundfunk und Fernsehen war die Meldung ja schon gesendet worden. »Ach, Sie meinen die Leiche, die man gestern im Volunteer Park gefunden hat?« fragte er. *Das war gut gewesen. Seine Stimme hatte genau richtig geklungen: interessiert, aber nicht zu interessiert.*

»Am Abend vorher war sie noch hier«, erklärte der Kassierer.

Der Mann spürte, daß er weiche Knie bekam. Als er seine Brieftasche herauszog, entglitt sie seinen zitternden Händen und sie fiel zu Boden. »So ein Mist«, stöhnte er, als er sich hinunterbeugte, um sie aufzuheben. Aber das war auch nicht schlimm. Zumindest gewann er dadurch einige Sekunden, um sich eine Antwort einfallen zu lassen. Und sie fiel ihm ein. Er richtete sich auf und machte große Augen. »Sie meinen, hier?« fragte er. »Sie war wirklich *hier*?«

Der Kassierer nickte eifrig. Als er wieder zu sprechen begann, hatte sich der Mann gefangen. Es klang so, als hätte der Bursche die Geschichte schon mehr als ein dutzendmal erzählt: »Mrs. Cottrell kam hier praktisch jede Nacht auf ihrem Heimweg herein, um sich Milch zu kaufen.«

»Sie haben sie also tatsächlich gekannt?« fragte der Schlächter und betonte das Wort ›gekannt‹ so, daß der Kassierer merkte, wie beeindruckt er war.

»Nein, nicht richtig«, sagte er rasch und ließ gleich den Blick im Laden herumschweifen, ob ihm vielleicht jemand zugehört hatte, der die Frau tatsächlich gekannt hatte und dessen Verdacht er damit erregen könnte. »Ich meine, nicht besser als irgend jemand sonst hier.«

Die Nerven des Schlächters beruhigten sich. Er bezahlte, wartete auf sein Wechselgeld und nahm die Tasche, in die der Kassierer Zeitschriften und Suppendosen gesteckt hatte. Auf dem Heimweg konnte er sich kaum zurückhalten, die Zeitung aus der Tasche zu holen. Er mußte sich regelrecht zwingen, sie so lange darin zu lassen, bis er sein Appartement erreicht hatte. Aber soviel Mühe er sich auch gab, er schaffte es einfach nicht, so gemächlich zu gehen, wie er sich das vorgenommen hatte. Schließlich gab er es auf und lief mit zielsicheren Schritten die Straße hinunter, als ob er eine dringende Verabredung hätte. Nach drei Minuten, die ihm wie eine Stunde erschienen, schloß er endlich die Tür hinter sich, riß die Zeitung aus der Tasche und ließ die Suppendosen unbeachtet auf den Boden rollen. Er starrte auf die Titelseite der Zeitung.

Das war unmöglich! Es mußte auf der Titelseite stehen!

Aber da stand nichts. Nichts, außer irgendwelchem Schwachsinn über einen neuen Park, den die Stadt anlegen wollte.

Wer zum Teufel scherte sich darum?

Er ging zu dem verbeulten Tisch, blätterte mit zunehmender Wut die Seiten um, aber fand nichts. Dann endlich, auf der dritten Seite des zweiten Teils, entdeckte er die Meldung.

Er explodierte fast vor Zorn. Sie hatten sie regelrecht versteckt!

Dabei war es doch schon schlimm genug, daß sie es nicht auf dem Titel oder wenigstens auf der zweiten Seite gebracht hatten.

Er las den Artikel, und bei jedem Wort wurde seine Wut noch größer.

Ermordete Frau im Volunteer Park gefunden

Am frühen Morgen des gestrigen Tages wurde die nackte Leiche einer Frau im Volunteer Park gefunden. Das Opfer, als Mrs. Loyce Cottrell, 57, identifiziert, arbeitete am Empfang der Notaufnahme in der Group-Health-Klinik in Capitol Hill.

Den polizeilichen Angaben zufolge wurde die alleinstehende Frau zwischen 23 und 4 Uhr gestern morgen in ihrer Wohnung in Capitol Hill ermordet. Danach wurde die Leiche in der Nähe des Staubeckens im Volunteer Park abgelegt. Dort entdeckte sie Anne Jeffers, eine Mitarbeiterin unserer Zeitung.

Obwohl die Untersuchungen noch nicht abgeschlossen sind, legt die Polizei auf die Feststellung Wert, daß es keine Hinweise auf einen Zusammenhang zwischen dem Mord an Mrs. Cottrell und dem an Shawnelle Davis, deren Leiche letzte Woche gefunden wurde, zu geben scheint.

Nachdem er den Artikel zu Ende gelesen hatte, knüllte der Schlächter die Zeitung zusammen.

Keinen Zusammenhang?

Wie kamen die nur darauf? Hatten sie denn nicht richtig hingeschaut?

Die beiden Morde glichen sich! Sie glichen sich bis aufs Haar! Und der an Joyce Cottrell war sogar noch perfekter ausgeführt worden als der an Shawnelle Davis!

Nun, beim nächsten Mal würden sie schon wissen, mit wem sie es zu tun hatten.

Voller Zorn schleuderte er die Zeitung auf den Boden. Vielleicht sollte er sich jetzt sofort auf den Weg machen und es wieder tun! Vielleicht sollte er gleich hinausgehen, eine Person suchen, ihr nach Hause folgen und...

Nein!

So ging es nicht! Er mußte klug sein, vorsichtig und beherrscht!

Trotzdem sollte er etwas gegen seinen Ärger tun. Er atmete tief durch, versuchte, sich wieder unter Kontrolle zu bekommen und hob die zerknüllte Zeitung auf. Er breitete sie noch einmal vor sich aus, glättete die Blätter so gut es ging und riß dann sorgsam den Artikel heraus, der ihn so beleidigt hatte. Er ging zu seinem Kleiderschrank, öffnete die oberste Schublade und legte den Artikel in die Akte, in der er schon alles, was über Shawnelle Davis veröffentlicht worden war, gesammelt hatte.

Morgen, vielleicht noch heute, wollte er sich ein Album kaufen und die Zeitungsausschnitte in der richtigen Reihenfolge einkleben.

Und das nächste Mal wollte er keine Frau töten, auch wenn ihm der Mord an Joyce Cottrell mehr Vergnügen bereitet hatte, als alles, was er je zuvor in seinem Leben getan hatte.

Aber dieser Verlockung durfte er nicht erliegen.

Letzten Endes tötete er ja, um seiner Mutter eine Freude zu bereiten.

Es war das Töten, das zählte, nicht das Vergnügen.

Also war es besser, sich nicht in Versuchung führen zu lassen. Das nächste Mal sollte es keine Frau sein.

Von jetzt an würde ihm das Geschlecht seines Opfers egal sein.

Und wenn er später ein Album kaufen ginge, dann wollte er sich nicht allein damit begnügen.

Dabei konnte er ja auch gleich nach einem neuen Opfer Ausschau halten.

42. Kapitel

Anne konnte sich nicht daran erinnern, letzte Nacht überhaupt geschlafen zu haben. Es mußte aber so gewesen sein, denn ihre Augen brannten nicht so, wie das nach einer durchwachten Nacht der Fall war. Aber sie konnte sich deutlich daran erinnern, wie sie hellwach im Bett lag, an die Decke geschaut und über die Nachricht, die kurz auf ihrem Computer aufgeleuchtet hatte, nachgedacht hatte.

Sie hatte nicht lange gebraucht, um den Mechanismus zu enträtseln: Als Ursache kam eine simple Makro-Datei in Frage, und die konnte praktisch von allem Möglichen aktiviert worden sein. Zum Beispiel durch einen Befehl in der Auto-Exec-Bat-Datei.

Die Makro könnte ohne weiteres eine Datei aktiviert, zwei Sekunden lang gezeigt, dann geschlossen, sofort wieder gelöscht und dann alle Spuren von der Festplatte getilgt haben. So ging sie auch vor, wenn sie sicher sein wollte, daß bestimmte Dateien sich selbständig löschten.

Oder die Nachricht könnte als Virus durch das Modem in den Computer gelangt sein, wenn die Maschine zwar angeschaltet war, aber nicht benutzt wurde. Es konnte auf der Festplatte geschlummert haben – bereit, aktiv zu werden, wenn der Computer zum ersten Mal nach einer bestimmten Zeit wieder angeschaltet würde.

Und aktiv geworden war es. Aber es hatte nicht den Computer angegriffen. Nein, dieses Virus war weit boshafter. Es hatte *sie* angegriffen, war aus den Tiefen der Maschine gekommen, um sie zu beunruhigen, sie mit einer Furcht zu erfüllen, über die sie nicht einmal zu sprechen wagte, um nicht auch noch ihrer ganzen Familie angst zu machen.

Es war schon schlimm genug, daß sie von jemandem, der ihre Katze getötet und in ihrem Hof zurückgelassen hatte, in Angst und Schrecken versetzt wurden. Wie sollten sie dann erst dem unsichtbaren Feind gewachsen sein, der in das Haus selbst eingedrungen war?

Sie hatte das Haus unter dem Vorwand durchsucht, nach einer Schachtel mit alten Zeitungsausschnitten von Richard Kraven zu forschen. Auch hatte sie den Keller und die Mansarde nach Anzeichen für die Anwesenheit eines Fremden durchsucht, aber nichts gefunden.

Auf dem Küchentisch hatte sie eine künstliche Fliege entdeckt, und einen Moment lang gedacht, sie würde darin Teile einer Feder Hectors und Katzenhaare, die von Kumquat stammen konnten, wiedererkennen. Aber wer konnte die Fliege gebunden haben? Glen ganz bestimmt nicht – er war bekannt dafür, daß er zwei linke Hände hatte, weshalb er auch das Modellschiff im Keller nie fertiggebaut hatte. Glen war beim Anbringen der Planken am Gerüst des Schiffsrumpfs sogar noch ungeschickter gewesen als Kevin. Außerdem hatte sie ihn kurz bevor er schlafen ging nach der Fliege gefragt. Er hatte ihr zwar gesagt, daß er sie zusammen mit der Angelrute gekauft habe, doch etwas in seiner Stimme hatte sie irritiert.

Als sie weiter nachgehakt hatte, hatte sich seine Miene plötzlich verfinstert, und sie hätten fast Streit bekommen. Er war schlafen gegangen, während sie an die Decke gestarrt hatte und ihr die mißtrauischen Blicke eingefallen waren, die Mark Blakemoor und Lois Ackerly ihm hinterhergeworfen hatten.

Nein! Glen konnte Kumquat nicht getötet haben – das war gänzlich unmöglich!

Und so hatte sie wachgelegen, hatte aufgeregt nach Antworten gesucht, ständig auf der Suche nach einem Sinn hinter diesem sinnlosen Schrecken.

Morgens war sie erschöpft aufgestanden, hatte ihre Angst nach wie vor vor ihrer Familie verborgen und sich damit begnügt, Heather zu bitten, Kevin in die Schule zu begleiten, bevor sie in ihre ging. Dann mußte Kevin ihr noch versprechen, nach Schulschluß auf Heather zu warten und mit ihr nach Hause zu gehen. Er hatte gemurrt, doch sie war hart geblieben.

Nachdem sie dann mit wachsendem Ärger Vivian Andrews' weitgehend erfundenen Bericht über Joyce Cottrell gelesen hatte, war sie ins Büro gegangen.

Als sich beim Betreten des Büros niemand um sie kümmerte, überkam Anne ein Gefühl von Enttäuschung. Aber was hatte sie erwartet? Dies war kein Kaffeekränzchen alter Damen – es war die Zeitungsredaktion einer Großstadt, deren Reporter zu abgehärtet waren, um sich über einen Mordfall noch entsetzen zu können. Trotzdem hatte Anne gedacht, es würde sich einer ihrer Kollegen danach erkundigen, wie es ihr geht und ob mit ihrer Familie alles in Ordnung ist. Der Geräuschpegel im Raum veränderte sich kein bißchen, als sie zu ihrem Schreibtisch ging. Hier herrschte eine routinierte Abgestumpftheit, die ihr selbst ja keineswegs fremd war. Im Journalistengewerbe gehörte das einfach zum nötigen Rüstzeug dazu, sie war gleichsam Kennzeichen für diesen Beruf.

Das stimmte Anne vorübergehend nachdenklich, hatte aber nichts damit zu tun, daß sie zunächst vor ihrem Platz verharrte. Ihr Zögern ergab sich vielmehr aus der Nachricht, die gestern nacht auf ihrem Computer erschienen war. Daß sie mit ihrer Familie nicht darüber reden wollte, war eine Sache, mit Vivian darüber zu sprechen, eine andere. Sie schnappte sich all ihre Aufzeichnungen, die sie über die Schnellbahn-Verbindung gesammelt hatte, eilte in Vivians Büro und schloß die Tür hinter sich, bevor ihre Chefin dagegen etwas einwenden konnte.

»Ich schließe daraus, daß dir mein korrigierter Artikel nicht gefallen hat«, sagte Vivian mit geübter Beiläufigkeit und blickte kaum von ihrem Monitor auf, wo sie die Stories für die morgige Ausgabe überarbeitete.

»Der war nicht korrigiert, sondern verpfuscht«, erwiderte Anne. »Es war eine gute, ehrliche Story. Und ich mache wieder dort weiter, wo ich aufgehört habe.« Sie ließ den Stoß Papiere auf Vivians Schreibtisch fallen und zwang sie dadurch, die Aufmerksamkeit ihr zuzuwenden.

»Einen Artikel zu entschärfen, den ich nicht verantworten kann, gehört bekanntlich zu meinen vordringlichsten Aufgaben hier«, begann sie. Aber als sie Anne dann genau ansah, erstarben ihr die Worte auf den Lippen. »Anne? Bist du okay? Du siehst aus, als hättest du die ganze Nacht wachgelegen.«

»Da hast du völlig recht«, gab Anne zu. Und sie setzte Vivian sofort ins Bild.

»Deine Katze?« fragte Vivian erschrocken, als Anne ihr von Kumquat erzählt hatte. »Mein Gott, wer kann so etwas tun?«

Anne schüttelte den Kopf. »In welcher Welt leben wir eigentlich, wenn die Leute entsetzter darauf reagieren, wenn man einer Katze etwas angetan hat, als einem Menschen?«

Vivian errötete. »Das habe ich nicht so gemeint...«, begann sie, ließ sich dann tiefer in den Stuhl sinken und seufzte. »Was hat die Polizei gesagt?«

Anne wiederholte fast alles, was sie von Mark Blakemoor und Lois Ackerly gehört hatte, erwähnte aber das nicht, was über Glen gesagt worden war. »Und was die Korrektur meiner Story angeht, nämlich zu behaupten, die Polizei bringe die Morde an Cottrell und Davis nicht miteinander in Verbindung, so stimmt das einfach nicht«, beendete sie ihren Bericht. »Sie haben mir unter der Hand gesagt, daß sie definitive Parallelen sehen, und daß derselbe Gutachter, der Davis und Cottrell autopsiert hat, auch unsere Katze untersuchen wird.«

Mißmutig musterte Vivian die Papiere, die Anne auf ihren Tisch gelegt hatte. »Ich nehme an, daß du dieses Durcheinander hier vom Hals haben willst«, sagte sie und überflog die Aufzeichnungen.

»Mir scheint, hier gibt es eine Menge Leute, die diese Story viel besser hinkriegen.«

»Ich glaube nicht, daß das der springende Punkt ist«, gab Vivian zurück. »Ich kann mir auch vorstellen, daß es ein halbes Dutzend Leute gibt, die objektiver an die Mordgeschichten herangehen als du.«

»Kann sein. Aber da ist noch etwas anderes – etwas, das ich bis jetzt noch niemandem erzählt habe.« Anne gab sich große Mühe, sich nichts von der entsetzlichen Angst anmerken zu lassen, die sie letzte Nacht gespürt hatte – und immer noch spürte, als sie Vivian von der Nachricht erzählte, die auf ihrem Bildschirm erschienen und so schnell wieder verschwunden war. »Vivian, zieh noch jemand anderen zu dieser Story hinzu, wenn du willst, aber laß mich trotzdem weitermachen.« Als die Chefredakteurin abwinkte, wurde Anne eindringlicher und sagte: »Irgend etwas Unerklärliches geht hier vor. Hier handelt es sich nicht nur um einen Nachahmungstäter. Wer immer das getan hat, führt etwas gegen mich persönlich im Schilde. Vielleicht versucht jemand, mir einen Schrecken einzujagen, oder er hat ein Foto von mir gesehen, und ich habe ihm einfach gefallen. Er ist jedenfalls aus irgendeinem Grund auf mich fixiert. Und auch wenn du meinst, daß es keine gute Idee ist, an der Sache dran zu bleiben, weißt du doch verdammt genau, daß wir sie so darbieten können, daß wir damit eine höhere Auflage als die ganze Konkurrenz zusammen verkaufen können. Stell dir die Schlagzeile vor, Viv: ›Mörder jagt Reporterin des *Herald*.‹ Ich kann darüber schreiben, ohne Blakemoor und Ackerly in Schwierigkeiten zu bringen. Denn ich war *dabei*, Viv! Es war meine Nachbarin, die umgebracht wurde, es war meine Katze! Und auf meinem Computer hat er diese verfluchte Nachricht hinterlassen!«

Sie schwieg einen Moment und als sie weitersprach, gab sie sich keine Mühe mehr, ihre Stimme zu dämpfen: »Mein Gott, Viv – er beobachtet mich! ›Ich versuche es lieber mit dir‹ hat er geschrieben! Vielleicht hat er Joyce Cottrell sogar nur deshalb in den Park geschleppt, weil er *wußte*, daß ich dort jogge.« Sie schauderte. »O Gott, ich frage mich, wie lange das schon geht.« Sie schwieg erneut, weil eine Erinnerung in ihr auftauchte – eine schwache Erinnerung an das Gefühl, von jemandem beobachtet worden zu sein. Aber wo...?

Vivian mißdeutete Annes Schweigen als Forderung nach einer Entscheidung und rang sich dazu durch. Ihr Instinkt sagte ihr zwar, sie sollte diese Story jemand anderem übertragen. Aber sie konnte dem Reiz nicht widerstehen, den Köder zu nutzen, den Anne ausgelegt hatte. Wie oft kam es denn schon vor, daß eine Reporterin in eine Mordgeschichte verwickelt wurde, in der sie selbst zum Opfer werden könnte? Sie würden in der Tat eine Menge Zeitungen verkaufen... Also gut«, sagte sie. »Bleib an der Sache dran. Aber sei vorsichtig, und vergiß nie, daß ich jedes Wort von dir genau unter die Lupe nehmen werde. Bleib fair, bleib objektiv, und du kannst die Geschichte weiter bearbeiten. Einverstanden?«

Anne stand auf. »Einverstanden.« Sie stellte sich in Gedanken bereits eine Liste der Telefonate zusammen, die sie unbedingt erledigen mußte. Wandte sich dann aber noch einmal um und sah ihrer Chefin in die Augen: »Danke«, sagte sie ruhig.

Vivian schaute sie fest an. »Ich hoffe, du bist dir darüber im klaren, Anne, daß du in nächster Zeit vielleicht Todesängste ausstehen wirst.«

»Ich weiß. Momentan habe ich sowieso mehr Angst als jemals in meinem Leben. Und ich weiß nicht einmal, warum dieser Bursche es auf mich abgesehen hat. Was könnte ich ihm denn getan haben?«

»Wie kommst du auf die Idee, daß du ihm überhaupt etwas getan hast?« fragte Vivian. »Vermutlich hat es gar nichts mit dir zu tun, Anne. Es kann alles reiner Zufall sein. Aber wenn nicht, dann glaub nur nicht, es hinge mit irgend etwas zusammen, was du getan oder nicht getan hast. Es liegt nämlich nur an ihm. Der Kerl ist ganz einfach übergeschnappt.«

Anne verließ das Büro und ging zu ihrem Schreibtisch zurück. Dort durchstöberte sie den kleinen Stapel Nachrichten, die über Nacht eingetroffen waren, dann sah sie die Nachrichten auf ihrem Computer durch und erwartete fast, ein Duplikat der Nachricht zu finden, die auf ihrem Monitor zu Hause aufgetaucht war. Sie wußte selbst nicht, ob sie erleichtert oder enttäuscht sein sollte, als sie nichts dergleichen fand.

Es war auch sonst nichts darunter, das sich auf die Morde an Davis und Cottrell bezog – dafür jede Menge Informationen zu dem Artikel über die Schnellbahnverbindung, den sie Vivian wieder zurückgegeben hatte.

Sie wollte schon zum Telefon greifen, um Mark Blakemoor anzurufen, doch dann tat sie es doch nicht: Sie hatte nämlich die Erfahrung gemacht, daß es Leuten viel leichter fiel, am Telefon zu lügen, als wenn man ihnen direkt gegenübersaß. Doch schrieb sie dies mehr ihrer eigenen Fähigkeit, Gesichtsausdrücke zu lesen und Körpersprache deuten zu können zu als möglichen Gewissensbissen ihrer Gesprächspartner. Von Angesicht zu Angesicht konnte sie praktisch viel mehr erreichen, als am Telefon. Anne streifte sich wieder ihren Mantel über, hängte sich ihre Tasche um und machte sich auf den Weg in die City.

Zwanzig Minuten später, nachdem sie ihren Wagen in der Fußgängerzone geparkt hatte, betrat sie das Kommissariat und ging zum Büro von Mark Blakemoor und Lois Ackerly.

»Sie sind nicht da«, erklärte ihr ein Beamter, dessen Namen sie vergessen hatte, bevor sie noch anklopfen konnte. Er warf ihr ein hämisches Grinsen zu. »Haben Sie etwa geglaubt, sie untersuchen eine tote Katze?« Anne ging nicht darauf ein, machte auf dem Absatz kehrt und verließ die Mordkommission. Sie nahm sich aber vor, den Namen des Polizisten herauszufinden, für den Fall, daß sie einmal Gelegenheit hätte, sich in einem Artikel über ihn lustig zu machen.

Als sie das Büro des ärztlichen Leichenbeschauers betrat, sagte man ihr dort nur, daß sie bei der Autopsie einer Katze genauso wenig teilnehmen dürfe wie bei der eines Menschen.

»Aber es ist schließlich meine Katze!« protestierte Anne. »Macht das denn keinen Unterschied?«

Der junge Mann hinter dem Pult schüttelte den Kopf: »Bei uns nicht. Gesetz ist Gesetz. Nur unser Personal und andere Bevollmächtigte dürfen einer Autopsie beiwohnen.«

»Ach, seien Sie doch nicht so«, Anne sprach mit schmeichelnder Stimme, »dieses eine Mal könnten Sie mich doch ...«

»Keine Ausnahmen«, beschied sie der Angestellte.

Entmutigt, aber ganz sicher, daß die Ablehnung endgültig war, nahm Anne auf einer harten Bank Platz und bereitete sich darauf vor, den Rest des Morgens hier warten zu müssen. Doch es dauerte nur eine dreiviertel Stunde, bis Mark

Blakemoor und Lois Ackerly aus dem Labor kamen, das für Anne versperrt blieb.

Es war ein unbehaglicher Moment, als die Reporterin und die beiden Polizisten einander unsicher ansahen. Ihr langjähriges berufliches Verhältnis hatte plötzlich einen neuen Aspekt bekommen.

»Wir treffen uns nachher wieder im Büro«, sagte Mark zu seiner Kollegin und brach damit das Schweigen. »Ich geh mit Anne eine Tasse Kaffee trinken und informiere sie.« Lois warf ihm einen seltsamen Blick zu, wollte erst etwas sagen, ließ es dann aber doch.

»Also, dann bis später«, erwiderte sie, nickte Anne kurz zu und verschwand durch die Haupttür.

Mark führte Anne in einen kleinen Raum, der mit zwei Tischen, sechs Stühlen und einer Theke ausgestattet war, auf der ein Mikrowellenherd und eine Kaffeemaschine standen. Der Kommissar nahm zwei Tassen aus dem Abguß, spülte sie aus, goß Kaffee ein und reichte Anne eine. »Nicht gerade toll, aber was Besseres haben wir hier nicht.«

Anne setzte sich auf einen dünnen Plastikstuhl; Mark lehnte sich an die Theke.

»Also, wie sieht's aus?« fragte Anne. »Was haben Sie herausgefunden?«

»Nichts Endgültiges«, antwortete der Polizist. »Tatsache ist, daß niemand sagen kann, ob dieselbe Person, die die Frauen ermordet hat, auch die Katze umgebracht hat.«

Anne zog die Augenbrauen hoch, als ihr klar war, daß sie jetzt wohl nur eine Reihe unverbindlicher Stellungnahmen hören würde. Bevor sie etwas einwenden konnte, fuhr Blakemoor fort.

»Ich sage Ihnen, wie die Dinge liegen. Wir sind ziemlich sicher, daß beide Frauen von demselben Kerl ermordet worden sind. Wir sind auch sicher, daß Shawnelle Davis ihn freiwillig in ihre Wohnung gelassen hat. Vermutlich hat sie ihn irgendwo aufgelesen und geglaubt, sie könne mit ihm ins Geschäft kommen. Was den Fall Cottrell betrifft, haben wir einen Schlüssel mit einem Daumenabdruck gefunden, der nicht von ihr ist. Also hat sie dem Mörder entweder selbst den Schlüssel gegeben oder aber, was wahrscheinlicher ist, er hat ihn gefunden. Unter der Türmatte oder so, wo die Leute ihre Schlüssel eben verstecken. Jeder weiß doch, wo man danach suchen muß, stimmt's?« Ohne Annes Antwort abzuwarten, sprach er weiter. »Trotzdem sind das einzige, das uns weiterbringt, die Schnittwunden. Die sind bei beiden Frauen verdammt ähnlich. Er benutzte dafür Messer, die er in den Küchen der Opfer gefunden hat, deshalb stimmen die Wunden nicht ganz überein. Sie sind sich aber derart ähnlich, daß Cosmo – unser Gutachter – sagt, beide Morde seien von ein und demselben Täter begangen worden.«

»Und meine Katze?« fragte Anne, als Blakemoor zu Ende war.

»Das ist eine andere Geschichte.« Die Miene des Polizisten verhärtete sich. »Es gibt Ähnlichkeiten zu den beiden Frauen. Aber die Schnitte sind...« Er zögerte kurz, dann benutzte er dasselbe Wort, das ihm am Tag vorher eingefallen war. »Sie sind fachmännischer ausgeführt worden. Cosmo sagt, sie seien mit einem schärferen Instrument gemacht worden, mit einer Rasierklinge, vielleicht mit einem Skalpell. Und er sagt, der Einschnitt sei gerader.« Er hielt wieder inne und versuchte, den Blickkontakt mit Anne zu vermeiden, bis er schließlich fortfuhr. »Er sagt, es könnte derselbe Kerl gewesen sein. Als er die Katze verstümmelte, hat er anscheinend schon mehr Übung gehabt.«

»Ich verstehe.« Anne fühlte sich wie taub.

»Oder jemand anders als der Frauenmörder hat die Katze umgebracht«, schloß Blakemoor. Dabei war etwas in seiner Stimme, das Anne aufhorchen ließ.

»Jemand wie mein Mann?« fragte sie und erinnerte sich wieder an das Schweigen, das zwischen Blakemoor und Ackerly herrschte, als Glen mit dem Plastikbeutel aus dem Haus zurückkam. Als Blakemoor keine Antwort gab, fand Anne, daß sie ihm nun von der Nachricht auf dem Computerschirm berichten sollte. »Wer Kumquat getötet hat, hat auch die Nachricht hinterlassen. Und wer immer auch die

Nachricht eingegeben hat, versteht eine ganze Menge mehr vom Programmieren als mein Mann. Glen kennt sich zwar mit einigen Programmen aus, aber er kennt nicht den Unterschied zwischen der Auto-Exec und der Konfigurationsdatei. Nebenbei bemerkt: *Ich* habe bei uns alle Programme selbst installiert.«

»Aber zuerst dachten Sie doch auch an ihn.«

Anne wünschte fast, sie hätte dem Kommissar gegenüber überhaupt nichts von der Nachricht erwähnt. Aber sie war zu wichtig, um sie ihm vorzuenthalten. »Warum auch nicht? Schließlich war er den ganzen Tag daheim.« Sie räusperte sich und sprach leise weiter: »Ich habe sogar das ganze Haus durchsucht, nach Hinweisen geforscht, ob jemand anderes dagewesen ist.«

»Aber Sie haben nichts gefunden«, vermutete Blakemoor.

Anne schüttelte den Kopf. »Und wie geht's jetzt weiter?«

»Wie immer in einem solchen Fall.« Obwohl sie diese Worte schon so oft gehört hatte, lief ihr diesmal ein kalter Schauer über den Rücken. »Wir halten die Augen offen, obwohl es nicht viel gibt, woran wir uns halten können.«

»Deshalb warten wir, bis er wieder jemanden ermordet und hoffen, daß er das nächste Mal einen Fehler macht.«

Blakemoor nickte, erwiderte aber nichts. Die Stille zwischen ihnen hielt an, bis Anne sie nicht mehr ertragen konnte.

»Was ist, wenn er mich umbringt?« fragte Anne und stand auf. »Mich oder jemanden aus meiner Familie?«

Ohne darüber nachzudenken, was er tat, legte Blakemoor spontan seinen Arm um sie. »*Sie* wird er nicht umbringen«, sagte er. »Dafür werde ich schon sorgen.«

Einen Moment lang kämpfte Anne gegen das plötzlich übermächtig werdende Gefühl an, sich an dem Kommissar festzuhalten. Dann löste sie sich von ihm, nahm ihren Mantel und ihre Tasche. Schweigend verließen beide das Büro des Gutachters.

43. Kapitel

Schon in dem Moment, als er aufwachte, wußte Glen Jeffers, daß etwas nicht stimmte. Es war ein Gefühl, das seinen ganzen Körper durchströmte – das Gefühl, sein Bewußtsein läge noch im Halbschlaf, obwohl er hellwach war. Er hatte die ganze Nacht durchgeschlafen und fühlte sich immer noch wie ausgepumpt. Warum war er bloß immer so müde, obwohl er seit seiner Rückkehr aus dem Krankenhaus nichts anderes getan hatte, als sich auszuruhen?

Die Wahrheit war, daß er sich schrecklich langweilte. Er war sein ganzes Leben lang aktiv gewesen, hatte am frühen Morgen zusammen mit Anne gejoggt, lange Tage im Büro verbracht, war dann nach Hause gekommen, wo er bis in die Nacht noch an seinem Zeichentisch saß. Und im Sommer, wenn die Tage lang waren, hatte er im Park mit Kevin Ball gespielt.

Zum Müßiggang war er einfach nicht geschaffen. Und heute morgen, nachdem Anne und die Kinder schließlich das Haus verlassen hatten, war ihm fast die Decke auf den Kopf gefallen. Er kam sich in diesem Haus völlig eingepfercht vor, dachte er, als er anfing, die Küche aufzuräumen. Aber es war noch mehr. Ihm schien, als herrsche in seiner Seele ein völliges Durcheinander. Kurz bevor er heute morgen aufgewacht war, hatte er einen Traum gehabt – einen dieser halben Wachträume, in denen einem auf unerfreuliche Weise klar wird, daß man träumt, man aber trotzdem machtlos ist, gegenüber den unwillkommenen Bildern, die vor einem Revue passieren.

Diesmal war es ein kunterbunter Wirrwarr verschiedener Szenen gewesen: Joyce Cottrell und Kumquat waren darin vorgekommen – und Mark Blakemoor, der ihn ansah, als hätte er nicht nur die Katze seiner Tochter, sondern auch noch seine Nachbarin ermordet. Als Glen wachgeworden war, hatte er sich von Tod und Gewalt bedroht gefühlt. So ähnlich war es ihm auch damals ergangen, als Anne sich so intensiv mit den Kraven-Morden befaßt hatte.

Das war noch so eine Sache, die ihm zu schaffen machte. Der Fall Kraven hätte eigentlich nach dessen Hinrichtung längst abgeschlossen sein müssen, aber er schien wieder an Aktualität zu gewinnen. Anne suchte bereits nach einer Verbindung zwischen Kraven und den beiden Mordfällen der letzten Tage, und wie er Anne kannte, würde sie eine finden, egal wie unglaubwürdig sie auch sein mochte.

Als er mit der Küchenarbeit fertig war, ging Glen ins Arbeitszimmer: Vielleicht sollte er sich vor das Zeichenbrett setzen – natürlich nicht, um zu arbeiten, nur um etwas zu skizzieren und nachzudenken, um herauszufinden, ob er noch Ideen hatte. Bevor er aber an seinem Zeichentisch war, fiel sein Blick auf eine dicke Akte, die auf Annes Pult lag.

Es war die Akte Richard Kraven – die ihm Kevin ins Krankenhaus hatte bringen müssen.

Warum hatte er das von ihm verlangt? Im Moment konnte er sich nicht einmal mehr daran erinnern, das Material gelesen zu haben. Er blätterte einige Seiten der Akte durch, aber nichts darin kam ihm so bekannt vor, als ob er es erst kürzlich gelesen hatte. Und heute morgen hatte er ganz und gar kein Interesse daran, sich die Artikel anzusehen.

Zu der Rastlosigkeit, die ihn seit seinem Erwachen immer stärker ergriffen hatte, kam allmählich eine bedrückende Platzangst hinzu. Mit einem Mal drängte es ihn förmlich aus dem Haus; er mußte den engen Mauern entfliehen, die ihn plötzlich beängstigend zu bedrängen drohten. Aber wohin sollte er gehen?

Einen Spaziergang machen?

Unsinn. Trotz seines Versprechens an Gordy Farber hatte er es schon immer gehaßt, einfach nur so in der Gegend herumzulaufen. Was er brauchte, war ein Ziel, nur so hatte das Spazierengehen einen Sinn.

Ob er ins Büro gehen sollte?

Auch das ging nicht. Wenn er dort aufkreuzte, würde Rita

Alvarez ihn nicht nur nach Hause schicken, sondern auch noch Anne anrufen.

Aber wie wäre es mit dem Jeffers Building? Er war seit seinem Herzanfall nicht mehr dort gewesen. Wenn er einen kurzen Blick auf den Baufortschritt werfen könnte, wäre das die beste Medizin gegen seine seltsame Stimmung. Und auch wenn Alan zufällig dort wäre, keiner kannte ja die Anweisungen Farbers, daß er sich von der Arbeit fernhalten sollte. Glen hatte sich entschieden, zog sein Jackett an und verließ das Haus.

Keine Stunde später stand er auf dem Gehsteig gegenüber des hochaufragenden Gerüsts. Schon ein kurzer Blick zeigte ihm, daß die Arbeit am Bau planmäßig fortschritt. Es schmerzte ihn ein wenig, daß man ihn überhaupt nicht zu brauchen schien. Dann fand er aber, daß die Zeichen des Voranschreitens in Wirklichkeit eine Anerkennung für ihn waren, der erkennbare Beweis dafür, daß er und das ihm unterstellte Planungsteam im Vorfeld so gute Arbeit geleistet hatten, daß die Arbeiten reibungslos vonstatten gehen konnten.

Das Gebäude – sein Werk! Es zog ihn an wie ein Magnet. Er überquerte die Straße und ging durch den Zaun, der das Baugelände umgab, zum Büro: ein großer Wohnwagen, der überflüssig werden würde, sobald das Erdgeschoß fertiggestellt und richtig beleuchtet und beheizt werden konnte. Die junge Frau hinter dem Pult, Janie Berkey, blickte von den Kaufanträgen auf, die sie gerade bearbeitete und wirkte im ersten Moment verdutzt, lächelte dann aber.

»Mr. Jeffers!«

»Ich bin zurück im Reich der Lebenden«, sagte Glen. »Ich dachte, ich sollte mich mal umschauen. Ist Jim hier?«

»Mr. Dover kommt nicht vor dem Essen zur Baustelle zurück«, erklärte sie. »Wenn Sie auf ihn warten wollen...«

»Ich möchte lieber selbst ein wenig herumschnüffeln«, zwinkerte er ihr lachend zu. »Wie soll ich sonst herausfinden, was er alles falsch gemacht hat, wenn ich nur sehe, was er mir selbst zeigen will?«

Janie sah ihn groß an. »Mr. Dover hat nichts zu verbergen«, sagte sie auf eine Art und Weise, aus der Glen zu schließen glaubte, daß sie ein besonders enges Verhältnis zu ihrem Chef besaß. »Meistens ist er...«

»Das war nicht ernst gemeint«, unterbrach Glen. »Ein Spaß.«

Janie wirkte unsicher, doch dann brachte sie ein leichtes Lächeln hervor. Glen ergriff die Gelegenheit, sich einen Schutzhelm aufzusetzen und aus dem Büro zu verschwinden, bevor sie jemanden rufen konnte, der ihn begleitete.

Einige Minuten lang streifte er im Erdgeschoß umher, dann stieg er die provisorischen Stufen zum Mittelgeschoß hinauf. Aber als er das Gerüst inspizierte, fühlte er sich vom Aufzug förmlich angezogen.

Was würde passieren, wenn er nach oben fuhr?

Würde ihn die Höhenangst, die er am Tag seines Herzinfarkts gefühlt hatte, zum zweiten Mal überkommen – oder war seine unerwartete Panik nur ein blöder Zufall gewesen? Als er vor dem Metallkäfig stand und noch überlegte, ob er wirklich hinauffahren sollte, kam der Aufzug. Einer der Arbeiter stieg aus und sah ihn neugierig an.

»Toll, daß Sie wieder hier sind, Mr. Jeffers!« sagte er mit breitem Lächeln. »Wollen Sie rauf?«

Zunächst zögerte Glen, doch dann entschloß er sich zu fahren. Wenn er jetzt nicht in den Aufzug stieg und die Furcht bezwang, die ihn vor einigen Wochen übermannt hatte, würde er sie nie mehr überwinden. »Danke«, sagte Glen, stieg in den Käfig, der Mann schloß die Tür, und eine Sekunde später ratterte die Maschine mit den beiden nach oben.

Sofort spürte Glen die ersten Vorboten von Erregung in seiner Magengrube. Doch fest entschlossen, heute der Höhenangst zu trotzen, sagte er nichts. Als der Aufzug weiter nach oben stieg, zwang sich Glen, nach unten zu schauen, durch den schweren Rost des Fahrstuhlbodens auf den immer weiter entschwindenden Betonboden, auf dem das Gerüst des Wolkenkratzers stand.

Mit jeder Etage, die sie höher stiegen, wuchs seine Übelkeit. Plötzlich hielt der Aufzug an, und Glen fühlte einen Moment lang nur nackte Angst.

Sie steckten fest, saßen in der Falle! Wilde Verzweiflung überkam ihn, und sein Blut pochte ihm in den Ohren. Die Stimme des Arbeiters hörte er wie aus weiter Entfernung:

»Die Stromversorgung«, verkündete der Mann, »hier muß ich raus.«

Die Stromversorgung. Sie waren im dreizehnten Stockwerk, bemerkte Glen. Hier waren die Versorgungsanlagen, mit denen später das ganze Gebäude in Betrieb gehalten werden sollte. Keine Sekunde zuvor hätte Glen noch geschworen, daß sie schon viel höher waren.

Lächerlich!

»Ich glaube, ich fahre ganz nach oben«, sagte er, zwang sich dazu, ganz sachlich zu klingen und hoffte, seine Stimme würde nicht seine Aufregung widerspiegeln.

Der Arbeiter zögerte, und Glen wußte instinktiv, daß sich der Mann daran erinnerte, was ihm bei seinem letzten Besuch auf der Baustelle passiert war. »Wollen Sie, daß ich mit Ihnen fahre?« fragte er.

Glen schüttelte den Kopf. »Nein, danke. Mir geht's wieder gut.« Aber nachdem der Bauarbeiter ausgestiegen war und der Aufzug weiter quietschend nach oben rumpelte, fragte er sich, ob das auch stimmte. Als der Fahrstuhl schließlich kurz darauf anhielt, wurde ihm endgültig bewußt, daß es nicht so war.

Fest entschlossen, die Furcht zu bezwingen, die ihn fast erstarren ließ, öffnete Glen die Tür und stieg aus. Die Plattform um den Schacht herum war seit seinem letzten Besuch vergrößert worden. Ein breiter Weg aus dicken Holzbohlen erstreckte sich bis zur Ecke des Gerüstes. Wenn er in der Mitte des Weges stünde, wäre er vollkommen sicher.

Er holte tief Atem und ging nach vorn. Er redete sich ein, daß es nichts ausmache, daß es keine Handläufe gab, ja daß es überhaupt nichts gab, auf das er sich stützen konnte. Als er noch fünf Schritte von der Ecke entfernt war, hielt er an.

Das unangenehme Gefühl im Magen nahm bedenklich zu, und das Atmen fiel ihm schwer.

Sein Herz schlug zwar rasch, hämmerte aber nicht. Auch von den Schmerzen in der Brust und im linken Arm wie kurz vor seinem Herzanfall war nichts zu spüren.

Es kam nur darauf an, noch wenige Schritte zu machen.

Er richtete seinen Blick fest auf die Stahlträger, die bald schon die Außenverkleidung tragen würden. Er wußte, daß er es geschafft hatte, wenn er einen davon berühren würde und ging weiter.

Ein Schritt. Dann noch einen. Und noch einen.

Er griff nach dem kalten Stahl eines Doppel-T-Trägers und tastete sich bis zur Ecke vor.

Jetzt wurde ihm schwindlig, aber er kämpfte mit wilder Entschlossenheit weiter gegen die aufkommende Panik an.

Es ging nur noch darum, nach unten zu sehen – ein einziger Blick auf den Bürgersteig vierzig Stockwerke tiefer, und er hatte es geschafft.

Langsam schob er sich nach vorn und blickte hinunter.

Schlagartig spürte er, wie ihn der gähnende Abgrund nach draußen, nach unten zog. Er lehnte sich ein wenig vornüber, und der irrsinnige Drang, hinabzuspringen ergriff ihn. Er konnte förmlich spüren, wie der Wind hinter ihm herheulen würde, wenn er sich fallen ließ, hatte schon eine Vorahnung von der Schwerelosigkeit, die er während des Fallens fühlen würde.

Er mußte dem einfach nur nachgeben.

Wie in Trance spürte er, daß seine Finger ihren Griff lockerten, daß er sich über den Abgrund lehnte, daß der Schwindel über ihn kam.

Nein!

Der barsche Befehl kam aus dem Nichts, vertrieb die Panik, die seinen Verstand umnebelt hatte. Instinktiv drehte er sich um, schaute über die Plattform und suchte nach der Person, die seinen schrecklichen Trancezustand durchbrochen hatte.

Es war niemand da.

Aber die Stimme meldete sich wieder: *Runter! Sofort!*

Glen gehorchte und ging zurück zum Aufzug. Aber als er diesmal die Plattform betrat, war keine Spur von Unsicherheit in seinen Schritten, kein Schwindel in seinem Hirn, keine Übelkeit im Magen.

Und kein Bewußtsein von dem, was er tat.

44. Kapitel

Heute morgen fühlte sich der Experimentator wohl. Zum ersten Mal fühlte er sich wirklich stark, stark genug, Glen nicht mehr schlafen schicken zu müssen.

Schon gestern, als Glen aufzuwachen begann, während der Experimentator an der Katze herumhantierte, hatte er nicht ernsthaft versucht, ihn bei der Arbeit zu stoppen. Zunächst war es dem Experimentator kaum aufgefallen, doch dann war er immer sicherer geworden, daß Glen das Zuschauen tatsächlich irgendwie genossen hatte. Schließlich hatte der Experimentator ja jede Gefühlsbewegung Glens gespürt, während sie gemeinsam die Arbeit an der Katze ausführten.

Zuerst hatte sich bei Glen Widerstand geregt, der sich in einem schwachen Unwohlsein geäußert hatte. Aber der Experimentator hatte gewußt, daß das nicht lange anhalten würde. Hätte er vielleicht mit dem Hund oder auch mit dem Vogel gearbeitet, wäre die Sache wohl schwieriger verlaufen. Aber der Experimentator hatte gewußt, daß Glen die Katze eigentlich nicht mochte.

Er mochte sie ebensowenig wie der Experimentator. Und das hatte alles wesentlich einfacher gemacht, denn wegen ihrer gemeinsamen Abneigung gegen das Tier arbeiteten ihre Gehirne auch synchron.

Alles, was der Experimentator tun mußte, war, diesen Synchronismus zu verstärken, die noch lockeren Bande zu festigen, die durch die Katze zwischen ihnen geknüpft worden waren. Er hatte langsam gearbeitet, Glen zuschauen lassen, damit er sich an ihr gemeinsames Tun nach und nach gewöhnen konnte. »Es ist alles in Ordnung«, hatte er geflüstert. »Wir töten sie nicht. Wir untersuchen nur, was sie leben läßt.«

Er hatte gespürt, wie Glen sich entspannte, gespürt, wie er das absonderliche Schuldgefühl ablegte, das so viele Menschen daran hindert, ihre Fähigkeiten voll auszuschöpfen.

Während des Wartens, daß die Katze bewußtlos wurde, hatte der Experimentator über den Begriff Schuld nachgedacht. Es war ein Begriff, den er im abstrakten Sinn zwar verstand, dessen gefühlsmäßige Bedeutung er aber für sich selbst noch nie hatte nachvollziehen können. Schuldgefühle hatte er nicht, also mußte er sie auch nicht überwinden.

Gelegentlich hatte er sich gefragt, ob mangelnde Schuldgefühle als Charakterfehler gedeutet werden könnten. Aber wenn das so wäre, dann würde das nur für Menschen gelten, die eine weit geringere Intelligenz hatten als er. Für ihn selbst galt nichts dergleichen; und daraus resultierte seine Freiheit. Seine Studien, seine Experimente waren nie von irgendwelchen Gefühlen behindert worden. Nie hatte ihn etwas davon abhalten können, das zu tun, wofür er sich am meisten interessierte.

Und was ihn am meisten interessierte – das einzige, was ihn überhaupt je interessiert hatte –, war das Studium des Lebens.

Nicht der Sinn des Lebens. Daran hatte er schon als Junge das Interesse verloren und war zu der Schlußfolgerung gelangt, daß das Leben keinen Sinn besitze.

Das Leben war einfach gegeben.

Und weil es daher keine Frage nach dem Warum gab, blieb nur die Frage nach dem Wie übrig.

Ihm war schon lange klar, daß sein Freisein von Einschränkungen, die anderen Menschen Schuldgefühle verursachten, es ihm erlaubte, das Phänomen des Lebens mit Methoden zu erforschen, die den seltsamen Anderen nicht zur Verfügung standen. Er hatte seine Studien stets von allen Fesseln befreit fortgesetzt.

Gestern hatte er damit begonnen, Glen Jeffers beizubringen, dieselbe Freude daran zu finden, Wissen zu erwerben, wie er sie empfand.

Nachdem die Katze bewußtlos geworden war, hatte er Glen erklärt, daß ihr Tod nicht in ihrer beider Absicht lag. Als er dann den Bauch der Katze mit dem Messer bis zum Hals aufgetrennt und Glen ihn nicht davon abzuhalten versucht hatte, war dem Experimentator klargeworden, daß Glen dasselbe Prickeln empfand wie ein Medizinstudent, der seinen ersten chirurgischen Eingriff durchführt.

Während des gesamten Vorgangs hatte der Experimentator gespürt, wie Glens Interesse wuchs. Mehr noch: Er hatte Glens Verwunderung nachempfunden, als er ihm zuletzt das lebendige, pulsierende Herz der Kreatur gezeigt hatte.

»Berühre es«, hatte er geflüstert.

Gemeinsam hatten sie das pochende Organ des Tieres berührt, und eine Woge der Freude hatte den Experimentator erfaßt, ihn in eine Heiterkeit versetzt, die er seit Jahren nicht mehr gefühlt hatte, denn diesmal hatte er nicht nur selbst das Experiment genossen, sondern dabei gleichzeitig in Glens Gefühlen schwelgen dürfen.

Die Hitze des Lebens war in ihn geströmt.

Die Macht des unablässig arbeitenden Muskels war in seine Seele geflossen.

Das Kribbeln auf seiner Haut hatte ihn erschauern lassen, als er das Allerheiligste des Lebens selbst berührte.

Zusammen hatten sie das Experiment weitergeführt, bis schließlich das Herz des Tieres zu schlagen aufgehört hatte. Der Experimentator hatte einen primitiven Defibrillator vorbereitet, die Isolierung vom abgeschnittenen Ende der Verlängerungsschnur abgezogen – aber es hatte nicht funktioniert.

Wieder einmal war sein Experiment fehlgeschlagen. Der Körper der Katze hatte sich gegen seine Anstrengungen gesträubt, ihn wieder zum Leben zu erwecken. Er hatte wie wahnsinnig gearbeitet, sogar seinen eigenen Atem in die Lungen der Katze gepumpt. Zweimal hatte das Herz geflattert, doch die unkontrollierbare Energiezufuhr des provisorischen Defibillators hatte nichts Gutes bewirkt. Anstatt das Herz durch den Schock in einen gleichmäßigen Rhythmus zu versetzen, hatte der Tierkörper nur noch in Krämpfen gezuckt.

Glen hatte sich zurückgezogen, als die Wut des Experimentators zum Ausbruch gekommen war. Als die Katze schließlich tot war, zu beschädigt, zu verstümmelt, um weiterleben zu können, hatte er Glens Abscheu gespürt.

Er hatte ihn wieder schlafen geschickt und alles, was er gesehen hatte, aus seinem Gedächtnis getilgt. Aber danach hatte er sich seinem eigenen Zorn hingegeben. Er hatte seine Finger tief in die Katze gebohrt, das leblose Herz und die Lungen aus ihrem blutigen Nest gerissen, um die Leere zu sehen.

Er hatte das Messer gepackt und das Innere der Katze zerfetzt; die Schneide hatte in dem Licht, das über der Werkbank flackerte, geglitzert. Zum Schluß hatte er alles aufgeräumt, zuerst die Katze in den Hof gebracht, sie dann halb unter die Holzbohlen, auf denen die Mülltonnen standen, geschoben, wo man sie schnell finden konnte. Dann hatte er den Keller gesäubert und behutsam jeden Hinweis auf das, was dort geschehen war, beseitigt.

Anschließend hatte er Anne die Nachricht hinterlassen und ihren Computer so programmiert, daß die Botschaft lange genug erschien, um sie lesen zu können, danach aber für immer verschwand.

Erst dann hatte er sich zur Ruhe begeben, war tief neben Glens Unterbewußtsein versunken und hatte sich nicht mehr gerührt, bis vor wenigen Minuten, als die Höhenangst des Mannes alle beide umzubringen drohte.

Der Experimentator hatte nicht vor zu sterben.

Niemals.

Deshalb hatte er umgehend eingegriffen, die Kontrolle über Glen übernommen und ihn vom Abgrund zurückgezogen.

Er stieg in den Aufzug und drückte den Knopf, damit er nach unten fuhr. Darauf ratterte der Käfig den Schacht hinunter. Gelangweilt schaute der Experimentator durch das Gitter des Bodens und fragte sich, warum manchen Menschen große Höhen unangenehm sind.

Ihn störte das überhaupt nicht.

Er nickte allen Leuten, die ihn ansprachen, freundlich zu und verließ die Baustelle. Als er an der Ecke anhielt, fiel sein

Augenmerk auf einen Kasten mit Zeitungen. Er fischte eine Münze aus Glens Geldbeutel und kaufte sich eine Ausgabe des *Herald*. Dann sah er sich nach einem Café um. Er entdeckte eines einen halben Block entfernt, trank dort einen Milchkaffee und blätterte die Zeitung durch. Er fand Annes Artikel auf der dritten Seite des zweiten Teils.

Es war aber nicht Annes Story: Von einem Nachahmungstäter war nicht die Rede, geschweige denn von ihm, und es war auch kein Name des Verfassers genannt.

Das mußte jemand anders geschrieben haben.

Warum?

Wovor hatten sie Angst?

Vor einem Nachahmungstäter?

Aber das war doch blanker Unfug.

Und dieser sogenannte Nachahmungstäter, den sie wahrscheinlich meinten – der war doch eine echte Niete.

Der Experimentator warf die Zeitung in einem Papierkorb. Die Polizei würde wahrscheinlich mindestens drei Wochen brauchen, um herauszubekommen, wer die Hure und die Nachbarin getötet hatte.

Der Experimentator wußte, wer es getan hatte. Er wußte auch, warum die Morde begangen worden waren.

Und sie waren in der Tat Morde gewesen: Morde der primitivsten Art.

Sie hatten keinerlei Zweck erfüllt, nicht die geringsten neuen Erkenntnisse waren dabei gewonnen, keine grundsätzlichen Wahrheiten entdeckt worden. Es war pures Morden um des Mordens willen gewesen.

Schlimmer noch: Es waren Morde gewesen, die nur den Sinn hatten, Aufmerksamkeit zu erregen.

Der Experimentator hatte seit dem Moment darüber nachgedacht, als er den Mann gesehen hatte, der den niedergemetzelten Körper von Joyce Cottrell über den Hinterhof schleifte. Daraufhin war ihm klar geworden, was er nun zu tun hatte.

Wenn er nicht handelte, würden andere Leute aus demselben nichtsnutzigen Grund sterben, nämlich nur deshalb, weil ein Idiot Aufmerksamkeit erregen wollte. Das war reine Verschwendung.

Von welcher Seite man es auch sah, es war die reine Verschwendung.

Aber es gab für ihn noch einen anderen Grund, der Polizei, den Gerichten und dem Henker die Arbeit abzunehmen. Einen Grund, der den Sinn des Experimentators für Ironie, für Stil und Humor reizte. Der Gerechtigkeit würde Genüge getan, und Anne würde schließlich begreifen, welches Spiel wirklich ablief.

Er steckte eine Münze in ein Telefon im hinteren Teil des Cafés und wählte eine Nummer, die er auswendig kannte. Nach dem dritten Klingeln antwortete eine vertraute Stimme.

»Hallo?« Die Stimme klang nervös.

Der Experimentator sagte nichts.

»Hallo?« sagte die Stimme wieder, und jetzt konnte er nackte Angst in ihr hören.

Er wußte nur zu gut, warum die Stimme so nervös war. Und er wußte mehr als das – er wußte, wo der Mann wohnte und daß er nicht zur Arbeit gegangen war.

Der Experimentator wollte ihm einen Besuch abstatten.

Zunächst jedoch brauchte er verschiedene Utensilien. Er verließ das Café, fand ein Taxi und fuhr zum Markt auf dem Broadway.

Dort kaufte er die Dinge, die er brauchte: einen Kugelschreiber, Schreibpapier, Handschuhe – alles ganz gewöhnliche, billige Dinge, die man überall kaufen konnte.

Eine Rolle transparente Plastikfolie.

Er bezahlte alles bar aus Glen Jeffers Brieftasche, verließ den Markt und machte sich Richtung Süden auf. Er ging in gleichmäßigem Tempo, weder zu schnell, noch zu langsam und tat nichts, was unerwünschte Aufmerksamkeit hätte erregen können. Schon vor Jahren hatte er herausgefunden, daß Anonymität der beste Schutz war.

Schließlich gelangte er in die John Street, bog links ab und ging weiter zur 15. Straße. Keine zehn Minuten später stand er dem Gebäude gegenüber, in dem der Mann wohnte, den zu töten er hierhergekommen war. Er schaute zum zweiten Stock hinauf und sah den Mann an seinem Fenster stehen.

Der Mann sah nervös aus.

Der Mann starrte ihn an.

Der Mann erkannte ihn natürlich nicht.

Der Experimentator lächelte in sich hinein, überquerte die Straße und betrat das Gebäude...

45. Kapitel

Die Pläne, die der Schlächter seit der morgendlichen Lektüre des *Herald* für seinen nächsten Mord geschmiedet hatte, hatten schließlich Gestalt angenommen.

Diesmal sollte es ein Mann sein – diese Entscheidung war definitiv. Und er wußte auch schon, wo er die geeignete Beute zu suchen hatte: auf dem Broadway. Hier liefen genug herum, die in Frage kamen; sie kauften ein oder tranken in einer der zahllosen Espresso-Bars ihren Kaffee. Helfen sollte ihm dabei, daß die Männer einander ständig beobachteten, in einem endlosen Konkurrenzkampf miteinander standen. Er wußte sogar, warum, hatte er sie doch praktisch jedesmal, wenn er dort hinging, beobachtet. Wenn zwei Männer auf der Straße aneinander vorbeigegangen waren, drehte sich meist einer nach dem anderen um. Drehte sich der zweite dann auch, begannen sie eine Unterhaltung, und wenige Minuten später gingen sie zusammen weg. Manchmal blickte sich nur einer von beiden um, lächelte, ging dann aber weiter. In einen solchen Fall hielt der andere inne und beobachtete. Wenn der erste wieder zurücksah oder anhielt, um in ein Schaufenster zu schauen, folgte ihm der zweite.

Zweimal war der Schlächter einem solchen Paar gefolgt, um herauszufinden, was weiter geschah. Dabei hatte er sich stets vergewissert, daß niemand mitbekam, was er tat. Deshalb verstand er das Verhaltensmuster von Verfolgung und anschließender Kapitulation so gut.

Einmal war er sogar selbst verfolgt worden, war aber dann in das nächstbeste Geschäft gegangen und hatte sich so lange dort aufgehalten, bis sein Verfolger verstanden hatte, daß er an einen Kontakt nicht interessiert war. Daraufhin war der andere dann verschwunden.

Heute aber wollte er das Spielchen mitmachen.

Wenn er sich das Fotoalbum kaufte, wollte er die Männer

auf dem Bürgersteig beobachten, und wenn er den richtigen gefunden hatte, ihm folgen. Der Mann, der dafür in Frage käme, durfte nicht zu groß sein – auf jeden Fall nicht größer als er. Außerdem wollte er sich jemanden aussuchen, der auch nicht zu kräftig war. Von da an würde alles ganz leicht sein – leichter als es bei Shawnelle Davis gewesen war. Und wenn er sich dann in der Wohnung seines Opfers befände, würde er handeln.

Das Ansehen des Schlächters würde danach weiter steigen.

Schon der Gedanke daran erregte ihn. In einer plötzlichen Eingebung kam ihm die Idee, ob er mit dem Burschen, der ihm folgte, nicht vielleicht dasselbe anstellen sollte wie zuvor mit Joyce Cottrell. Dieser Gedanke erregte ihn noch mehr. Er spürte schon ein Kribbeln zwischen den Beinen, als auf einmal das Telefon schrillte. Das unerwartete Geräusch erschreckte ihn so sehr, daß er fast das Cola umgeworfen hätte, das er gerade trank.

»Bist du's?« fragte seine Mutter, als er den Hörer nach dem dritten Läuten abnahm. In ihrer Stimme schwang ein derart vorwurfsvoller Ton mit, daß ihm das sofort auf den Magen schlug. Wußte sie etwa, was er getan hatte? Aber woher? Während sie weitersprach, legte sich jedoch seine Furcht. »Ich habe bei Boeing angerufen. Sie haben mir gesagt, daß du heute schon wieder nicht zur Arbeit gekommen bist. Ist mit dir alles in Ordnung?«

»Mir geht's gut, Ma«, antwortete er. Da fiel ihm ein, daß man ihn ja für krank hielt. »Ich will sagen, ich hab mich schlecht gefühlt, aber jetzt geht's mir wieder etwas besser.«

»Du warst nicht zu Hause, als ich vorhin angerufen habe«, warf ihm seine Mutter vor. »Bist du beim Arzt gewesen?«

»Nein, Ma.« Er kam sich vor wie im Alter von zehn Jahren, als ihm seine Mutter vorgeworfen hatte, er würde eine Krankheit vortäuschen, um nicht in die Schule gehen zu müssen. Dabei hatte er 39 Grad Fieber gehabt. »Ich hab mir Suppe gekauft. Hühnersuppe.«

»Dann frag mich bloß nicht, ob ich zu dir komme und sie

dir koche. Hast du heute morgen schon in die Zeitung geschaut?«

Sein Herz begann zu hämmern. »Weshalb?«

»Wegen der Frau. Wegen der, die man gestern nacht bei dir ermordet hat. Kennst du sie?«

Die Brust des Schlächters schnürte sich zusammen, als ob jemand einen Draht darum gezogen hätte. »Warum hätte ich sie kennen sollen?« Trotz seines Bemühens, mit fester Stimme zu sprechen, klang er doch, als fühle er sich ertappt.

»Sie hat doch in der Straße dir gegenüber gearbeitet. Und sie hat in der Straße oberhalb von dir gewohnt.«

Seine Schläfen pochten. »Ich hab sie nicht gekannt, Ma. Und ich hab ihr auch nichts getan! Ich schwöre es! Warum läßt du mich nicht in Ruhe?« Ein Schluchzen verschloß ihm die Kehle, und er knallte den Hörer auf. Sein Hochgefühl von vorhin war ihm gründlich vergangen. Wie konnte sie es herausgefunden haben? Ob sie die Polizei anrufen würde?

Natürlich würde sie das – sie liebte ihn ja nicht! Sie hatte ihn nie geliebt, sondern immer nur seinen Bruder!

Er schritt in seiner Wohnung auf und ab und überlegte, was zu tun sei. Als das Telefon zum zweiten Mal klingelte, blieb er wie angewurzelt stehen. Der Schweiß rann ihm in Strömen herab – ein eiskalter Schweiß, der seinen ganzen Körper bedeckte. Seine Füße drohten einzuknicken.

Sollte er ans Telefon gehen oder es einfach klingeln lassen?

Wenn seine Mutter wieder dran wäre!

Oder sogar die Polizei? Was wäre, wenn seine Mutter sie benachrichtigt hätte und jetzt die Polizei anrief? Aber das würden sie nicht tun! Oder doch? Wenn sie ihn haben wollten, dann würden sie doch gleich kommen und ihn verhaften!

Also war nicht die Polizei am Telefon, sondern seine Mutter. Sie *mußte* es sein, denn sonst rief ihn ja niemand an!

Mit zitternden Knien ging er zum Telefon und nahm ab. »Hallo?«

Keine Antwort.

»Hallo?«

Das leise Klicken verriet ihm, daß jemand am anderen Ende aufgehängt hatte.

Seine Angst wurde panisch. Sein erster Gedanke war, aus der Wohnung zu rennen, in sein Auto zu steigen und wegzufahren. Weg von Capitol Hill, weg von der Polizei, weg von seiner Mutter, weg aus Seattle. Aber wohin? Es gab nirgendwo einen Ort, an den er hätte flüchten können.

Außerdem stand die Polizei wahrscheinlich schon draußen, umstellte das Haus und wartete, bis er herauskam. Er ging zum Fenster und schaute hinaus. Sein Herz schlug so laut, daß es ihm in den Ohren pochte.

Auf der Straße war nichts Auffälliges zu entdecken.

Aber so gingen sie doch immer vor! Die würden sich nicht einfach vor das Haus stellen, sondern ihre Wagen um die Ecke parken, wo er sie nicht sehen konnte. Und die Polizisten selbst lauerten in ihrem Versteck!

Schwer atmend wandte er sich vom Fenster ab. Er mußte nachdenken, mußte alles genau überlegen! Was könnte seine Mutter ihnen erzählt haben?

Wieder ging er in der Wohnung auf und ab; das Zimmer schien mit jedem Schritt zu schrumpfen. Die Wände des Raums schienen ihn einzukesseln, und die Luft erschien ihm stickig.

Er setzte sich auf einen Stuhl und versuchte, sich zu beruhigen.

In Gedanken ging er noch einmal seine Taten durch, dachte zuerst an Shawnelle Davis, dann an Joyce Cottrell. Er war vorsichtig gewesen, so vorsichtig wie nur möglich. Aber wenn man nun Fingerabdrücke von ihm gefunden hatte?

Er war sehr behutsam in Cottrells Haus vorgegangen und hatte nichts angefaßt. Oder etwa doch? O Gott, er konnte sich nicht mehr erinnern – aber er *mußte* sich erinnern!

Seine Haut begann zu jucken, und er konnte nicht mehr sitzen. Er ging wieder zum Fenster und schaute hinaus.

Auf der Straßenseite gegenüber stand ein Mann! Ein Mann, der ihn ansah! Der ihn anstarrte, als würde er ihn kennen!

Als der Fremde über die Straße auf sein Haus zuging, trat er vom Fenster zurück.

Die Schlinge, die er beim Anruf seiner Mutter um seine Brust gespürt hatte, zog sich noch enger zu. Ströme kalten Schweißes rannen ihm den Rücken hinunter, tropften ihm aus den Achselhöhlen.

Die Übelkeit im Magen war wieder da, seine Eingeweide schmerzten, und er spürte, daß er Durchfall bekam. Er krümmte sich und lief ins Badezimmer, als es an der Tür klopfte. Er erstarrte.

Bilder blitzten in ihm auf, Szenen, die er im Fernsehen gesehen hatte.

Würden sie die Tür eintreten?

Würden sie ihn durch die Tür erschießen?

Als er sich vorstellte, wie eine Kugel aus einer 45er die Tür durchschlug, in sein Fleisch eindrang und seine Gedärme zerriß, gab er ein ersticktes Wimmern von sich. Beim Gedanken an die Schmerzen begann er zu wanken und taumelte zur Tür. Besser, er öffnete sie freiwillig, bevor sie sie eintraten.

Er machte die Tür auf und sah dem Mann ins Gesicht, der ihn vor kurzem noch von der Straße aus angesehen hatte. Ein freundliches Gesicht mit ebenmäßigen Zügen.

Nicht das Gesicht eines Bullen.

Er öffnete die Lippen, wollte etwas sagen, doch er brachte nichts heraus.

Der Fremde blickte ihn an; seine Augen bohrten sich in ihn, und plötzlich hatte er das Gefühl, ihn von irgendwoher zu kennen, ihn irgendwo schon einmal gesehen zu haben... Die Augenblicke schlichen in tödlicher Stille vorüber, während der Schlächter den Fremden ansah, der vor seiner Tür stand. Dann wußte er Bescheid. Es war der Mann von Anne Jeffers! Er hatte ihn vorgestern gesehen, als er Joyce Cottrells Haus auskundschaftet hatte. Aber Jeffers hatte *ihn* nicht gesehen – da war er sich ganz sicher!

Dann veränderte sich etwas im Gesicht von Jeffers, und der Mann keuchte, als er plötzlich die Augen, in die er schaute, wiedererkannte.

Es waren die Augen seines Bruders!

Aber das war völlig verrückt – Jeffers sah überhaupt nicht wie sein Bruder aus! Ganz davon abgesehen, war der ja tot!

Dann begann Glen Jeffers zu sprechen, und die Angst des Mannes erreichte ihren Höhepunkt. »Hallo, kleiner Mann«, hörte er die Stimme seines Bruders sagen, und er redete ihn so an, wie er es sein ganzes Leben lang gehaßt hatte. »Du bist böse gewesen, kleiner Mann, und ich bin gekommen, um dich zu bestrafen.«

Sein Verstand ließ ihn im Stich, dann brach er völlig zusammen. Das war doch unmöglich! Dieser Mann konnte auf gar keinen Fall sein Bruder sein – er hatte nicht dasselbe Alter, nicht dasselbe Gesicht, nicht dieselbe Größe.

Aber es *war* sein Bruder!

Es war die Stimme seines Bruders und es waren seine Augen, die soviel Kälte ausstrahlten.

Und die Worte waren ebenfalls seine.

Rory Kraven duckte sich vor Angst, nahm Reißaus vor seinem älteren Bruder, der gar nicht hier sein durfte.

Richard Kraven – der Experimentator – betrat die schäbige Wohnung seines kleinen Bruders und schloß die Tür hinter sich.

46. Kapitel

Edna Kraven hatte das Telefon zwanzigmal klingeln lassen, bevor sie endlich auflegte. Wenn Rory wieder mal schlechte Laune hatte, nahm er so lange nicht den Hörer ab, bis ihm klar wurde, daß sie nicht aufgeben würde. Aber das war jetzt schon das fünfte Mal gewesen, daß sie bei ihm angerufen hatte, und allmählich begann sie sich Sorgen zu machen. Schließlich hatte er ihr beim letzten Gespräch ja gesagt, daß er krank sei. Allerdings hatte er gar nicht so schlecht geklungen, doch das wollte nichts heißen, denn schließlich war Rory – ganz im Gegensatz zu Richard – schon als Kind ein Simulant gewesen. Dennoch hielt sie es für möglich, daß sich sein Zustand inzwischen verschlimmert hatte.

Entweder war das der Grund oder er war gar nicht zu Hause. In diesem Fall mußte er nicht nur den netten Leuten von Boeing, wo man so anständig gewesen war, ihm eine feste Stellung zu geben, Rede und Antwort stehen, sondern auch ihr. Wenn sie schon den Weg nach Capitol Hill zurücklegen müßte, nur um herauszufinden, daß er sich irgendwo herumtrieb, wäre es auch ihre Pflicht, ihm die Leviten zu lesen. Sie war immer eine gute Mutter gewesen, sagte sich Edna Kraven, egal, was die Leute hinter ihrem Rücken über sie redeten. Rory taugte zwar nicht viel, aber er war alles, was sie noch hatte.

Sie verließ ihr Haus um dreizehn Uhr, stieg kurz nach vierzehn Uhr vor dem Krankenhaus aus dem Bus und machte sich auf den mühseligen Marsch bis zu Rorys Wohnung. Mit jedem Schritt wuchs ihr Ärger auf ihren jüngeren Sohn. Warum konnte er nicht so wie Richard sein, der ihr in seinem ganzen Leben keinen Tag Kummer bereitet hatte?

Ja, Richard war ein Märtyrer gewesen. Ein christlicher Märtyrer!

Unzählige Male hatte Edna für ihn gebetet und immer wieder dieselbe Botschaft erhalten: Richard war ein unschuldiges Lamm gewesen, das unrechtmäßig hingerichtet worden war. Nur seine Mutter hatte ihm Glauben geschenkt. Aber eines Tages, das wußte sie, würde die Wahrheit ans Licht kommen. Schließlich geschahen diese gräßlichen Morde ja nach wie vor. War nicht gerade erst vor einer Woche diese Frau drüben in Boylston getötet worden? Nicht, daß sie Edna leid getan hätte, denn letzten Endes war sie ja nur eine Hure. Aber erst vorgestern nacht hatte man die arme Frau, die in Rorys Nähe wohnte, umgebracht. Und beide waren auf dieselbe Weise getötet worden wie alle, für deren Tod man Richard verantwortlich gemacht hatte. Hätten sie Richard nicht ermordet, wüßten sie jetzt die Wahrheit – und er könnte heimkehren zu seiner Mutter, wo er hingehörte. Aber es war zu spät. Edna Kraven stöhnte heftig unter der Last ihrer Sorgen, betrat das Haus, in dem Rory lebte und stieg die Stufen bis zum zweiten Stock hinauf.

Auf dem Treppenabsatz stoppte sie, um erst einmal kräftig nach Luft zu schnappen und schaute sich mit Widerwillen in dem spärlich beleuchteten Flur um. Die Farbe blätterte von den Wänden, und der billige Teppich schlug Wellen an den Rändern. Womit hatte sie bloß einen Sohn verdient, der an einem solchen Ort hauste? Sie hatte ihm schon vorher gesagt, daß dies ein unschicklicher Platz für sie sei, an dem sie ihn ungern besuchte. Heute mußte sie endlich ein Machtwort sprechen. Wenn er nicht ausziehen würde, durfte er nicht erwarten, daß sie jemals wieder zu ihm kam.

Sie schleppte sich bis vor Rorys Tür, wollte schon anklopfen, bemerkte dann aber, daß die Tür nicht ganz geschlossen war. Typisch Rory – erst fortgehen und dann nicht einmal die Tür zumachen. Jeder hätte ihn ausrauben können! Edna stieß die Tür auf und ging hinein.

»Rory?«

Keine Antwort. Edna wurde es plötzlich unbehaglich zumute. Sie *spürte,* daß der Raum nicht leer war. Mit finsterer Miene ging sie zur offenen Badezimmertür, doch dann hielt sie kurz inne.

Die Wände! Die schmierigen, beigefarbenen Wände, die anzustreichen sie Rory nie hatte überreden können, trugen rote Streifen.

Leuchtend rot.

Blutrot.

»Rory?« fragte Edna wieder, doch diesmal leise, fast unhörbar, als hätte sie schon begriffen, was hier passiert war. »Rory? Deine Mama ist da und will sich um dich kümmern.«

Wie von einer unsichtbaren Kraft gelenkt, schlich Edna zur Badezimmertür. Ihr graute vor dem, was sie dort erwartete, aber wie unter Zwang ging sie weiter. Als sie dann erkannte, was in der Badewanne lag, drehte sich ihr der Magen um. Sie torkelte zum Waschbecken und übergab sich. Erst dann brachte sie es fertig, sich in das Zimmer zu schleppen, in dem ihr jüngerer Sohn gestorben war, und die Polizei anzurufen.

47. Kapitel

»Um Himmels willen!« rief Mark Blakemoor, als er die zerschundene Leiche von Rory Kraven anstarrte. »Was zum Teufel ist hier passiert?«

Er hatte zusammen mit Lois Ackerly noch einmal die Akten über Shawnelle Davis und Joyce Cottrell durchgesehen und erfolglos nach einem Bindeglied zwischen den beiden Frauen gesucht – nach entfernten Verwandten oder auch nur gemeinsamen Zufallsbekanntschaften –, als der Anruf gekommen war.

Die Leiche, die jetzt vor ihm in der Badewanne eines schäbigen Appartements lag, war die von Rory Kraven – dem Bruder des Mannes, dessen Verbrechen von einem noch Unbekannten imitiert wurden.

Wie auch bei Davis und Cottrell war Rory Kravens Brustkasten aufgeschnitten, Lungen und Herz herausgerissen worden. Aber anders als bei der furchtbaren Verstümmelung der beiden Frauen war das, was mit Kraven geschehen war, mit fast chirurgischer Präzision ausgeführt worden.

Ebenfalls im Gegensatz zu den beiden Frauen, war Kravens Kehle aufgeschlitzt. Überall war Blut – große Flecke auf dem Teppich, Spritzer auf den Möbeln, sogar an den Wänden verschmiert. Es war offensichtlich, daß Rory Kraven nicht sofort gestorben war. Und es war klar zu erkennen, daß er sich sogar nach seiner Verwundung noch im Zimmer bewegt hatte. Dennoch gab es keinen Hinweis auf einen Kampf: kein Möbelstück war umgeworfen, nichts zerbrochen. Dem Aussehen des Raumes nach konnte man schließen, daß der Mörder Kraven die Kehle aufgeschlitzt, dann seelenruhig gewartet hatte, wie der tödlich verletzte Mann durch die Wohnung gewankt war, bis er schließlich verblutet war.

Während sich das Laborteam ans Werk machte, den Tatort fotografierte und nach Spuren suchte, die Kravens Mörder möglicherweise hinterlassen hatte, nahm Mark die mühselige Arbeit auf sich, die Mieter der übrigen Appartements zu befragen. Zwar waren die meisten von ihnen bei der Arbeit, aber in Gebäuden wie diesem wohnten immer einige Leute, die selten ausgingen. Lois nahm auf der Ecke der Couch Platz, auf der Edna noch immer zusammengekauert saß und das zu verkraften versuchte, was sie im Badezimmer gesehen hatte.

»Brauchen Sie einen Arzt?« fragte Lois. Edna Kraven war blaß, aber Lois erinnerte sich, daß Richard Kravens Mutter, die sie mindestens viermal in den letzten Jahren verhört hatte, immer reichlich blaß gewesen war.

»Was kann ein Arzt gegen den Kummer einer Mutter ausrichten?« fragte sie und tupfte sich die Augen mit einem zerknüllten Taschentuch.

»Können Sie mir sagen, was passiert ist?

Edna zuckte hilflos die Schultern. »Er war heute morgen krank. Dann hab ich ihn immer wieder angerufen, aber weil er nicht abgehoben hat, dachte ich mir, es ist besser, wenn ich vorbeikomme. Er ist doch mein Sohn«, fügte sie in einem Ton hinzu, als müsse sie sich dafür rechtfertigen. »Was sollte ich sonst machen?«

Lois ließ sich von Edna zweimal die Ereignisse des Tages aufzählen, aber wie sie bereits vermutet hatte, stimmten die unbedeutenden Details dabei jedesmal überein. Edna war unsicher, zu welcher Zeit genau sie den Bus bestiegen oder mit welchem sie zur 15. Straße gefahren war, aber Lois wußte längst, daß die Leute, die sich zu gut an Details erinnerten, oft logen. Sie war gerade mit dem Fragen fertig, als Mark ihr von der Tür aus zuwinkte. Sie folgte ihm in den Hausflur.

»Niemand hat auch nur irgend etwas gehört«, erklärte er. »Ich habe zwei Leute aufgetrieben, die den ganzen Tag zu Hause waren, und keiner von beiden scheint taub zu sein. Wenn Kraven mit jemandem gekämpft hat, warum hat dann niemand etwas davon mitbekommen? Und glaub mir, wenn die Frau von 2B einen Streit gehört hätte, hätte sie sofort die Polizei gerufen. Es paßt einfach nichts zusammen: Wenn kein

Kampf stattgefunden hat, woher stammt dann diese Sauerei?«

Lois wollte gerade über diese Frage nachdenken, als jemand von der Spurensicherung in den Flur kam. »Wenigstens ein Problem scheint schon gelöst zu sein«, sagte er, als er Mark eine durchsichtige Tasche mit einem Reißverschluß aushändigte. Sie enthielt ein gelbes Blatt Papier, auf das jemand von Hand eine Nachricht geschrieben hatte. »Es war an die Kühlschranktür geklebt – wie ein Einkaufszettel. Wir haben es fotografiert und untersuchen es nach Fingerabdrücken.« Blakemoor las das Schreiben und reichte es dann wortlos Ackerly.

> **Ich hasse Nachahmer.**
>
> **Und ganz besonders hasse ich unfähige Nachahmer.**
>
> **Aus Gründen zu töten, aus denen Rory getötet hat, ist nicht nur unmoralisch, sondern Verschwendung. Weil ich Verschwendungen hasse, habe ich Rorys Gemetzel ein Ende bereitet. Ich bezweifle, daß jemand über Rorys Hinscheiden bestürzt ist. Letzten Endes konnte er nie so werden wie ich, soviel Mühe er sich auch gegeben hat.**

»Habe ich recht verstanden?« fragte Lois, als sie die Nachricht gelesen hatte. »Das heißt doch, daß derjenige, der das Blutbad angerichtet hat, glaubt, Kraven habe Davis und Cottrell ermordet. Aber wie kommt er darauf? Es gibt keinen Beweis, daß die beiden von demselben Mistkerl ermordet worden sind. Bis jetzt ist alles nur reine Spekulation.«

»Aber von jetzt an fällt es uns leichter, das zu überprüfen«, bemerkte Blakemoor. »Wir haben verdammt viele gute Fingerabdrücke auf dem Messer von Cottrell gefunden, außerdem noch Handabdrücke aus Davis' Küche. Wenn die alle zu

Kraven passen, haben wir einen Volltreffer gelandet.« Blakemoor schüttelte angewidert den Kopf. »Eine wahnsinnige Welt. Ein Schwein glaubt, daß ein anderes Schwein jemanden umgebracht hat und schlachtet es dann dafür ab.«

»Es sei denn, er hat ihn gar nicht abgeschlachtet«, meinte Lois besorgt und betrachtete das Papier. »Irgendwas ganz Abartiges geht hier vor, Mark. Was soll dieses ›Ich hasse Nachahmer‹ bedeuten? Selbst wenn es sich herausstellen sollte, daß Rory Kraven die Davis und die Cottrell getötet hat, was hat dieser neue Mörder mit Kraven zu tun? Anders ausgedrückt: Hier haben wir es mit einem neuen Täter zu tun, der genauso mit Kraven umspringt wie der es anscheinend mit Davis und Cottrell getan hat. Wer also ist der Nachahmer? Rory Kraven oder dieser Kerl?« Sie wollte wieder in die Wohnung zurückgehen, hielt aber inne, weil Schritte die Treppe hinaufstürmten. Sie drehte sich um und sah Anne Jeffers mit einem Fotografen im Schlepptau. Sie hielt erst an, als sie die beiden Polizisten erkannte.

»O Gott, ich hatte recht«, sagte Anne kreidebleich. »Gleich nachdem ich die Meldung hörte, habe ich gedacht...« Sie verstummte und versuchte, ihre Angst hinter der Sachlichkeit der Reporterin zu verbergen. Aber es gelang ihr nicht. »Noch jemand, stimmt's?« flüsterte sie. »Genau dasselbe wie bei Davis und Cottrell?«

Mark Blakemoor und Lois Ackerly sahen sich an, wortlos einig darüber, daß zumindest in diesem besonderen Fall Anne Jeffers mehr war als nur eine gewöhnliche Reporterin.

»Es ist Rory Kraven«, klärte Mark sie auf. »Richards jüngerer Bruder.«

Rory Kraven? dachte Anne. Aber das war doch verrückt. Er war nichts als... Doch dann erinnerte sie sich plötzlich ganz klar genau daran, wo sie gewesen war, als sie nach dem Besuch bei Glen das Krankenhaus verlassen und gespürt hatte, daß sie jemand beobachtete. Ihr Blick wanderte von Mark zur offenen Tür von Rory Kravens Wohnung. Durch das Fenster konnte sie das Gebäude des Krankenhauses gegenüber erkennen.

»Er hat mich an einem Abend mal beobachtet«, sagte sie so leise, daß die Polizisten nicht sicher waren, ob sie zu ihnen oder mit sich selbst sprach. »Ich hatte Glen in der Klinik besucht und war auf dem Heimweg. Ich fühlte, daß mich jemand beobachtete. Das muß er gewesen sein.« Sie schwieg einen Moment und sagte dann zu den Kommissaren: »Was ist passiert?«

Wortlos reichte Blakemoor ihr die Botschaft.

Sie las sie und sah Blakemoor an. »Ist er tot? Ist Rory Kraven tot?«

Der Kommissar nickte. »Er liegt in der Badewanne. Nackt, genau wie die Cottrell.«

Anne fühlte sich plötzlich wie betäubt. Hatte Rory Kraven etwa ihre Nachbarin ermordet? Aber Kraven war ein Nichts gewesen, der Typ Mensch, der sich im Leben äußerst schwertat und all seine Kräfte gebrauchte, um wenigstens einigermaßen über die Runden zu kommen. Sie konnte sich noch erinnern, wie sie ihn vor Jahren interviewt hatte, als der Verdacht zum ersten Mal auf seinen Bruder gefallen war. Rory hatte nicht über Richard reden wollen. Er hatte nur erwähnt, daß sie nicht besonders gut miteinander auskämen, wenig Kontakt besäßen und sich nicht sehr ähnlich seien.

Was ganz bestimmt die Wahrheit gewesen war. Richard Kravens Gesichtszüge waren markant gewesen, er hatte gut ausgesehen. Rorys Gesicht dagegen drückte Schwäche und Erfolglosigkeit aus. Er hatte eine einfache Stellung bei Boeing, wenn sie sich recht erinnerte, und er war ihr wie jemand vorgekommen, der niemals einen Tag in der Arbeit fehlte, kein Problem für andere darstellte. Ein Mensch, bei dem man sich darauf verlassen konnte, daß er seine Arbeit ordentlich, wenn auch nicht herausragend erledigte. Aber der langweilige, lahme Rory war auch der kleine Bruder von Richard Kraven gewesen – von Richard, der zu glänzen verstand, der all das war, was Rory gerne gewesen wäre.

Richard, der seit je der Augapfel seiner Mutter gewesen war...

Und das, so wußte Anne, hatte sich auch nach Richards

Tod nicht geändert. Selbst nach der Verhandlung, den abgelehnten Berufungen und der Hinrichtung hatte Edna Kraven immer noch behauptet, daß ihr Sohn unschuldig sei.

Unschuldig und fehlerlos.

Rory mußte sein ganzes Leben vor Neid auf Richard fast geplatzt sein, auch wenn er sich das nie hatte anmerken lassen. Über Richard hatten sogar noch nach seinem Tod die Zeitungen berichtet. Sie selbst hatte...

Plötzlich ergab alles einen Sinn.

»Er wollte Aufmerksamkeit erregen«, flüsterte sie und nahm kaum wahr, daß andere sie hören konnten. »Sein ganzes Leben lang hat sich das Augenmerk aller nur auf Richard gerichtet. Und das hielt auch nach seinem Tod noch an.«

Sie blickte erneut auf die Nachricht, die sie immer noch in der Hand hielt.

Ich hasse Nachahmer... unfähige Nachahmer... Letzten Endes konnte er nie so werden wie ich...

Sie las die Worte immer wieder, so oft, daß sie sicher war, sie hätte sie auch im Schlaf wiederholen können. Und sie starrte dabei unablässig auf die Botschaft.

Es war die Handschrift, über die sie nachdachte.

Sie starrte weiter auf den Zettel, wußte, daß sie die Schrift kannte, wollte es sich aber nicht eingestehen. Nicht ohne eine Erklärung dafür zu haben.

Aber dafür konnte es keine Erklärung geben.

Sie hatte Richard Kraven im elektrischen Stuhl sterben sehen. Sie hatte gesehen, wie sein Körper erstarrte, wie sich sein Gesicht verzerrte und seine Augen in die Höhlen zurückfielen.

Es war unmöglich, daß Richard Kraven die Nachricht geschrieben hatte, die sie jetzt in der Hand hielt.

Aber dennoch gab es keine Frage.

Es war seine Handschrift.

48. Kapitel

Blut.

Überall war Blut, doch diesmal war es nicht das Blut einer Katze.

Diesmal war es das Blut eines Menschen.

Glen Jeffers wußte, daß es Menschenblut war, obwohl er keine Ahnung hatte, woher es stammte. Er war über und über mit Blut verschmiert, an den Händen, im Gesicht, auf seinem ganzen nackten Körper.

Nackt?

Warum war er nackt?

Glen riß den Blick von seinem blutbespritzten Körper los und suchte die Wände um sich herum ab. Er war in einem Raum, den er nicht kannte – einem schäbigen Raum. In so einem ähnlichen hatte er einmal gewohnt, als er noch Architekturstudent war. Aber selbst sein damaliges Appartement auf dem Universitätsgelände von Roosevelt war hübscher als dieses hier gewesen. Die Wände hatten Risse gehabt und in einer war ein Loch gewesen, weil der Vormieter beim Öffnen des Schrankes mit der Tür gegen die Wand gestoßen war. Aber die Wände waren wenigstens weiß gewesen, denn er selbst hatte sie gestrichen.

Die Wände, die ihn jetzt umgaben, waren beige – jene Art von eintönigem schmutzigem Beige, mit dem die Wände vieler billiger Appartements gestrichen waren. Er sah ein Bett und eine durchgesessene Couch, deren Polster so verdreckt waren, daß man nicht mehr sagen konnte, welche Farbe sie einmal hatten.

Er entdeckte einen wackligen Tisch mit ein paar geschmacklosen Stühlen aus gefärbtem Metall.

Und noch mehr Blut.

Die Wände waren damit besudelt, genau wie die Möbel.

Überall war Blut.

Er wollte aus dem Zimmer stürmen, aber als er von einer Wand zu anderen rannte, schienen sie bedrohlich näher zu rücken, ihn einzusperren. Und er fand keine Tür.

Nur noch mehr Blut, das von den Wänden auf den Boden hinuntertropfte.

Glen konnte es jetzt unter seinen bloßen Füßen spüren, warm und klebrig, und er wollte weg, aber seine Füße wurden immer schwerer, unbeweglich, so als wären sie in Zement gegossen.

Die Wände schienen sich immer enger um ihn zu schließen, und er streckte die Arme aus, um sie wegzudrücken, doch dadurch verschmierte er nur die Blutflecken. Scharlachrot glänzendes Blut bedeckte seine Fingerspitzen, und er wollte seinem Schrecken mit einem Schrei Luft verschaffen.

Aber er brachte keinen Ton heraus.

Seine Kehle war wie zugeschnürt. Er konnte kaum noch atmen, nur noch heulen vor Angst.

Er drehte sich um und sah endlich eine Tür. Eine offene Tür, die in einen anderen Raum führte.

Er bahnte sich den Weg dorthin, zog seine Füße nach, die ihm bei jedem Schritt Widerstand leisteten. Licht drang durch den Türrahmen, und innen konnte er das schimmernde Email der Decke und dunkle Stockflecken im Mörtel der Wände erkennen.

Ein Badezimmer.

Dort gab es bestimmt eine Dusche, unter der er sich das Blut vom Körper spülen konnte. Ein Wimmern entstieg seiner Kehle, als er die Tür erreicht hatte, doch es erstarb sofort, als er sah, was in der Badewanne lag.

Es war eine Leiche – eine Männerleiche, nackt wie Glen selbst – ihre Augen starrten leer zur Decke. Die Kehle des Mannes war aufgeschnitten, sein Brustkorb geöffnet, so daß Herz und Lungen zu erkennen waren.

Und obgleich Glen sicher war, daß der Mann tot sein mußte, erkannte er, daß sein Herz schlug und sich die Lungen im gleichmäßigen Rhythmus des Schlafes hoben und senkten.

Dieser Anblick ließ ihn in ungläubigem Schrecken erstarren.

Wieder versuchte Glen zu schreien, taumelte nach vorn, stolperte und stürzte kopfüber auf die Leiche. Instinktiv streckte er die Hände aus, um den Fall abzuschwächen, mußte dann aber in hilfloser Abscheu erkennen, daß zuerst seine Finger, dann beide Hände zwischen den lebendigen Organen des geöffneten Brustkorbs verschwanden. Glen würgte, spürte, wie sich sein Magen zusammenzog, wußte, daß er sich übergeben würde. Er brach über der Wanne zusammen, lag ausgestreckt auf der Leiche, deren feuchtkalte, klebrige Haut ihm einen eisigen Schauder einjagte. Jetzt kam es ihm so vor, als würde die Leiche zu neuem Leben erwachen; ihre Arme schlangen sich um ihn und zogen ihn näher heran.

Der Kopf bewegte sich, und die Augen blinzelten.

Der Mund zuckte, und er fühlte Lippen an seinem Hals.

Dann Zähne.

Als Angst und Abscheu in ihm ins Unermeßliche wuchsen, nahm Glen alle Kraft zusammen, um sich von der makabren Umarmung loszureißen.

»Nein!« schrie er, als er endlich seine Stimme wiedergefunden hatte. »Nein!«

»Nein!« brüllte er noch einmal, und er richtete sich kerzengerade auf. Der Alptraum verflog, als Glen aufwachte, doch das fürchterliche Bild von der Leiche in der Badewanne war unauslöschlich in sein Gedächtnis gebrannt.

Ein paar Sekunden lang wußte er nicht, wo er sich befand. Er saß still da, keuchte, schnappte nach Luft, zitterte und wartete darauf, daß das Horrorbild des blutgetränkten Traums verblaßte. Sein Herz pochte, und ihn überfiel Panik. Ein neuer Herzanfall! Doch als er langsam zu sich kam, völlig wach war, beruhigte sich sein Herzschlag allmählich und fand zu einem normalen Rhythmus.

Auch seine Atmung hatte sich wieder beruhigt, und er schaute sich um. Die blutverschmierten Wände des Zimmers, in dem er gefangen gewesen war, waren verschwunden. Er war auf der provisorischen Plattform vor dem Aufzug des Jeffers Building. Langsam kam seine Erinnerung zurück. Er war in die City gefahren, um sich den Fortgang der Bauarbeiten anzuschauen und aufs Dach gefahren.

Er hatte sich dazu gezwungen, bis zur Umrandung zu gehen und nach unten zu blicken.

Dann hatte ihn Panik erfaßt! Ihm war schwindlig geworden, und ihn hatte das furchtbare Gefühl ergriffen, der Abgrund wollte ihn nach unten ziehen, ihn geradezu über das Geländer saugen. Er wußte noch, daß er sich nach draußen gelehnt hatte, daß er bereit gewesen war, sich fallen zu lassen, als...

Etwas – *jemand* – hatte ihn aufgehalten.

Mehr wußte er nicht. An nichts erinnerte er sich außer an den Alptraum.

Glen schaute auf die Uhr. Schon sechzehn Uhr. Bei seiner Ankunft hier war es doch erst halb elf gewesen! Wie konnte er den halben Tag auf der Plattform gelegen haben, ohne daß ihn jemand bemerkt hatte? Hätte sich der Bauarbeiter, der ein paar Etagen mit ihm zusammen hinaufgefahren war, nicht wundern müssen, warum er nicht mehr zurückkam? Oder das Mädchen im Büro? Hätte sie sich nicht fragen müssen, was geschehen war, als er nicht wieder auftauchte, um den Schutzhelm abzugeben? Glen raffte sich auf, stieg in den Aufzug und drückte den Knopf, damit der Aufzug ihn zum Boden des Schachts brachte.

Auf der Fahrt nach unten bemühte er sich, nur auf die Tür des Käfigs zu schauen, auf keinen Fall wollte er nach unten sehen, um nicht noch einmal von dieser furchtbaren Höhenangst erfaßt zu werden, die ihn fast das Leben gekostet hätte. Als der Aufzug scheppernd stoppte, seufzte Glen erleichtert. Aber im Büro bekam er gleich wieder den nächsten Schock. Janie Berkey strahlte ihn an und sagte: »Das hat ja nicht lange gedauert. Sie müssen Ihren Füller ziemlich schnell gefunden haben!«

Er konnte ihr nur noch kurz zunicken und den Helm an einen Haken hängen. Dann verließ er geradezu fluchtartig das Büro.

Wieder ein Blackout.
Wieder hatte er Stunden des Tages verloren.
Offenbar war er irgendwohin gegangen.
Aber wohin?
Und was hatte er dort gemacht?
Der blutgetränkte Alptraum kam ihm wieder in den Sinn...

49. Kapitel

Der Artikel würde auf der Titelseite erscheinen, das wußte Anne, und sie hätte sich eigentlich darüber freuen müssen. Statt dessen hatte sie aber Angst.

Es war sechzehn Uhr dreißig, und sie war mit ihrem Bericht über Rory Kravens Tod gerade fertiggeworden. Sie hatte noch ein letztes Mal mit Mark Blakemoor gesprochen und gehofft, er würde ihr sagen, daß Rory Kravens Fingerabdrücke nicht auf dem Messer waren, mit dem Joyce Cottrell getötet worden war.

Doch er hatte nicht nur bestätigt, daß Rory Kraven Joyce Cottrells Mörder war, sondern auch noch, daß dessen Handabdrücke mit den verschmierten Spuren identisch waren, die man in Shawnelle Davis' Küche entdeckt hatte.

Zu guter Letzt hatte Anne noch eine Notiz in Vivian Andrews' Computer hinterlassen, in der sie vorschlug, daß sie sich vorerst nur auf die bisher bekannten Tatsachen beziehen sollten, bis mehr Licht in die morgendlichen Ereignisse in Kravens Appartement gekommen wäre.

Wer hatte das getan? Und warum?

Wer konnte gewußt haben, daß Richard Kravens Bruder die beiden Frauen ermordet hatte, wenn nicht einmal die Polizei in der Lage war, unmißverständlich zu beweisen, daß ein und dieselbe Person die Taten begangen hatte?

Diese Fragen gingen Anne immer noch durch den Kopf, als sie nachmittags das Redaktionsgebäude verließ und nach Hause fuhr. Das Schlimmste von allem war – und es machte sie fast verrückt – das Auftauchen der seltsamen Nachricht. Sie hatte ja Mark Blakemoor schon von der Nachricht erzählt, die gestern nachmittag auf ihrem Monitor erschienen war. Obwohl er ihr interessiert zugehört hatte, hatte er am Ende doch einige Fragen gestellt, auf die sie nicht vorbereitet gewesen war:

Er hatte doch noch im Hinterhof gestanden, als sich das ereignete. Warum hatte sie ihn nicht gleich über den Vorfall in Kenntnis gesetzt?

Sie hatte Blakemoor auch nichts von der künstlichen Fliege erzählt.

Warum nicht?

Ihre Finger verkrampften sich um das Lenkrad. *Weil es nichts zu bedeuten hatte. Und weil es nichts mit der Nachricht auf ihrem Monitor zu tun hatte oder mit Kumquats Tod oder sonst was! Glen hatte ihr doch erklärt, woher sie stammte: er hatte sie gekauft! Es war nur ein Zufall, daß sie aus Federn und Haaren hergestellt war, die von ihren Haustieren stammen konnten, was glaubte sie denn, um Himmels willen? Daß jemand – ein Fremder, der vorgab, Richard Kraven zu sein – in ihr Haus geschlichen war, eine künstliche Fliege fabriziert, ihre Katze getötet und dann eine Nachricht im Computer hinterlassen hatte?*

Anne schob die Gedanken als aberwitzig beiseite, sie machte sich allmählich selbst verrückt.

Als sie sich ihrem Haus näherte, fluchte sie laut, denn es stand in ihrer Straße ein großes Wohnmobil, das gleich zwei Parkplätze einnahm. Schließlich fand sie einen freien Platz in der nächsten Straße. Auf ihrem Weg zum Haus warf Anne nochmals einen Blick auf das Wohnmobil.

Sie öffnete die Tür ihres Hauses und rief:

»Hallo. Ist jemand da?«

»Hier hinten«, antwortete Glen aus seinem Arbeitszimmer.

Anne legte ihre Tasche unter den Tisch und ging ins Arbeitszimmer. Glen saß am Zeichentisch und wirkte fast schuldbewußt, als sie hereinkam. »Ich arbeite nicht«, versicherte er ihr. »Ich kritzle nur ein bißchen vor mich hin.«

Anne beugte sich zu ihm und gab ihm einen Kuß. »Machst du das schon den ganzen Tag?«

Sie fühlte, wie sich sein Nacken versteifte, doch dann nickte er.

»Und was gab's bei dir?«

Anne ließ sich auf einen Stuhl fallen und erzählte Glen von dem Mord an Rory Kraven.

Während Glen seiner Frau zuhörte, erschienen vor seinem geistigen Auge Bilder.

Bilder aus seinem Traum vom Nachmittag; Bilder, die bis aufs Detail Annes Schilderung über den Fund der Leiche Rory Kravens in dessen Badewanne entsprach.

Aber er hatte ja nur geträumt, dachte Glen. Ganz bestimmt hatte er nur geträumt.

50. Kapitel

Jüngerer Bruder des Serienmörders tot aufgefunden
Rory Kraven für die Morde von Capitol Hill verantwortlich

Die Leiche von Rory Kraven, 41, Bruder des kürzlich hingerichteten Serienmörders Richard Kraven, wurde gestern nachmittag in seiner Wohnung in Capitol Hill gefunden. Das Opfer eines bislang unbekannten Täters starb an mehreren Stichwunden. Die unbekleidete Leiche, die in der Badewanne lag und ähnliche Verstümmelungen wie die Opfer Richard Kravens aufwies, wurde von seiner Mutter Edna Kraven, 66, entdeckt.

Nach Angaben der Polizei wurden hinreichende Beweise gefunden, die Rory Kraven als Mörder von Shawnelle Davis und Joyce Cottrell überführen. Kommissar Mark Blakemoor bestätigte, daß Rory Kravens Fingerabdrücke identisch sind mit denen, die...

Edna Kraven starrte die Meldung auf der Titelseite des *Herald* an. Sie war die ganze Nacht wach geblieben, und aus lauter Angst, im Schlaf vom Bild ihres armen Rory heimgesucht zu werden, nicht ins Bett gegangen. Sie wußte, daß sie dieser Anblick verfolgen würde. Wie seine Augen sie angestarrt hatten! Und dann die furchtbaren Schnitte in seiner Kehle und Brust! Wäre sie nur nicht zu seiner Wohnung gefahren! Sie hatte gewußt, daß etwas nicht stimmte, hatte es vom ersten Moment an geahnt, als sie die Treppen hinaufstieg! Und das hatte sie auch Anne Jeffers erzählt.

Doch damit nicht genug, daß dieses Weib kein Wort über das schrieb, was sie ihr gesagt hatte – sie verbreitete sogar noch weitere Lügen! Und als ob es noch nicht genug wäre, weitere Unwahrheiten über Richard aufzutischen – verbreitete dieses Biest jetzt auch noch Lügen über Rory!

Allein schon auf den Gedanken zu kommen, Rory könne die beiden Frauen getötet haben!

So etwas Absurdes – Rory brachte in Gegenwart von Frauen ja kaum den Mund auf.

Edna hatte die Fotos dieser Frauen im Fernsehen gesehen. Billig, alle beide.

Eine von ihnen war eine Hure gewesen, die andere eine Art Einsiedlerin. Was sollte Rory mit solchen Menschen zu tun gehabt haben?

War es dagegen nicht offensichtlich, daß Rorys Mörder auch diese beiden umgebracht hatte?

Unfähig waren sie alle, sagte sich Edna. Die Polizei konnte den Mörder nicht fassen, deshalb gab sie dem armen, dummen Rory die Schuld. Und dann auch noch diese Reporterin, die schon immer ihren Liebling Richard zum Sündenbock gemacht und darüber geschrieben hatte! Edna schauderte bei dem Gedanken, ihre Nachbarn könnten die Verleumdungen lesen, mit denen fast die ganze Titelseite der Zeitung beschmiert war.

Nun, gegen die Polizei konnte sie leider nichts unternehmen, aber dafür konnte sie dieser Jeffers ganz gehörig die Meinung sagen!

Obgleich es noch nicht einmal sieben Uhr war, suchte Edna im Telefonbuch nach der Nummer des *Seattle Herald*. Mit verkniffenem Mund hörte sie die Telefonistin sagen, daß die Reporterin bis jetzt noch nicht gekommen sei. »Nein, ich will ihr ganz bestimmt keine Nachricht hinterlassen«, sagte Edna, als ihr die Frau anbot, sie mit Annes Anrufbeantworter zu verbinden. »Ich will mit ihr selbst reden!«

Mit wachsendem Zorn suchte Edna im Telefonbuch den Buchstaben J durch.

…auf dem Messer gefunden wurden, mit dem Joyce Cottrell getötet worden ist. Außerdem waren Fingerabdrücke in Shawnelle Davis' Appartement identisch mit denen von Rory Kraven.

Am Tatort des letzten Mordfalles wurde eine Nachricht entdeckt, die von der Polizei bislang nicht zur Veröffentlichung preisgegeben wurde. Bisher wurde nur verlautbart, daß sowohl aufgrund dieser Nachricht, als auch aufgrund der Verletzungen des Toten ein Selbstmord ausgeschlossen werden kann. Gleichzeitig bestätigte die Polizeidienststelle, daß es bislang noch keine Hinweise auf Verdächtige gebe.

Man kann jedoch davon ausgehen, daß der Täter Rory Kraven bekannt gewesen sein muß, da am Tatort keine Anzeichen eines Kampfes oder für ein gewaltsames Eindringen des Täters gefunden wurden. Drei Nachbarn, deren Namen auf ihren Wunsch ungenannt bleiben, bestritten, an diesem Morgen irgend etwas Ungewöhnliches gehört zu haben. Sachdienliche Hinweise, die im Zusammenhang mit diesem Mord stehen, werden von jeder Polizeidienststelle entgegengenommen…

Als das Telefon klingelte, sah Glen von der Zeitung auf, die ausgebreitet auf dem Küchentisch lag. Er wartete erst, ob Heather oder Kevin von ihrem Nebenanschluß aus abheben würden, dann griff er nach dem Wandtelefon über der Küchentheke.

»Hallo?«

»Ich will Anne Jeffers sprechen!« Eine Frauenstimme schrillte derart durch den Hörer, daß es Glen kalt den Rücken runterlief. »Ist sie da?«

Er spürte, wie sich eine Gänsehaut auf seinen Armen bildete. »Ich... Nein, sie ist nicht da«, antwortete er. »Sie ist weggegangen...« Er hielt jäh inne. Er hatte keine Ahnung, mit wem er sprach, aber etwas in der Stimme dieser Frau machte ihn... was?

Ängstlich? Das war es nicht.

Nervös? Schon eher, es traf aber auch nicht sein Gefühl.

Jedenfalls fühlte er sich äußerst unbehaglich. Er entschied sich, lieber nicht zu sagen, daß seine Frau im Volunteer Park joggte – zumindest, solange er nicht wußte, wer die Anruferin war und was sie von Anne wollte. »Kann ich ihr etwas ausrichten?« fragte er.

Die Anruferin zögerte einen Moment, dann sagte sie: »Hier spricht Edna Kraven.«

Kalter Schweiß lief Glen über den Körper, und er fühlte sich benommen. Er hielt sich an der Küchentheke fest, um sich zu stützen, aber als seine Finger das harte Holz umklammerten, verschlimmerte sich das Schwindelgefühl noch. Ihm wurde schwarz vor den Augen, als ob er gleich in Ohnmacht fallen würde.

Die Stimme, die Edna jetzt antwortete, hatte sich verändert.

»Oh, Mrs. Kraven«, sagte die Stimme höflich. »Erst vor ein paar Minuten hat meine Frau mit mir über Sie gesprochen. Ich bin sicher, sie möchte sich mit Ihnen unterhalten. Vielleicht könnten wir einen Termin ausmachen?«

Ein Summen... Glen hörte ein Summen im Ohr, und er war völlig verwirrt. Dann klärte sich sein Verstand, das Schwindelgefühl verschwand, und er begann sich zu erinnern. Er hatte Kaffee getrunken und Zeitung gelesen, als das Telefon klingelte. Er hatte abgehoben, und eine Frau hatte ihn nach Anne gefragt. Dann war ihm auf einmal schwindlig geworden, und jetzt konnte er sich nicht mehr erinnern, ob er die Frau nach ihren Namen gefragt hatte oder nicht.

»Hallo?« sagte er und drückte sich den Hörer fest gegen das Ohr. Doch er hörte nichts als das Summen, das anzeigte, daß der Anrufer längst aufgelegt hatte. Stirnrunzelnd legte er auch den Hörer auf. Heute morgen, entschloß er sich, würde er endlich Gordy Farber anrufen und ihm alles sagen, was passiert war.

Die letzten Blackouts, die immer schlimmer werdenden Alpträume, die Erinnerungen an Ereignisse, die er unmöglich erlebt haben konnte ... Wenn Gordy ihm dann riet, unbedingt wieder ins Krankenhaus zu gehen, dann mußte es eben sein. Zu viele seltsame Dinge waren mit ihm geschehen. Und gestern, als er auf der Plattform seines Hochhauses zusammengebrochen war, hätte er sich um ein Haar selbst umgebracht.

Doch als Anne einige Minuten später von ihrem morgendlichen Jogging zurückkehrte, seinen gequälten Gesichtsausdruck und seine schweißglänzende Haut sah, ihn fragte, wie es ihm ginge, zuckte er nur mit den Schultern und gab vor, daß alles in Ordnung sei.

Und obwohl er ihre Sorge um ihn von ihren Augen ablesen konnte, als sie eine Stunde später zur Arbeit fuhr, konnte er nichts tun oder sagen, um ihre Sorgen zu lindern.

Gordy Farber wollte er auch nicht mehr anrufen.

51. Kapitel

Anne schaute auf den Monitor vor sich. Sie wußte, daß die Story, an der sie arbeitete, gut war. Es war ein Artikel über die unterschiedlichen Charaktere von Rory und Richard Kraven, in dem sie die Vermutung äußerte, daß die Brüder möglicherweise eine Art »Killer-Gen« gemeinsam hatten, was sie beide zu Serienmördern gemacht hatte. Dennoch war es ihr fast unmöglich, sich zu konzentrieren. Das hing nicht allein mit ihrer Verwirrung über das, was mit Rory Kraven passiert war, zusammen.

Glen ging ihr nicht mehr aus dem Sinn. Sein eigenartiges Verhalten machte ihr Sorgen. Alles hatte mit Joyce Cottrells seltsamer Behauptung begonnen, sie habe ihn nackt gesehen; dann war die Geschichte mit der Katze passiert. Sogar etwas so Belangloses wie die künstliche Fliege gab ihr zu denken. Aber mehr noch: Der Glen Jeffers, in den sie sich einmal verliebt hatte, hätte sie heute morgen nicht zur Arbeit gehen lassen, ohne ihr einen Kuß zu geben, geschweige denn, ohne mit ihr überhaupt zu sprechen. Zwischen ihnen war eine Kluft entstanden, die jeden Tag tiefer wurde.

Anne griff zum Telefon und wählte Gordy Farbers Nummer. Sie erwischte ihn noch vor seinem ersten Termin und berichtete ihm rasch von ihren Ängsten. »Sie haben mich zwar gewarnt, daß er vielleicht nicht mehr ganz derselbe wäre wie früher, aber so etwas hätte ich dann doch nicht erwartet. Manchmal komme ich mir vor, als ob ich mit einem Fremden zusammenlebe. Und das hängt nicht nur mit seinem Verhalten zusammen, Dr. Farber. Er macht Dinge, die...«

»Ich rufe ihn an«, unterbrach Farber und sah auf die Uhr. Er war mit seinem Zeitplan bereits im Rückstand, und Anne klang so, als würde sie noch eine halbe Stunde weiterreden wollen. »Ich ruf ihn gleich an. Vielleicht kann ich heute morgen noch einen Termin für ihn einschieben.«

Anne entspannte sich ein wenig. »Danke, Dr. Farber. Das wäre mir sehr recht. Und rufen Sie mich bitte an, wenn Sie mit ihm gesprochen haben. Okay?« Sie verabschiedete sich und legte den Hörer auf, als der zweite Apparat klingelte. »Anne Jeffers.«

»Mark.« Er zögerte kurz, fügte dann hinzu: »Mark Blakemoor.«

Anne lächelte wegen seines Zögerns. Befürchtete er wirklich, daß sie nach all den Jahren, in denen sie über den Fall Kraven berichtet hatte, seine Stimme nicht erkennen würde? Dann wurde ihr Gesichtsausdruck ernst, als sie bemerkte, daß es ihr angenehm war, seine Stimme zu hören. Es war das Gefühl, das sie immer gehabt hatte, wenn Glen angerufen hatte...

Angerufen *hatte*? Was dachte sie sich eigentlich? Verwirrt versteckte sie ihre Nervosität hinter einem geschäftsmäßigen Ton. »Ich habe Ihre Stimme schon erkannt, Mark. Um was geht's?«

»Was haben Sie heute morgen vor?«

Anne war verwundert. Es sah dem Kommissar überhaupt nicht ähnlich, um den heißen Brei zu reden. Außerdem glaubte sie einen Unterton in seiner Stimme zu hören, den sie an ihm noch nicht kannte. Er klang nicht nur unsicher, er klang regelrecht nervös. »Ich weiß nicht recht«, sagte sie vorsichtig. »Ich hab ziemlich viel zu tun...«

»Verschieben Sie's«, sagte Blakemoor so kurz und bündig, daß Anne fast ärgerlich wurde. Was glaubte er denn, wer er war? Doch als er fortfuhr, verging ihr Ärger. »Passen Sie auf, ich kann nicht telefonisch mit Ihnen darüber reden. Im Grunde sollte ich eigentlich überhaupt nicht mit Ihnen darüber sprechen. Aber ich schätze, in diesem Fall haben Sie ein Recht darauf, es zu erfahren, zumindest inoffiziell. Klar?«

Anne hatte verstanden. Worüber er auch immer mit ihr reden wollte, es hatte etwas mit dem Mord an Rory Kraven zu tun und war mit Sicherheit nicht für die Öffentlichkeit bestimmt. Aber warum rief er sie dann überhaupt an? Er wußte doch, wie sehr sie es haßte, inoffizielle Informationen zu bekommen, ohne sie dann verwenden zu dürfen.

»Anne, die Sache ist wichtig«, fuhr er fort. Er wußte genau, wie er ihre Unschlüssigkeit zu deuten hatte und ließ sie das auch wissen. »Glauben Sie mir, wenn Sie es nicht sofort wissen müßten, hätte ich Sie gar nicht erst angerufen.«

»Wo und wann?« Anne war bereit, ihn zu treffen.

»Im Red Robin. In einer halben Stunde?«

»Gut. Bis dann.«

Als Anne zwanzig Minuten später das Restaurant in der Fourth Avenue betrat, wartete Mark Blakemoor schon am Eingang mit einem Briefumschlag in der Hand auf sie. Er nahm ihren Arm und ging zur Wirtin, die beide zu einer Sitzgruppe im hinteren Teil des Raumes führte, dessen andere Tische nicht besetzt waren. »Danke, Millie«, sagte er. »Heute möchte ich ungestört sein.«

Die Wirtin lächelte. »Bitte. Aber ich kann die Tische nicht bis zum Mittagessen freihalten.«

»Ist schon in Ordnung.« Er bestellte Kaffee für sich und Anne, wartete, bis sich die Wirtin entfernt hatte und fixierte Anne. »Wie geht's Ihrem Magen?«

Annes Augen wanderten automatisch zu dem Umschlag, der zwischen ihnen lag. Beim Gedanken daran, was er wohl enthalten könnte, wurde ihr ein wenig mulmig. »Ganz gut, glaube ich. Wieviel muß er denn aushalten?«

Der Kommissar warf ihr einen nichtssagenden Blick zu. »Ich werde Ihnen ein paar Fotos zeigen, die außerhalb der Dienststelle noch niemand gesehen hat. Es sind Fotos von Leuten, die Richard Kraven angeblich umgebracht haben soll.«

»Angeblich?« Anne wurde aufmerksam. »Mark, was geht hier vor?«

Der Kommissar sah ihr in die Augen. »Geben Sie mir Ihr Wort, daß alles, was ich Ihnen sage, unter uns bleibt. Ich habe Ihnen nichts gezeigt, Sie haben nichts gesehen, nichts gehört und ziehen erst recht keine Rückschlüsse.«

»Warum reden Sie dann überhaupt mit mir?«

Sogar in dem gedämpften Licht des Restaurants sah Anne, wie Mark errötete. »Weil ich mir Sorgen um Sie mache. Und weil ich glaube, Sie haben ein Recht, das zu wissen, was ich weiß.«

Anne fühlte, daß ihre Augen feucht wurden und mußte sich zurückhalten, daß sie nicht ihre Hand auf seine legte. »Einverstanden. Reden Sie. Ich verspreche Ihnen, daß alles unter uns bleibt.«

Der Kommissar öffnete den Umschlag, zog ein Foto heraus und reichte es Anne. Es war ein Farbfoto in Hochglanz.

Sie sah die Aufnahme eines Tatorts: Eine männliche Leiche, deren Nacktheit nur teilweise durch Rhododendronblätter verhüllt wurde, lag ausgestreckt am Boden. Ihre Arme waren angewinkelt, ein Bein über das andere geschlagen.

Der Brustkorb war geöffnet, das Herz und die Lungen herausgerissen.

»Eugene MacIntyre«, sagte Anne ruhig, als ihr Magen angesichts der zerschundenen Leiche zu rebellieren drohte. »Opfer Nummer sechs, wenn ich mich recht erinnere.«

Mark seufzte schwer. »Korrekt. Und das hat der Leichenbeschauer bei der Autopsie gefunden.« Er schob ein weiteres Bild über den Tisch und drehte sich dabei reflexartig um, als ob er sichergehen wollte, daß niemand sie beobachtete.

Anne nahm das Foto und drehte es so, daß sie es hochkant betrachten konnte. Es war eine Zusammensetzung von vier Einzelfotos, die die Brusthöhle Eugene MacIntyres in verschiedenen Vergrößerungen zeigten – die inneren Organe fehlten. Das vierte Bild erregte Annes volle Aufmerksamkeit. Es zeigte nur einige Quadratzentimeter des Inneren von MacIntyres Brusthöhle. In das Gewebe waren zwei identische Zeichen eingeritzt:

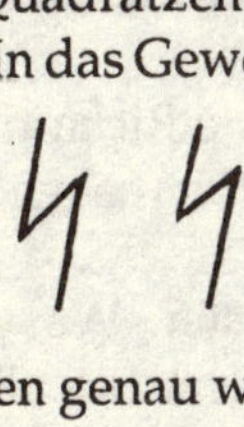

Schwarze Blitze. Sie sahen genau wie zwei winzige schwarze Blitze aus.

Während Anne still das groteske Monogramm betrachtete, reichte Mark ihr noch drei Fotos. Alle zeigten das gleiche Objekt, nur in unterschiedlicher Vergrößerung aus dem Inneren des Brustkorbs. Und man erkannte das Zeichen des Mannes, der vermutlich die Person getötet hatte. Eine groteske, in das Fleisch geschnittene blutige Signatur.

»Bei allen dasselbe?« fragte Anne matt. »Hat er das bei allen so gemacht?«

Der Kommissar nickte. »Davon haben wir im Sonderdezernat nichts nach außen sickern lassen. Das war unser Trumpf, deshalb haben wir es auch für uns behalten.« Er blickte ihr wieder in die Augen. »Sagen Sie mir die Wahrheit, Anne. Haben Sie jemals etwas davon gehört? Vielleicht auch nur über Gerüchte?«

Anne mußte nicht lange eine Antwort überlegen: »Niemals.« Ihr schnürte es die Kehle zu.

»Dann sehen Sie sich das mal an.« Blakemoor nahm das letzte Foto aus dem Umschlag. »Das haben wir gestern nacht bei der Autopsie von Rory Kraven gemacht.« Als er das Foto über den Tisch schob, wünschte Anne sich, sie müßte es nicht mehr anschauen. Dann drehte sie es um.

Sie sah dieselbe Zusammenstellung wie auf den anderen Fotos, doch diesmal zeigte die erste Ansicht Rory Kravens ganzen Körper. Dann folgten wieder verschiedene Stadien von Vergrößerungen – und den krönenden Abschluß bildete die Nahaufnahme des makabren Zeichens, das sie schon auf den anderen Fotos gesehen hatte. Allerdings konnte das gar nicht möglich sein.

»Aber wir haben doch gesehen, wie er gestorben ist«, flüsterte Anne mit zugeschnürter Kehle. »Um Gottes willen, Mark, wir waren dabei!«

»Wir haben gesehen, wie Richard Kraven starb. Aber wir haben nicht den Mann sterben sehen, der diese Morde begangen hat.«

Anne sank in das Polster. Was das bedeutete, war ihr klar: sie hatte falschgelegen. Sie alle hatten falschgelegen. »Und was ist mit der Nachricht?« fragte sie und griff verzweifelt nach dem letzten Strohhalm. »Sie muß eine Fälschung sein. Und wenn dieser Kerl in der Lage war, Richard Kravens Handschrift zu fälschen, konnte er bestimmt auch ...«

Sie verstummte, erkannte, daß diese Folgerung unlogisch war.

»Der einzige Mensch, der von diesem Zeichen wußte, war der, der die Morde begangen hat.« Mark sprach genau den Gedanken aus, der Anne hatte verstummen lassen.

In ihrem Kopf überschlugen sich die Gedanken. Es mußte eine Erklärung geben! »Ein Komplize!« platzte sie heraus. »Wenn Richard Kraven einen Komplizen hatte...«

»Das paßt nicht«, unterbrach Mark. »Ich habe schon darüber nachgedacht. Serienmörder haben keine Komplizen. Es ist wie Onanieren – man tut es ganz allein.«

»Bonnie und Clyde... Die Manson-Familie...«

»Das ist nicht dasselbe. Bonnie und Clyde waren nur Bankräuber. Gewalttätig zwar, aber eben nur Bankräuber. Die Manson-Bande war eine Sekte. In Sekten bleibt nie etwas lange ein Geheimnis. Früher oder später quatscht immer wer. Aber über den hier haben wir keinen Pieps gehört, keine Gerüchte, gar nichts. Wir haben nur Richard Kravens Beteuerungen, daß er nie ein Verbrechen begangen hat.«

Anne sah ihn ernst an. »Und jetzt sieht es danach aus, als hätte er die Wahrheit gesagt...« Aber das war unmöglich! Er war überführt worden! »Was ist mit dem Prozeß? Was sagt der Staatsanwalt in Connecticut?«

»Ich habe mit ihm gesprochen. Dort hat man dieselben Markierungen in den Leichen gefunden, und sie haben dort genauso Stillschweigen darüber bewahrt wie wir. Aus genau denselben Gründen. Man muß etwas in der Hand haben, das all die Verrückten, die sich in solchen Fällen zu den Morden bekennen, nicht wissen können. Andernfalls verbringt man seine Zeit damit, Geständnisse entgegenzunehmen.«

Anne fühlte sich, als hätte sie ein kräftiger Schlag in den Magen außer Gefecht gesetzt. Was hatte sie getan? Wie konnte sie so völlig danebengelegen haben? Sie versuchte sich einzureden, daß es nicht allein ihre Schuld war – das gesamte Sonderdezernat war überzeugt gewesen, daß Richard Kraven der Schuldige war.

Aber *sie* war es gewesen, die nicht mehr locker gelassen

hatte, als der erste Verdacht auf Kraven gefallen war. Sie, die ihn in der Presse schon längst überführt hatte, als seine Verhandlung überhaupt noch nicht begonnen hatte. Sie, die immer wieder und unerbittlich betont hatte, daß nur die Todesstrafe die Öffentlichkeit vor ihm schützen könne.

»Was bedeutet das?« fragte sie, wußte aber sofort die Antwort: Ausgleichende Gerechtigkeit. Seit Richard Kravens Hinrichtung war ihre Welt auseinandergebrochen. Erst Glens Herzinfarkt, dann seine Wandlung, die einen Fremden aus ihm gemacht hatte. Und jetzt noch das.

Sie konnte niemandem die Schuld geben, außer sich selbst. Sie hatte das Leben eines Unschuldigen auf dem Gewissen, und dafür mußte sie jetzt bezahlen.

»Es bedeutet, daß der, für den Kraven gestorben ist, immer noch frei herumläuft«, antwortete Blakemoor, der Annes Schmerz spürte und schließlich seine Hand auf ihre legte. »Daß er Rorys Leiche signiert hat, zeigt, daß er vorhat, seine Karriere dort wieder aufzunehmen, wo er sie abgebrochen hat. Damals hat er ja offenbar so lange Pause gemacht, bis Richard Kraven die Sache für ihn ausgebadet hatte.«

Anne hörte die Worte, wußte auch, daß sie wahr waren, aber etwas in ihr weigerte sich nach wie vor, sie zu akzeptieren. Irgend etwas stimmte bei der ganzen Sache nicht. Oder war sie einfach unfähig zuzugeben, daß sie im Unrecht war? War sie derart überheblich geworden, daß sie nicht einmal mehr Tatsachen akzeptieren konnte?

»Kommen Sie, gehen wir«, hörte sie Mark sagen.

Wortlos ließ sie sich von ihm aus dem Restaurant führen, und als er schützend den Arm um sie legte, ließ sie es geschehen. Unbewußt rückte sie sogar noch näher an ihn, dankbar für jeden Schutz, den sie jetzt finden konnte, nachdem ihre Welt so plötzlich zusammengebrochen war.

52. Kapitel

Glen erkannte sofort, daß es Gordy Farber war, als er den Hörer abhob.

»Na, wie geht's, Glen?« fragte der Herzspezialist ganz beiläufig, trotz der Sorge, die ihn erfüllte. Offensichtlich war da immer noch die Angst, die er seinem Patienten bei dessen letztem Besuch angemerkt hatte. Inzwischen war sie sogar auf Anne übergegangen, obwohl er vermutete, daß deren Furcht weniger mit ihrem Mann als mit den Ereignissen um sie zusammenhing. Trotzdem hatte er sich entschlossen, Glen gleich heute anzurufen. »Was ist passiert? Hatten Sie noch mehr von diesen Blackouts?«

Glen erinnerte sich plötzlich daran, daß er heute morgen Gordy anrufen wollte. Warum hatte er es nicht getan? Er schaute auf die Uhr. Fast eine Stunde war vergangen, seit er die Küche aufgeräumt hatte und...

Und was dann? Er wußte es nicht mehr! Wieder war eine Stunde seines Lebens verschwunden! Verdammter Mist!

»Eigentlich wollte ich Sie heute auch anrufen, Gordy«, begann er. »Ich glaube allmählich, daß ich anstelle von Herzproblemen eher die Alzheimersche Krankheit bekomme. Gestern...« Bevor er weitersprechen konnte, wurde er vom Klingeln an der Haustür unterbrochen. »Bleiben Sie dran, Gordy. Jemand ist an der Tür.«

Glen legte den Hörer auf den Tisch, ging zur Tür und öffnete einer untersetzten Frau, die ihn unsicher anlächelte. Sie war Anfang Sechzig, wie er schätzte, trug ein unförmiges Kleid und hatte zuviel Make-up aufgelegt. Ihr schwarzgefärbtes Haar hatte sie zu einem Zopf gebunden. Obwohl er sicher war, sie nie zuvor gesehen zu haben, kam sie ihm irgendwie bekannt vor.

»Mr. Jeffers?« fragte die Frau. »Ich bin Edna Kraven.«

Schon als er sie ansah, überkam ihn dasselbe Schwindelgefühl, das ihn schon vorher übermannt hatte. Er trat einen Schritt zurück und kämpfte gegen die Dunkelheit an, die ihn schon wieder zu umhüllen begann.

Er konnte nichts dagegen tun. Der Kampf gegen die Persönlichkeit des anderen, die immer stärker wurde, schien zusehends aussichtsloser.

»Laß sie nicht, Mama! Bitte, laß sie nicht!«

»Sei jetzt Mamas braver, kleiner Sohn. Sie wollen dir nicht weh tun. Sie wollen dir nur helfen.«

Aber Richard Kraven wußte, daß sie ihm nicht helfen wollten. Sie wollten ihm wehtun, wie beim letzten Mal, genau wie ihm auch sein Vater wehgetan hatte. Ihre Hände griffen nach ihm, und er versuchte, sich an seiner Mutter festzuklammern. Doch die befreite sich von seiner Umklammerung.

Eine der weißgekleideten Personen beugte sich hinab, um ihn hochzuheben, aber Richard schreckte zurück und kämpfte verzweifelt gegen die Tränen an. Er wußte nur zu gut, was passieren würde, wenn er weinte. Sein Vater hatte ihm das schon längst beigebracht. Trotz seines Fluchtversuchs packte ihn der große Mann in dem weißen Mantel und bog ihm die Arme auf den Rücken. »Keine Bange«, sagte der Mann. »Du willst doch nicht, daß wir dich wieder in die Jacke stecken müssen, oder?« Richard schüttelte den Kopf. Nackte Angst erfüllte ihn. Letztes Mal hatte ihn seine Mutter hierhergebracht, nachdem er ihr erzählt hatte, was sein Vater immer mit ihm anstellte, sie es ihm aber nicht geglaubt hatte. Dann war er richtig zornig geworden. Sie hatten ihn in eine Jacke mit Ärmeln gesteckt und sie ihm auf dem Rücken zusammengebunden, so daß er seine Arme nicht mehr hatte bewegen können. Er hatte Todesängste ausgestanden – größere Ängste als sie ihm sein Vater im Keller je eingejagt hatte.

Trotzdem war heute der Gedanke an die Jacke nicht einmal das Schlimmste von allem.

Selbst die Vorstellung, daß sie ihn wieder in eiskaltes Wasser stecken könnten, war nicht das Schlimmste.

Das Schlimmste war, daß er wußte, was sie heute mit ihm

machen würden, denn seine Mutter hatte ihm davon erzählt. »Es ist nur zu deinem Besten«, hatte sie erklärt. »Und es tut ganz bestimmt nicht weh.«

Aber das stimmte nicht. Es tat sogar mehr weh, als alles andere, an das er sich erinnern konnte, sogar mehr als die Elektroschocks, die ihm sein Vater verpaßt hatte.

Und wieder sah er seine Mutter an, doch anstatt ihm zu helfen, lächelte sie nur milde, als ob alles in Ordnung wäre. »Sei jetzt mein lieber Junge, Richard. Sei Mamas Liebling. Das bist du doch immer gewesen.«

Sie wandte sich ab und ging weg. Sie ließ ihn zurück bei den großen Männern in ihren weißen Mänteln und drehte sich nicht einmal nach ihm um.

An diesem Tag hatte er überhaupt nicht geweint. Er hatte nicht einmal geweint, als sie ihn in den Raum schleppten, wo das harte Bett mit den dicken Riemen stand, die ihn festhielten.

Auch dann nicht, als sie ihm die Drähte am Kopf anschlossen. Und auch dann nicht, als elektrische Schläge ihn durchzuckten, und er glaubte, sterben zu müssen.

Tatsächlich hat er überhaupt nie mehr geweint.

Und er hatte immer alles getan, um Mamas Bester zu sein. Doch der Zorn – die kalte Wut, die er immer zu verbergen suchte – begann zu wachsen.

Sie wuchs jeden Tag, jede Woche, jeden Monat.

Jahr für Jahr war die Wut bis ins Unermeßliche gewachsen. Und seine Mutter hatte nie etwas davon bemerkt.

Immer hatte sie geglaubt, daß er ihr idealer kleiner Junge war, der sie genauso liebte wie sie ihn.

Aber er wußte es besser. Egal, was sie auch sagte, er wußte, daß sie ihn nicht liebte, daß sie ihn nie geliebt hatte. Hätte sie das getan, dann hätte sie ihn auch vor seinem Vater beschützt und vor den Männern in den weißen Mänteln mit ihrer schrecklichen Maschine, die schlimmer war als die Stromkabel seines Vaters.

Nein, sie liebte ihn nicht; sie haßte ihn, so wie auch er sie haßte.

»Wollen Sie nicht nähertreten?« Die Worte kamen aus dem Mund von Glen Jeffers, doch es war Richard Kraven, der die Frage stellte und seiner Mutter die Tür aufhielt. »Ich war gerade am Telefon. Warten Sie bitte eine Sekunde.«

Vornehm, dachte Edna Kraven, als sie zustimmend nickte. So vornehm wie Richard gewesen war. »Ich hoffe sehr, daß ich Sie nicht störe.«

Er machte eine abwehrende Geste. »Aber ich bitte Sie, natürlich nicht.« Dann ging er zum Telefon. »Gordy? Leider ist mir etwas dazwischengekommen. Ich rufe Sie später zurück.« Ohne eine Antwort des Arztes abzuwarten, legte er den Hörer auf die Gabel, ergriff sanft den Ellenbogen seiner Mutter und führte sie ins Wohnzimmer. »Wie schön, daß Sie gekommen sind.«

Edna war nervös, ließ sich auf einer Ecke des Sofas nieder und schaute sich verstohlen die Möbel des Raumes an. Einige davon fand sie genauso hübsch wie die von Richard. Vermutlich waren das die Möbelstücke, die Mr. Jeffers selbst ausgesucht hatte. Ganz bestimmt besaß diese schreckliche Frau, mit der er verheiratet war, keinen so guten Geschmack. Als ihr Blick wieder den ihres Gastgebers traf, schlug ihr Herz schneller. Obwohl er nicht im geringsten wie Richard aussah, gab es so vieles an ihm, das sie an ihren Sohn erinnerte. Zuerst seine Stimme. Die wunderbar sanfte Art, wie er sprach. Und auch seine Augen. Die hatten zwar nicht ganz dieselbe Farbe wie die Richards, aber dieselbe Tiefe – die Fähigkeit, in jemanden hineinsehen zu können.

»Ich muß erst mal nachdenken«, sagte sie und zwirbelte mit ihren Fingern an einem der großen Knöpfe ihres Kleides herum. »Sie waren heute morgen am Telefon so nett zu mir, da dachte ich mir, daß ich vielleicht lieber mit Ihnen anstatt mit Ihrer Frau sprechen sollte. Wenn Sie doch nur ein wenig über Richard Bescheid wüßten... Sie können sich einfach nicht vorstellen, wie es mich verletzt, wenn Ihre Frau so gräßliche Dinge über ihn schreibt.«

Er lächelte. »Das kann ich mir durchaus vorstellen. Glauben Sie mir, ich verstehe ganz und gar, wie Ihnen zumute ist.«

Edna Kraven strahlte. »Oh! Ich wußte, daß ich mich nicht in ihnen getäuscht habe. Von Anfang an! Wissen Sie, Sie erinnern mich nämlich an Richard. Schon als ich heute morgen zum ersten Mal Ihre Stimme hörte. Und deshalb mußte ich einfach kommen und Sie besuchen.«

»Ich bin sehr froh, daß Sie das getan haben«, meinte er sanft.

Er betrachtete sich seine Mutter ganz genau. Seit er sie zum letzten Mal gesehen hatte, war sie vier Jahre älter geworden, hatte sich aber kaum verändert. Sie trug dasselbe billige Polyesterzeug wie früher und hatte immer noch dieselbe Frisur, die sie irrtümlicherweise für modern hielt. Zusammen mit ihrem zu dick aufgetragenen Make-up sah sie aus wie einer der Entertainer in den heruntergekommenen Bars von Las Vegas, die sich mit billigen Shows über Wasser hielten und ihre besten Jahre längst hinter sich hatten. Mit der perfekten analytischen Objektivität, die er sich im Laufe der Jahre erworben hatte, versuchte Richard Kraven zu ergründen, was diese abgestumpfte, langweilige Frau eigentlich an sich hatte, das in seinem Bruder soviel Liebe, ja Verehrung geweckt hatte.

Vielleicht deshalb, weil sie sich so sehr ähnelten.

Vielleicht hing es auch mit etwas völlig anderem zusammen. Möglicherweise gab es ja eine Art Instinkt, der Leute mit einer solch beschränkten geistigen Kapazität, wie sie Rory und Edna zu eigen war, miteinander verband. Auf jeden Fall war es etwas, das seinem eigenen Niveau überhaupt nicht entsprach.

»Sie können kaum ermessen, was es für mich bedeutet, daß Sie gekommen sind«, sagte er dann. »Der Schmerz, den Sie durchleiden müssen...«

Edna streckte ihre teigigen Finger nach ihm aus und griff nach der Hand dieses wundervollen Mannes. »Davon können Sie sich keine Vorstellung machen«, keuchte sie mit brüchiger Stimme. »Sie ahnen überhaupt nicht, wie sehr ich meinen Richard vermisse.« Ihr Blick schweifte kurz zum Wohnzimmerfenster. »Das ist doch nicht etwa Ihr Wohnmobil da draußen?« fragte sie in wehmütigem Ton. »Mein Richard hatte nämlich auch eins. Er hat mich damit manchmal in die Berge mitgenommen.«

Ein winziges Lächeln umspielte seine Lippen. »Tatsächlich?« Nun, wie der Zufall so spielt, es *ist* mein Wohnmobil. Und kurz bevor Sie gekommen sind, habe ich mir sogar noch überlegt, daß es doch nett wäre, in die Berge zu fahren, um ein wenig zu fischen. Hätten Sie nicht vielleicht Lust mitzufahren?«

Edna Kraven wurde puterrot. »O nein. Ich habe nicht gemeint... Also, ich möchte Ihnen doch nicht zur Last fallen. Ich will doch nur...«

»Aber natürlich können Sie mitkommen. Sie bereiten mir keinerlei Mühe.« Er stand auf. »Ich muß nur noch ein paar Dinge zusammenpacken, dann geht's schon los. Wir könnten ein Picknick machen.«

Während Edna Kraven nervös im Wohnzimmer wartete, ging der Mann, der zu Richard Kraven geworden war, in den Keller hinunter und holte die letzte Kiste, die er noch in das Wohnmobil schaffen mußte.

Das Wohnmobil hatte er gestern gemietet. Mit dem Führerschein und der Kreditkarte von Glen Jeffers.

In der Kiste waren bereits ein Benzinkanister und eine Streichholzschachtel. Jetzt packte er noch weitere Dinge hinein.

Die elektrische Säge.

Die Kabelschnur, mit der er Heather Jeffers Katze mit Stromstößen wieder zum Leben hatte erwecken wollen.

Die Rolle Plastikfolie, die er sich gestern, bevor er Rory besucht hatte, gekauft hatte.

Nachdem er alles Nötige in der Kiste verstaut hatte, ging er wieder die Kellertreppe hinauf. Wie viele Jahre hatte er schon daran gedacht, seine Mutter zu einem seiner Versuchsobjekte zu machen? Aber natürlich wäre das nie in Frage gekommen.

Schließlich hatte er immer nur mit Fremden experimentiert. Doch jetzt hatten sich die Umstände geändert. Mittlerweile sprach nichts mehr dagegen, sie zu seinem Versuchsobjekt zu machen.

»Fertig?« fragte er vom Flur aus.

Edna Kraven zitterte vor freudiger Erregung bei der Aussicht, den Tag mit diesem charmanten Mann verbringen zu können, der ihrem ältesten Sohn so sehr ähnelte und erhob sich schwerfällig aus dem Sofa. »Eines schönen Tages werde ich wohl noch ein paar Pfunde abnehmen müssen«, säuselte sie und ging zur Eingangstür.

»Aber ganz und gar nicht. So wie Sie sind, sind Sie goldrichtig.«

Während sie sich auf den Weg zum Wohnmobil machte, dachte Richard Kraven bereits darüber nach, wie er seinen ersten Schnitt führen wollte.

53. Kapitel

Der halbe Nachmittag war schon vorüber, als Anne endlich wieder in ihr Büro zurückkehrte. Sie fühlte sich so zerschlagen, als hätte sie eine Woche lang nicht geschlafen. Sie ließ sich auf ihren Stuhl fallen, und hielt sich fast eine Minute lang den Kopf mit den Händen, ehe sie den Monitor anschaltete, um den Artikel zu löschen, den sie vor Mark Blakemoors Anruf zu schreiben begonnen hatte. Als der Text verschwunden war, erschien ihr der leere Bildschirm wie Spott.

Es war aber nicht nur ein Artikel, der verschwand, sondern mit ihm waren auch Jahre ihres Lebens verlorengegangen.

Sie tippte Befehle auf der Tastatur, dann erschien ein Verzeichnis auf dem Schirm, in dem sämtliche Artikel aufgelistet waren, die sie über die Jahre über Richard Kraven verfaßt hatte.

Richard Kraven, der jetzt tot und begraben war.

Richard Kraven, der, falls Mark Blakemoor recht hatte, nicht der Mann gewesen war, der die Morde begangen hat. Nicht der Mann, den man hätte hinrichten dürfen...

Sie rief einen Artikel nach dem anderen ab und las Bruchstücke von dem, was sie geschrieben hatte. Sie begann ganz am Anfang, als die erste verstümmelte Leiche im Seward Park gefunden worden war.

Die nächste Leiche war einen Monat später in Snoqualmie Falls aufgetaucht, und eine weitere hatte man eine Woche darauf nahe des Lake Sammamisch entdeckt. Schon damals hatte es nicht danach ausgesehen, daß den Mörder ein bestimmter Typ anzöge. Es gab offensichtlich kein spezifisches Merkmal, das seinen Zwang zum Töten ausgelöst hatte.

Der Weg, der zu Richard Kraven geführt hatte, war nicht geradlinig gewesen. Weder damals noch heute hatte es konkrete Beweise dafür gegeben, daß er all diese Morde begangen hatte.

Keine Zeugen.

Keine Blutspuren.

Keine Mordwaffe.

Allmählich hatte sich dann aber ein verschwommenes Bild des Mörders geformt.

Leute hatten berichtet, sie hätten gesehen, wie einige der Opfer mit jemandem gesprochen hatten. Mit einem Mann.

Und als schließlich immer mehr Leichen aufgetaucht waren, hatte sich ein schwaches Muster herausgebildet. Die meisten der Opfer hatten beträchtliche Zeit in unmittelbarer Nähe des Universitätsgeländes verbracht. Manche hatten dort gewohnt, andere dort gearbeitet. Einige waren auch tatsächlich auf die Universität gegangen.

Dann hatte sich endlich ein schärferes Bild herauskristallisiert. Das Bild eines Mannes, der mit einigen der Opfer gesprochen hatte. Und das Phantombild, das von diesem Mann angefertigt worden war, hatte eine große Ähnlichkeit mit Richard Kraven aufgewiesen.

Einige Leute hatten berichtet, daß sie ein Wohnmobil nahe der Leichenfundorte gesehen hätten.

Richard Kraven hatte ein solches Wohnmobil besessen, das er dazu gebrauchte, um...

Annes Magen krampfte sich beim bloßen Gedanken an den Verwendungszweck des Wohnmobils zusammen.

Angelausflüge!

Sheila Harrar hatte es erst vor einigen Tagen erwähnt. Als ihr Sohn am Tag seines Verschwindens ihre Wohnung verlassen hatte, hatte er seiner Mutter gesagt, er wolle angeln gehen. Angeln mit Richard Kraven!

War das der Grund, warum sie gestern so zornig gewesen war, als sie das Wohnmobil vor ihrem Haus stehen sah?

Weil sie Wohnmobile in Zusammenhang mit Richard Kraven brachte?

Und war das auch der Grund, warum sie so ablehnend reagiert hatte, als Glen sagte, er wolle angeln gehen? Nur weil es dasselbe Hobby war wie das von Richard Kraven?

Aber das war ja lächerlich. Tausende, Hunderttausende

gingen gerne angeln. Sie kannte sogar einen Kollegen von der *Times*, der plötzlich mit Fliegenfischen angefangen hatte. Wenn der das konnte, warum dann nicht auch Glen?

Ihre Gedanken schwirrten durcheinander, und plötzlich erinnerte sie sich daran, wie Glen im Krankenhaus lag und Kevin gebeten hatte, ihm die Akten über Richard Kraven zu bringen.

Warum?

Glen hatte ihr immer vorgehalten, ihre Faszination für den Serienmörder sei krankhaft; wieso war er dann selbst auf einmal so interessiert an ihm?

So interessiert, daß er sogar demselben Hobby nachgehen wollte?

Sachte, sachte, Anne! sagte sie sich. *Mach dich bloß nicht verrückt! Egal, was Mark Blakemoor darüber denkt – Glen hat sich nur ein neues Hobby zugelegt, genau wie der Arzt es ihm empfohlen hatte.* Aber dann huschte ihr ein Gedanke durch den Kopf, der so absurd war, daß sie laut darüber lachen mußte.

Welchem von Kravens Hobbys wollte Glen nachgehen? Dem Fliegenfischen oder dem Morden? Der ständige Lärm im Redaktionsraum wurde von einer kurzen Stille unterbrochen, denn alle, die in Annes Hörweite saßen, blickten auf. Das Lachen erstarb ihr auf den Lippen, und Anne starrte auf den Monitor, als wäre sie tief in das Schreiben einer Story versunken.

Einen Augenblick später herrschte wieder das übliche Stimmengewirr, und Anne dachte weiter nach. Und eine Idee nahm Gestalt an, doch das ganze war noch zu verschwommen, um es fassen und ordnen zu können.

Da gab es etwas, das sie vergessen hatte – etwas, das sie einmal gewußt oder wovon sie gehört hatte.

Ein Gerücht?

Eine Theorie?

Es war irgendeine Information, die in ihren Akten oder in den Tiefen ihrer Seele vergraben lag.

Sie wußte, daß es nur eine Möglichkeit gab, sie wiederzufinden: sämtliche Akten, alles, was sie je über Kraven geschrieben hatte, durchzuforsten. Und das galt nicht nur für die Stories, sondern für alle Aktennotizen – vom Wortlaut jedes Interviews, das sie über ihn geführt hatte, bis zu den kompletten Unterlagen über die Verhandlung und die eingelegten Berufungen. Dabei handelte es sich um Tausende von Seiten...

Sie kämpfte gegen die Erschöpfung an, die sie zu überwältigen drohte und versuchte, der Tatsache ins Auge zu sehen, all das noch einmal lesen zu müssen. Das würde Tage dauern, vielleicht sogar Wochen, doch sie wußte, daß sie irgendwo in den Unterlagen etwas finden würde – eine winzige Tatsache, aus der sie einen Hinweis auf den Mörder von Rory Kraven entnehmen konnte. Trotz allem, was Mark Blakemoor ihr gezeigt und gesagt hatte, war sich Anne in einer Hinsicht noch immer sicher.

Sie hatte sich in Richard Kraven nicht geirrt.

Er war ein Mörder gewesen. Aus diesem Grund war er verurteilt und hingerichtet worden.

Er war tot, und Anne glaubte nicht an Geister. Deshalb mußte jemand, der noch lebte, ein schreckliches Spiel spielen.

Mit analytischer Schärfe dachte Anne nach. Ein Komplize.

Es mußte einen Komplizen gegeben haben, auch wenn Mark gesagt hatte, Serienmörder schritten immer alleine zur Tat. Schließlich war Kraven in keinerlei Hinsicht typisch gewesen.

Also gab es jemanden, der noch am Leben war. Jemand, den Kraven in seine Geheimnisse eingeweiht hatte. Jemand, der seine Handschrift perfekt imitieren konnte.

Das war immerhin denkbar.

Aber wer hätte so lange warten wollen, bis Kraven hingerichtet war, um danach seine eigene grausige Arbeit wieder aufzunehmen, nur um aller Welt zu zeigen, daß Kraven in Wahrheit unschuldig war?

Konnte irgend jemand einem Monster wie Kraven derart ergeben sein?

Sie konnte sich das nicht vorstellen, aber es gab keine andere Lösung. Und sollte dieser Mensch existieren, würde sie ihn auch finden.

Vorausgesetzt, daß er sie nicht zuerst fand.

Richard Kravens letzte Worte schossen ihr wieder durch den Kopf. *»Eines bereue ich wirklich, Anne! Daß ich Ihnen beim Sterben nicht genauso zuschauen kann, wie Sie mir!«*

War es denkbar, daß er mit diesen Worten mehr gemeint hatte, als das, was sie am Tag seiner Hinrichtung dachte? War es denkbar, daß er damals bereits Vorbereitungen getroffen hatte, sie umbringen zu lassen?

Schlagartig wurde ihr klar, daß es nur eine Möglichkeit geben konnte, warum Rory Kravens Mörder gewußt hatte, daß der Joyce Cottrell getötet hatte. Er mußte in jener Nacht dabeigewesen sein – aber nicht weil er Joyces Haus beobachtet hatte...

Er hatte ihr Haus beobachtet.

Eiskalte Furcht ließ sie erstarren, als sie sich vorstellte, jemand habe in dieser Nacht in der Dunkelheit draußen gelauert.

Hatte er sie töten wollen? Oder ihre Familie?

Hatte er vorgehabt, während sie schliefen in ihr Haus einzudringen?

Und wo war er jetzt? Genau in diesem Moment?

Beobachtete er ihr Haus? Ihre Kinder?

Ihre Augen wanderten zur Uhr – es war schon viertel nach drei! Wenn Heather noch nicht die Schule verlassen hatte, könnte sie ihr sagen, daß sie nach Kevin suchen und bei ihm bleiben sollte. Zusammen wären die Kinder sicherer, aber wenn Kevin allein herumspazierte...

Von plötzlicher Panik ergriffen, nahm sie das Telefon ab und rief in Heathers Schule an. Fünf Minuten später, die ihr wie eine Ewigkeit vorkamen, war die stellvertretende Rektorin wieder am Apparat.

»Es tut mir leid, Mrs. Jeffers«, sagte sie in dem Ton, in dem sie stets mit Eltern sprach, die ihr unnötig besorgt vorkamen. »Ich habe Ihre Tochter ausrufen lassen, doch sie hat nicht geantwortet. Ich glaube, sie hat die Schule schon verlassen. Kann ich Ihnen weiterhelfen? Oder jemand von den Lehrern?«

Anne zögerte. Sollte sie Mrs. Jones erzählen, daß sie befürchtete, jemand habe es auf sie oder ihre Kinder abgesehen? Und wenn sie auf der völlig falschen Spur war? Sie wußte es nicht; sie wußte überhaupt nichts mehr! »Ich... weiß nicht...«, stammelte sie. »Ich glaube, das ist nicht nötig.«

Sie legte auf, wählte ihre eigene Nummer und fluchte leise, als sie den Anrufbeantworter hörte. »Glen? Wenn du da bist, nimm den Hörer ab. Ich bin's, und ich sorge mich um die Kinder. Wenn du nicht zu Hause bist, aber in den nächsten Minuten heimkommst, dann nimm deinen Wagen und fahre zu Kevins Schule. Es ist etwas passiert, und ich bin... Ach, Mist, ich hab jetzt keine Zeit für Erklärungen. Tu's bitte. Danke. Bis später.«

Sie legte den Hörer auf, saß einen Moment lang still da und wünschte, daß die in ihr aufsteigende Panik verschwände. Wo war Glen? Warum war er nicht daheim? War ihm etwas zugestoßen?

Hör schon auf damit! bremste sie sich. *Reiß dich am Riemen. Entweder du gehst logisch vor, oder du drehst völlig durch.*

Sie mußte den Mann finden, der Rory Kraven ermordet hatte. Sie mußte in den Unterlagen einen Hinweis auf diesen Mörder entdecken. Es mußte jemanden geben, der Richard Kraven so nahe stand, ihn derart verehrte, daß er ihn jetzt perfekt imitierte. Und ein solcher Mann mußte zwangsläufig auch von irgend jemandem erwähnt worden sein.

Höchstwahrscheinlich hatte sie ihn sogar selbst interviewt, und zwar zu der Zeit, als sie systematisch fast jeden Menschen ausfindig gemacht hatte, dem Kraven jemals begegnet war. Ja, es war nicht nur möglich, daß sie mit diesem namenlosen, gesichtslosen Mann gesprochen hatte – es war fast unmöglich, daß sie *nicht* mit ihm geredet hatte!

Ihre Erschöpfung war wie weggeblasen. Sie rief das Verzeichnis ab, in dem alle Interviews, die sie über Jahre hinweg geführt hatte, aufgelistet waren, doch ihr Eifer ließ prompt nach, als sie die Statistik las: Es waren 1326 Aktennotizen.

Schon die durchzusehen, würde Tage dauern.

Aber sie konnte die Sache abkürzen, denn es war nicht

nötig, die Interviews mit Freunden und Familienangehörigen der Opfer zu überprüfen. Wesentlich wichtiger waren die Gespräche mit Leuten, mit denen Kraven Umgang gehabt hatte. Sie gab die entsprechenden Daten in den Computer ein – und da blieben von den 1326 Gesprächsnotizen nur noch 127 übrig.

Anne öffnete die erste Akte und machte sich an die Arbeit. Sie würde bestimmt etwas finden, früher oder später.

Aber wie viele Menschen würden bis dahin noch sterben? Und wer?

54. Kapitel

Ein trüber Lichtpunkt, so schwach, daß er kaum zu sehen war, begann langsam die Dunkelheit zu durchdringen, die Glen Jeffers Bewußtsein verfinstert hatte. Er fühlte sich, als sei er aus einem tiefen Schlaf erwacht und wünschte, daß es heller und die Schwärze um ihn herum verschwinden würde.

Jetzt konnte er auch einen schwachen Ton hören: eine Art hohes Schrillen. Das dunkle Loch in seinem Kopf wurde allmählich grau, und der Lichtpunkt verstärkte sich.

Auch der Ton wurde jetzt deutlicher.

War es ein Bohrer? Von einem Zahnarzt?

Glen versuchte krampfhaft, sich zu erinnern, was geschehen war. Er war zu Hause gewesen, hatte in der Küche Zeitung gelesen. Das Telefon! Das war es – das Telefon hatte geklingelt.

Gordy Farber. Gordy war drangewesen und hatte sich erkundigt, wie es ihm ginge. Sie hatten kurz miteinander gesprochen, dann war er unterbrochen worden.

Die Türklingel. Jemand hatte an der Tür gestanden, er hatte mit dieser Person gesprochen.

Und von da an war alles schwarz um ihn herum geworden.

Der Ton wurde lauter, das Licht heller.

Du bist aufgewacht. Die Stimme war nicht laut, und obwohl das Bohrgeräusch ständig lauter wurde, die Dunkelheit aber verschwand, hatte Glen die Worte genau verstanden. Es war fast so, als wären sie aus seinem Kopf gekommen. *Ich habe dich aufgeweckt*, fuhr die Stimme fort. *Ich war es auch, der dich schlafen geschickt hat.*

Warum? Die Worte formten sich lautlos in Glens Gehirn, aber noch bevor er sie in hörbare Worte kleiden konnte, wurde die Frage von der Stimme beantwortet.

Ich habe unseren Körper gebraucht.

Unseren Körper. Diese Worte zogen den letzten Rest des Nebels weg, der Glens Verstand einhüllte. *Unseren Körper.* Was zum Teufel ging hier vor? Während er über diese Frage nachdachte, fügten sich einzelne Teile des Puzzles in seinem Kopf zusammen.

Die Stunden, die er verloren hatte.

Der kaputte Rasierapparat, zu dem er sich eine Geschichte hatte ausdenken müssen – eine Geschichte, die sich dann wenigstens teilweise als wahr herausgestellt hatte.

Die Dinge, die im Haus aufgetaucht waren – die er vorgab, eingekauft zu haben, obwohl er nicht die geringste Erinnerung daran besaß. Die Angelrute, die Kevin, der neue Rasierer, den er selbst gefunden hatte. Die künstliche Fliege, die aus einer Feder von Hector und Haaren von Kumquat gemacht sein konnte.

Kumquat!

Nun fiel ihm wieder der Traum ein. Aber es war ja nur ein Traum gewesen! Es konnte nicht wirklich passiert sein, das war völlig unmöglich!

Wieder schossen ihm die Worte durch den Kopf, die die Stimme gesprochen hatte: unseren Körper.

Das ist nicht *unser* Körper, dachte Glen verzweifelt. Es ist *mein* Körper. Es gab niemanden sonst, konnte es gar nicht geben. Was geschah, spielte sich allein in seinem Gehirn ab. Das war es! Während er noch im Halbschlaf gewesen war, hatte sein Unterbewußtsein mit ihm Schabernack getrieben! Aber dann kamen ihm noch weitere Erinnerungen. Ihm fiel ein, wie er mit Anne geschlafen hatte, als er aus dem Krankenhaus zurückgekommen war. Irgend etwas war an diesem Nachmittag passiert. Er hatte gespürt... Was? Etwas Seltsames, als ob ein Anderer in ihm gewesen wäre.

Und im Krankenhaus war er aufgewacht und hatte plötzlich einen Stapel von Annes sämtlichen Akten über Richard Kraven auf seinem Nachttisch gefunden.

Die Blackouts...

Er erinnerte sich auf einmal daran, was er im Fernsehen gesehen hatte – den Bericht über eine Frau, die behauptet hatte, achtzehn verschiedene Persönlichkeiten würden in ihr wohnen. Multiple Schizophrenie. Zuerst hatte sich die Frau nur Sorgen über ihre ständigen Blackouts gemacht. Aber dann hatte sie gehört, daß sie angeblich etwas getan haben sollte, an das sie sich aber beim besten Willen nicht mehr erinnern konnte. Handlungen, von denen sie ganz sicher war, daß sie sie niemals ausgeführt hatte...

Das Bohrgeräusch wurde lauter als vorher, und jetzt konnte er ganz deutlich hören, was es war. Glen wußte plötzlich, daß es nicht das Geräusch eines Bohrers war.

Es war eine Säge. Er sah das Sägeblatt genau vor sich. Er konnte erkennen, wie seine Hände den blaugrünen Plastikgriff der Säge hielten. Und darunter sah er noch etwas anderes.

Den oberen Teil eines Frauenkörpers. Eine dicke Frau, deren beide großen Brüste an den Seiten herabhingen, von ihrem eigenen Gewicht nach unten gezogen wurden.

Zwischen den Brüsten, einige Zentimeter oberhalb des Nabels beginnend, führte ein Schnitt bis zur Kehle.

Ein sauber ausgeführter, völlig gerader Einschnitt.

Der Brustkorb der Frau dehnte sich, als sie tief Luft holte.

Der heulende Ton verstummte, als die Säge zu arbeiten aufhörte. Glen schaute ungläubig zu, wie seine Hände die Säge weglegten und nach einem Messer griffen. Es war ein scharfes Messer, so eins wie Kevin es benutzt hatte, als sie zusammen an dem Schiffsmodell gearbeitet hatten.

Das Messer, das er verwendet hatte, um die Teile für die künstliche Fliege zuzuschneiden.

Glen sah betäubt zu, wie sich seine Hände wie von selbst bewegten. Das Messer folgte einer Linie quer über den Körper der Frau und durchkreuzte den vorhandenen Einschnitt an seiner Basis. Während die Schneide leicht durch die Haut der Frau glitt, zog sie eine rote Spur, eine Spur, die immer dicker wurde, dann ihre Form verlor, als das Blut aus dem Schnitt hervorquoll und über den ganzen Körper der Frau floß.

Versteinert und hilflos schaute Glen seinem Treiben zu.

Die Hände rührten sich wieder und führten einen dritten Schnitt aus. Diesmal führte er von einer Schulter zur anderen.

Nein! dachte Glen. *Das darf nicht passieren!* Aber schon während sich der Gedanke formte, erklang dunkles, spöttisches Gelächter in seinem Kopf. Glen versuchte, den höhnischen Ton zu ersticken und wollte seine Hände zwingen, sich nicht mehr zu bewegen, ihrem schrecklichen Tun ein Ende bereiten. Doch dann bemerkte er an sich eine vollständige Lähmung. Sie raubte ihm den Willen und saugte ihm die Kraft aus dem Körper. Hilflos mußte er mit ansehen, wie seine Finger einfach weiterarbeiteten, geschickt die Haut wegklappten, so leicht, als hätten sie eine Buchseite umgeblättert.

Unter der Haut war nun ganz deutlich das Brustbein der Frau zu erkennen. Erst als seine Hände danach griffen, verstand Glen, wozu sie die Säge brauchten. Seine Finger drückten auf den Schalter, und sofort hörte er das schrille Geräusch des sich drehenden Sägeblattes.

Als sich die Säge dem Brustbein näherte, kämpfte Glen mit aller Gewalt darum, die Kontrolle über seinen Körper zu gewinnen, er stemmte sich gegen die Kraft, die ihn zu bestimmen schien. Doch er mußte machtlos mit ansehen, wie die Säge immer tiefer glitt. Ihre Zähne tauchten in die Knochen und die Knorpel der Bauchdecke ein.

Glen versuchte, laut zu schreien, gegen das Gemetzel aufzubegehren, das er hier anzurichten drohte, aber seine Stimme gehorchte ihm genausowenig wie seine Hände. *Nein,* wimmerte er in sich hinein. *O Gott, nein! Laß das nicht zu!*

Aber noch während er so inständig flehte, fraß sich das Sägeblatt immer tiefer, und seine Hände legten unerbittlich den Körper der Frau offen. Er teilte ihren Brustkorb und durchschnitt das Rippenfell.

Als Glen die Lungen der Frau sah, wurde ihm wieder schwarz vor Augen.

Diesmal war es ihm sogar willkommen.

55. Kapitel

»Tut mir leid, Mr. Jeffers, aber Dr. Farber ist gerade bei einem Patienten.«

Die Stimme der Schwester am Telefon klang so, als wolle sie Glen dafür bestrafen, daß er bei dem Telefonat mit dem Arzt einfach aufgelegt hatte. »Könnten Sie ihm wenigstens ausrichten, wer ihn sprechen möchte?«

»Er wünscht, nicht gestört zu werden«, antwortete sie. Jetzt war ihm endgültig klar, daß sie böse mit ihm war. »Und Sie brauchen auch nicht zu schreien, Mr. Jeffers. Ich bin nicht taub.«

»Tut mir leid«, sagte Glen nur. Wieder versuchte er, sich daran zu erinnern, was bei seinem Gespräch mit Gordy Farber heute morgen passiert war. Sie wollten gerade ein Treffen ausmachen, als er plötzlich wieder einen seiner Blackouts hatte. So schnell hatte ihn bis jetzt noch keiner übermannt. Als er wieder aufgewacht war, hatte er auf dem Sofa im Wohnzimmer gelegen. Er hatte sich zwar nicht krank gefühlt, aber auch nicht erholt. Jedenfalls nicht so erholt, wie er sich hätte fühlen müssen, wenn er wirklich die ganze Zeit, die ihm jetzt fehlte, durchgeschlafen hätte.

Er erinnerte sich zwar wieder an Träume, doch im Gegensatz zu gestern bestanden sie nicht nur aus bloßen Fragmenten. Diesmal handelte es sich um zusammenhängende Stücke, die ihm ebenso lebhaft im Gedächtnis haften geblieben waren wie Erinnerungen von Erlebtem.

»Handelt es sich um einen Notfall?« erkundigte sich die Schwester und klang nun etwas nachsichtiger.

Glen zögerte. Er war beunruhigt, viel mehr beunruhigt als er sich und schon gar nicht der Krankenschwester gegenüber zugeben wollte. Aber war es wirklich ein Notfall? Er war nicht sicher.

Die Erinnerung an seinen Traum kam wieder in sein

Bewußtsein zurück – sie war jetzt so klar wie einige Minuten nach seinem Aufwachen. Auch in dem Traum selbst war er ›aufgewacht‹. Er hatte seine Augen geöffnet und bemerkt, daß er nicht mehr in seinem Haus oder in einer anderen ihm vertrauten Umgebung war. Statt dessen hatte er splitternackt, mit einer Angelrute in der Hand, in einem Fluß gestanden und wußte beim besten Willen nicht, wie er dorthin gekommen sein könnte.

Zuvor aber hatte er etwas erlebt, das ihm wie ein Traum in einem anderen Traum vorgekommen war.

Die einzige Erinnerung, die er daran hatte, war, daß er den Brustkasten einer Frau aufgeschnitten hatte. Und dieses Bild stand ihm lebendig vor Augen, ganz anders als die verworrenen, undeutlichen Rückblenden, die ihm früher erschienen waren.

In seinem letzten Traum hatte er die Angelrute eingeholt, war aus dem Fluß gestiegen und zu einem Wohnmobil geeilt, das auf einer Grasnarbe einige hundert Meter vom Fluß entfernt stand.

Obwohl er nicht wußte, woher das Wohnmobil stammte, kam es ihm doch bekannt vor. Sein Herz hatte zu klopfen begonnen, als er sich ihm genähert hatte, doch als er es betrat, war es ihm nicht so vorgekommen, als ob hier etwas nicht stimmte. Er hatte keinerlei Hinweise auf die abscheuliche Schlachterei gefunden, an die er sich ebenfalls klar und deutlich erinnerte. Im Wohnmobil hatte er eine Säge ohne Sägeblatt entdeckt und einen Messergriff ohne Klinge. Er hatte im Wagen nicht die geringsten Blutspuren gefunden, und nachdem er sich seine Kleider angezogen hatte – dieselben, die er jetzt trug –, hatte er das Gehölz am Rande der Lichtung abgesucht.

Auch dort hatte er nichts gefunden.

Anschließend war er zurück zu dem Wohnmobil gegangen, da hatte er seinen nächsten Blackout gehabt.

»Mr. Jeffers?« fragte die Schwester. »Sind Sie noch da?«

»Ja. Und es ist ein Notfall. Ich muß dringend mit Gordy sprechen.«

Die Schwester blieb zurückhaltend. Sie fragte sich wohl, ob er sie nicht anlog, lenkte dann aber ein und sagte: »Ich erkundige mich, ob Dr. Farber Zeit für Sie hat.«

Aus dem Hörer drang einen Moment lang Musik, dann hörte Glen Gordy Farbers Stimme: »Glen? Wo sind Sie? Was ist los? Warum haben Sie vorher aufgehängt?«

»Können wir uns treffen?« fragte Glen. »Ich komme, sobald Sie Zeit haben.«

»Ich nehme mir die Zeit«, sagte Gordy Farber, als er die Angst in Glens Stimme spürte. »Können Sie in fünfzehn Minuten bei mir sein?«

»Ich komme.«

Tatsächlich waren nur zehn Minuten vergangen, als Glen das Sprechzimmer des Arztes betrat. Er hätte sogar noch weniger Zeit gebraucht, doch auf dem Weg zur Klinik hatte er ein Wohnmobil gesehen – genauso eines wie das aus seinem Traum. Er hatte durch die Fenster nach innen geschaut, und sein Herz hatte zu rasen begonnen, als er einige Teile der Inneneinrichtung erkannte. Er hatte versucht, die Türen zu öffnen, doch sie waren abgeschlossen gewesen. Erst dann war er ins Krankenhaus gegangen.

Trotz Glens Einwand bestand der Herzspezialist darauf, ihn eingehend zu untersuchen. Erst als sich der Arzt davon überzeugt hatte, daß Glen nicht vor einem zweiten Herzinfarkt stand, bat er ihn, in seinem Zimmer Platz zu nehmen. Gordy Faber lehnte sich an seinen Tisch, verschränkte die Arme und sah sich den Sitzenden genau an. Was Glen auch zu seinem beunruhigenden Anruf veranlaßt haben mochte, ein medizinischer Notfall lag hier ganz gewiß nicht vor. Im Gegenteil, alle Anzeichen sprachen dafür, daß seine physische Genesung zufriedenstellend verlief. »Also, worum geht es eigentlich?« fragte er.

»Ich weiß es selbst nicht.«

Gordy Farber starrte ihn an. »Sie *wissen* es nicht? Was zum Teufel ist das für eine Antwort! Sie wollten gerade einen Termin mit mir ausmachen. Dann hat es an der Tür geklingelt, Sie sind zum Telefon zurückgekommen, waren nicht besonders höflich zu mir und haben einfach aufgelegt. Also machen Sie mir nicht weis, daß Sie nichts wissen. Wer war an der Tür?«

Glen schüttelte hilflos den Kopf. »Ich weiß es nicht«, wiederholte er. »Ich erinnere mich, daß ich mit Ihnen telefoniert habe und daß es an der Tür geklingelt hat. Von da an weiß ich nichts mehr. Der übrige Tag ist ein reines Durcheinander. Vor zwanzig Minuten bin ich auf dem Sofa aufgewacht, aber ich glaube nicht, daß ich den ganzen Tag dort gelegen habe. Es ist alles völlig verrückt. Ich erinnere mich daran, daß ich schon früher aufgewacht bin, aber das war nicht bei mir zu Hause. Ich habe in einem Bach in den Bergen gestanden und habe geangelt.« Er errötete und wich dem Blick des Arztes aus. »Und ich war splitternackt.« Langsam und ausführlich berichtete Glen alles, woran er sich erinnerte. Als er schließlich fertig war und zu dem Arzt aufschaute, stand ihm die Angst im Gesicht geschrieben. »Die Sache ist die, daß ich mich allmählich frage, was Traum und was Wirklichkeit ist. Mein Gott, Gordy, was passiert mit mir? Und erzählen Sie mir nicht, daß das nach einem Herzanfall normal ist.«

Der Spezialist ging um den Tisch herum und setzte sich. »Können Sie sich an die Fahrt in die Berge erinnern? Oder an die Rückfahrt?«

Glen schüttelte den Kopf. »Ich habe ja nicht mal ein Wohnmobil. Aber das Unheimliche ist, daß genau das Wohnmobil aus meinem Traum gleich neben meinem Haus parkt. Ich kann mich nur an zwei Dinge erinnern: Erstens, daß ich die Frau aufgeschlitzt habe; zweitens, daß ich dann in dem Wohnmobil nach ihrer Leiche gesucht habe.«

»Ganz offensichtlich haben Sie ja weder das eine noch das andere getan«, meinte Farber.

»Und wenn *doch*?« entgegnete Glen.

Farber runzelte die Stirn, dann drückte er auf den Knopf der Sprechanlage. »Würden Sie mir bitte den *Herald* von heute morgen bringen?« bat er die Schwester. »Die Titelseite.« Einen Moment später erschien die Schwester mit der Zeitung.

»Ist das alles?«

»Ja, danke.« Als die Krankenschwester die Tür hinter sich geschlossen hatte, wandte er sich wieder Glen zu. »Werfen Sie mal einen Blick auf die Titelseite.« Glen entdeckte Annes Artikel über den Mord an Rory Kraven, der fast die halbe erste Seite einnahm. »Haben Sie das heute morgen gelesen?« fragte der Arzt. Glen nickte. »Dann können wir den Ursprung des Traumes feststellen.« Farber lächelte Glen aufmunternd zu. »Hören Sie, Glen, in dem Artikel ist nicht nur davon die Rede, was mit dem Kerl passiert ist, den man in dem Haus da drüben gefunden hat. Es steht auch drin, was er mit den beiden Frauen angestellt hat. Und eines kann man ganz bestimmt von Ihrer Frau behaupten: Sie schreibt immer sehr lebendig. Wenn Sie also morgens diesen Artikel gelesen und nachmittags geträumt haben, einer Frau die Brust aufgeschlitzt zu haben, dann ist es doch keine große Kunst, eine Verbindung zwischen beidem zu knüpfen.«

Glen schüttelte hartnäckig den Kopf. »Aber es erklärt nicht die Blackouts. Und warum sollte ich nackt angeln?«

Gordy Farber grinste. »Es war doch nur ein Traum, Glen. Meine Güte, wenn es mein Traum gewesen wäre, hätte ich ihn wahrscheinlich für mich behalten.« Als er auf seinen Versuch, Glen aufzuheitern, nur einen trüben Blick erntete, verging ihm das Lächeln. »Gut, ich gebe ja zu, daß es ein unheimlicher Traum war. Andererseits ist das nicht mein Fachgebiet. Dafür ist eigentlich ein Psychiater zuständig. Wollen Sie, daß ich Sie zu einem überweise?«

Glen zögerte. Wieder stand das Bild vor ihm, wie er den Frauenkörper mit dem Messer und der Säge aufgeschnitten hatte. »Kennen Sie einen guten?« Als der Herzspezialist nickte, überwand sich Glen und sagte: »Gut, dann überweisen Sie mich.«

Jake Jacobson war zehn Jahre jünger als Glen, einen halben Kopf kleiner und zwanzig Kilo schwerer. Als Glen in Jacobsons Wartezimmer kam, hatte der Psychiater bereits seine Krankengeschichte aus dem Zentralcomputer abgerufen. Und als sein neuer Patient ins Sprechzimmer trat, sah ihn der

Arzt prüfend an. »Nun, wenigstens sehen Sie nicht verrückt aus«, meinte er, um Glen die Befangenheit zu nehmen.

»Soll ich mich jetzt gleich besser fühlen?« fragte Glen.

»Wenn Sie nicht wollen, daß es Ihnen besser geht, warum sind Sie dann gekommen?« entgegnete Jacobson.

Die nächste halbe Stunde lang hörte der Arzt zu, wie Glen alles schilderte, woran er sich seit seinem Herzanfall erinnerte. Vor allem berichtete er von den seltsamen, surrealen Erlebnissen der letzten paar Tage. Der Psychiater machte sich einige Notizen, unterbrach Glen aber nicht, bis er fertig war.

»Die menschliche Seele ist etwas sehr Komplexes«, begann er schließlich. »Wir wissen, daß durch ganz unbedeutende Beeinflussungen das Erinnerungsvermögen fehlgesteuert werden kann. Die falschen Erinnerungen können dabei aber dann durchaus so lebendig sein wie echte. Wir sehen das immer bei Kindern, die angeblich sexuell mißbraucht wurden. Ich bezweifle keineswegs, daß Sie glauben, Ihre Erinnerungen an den heutigen Nachmittag seien völlig real. Was ich jedoch bezweifle, ist, daß *eben dieser Glaube* eine reale Basis besitzt.« Er lehnte sich in seinen Stuhl zurück und faltete die Hände über seinem dicken Bauch. »Aber nehmen wir doch einfach mal an, zumindest Ihr Erlebnis im Bach sei real gewesen. Sie selbst konnten aber keinerlei Beweise für Ihre angeblichen Taten finden.« Er lächelte. »Ein Messer ohne Klinge und eine Säge ohne Blatt.«

»Ich kann sie doch irgendwohin geworfen haben«, beharrte Glen eigensinnig. »Ich habe nicht weiter danach gesucht.«

»Aber Sie haben nach einer Leiche gesucht und keine gefunden. Sie haben auch kein Blut, keine Kampfspuren oder sonst etwas entdeckt, das die Vermutung stützen könnte, Sie hätten jemanden getötet. Es war alles ein Traum, Glen. Und was das Wohnmobil betrifft, das Sie heute morgen ganz offensichtlich gesehen haben, denke ich mir folgendes: Wahrscheinlich haben Sie bereits früher einmal aus dem Fenster geschaut und sich Einzelheiten eingeprägt, die während Ihres Traumes wieder in Ihrem Geist wachgerufen wurden.« Er ging die einzelnen Problempunkte durch, indem er sie an seinen Fingern aufzählte. »Ihre Nachbarin ist in etwa auf dieselbe Weise ermordet worden, wie Ihnen das im Traum erschienen ist. Es existiert ein Wohnmobil wie das aus Ihrem Traum, das in der Straße vor ihrem Haus steht. Ihre Frau hat jahrelang über Richard Kraven geschrieben, und ich kann mich noch daran erinnern, daß er gerne mit einem Wohnmobil zum Angeln fuhr. Ich glaube, daß auch dieses kleine Detail irgendwo in Ihrem Unterbewußtsein schlummert. Unbewußt haben sie all diese Bausteine zu einem Ganzen, einer Pseudoerinnerung, zusammengefügt – zu einer sehr lebhaften Erinnerung an ein Ereignis, für das Sie keinen naturwissenschaftlichen Beweis finden können.«

»Und was ist mit den Blackouts?« Glen ließ nicht locker.

Jacobson spreizte abwehrend die Hände. »Wenigstens dafür habe ich eine Erklärung: Sie haben vermutlich einen kleinen Schlaganfall erlitten.«

»Einen Schlaganfall?« fragte Glen erstaunt. »Aber wenn ich einen Schlaganfall gehabt...«

»Das kommt bei vielen Menschen vor, aber von den meisten Schlaganfällen bemerkt man gar nichts. Ein Schlaganfall muß nämlich nichts besonders Dramatisches sein. Selbst die allerwinzigste, unbedeutendste Gehirnblutung zählt zu dieser Kategorie. Und es ist sehr wahrscheinlich, daß Sie eine hatten.« Er griff zum Telefon und sagte: »Ellie, könnten Sie alles für ein EEG vorbereiten? Wir kommen in ein paar Minuten.« Er hängte ein und wandte sich wieder Glen zu. »Ein Elektroenzephalogramm wird uns sagen, ob Sie größere Probleme haben, und wir machen später dann auch noch ein Elektromyogramm, um ganz auf Nummer Sicher zu gehen.« Er betrachtete sich seinen Terminplan auf dem Computerschirm. »Ist Ihnen der Montag recht?«

Glen nickte und spürte, wie seine Angst verschwand. Vielleicht gab es ja doch eine rationale Erklärung für seine bizarren, deprimierenden Erlebnisse. Der Psychiater führte ihn durch die Tür in den Untersuchungsraum und erklärte die Prozedur, während Glen seinen Ärmel hochschob, damit die Krankenschwester Blutdruck und Puls messen konnte.

»Es ist wirklich ganz einfach«, machte ihm Jacobson klar. »Ich schließe einige Elektroden an Ihren Kopf an, dann messen wir die elektrische Aktivität in Ihrem Gehirn.« Er lächelte beruhigend, als er einen Anflug von Furcht bei Glen entdeckte. »Glauben Sie mir, Sie werden nichts spüren.«

Die Schwester befestigte die Elektroden an Glens Kopf.

»Fertig?« fragte der Psychiater kurz darauf.

»Fertig«, bestätigte die Schwester.

Der Arzt drehte an einem Schalter, und obwohl Glen nicht den geringsten physischen Schmerz fühlte, erfaßte ihn plötzlich eine Welle der Panik.

Und dann hörte er ein Heulen in seinem Kopf. Ein Heulen, das unendliche Qualen und Ängste ausdrückte. Es war ein derart fürchterliches Geräusch, daß er einen Moment lang befürchtete, es würde ihm die Seele zerreißen.

Aber woher kam es? Seine Blicke wanderten vom Arzt zur Schwester und wieder zurück. Offenbar hörte niemand von ihnen dieses herzzerreißende Geräusch, also hörte er es nur in seinem eigenen Kopf.

Als der Arzt die Skala einstellte, veränderte sich die Tonart des Gekreisches, und als Jacobson schließlich die Maschine abschaltete, erstarb es so abrupt, als wäre es nie dagewesen.

»Das war's«, sagte der Psychiater. »Und Sie haben nichts gespürt, stimmt's?«

Glen schüttelte den Kopf und warf einen Blick auf das Papier, das die Maschine ausspuckte. »Und das ist das Ergebnis?«

»Allerdings.« Jacobson zog das Papier heraus. »Sehen wir es uns mal an.« Er studierte es einen Moment, dann reichte er es Glen.

Alles, was Glen darauf erkennen konnte, waren drei getrennte Strichlinien in verschiedenen Mustern, die anstiegen und abfielen. »Und was bedeutet das?«

Jake Jacobson schenkte ihm ein aufmunterndes Lächeln. »Es bedeutet, daß mit Ihrem Gehirn so weit alles in Ordnung ist. Sie weisen keine besonderen Abnormalitäten auf, und selbst wenn beim Elektromyogramm noch etwas anderes herauskommen sollte, vermute ich, daß Sie ganz einfach nur unter Streß leiden. Wenn man bedenkt, wie stark Ihr Herzinfarkt gewesen ist, ist das auch kein Wunder. Schließlich hat sich Ihr ganzes Leben verändert. Das kann zwar zu einer seelischen Erschütterung führen, aber die hat keine entscheidenden Folgen.« Er kritzelte etwas auf ein Rezeptformular und gab es Glen. »Sie können sich das auf Ihrem Heimweg besorgen. Ein Beruhigungsmittel, das Sie nehmen können, falls es nötig ist.« Er geleitete Glen wieder ins Sprechzimmer. »Das Wichtigste ist, daß Sie die Sache einfach leicht nehmen. Ich will Ihnen was sagen: Sie haben vom Angeln geträumt, dann tun Sie es doch auch! Am Montag werden wir uns dann das Elektromyogramm anschauen, dann sind keine Fragen mehr offen. Einverstanden?«

Glen fühlte sich unendlich erleichtert. »Großartig.« Er brachte ein schwaches Grinsen zustande. »Ich hatte schon Angst, daß man mich wieder in die Klinik steckt.«

»Danach sieht es nicht aus. Was immer Sie sich auch einreden, ich glaube nicht, daß Sie eine Gefahr für sich selbst oder für sonst jemanden darstellen. Gehen Sie also heim, entspannen Sie sich und genießen Sie das Wochenende. Bis Montag.«

Glen verließ Jacobsons Praxis in der festen Absicht, direkt zur Apotheke zu gehen, um das Rezept einzulösen.

Dann machte er sich aber doch auf den Heimweg. Die Erinnerung an das Rezept war plötzlich aus seinem Gedächtnis getilgt.

Genauso vollständig gelöscht wie die Erinnerung an den gräßlichen Schmerzensschrei, den er in seinem Kopf gehört hatte, als die Elektroden aktiviert worden waren...

56. Kapitel

Als Anne heimkam, war das Haus leer. Vergeblich suchte sie nach einer Nachricht, wohin Glen gegangen war. Sie fand nichts, auch keine Meldung auf dem Anrufbeantworter. Deshalb war sie auch ganz sicher, daß er nicht weit sein konnte, vor allem auch deshalb, weil sein SAAB auf dem üblichen Parkplatz stand. Wenigstens konnte das verdammte Wohnmobil sie jetzt nicht mehr von ihrem angestammten Parkplatz verdrängen! Dann knallte sie die Eingangstür zu, und einen Moment später erschien Kevin in der Küche. Allein.

»Ist Heather nicht bei dir?« fragte Anne.

»Nein. Sie ist mit Rayette zum Broadway.«

Anne spürte jähe Angst, dieselbe wie am Nachmittag, als sie in der Schule angerufen hatte. Sie hatte Heather eindringlich ermahnt, Kevin nicht alleine nach Hause gehen zu lassen. Glaubte sie etwa, daß damit nur gestern gemeint war? »Warum bist du nicht mitgegangen?« fragte sie und versuchte ihre Aufregung vor ihm zu verbergen.

Ihr Sohn, der inzwischen im Kühlschrank herumstöberte, zuckte die Achseln. »Bin ich ja, aber die sind nur dort herumgelungert, dann bin ich heimgegangen.« Mit der größten Selbstverständlichkeit fügte er noch hinzu: »Der Kerl, der Mrs. Cottrell umgebracht hat, ist doch tot. Was ist also schon groß dabei, wenn ich alleine gehe.«

Einen Moment war Anne unsicher, was sie sagen sollte. Doch dann wunderte sie sich, warum sie Kevins Gelassenheit so überraschte. Schließlich hatten ihre Kinder seit Jahren Umgang mit anderen, die ihre Messer und Pistolen mit zur Schule brachten. Außerdem wußte sie selbst wahrscheinlich besser als viele andere Eltern, wieviel Gewalt und Kriminalität Stadtkinder jeden Tag ausgesetzt waren. »Ich schätze, wir müssen mal ein Wörtchen miteinander reden«, sagte sie.

Kevin verdrehte die Augen, gab seine Suche nach etwas

Eßbarem im Kühlschrank auf und hockte sich auf die Ecke eines Küchenstuhles.

»Nur weil der Mann, der Mrs. Cottrell ermordet hat, tot ist, heißt das noch lange nicht, daß du sicher bist, wenn du alleine durch die Gegend spazierst. Solange man nicht herausgefunden hat, wer ihn umgebracht...«

»Ach, Mom. Hör doch auf«, stöhnte Kevin. »Was willst du denn tun? Mich einsperren? Was ist denn mit dem Mädchen, das in Garfield erschossen wurde? Du kannst doch nicht verlangen, daß ich für alle Zeiten mit Heather zusammen hier herumhänge.«

Anne erschauderte bei dem Gedanken an das Mädchen, das in Garfield mitten auf der Straße ermordet worden war. Sie hatte über den Fall berichtet – ein Streit unter Teenagern, der noch ein paar Jahre vorher schlimmstenfalls Liebeskummer gebracht hätte.

Heutzutage wurden Kinder deswegen erschossen.

Selbst in der Schule konnte Kevins Sicherheit niemand mehr gewährleisten; wie konnte sie dann erwarten, er wäre sicher, wenn er jeden Tag mit seiner Schwester nach Hause ginge? Die traurige Wahrheit war doch: Wenn jemand fest entschlossen war zu töten – sei es einen völlig Fremden, eines ihrer Kinder oder sie selbst –, gab es praktisch keine Möglichkeit, das zu verhindern. Darüber hinaus hatte Kevin sogar recht. Sie konnte ihn ganz gewiß nicht einsperren, bis man endlich den Mörder von Rory Kraven gefunden hatte. Und falls – aus irgendwelchen verrückten Gründen, die ihr nicht einleuchteten – Rory Kravens Mörder tatsächlich all die Verbrechen verübt haben sollte, die man seinem Bruder zuschrieb, dann hatte er sich ohnehin schon seit Jahren seiner Festnahme entzogen. Wie kam sie auf den Gedanken, daß ihm das nicht auch in Zukunft gelänge? Sie dachte an die fünf Aufzeichnungen der Interviews, die sie nachmittags gelesen hatte. Fünf von 127. Und sie wußte noch immer nicht, wonach sie eigentlich suchte.

Das Geräusch der Haustür unterbrach ihre Gedankengänge, und kurz darauf tauchte Glen in der Küchentür auf. Als sie ihn sah, stieg auch schon Ärger in ihr hoch. Er hatte doch gewußt, wie besorgt und verängstigt sie war, seit man Kumquat tot im Hof gefunden hatte, aber er war einfach irgendwohin entschwunden, ohne eine Nachricht zu hinterlassen. Sie sah ihn an, wie sie das noch nie vorher getan hatte: Sie suchte in seinem Gesicht nach einem Hinweis darauf, was nicht mit ihm stimmte, was ihn so verändert hatte.

Und ob er Kumquat umgebracht hatte...

Dieser Gedanke schoß ihr unwillkürlich durch den Kopf. Sie verdrängte ihn sofort und ärgerte sich darüber, daß sie sich von Mark Blakemoor so hatte beeinflussen lassen. Und Glen war offenbar in Ordnung; er lächelte sogar auf diese Art, wie er das vor seinem Infarkt immer getan hatte. Als er sich zu einem Kuß herunterbeugte, wurde Anne ein wenig lockerer.

»Hallo, Freundchen«, wandte er sich dann seinem Sohn zu und zerzauste ihm das Haar. »Was soll das lange Gesicht? Hattet ihr beide etwa Streit?«

»Mom meint, ich soll jeden Tag zusammen mit Heather heimkommen«, grollte er.

»Das habe ich nicht gesagt«, begann Anne, dann wurde ihr aber klar, daß sie fast genau das gesagt oder zumindest angedeutet hatte. »Na gut, vielleicht so ähnlich. – Aber dann versprich mir wenigstens, daß du vorsichtig bist. Halt dich von Fremden fern, und wenn dich auch nur jemand ansieht, dann mach, daß du wegkommst. Versprochen?« Wieder rollte Kevin mit den Augen. »Versprochen?« wiederholte seine Mutter.

»Tu, was deine Mama sagt, dann nehme ich dich am Samstag mit zum Angeln.«

Sofort hellte sich Kevins Miene auf. »Wirklich?«

»Wirklich. Ich verspreche es, wenn du auch dein Versprechen hältst.«

»Abgemacht!« rief Kevin begeistert. »Und wohin geht's? Bleiben wir die ganze Nacht dort? Und darf Justin auch mit?«

»Nein, Justin nicht«, lachte Glen. »Nur wir beide. Und ich weiß noch nicht, wohin wir fahren. Vielleicht verbringen wir auch die Nacht irgendwo, vielleicht auch nicht. Kommt ganz darauf an, was deine Mutter dazu meint.«

Als Kevin aus dem Zimmer stürmte, um Justin mitzuteilen, wo er das Wochenende verbringen würde, war Anne erneut verärgert über ihren Mann. Was sollte das? Wann hatte er sich entschlossen, mit Kevin am Wochenende angeln zu gehen? Ihr gegenüber hatte er ganz bestimmt nichts davon erwähnt, und bis jetzt hatten sie immer alles, was die Kinder betraf, miteinander besprochen. Schon vor Heathers Geburt hatten sie abgemacht, sämtliche Entscheidungen gemeinsam zu treffen. »Werde ich denn hier über gar nichts mehr informiert?« fragte sie und gab sich keine Mühe mehr, ihren Ärger zu verbergen. »Und wenn wir schon dabei sind, dann erklär mir doch gefälligst, warum du keine Nachricht hinterlassen hast. Nach allem, was geschehen ist...«

»He!« unterbrach Glen und fuchtelte mit den Armen herum, als wollte er einen Schwarm angreifender Bienen abwehren. »Anne, es tut mir aufrichtig leid, daß ich keine Nachricht hinterlassen habe. Ich war bei Gordy Farber, und es hat ein bißchen länger gedauert als vorgesehen.«

Annes Zorn verwandelte sich umgehend in Sorge. »Was hat er gesagt?« Sie hoffte inständig, daß der Arzt ihm nicht erzählt hatte, daß er ihn auf ihren Wunsch hin angerufen hatte.

»Er hat gesagt, daß es mir gut geht.« Glen sah keinen Grund, Anne zu beunruhigen. Außerdem hatten sowohl Farber als auch Jacobson gesagt, er solle sich keine Sorgen mehr machen. »Wenn ich fünf Minuten früher gekommen wäre, hättest du nicht einmal gemerkt, daß ich überhaupt fort war.« Er ging zu ihr und zog sie an sich. »Es waren doch nicht mehr als fünf Minuten, oder?«

Er zog sie eng an seine Brust, und Annes Entschlossenheit geriet ins Wanken. »Eher zehn«, sagte sie und bemühte sich, die Situation unter Kontrolle zu halten. »Aber du hast noch immer nicht meine Frage nach diesem Ausflug beantwortet. Über solche Dinge haben wir immer miteinander geredet, falls du dich erinnerst.«

»Wie sollte ich mich daran erinnern? Ich habe doch noch nie die Absicht gehabt, mit Kevin angeln zu gehen.«

Er berührte mit seinen Lippen Annes Nacken. Anne wußte nicht, wie sie reagieren sollte. Einerseits wollte sie ihn wegdrücken, andererseits sich enger an ihn schmiegen. »Glen, warte«, protestierte sie, doch er umarmte sie nur noch fester. »Meine Güte, was soll ich mit dir nur anstellen?« seufzte sie. Ihr ganzer Ärger wurde von einer Welle der Zuneigung weggespült.

Anne lag noch immer in Glens Armen, als Boots ins Zimmer trottete. Der Hund lief auf Glen zu, hielt dann aber abrupt vor ihm an. Er hob eine Vorderpfote und gab ein leises Knurren von sich.

Seine Nackenhaare sträubten sich, er fixierte Glen kurz und machte dann wieder kehrt.

57. Kapitel

Rolf Gustavson und Lars Gunderson waren schon seit siebzig Jahren dicke Freunde und gingen auch zusammen angeln. Das hatten sie schon in ihrer Kindheit in Ballard getan. Dort waren sie Tür an Tür aufgewachsen und hatten ihre ersten Angelruten in den Kanal geworfen, der zwischen ihrem Bezirk und Seattle lag. Damals hatten sie von all den Orten geträumt, die sie später, wenn sie erst erwachsen wären, besuchen würden. Aber letzten Endes waren beide in Ballard geblieben, wohnten später einen Block auseinander, aber immer noch nur zwei Häuserblocks von dem entfernt, wo sie aufgewachsen waren. Sie waren beide mittlerweile Witwer; redeten immer noch davon, einmal nach Norwegen zu reisen, um Verwandte zu besuchen, die sie nie gesehen hatten, und beide liebten nach wie vor das Angeln. Das einzige, was sich in den sieben Jahrzehnten geändert hatte, war, daß sie nun nicht mehr an den Kanal gingen, sondern ihre Leinen in den Bergflüssen südlich der Stadt auswarfen. Wie fast an jedem Samstagmorgen seit Lars' Frau vor drei Jahren gestorben war, brachen sie auch heute vor Tagesanbruch auf, nachdem sie ihr Angelzeug in Rolfs altem Dodge verstaut hatten. Lars mußte während der Fahrt Kaffee und Kuchen auf den Knien balancieren. Während sie den Windungen der Straße Richtung Snoqualmie folgten, debattierten sie angeregt darüber, wo sie heute ihr Glück versuchen wollten.

Wie an jedem Samstagmorgen bog Rolf an der Ausfahrt nach Snoqualmie ab, und Lars maulte wie immer, daß sie lieber weiterfahren sollten. Und als sie dann durch die Stadt fuhren und weiter am Elektrizitätswerk vorbei zu der Straße, die sich am Fluß entlangwand, diskutierten sie wie immer darüber, wie lohnend es wohl wäre, an den Buchten angeln zu gehen, von denen sie seit Jahren gehört, die sie aber noch nie getestet hatten. Die Debatte hielt noch an, als Rolf bereits zu demselben Campingplatz einbog, an dem sie schon seit Jahren angelten, den Wagen abstellte und ausstieg. Er zog die Angelausrüstung zwischen all dem Zeug hervor, das sich auf dem Rücksitz angehäuft hatte, seit seine Frau, nur zwei Monate vor Greta, der von Lars, gestorben war. »Hildie würde sich im Grab umdrehen, wenn sie das sehen könnte«, seufzte Rolf beim Anblick des Gerümpels, das die Rücksitze mittlerweile vollständig bedeckte.

»Ganz bestimmt«, gab Lars zurück. »Aber willst du damit etwa sagen, daß du sie zurückhaben willst?«

Die beiden Männer keuchten unter dem Gewicht der Ausrüstung, als sie den Weg vom Picknickplatz, wo sie geparkt hatten, bis zum Fluß liefen. Am Ende des Pfades befand sich eine weite Flußbiegung, die sogar noch beim Höchststand des Hochwassers im Frühling ein enges, steiniges Ufer aufwies. In diesem Frühjahr war der Schnee schon früh geschmolzen, deshalb war das Flachufer heute besonders breit.

Sie hatten den halben Weg zum Fluß zurückgelegt, als Lars abrupt stehenblieb. Sein Blick richtete sich auf etwas, das halb versteckt unter dem dichten Unterholz lag. »Junge, Junge«, sagte er und pfiff leise. »Sieh dir das mal an. Ich glaube, heute kommen wir nicht zum Angeln.«

Rolf drängte sich neben ihn. Für einen langen Moment starrten die beiden alten Männer auf eine nackte Leiche, die ausgestreckt im Gebüsch lag und deren leere Augenhöhlen sie auf groteske Weise anstarrten.

Es war zwar noch zu erkennen, daß es die Leiche einer Frau war, doch offensichtlich hatten sich bereits Tiere über sie hergemacht. Der Brustkasten war aufgerissen, und es sah so aus, als ob arme und Beine schon angefressen waren. Insekten schwärmten über der Leiche, und während die beiden Männer sie anschauten, lief etwas unter der Leiche hervor und verschwand im Unterholz. Als Lars einen Schritt nach vorne machte, klammerte sich Rolfs gichtige Hand um seinen Ellenbogen. »Wir sollten lieber nichts anfassen«, sagte er. »Besser, wir rufen gleich die Polizei.«

Lars, der im Zweiten Weltkrieg so viele Leichen gesehen

hatte, daß er für sein restliches Leben davon genug hatte, nickte zustimmend. Die beiden Männer gingen zum Campingplatz zurück, fanden ein Telefon und riefen die Polizei an. Anschließend warteten sie in ihrem Dodge auf den Sheriff. Lars öffnete die Thermosflasche und goß beiden den letzten Kaffee ein.

Während sie an ihrem Kaffee nippten, philosophierten sie still über die Vergänglichkeit des Lebens und die Tausenden von Möglichkeiten, wie man sterben konnte. Es war Rolf, der schließlich das Schweigen brach. »Wenn meine Zeit gekommen ist, möchte ich mit einem dicken Fisch am Haken im Fluß ertrinken.«

»Das ist das Beste, was einem passieren kann«, stimmte Lars ihm zu.

Bis zehn Minuten später der erste Polizeiwagen hinter ihnen parkte, sprachen Lars und Rolf kein Wort mehr.

In den nächsten Stunden fuhr ein Wagen nach dem anderen auf den Campingplatz. Zuerst erschien der örtliche Sheriff, dann einige Streifenwagen, und schließlich traf die Mordkommission aus Seattle ein. Weder Mark Blakemoor noch Lois Ackerly waren bester Laune. Blakemoor hatte fast die ganze Nacht kein Auge zugetan – wie die Nacht davor auch. Er hatte sich durch die polizeilichen Aufzeichnungen gewühlt, weil er ebenfalls nach übersehenen Hinweisen suchte wie Anne Jefferson bei der Durchforstung ihrer Akten. Lois Ackerly dagegen wollte gerade zum Fußballplatz gehen, wo ihr Sohn spielte, als die Meldung eingetroffen war, daß man eine Leiche beim Snoqualmie River gefunden hatte.

»Hier sind wir schon einmal gewesen«, stellte Blakemoor düster fest, als sie sich auf den Weg zu dem Platz machten, den Lars und Rolf schon bei Sonnenaufgang entdeckt hatten.

»Und die hiesigen Streifenpolizisten haben ihre Arbeit wie immer glänzend gemacht und den Tatort abgesichert«, meinte Ackerly. »Oder hast du etwa geglaubt, irgendwer von denen hätte daran gedacht, nach Fußspuren Ausschau zu halten, bevor sie den Weg rauf und runtergetrampelt sind?«

Blakemoor zuckte die Schultern. »Wenn es um das geht,

was wir beide annehmen, gibt's hier sowieso keine Fußspuren.«

Als die beiden Kommissare näherkamen, sahen sie, daß der Schauplatz markiert und abgesperrt war. Einer der dort stehenden Polizisten drehte sich um, erkannte sie und nickte ihnen kurz zu. »Schätze, wir haben unsere Arbeit getan«, sagte er und wies auf die Leiche.

Erleichtert stellte Blakemoor fest, daß sie bis jetzt noch nicht bewegt worden war. Er ging in die Hocke und schaute sich die Leiche genauer an. »Hat irgend jemand eine Ahnung, wie lange sie hier schon liegt?« fragte er in die Runde.

»Auf Anhieb schätze ich ein, zwei Tage. Vielleicht seit gestern oder vorgestern morgen. Sie ist nicht besonders stark verwest, aber angefressen. Und auch voller Insekten.«

Blakemoors Aufmerksamkeit konzentrierte sich sofort auf die Verstümmelung des Brustkorbs. Er entdeckte die wohlbekannten Einschnitte, die Hautlappen, die sauber zur Seite geklappt waren, nachdem sie mit einem Skalpell oder einem sehr scharfen Messer aufgetrennt worden waren.

Das Brustbein war mit einer Säge aufgeschnitten.

Der Brustkasten war weit auseinandergedrückt, um Herz und Lungen freizulegen.

Das Herz war wie immer herausgerissen, fehlte in diesem Fall aber gänzlich. Hatte es der Mörder als Trophäe behalten? Oder war es von einem Tier gefressen worden? Wahrscheinlich das letztere. Sollte es sich hierbei nämlich um einen jener Morde handeln, die nach dem sogenannten »Kraven-Schema« verübt worden waren, konnte man davon ausgehen, daß der Mörder keinerlei Interesse an irgendwelchen Trophäen hatte. Der war vielmehr daran interessiert, seine Signatur zu hinterlassen.

»Sind die Jungs schon mit ihren Fotos fertig?« erkundigte er sich.

»Die haben so viele geschossen, daß sie einen Film drehen könnten«, sagte jemand.

Vorsichtig schob Blakemoor einen Lungenflügel beiseite, um einen Blick in die Bauchhöhle zu werfen.

In dem Moment, als er die beiden bekannten Blitzstrahlen ins Rippenfell eingekerbt sah, schaute er zu seiner Kollegin hoch und nickte fast unmerklich. Dann blickte er dem Opfer ins Gesicht.

Eine Frau um die Sechzig, vielleicht älter. Im Tod war ihre Haut noch schlaffer geworden, und die dicke Make-up-Schicht war unter ihren leeren Augenhöhlen zu dunklen Streifen geschrumpft. Ein Fleck Rouge klebte noch immer auf einer ihrer Wangen.

Ihr unnatürlich schwarzes Haar, das so typisch für jemanden war, der verzweifelt demonstrieren wollte, daß sein tatsächliches Geburtsdatum ein Irrtum der Natur sei, war nicht mehr von Haarnadeln oder Haarspray in Form gezwängt, sondern umrahmte ihr Gesicht wie ein mit Dreck und Blut besudelter Heiligenschein. Doch obwohl die Elemente, die Tiere und die Zeit ihre Spuren an ihr hinterlassen hatten, erkannte Mark Blakemoor sie sofort.

Er erhob sich und wandte sich Lois Ackerly zu. »Die Sache wird immer unheimlicher. Erst hat er Richard Kravens Bruder umgebracht und jetzt seine Mutter. Was zum Teufel läuft hier eigentlich ab?«

Ackerly blickte ausdruckslos auf die Leiche. »Das geht mir nicht in den Kopf. Erst hat er Richard Kraven reingelegt, dann seine Hinrichtung abgewartet, um anschließend den Bruder und die Mutter zu töten. Wozu das?«

Blakemoor lächelte finster. »Keine Ahnung. Aber wenigstens hat er uns wieder seine Handschrift hinterlassen. Und dank dieser werden wir ihn finden. Machen wir uns ans Werk.« Er befahl, die ganze Gegend systematisch abzusuchen, obwohl er wie immer sicher war, daß der Mörder sämtliche Spuren hinter sich beseitigt und nichts zurückgelassen hatte, das zu ihm führen könnte. Dennoch mußte die Suche ausgeführt werden. Früher oder später mußte selbst dieser Mörder einen Fehler machen.

Und dann, so nahm es sich Mark Blakemoor vor, würde er es sein, der ihn fände.

58. Kapitel

»Daddy? He, Daddy, stimmt was nicht?«

Die Worte drangen nicht in Glen Jeffers Bewußtsein. Von seinem Platz auf dem Beifahrersitz aus schaute Kevin seinen Vater sorgenvoll an. Erst als er noch einmal etwas sagte, reagierte Glen.

»Nein, alles bestens. Wir sind fast da.« Glen klang zwar völlig zuversichtlich, doch er fragte sich, inwiefern er die Wahrheit sagte. In Wirklichkeit fühlte er sich nicht besonders wohl. Schon nach dem Aufwachen hatte er das Gefühl gehabt, irgend etwas stimme nicht und gedacht, daß er vielleicht lieber nicht mit Kevin zum Angeln fahren sollte. Als er aber vorgeschlagen hatte, die Fahrt auf das nächste Wochenende zu verschieben, hatte der vernichtende Blick seines Sohnes ihn schnellstens umgestimmt. Wenn Anne ihn dann auch noch gefragt hätte, was ihn quälte, hätte er es ihr nicht einmal sagen können. Tatsächlich konnte er es sich ja nicht einmal selbst erklären. Den ganzen gestrigen Tag über hatte er sich wohlgefühlt. Die Blackouts vom Donnerstag hatten sich nicht wiederholt, und schließlich hatte er beschlossen, daß sein vages Unwohlsein es nicht rechtfertigte, Kevin zu enttäuschen. Als die beiden dann endlich in den Wagen gestiegen und Richtung Osten über die Evergreen Point Bridge gefahren waren, hatte er sich auch schon viel besser gefühlt. Aber auf der Weiterfahrt nach Osten, durch Richmond hindurch, weiter nach Carnation und Fall City, stellte sich ein eigenartiges Déjà-vu-Erlebnis bei Glen ein.

Es war deshalb so eigenartig, weil es nicht die genaue Erinnerung an ein früheres Erlebnis, an etwas Vertrautes, das sich schon einmal ereignet hatte, war. Vielmehr spürte er so etwas wie eine Vorahnung. Er hatte den Eindruck, daß *er erst im Begriff war*, etwas zu wiederholen, das er früher schon einmal getan hatte.

Es mußte etwas gewesen sein, das ihm großen Spaß gemacht hatte, und das ihn sogar jetzt, obwohl er nicht wußte, was es war, vor Aufregung erschauern ließ.

Er sah zu Kevin hinüber, und ein Bild blitzte durch sein Hirn. Es verschwand aber rasch wieder.

Nur die Erinnerung daran blieb zurück.

Ein Herz.

Ein menschliches Herz, das er in der Hand hielt.

Woher stammte es?

Dann erinnerte er sich an das Erlebnis vor zwei Tagen, als er sich eingebildet hatte, den nackten Körper einer Frau anzustarren und hilflos dabei zuzusehen, wie er ihre Brust aufschnitt.

Ihr Herz? Hatte er ihr Herz herausgenommen? Sein Magen drehte sich mit Abscheu beim bloßen Gedanken daran um, und er fühlte das Brennen von aufsteigender Galle in seiner Kehle.

Aber es war nichts passiert! Nichts von all dem war geschehen! Es war nichts als ein fürchterlicher Alptraum gewesen oder ein Streich, den ihm seine Einbildungskraft gespielt hatte. Hatte ihm der Psychiater denn nicht klargemacht, daß es beim besten Willen nicht real gewesen sein konnte?

Er verbannte das schreckliche Bild aus seinen Gedanken, und als sein Blick noch einmal zu Kevin abzuschweifen drohte, zwang er sich, nach vorn auf die Straße zu sehen. Mittlerweile waren sie auf dem Weg in die Berge. Zu ihrer Rechten stürzte der Fluß in seine felsige Rinne hinab, und weiß schäumend donnerte er über breite Stromschnellen hinweg.

»Wohin fahren wir?« fragte Kevin und blickte ängstlich auf das aufgewühlte Wasser. Er stellte sich vor, was passieren würde, wenn er beim Angeln ausrutschte. Er konnte zwar schwimmen, aber nicht besonders gut. »Doch nicht etwa hier runter?«

»Nein, noch ein Stück weiter. Da gibt es einen Campingplatz, wo wir parken können.« Ein Campingplatz? dachte er. Was für ein Campingplatz? Er wußte nichts von einem Campingplatz. Doch ein paar Minuten später, als die Straße einen

Bogen machte, sah er ein Schild mit dem Hinweis, daß der Platz noch einen Kilometer weit entfernt lag.

Glen bemerkte, daß seine Hände feucht wurden. Wie konnte er davon wissen? War es möglich, daß der Traum auf eine Weise, die er nicht ergründen konnte, doch wahr gewesen war? Nein! Hier mußte es sich um eine alte Erinnerung an eine Fahrt handeln, die er mit Anne und den Kindern vor Jahren einmal gemacht hatte und die ihm jetzt wieder bruchstückhaft einfiel. Ja, genau so mußte es gewesen sein. Obwohl er keine bewußte Erinnerung mehr daran hatte, mußte es so sein, daß er den Campingplatz vor langer Zeit in seinem Gedächtnis gespeichert hatte. Er bremste, um rechtzeitig abbiegen zu können, sobald die Nebenstraße auftauchte. Doch als er dann um die Ecke bog, sah er, daß ein Polizeiwagen die Zufahrt blockierte. Ein Polizist winkte ihn vorbei. Im Vorüberfahren entdeckte er noch weitere Streifenwagen am Ende der engen Spur.

»Was ist das passiert?« fragte Kevin, drehte sich um und sah aus dem Rückfenster. »Können wir nicht anhalten und nachschauen? Vielleicht ist jemand von einem Bären angefallen worden.«

»Wir halten nicht«, sagte Glen. »Und schnall dich wieder an, okay?« Er schaute zu Kevin, und als sein Blick auf seinem Sohn lag, hörte er eine Stimme in seinem Kopf:

Erinnerst du dich an die Katze?

Glen erstarrte. Seine Finger umklammerten das Steuer.

Wir könnten es tun, flüsterte die Stimme. *Wir könnten es tun, und niemand würde es je erfahren.*

Plötzlich wurden Glens Augenlider schwer, und die Straße verschwamm vor ihm. Nebel begann sich über seinen Verstand zu legen, und er wurde schläfrig. Wenn er nur seine Augen schließen könnte...

Nein!

Er riß die Augen auf und setzte sich kerzengerade hin. Kein Blackout! Nicht heute! Nicht mit Kevin! Er malte sich aus, wie der Wagen über die Straße schlingerte, die Leitplanke durchschlug und fünfzig Meter weiter unten in den Fluß stürzte. Diese Vorstellung reichte aus, um ihn wieder klar werden zu lassen.

Sein Herz begann zu hämmern, und die seltsame Müdigkeit, die ihn ergriffen hatte, verflüchtigte sich schlagartig.

Vor ihm tauchte ein weiteres Schild auf. Noch bevor Glen es klar erkennen konnte, wußte er schon, was es war: ein Zeichen, das auf eine Seitenstraße einen halben Kilometer entfernt hinwies.

Dort wollte er abbiegen.

Einige Augenblicke später, während er sich der engen Spur näherte, die nach rechts wegführte, stieg aufs neue eine eigenartige Erinnerung in ihm auf. Der Platz sah genauso aus wie der, von dem er geträumt hatte.

Dort hatte er nackt geangelt – und sich dabei vage daran erinnert, eine Frau getötet, ihr die Brust aufgeschnitten zu haben und...

Nein! Es war nur ein Traum gewesen, und Dr. Jacobson hatte reale Erklärungen für alles gefunden, was er darin gesehen hatte! Nichts von all dem war wahr! Glen bremste stärker, als er beabsichtigt hatte, und fuhr auf eine abschüssige Straße, die so nah an den Bäumen vorbeiführte, daß deren Äste die Seiten des Autos streiften.

»Und was ist, wenn wir nicht mehr umdrehen können?« fragte Kevin, der sich instinktiv duckte, als ein Ast gegen die Windschutzscheibe schlug.

»Mach dir keine Sorgen«, hörte er seinen Vater sagen. »Ich bin schon oft hier gewesen.«

Etwas in der Stimme seines Vaters machte Kevin stutzig. Er schaute seinen Vater an.

Die Augen des Mannes und die des Jungen trafen sich einen Moment lang, dann sah Kevin weg.

Da war etwas in den Augen seines Vaters, das er nie zuvor gesehen hatte.

Etwas, das ihm Angst machte.

Anne hörte, wie die Post durch den Schlitz in der Haustür geworfen wurde und wandte ihre Augen vom Monitor ab. Sie entspannte ihre Nackenmuskulatur, stand auf und dehnte ihren ganzen Körper. War es denn möglich, daß sie wirklich schon drei Stunden vor dem Computer in ihrem Arbeitszimmer saß, um die Akten über die Interviews durchzusehen? Aber jetzt, nachdem sie in ihrer Konzentration gestört worden war, kam es ihr sogar noch viel länger vor: Ihre Beine waren steif, und ihre rechte Schulter tat ihr vom ständigen Bedienen der Maus weh. Bis jetzt hatte sie allerdings noch nichts gefunden. Sie hatte sich lediglich durch lange und ermüdende Informationen gearbeitet, die ihr noch so bekannt waren, daß sie sie im Schlaf hätte herunterbeten können.

Unabhängig davon, ob Richard Kraven nun der Serienmörder war, für den sie ihn nach wie vor hielt, war er ganz gewiß ein Mann mit vielen Gesichtern gewesen. Er hatte sich nicht nur in Biologie und Elektrotechnik ausgekannt, sondern darüber hinaus auch noch Religion und Metaphysik studiert. Ferner hatte er die Künste geliebt, vor allem den Tanz. Deshalb hatte er auch jedes Jahr mindestens tausend Dollar dem Ballett gespendet.

Dutzende, Hunderte von Menschen hatten ihn gekannt, doch darunter war niemand gewesen, der von ihm wie von einem Freund gesprochen hatte.

Eine ganze Menge der von ihr interviewten Leute hatten ihn immer wieder mit denselben Worten charakterisiert. Darunter hatten sich viele positive Beurteilungen gefunden: »Charmant... faszinierend... belesen... genial.«

Aber auch weniger schmeichelhafte Attribute waren ihm wiederholt zugeschrieben worden:

»Kalt... distanziert... gleichgültig... unnahbar.«

Seufzend mußte Anne sich eingestehen, daß ihre anfängliche Zuversicht, in den Akten etwas zu finden, das ihr bislang entgangen war, allmählich schwand. Sie ging durch das Wohnzimmer in den Flur.

Noch bevor sie sich hinunterbeugte, um die auf dem Boden verstreut liegende Post aufzuheben, fiel ihr etwas auf: ein weißer, ganz gewöhnlicher Briefumschlag mit ihrem Namen und ihrer Adresse. Und er war in derselben spitzen Schrift beschrieben wie das Papier, das sie erst vor kurzem in Rory Kravens Wohnung gelesen hatte. Sie ließ die übrige Post liegen, nahm den Umschlag und riß ihn auf. Sie wollte schon die eine Seite, die darin steckte, herausziehen, doch dann hielt sie sich zurück.

Fingerabdrücke! Vielleicht, aber nur vielleicht war die Person, die den Brief geschrieben hatte, unachtsam gewesen. Mit zitternden Händen trug sie den Brief in die Küche, fand eine Zange und zog vorsichtig das gefaltete Papier aus dem Umschlag. Mit klopfendem Herzen las sie, was darauf stand.

Teuerste Anne!
Zunächst eine Erklärung: Wie Sie sicher wissen, hatte ich während meines vorübergehenden Gefängnisaufenthaltes keine Gelegenheit, mein chirurgisches Geschick weiter zu vervollkommnen. Deshalb ist es auch zu dem Mißgeschick mit der Katze Ihrer Tochter gekommen. Ich hätte einfach noch mehr Praxis gebraucht. Vielleicht hätte ich meine Signatur hinterlassen sollen, aber da es sich ja nur um eine Katze gehandelt hat, war diese Arbeit nicht repräsentativ für das, was ich wirklich zu leisten imstande bin. Übrigens hat niemand die Katze hinausgelassen. Ich bin ins Haus gegangen und habe sie mir geholt, genau wie ich hineingegangen bin, um die Nachricht auf Ihrem Computer zu hinterlassen. Ich kann nämlich jederzeit in Ihr Haus gehen. Immer – wann ich will.

Anne war zu Eis erstarrt. Sie las den Brief ein zweites, dann ein drittes Mal. Blanke Panik stieg in ihr hoch; sie spürte den seltsamen Drang, durchs Haus zu rennen, alle Fenster und

Türen zu verschließen und die Vorhänge zuzuziehen. Aber draußen war heller Tag, elf Uhr Samstagmorgen. Was konnte ihr schon geschehen. Und falls Richard Kraven...

Nein! Nicht Richard Kraven! Kraven war tot!

Sie holte tief Atem. Wenn der Schreiber des Briefes wirklich die Absicht hatte, in ihr Haus zu kommen, warum warnte er sie dann vorher?

Er wollte ihr nur Angst einjagen.

Ihre Panik schlug plötzlich in Wut um. Anne steckte den Brief vorsichtig in den Umschlag zurück, nahm das Telefon und wählte die Nummer, die ihr Mark Blakemoor bei ihrem letzten Treffen gegeben hatte. »Sie können mich jederzeit anrufen«, hatte er gesagt. »Wenn irgend etwas passiert, Sie etwas herausfinden oder wenn Sie es auch nur glauben, dann rufen Sie mich an.«

Sie ließ das Telefon ein dutzendmal klingeln. Hatte er denn nicht einmal einen Anrufbeantworter? Schließlich legte sie auf und wählte die Nummer seines Büros. Nach dem vierten Klingeln nahm jemand ab.

»Mordkommission. McCarty.«

Jack McCarty? Was machte der Chef der Mordkommission an einem Samstag im Büro? »Ich suche Mark Blakemoor«, sagte sie. »Hier spricht Anne Jeffers.« Als keine sofortige Antwort kam, fügte sie hinzu: »Es ist wichtig. Es geht um die Kraven-Morde.« Sie zögerte, dann ging sie das Wagnis ein: »Um die neuen.«

»Was hat Ihnen Mark darüber erzählt?« brummte McCarty mißtrauisch.

»Gar nichts«, sagte Anne rasch und dachte an Marks Warnung, daß sie mit niemandem darüber reden dürfe. »Aber ich muß ihm etwas erzählen. Er hat mir seine Privatnummer gegeben, aber er ist nicht zu Hause.«

»Er hält sich eben lieber woanders auf«, erwiderte McCarty. »Er ist lieber rauf nach Snoqualmie gefahren, um dort seinen Job zu tun.«

»Snoqualmie?« wiederholte Anne, von plötzlicher Sorge erfaßt. »Was ist dort los?«

Wieder herrschte Schweigen am anderen Ende der Leitung, dann redete McCarty wieder, und er klang dabei so verächtlich, wie er mit allen Pressevertretern zu sprechen pflegte. »Sie sind doch Reporterin. Warum finden Sie es nicht selbst heraus?«

»Das mache ich auch, Jack!« sagte sie wütend. »Worauf Sie sich verlassen können!«

Sie hinterließ eine Nachricht für Heather, obwohl ihre Tochter gesagt hatte, sie käme nicht vor siebzehn Uhr nach Hause. Dann schaltete sie den Computer ab, schloß die Tür und ging zu ihrem Wagen. Doch dann fiel ihr auf einmal der Brief ein, den sie in ihre Tasche gesteckt hatte.

Ich kann jederzeit in Ihr Haus kommen. Immer – wann ich will.

Obwohl ihr klar war, daß sie jedem, der ihr Angst einjagen wollte und sie tatsächlich beobachtete, damit nur einen Gefallen tat, sah sie sich forschend auf der Straße um.

Abgesehen von einigen Kindern, die auf einem Gehweg ein paar Häuser weiter unten spielten, war sie leer.

Und das Wohnmobil.

Der Anblick dieses klotzigen Dings, das an der Straßenecke stand, jagte ihr einen Schauer über den Rücken

Wem gehörte es? Woher war es gekommen?

Warum stand es dort?

Ob jetzt jemand darin war, der sie beobachtete? Anstatt direkt zu ihrem Wagen vor der Haustür zu gehen, ging Anne auf dieses bedrohliche Vehikel zu. Sie umkreiste es langsam, bis sie nahe genug daran war, um schließlich einen Blick durch seine Fenster werfen zu können.

Leer.

Aber wie lange schon?

Als ihr die Erinnerung an Richard Kravens Vorliebe für Wohnmobile einfiel, griff sie in ihre Tasche und holte ein Notizbuch und einen Stift heraus. Sie schrieb sich rasch die Autonummer auf und fragte sich, ob sie nicht gleich ins Haus zurückgehen solle, um entsprechende Nachforschungen einzuleiten.

Später, sagte sie sich. Viel später. Jetzt mußte sie erst einmal herausfinden, warum Mark Blakemoor nach Snoqualmie geschickt worden war. Als sie sich hinter das Steuer ihres Volvos setzte, wußte sie schon weshalb. Es konnte nur einen Grund geben, warum man Mark heute morgen dorthin geschickt hatte.

Man hatte eine weitere Leiche gefunden.

60. Kapitel

Dort, wo der Fluß sich seinen Weg um die breite Krümmung herum bahnte, war er ziemlich seicht. Erst auf der gegenüberliegenden Seite, wo die Strömung sich in sein Granitbett geschliffen hatte, wurde er tiefer. Die Angelrute in Glens Händen fühlte sich vertraut an – genau wie in seinem Traum von vorgestern. Bei seinem allerersten Wurf schwirrte die Fliege fast bis zur Flußmitte; dann ließ er sie einige Male hin und zurück schnellen, bis sie auf der Wasseroberfläche tanzte, während er die Leine wieder aufspulte.

»Mann!« staunte Kevin. »Wie hast du das geschafft?«

»Es ist ganz einfach«, antwortete Glen und verbarg sein eigenes Erstaunen über seine Fertigkeit. »Man muß es nur aus dem Handgelenk heraus machen.«

Er legte seine Angel am Ufer nieder, ging zu Kevin hinüber, stellte sich hinter ihn und führte die Hand seines Sohnes. Doch in dem Augenblick, als er Kevin berührte, ging etwas mit ihm vor.

Er fühlte, wie ihn eine Energie durchströmte, als würde eine Art Elektrizität direkt aus dem Körper seines Sohnes in seinen fließen. Und noch etwas geschah: die Stimme flüsterte ihm wieder etwas zu. *Hast du es gespürt, Glen? Du fühlst das Leben in ihm. Und du willst doch ganz bestimmt wissen, woher es kommt, stimmt's?* Er riß seine Hand von Kevin zurück, als hätte er glühendes Eisen angefaßt. Sein Sohn sah ihn stirnrunzelnd an.

»Dad? Bist du in Ordnung? Du siehst so komisch aus.«

»Doch, alles in Ordnung«, antwortete Glen, aber ihm selbst kamen seine Worte gezwungen vor. Und die Stimme meldete sich wieder, flüsterte ihm zu: *Wir können es tun. Jetzt gleich. Es ist ein Experiment, nur ein Experiment. Wir tun ihm nicht weh. Er wird es überstehen, du wirst schon sehen.* Graue Schleier vernebelten wieder sein Bewußtsein, und von neuem stieg Angst in ihm auf. Dieselbe schreckliche Angst, die ihn überkommen hatte, als er glaubte, er würde gleich hinter dem Steuer einschlafen. Was wäre, wenn er sie nicht wieder besiegen würde? Wenn sie ihn diesmal übermannte? »I... Ich mach' dir einen Vorschlag«, stammelte er. Die Worte schnürten ihm fast die Kehle zu, während er gegen die wohligen Nebelschleier und den verführerischen Klang der Stimme ankämpfte. »Geh du doch ein Stück flußabwärts, und ich geh nach oben. Dann verheddern sich unsere Schnüre nicht.«

Kevin, der seinen Vater aus den Augenwinkeln beobachtet hatte, nickte eifrig und spulte seine Leine auf. Er machte sich auf den Weg nach unten und hüpfte dabei von einem Felsbrocken zum nächsten. Ein paarmal schaute er zurück, doch sein Vater ging in die entgegengesetzte Richtung, und auch als Kevin ihm hinterherrief, sah er sich nicht um. Kevin wurde es ungemütlich. Wenn sein Vater nun krank wäre? Wenn er wieder einen Herzanfall bekäme? Was sollte er dann tun? »Dad!« rief er noch einmal, aber wieder schien sein Vater ihn nicht zu hören. Kevin hielt an. Sollte er seinem Vater nachgehen, für den Fall, daß er wirklich nicht ganz gesund war? Oder sollte er tun, was sein Vater ihm gesagt hatte?

Dann fiel ihm der seltsame Gesichtsausdruck wieder ein. Es war, als ob sein Vater sich vor etwas fürchtete.

Kevin entschied sich dafür, zumindest eine Weile weiter flußabwärts zu gehen. Vielleicht könnte er einen Frosch oder sogar eine Schildkröte fangen. Denn gerade jetzt wollte er, aus einem ihm unerklärlichen Grund, nicht in der Nähe seines Vaters sein.

Gerade jetzt schien sein Vater gar nicht sein Vater zu sein, sondern jemand anderes.

Jemand, den Kevin ganz und gar nicht mochte.

Während Glen weiter stromaufwärts ging, überkam ihn wieder jenes seltsame Déjà-vu-Erlebnis, das er schon während der Fahrt zum Fluß gespürt hatte, und jetzt war es stärker als vorhin. Obwohl er völlig sicher war, nie zuvor hier gewesen zu sein – von seinem Traum, der nichts zu bedeuten hatte, einmal abgesehen –, kam ihm dieser Ort in gewisser

Weise äußerst vertraut vor. Der Fluß krümmte sich weiter oben wieder, aber zwischen den beiden Biegungen erstreckte sich ein gerader Abschnitt von etwa vierhundert Meter Länge. Dort war das Wasser breit und seicht. Das Ufer gegenüber war etwas schmaler, enger, und jenseits des felsigen Streifens, der an den Fluß grenzte, wurde die Flußbank abschüssig. Etwa drei Meter oberhalb des Ufers lag eine Sandbank mit einem Steinhaufen.

Dieser Steinhaufen kam ihm bekannt vor, obwohl er wußte, daß er ihn nie zuvor gesehen hatte, nicht einmal in seinem Traum. Als er darüber nachdachte, kam es ihm so vor, als hinge diese Vertrautheit nicht mit einer Erinnerung an die jüngste Vergangenheit zusammen, sondern lag viel länger zurück.

Er dachte angestrengt nach, versuchte, sich daran zu erinnern, wann er hier gewesen sein könnte, kam aber auf keine Lösung. Bei den Wasserfällen in der Nähe des Elektrizitätswerks war er schon oft gewesen. Vor Jahren waren Anne und er sogar schon einmal den abschüssigen Pfad unterhalb der Wasserfälle hinabgestiegen. Wahrscheinlich waren sie auch schon einige Male die Straße nach Fall City gefahren, aber hier hatten sie nie angehalten. Dessen war er ganz sicher.

Er stand auf der Flußbank, nahm die Fliege und warf sie aus. Es war genau die, die so aussah, als wäre sie aus einer Feder Hectors und ein paar Haaren aus Kumquats Fell gebunden worden. Sofort schnappte eine Forelle danach und sprang so schnell aus dem Wasser, daß Glen sie fast übersehen hätte. Die Schnur spulte sich ab. Glen war völlig unsicher, wie er darauf reagieren sollte und schaute einfach zu. Dann hörte er die Stimme in seinem Kopf:

Einholen!

Er drehte an der Kurbel, um sie zurückzuspulen. Nach der ersten Umdrehung schnellte sie zurück, und die Schnur spulte sich wieder auf. Abrupt straffte sich die Rute und bog sich. Ein Summen erklang, als die Spannung auf der Rolle überschritten wurde, die Leine wieder freigab und laufen ließ. Die Stimme in Glens Kopf gab ihm ununterbrochen Anweisungen, während er mit dem Fisch kämpfte.

Das Spiel ging noch rund fünfzehn Minuten weiter. Als Glen dem Fisch endlich nahe genug war, um ihn mit dem Kescher aufnehmen zu können und ihn in den Korb stecken konnte, stand er schon fast in der Mitte des Flusses. Nur wenige Meter vor ihm lag der Steinhaufen, den er schon vom Ufer aus gesehen hatte. Er watete durch den Fluß zu der schmalen Sandbank und erklomm sie.

Nur ein Steinhaufen.

Doch das Vertrautheitsgefühl war nun stärker als je zuvor.

Er drehte einen Stein nach dem anderen um.

Nachdem er einige beiseite gelegt hatte, verlor das Gebilde seine Stabilität und fiel in sich zusammen.

Dann stach Glen etwas ins Auge. Er beugte sich hinunter und hob ein altes Taschenmesser auf. Sein Griff bestand aus beschlagenem Silber, mit Türkisen besetzt. Das Messerblatt war zwar etwas verrostet, aber man konnte es noch ausklappen. Die Schneide war immer noch tückisch scharf. Glen betrachtete sie eine geraume Weile, dann klappte er sie wieder ein und steckte sie sich in die Tasche.

Er ging in die Hocke und entfernte weitere Steine.

Jetzt entdeckte er etwas anderes.

Einen Knochen.

Einen langen Knochen, wie der Oberschenkel eines Hirsches.

Doch schon vom ersten Augenblick an wußte Glen, daß dies keinesfalls der Knochen eines Hirsches war.

Es war ein menschlicher Knochen.

Er drehte noch einige Steine um und legte weitere Knochen frei.

Was sollte er tun?

Die Polizei rufen?

Doch wie hätte er seinen Fund erklären sollen? Er war ja nicht einfach nur darüber gestolpert, sondern hatte zuerst den Fluß überqueren, dann das Ufer hinaufklettern und die Steine entfernen müssen.

Unsicher erhob er sich. Plötzlich hörte er, daß Kevin vom anderen Ufer aus nach ihm rief.

»Dad! He, Dad!«

Der Junge watete bereits durch den Fluß. »Nein!« schrie Glen. »Bleib dort!«

Aber Kevin ging weiter, watete tiefer in das schnell fließende Wasser. »Was ist dort?« rief er. »Was hast du gefunden?«

Selbst Glen hatte das Wasser fast bis zur Taille gestanden. Kevin würde es bis zum Hals reichen. »Komm nicht näher!« brüllte Glen. »Hier ist gar nichts! Nur ein Steinhaufen!« Er schaute auf das Skelett, zögerte kurz, dann schaufelte er mit den Füßen so viele Steine zusammen, bis es nicht mehr sichtbar war. »Bleib drüben! Ich komm auch gleich zurück!« Schnell kletterte er von der Flußbank herunter, überquerte die Sandfläche und watete durch den Fluß zum anderen Ufer, wo Kevin inzwischen auf ihn wartete. Glen öffnete den Korb und zeigte dem Jungen den Fisch, den er gefangen hatte. »Was sagst du dazu? Sollen wir ihn uns zum Mittagessen braten?«

Kevin schaute den Fisch skeptisch an. »Könnten wir nicht lieber einen Hamburger machen?« fragte er.

Glens Blick wanderte wieder zu dem Steinhaufen auf der anderen Uferseite zurück. Auf einmal wäre er am liebsten ganz woanders gewesen, an irgendeinem Ort, der ihm völlig unbekannt war und keine solch seltsamen Erinnerungen in ihm auslöste. »Gute Idee«, sagte er. »Also, los.«

Aber als sie zum Wagen zurückgingen, spürte Glen wieder den seltsamen Nebel um sich und hörte die Stimme, die ihm etwas zuflüsterte.

Ein Experiment. Nur ein Experiment. Nimm das Messer ...

61. Kapitel

»Vielleicht war das doch keine so gute Idee«, murmelte Anne niedergeschlagen und betrachtete den Teller mit dem unberührten Essen auf dem Tisch. Vom Fenster aus konnte sie den Wasserfall von Snoqualmie sehen, doch auch dieser faszinierende Anblick heiterte sie nicht auf.

»Sie sollten etwas essen«, hatte Mark Blakemoor gesagt, nachdem er ihr vorgeschlagen hatte, hier das Mittagessen einzunehmen. »Ich weiß, daß Sie aufgeregt sind. Und ich kann Ihnen auch nicht sagen, daß es keinen Grund dafür gibt. Aber Sie sollten trotzdem etwas essen, wie ich auch, und dabei können wir uns dann unterhalten.«

Daraufhin war sie ihm vom Campingplatz die Straße hinauf bis zu dem Wasserfall nachgefahren. Doch dann hatte sie keinen Bissen hinuntergebracht, und inzwischen war ihr auch jegliche Lust auf das Essen vergangen. Mißmutig schob sie den Teller weg. »Edna Kraven«, seufzte sie. Das Bild einer korpulenten Frau, deren Haar so aussah, als hätte sie es mit Schuhcreme gefärbt und die immer etwas trug, das ihr nicht ganz paßte, tauchte vor ihr auf. Und damit auch die unerfreuliche Erinnerung an die Feindseligkeit dieser Frau ihr gegenüber. Bei keinem einzigen Interview hatte sie zumindest einräumen wollen, daß ihr ältester Sohn ein Serienmörder gewesen sein könnte. Edna hatte sich bis zu ihrem letzten Atemzug ihren Glauben an Richard Kravens Unschuld bewahrt – so wie sie umgekehrt auch nie einen Hehl aus ihrer Geringschätzung gegenüber ihrem jüngsten Sohn gemacht hatte.

Noch jetzt, während Anne zusammen mit Mark Blakemoore im Speiseraum des Salish Lodge saß, erinnerte sie sich an Ednas höhnisches Gelächter, als sie gehört hatte, Rory Kraven habe sowohl Shawnelle Davis als auch Joyce Cottrell auf dem Gewissen. »Das ist absolut lächerlich. Rory brachte es nicht einmal fertig, mit einer Frau zu reden, geschweige denn eine umzubringen. Mein Richard dagegen, der war ein Frauenheld, auch wenn ihm natürlich keine recht war. Aber Rory? Da muß ich lachen. Ich war zwar seine Mutter, aber offen gesagt: Rory war ein Nichts. Wenn eine der beiden Frauen ihn auch nur angehustet hätte, wäre er sofort abgehauen.«

Sie hatte noch eine ganze Menge mehr erzählt, aber Anne hatte innerlich abgeschaltet. Nicht nur, weil sie das meiste ohnehin schon dutzendfach gehört hatte, sondern weil sie im Laufe der Zeit einfach müde geworden war, Edna Kravens Sicht der Dinge erklärt zu bekommen. Anne glaubte fest daran, daß die meisten Probleme ihrer Söhne durch ihren Einfluß entstanden waren. Und hätte sie es nicht besser gewußt, beide Söhne Ednas hätten in ihrer eigenen Liste der Mordverdächtigen ganz weit oben gestanden. Aber jetzt, wo beide Söhne tot waren... »Mein Gott!« sie atmete tief, als ihr eine Idee kam. »Mark! Wenn sie nun gewußt hat, wer Rorys Mörder war!«

»Ich schätze, kurz vor ihrem Ende hat sie es ganz bestimmt gewußt«, entgegnete Mark trocken.

Anne sah ihn groß an. »Sehr witzig.«

»Polizistenhumor«, antwortete Blakemoor. »Der ist notgedrungen immer schwarz. Hängt wohl mit dem Beruf zusammen.« Auch er schob jetzt seinen Teller beiseite. Während der letzten Stunde hatte er zu analysieren versucht, was in ihm vorgegangen war, als er zum ersten Mal den Brief gelesen hatte, der heute bei Anne eingegangen war. Eigentlich hätte es ihm spielend leicht fallen müssen, ihn mit dem Abstand zu betrachten, der ihm im Laufe der langen Jahre in der Mord kommission zur Routine geworden war. Er hätte den Brief als schlichtes Beweisstück, als den Teil eines Puzzles, einordnen müssen.

Statt dessen hatte er ihn wütend gemacht. Am liebsten hätte er das Schwein, das ihn geschrieben hatte, gepackt, gegen die nächste Wand geschleudert und ihm die Seele aus dem Leib geprügelt.

So ist es also um meine Objektivität bestellt, dachte er sarkastisch, während er gegen seine Wut ankämpfte, die beim Lesen des Briefes in ihm hochstieg. Den ganzen Morgen über hatte ihn diese Geschichte verfolgt, und mittlerweile war er auf eine Weise beunruhigt, die weit über die berufliche Fürsorge für ein mögliches Opfer hinausging. Aber als er wieder zu reden begann, gab er sich redlich Mühe, seiner Stimme wenigstens ein kleines bißchen beruflichen Anstrich zu verleihen. »Anne, kennen Sie einen Ort, an dem Sie Ihre Kinder unterbringen können, bis alles vorbei ist?«

Anne wandte ihren Blick bewußt von ihm ab. Derselbe Gedanke war ihr auch schon gekommen. Sie hatte sich bereits vorgenommen, mit Glen darüber zu reden, ob sie nicht vorübergehend ausziehen sollten. Mark Blakemoor hatte Glen jedoch mit keiner Silbe erwähnt. Und sie war sich auch nicht ganz sicher, warum. Sie entschied sich dazu, ganz offen danach zu fragen und fixierte ihr Gegenüber. »Die Kinder und ich... Und was ist mit Glen?«

Jetzt wich der Polizist ihrem Blick aus, wenn auch nur für einen Moment. »Was soll mit ihm sein?« fragte er.

»Ich habe zuerst gefragt«, entgegnete Anne mit merklich härterem Ton. »Ich habe nicht Ihre Andeutungen vergessen, er könne Heathers Katze getötet haben. Unterstellen Sie ihm jetzt auch noch, daß er Rory Kraven getötet hat? Und Edna?« Zumindest besitzt er noch so viel Anstand, rot zu werden, dachte Anne, als sie dem Kommissar ins Gesicht schaute.

»Ich weiß nicht, was ich denken soll. Es läßt sich nicht ausschließen, daß Ihr Mann Ihrer Katze etwas getan hat. Und Sie sind lange genug Reporterin, um das von vornherein abstreiten zu können.« Jetzt war es an Anne, rot zu werden, und Mark war drauf und dran, sich für seine Worte zu entschuldigen. Aber Tatsache war, daß er ihr genau sagen mußte, was er dachte, ganz egal, welche Gefühle er für sie hegte. »Was die anderen Fälle angeht, kommt er ja wohl kaum in Frage.«

Nachdem er bemerkte, daß Anne beschwichtigt war, wollte er es eigentlich dabei bewenden lassen, doch der Kommissar in ihm ließ das nicht zu. »Andererseits kann niemand von uns beweisen, daß er nichts von all dem getan hat.« Anne warf ihm einen verärgerten Blick zu, doch Mark fuhr ungerührt fort. »Tun wir doch einfach mal so, als wäre er gar nicht Ihr Ehemann. Was sehen wir dann objektiv vor uns? Einen Mann, dessen gesamte Persönlichkeit sich in den letzten paar Wochen verändert hat.« Er machte eine abwehrende Geste, um Annes Einwand zuvorzukommen. »Das dürfen Sie nicht bestreiten; Sie haben es mir ja schließlich selbst erzählt. Sie haben mir ferner gesagt, er habe Kevin gebeten, ihm alle Akten über Kraven in die Klinik zu bringen. Und wenn wir die Sache auf die Spitze treiben wollen, basteln wir uns doch einfach ein Szenarium. Angenommen, daß sich er und die Cottrell vielleicht ein wenig näher gekommen sind, seit er wieder daheim ist. Und tun Sie nicht gleich so puritanisch – wie Sie selbst wissen, kommt so etwas alle Tage vor. Vielleicht hatten also er und die Cottrell etwas miteinander, und vielleicht ist er in der Nacht, als man sie erledigt hat, aufgewacht. Vielleicht wollte er auch gerade zur ihr rübergehen.«

»Das ist ja ekelhaft.« In Anne stieg Zorn hoch.

»Sicher ist es das«, stimmte Mark zu. Ihm war klar, daß er das ganze Thema lieber fallen lassen sollte, wußte aber auch, daß er das jetzt nicht mehr konnte. »Mord ist immer ekelhaft. Aber wir beide wissen, daß nichts unmöglich ist. Also angenommen, er wollte zu ihr rübergehen. Vielleicht war er sogar schon draußen auf dem Hof. Und plötzlich öffnet sich die Hintertür, und er sieht Rory herauskommen, der die Leiche seiner Freundin wegschleppt. Was sollte er tun? Die Polizei rufen? Wohl kaum. Dann hätte er ja erklären müssen, warum er mitten in der Nacht um das Haus der Cottrell herumschleicht. Also hat er einfach abgewartet. Er hat Rory erkannt – wahrscheinlich war sein Foto irgendwo in Ihren Akten – und einen Plan ausgeheckt. Dann hat er Rory eigenhändig umgebracht. Er hatte ja auch schon die Katze getötet – macht das noch einen großen Unterschied?«

»Und Edna?« fragte Anne mit eiskalter Stimme. »Wie paßt die in Ihr kleines Szenarium, *Kommissar*?«

»Kann ja sein, daß sie gerade in Rorys Wohnung gehen

wollte, als er herauskam.« Mark überhörte ihren giftigen Ton. Er haßte es genauso, so mit ihr zu reden wie sie. Aber er mußte sich mit allen Eventualitäten befassen, ob ihr das nun paßte oder nicht. »Stellen Sie sich vor, er hat sie gesehen. Sie hat ihn natürlich nicht erkannt, er sie aber schon. Ihr Bild ist doch auch in Ihren Akten, stimmt's? Er wußte also, daß sie ihn gesehen hatte und ihn früher oder später identifizieren würde.«

»Und dann hat er sie auch *erledigt*, wie Sie es so charmant ausdrücken?« fragte Anne mit vor Zorn bebender Stimme. »Außerdem vermute ich, daß Glen auch Richard Kravens Handschrift imitiert hat.«

»Ist er Architekt oder nicht?« gab Mark zurück. »Das heißt doch, daß er zeichnen kann.«

Anne starrte ihn an und wollte ihren Ohren nicht trauen. War dieser Mensch vollkommen verrückt geworden? Es war schon schlimm genug, Glen zu unterstellen, ihre Katze getötet zu haben. Jetzt wollte er anscheinend Glen den ganzen Fall anhängen – so wie er das zuvor bei Richard Kraven getan hatte! Doch da gab es einen gewaltigen Unterschied: Kraven war schuldig gewesen, Glen nicht! Und was Blakemoor unterstellte, war nicht nur verabscheuungswürdig und absurd, es war auch unverantwortlich. Sie schob den Stuhl zurück und stand auf. »Ich kann mir nicht vorstellen, wie Sie auf dieses ›Szenarium‹ gekommen sind, aber ich schlage vor, Sie vergessen es. Wenn mir nämlich jemals zu Ohren kommen sollte, daß Sie irgend jemandem gegenüber etwas davon erwähnt haben, werde ich wohl ein längeres Gespräch mit Jack McCarty führen müssen.«

»Anne...« begann Mark, erhob sich ungelenk und streckte die Hand nach ihr aus. Aber es war zu spät. Sie hatte sich schon umgedreht und stürmte aus dem Lokal.

»Ach, Mist«, murmelte er, warf ein paar Scheine auf den Tisch und eilte hinter ihr her.

Er erreichte in dem Moment den Parkplatz, als ihr Volvo schon Richtung Autobahn wegfuhr.

62. Kapitel

Als Anne zu Hause ankam, war ihr Zorn ein wenig verraucht. Das hing aber nicht damit zusammen, daß sie mittlerweile glaubte, an Mark Blakemoors lächerlicher Theorie könnte etwas dran sein, sondern damit, daß sie physisch wie psychisch zu ausgebrannt war, um sich weiter darüber aufregen zu können. Beim Einbiegen in die 16. Straße war sie überrascht, Glens SAAB schon wieder auf dem Parkplatz zu sehen. Er hatte ihr doch gesagt, daß er nicht vor dem späten Nachmittag zurückkommen wollte, möglicherweise sogar erst morgen vormittag. Wundersamerweise fand sie einen Parkplatz direkt vor dem Haus, stieg aus und ging hinein. »Glen? Kevin? Hallo?«

»Im Keller«, antwortete Glen mit kaum hörbarer Stimme.

Anne ging die Stufen hinunter und traf ihren Mann, wie er vor der Werkbank stand. Er wandte ihr den Rücken zu. Das grelle Licht leuchtete jeden Winkel des Raumes aus. »Warum bist du schon zurück?« fragte sie und trat näher hinzu. Glen gab keine Antwort. Als Anne sich der Werkbank näherte, sah sie, was er machte: In der Hand hielt er ein Filetiermesser, dessen dünne, rasiermesserscharfe Klinge in dem hellen Licht funkelte. Auf der Werkbank lag eine große Forelle. Anne wurde Zeugin, wie Glen den Fisch unterhalb des Kopfes aufschnitt und seine Innereien bloßlegte. Dabei führte er das Messer so rasch, daß sie Angst bekam, er könnte sich verletzen. Dann trennte er das Fleisch von den Gräten und legte schließlich das Filetstück auf die Werkbank. Mit einem einzigen geschickten Schnitt schälte er die Haut vom Fleisch, spießte die Haut mit der Messerspitze auf und ließ sie in den Abfalleimer neben seinen Füßen fallen. Erst dann drehte er sich zu ihr um.

»Wo hast du das gelernt?« fragte Anne verwundert.

Glen zuckte die Schultern. »Da gibt's nicht viel zu lernen.

Es ist ganz einfach. Willst du es auch einmal versuchen?« Er reichte ihr das Messer, doch Anne schüttelte den Kopf.

»Wo ist Kevin?«

»Drüben bei Justin. Wo bist du gewesen? Du hast doch gesagt, du wolltest den ganzen Tag an deinem Computer sitzen.«

»Es ist noch ein Mord passiert«, erklärte Anne. »Diesmal hat es Edna Kraven erwischt – Richards und Rorys Mutter. Man hat sie auf einem Campingplatz bei Snoqualmie gefunden.« Für den winzigen Sekundenbruchteil glaubte sie, etwas in Glens Augen gesehen zu haben.

Furcht?

Zorn?

Aber es war so schnell verschwunden, daß sie es gleich wieder vergaß.

»Ach, das war es«, sagte Glen. »Wir sind an einem Campingplatz vorbeigekommen, wo es vor Polizisten nur so gewimmelt hat.« Er grinste. »Ich muß dir ja wohl nicht sagen, daß Kevin sofort anhalten wollte, um nachzusehen, was dort los ist.«

»Gott sei Dank habt ihr es nicht getan.« Anne schauderte bei dem Gedanken daran. »Es war furchtbar.« Sie zögerte und fragte sich, ob sie ihm etwas von der Nachricht sagen sollte, solange sie noch allein im Haus waren. Aber schon beim Gedanken daran fiel ihr schlagartig Mark Blakemoors Unterstellung ein, Glen könne sie geschrieben haben. Und wenn sie jetzt damit anfinge, würde sie auch gleich von dem ganzen bizarren Szenarium erzählen, das der Kommissar entworfen hatte.

Das wiederum würde dann Glen in – berechtigten – Zorn versetzen – und das war das letzte, das sie jetzt brauchen konnte. Sie nahm sich vor, lieber bis später zu warten, bis sie sich vollkommen beruhigt hatte. Vielleicht würde sie es ihm abends erzählen, bevor sie zu Bett gingen.

»Und wie war's beim Angeln?« wechselte sie das Thema. »Du hast mir noch immer nicht gesagt, warum ihr schon so früh zurückgekommen seid.«

Glen zögerte. Ein seltsamer Ausdruck trat in seine Augen, verschwand aber wie zuvor zu schnell, als daß Anne ihn wirklich hätte wahrnehmen können. »Es lief ganz gut«, brachte er schließlich heraus. »Aber ich glaube, Kevin hat es nicht so gut gefallen. Nächstes Mal sollte ich wohl lieber allein gehen.«

Kurz darauf ging Anne nach oben. Sie spürte, daß es etwas gab, das er ihr nicht sagen wollte. Etwas war geschehen, und das hing offenbar mit Kevin zusammen. Doch aus irgendeinem Grund wollte er nicht darüber reden.

Sie betrat das Schlafzimmer und stolperte fast über ein Bündel Kleider, das mitten auf dem Boden lag.

Nasse Kleider.

Sie hob sie auf, ging die Treppen hinunter, um sie in die Waschmaschine zu werfen und überprüfte dabei ganz automatisch, ob noch etwas in den Taschen war. In einer Hosentasche spürte sie etwas.

Ein Messer.

Ein Taschenmesser, silberbeschlagen und mit Türkisen besetzt.

Es sah so verschmutzt aus, als wäre es schon seit Monaten, vielleicht gar Jahren Wind und Wetter ausgesetzt gewesen.

Ein Messer... Silberner Griff... Türkise...

Dann fiel es ihr schlagartig ein.

Danny Harrar hatte ein solches Messer besessen. Seine Mutter hatte es erwähnt. Er soll es am Tag seines Verschwindens bei sich gehabt haben.

Aber das war lächerlich. Es konnte sich unmöglich um dasselbe Messer handeln.

Oder etwa doch?

»Glen?« rief sie, als sie wieder in den Keller zur Waschmaschine ging. Er hörte mit dem Reinigen der Werkbank auf und schaute sie fragend an. »Woher stammt das?« fragte sie.

Er betrachtete sich das Messer, und aufs neue meinte sie, ein Flackern in seinen Augen zu sehen. Er zuckte die Achseln. »Ich habe es am Flußufer gefunden. Eigentlich wollte ich es Kevin geben, aber dann habe ich es wohl vergessen.«

Als er weiter die Werkbank säuberte, schaute sich Anne das Messer noch einmal an.

Anstatt es Glen zurückzugeben, steckte sie es ein.

Anne saß schon seit fast zwei Stunden vor dem Computer. Nachdem sie aus dem Keller heraufgekommen war, hatte sie zunächst nur vorgehabt, zu überlegen, wie Sheila Harrar das Taschenmesser ihres Sohnes beschrieben hatte. Anschließend wäre sie notfalls zum Pioneer Square gegangen, um nach Sheila zu suchen und sich ihre Vermutung bestätigen zu lassen.

Doch die Erinnerung an Glens seltsamen, flüchtigen Augenausdruck hatte sie davon abgehalten. Diese Angst oder der Zorn in seinem Blick ging ihr nicht mehr aus dem Sinn.

Irgend etwas mußte während des Angelausflugs vorgefallen sein. Etwas, weswegen Glen den Ausflug vorzeitig abgebrochen hatte.

Oder war das von Kevin ausgegangen?

Hatte Kevin vor etwas Angst gehabt und deshalb nach Hause gewollt?

Als ihr all diese Fragen durch den Kopf gingen, deren Ursache in dem unglaublichen Lügengespinst lag, das Mark Blakemoor gewoben hatte, versuchte Anne, über etwas anderes nachzudenken. Doch die Fragen klangen in ihr nach, hielten sie davon ab, sich auf die Suche nach Danny Harrars Mutter zu machen. *Falls* etwas zwischen Glen und Kevin vorgefallen sein sollte, wollte sie hier sein, wenn ihr Sohn nach Hause kam. Deshalb zwang sie sich, vor dem Computer sitzenzubleiben und sich auf die Unterlagen ihrer alten Interviews zu konzentrieren.

Immer wieder war von denselben Themen die Rede: Biologie, Elektrizität, Metaphysik.

Je mehr sei darüber las, desto deutlicher wurde ihr auf einmal, wovon sich Richard Kraven am stärksten angezogen gefühlt hatte.

Leben!

Er hatte sich glühend dafür interessiert, jeden Aspekt des

Lebens zu analysieren! Aber wenn ihn das Leben derart fasziniert hatte, warum hatte er dann gemordet?

Ihr Nacken war bereits völlig verspannt, und ihre Augen brannten, als Anne schließlich auf das Protokoll eines Interviews stieß, das sie mit einer früheren Nachbarin der Kravens, einer gewissen Maybelle Swinney, gemacht hatte:

A. J.: Können Sie mir etwas über seine Kindheit erzählen, Mrs. Swinney? Haben Sie irgendwelche Erinnerungen an etwas, das angesichts seiner Anklage neue Bedeutung erhalten könnte?

M. S.: Na ja, ich will nicht gerade schlecht über jemanden reden, und Edna Kraven und ich sind immer gut miteinander ausgekommen. Aber ich war schon immer der Meinung, daß seine Vorliebe, Dinge auseinanderzunehmen, etwas eigenartig war. Er wollte immer herausfinden, wie Dinge funktionieren. Er konnte sich nicht einfach an ihnen erfreuen, so wie sie waren. O nein, er bestimmt nicht. Er mußte alles auseinandernehmen.

A. J.: Hat er sie danach dann auch wieder zusammengesetzt?

M. S.: Doch, sicher, auch davon hat er etwas verstanden. Er konnte fast alles wieder zusammensetzen. Außer den Dingen, die... (Pause). Wie nennt man das, wenn man Tiere im Labor aufschneidet?

A. J.: Sezieren?

M. S.: Sezieren, genau! Trotzdem glaube ich nicht, daß er die Dinge, die er seziert hat, wieder zusammengekriegt hat. (Lachen). Obwohl ich ganz sicher bin, daß er es versucht hat. Ach, ich möchte wetten, daß er es versucht hat!

Anne ließ die Textstelle auf dem Monitor stehen. Sie starrte darauf und dachte nach. Was wäre gewesen, wenn Maybelle Swinney bei dem Interview damals nicht an dieser Stelle gelacht hätte, als sie Kraven praktisch unterstellt hatte, sezierte Tiere wieder zusammensetzen zu wollen? Hätte sie sich dann mehr Gedanken über diese Äußerungen gemacht?

Vielleicht, vielleicht auch nicht.

Aber wenn es genau das gewesen war, was er versucht hatte? In diesem Moment nahm eine neue Idee Gestalt in ihr an, doch die war so abscheulich, daß sie sie sofort wieder verwerfen wollte. Falls...

»Mom?«

Erschrocken durch die unerwartete Unterbrechung, sprang Anne auf und rieb sich kurz die brennenden Augen, bis sie Kevin, der an der Tür stand, deutlich vor sich sah. »Kevin! Hast du mich erschreckt!«

»Was machst du?« fragte der Junge und kam näher.

Anne nahm die Maus, klickte einige Male darauf und schloß die Akte. »Nichts Besonderes.« Dann fragte sie so gleichgültig wie möglich: »Na, wie war's beim Fischen? Hat es dir gefallen?«

Kevin gab sich reichlich zurückhaltend. »Na ja, ich glaub' schon«, sagte er.

»Du glaubst schon? Was soll das denn heißen?« Kevin schaute sich um, und Anne brauchte eine volle Sekunde, bevor sie begriff, daß er sich nach seinem Vater umsah. Also hatte sie recht gehabt: es *war* etwas passiert! »Hör zu. Ich muß noch eine Besorgung am Pioneer Square machen. Wie wär's? Willst du nicht mitkommen? Dann kannst du mir auf dem Weg alles über eure Angeltour erzählen.«

Kevins Gesicht hellte sich sofort auf. »Gehen wir auch zu dem Laden, wo's die Drachen gibt?«

»Mal sehen. Hol deine Jacke, ich sage inzwischen deinem Vater Bescheid.«

Die Nachmittagssonne verblaßte schon und verlieh dem Pioneer Square ein trostloses Aussehen, das der Sprühregen, der aus den schiefergrauen Wolken fiel, noch verstärkte. »Wann gehen wir endlich heim?« klagte Kevin und packte mit der einen Hand seinen neuen Drachen, während er sich mit der anderen dem Griff seiner Mutter entwinden wollte.

»Gleich«, versprach Anne. Aber das sagte sie jetzt schon zum dritten Mal, und sie konnte sich leicht ausrechnen, daß ihr Kevin das nicht mehr abnahm. Und warum auch? Sie liefen ständig in der Gegend herum, während Anne eine Person nach der anderen fragte, wo sie Sheila Harrar finden konnte. Schließlich hatte sie ihre Suche bei dem Spielwarengeschäft unterbrochen, das die Drachen verkaufte. Aber dieser Halt sollte nur Kevins Aufmerksamkeit von der gesuchten Frau auf den Drachen lenken, den er jetzt natürlich unbedingt steigen lassen wollte.

Die Unterhaltung über die Angeltour war ebenso unergiebig gewesen wie die Suche nach Sheila Harrar. Alles, was sie aus Kevin herausbekommen hatte, war, daß Glen sich »ein bißchen komisch« benommen hatte. Aber mehr hatte sie ihm nicht entlocken können. »Ich weiß nicht«, war Kevins ständige Antwort gewesen, gleichgültig, wie sie ihre Fragen formulierte. »Er hat mich mal komisch angesehen, das war alles. Und dann hat er gesagt, ich solle weiter weggehen und allein angeln.«

»Allein? Er hat dich wirklich ganz allein losgeschickt?«

Kevin nickte. »Dann ist er über den Fluß gegangen und hat in irgendwelchen Steinen rumgewühlt. Ich wollte zu ihm kommen und ihm dabei zuschauen, aber er hat's mir verboten. Danach sind wir heimgefahren.«

Das war alles. Doch es hatte gereicht, um Anne sehr zu beunruhigen.

In der Zwischenzeit war der Regen stärker geworden. Am Himmel zuckten Blitze, auf die sofort Donnerschläge folgten, und Anne fragte sich, ob sie die Suche nach Sheila Harrar nicht lieber abbrechen sollte. Wenn sie morgen früh wiederkäme, könnte sie die Frau vielleicht in ihrem Zimmer erwischen. Sie wollte schon zum Parkplatz zurückgehen, als sich eine bekannte Gestalt von einer Bank erhob und zur Grand Central Arcade schlurfte. Anne nahm Kevin an der Hand und ging ihr hinterher.

»Mrs. Harrar?« rief sie. »Sheila?« Die Frau hielt an, drehte sich langsam um, und einen Moment lang dachte Anne, sie hätte sich getäuscht. Doch dann lächelte die Frau und wankte ihr entgegen.

Es dauerte keine Sekunde, bis Anne begriffen hatte, daß die Frau völlig betrunken war.

»Ich kenne Sie«, sagte Sheila, als sie sich Anne und Kevin näherte. Sie nuschelte, und ihre Augen waren blutunterlaufen. »Haben Sie nach mir gesucht? Könnten Sie mir nicht eine Flasche Wein kaufen?«

»Wie wäre es, wenn ich Ihnen einen Kaffee spendiere?« erwiderte Anne. »Und vielleicht auch noch ein Brötchen.«

Sheila wollte erst ablehnen, gab es dann aber auf und lenkte schulterzuckend ein. »Sie haben recht. Ich sollte nichts mehr trinken. Danny hätte es auch nicht gewollt.« Ihr Blick wurde etwas klarer. »Sie sind gekommen, um mit mir über Danny zu reden?« fragte sie.

»Ich... Was halten Sie davon, wenn wir zuerst den Kaffee trinken?« fragte Anne. Sie nahm Sheila am Arm, führte sie zur Grand Central Arcade, fand einen Tisch und ignorierte die Blicke der anderen Gäste. »Wartet hier«, sagte sie zu Sheila und Kevin. »Ich hole Kaffee und Brötchen.«

Zehn Minuten danach hatte Sheila fast den ganzen Kaffee getrunken und ein halbes Brötchen verzehrt. Das Essen schien die Wirkung des Alkohols etwas gedämpft zu haben, denn ihre Augen wurden allmählich klarer. Schließlich holte Anne das Messer, das Glen gefunden hatte, aus ihrer Tasche und legte es auf den Tisch. »Erkennen Sie es wieder, Sheila?«

Sheila Harrar starrte lange darauf, dann griff sie mit zitternden Fingern danach. Ohne den Blick davon zu lassen, drehte sie es immer wieder um. »Dannys Messer«, flüsterte sie endlich. Sie schaute Anne mit großen Augen an: »Woher? Woher haben Sie es?«

»Sind Sie wirklich ganz sicher, daß es Dannys Messer ist?« fragte Anne sie nur.

Sheila nickte und versuchte, das Messer zu öffnen. »Es ist seines«, beteuerte sie. »Ich kann Ihnen zeigen...« Das Messer entglitt ihren zitternden Fingern und fiel zu Boden. Kevin hob es auf und öffnete es.

»Hier«, sagte Sheila und berührte die Schneide mit dem Finger. »Seine Initialen. Sehen Sie?«

Anne beugte sich vor und sah sich das Messer genau an. Zuerst entdeckte sie nichts, doch dann konnte sie zwei kaum erkennbare Buchstaben ausmachen, die in das Metall geprägt waren: DH.

»Sehen Sie! Es ist seines!« Sie warf Anne einen flehenden Blick zu. »Bitte! Woher haben Sie es? Wie haben Sie es gefunden?«

»Ich nicht. Mein Mann. Er ist bei Snoqualmie angeln gewesen und hat es gefunden.« Kevin hatte von einem Steinhaufen auf dem gegenüberliegenden Flußufer geredet, in dem Glen herumgewühlt hatte. »Ich ... ich weiß nicht genau, wo ...«

Dann mischte sich Kevin ein: »Aber ich. Ich kann genau sagen, wo es war.«

63. Kapitel

Zum ersten Mal seit fast zwei Jahrzehnten waren die Werkbank und der Kellerraum vollständig gesäubert worden. Die Bank und die Regale an der Wand darüber waren schon vorhanden gewesen, als er und Anne sich das Haus gekauft hatten. Der Vorbesitzer hatte alles an Ort und Stelle gelassen, bevor er ins Altersheim gezogen war, und dort war es auch geblieben. Sogar während der Restaurationsarbeiten in den übrigen Stockwerken war im Keller nie etwas angerührt worden. Ab und zu war vielleicht mal ein Werkzeug benutzt und von da nach dort gelegt worden, doch es hatte immer dieselbe Unordnung geherrscht.

Bis zum heutigen Tag, als Glen aus einem ihm selbst unerfindlichen Grund nicht nur die Reste der Forelle beseitigt, sondern gleich den ganzen Raum aufgeräumt hatte. Systematisch hatte er die Unmengen von Plastikbehältern mit Muttern, Bolzen, Nägeln, Heftzwecken, Stiften, Nieten, Dichtungsringen und anderem Zeug zuerst nach Inhalt, dann nach Größe sortiert und sie anschließend noch beschriftet. Als er damit fertig gewesen war, hatte er alles so ordentlich in Reih und Glied in die Regale gestellt, daß es eine wahre Augenweide war. Nachdem alle Regale voll waren, hatte er den Boden unter der Werkbank gesäubert und ihn so gründlich gefegt und gesaugt, daß auch kein Stäubchen mehr zu sehen war. Daraufhin hatte er die Werkzeuge, die bislang durcheinander auf Tisch und Bank herumgelegen hatten, in dieselbe Ordnung gebracht. Als er alles erledigt hatte, sah der Raum wie neu aus. Alles lag jetzt an seinem Platz, und in dem fluoreszierenden Licht erstrahlte er nun hell und sauber.

Es sah so blitzblank aus wie in einem Laboratorium. Glen betrachtete sich sein Werk einige Minuten lang und genoß das Gefühl der Zufriedenheit, das ihm das Aufräumen gebracht hatte. Dann ging er die Stufen zur Küche hinauf, und er war schon halb oben, als er plötzlich rasende Kopfschmerzen bekam.

Ihm schoß ein derart stechender Schmerz durch den Kopf, daß er gegen die Wand taumelte und auf die Knie sank. Gleichzeitig schien ein Licht in seinem Gehirn zu explodieren, das ihn furchtbar blendete.

Ein Gehirnschlag! Er hatte einen Gehirnschlag. Aus dem Nichts kamen ihm Franklin Roosevelts letzte Worte in den Sinn: »Ich habe schreckliche Schmerzen in meinem Hinterkopf.« Unmittelbar darauf war der Präsident ins Koma gefallen und gestorben.

Und da geschah es. Er fühlte sich, als fiele er in einen dunklen Abgrund, in ein schwarzes, bodenloses Loch.

Er wollte schreien, brachte aber keinen Ton heraus. Dann hörte er plötzlich tief in sich Gelächter.

Böses, spöttisches Gelächter.

Das Lachen eines Wahnsinnigen.

Während er noch tiefer in den lichtlosen Abgrund sank, hörte er das Lachen wieder, und jetzt erkannte er es.

Es war die Stimme – die Stimme in seinem Kopf, die ihm das Böse eingeflüstert hatte.

Die Stimme, die erst heute verlangt hatte, daß er den Brustkorb seines Sohnes aufschlitzen sollte, um sein Herz in die Hand nehmen zu können.

Nein!

Er konnte und wollte nicht nachgeben! Er kämpfte gegen die Schwärze um sich an, drängte sie zurück. Er wollte nicht in der Grube verschwinden, die um ihn herum gähnte. Dann hörte er ein tiefes Dröhnen, das langsam anschwoll und das höhnische Gelächter übertönte. Er konzentrierte sich auf diesen Klang, verbannte das Lachen aus seinem Kopf, bis die Schwärze schließlich zu weichen begann. Sein Sehvermögen klärte sich, und allmählich stellte er fest, daß der Schmerz verflogen war.

Er war nicht nur schwächer geworden – er war jetzt völlig verschwunden.

Aber er fühlte sich so abgekämpft, als hätte er einen Marathonlauf hinter sich. Seine Beine waren wie aus Gummi. Doch als er sich langsam aufrichtete, mit einer Hand nach dem Geländer griff und sich mit seinem ganzen Gewicht gegen die Wand stemmte, fühlte er, wie die Kraft in ihn zurückkehrte, und er konnte seinen Weg in die Küche fortsetzen. Er sah, wie der Regen gegen die Scheiben klatschte – und dann erschien plötzlich ein Blitzstrahl, der ihn blendete.

Wieder spürte er einen stechenden Schmerz in seinem Kopf, als hätte jemand einen Speer auf ihn geschleudert. Und wieder zwang ihn dieser Schmerz in die Knie. Daß das Licht der Küchenlampe kurz flackerte, merkte Glen gar nicht, denn der schwarze Abgrund hatte sich aufs neue vor ihm aufgetan. Der Donnerschlag, der eine Sekunde später die Fensterscheiben vibrieren ließ, schleuderte ihn zu Boden, und aus der Tiefe um ihn erscholl wieder das grauenvolle Gelächter.

Ein teuflisches Antlitz tauchte nun in der Dunkelheit auf, ein Gesicht, dessen Züge eine derart scheußliche Unmenschlichkeit ausstrahlten, daß Glen davor zurückwich. Als der schreckliche Schmerz in seinem Gehirn noch stärker wurde, suchte Glen Deckung in dem schwarzen Nebel, der ihn immer enger umhüllte. Er kämpfte jetzt gegen die Schwärze und die Schmerzen an und suchte nur noch Schutz vor den Qualen, die ihm zugefügt wurden.

Und während die Kraft von Glens Geist immer mehr erlahmte, brach jäh der Geist Richard Kravens hervor. Er schien seine Stärke direkt aus den elektrischen Entladungen des Gewitters, das draußen wütete, zu beziehen. Der Geist Richard Kravens versuchte, die endgültige Kontrolle über den Körper zu erlangen, den er bis zu diesem Moment zu teilen gezwungen war. Aus jedem Blitzstrahl, der über den Himmel zuckte, schöpfte er weitere Kräfte und trieb Glen Jeffers immer tiefer in den Abgrund.

So tief, daß bald keine Spur mehr von ihm übrigbleiben sollte.

Nie mehr würde Richard Kraven warten müssen, bis Glen Jeffers schlief, nie mehr würde er die kurzen Momente abwarten müssen, wenn die Wut – jene Wut, die nur sein Bruder oder seine Mutter hatten auslösen können – ihm zumindest für eine kurze Zeit die Kraft gab, Glen zu überwältigen.

Jetzt war Richard Kraven endlich völlig frei, das zu tun, was ihm gefiel.

Richard Kraven erhob sich vom Boden. Durch seine Befreiung ermuntert, ging er in aller Ruhe durch das Haus.

Er kam zu Annes Computer in ihrem Arbeitszimmer, schaltete ihn ein, um die Unterlagen einzusehen, mit denen sie sich beschäftigt hatte.

Offensichtlich hatte sie keine Probleme gehabt, herauszufinden, wem das Taschenmesser gehört haben mußte.

Ob sie wohl auch herausgefunden hatte, wie nahe Maybelle Swinney der Wahrheit gekommen war, als sie ihren Witz machen wollte?

Vermutlich; im Gegensatz zu Maybelle Swinney konnte Anne logisch denken.

Wohin war sie wohl gegangen?

Zu Mark Blakemoor wahrscheinlich. Wenn sie jetzt noch nicht dort war, dann würde sie aber binnen kurzem bei ihm eintreffen.

Doch weder er noch sie kannten bis jetzt die Wahrheit. Und am Ende, wenn er diesen Körper verloren hatte so wie er seinen verloren hatte, wäre zumindest sein Ruf wieder hergestellt.

An allem würde man nämlich Glen Jeffers die Schuld geben.

Denn der sollte auf frischer Tag ertappt werden – so hatte es Richard Kraven entschieden. Das einzige, worüber er seine Meinung geändert hatte, betraf das Versuchsobjekt, das er für sein letztes Experiment ausgewählt hatte.

Natürlich war Anne ursprünglich seine erste Wahl gewesen. Doch nun hatte er einen neuen Entschluß gefaßt.

Einen erstklassigen Entschluß. Einen, der einem Mann mit seinen Geistesgaben würdig war.

Anne sollte am Leben bleiben.

Und in seiner eigenen letzten Sekunde – oder zumindest in dem Moment, in dem er diesen Körper verlassen würde, um einen neuen zu finden – wollte er ihren Gesichtsausdruck sehen, wenn sie dabei zuschauen mußte, wie ihr eigener Ehemann das Herz ihrer Tochter packte und es ihr aus dem Leib riß.

Mit dieser Erinnerung würde Anne dann ihr restliches Leben verbringen müssen.

Richard Kravens Ruf wäre vollständig wiederhergestellt – und Anne Jeffers Leben wäre für alle Zeiten zerstört.

Damit wäre der Gerechtigkeit Genüge getan.

Richard Kraven setzte sich an Annes Pult, um seine letzte Nachricht zu hinterlassen. Diesmal gab er sich keine Mühe mehr, Glens Fingerabdrücke abzuwischen. Nachdem er die Nachricht dort hinterlassen hatte, wo Anne sie mit Sicherheit finden mußte, verließ er das Haus. Er mußte die Vorbereitungen für das letzte Experiment treffen.

Für das Experiment, das er mit Heather Jeffers ausführen wollte.

64. Kapitel

Der schlimmste Teil der Gewitterfront hatte sich nach Osten verzogen, und das trostlose Grau des Nachmittags war schimmernder Dunkelheit gewichen. Das nasse Pflaster glitzerte unter dem Licht der Straßenlaternen. Als Anne wieder in die 16. Straße einbog, bremste sie ein wenig zu scharf, und das Heck des Wagens driftete leicht nach rechts. Erst nach diesem kurzen Schleudern bemerkte sie, daß der Parkplatz, den vor zwei Stunden noch das Wohnmobil belegt hatte, frei war. Wenigstens mußte sie bei dem Platzregen nicht weit laufen. Sie schloß das Auto ab und eilte Kevin hinterher, der schon die Haustür öffnete. »Glen?« rief sie. »Heather? Ist jemand von euch...« Ihr Ruf erstarb ihr auf den Lippen, als sie die Leere im Haus spürte. Es war eine ähnliche Leere wie die, die sie empfunden hatte, als Glen im Krankenhaus gewesen war.

Allerdings kam ihr heute etwas anders vor. Immer wenn sie sonst allein im Haus gewesen war, war es noch von der Ausstrahlung ihrer Familie erfüllt gewesen. Heute abend jedoch spürte sie nichts davon; das Haus war von derselben Totenstille erfüllt wie an dem Tag, an dem sie eingezogen waren.

Anne versuchte, ihre Beklommenheit zu unterdrücken und eilte in die Küche. Sie konnte keine Nachricht entdecken, und auch das Licht des Anrufbeantworters flackerte nicht. Doch die Tür zum Keller stand offen. Sie war nicht ganz sicher, warum ihr die offene Tür als böses Omen erschien, ging zur Treppe und schaute hinunter. Im weißen Lichtschein sah sie die sauber geputzte Werkbank. Stirnrunzelnd stieg sie langsam die Stufen hinab. Erst als sie auf der untersten Treppe angekommen war, sah sie, was hier alles getan worden war.

Die peinlich genau sortierten Behälter mit den Eisenwaren.

Der gesaugte Fußboden.

Seit nahezu zwei Jahrzehnten hatten sich weder sie und Glen über die Unordnung dort unten aufgeregt, geschweige denn Anstalten gemacht, gründlich zu putzen.

Und jetzt sah es hier so reinlich aus wie in einem Operationssaal.

Anne stieg wieder die Treppe hinauf, schaute sich noch einmal nach einer Nachricht von Glen um und ging dann in ihr Arbeitszimmer. Vielleicht hatte Glen ja eine Mitteilung auf dem Computer hinterlassen. Doch ihr erster Blick fiel auf einen Briefumschlag, der mit ihrem Namen beschriftet war.

Die Schrift kam ihr sofort bekannt vor.

Sie schreckte vor dem Umschlag zurück, als wäre er eine Viper, die nach ihr zu schnappen drohte. Anne griff zum Telefon. Sie wagte nicht, sich vorzustellen, welche Botschaft in dem Umschlag war, noch wie er überhaupt auf ihren Schreibtisch gelangt sein konnte. »Können Sie zu mir rüberkommen?« fragte Anne im gleichen Moment, als der Hörer am anderen Ende abgenommen wurde. »Es ist etwas passiert...«

»In fünf Minuten«, antwortete Mark Blakemoor. »Ist das schnell genug? Soll ich den Notruf alarmieren?«

Anne schaute stumm auf den Umschlag. »Nein«, keuchte sie. »Ich... Es geht schon.« Sie hängte auf und bemerkte erst jetzt, daß Kevin an der Türschwelle stand und sie besorgt ansah.

»Stimmt etwas nicht?« fragte der Junge und klang dabei viel jünger als er wirklich war. Er ging zu seiner Mutter, legte die Arme um sie, und sie drückte ihn an sich, ohne dabei den Umschlag aus den Augen zu lassen.

Als fünf Minuten später die Türklingel ertönte, saß Anne noch immer auf dem Sofa im Wohnzimmer und hielt ihren Sohn im Arm. Erst beim zweiten Klingeln machte sie sich sanft von ihm frei und ging zur Tür. Aber bevor sie dort war, war Kevin auch schon an ihr vorbeigeflitzt und riß die Tür weit auf. Verdutzt starrte er auf Mark Blakemoor. »Ich kenne Sie«, sagte er. »Sie sind gekommen, als ich Kumquat im Hof gefunden habe.«

»Tolles Gedächtnis«, meinte Mark. Er ging in die Hocke, um Kevin in die Augen schauen zu können. »Und jetzt stelle ich dir eine Frage als Kommissar. Woher hast du gewußt, daß ich es bin, als du die Tür geöffnet hast?«

Kevin war verdattert. »Wa... was meinen Sie?« stammelte er.

»Nun, du mußt doch gewußt haben, wer es ist. Sonst hättest du die Tür doch nicht gleich aufgerissen, oder? Also, warum? Hat es dir deine Mutter gesagt?« Kevin schaute sich nervös zu seiner Mutter um. »Oder hast du erst gespickt, wie ich es selbst auch getan hätte?«

»Ja, genau«, rief Kevin und nahm diesen Vorschlag von Mark dankbar an.

»Gut für dich«, sagte Mark, strich ihm über das Haar und erhob sich. »Es ist nämlich immer besser, wenn man weiß, wer draußen ist, bevor man die Tür öffnet.« Schließlich wandte er sich Anne zu. »Was ist passiert? Am Telefon klangen Sie...« Dann bemerkte er, daß Kevin jedes Wort mitbekam und berichtigte sich: »...ein wenig besorgt.« Es tat ihm außerordentlich gut, daß Anne ihn dankbar ansah, weil er es vermieden hatte, in Gegenwart ihres Sohnes auf ihre offenkundige Furcht einzugehen. Auch hatte sie ihm anscheinend seine Theorien verziehen, die er während des Essens geäußert hatte. Das ließ schlagartig seine Depression verfliegen, in die er gefallen war, als er sie vom Parkplatz vor dem Lokal hatte wegrasen sehen.

»Es ist eine Menge passiert«, begann Anne. Während sie den Polizisten zu ihrem Arbeitszimmer führte, erzählte sie ihm rasch von dem Messer, das Glen gefunden hatte und das von Sheila Harrar als Eigentum ihres Sohnes identifiziert worden war. »Als Kevin und ich heimkamen, war das Wohnmobil verschwunden, aber das da lag auf dem Schreibtisch.« Sie zeigte auf den Umschlag, den Mark vorsichtig hochhob.

»Haben Sie es nicht gelesen?« erkundigte er sich. Seine Stimme verriet nicht, woran er dachte. Anne schüttelte den Kopf, und er öffnete den Umschlag, der nicht zugeklebt war und holte das einzige Papierstück, das darin steckte, behutsam heraus. Er stellte fest, daß es dieselbe Papiersorte war wie die, auf der die letzte Nachricht an Anne geschrieben worden war. Die war allerdings mit der Post gekommen... »Haben Sie eine Plastiktüte oder etwas Ähnliches?« fragte er.

»Ich hol' eine«, Kevin erklärte sich sofort dazu bereit. Als er aus dem Zimmer schoß, nutzte Anne die Gelegenheit, rasch mit Mark Blakemoor zu reden.

»Das ist alles völlig verrückt«, begann sie mit jetzt bebender Stimme. »Der Keller ist tipptopp aufgeräumt, fast so steril wie ein Labor, und Kevin hat erzählt, Glen habe sich heute in den Bergen ganz komisch benommen.«

»Was heißt ›komisch‹?«

Anne zuckte die Schultern. »Er hat nur gesagt, daß Glen ihn auf eine Art und Weise angeschaut habe, die ihn nervös gemacht hat. Dann habe er ihn allein zum Angeln geschickt. Aber er weiß, wo sie gewesen sind, und er glaubt auch, daß er weiß, wo Glen das Messer gefunden hat. Und als ich vom Essen heimgekommen bin...« Sie verstummte, als ihr Sohn mit einer Packung Plastiktüten ankam.

Der Junge sah Mark fasziniert dabei zu, wie er das Papier behutsam in eine Plastiktüte steckte, bevor er es las. Nachdem Mark es überflogen hatte, reichte er es Anne. Mit zitternder Hand las sie die Worte:

Teuerste Anne,
Sind Sie schon bereit, der Wahrheit ins Gesicht zu schauen? (Sie befindet sich nur zum Teil im Computer, der Rest ist in Ihrer Seele.) Eigentlich müßte sie Ihnen schon seit meiner Entlassung aus dem Krankenhaus bekannt sein. Erinnern Sie sich noch an den Nachmittag? Sie haben eine Erregung gespürt wie nie zuvor. Es war die reine Elektrizität, Anne, dieselbe Elektrizität, die im Theater zu spüren war, wenn Nijinsky auftrat. Der größte Kummer meines Lebens ist übri

gens, daß ich nie im Zuschauerraum gesessen habe, wenn der große Tänzer auftrat. Aber wenigstens habe ich herausgefunden, daß er nicht verrückt gewesen ist.

Trotzdem hat alles großen Spaß gemacht, doch jetzt ist es Zeit für den letzten Tanz. Und ich habe mir meine Partnerin schon ausgesucht.

Anne las den Brief immer wieder durch. Sie zermarterte sich das Gehirn, um die Worte zu begreifen, die darin standen.

Was hatten sie zu bedeuten?

Nijinsky? Was sollte ein Tänzer, der schon fast fünfzig Jahre tot war, überhaupt mit jemandem, der noch lebte, zu tun haben?

»Haben Sie irgendeine Ahnung, wohin Glen gegangen ist?« hörte sie Marks Stimme wie aus weiter Ferne fragen. Seine Stimme klang sanft, und als sie ihre Augen von dem Brief abwandte, um ihn anzuschauen, fand sie kein Anzeichen von Genugtuung in seinem Gesicht.

Alles, was sie sah, war Mitgefühl.

»Nein«, sagte sie schwer atmend. »Sein Wagen steht vor der Tür...« Die Worte erstarben ihr auf den Lippen. Sie wollte gerade sagen, daß er vielleicht einen Spaziergang machte, doch draußen regnete es ja. Sogar wenn er vor dem Regen ausgegangen wäre, müßte er jetzt schon wieder zurück sein.

Plötzlich fiel ihr eine Zeile des Briefes ein.

Es ist Zeit für den letzten Tanz, und ich habe mir meine Partnerin schon ausgesucht.

Dann erinnerte sie sich an eine Zeile aus dem vorigen Brief:

Ich kann nämlich jederzeit in Ihr Haus kommen. Immer – wann ich will.

Bilder schossen ihr durch den Kopf: der Keller, seit Jahren zum ersten Mal aufgeräumt.

Das mysteriöse Wohnmobil, das in der Straße aufgetaucht

und dort geblieben war. Nur wenige Häuser von hier entfernt.

Das Wohnmobil, das jetzt weg war!

Nun konnte sie die Puzzleteile zusammenfügen. Wer immer ihr auch diese Zeilen geschrieben hatte, hielt sich schon seit Tagen da draußen auf, hatte ihre Familie beobachtet, hatte *sie* beobachtet! »Ich weiß, was mit Glen passiert ist«, flüsterte sie und wandte sich vom Fenster ab. Jegliche Farbe war aus ihrem Gesicht verschwunden. »O Gott, Mark, er ist seit Tagen da draußen gewesen! Das Wohnmobil...« Während sie ihm noch erzählte, wie verärgert sie gewesen war, als der große Wagen ihren Parkplatz verstellt hatte, holte sie ihre Handtasche und durchstöberte sie aufgeregt auf der Suche nach ihrem Notizbuch.

Schließlich fand sie es, riß die Seite heraus, auf die sie die Nummer des Wagens gekritzelt hatte und reichte sie Mark. »Er war hier, Mark!« sagte sie. »Mein Gott, er hat Glen entführt!« Sie hielt noch einmal den Brief hoch. »Sie liegen falsch, Mark. Ich weiß, wonach das aussieht und was Sie darüber denken, aber es ist falsch. Glen hat diese Nachricht nicht geschrieben! Das war jemand anders, jemand, der Glen jetzt entführt hat!« Doch Mark Blakemoor hörte ihr nicht mehr zu; er war schon am Telefon, um die Suche nach dem Eigentümer des Wohnmobils einzuleiten. Während er sprach, las Anne den Brief erneut durch, und auf einmal fing ihr betäubter Verstand wieder zu arbeiten an.

Je länger sie die Nachricht studierte, desto mehr wuchs ihre Gewißheit, daß Glen sie nicht verfaßt haben konnte. Ein Wort stach ihr besonders ins Auge, schien sie regelrecht zu verhöhnen. Sie ging zu ihrem Computer, rief ihren Datei-Manager auf, tippte dieses Wort ein und ließ danach suchen.

NIJINSKY

Ein paar Sekunden später erschien eine Liste diverser Dateien. Alle beinhalteten Aufzeichnungen von Interviews, die sie jahrelang über einen einzigen Mann geführt hatte.

Richard Kraven.

Sie klickte die erste Datei auf der Liste an, und einen

Moment darauf erschien auf dem Monitor der Name Nijinsky, deutlich unterstrichen.

Sie sprang von einer Datei zur anderen. Ihre Faszination wuchs beim Lesen im gleichen Maße wie Panik sie ergriff.

Die Wahrheit über Richard Kraven begann sich herauszukristallisieren.

Es war eine Wahrheit, auf die er von Beginn an angespielt hatte. Einmal war ein Puzzleteil davon hier, dann eines dort aufgetaucht. Doch die Teile waren so klein gewesen, die Hinweise so spärlich, daß sie sie in keinen Zusammenhang hatte bringen können.

Der Tanz.

Metaphysik.

Elektrizität.

Leben, Tod, Wahnsinn.

Und Nijinsky.

Richard Kraven selbst hatte ihr von Vaclav Nijinsky erzählt, und zwar bereits in einem seiner ersten Interviews:

A.J.: Warum interessieren Sie sich für das Ballett, Mr. Kraven?

R.K.: Mein Interesse für das Ballett hat mit dem Tanz an sich nichts zu tun, Mrs. Jeffers. Mich faszinieren nur die Tänzer.

A.J.: Die Tänzer?

R.K.: Wissen Sie, was ein Ballettänzer unbedingt benötigt? Den Wunsch nach Perfektion. Er muß Perfektion in physischer und mentaler Hinsicht anstreben.

A.J.: Aber ist es wirklich möglich, eine solche Perfektion zu erreichen?

R.K.: Es gab jemanden, der sie besaß. Vaclav Nijinsky. Kommt Ihnen der Name bekannt vor?

A.J.: Soviel ich weiß, ist er im Wahnsinn gestorben.

R.K.: So sagt man, aber dem stimme ich nicht zu. Er ist höher gesprungen als jemals einer vor ihm. Aber er ist nicht nur einfach gesprungen, Mrs. Jeffers. Am Scheitelpunkt seines Sprungs schwebte er über der Bühne.«

A.J.: Ich glaube, ich kann Ihnen nicht ganz folgen.

R.K.: Damals hat man gesagt, es schien nur so, als ob er schwebe, aber nach seiner eigenen Aussage hat er tatsächlich frei in der Luft geschwebt. Er hat gesagt, daß er gelernt habe, sich von seinem Körper zu trennen, und während er tanzte, kam es ihm so vor, als befände er sich auf dem Schnürboden über der Bühne und steuere von dort aus seinen eigenen Körper wie eine Marionette.

A.J.: Und Sie glauben, daß so etwas möglich ist?

R.K.: Nicht bloß möglich, Mrs. Jeffers. Ich bin ganz sicher, daß er das getan hat. Der Grund, warum er mit dem Tanzen aufgehört hat, war nämlich der, daß er Angst bekam, es könne jemand anders in seinen Körper eindringen, während er sich außerhalb von ihm befand. Gegen Ende seiner Karriere hat er gesagt, es sei möglich, bei seiner Rückkehr den Geist eines Fremden in seinem Körper anzutreffen. Einmal, so meinte er, könne es geschehen, daß dieser Geist dann stärker als sein eigener wäre. Dann wäre er nicht mehr in der Lage, seinen Körper zurückzuerobern. Darum hat er zu tanzen aufgehört, und darum hat man ihn auch als einen Schizophrenen abgetan. Aber wenn er gar nicht schizophren war, Mrs. Jeffers, was dann? Was bedeutet das alles dann?

Hier hatte das Interview geendet. Anne hatte sich zwar eine Notiz gemacht, um die Geschichte über Nijinsky zu überprüfen, doch das war ihr dann zu unbedeutend vorgekommen. Deshalb hatte sie sich anderen Dingen zugewandt, die ihr wichtiger erschienen waren.

Jetzt aber mußte sie feststellen, daß es gar nichts Wichtigeres gab. Falls Nijinsky – und Richard Kraven – recht hatten.

Sie betrachtete sich noch einmal die letzte Zeile des Briefes:

...ich habe mir meine Partnerin schon ausgesucht.

Damit konnte Kraven nicht Glen gemeint haben...

Wen aber dann?

Wen hatte er sich ausgesucht? Ihr kam ein schrecklicher Gedanke. Sie griff zum Telefon und wählte Rayette Hoovers Nummer. Rayette nahm selbst ab, und Anne fragte mit erstickter Stimme, ob sie ihre Tochter sprechen könnte. Als sie einen Moment später auflegte, war sie kreidebleich, und ihre Hände zitterten. Doch bevor sie etwas sagen konnte, ergriff Mark Blakemoor das Wort: »Die Nummer wurde überprüft, Anne«, sprach er ruhig. »Der Wagen stammt von einer Autovermietung. Und Glen hat ihn vor einigen Tagen gemietet.«

Anne nickte stumm. »Aber Glen hat damit nichts zu tun«, sagte sie mit einem Kloß im Hals. »Er ist es tatsächlich, Mark! Er hat Heather gefangengenommen! Mein Gott, er hat Heather und wird sie umbringen!«

65. Kapitel

Heather Jeffers warf ihrem Vater einen verstohlenen Blick zu, während sie so tat, als würde sie durch die Windschutzscheibe dem Sturm, der draußen wütete, zuschauen. Als er sie bei Rayette abgeholt hatte, war sie überrascht gewesen. Wenn sie oder Kevin sonst irgendwohin wollten, gingen sie zu Fuß, nahmen den Bus oder fuhren zusammen mit Freunden. Sie war noch überraschter gewesen, als sie gesehen hatte, womit er sie abholte.

»Habt ihr euch das etwa *gekauft*?« hatte sie beim Anblick des großen Wohnmobils verblüfft gefragt.

»Ich habe es mir geliehen«, hatte ihr Vater daraufhin erklärt. »Deine Mutter weiß bis jetzt noch gar nichts davon.« Als er ihr erzählt hatte, sie würden ihren Bruder und ihre Mutter im Thai-Restaurant auf Mercer Island treffen, hatte sie es nicht bezweifelt. Sie hatte ihm auch geglaubt, daß die restliche Familie, wie er sagte, nach Bellevue Square gefahren war.

Während der Fahrt nach Denny zur Auffahrt auf die I–5 hatte sie sich in dem großen Wohnmobil umgesehen und hatte sich dann wieder auf den Beifahrersitz gesetzt. »Wie kannst du damit überhaupt fahren?« hatte sie gefragt. »Es ist doch so riesig.«

Er hatte sie angesehen, und sie hatte etwas Seltsames in seinen Augen entdeckt – er hatte irgendwie anders als sonst gewirkt. »Ich kann eine ganze Menge, wovon du nichts weißt«, hatte er geantwortet, und seine Stimme war ihr genauso fremd vorgekommen wie seine Augen. Sie war zwar nicht beängstigt gewesen, aber ein wenig unbehaglich war ihr doch geworden. Deshalb hatte sie sich auch erkundigt, ob mit ihm alles in Ordnung sei.

Er hatte ihr aber versichert, daß alles zum Besten stünde, und danach hatte sie wieder aus dem Fenster geschaut und gar nichts mehr gesagt, bis sie fünf Minuten später Mercer Island passiert hatten.

»Willst du hier nicht rausfahren«, hatte sie gefragt und nur deshalb das Schweigen gebrochen, weil er nicht zu bemerken schien, wie nahe sie der Ausfahrt waren.

Er hatte ihr weder geantwortet, noch war er bei Island Crest abgebogen. Statt dessen war er auf der Schnellstraße geblieben, und eine Minute später waren sie schon Richtung Brücke nach Bellevue unterwegs.

»Dad! Was ist los mit dir?« fragte Heather, als er auch an der Ausfahrt nach Factoria vorbeifuhr. »Du hättest hier doch wenden können!«

»Wie kommst du darauf, daß ich hier wenden will?« entgegnete er. Er sah sie genau an, als er mit ihr sprach. Mit plötzlichem Schrecken wurde ihr klar, daß er gar nicht mehr wie ihr Vater aussah. Er hatte einen sonderbaren Gesichtsausdruck, einen Ausdruck, wie ihn ihrer Vorstellung nach ein Verrückter hatte. Und als er seinen Blick auf sie heftete, bekam sie eine Gänsehaut.

»Aber Dad, was soll das? Wieso bist du nicht bei Mercer Island abgebogen?

»Weil wir gar nicht dort hinfahren«, antwortete er.

»Aber du hast doch gesagt...«

»Es spielt keine Rolle, was ich gesagt habe. Wir fahren nicht nach Mercer Island.«

»Und wohin dann?«

»Irgendwo anders hin, wo wir unter uns sind.«

Es waren diese letzten Worte – ›wo wir unter uns sind‹ –, die Heathers wachsenden Zorn in Furcht umschlagen ließen.

Unter uns.

Warum wollte er das? Seit ihrer Kinderzeit hatte man sie davor gewarnt, sich niemals mit Männern abzugeben, die sagten, daß wir »unter uns« sein würden.

Aber das war ihr Vater!

Dann fiel ihr Jolene Ruyksman ein. Sie war letztes Jahr in ihre Klasse gegangen und hatte versucht, sich umzubringen. Es stellte sich heraus, daß sie seit ihrem vierten Lebensjahr von ihrem Vater mißbraucht worden war. Und er hatte ihr immer gesagt, er würde sie töten, wenn sie jemals davon etwas weitererzählen würde.

Aber so war ihr Vater nicht. Er hatte sie nie komisch angeschaut oder irgendwelche von den Dingen getan, die in den Erzählungen ihrer Freunde auftauchten, wenn sie sich darüber unterhielten, was Jolene zugestoßen war.

Sie erinnerte sich an etwas anderes. An etwas, das ihre Mutter gesagt hatte, als ihr Vater aus der Klinik heimgekehrt war. Sie hatte davon gesprochen, daß sich ihr Vater verändert habe, daß er fast gestorben sei, und daß es lange dauern würde, bevor er sich vollständig erholen würde. Aber so sehr konnte er sich doch wirklich nicht geändert haben. Oder etwa doch?

Als sie Issaquah passierten und Richtung Snoqualmie weiterfuhren, sah sie ihn sich genau an. Ein Blitz erhellte den Himmel, und einen Moment lang war es im Innern des Wohnmobils taghell. Das weiße Licht ließ das Gesicht ihres Vaters bleich erscheinen, und als er sich zu ihr drehte und sie anschaute, fixierte er sie so durchdringend, daß es sie frösteln machte.

»Kannst du es fühlen?« fragte er. »Kannst du die Elektrizität spüren?«

Stumm schüttelte Heather den Kopf.

»Du wirst es schon noch fühlen. Und dann...«

Die letzten Worte gingen in einem Donnerschlag unter, der so stark war, daß er das Wohnmobil erschütterte.

»D... Dad?« fragte Heather, nachdem der Donner vergrollte, »Dad, was hast du mit mir vor?«

Der Mann, der nicht mehr die geringste Ähnlichkeit mit ihrem Vater hatte, drehte sich ihr zu und sah sie an.

Er sagte nichts.

Er lächelte nur.

Und dieses Lächeln löste panische Angst in Heather aus.

66. Kapitel

Mark und Anne saßen nun allein im Auto.

Als sie zusammen das Haus verlassen hatten, war Anne Mark zunächst blind gefolgt, doch sobald Kevin und sie in seinen Wagen gestiegen waren, hatte sie sich zu fragen begonnen, was sie eigentlich tun sollten. Sie hatte keine Ahnung, wohin das Wohnmobil gefahren sein konnte – wie sollte man ihm also folgen?

»Ich gehe jede Wette ein, daß er wieder in die Berge gefahren ist«, hatte Mark gemeint. Über sein Funkgerät hatte er einige kurze und für Anne kaum hörbare Befehle erteilt; er hatte jede Polizeieinheit des Staates in Alarmbereitschaft versetzt und angeordnet, nach dem Wohnmobil Ausschau zu halten. Allerdings war ihm auch klar gewesen, daß in Anbetracht des Wetters die Aussichten, den Wagen zu entdecken, gleich Null waren. »Jetzt erzählen Sie mir mal etwas. Was glauben Sie denn, was sich hier abspielt?« hatte er Anne gefragt, ohne dabei zu erwähnen, wie gering die Chancen waren, Glen ausfindig zu machen.

Doch solange Kevin auf dem Rücksitz saß, hatte Anne nicht darüber sprechen können. Anstatt Mark ihre Sicht der Dinge zu erklären, hatte sie ihn gebeten, zu Alan und Arlene Cline zu fahren. Glens Partner hatte sich schon bereit erklärt, Kevin für den restlichen Tag bei sich aufzunehmen und falls nötig, ihn auch bei sich übernachten zu lassen. Als Anne Kevin in Alans und Arlenes Haus gebracht hatte, hatte ihre Miene ausgereicht, um den beiden zu verstehen zu geben, daß etwas Ernstes geschehen war und daß keine Zeit für weitere Erklärungen war.

Erst als sie allein mit Mark im Auto saß, hatte sie ihm ihre Theorie erläutert. Sie hatte allerdings noch nicht ins Detail gehen wollen, bevor sie mit Gordy Farber gesprochen hatte, der Glens Krankenbericht auf seinem Computer abrufen konnte. Er hatte ihr dann nicht nur bestätigt, was sie bislang lediglich vermutet hatte, sondern ihr auch noch von Glens Blackouts und seinen seltsamen Träumen berichtet. Anne hatte sofort begriffen, daß dies gar keine Träume gewesen waren, sondern flüchtige Eindrücke von dem Treiben dieses anderen Wesens, das in ihm steckte.

»Nicht Glen fährt das Wohnmobil«, erklärte sie Mark schließlich, »sondern Richard Kraven.«

»Richard Kraven ist tot«, tat Mark ihre Äußerung gelangweilt ab, als er das Auto zum Highway 520 steuerte. Kevin hatte ihm schon erzählt, wo sie geangelt hatten und wie sie dort hingelangt waren. Mark war sich völlig sicher, daß Glen nach einem bestimmten Schema handelte. Hätten sie erst das Wohnmobil gefunden, befänden sie sich zwangsläufig auch nahe der Stelle, wohin Glen Edna Kraven gebracht und wo er erst heute morgen mit seinem Sohn geangelt hatte.

»Sein Körper ist tot«, stimmte Anne zu. Dann erzählte sie die Geschichte von Vaclav Nijinsky, die ihr Richard Kraven vor Jahren erzählt hatte.

»Selbst wenn Nijinsky kein Spinner gewesen sein sollte, was ich doch sehr bezweifle, wie bringt uns das weiter? Glen hat doch wohl keine außerkörperlichen Erlebnisse gehabt.«

»Glen ist fast zwei Minuten tot gewesen«, sagte Anne mit belegter Stimme. »Am Morgen seines Herzinfarkts hatten sie ihn im Notarztwagen schon fast aufgegeben. Sie hatten anhalten müssen, damit sich beide Ärzte um ihn kümmern konnten. Das steht alles in der Krankengeschichte, Mark. Sie hatten ihn wiederbeleben müssen, ihn mit Drogen behandelt und den Defibrillator eingesetzt. Und all das passierte damals genau um neun Uhr Pazifischer Zeit.«

Mark sah sie erstaunt an. Pazifische Zeit? Warum erwähnte sie das eigens? Doch bevor er sie noch fragen konnte, hatte er schon die Erklärung. Neun Uhr morgens Pazifischer Zeit entsprach zwölf Uhr mittags Östlicher Zeit.

Genau zu dieser Zeit war Richard Kraven hingerichtet worden.

Blakemoor erinnerte sich an die Worte, die Anne gesagt hatte, als sie Richard Kravens Interview zitierte: »Der Grund, warum er mit dem Tanzen aufgehört hat, war nämlich der, daß er Angst bekam, es könne jemand anders in seinen Körper eindringen, während er sich außerhalb von ihm befand.« Er wiederholte die Worte noch einmal, doch so sehr er sich auch bemühte, ihr Sinn wollte sich ihm nicht erschließen. »Anne, das ist doch Unfug«, sagte er, aber es klang nicht mehr so selbstsicher wie vorher.

»Wirklich? Und was ist mit all den Geschichten, die Sie darüber schon gehört haben? Von all den Leuten, die ihre Sterbeerlebnisse geschildert haben? Die hören sich alle gleich an, Mark. Sie haben ihren Körper verlassen und sind darüber geschwebt. Sie konnten sehen, was passiert und hören, was die Leute reden. Manche von ihnen haben gefühlt, daß sie die Wahl hatten, zurückzukommen oder nicht...«

Ihre Stimme verlor sich, doch Mark wußte schon, worauf sie hinauswollte. »Wenn Richard Kraven im selben Moment starb und im schlimmsten Fall wieder zurückkommen wollte...«

»Er hat mich gehaßt!« brach es aus Anne heraus. »Ich konnte es ihm von den Augen ablesen, in seiner Stimme hören.« Sie berichtete Mark, wie sie die Puzzleteile aus den alten Interviews zusammengefügt hatte und wie letzten Endes alles doch einen Sinn ergab. »Er unterschied sich von allen anderen Serienmördern. Er hat nicht getötet, weil er wollte, daß seine Opfer wirklich sterben. Er versuchte herauszubekommen, wie er sie nach ihrem Tod wieder zum Leben erwecken konnte.«

»Das trifft aber nicht auf den Fall von Rory und Edna zu«, entgegnete Mark.

»Er wollte Rory bestrafen. Und ich vermute, seine Mutter hat er ganz einfach gehaßt. Übrigens haben sich seine Motive inzwischen geändert. Er hat seine Experimente abgeschlossen. Jetzt ist er mit mir quitt.« Sie sah, wie der Sturm draußen tobte, als sie die Autobahn verließen und durch Redmond fuhren. Sie folgten genau der Route, die Kevin beschrieben hatte. »O Gott!« seufzte Anne. »Warum können Sie ihn nicht finden?«

»Sie werden ihn finden«, antwortete der Kommissar. »Oder *wir* werden es. So oder so – wir bekommen Heather wieder.« Doch als er die Worte aussprach, war Mark nicht sicher, ob sie ihm glaubte. Er war aber sicher, daß er die sonderbare Geschichte, die Anne ihm erzählt hatte, nicht glaubte.

Wenigstens redete er sich das ein.

67. Kapitel

Der Regen fiel in Sturzbächen vom Himmel gegen die Windschutzscheibe des Wohnmobils und draußen war fast nichts mehr zu erkennen. Alles was Heather noch ausmachen konnte, waren die schwankenden Lichter entgegenkommender Fahrzeuge, aber sie wurden immer seltener. Es war, als ob die Nacht und der Sturm sich miteinander verbündet hätten, alle außer ihnen von der Straße zu jagen. Je weiter sie sich von zu Hause entfernten, desto größer wurde Heathers Angst. »Könnten wir nicht mal anhalten?« fragte sie flehend. »Bitte?«

Richard Kraven wandte seine Augen nur so kurz von der Straße ab, um Heather Jeffers einen flüchtigen Blick zuwerfen zu können. Ihre Züge waren kaum erkennbar, doch als ein Lastwagen entgegenkam, erhellten seine Scheinwerfer ihr Gesicht eine Sekunde lang.

Kraven hatte genug gesehen. Der Schrecken in dem Gesicht des Mädchens war unverkennbar. Er wandte seine Aufmerksamkeit wieder der Straße zu und ergötzte sich an der Angst, die er ihr eingeflößt hatte.

Sie wußte, daß etwas nicht stimmte, daß sie in Gefahr war.

Aber was sie nicht wußte, war, welche Gefahren ihr noch bevorstanden. Diese Unsicherheit – und die Angst, die in Heather dadurch zusätzlich geweckt wurde – ließen Richard Kraven den Augenblick noch mehr genießen. Er bedauerte nur, daß Anne das nicht miterleben konnte.

Könnte er doch nur mit ihr sprechen, ihr sagen, was er mit ihrer Tochter vorhatte!

Könnte er doch nur Annes Gesicht sehen, wenn er erst vorsichtig Heathers Brustkorb öffnete und ihr Herz bloßlegte.

Könnte er Anne doch nur schreien hören, wenn er Heathers klopfendes Herz in seiner Hand hielt, könnte er nur ihre dringlichen Bitten hören, wenn er dann langsam das Herz zerdrückte.

Wenn er doch nur Zeuge ihres Schmerzes und ihrer Hilflosigkeit sein könnte – er würde es ebenso genießen, wie sie es genossen hatte, als man ihn gehetzt, zur Strecke gebracht, in eine Zelle eingesperrt und hingerichtet hatte. Natürlich hatte er ihr nicht gezeigt, wie sehr er litt. Er hatte seine Furcht vor der Zelle ebenso verborgen wie die vor dem elektrischen Stuhl. Doch obgleich er seine Ängste versteckt hatte, wußte er, daß sie sie gespürt hatte, daß sie eine Genugtuung für sie gewesen waren.

Heute nacht sollte sie dafür ihre Strafe erhalten. Eine Strafe, die ihr restliches Leben überschatten würde.

Blitze flammten am Himmel auf, unmittelbar gefolgt von Donner, der das Wohnmobil erschütterte. Richard Kraven war freudig erregt, als ein schwacher Angstschrei aus Heather Jeffers Mund drang.

»Bitte«, flehte sie wieder. »Bitte, halt doch an! Wir könnten doch verunglücken!«

Vor ihnen tauchte ein undeutliches Hinweisschild auf. Zwar konnte er es wegen des Wassers, das über die Windschutzscheibe strömte, nicht entziffern, aber er wußte auch so, was auf dem Schild stand.

Die Ausfahrt nach Snoqualmie Falls lag nur noch kurz vor ihm. Richard Kraven nahm seinen Fuß vom Gaspedal und bremste sanft ab.

Heather klammerte sich mit den Händen an den Armlehnen des Beifahrersitzes fest und versuchte, einen Blick auf das Schild zu werfen, als sie daran vorbeifuhren, aber ein Blitz blendete sie.

Er hatte schon so lange nicht mehr mit ihr gesprochen, sie nicht einmal mehr angesehen, daß sie sich zu fragen begann, ob er vergessen hatte, daß sie hier war.

Was war hier los? Was war mit ihrem Vater passiert?

Heute morgen, als er mit Kevin zum Angeln gefahren war, schien alles noch in Ordnung gewesen zu sein. War es denn möglich, daß man innerhalb weniger Stunden verrückt wurde? Sie dachte an Kevin. Wo war er? Hatte ihr Vater ihn heimgebracht, bevor er sie von Rayette abgeholt hatte?

Sie warf wieder einen heimlichen Blick auf das Gesicht neben sich, das nur vom Leuchten des Armaturenbretts erhellt wurde. Obwohl seine Gesichtszüge noch immer als die ihres Vaters zu erkennen waren, zeigten sie einen Anflug von Bösartigkeit, der ihr das Blut in den Adern gefrieren ließ. Und als er sie vor einem Moment kurz angesehen hatte, hatte sie das schreckliche Gefühl gehabt, daß er gerade plante, was er mit ihr tun wollte.

Als sie die Autobahn verließen, beugte sich Heather nach vorn und suchte nach einem Anhaltspunkt, wo sie waren. Wenn sie in eine Stadt kämen oder auch nur an einer Tankstelle vorbei, wollte sie hinausspringen, bevor er anhalten konnte. Ob der Wagen dann noch rollte, war ihr egal.

»Schnall dich an, Heather. Und leg deine Hände aufs Armaturenbrett.«

Die harte, kalte Stimme – eine Stimme, wie sie sie noch nie von ihrem Vater gehört hatte – veranlaßte sie, dem Befehl sofort zu folgen.

Das Wohnmobil fuhr langsam weiter, und der Mann, der es steuerte und so aussah wie ihr Vater, redete wieder.

»Versuch ja nicht abzuhauen. Ich bin stärker als du, und wenn du die Tür berührst, kriege ich dich. Dann wirst du bereuen, daß du abgehauen bist. Mach dich darauf gefaßt!«

Heathers Herz pochte. Was meinte er damit? Was wollte er tun? Als das Wohnmobil nach links abbog und Heather schließlich die Hauptstraße nach Snoqualmie erkannte, hielt sie Ausschau nach jemandem, der ihr helfen konnte. Doch die Straße war verlassen; der grausame Sturm hatte sie vom Verkehr leergefegt.

Sie mußte schluchzen, aber nicht nur aus Angst, sondern auch aus Enttäuschung. Wenn es schon hier niemanden gab, der ihr helfen konnte, konnte sie ihre Hoffnung erst recht begraben, wenn sie die Lichter der Stadt hinter sich gelassen hatten.

Als sie am Ende der Stadt angekommen waren, fragte der Mann: »Du hast wohl Angst vor mir, Heather?«

Heather, zu betäubt, um nachdenken zu können, nickte nur stumm.

»Du weißt, daß ich nicht dein Vater bin, stimmt's?«

Wieder brachte Heather nur ein Nicken zustande.

»Weißt du, wer ich bin?«

Sie schüttelte den Kopf, doch etwas in seiner Stimme zwang sie, ihn anzuschauen.

Er lächelte, doch es war ein Lächeln ohne jede Wärme. Er starrte sie an, und seine kalten Augen durchbohrten sie förmlich.

»Mein Name ist Richard Kraven.«

Heather erstarrte. Was meinte er? Richard Kraven war tot! Er war an dem Tag hingerichtet worden, an dem ihr Vater den Herzinfarkt hatte! Doch obwohl sich ihr Verstand dagegen wehrte, wußte sie, daß seine Worte der Wahrheit entsprachen. Auch wenn der Körper dieses Mannes der ihres Vaters war, sagten ihr seine Stimme und seine Augen, daß er es nicht sein konnte. »Was wollen Sie?« fragte sie mit kaum hörbarer Stimme.

Richard Kravens kaltes Lächeln erstarrte zur Fratze: »Ich will dich berühren, Heather. Ich will dein Herz berühren.«

68. Kapitel

»Das ist doch reiner Wahnsinn«, sagte Anne Jeffers. Sie hatte keine Ahnung, wo sie waren. Sie hatten schon ewig keinen Wegweiser mehr gesehen, und außer ihnen war auf der engen Straße, die den Fluß entlang führte, niemand unterwegs. Die dichte Dunkelheit schien das Licht der Scheinwerfer von Mark Blakemoors Auto völlig zu absorbieren, und der klatschende Regen verhinderte die Sicht schon nach wenigen Metern. Der heftige Sturm zwang Mark, im Schneckentempo zu fahren, und Annes Gefühl, daß es ein Fehler gewesen war, hierherzukommen, verstärkte sich von Sekunde zu Sekunde. Ein Blitz zuckte am Himmel, und der nachfolgende Donnerschlag war so laut, daß Anne fast vom Sitz aufsprang. »Wir müssen zurück, Mark! Das hier ist doch der reine Wahnsinn! Wir wissen nicht einmal, wo wir sind!«

»Wir sind fast bei dem Campingplatz, wo man heute morgen Edna Kraven gefunden hat. Kevin hat gesagt, der Ort, wo sie angeln waren, liegt nicht weit davon entfernt. Wir schauen dort nach, dann...«

Das Funkgerät knisterte, und Mark meldete sich.

»Der Wagen hat ein Mobiltelefon, und deshalb konnten wir eine Spur aufnehmen«, sagte eine kaum wahrnehmbare Stimme, die zwischen den atmosphärischen, vom Sturm ausgelösten Störungen fast unterging.

Anne wollte etwas sagen, doch Mark schüttelte den Kopf, drückte sich das Funkgerät enger ans Ohr, um zwischen dem Geknister einige Worte auffangen zu können. »Sagt's noch mal!« brüllte er in das Mikrophon. »Wir haben nur Störungen!«

Die Stimme war wieder zu hören, und trotz der lauten Störungen war schließlich ein Wort zu verstehen.

Snoqualmie.

Die Stimme sprach noch weiter, doch der Rest ging in den

Störungen unter. Die nächste Nachricht war dann überhaupt nicht mehr zu verstehen. »Macht nichts«, murmelte Mark. »Sie sind hier oben.« Er wandte seinen Blick kaum von der Straße, als er Anne aufklärte. »Mobiltelefone sind immer mit dem gesamten Telefonnetz verbunden. Man kann sie zwar nicht genau orten, aber in etwa ausmachen, wo sie sind.« Ohne weiter nachzudenken, griff er nach Annes Hand und drückte sie zärtlich. »Wir finden sie. Geben Sie die Hoffnung nicht auf. Wir finden sie ganz bestimmt.«

Das Auto kroch die Steigung hinauf. Schließlich kamen sie an dem Campingplatz an. Aber als Mark sah, daß die Zufahrtsstraße nach wie vor von der Polizei abgesperrt und auch das Tor verschlossen war, versuchte er gar nicht erst, hineinzufahren. Zwei Kilometer später, als er sich schon fragte, ob Kevin sich wirklich so gut erinnert hatte, wie er das selbst glaubte, tauchte ein kleiner Wegweiser, der nach rechts zeigte, in der Dunkelheit vor ihm auf. Als er kurz darauf die Einfahrt in den engen Weg erreicht hatte, hielt er an. Die schmutzige Fahrspur, die von einem Strom Wasser schon völlig aufgeweicht war, konnte höchstens ein Auto mit Allradantrieb passieren. Mark hätte zwar hineinfahren können, aber nicht mehr hinauf. Zumindest nicht mehr heute nacht.

Aber wie lange sah der Weg schon so aus? Was wäre, wenn das Wohnmobil schon vorher durchgefahren wäre?

Er holte seine Pistole aus dem Handschuhfach und stieg aus.

Anne, der plötzlich klar wurde, was er vorhatte, wollte auch aussteigen.

»Bleiben Sie im Wagen!« schrie er gegen den Wind an, der durch die Bäume heulte und den Regen fast waagerecht gegen das Auto drückte. »Sie können nicht...«

»Wenn Sie da runtergehen, kann ich das auch«, rief Anne zurück. »Vergessen Sie nicht, daß es meine Tochter ist.« Ehe Mark noch weiter protestieren konnte, bahnte sie sich schon ihren Weg durch die Schlammassen, stützte sich auf die Baumstämme und hielt sich an den Zweigen des Gebüsches fest, wenn sie auszurutschen drohte.

Sie war schon auf halbem Weg nach unten, als ihr klar wurde, daß sie eines noch gar nicht richtig durchdacht hatte: Daß von Glen, ihrem geliebten Glen, der jetzt wahrscheinlich bei Heather war, nichts als sein bloßer Körper übriggeblieben sein konnte – ein Körper, der sich nun völlig unter der Kontrolle des rachsüchtigen Monstrums Richard Kraven befand, der ihn zu seinem willfährigen Werkzeug degradiert hatte.

Das Bild des Monogramms, das Kraven in das Fleisch jedes seiner Opfer gekerbt hatte, erschien ihr vor den Augen. Sie sah Heather mit geöffnetem Brustkorb, sah ihre Lungen und ihr Herz...

Nein!

Nicht Heather! Das durfte er Heather nicht antun – sie mußte verhindern, daß dies mit Heather geschah!

Ein seltsamer Ton drang aus Annes Kehle, es war eine Mischung aus Furcht, Zorn und Hilflosigkeit. Sie kämpfte sich voran und hatte furchtbare Angst, daß das Wohnmobil bereits am Ende des Wegs geparkt sein könnte.

Und sie hatte Angst, daß Richard Kraven schon mit seiner Arbeit begonnen hatte.

69. Kapitel

»Ich will dich nicht verletzten.«

Heather versuchte, den Mann, der nun keinerlei Ähnlichkeit mehr mit ihrem Vater hatte, nicht anzuschauen.

Er fuhr das Wohnmobil auf einen Rastplatz. Der Fleck lag so abgeschieden, daß selbst ein Wagen, der in unmittelbarer Nähe auf der Straße entlangfahren würde, das Wohnmobil vermutlich nicht bemerkt hätte. Und falls es doch jemand entdecken würde, käme niemand auf die Idee, nachzuschauen, was dort los war. Weshalb auch? Die Leute parkten ihre Wohnmobile an allen möglichen Stellen, und niemand scherte sich darum, was in ihnen vorging.

Der Mann zog alle Vorhänge im Wagen zu und stellte den Generator an.

Heather wagte es nicht, sich auf ihrem Sitz zu rühren.

Das hing mit dem Ausdruck in den Augen des Mannes zusammen. Die Warmherzigkeit, die sie immer bei ihrem Vater gesehen hatte, die Zärtlichkeit, mit der er sie immer angeschaut hatte, war vollkommen verschwunden. Die Augen, die sie jetzt grausam anstarrten, waren tot. Sie wirkten, als ob hinter ihnen keine Seele wäre, kein menschlicher Geist, der Güte auszudrücken vermochte. War es dieser tote Blick, der sie allmählich glauben ließ, er habe sie nicht angelogen, als er behauptete, Richard Kraven zu sein?

Sie wußte, was Kraven getan hatte, wußte, wie viele Leichen an diesem Ort, zu dem sie ihr vermeintlicher Vater gebracht hatte, schon gefunden worden waren. Sie hatte gelesen, in welchem Zustand die Leichen waren, als man sie entdeckt hatte: Sie hatten aufgeschnittene Brustkörbe und herausgerissene Herzen gehabt. Das hatte er also gemeint, als er gesagt hatte, er wolle ihr Herz berühren... Als ihr die wahre Bedeutung dieser Worte bewußt wurde, fiel sie vor Todesangst in eine völlige Starre.

Sie konnte nicht wegrennen, konnte sich nicht dazu aufraffen, aus dem Wohnmobil zu fliehen. Sie wußte, er würde sie fangen, noch ehe sie die Tür erreicht hatte. Und selbst wenn sie es schaffen würde, hinaus in den tobenden Sturm zu gelangen, was sollte sie tun? Wohin sollte sie rennen?

Er holte etwas aus einem der Schränke. Eine Plastikflasche mit einer Flüssigkeit. Aus einer Schublade nahm er einen Lappen und tränkte ihn damit.

Sie konnte es riechen. Sie roch die Dämpfe, die das Wohnmobil jetzt erfüllten.

Mit dem Lappen in der Hand ging er zu ihr. Seine Augen fixierten sie auf dieselbe Art und Weise wie Klapperschlangen ihre Beute fixieren, bevor sie zustoßen. Sie fühlte sich von seinem Blick wie hypnotisiert, und als er ihr den Lappen auf Nase und Mund pressen wollte, raubte ihr die Furcht den allerletzten Willen, davonzulaufen.

Heather atmete tief ein, schloß die Augen und betete, daß Richard Kraven sie nicht belogen hatte, daß sie zumindest nicht spüren würde, wenn er in ihren Körper griff und ihr Herz berührte.

70. Kapitel

Anne lief auf die schmutzige Straße und stolperte über einen Stein, den sie in der Dunkelheit nicht gesehen hatte. Mark Blakemoor griff nach ihrem Arm und stützte sie, während das grelle Licht seiner Halogenlampe über die Wiese neben der Straße tanzte. Trotz des Regens waren noch zwei Reifenspuren zu erkennen. Das Gras war vom Gewicht eines Wagens niedergedrückt, der erst kürzlich hier durchgefahren sein mußte. »Das ist der Ort, von dem uns Kevin erzählt hat«, schrie er, um sich im heulenden Wind Gehör zu verschaffen.

»Aber wo sind sie?« rief Anne zurück. »Sie haben gesagt, daß sie hier...«

»Ich habe gesagt, daß wir sie finden werden, und das werden wir auch!« Mark ging näher zum Fluß und leuchtete die gegenüberliegende Uferbank aus. Einen Moment später hatte er gefunden, wonach er gesucht hatte: den Steinhügel, den Kevins Vater durchsucht hatte. Mark ging zum Ufer und hielt das Licht fest auf die Felsen gerichtet. Noch bevor er in den Fluß waten konnte, wußte Anne, was er vorhatte.

»Sind Sie verrückt geworden?« schrie sie. »Das schaffen Sie nie! Sie werden ertrinken!« Aber er ignorierte ihre Worte, bewegte sich bedächtig genug, um auf dem steinigen Boden Halt zu finden. Sie blieb fröstelnd im Regen stehen; die vom Regen durchtränkten Kleider klebten ihr auf der Haut. Mit klappernden Zähnen verfolgte sie gebannt den tanzenden Lichtkegel der Taschenlampe. Nach wenigen Minuten, die ihr jedoch wie eine Ewigkeit erschienen waren, kam er wieder zurück.

»Kommen Sie«, drängte er. »Sonst läuft uns die Zeit davon.«

»Haben Sie ihn gefunden?« fragte Anne, als sie sich zusammen auf den Weg nach oben machten. Halb gingen, halb krochen sie durch den Schlamm, klammerten sich aneinander und an alles Mögliche, das sie finden konnten, um zu verhindern, auf dem glitschigen Pfad auszurutschen. »Haben Sie Danny Harrar gefunden?«

Blakemoor nickte. Er sah keinen Grund, seine Entdeckung vor Anne geheimzuhalten. Er war ganz sicher gewesen, daß er in dem Steinhaufen nichts finden würde. Sogar wenn das Messer, das Glen heute morgen gefunden hatte, wirklich Danny Harrar gehört haben sollte, hätte das nichts zu bedeuten gehabt. Der Junge konnte es ja auch vor langer Zeit in der Nähe des Flusses verloren haben. Was er allerdings unter den Steinen gefunden hatte, überzeugte ihn, daß Annes Theorie, so bizarr sie auch klang, zumindest eine Erklärung für etwas war, was er sich rational nicht erklären konnte. Und wenn tatsächlich Richard Kraven anstatt ihres Vaters bei Heather war...

Selbst ein alter Hase von der Mordkommission wie er traute sich nicht, sich auszumalen, was in dem Fall mit ihr geschehen würde.

Als sie schließlich beim Wagen angekommen waren, schnappten beide nach Luft. »Fahren Sie«, sagte Mark und setzte sich auf den Beifahrersitz. »Ich muß mich auf das Funkgerät konzentrieren. Ich verstehe beim besten Willen nicht, warum es bis jetzt noch nicht in der ganzen Gegend von Polizisten nur so wimmelt!« Als Anne den Wagen startete und zur Hauptstraße zurückfuhr, versuchte Mark über Funk den Fahrdienstleiter zu erreichen. Aber Blitze zerrissen wieder die Dunkelheit, und aus dem Funkgerät drangen lediglich dieselben Störungen wie zuvor.

Anne hatte Mühe, bei dem noch immer starken Regen durch die Windschutzscheibe etwas zu erkennen. Die Scheibenwischer konnten es nicht mehr mit den vom Wind getriebenen Sturzfluten aufnehmen, die in dicken Strömen auf das Glas prasselten. Plötzlich hielt Mark sie am Arm fest. »Halten Sie an!«

Der plötzliche Befehl erschreckte Anne derart, daß sie so stark auf die Bremse trat, daß das Heck des Wagens heftig ins Schleudern geriet. Bevor sie noch die Bremse loslassen konnte, rutschte er zur Seite weg, und die Räder gruben sich in den nassen Untergrund. Als der Wagen zum Halten kam, kurbelte Mark das Fenster herunter und steckte seinen Kopf in den Sturm. »Zurückstoßen!« schrie er, was kaum vernehmbar war, weil seine Worte sofort vom Wind verweht wurden. Mit klopfendem Herzen ließ Anne den Wagen den Hang zurückrollen. Auf einmal beleuchteten die Scheinwerfer ein Schild, das zu einem Picknickplatz führte.

War es möglich? Hatte Mark das Wohnmobil gesehen?

Noch bevor sie ihn fragen konnte, plagte er sich schon wieder mit dem Funkgerät herum und versuchte aufs neue verzweifelt, eine Verbindung zustandezubringen.

71. Kapitel

Heather fühlte sich, als würde sie ertrinken. Sie konnte kaum atmen, und ihr Gehirn war umnebelt.

Aber sie hörte etwas.

Es war ein ununterbrochenes Dröhnen, als würde ein Zug vorbeifahren.

Plötzlich sah sie einen hellen Lichtstrahl, hörte einen fürchterlichen Knall, und der Nebel begann sich zu lichten.

Das Wohnmobil.

Sie war in einem Wohnmobil zusammen mit ihrem Vater – *Nein, nein! Es war nicht ihr Vater!* – und draußen tobte ein Sturm.

Sie hatte schreckliche Angst. Solch schreckliche Angst, daß sie sich nicht hatte bewegen können, als ihr der Mann ein Tuch auf den Mund gedrückt hatte.

Es war ihr gerade noch gelungen, einen einzigen, tiefen Atemzug zu machen. Dann hatte sie den Atem solange angehalten, wie sie konnte, und sich zurücksinken lassen, um eine Ohnmacht vorzutäuschen. Der Mann hatte ihr aber das Tuch weiter auf Mund und Nase gehalten, und schließlich hatte sie die Dämpfe doch einatmen müssen. Darauf hatte sie gespürt, daß sie wirklich langsam bewußtlos wurde. Irgendwie war es ihr aber dennoch gelungen, stillzuhalten, sich nicht zu wehren, ihm nicht zu verraten, daß sie noch nicht ganz betäubt war.

Der Nebel lichtete sich weiter. Heather konnte ihre Augen ein wenig öffnen, genug, um etwas zu erkennen.

Das Innere des Wohnmobils hatte sich verändert. Alles sah undeutlich aus – als wäre es mit dicker, fast undurchsichtiger Plastikfolie bedeckt.

Sie nahm eine Bewegung wahr. Eine Bewegung unterhalb ihres Sichtfeldes. Sie blickte ein wenig zur Seite, und dann sah sie es: Über ihrer Brust schwebte eine Hand.

Eine Hand, die ein Messer hielt.

Seine rasiermesserscharfe Klinge kam näher und näher.

Sie schaute auf das Gesicht über sich. Es war das Gesicht ihres Vaters!

Da brach ein Schrei aus ihr heraus: »Nein, Dad! O Gott, *nein! Tu's nicht,* Dad!«

Heathers Schreckensschrei zerriß ihm fast das Trommelfell, und Richard Kraven erstarrte. Das Messer, mit dem er gerade den ersten sauberen Schnitt in Heather Jeffers Fleisch hatte führen wollen, schwebte in seiner Hand über ihrer bleichen Haut.

Tief in seinem Innern wurde etwas aufgewühlt.

Als das Mädchen noch einmal schrie, begehrte das Wesen in ihm, das er bereits vernichtet zu haben glaubte, auf und drängte wieder in das Bewußtsein zurück.

Glen kam es vor, als hätte man ihn aus einem tiefen Schlaf gerissen. Im ersten Moment fühlte er noch gar nichts, im nächsten war er vollständig wach. Als Heather ihn dann noch einmal anschrie, fielen ihm alle Alpträume, die er seit seinem Herzinfarkt gehabt hatte, wieder ein. Alle flüchtigen Visionen verschmolzen zu einem einzigen Bild von Blut, Gemetzel und Tod.

Und in diesem Augenblick hielt er ein Messer in der Hand, hielt es über der nackten Brust seiner Tochter. Während er noch gegen die schreckliche Macht in sich ankämpfte, verspürte er gleichzeitig den fast unwiderstehlichen Drang, das Messer zu benutzen.

Um Heathers Fleisch und Haut aufzuschneiden.

Um ihre Knochen darunter bloßzulegen.

Tu es! Richard Kravens Stimme schrie in seinem Kopf. *Tu es jetzt, bevor es zu spät ist!* Als sich Richard Kraven von dem Schock über Heathers plötzlichen Schrei erholt hatte, spürte Glen, wie ihn seine zerstörerische Gewalt aufs neue zu übermannen drohte. Er riß sich zusammen, gewann für einen Moment die Kontrolle über seinen Körper und stürzte weg von dem Mädchen in die entfernteste Ecke des Wagens.

»Renn weg!« schrie er. »Um Himmels willen, Heather, renn weg von mir!«

Heather reagierte instinktiv auf die Stimme ihres Vaters, raffte sich auf, stürzte zur Tür, versuchte aufgeregt, sie zu öffnen. Endlich ging sie auf und Heather stolperte hinaus in die Nacht. Hinter sich hörte sie lautes Wutgebrüll, und als vor ihr plötzlich Scheinwerfer aufleuchteten, taumelte sie auf deren Strahl zu.

Für den Bruchteil einer Sekunde stieg wieder Panik in ihr hoch, doch dann hörte sie durch den tosenden Wind eine Stimme, die nach ihr rief.

»Heather! O Gott, Heather!« Sie schluchzte vor Erleichterung, wankte zu ihrer Mutter, die sie einen Moment später fest in die Arme schloß.

Heulend vor Zorn stürmte Richard Kraven dem fliehenden Mädchen hinterher, hielt dann kurz in der Tür des Wohnmobils an, als ihn das Scheinwerferlicht blendete. Instinktiv duckte er sich vor dem Licht, ging ins Innere des Wagens zurück, erkannte aber sofort, daß das ein Fehler war.

Das Wohnmobil war eine Falle! Außer der Tür, die er gerade zugeschlagen hatte, gab es keinen Fluchtweg!

Er sprang zurück zur Tür, riß sie auf und rannte in die Dunkelheit hinaus, um dem Lichtstrahl des Autos zu entkommen. Dann fiel der erste Schuß. Die Explosion knallte in seinen Ohren, doch der dumpfe Laut, mit dem er die dünne Wand des Wohnmobils durchschlug, verlor sich fast im Wind. »Stehenbleiben!« schrie jemand, aber er hörte nicht darauf, sondern rannte weiter in die Dunkelheit.

Plötzlich traf ihn ein weiterer Lichtstrahl. Er versuchte, ihm auszuweichen, aber das war unmöglich, er blieb ununterbrochen auf ihn gerichtet, egal, wohin er lief. Jetzt bemerkte er, daß ihn jemand verfolgte, ihn jagte.

Er täuschte einen Sprung nach rechts vor, rannte aber nach links, und für eine Sekunde befand er sich außerhalb des Lichtkegels. Aber von jetzt an rannte er wie blind, denn seine Augen hatten sich noch nicht an das Dunkel gewöhnt. Dann bremste etwas seinen Lauf.

Seine Finger tasteten danach, und als ihn das weiße Licht der Halogenlampe wieder beleuchtete, wußte er auch, was es war. Ein Drahtzaun, fast zweieinhalb Meter hoch, oben mit Stacheldraht. Dahinter lag eine abschüssige Felsbank, die zum Fluß hin abfiel.

Wenn er über den Zaun klettern könnte, würde er seine Verfolger abschütteln, dann könnte er ihnen entkommen. Richard Kraven kletterte hinauf und ignorierte den Schmerz, als ihm der Draht in die Finger schnitt.

Er war schon oben, hatte bereits ein Bein über den Zaun geschwungen, als Mark Blakemoor ihn doch noch erwischte. Er sprang den Zaun hinauf und packte das Bein, das noch in seiner Reichweite hing. Mark umklammerte mit beiden Händen Kravens Knöchel. Kraven stieß einen lauten Schmerzensschrei aus, als er vom Zaun hinuntergezogen wurde. Der Stacheldraht schnitt ihm dabei in die Hoden, und in jeder Faser seines Körpers erlitt er Höllenqualen. Sein Rücken versteifte sich, und seine Arme streckten sich zum Himmel. Plötzlich erhellte ein Blitz die Nacht. Er fuhr aus den Wolken herab und suchte sich am Boden ein Ziel.

Er fand Richard Kraven, fuhr durch seine Hände, brannte sich den Weg durch seinen Körper, der an dem Eisenzaun hing.

Mark Blakemoors Körper erstarrte, als die Spannung durch seinen Körper fuhr. Als die elektrische Ladung schließlich zur Erde strebte und von ihr aufgenommen wurde, fiel er zu Boden und blieb dort unbeweglich liegen.

Als das nachfolgende Donnergrollen verklungen war, heulten mit dem tosenden Wind Sirenen. Sie wurden lauter, und als flackernde Lichter auf dem Picknickplatz zu sehen waren, begannen Regen und Wind endlich nachzulassen.

Kurz darauf stoppten zwei Streifenwagen und erhellten mit ihren Scheinwerfern die makabre Szenerie am Zaun. Während die Polizisten auf den Körper zuliefen, der am Boden lag, stand Anne Jeffers neben Heather und hielt sie fest in den Armen.

Sie hörte kaum die Fragen, die ihr gestellt wurden, nahm

nur verschwommen die Männer wahr, die neben der regungslosen Gestalt Mark Blakemoors knieten.

Ihre Augen waren noch immer auf den Zaun gerichtet, an dem der Körper des Mannes hing, der ihr Ehemann gewesen war. Während sie auf ihn starrte, riß sich der Körper durch sein eigenes Gewicht vom Zaun los, rutschte auf die andere Seite und verschwand. Wenn es ein Geräusch gegeben haben sollte, als er in den Fluß unten stürzte, hatte Anne es nicht gehört.

Inzwischen hatte der Regen ganz aufgehört, und auch der Wind hatte sich völlig gelegt. Eine unheimliche Stille erfüllte nun die Nacht. Anne hatte ihren Arm noch immer schützend um Heather gelegt, als sie sich ihren Weg durch die Leute bahnte, die bei Mark Blakemoor knieten. Sie schaute ihn an, und einen Augenblick lang dachte sie, daß auch er tot wäre. Doch dann flackerten seine Augenlider und öffneten sich.

Sein Blick traf auf ihren. Sie sahen sich an, und für eine Sekunde glaubte Anne, sie sähe genau dasselbe Zwinkern in Marks Augen, das sie so oft in denen von Glen vor seinem Herzinfarkt gesehen hatte. Dann war es auch schon wieder verschwunden, und sie blickte wieder in die Augen des Kommissars, der gerade das Leben ihrer Tochter gerettet hatte.

»Er wird überleben«, sagte jemand, als Mark versuchte, ein wenig zu lächeln, bevor er wieder die Augen schloß.

»Es ist vorbei«, flüsterte Anne ihrer Tochter ins Ohr. »Es ist vorbei, mein Liebling. Und jetzt wird alles wieder gut. Für uns alle.«

QUELLENNACHWEIS

In der Reihe TIPP DES MONATS liegen auch als Heyne -Taschenbücher vor:

Jane Austen Band 23/138
Philippa Carr Band 23/159
Friederike Costa Band 23/161
Catherine Coulter Band 23/136
Catherine Coulter Band 23/162
Catherine Coulter Band 23/168
Uta Danella Band 23/152
Colin Forbes Band 23/169
Olivia Goldsmith Band 23/148
Celia L. Grace Band 23/158
John Grisham Band 23/151
Mary Higgins Clark Band 23/132
Mary Higgins Clark Band 23/154
Mary Higgins Clark Band 23/164
Claudia Keller Band 23/137
Ephraim Kishon Band 23/142
Heinz G. Konsalik Band 23/108
Dean Koontz Band 23/101
Dean Koontz Band 23/119
Dean Koontz Band 23/123
Dean Koontz Band 23/143
Dean Koontz Band 23/155
Dean Koontz Band 23/167
John T. Lescroart Band 23/149
Johanna Lindsey Band 23/115
Johanna Lindsey Band 23/144
Johanna Lindsey Band 23/156
Anne Perry Band 23/139
Ellis Peters Band 23/92
Ellis Peters Band 23/104
Ellis Peters Band 23/110
Ellis Peters Band 23/114
Ellis Peters Band 23/121
Ellis Peters Band 23/131
Ellis Peters Band 23/146
Terry Pratchett Band 23/117
Terry Pratchett Band 23/129
Terry Pratchett Band 23/141
Terry Pratchett Band 23/165
Nora Roberts Band 23/150
Evelyn Sanders Band 23/66
Evelyn Sanders Band 23/166
Craig Thomas Band 23/160
Joanna Trollope Band 23/145
Marion Zimmer Bradley
Band 23/98
Marion Zimmer Bradley
Band 23/163